DRACULA

DRÁCULA

Bram Stoker

Drácula

Traducción de Francisco Torres Oliver

Prólogo de Elizabeth Kostova

Umbriel

Argentina • Chile • Colombia • España
Estados Unidos • México • Uruguay • Venezuela

Título original: *Dracula*
Traducción: Francisco Torres Oliver
Traducción del Prólogo de la presente edición: Eduardo G. Murillo

Traducción cedida por Ediciones B.
Licencia editorial para Ediciones Urano por cortesía
de Ediciones B, S. A., Barcelona, España.

© de la presente edición, 2006 *by* Ediciones Urano, S. A.
   Aribau, 142, pral. – 08036 Barcelona
   www.umbrieleditores.com

ISBN: 84-89367-02-7
Depósito legal: B. 5.938 - 2006

Fotocomposición: Ediciones Urano, S. A.
Impreso por Romanyà Valls, S. A. – Verdaguer, 1 – 08760 Capellades (Barcelona)

Impreso en España – *Printed in Spain*

Prólogo
POR ELIZABETH KOSTOVA

«Yo soy Drácula. Le doy la bienvenida, señor Harker, a mi casa.» Con estas palabras se presenta el conde a Jonathan Harker, el héroe del relato clásico de Bram Stoker. Se ha convertido en una de las presentaciones más famosas de la historia de la narrativa, repetida hasta la saciedad no sólo por un siglo de lectores (Drácula no ha dejado de publicarse desde la primera edición de 1897 en Inglaterra), sino también por docenas de actores de teatro y cine. Es imposible leer esa siniestra invitación sin conjurar a Bela Lugosi, Christopher Lee o Gary Oldman, o sin escuchar mentalmente el crujido de una pesada puerta de castillo. El Drácula que nos invita a entrar ya es fácil de reconocer, con su delgada nariz aguileña, la «frente alta y abombada», y sobre todo «con unos dientes singularmente afilados y blancos; le salían por encima del labio, cuyo notable color rojo denotaba una vitalidad asombrosa en un hombre de sus años». Como el pobre Harker no tardará en averiguar, su anfitrión no es tan sólo un noble siniestro, sino un vampiro de cuatrocientos años de edad.

Sin embargo, el relato de Stoker posee una vida propia que se anticipa a las interpretaciones de Hollywood. De hecho, una de las grandes satisfacciones de Drácula es el placer culpable de leer cartas y diarios ajenos: toda la historia está contada mediante documentos ficticios. Los más largos son fragmentos de diario, y los más cortos telegramas, con algunos irónicos artículos de periódico para enriquecer la mezcla. Accedemos a la constelación de personajes principales de la novela a través de sus propias palabras y sus percepciones mutuas. Hasta el villano Drácula aporta una carta. En las primeras secciones del libro, Stoker deja que un único personaje lleve el peso de la trama, antes de empezar a alternar las voces con rapidez, de manera que leemos el escalofriante recuento de las experiencias de Jonathan Harker en Transilvania durante un largo fragmento, antes de que aparezcan otros documentos. Gracias a su diario nos enteramos no sólo de su extraño viaje al castillo de Drácula y la terrible realidad que encuentra en él, sino también del amor que siente por su prometida, Mina, que más tarde se convertirá en objetivo de las malvadas intenciones de Drácula.

Después, termina el diario de Harker y empezamos a leer la inocente correspondencia de Mina con su amiga Lucy Westenra (cuyo nombre, por cierto, la convierte en primera línea defensiva del mundo occidental, a punto de caer en las garras del antiguo y misterioso «Oriente») y los diarios de Mina. La joven se pregunta qué tiene enmudecido a Jonathan en Transilvania. ¿Por qué llegan tan pocas noticias de él? Nosotros, los privilegiados lectores, los que fisgamos en los documentos, sabemos muy bien por qué, y la búsqueda de la verdad empieza. Pronto nos encontramos leyendo el diario de uno de los numerosos pretendientes de Lucy, el doctor John Seward, cuyo escepticismo científico aporta a los posteriores acontecimientos una veracidad nueva. Es el doctor Seward quien primero reconoce que Lucy padece algo más que una enfermedad común.

Durante más o menos la primera mitad del libro (algo frustrante pero halagador al mismo tiempo), siempre vamos un paso por delante de los personajes, que aún han de caer en la cuenta de la necesidad de comunicarse mutuamente. Poco saben, sin embargo, de lo que un castillo de Transilvania podría tener en común con un barco que llega al puerto de Whitby, Yorkshire, con un paciente mental de Londres, o con la repentina recaída de una joven que sufre de sonambulismo. Cuando por fin nuestros héroes empiezan a leerse mutuamente sus anotaciones, demuestran una gran inteligencia deductiva, y en ocasiones hasta dejan al lector desconcertado. La creciente alternancia entre documentos y subtramas alimenta la progresiva intriga de la historia, de manera que hemos de resistir la tentación de saltarnos las páginas para seguir a una voz en particular.

El catalizador de toda esta fructífera comunicación entre los personajes es el mentor/héroe que sale a escena en el capítulo 9, el doctor Abraham Van Helsing, de Amsterdam. Stoker concede a Van Helsing su propio nombre, con la clara intención de convertirle en el centro de la obra. Cuando el doctor Seward convoca a Van Helsing, un profesor de medicina «gran especialista en este género de enfermedades», para que se ocupe del extraño caso de Lucy Westenra, Stoker está invocando una poderosa tradición de la ciencia (y antes, de la alquimia) que se remonta a la Edad Media. Holanda fue el escenario de algunos de los descubrimientos científicos más grandes de Europa occidental, incluyendo la invención del microscopio (que Seward utiliza en una escena para examinar la sangre de Lucy). Para los lectores ingleses, Amsterdam poseía la ventaja de ser de tradición protestante como ellos. Van Helsing lleva con él a Londres las proezas intelectuales y las creencias religiosas del Viejo Mundo que los lectores victorianos ingleses podían aprobar.

En cuanto Van Helsing aparece en escena, está claro que va a tener un lugar de honor en el relato, puesto que Stoker se toma la molestia de describir su apariencia con todo lujo de detalles. Es el único personaje, aparte de Drácula, que recibe este honor. De hecho, Van Helsing se parece notablemente al propio Stoker, tal como le describieron sus contemporáneos: «... la cabeza es noble, bien proporcionada, ancha y grande detrás de las orejas. El rostro, afeitado impecablemente, exhibe una barbilla enérgica y cuadrada, una boca grande, decidida y móvil, una nariz de buen tamaño, bastante recta, pero de ventanas inquietas y sensibles... La frente es elevada, casi recta, con dos protuberancias a ambos extremos...» A partir de este momento, sabemos que Drácula y Van Helsing van a enfrentarse, la «frente alta y abombada» del monstruo contra esas dos formidables protuberancias cerebrales del cráneo del científico. En una época en que la Inglaterra victoriana aún no se había recuperado de la locura de la frenología (el estudio de la personalidad a partir de las prominencias craneales), estas agresivas protuberancias eran muy tranquilizadoras. Puede que Drácula tuviera cuatrocientos años de edad, pero su adversario era igualmente obstinado.

A Van Helsing le basta un breve examen de los misteriosos síntomas de Lucy Westenra para comprender lo que puede haber en juego: «No es una broma, sino una cuestión de vida o muerte, y quizá de algo más». Lo más extraordinario de Van Helsing es que no sólo es un hombre de ciencia y de fe (dos cualidades en teoría limitadoras), sino también un hombre de mentalidad abierta. «¿No cree que hay cosas que no entiende, y que sin embargo existen, que algunas personas ven cosas que no ven las demás?», pregunta a su dubitativo amigo Seward. «¡Ah!, ése es el error de nuestra ciencia: quiere explicarlo todo; y si no puede explicarlo, entonces dice que no hay nada que explicar.» La voluntad de Van Helsing de ver más allá de la ciencia y la religiosidad convencionales es lo que le permite identificar el ataque del vampiro, utilizar ajos y crucifijos, al mismo tiempo que transfusiones de sangre, en su esfuerzo por salvar a Lucy. También es un hombre de energía, humor y compasión sin límites, que llora, ríe y bromea en su cómico pero elocuente inglés. El héroe intelectual de Stoker es una figura tan atractiva como el príncipe oscuro al que persigue.

Abraham Stoker nació en Dublín en 1847, hijo de William Stoker, funcionario del Castle de Dublín, y Charlotte Stoker, activista de causas sociales. Según cuenta él mismo, de pequeño sufrió una invalidez. Fue incapaz de andar hasta la edad de siete años, aunque jamás explicó cuál había sido su enfermedad. Da la impresión de que, desde ese momento, tuvo miedo de la muerte, el abandono y la indefensión de los postrados en el lecho del dolor, temas que aparecen con abundancia en Drácula. Stoker nació en una Irlanda que padecía la hambruna producida por la enfermedad de la patata, que se inició en 1845, y cabe la posibilidad de que su misteriosa enfermedad hubiera sido una de las epidemias de fiebres que acompañaron a la hambruna. Los padres de Stoker tenían en gran aprecio la cultura y la educación, y utilizaron sus modestos medios para comprar libros. La madre de Bram le contaba cuentos, cuentos populares irlandeses, pero también relatos de los horrores desatados por la epidemia de cólera que había vivido en su infancia, una enfermedad devastadora que se inició en Oriente y se desplazó hasta las Islas Británicas.

Hacia 1863, cuando Stoker ingresó en el Trinity College de Dublín, se había liberado de la enfermedad, aunque no de su onírica e imaginativa infancia. Era un joven corpulento que medía metro ochenta y cinco y pesaba ochenta kilos; ganó premios de atletismo en la universidad. En Trinity, desarrolló dos nuevas pasiones: la poesía de Walt Whitman, con el que intercambió correspondencia, y el arte escénico de Henry Irving. En 1870, Stoker siguió los pasos de su padre y empezó a trabajar como funcionario en el Castle de Dublín, pero abandonó la profesión en 1878 para convertirse en el agente de Irving. Consiguió su primer éxito literario con la publicación de un cuento de terror titulado «The Chain of Destiny». Poco después de convertirse en agente de Irving, contrajo matrimonio con Florence Balcombe, y en 1879 la pareja se estableció en Londres, donde Stoker colaboró con Henry Irving en la administración del famoso teatro Lyceum. En Irving, Stoker encontró un amigo tiránico, un mentor, la creatividad personificada y una causa a la que dedicar su vida.

La carrera en Londres de Stoker le puso en contacto con diversos grandes escritores del momento, incluidos George Bernard Shaw y Arthur Conan Doyle, y sus giras por Estados Unidos con Irving le permitieron conocer, entre otros, a su ídolo Walt Whitman. Pese a una complicada y exigente carrera en el teatro, Stoker logró desarrollar una notable producción literaria durante estos años, incluyendo *A Glimpse of America* (1886) y dos novelas, *The Snake's Pass* (1890) y *The Watter's Mou'* (1895).

Drácula, la tercera novela de Stoker, fue publicada en 1897. Se diferenciaba de las dos primeras en un sentido importante: dedicó mucho más tiempo a su escritura (seis años), llevando a cabo investigaciones en la Biblioteca Británica y en la biblioteca de Whitby, Yorkshire (el escenario del primer ataque de Drácula a Lucy), y trabajó con gran esmero en el argumento. Las investigaciones de Stoker dieron como resultado un nombre muy inspirado para su vampiro. «Drácula» era el apodo de Vlad Tepes, un príncipe o *voivode* de la Valaquia del siglo XV, una región que ahora forma parte de Rumanía. El Drácula histórico nació en Transilvania y reconstruyó una fortaleza, como mínimo, en la región, y su nombre recordaba la lucha contra los otomanos y las torturas padecidas por su pueblo. Para redactar su novela, Stoker cambió la herencia familiar de Drácula y situó las tierras de Drácula en Transilvania, no en Valaquia, pero el nombre proporcionó al monstruo de Stoker un vínculo con la historia y la nobleza. Aunque parezca sorprendente, Stoker no se desplazó a Europa del Este en el curso de sus investigaciones, si bien estudió obras como *The Land Beyond The Forest* (1888), una descripción de Transilvania y sus supersticiones tradicionales escrita por la inglesa Emily Gerard, y *An Account of the Principalities of Wallachia and Moldavia*, de William Wilkinson (1829). Uno de los logros más sorprendentes de la novela es el escenario de los Cárpatos, que aún hoy día sigue siendo vívido, pese a errores geográficos ocasionales o la fabulación. Stoker evocó con habilidad un paisaje que nunca había visto, incluyendo detalles de la indumentaria campesina, la arquitectura, el idioma y el terreno. *Drácula* ejemplifica el poder de la investigación de butaca.

La novela fue alabada por la crítica de inmediato. Hasta el maestro del relato detectivesco, Conan Doyle, alabó la creación de Stoker: «Es maravilloso que, manteniendo el interés y la emoción durante un libro tan largo, no se produzca ningún anticlímax».

Como obra literaria, *Drácula* debe mucho a las novelas del escritor de misterio victoriano Wilkie Collins (*La piedra lunar, La dama de blanco*). Como obra de terror, debe mucho al temor victoriano al deseo sexual desatado. Stoker vertió en *Drácula* su interés de siempre por el ocultismo literario, sus miedos personales y su apasionada sexualidad, en ocasiones ambivalente. Los momentos álgidos del relato son tan góticos como eróticos, y muchos de ellos giran alrededor de la corrupción, tanto moral como física, que ejerce Drácula en las mujeres a las que acosa. Los hombres también son vulnerables a esta antigua maldición. En el castillo que tiene Drácula en los Cárpatos, Jonathan Harker se siente amenazado no sólo por las tres vampiras, sino por su deseo impío de ellas. La más hermosa de estas mujeres sobrenaturales le introduce a un placer pasivo que él no ha conocido jamás: «Entonces me llegó el contacto blando y estremecedor de los labios sobre la piel hipersensible del cuello, y las puntas duras de dos dientes afilados que rozaron y se quedaron allí. Cerré los ojos con extática languidez, y esperé..., esperé con el corazón palpitándome con violencia».

Cuando Lucy es vampirizada, se queda horrorizada, pero también se muestra voluptuosa, la casta muchacha transformada tanto por el descubrimiento sexual como por la sed de sangre. En una versión diabólica del ritual de la noche de bodas, el prometido de Lucy ha de penetrar su cuerpo no muerto con una estaca de madera, a fin de enviar su alma torturada al lugar de descanso que le corresponde. «El cuerpo se estremeció, tembló y se sacudió en salvajes contorsiones; los dientes blancos y afilados daban continuas dentelladas, hasta que cortaron los labios...» Drácula, de gustos eróticos refinados, persigue sobre todo a jovencitas apetitosas, mientras las mujeres que vampiriza atacan a niños y tratan de corromper a los hombres que aman (en un interesante giro, los galantes caballeros de la novela arrojan sin querer a Mina Harker a las garras de Drácula cuando le prohíben participar en la aventura de darle caza). Parece que el público victoriano aceptó con agrado el subtexto de porno blando de la novela, tal vez porque viene pulcramente revestido de la tradición gótica.

Pese al horror victoriano y la fascinación por la sexualidad desatada, y sus conversaciones sobre supersticiones antiguas, *Drácula* fue y es una novela moderna. Van Helsing y el doctor Seward animan a los demás personajes de la novela a tener en cuenta tanto los poderes como los límites de la ciencia. La fe y la lógica se invocan de la misma manera en su lucha contra el monstruo histórico, pero la tecnología también juega un papel importante. Harker toma fotos de Transilvania con su Kodak, los personajes envían y reciben telegramas, el doctor Seward graba sus diarios en un fonógrafo y Mina Harker mecanografía documentos en una máquina de escribir. Estos objetos, que ahora nos parecen pintorescos, debieron obrar el mismo efecto en el lector de la última época victoriana que si hoy Drácula enviara correos electrónicos o se pusiera en contacto con sus víctimas mediante videoconferencias. Stoker toma la inteligente decisión de alejar al monstruo de su decorado de los Cárpatos y le traslada a un ambiente londinense que sus primeros lectores conocerían de su vida cotidiana. En nuestra era, en que el terror va adquiriendo cada vez nuevos aderezos tecnológicos, puede que nos sintamos menos impresionados por el pánico sexual ya conocido y más sorprendidos por la insistencia de Stoker en que los malvados de la historia puedan infiltrarse en la vida moderna.

En última instancia, sin embargo, *Drácula* no es más que un entretenimiento de primera clase, y así lo ha sido durante generaciones.

Stoker murió en Londres en 1912. Durante los años transcurridos desde la publicación de *Drácula* escribió otros libros, incluyendo novelas y una biografía de Henry Irving, pero ninguno logró el éxito o la longevidad de su famoso vampiro. Su colega Hall Caine escribió en una necrológica: «Al huracán humano que fue Bram Stoker, enorme, extremo e impetuoso, nunca le gustó ser el centro de atención» (*Daily Telegraph*, 24 de abril de 1912). Pese a esta afirmación, Stoker ha continuado siendo el centro de atención desde hace más de un siglo. Es muy probable que su elegante, atractivo y trágico monstruo siga estando no muerto durante los siglos venideros. Pero como Van Helsing observa en la novela, Drácula ha de ser invitado a morar entre nosotros: «No puede entrar en ningún sitio, al principio, a menos que alguien del interior le invite expresamente; después, sí podrá hacerlo todas las veces que quiera». Cuando empieces a leer el relato de Stoker, ten cuidado, querido y desventurado lector, y prepárate para el horror. La puerta del castillo se está abriendo con un crujido.

Elizabeth Kostova
14 de julio de 2005

LECTURA COMPLEMENTARIA

Barbara Belford, *Bram Stoker: A Biography of the Author of Dracula*, Alfred A. Knopf, Nueva York, 1996.

A
mi querido amigo
Hommy-Beg

Cómo han sido ordenados estos papeles, es algo que quedará aclarado al leerlos. Se ha eliminado todo lo superfluo, a fin de presentar esta historia —casi en desacuerdo con las posibilidades de las creencias de nuestros días— como simple verdad. No hay aquí referencia alguna a cosas pasadas en las que la memoria se pueda equivocar, dado que todas las anotaciones recogidas son rigurosamente contemporáneas de los hechos, y reflejan el punto de vista de quienes los consignaron, tal como ellos los conocieron.

1

DIARIO DE JONATHAN HARKER

(Redactado taquigráficamente)

3 de mayo. Bistritz

Salí de Munich el 1 de mayo a las 8.35 de la tarde, y llegué a Viena a la mañana siguiente; debía haber llegado a las 6.46, pero el tren llevaba una hora de retraso. Buda-Pest parece una ciudad maravillosa, por lo que observé desde el tren y lo poco que pude andar por sus calles. No me atreví a alejarme de la estación, ya que habíamos llegado con retraso y saldríamos lo más de acuerdo posible con la hora prevista. La impresión que me dio era de que salíamos de Occidente y nos adentrábamos en Oriente; el más occidental de los espléndidos puentes del Danubio —que aquí adquiere una doble anchura y profundidad— nos trasladó a las tradiciones de predominio turco.

Salimos a buena hora, y llegamos a Klausenburgh ya anochecido. Aquí, paré a pernoctar en el Hôtel Royale. Cené pollo sazonado con pimentón picante, muy bueno, aunque daba mucha sed (*Mem.*, conseguir receta para Mina). Le pregunté al camarero, y dijo que se llama *paprika hendl*, y que es plato nacional, de modo que podría tomarlo en todas partes, a lo largo de los Cárpatos. Aquí me han resultado muy útiles mis rudimentos de alemán, desde luego, no sé cómo habría podido entenderme sin ellos.

En Londres, aproveché unas horas que tenía libres para ir al Museo Británico a consultar los libros y mapas de la biblioteca referentes a Transilvania; pensé que sería una ayuda tener de antemano alguna idea del país, antes de entrevistarme con un noble de ese lugar. Averigüé que la región a la que hacía referencia está en el extremo este del territorio, exactamente en los límites de tres estados: Transilvania, Moldavia y Bukovina, en plena cordillera de los Cárpatos, y que es una de las regiones más remotas menos conocidas de Europa. No conseguí descubrir en ningún libro ni mapa el lugar exacto del castillo de Drácula, ya que no existen mapas de este país comparables a nuestros *Ordnance Survey Maps*, pero averigüé que Bistritz, la ciudad donde el conde Drácula decía que debía apearme, era bastante conocida. Consignaré aquí algunas notas que me ayuden a recordar cuando hable con Mina del viaje.

La población de Transilvania está formada por cuatro nacionalidades distintas: los sajones al sur; y mezclados con ellos, los valacos, que son descendientes de los dacios; los magiares al oeste, y los szekelys al este y al norte. Me encuentro entre estos últimos, que pretenden ser descendientes de Atila y de los hunos. Puede ser, porque cuando los magiares conquistaron el país, en el siglo XI, encontraron a los hunos asentados en él. He leído que en la herradura de los Cárpatos se reúnen todas las supersticiones del mundo, como si fuese el centro de una especie de remolino de la imaginación, si es así, mi estancia me va a resultar interesante (*Mem.*, preguntar al Conde sobre todo esto).

No dormí bien, aunque la cama era bastante confortable; tuve toda clase de sueños extraños. Un perro estuvo aullando toda la noche al pie de mi ventana, tal vez fue por eso, o quizá fue culpa de la paprika, porque me bebí toda el agua de la jarra, y aún me quedé con sed. Me dormí cuando ya amanecía, y me despertaron las repetidas llamadas a mi puerta, por lo que supongo que debí de quedarme profundamente dormido. De desayuno tomé más paprika, y una especie de gachas hechas con harina de maíz que aquí llaman *mamaliga*, y berenjenas rellenas, plato muy exquisito que llaman *impletata* (*Mem.*, pedir receta también). Tuve que desayunar de prisa porque el tren salía un poco antes de las ocho; o más bien debía salir a esa hora; ya que después de llegar corriendo a la estación a las 7.30 estuve sentado en el vagón más de una hora, hasta que arrancó. Me da la sensación de que cuanto más al este vamos, menos puntuales son los trenes. ¿Cómo serán en China?

Empleamos el día entero en recorrer una comarca llena de bellezas naturales de todo género. Unas veces divisábamos pequeños pueblecitos y castillos en lo alto de montes enhiestos, como los que se ven en los viejos misales; otras, corríamos junto a ríos y arroyos que, a juzgar por sus anchas y pedregosas márgenes a uno y otro lado, parecen sufrir grandes crecidas. Hace falta mucha agua, y que corra con fuerza, para que un río tranquilo rebase sus bordes exteriores. En todas las estaciones había grupos de gente, a veces multitudes, con toda clase de atavíos. Algunos hombres iban exactamente igual que los campesinos de mi país, o como los que he visto al cruzar Francia y Alemania, con sus chaquetas cortas, sus sombreros redondos y sus pantalones de confección casera; otros, en cambio, eran muy pintorescos. Las mujeres parecen bonitas, si no se las ve de cerca, pero tienen el talle muy ancho. Llevan largas y blancas mangas de diversas clases, y la mayoría se ciñe unos cinturones anchos con gran cantidad de cintas que se agitan a su alrededor como un vestido de ballet; aunque, naturalmente, llevan sayas debajo.

Los personajes más extraños que vimos eran los eslovacos, más bárbaros que el resto, con grandes sombreros vaqueros, pantalones amplios y de color claro, blancas camisas de lino y unos cinturones de cuero enormes, de casi un pie de anchos, tachonados con clavos de latón. Calzaban botas altas, embutían los pantalones en ellas, y tenían el pelo largo y unos bigotes espesos y negros. Son muy pintorescos, pero no resultan atractivos. En la diligencia se acomodaron inmediatamente como una banda de forajidos orientales. Sin embargo, según me han dicho, son inofensivos, y les falta presunción natural.

Cuando ya anochecía, llegamos a Bistritz, que es una ciudad vieja y muy interesante. Dado que está prácticamente en la frontera —pues el desfiladero de Borgo conduce de allí a Bukovina—, ha tenido una existencia azarosa, y desde luego muestra señales de ello. Hace cincuenta años, hubo una serie de incendios que causaron terribles catástrofes en cinco ocasiones distintas. Nada más iniciarse el siglo XVII, sufrió un asedio de tres semanas, en el que perdieron la vida trece mil personas, seguido del hambre y las enfermedades, vicisitudes propias de la guerra.

El conde Drácula me había indicado que me alojase en el hotel Golden Krone, que resultó ser muy anticuado, para gran alegría mía, porque, como es natural, quiero ver cuanto pueda sobre costumbres del país. Evidentemente me esperaban, ya que al llegar a la puerta, me recibió una señora mayor, de expresión alegre, vestida con el habitual atuendo de campesina —saya blanca y delantal doble, por delante y por detrás, de paño de colores, quizá demasiado ajustado para el recato—. Una vez a su lado, me saludó con una inclinación de cabeza, y dijo:

—¿El *Herr* inglés?

—Sí —dije—, soy Jonathan Harker.

Sonrió, y dio instrucciones a un hombre de edad, en mangas de camisa, que la había seguido hasta la puerta. Dicho hombre desapareció, y regresó inmediatamente con una carta:

Distinguido amigo:

Bienvenido a los Cárpatos. Le espero con impaciencia. Descanse esta noche. Mañana a las tres saldrá la diligencia para Bukovina; he reservado una plaza en ella para usted. Mi coche le estará esperando en el desfiladero de Borgo para traerle hasta aquí. Confío en que haya tenido un feliz viaje desde Londres, y que disfrute durante su estancia en mi hermoso país.

Su amigo,

DRÁCULA

4 de mayo

Me enteré de que el propietario del hotel había recibido una carta del Conde con instrucciones de que me reservase la mejor plaza de la diligencia; pero al preguntarle ciertos detalles, se mostró algo reticente y fingió no entender mi alemán. No podía ser cierto, ya que hasta ese momento me había entendido a la perfección; al menos, había contestado a mis preguntas como si me entendiera bien. Él y su esposa, la señora mayor que me había recibido, se miraron como asustados. Él murmuró que había recibido el dinero junto con una carta, y que eso era cuanto sabía. Al preguntarle si conocía al conde Drácula y si podía contarme algo sobre su castillo, se santiguaron los dos; y tras decirme que no sabían nada en absoluto, se negaron a seguir hablando. Faltaba tan poco para emprender la marcha, que no tenía tiempo de preguntar a nadie más; pero todo era muy misterioso y muy poco tranquilizador.

Poco antes de irme, la señora mayor subió a mi habitación, y exclamó, casi al borde de la histeria:

—¿Tiene que ir? Oh, joven *Herr*, ¿tiene que ir?

Estaba tan excitada que parecía haber perdido el dominio del alemán que sabía, y se le embarullaba con otra lengua que yo desconocía por completo. Sólo fui capaz de seguir su discurso a base de hacerle muchas preguntas. Cuando dije que me marcharía en seguida, y que iba por un asunto importante, me preguntó:

—¿Sabe qué día es hoy?

Le contesté que era cuatro de mayo. Ella negó con la cabeza, y exclamó:

—¡Oh, sí! ¡Lo sé, lo sé!, pero ¿sabe qué día es? —Y al contestar yo que no comprendía, prosiguió—: Es la víspera de san Jorge. ¿Sabe que esta noche cuando el reloj dé las doce, todos los seres malignos andarán libremente por el mundo? ¿Sabe adónde va usted y a qué va?

Manifestaba una angustia tan evidente que traté de tranquilizarla, aunque sin resultado. Por último, cayó de rodillas y me imploró que no fuese, que esperase al menos un día o dos, antes de ir. Era una escena ridícula, pero me hacía sentir incómodo. Sin embargo, tenía un asunto que resolver, y no podía consentir que nada lo obstaculizase. Así que traté de levantarla; y le dije, lo más gravemente que pude, que se lo agradecía, pero que mi deber no admitía demora, y no tenía más remedio que ir. Entonces se levantó y se secó los ojos; y quitándose del cuello un crucifijo, me lo ofreció. Yo no sabía qué hacer, pues como miembro de la Iglesia anglicana, me han enseñado a considerar idolátricas estas cosas; y al mismo tiempo me parecía una falta de cortesía hacerle un desaire a una señora mayor tan bien intencionada y en semejante estado de ánimo. Supongo que vio la duda reflejada en mi rostro, pues me ciñó el rosario alrededor del cuello, y dijo:

—Por su madre.

Y salió de la habitación. Esta parte del diario la estoy escribiendo mientras espero la diligencia, que naturalmente ya tiene retraso; y aún llevo el crucifijo alrededor del cuello. No sé si serán los temores de esa señora, pero ya no tengo el ánimo tan sereno como antes. Si este libro llegara a Mina antes que yo, que le lleve mi último adiós. ¡Ahí viene la diligencia!

5 de mayo. El castillo

El gris de la madrugada se ha disipado, y el sol se encuentra muy alto respecto del lejano horizonte, que parece mellado, no sé si a causa de los árboles o por los cerros; está tan lejos que las cosas grandes se confunden con las pequeñas. Estoy desvelado; así que, como voy a poder dormir hasta la hora que quiera, me entretendré escribiendo hasta que me entre sueño. Tengo muchas cosas extrañas que anotar; y para que el que las lea no piense que cené demasiado antes de salir de Bistritz, consignaré aquí cuál fue exactamente el menú. Tomé lo que aquí llaman «filete de bandido»: trozos de tocino, cebolla y carne de vaca, sazonado todo con pimienta, y ensartado en unos bastones y asado al fuego, ¡al estilo sencillo de la carne de caballo que se vende por las calles de Londres! El vino era un *mediasch* dorado, y produce un raro picor en la lengua que, no obstante, no resulta desagradable. Sólo tomé un par de vasos; nada más.

Cuando subí a la diligencia, el cochero aún no había ocupado su asiento; le vi charlando con la señora de la posada. Evidentemente, hablaban de mí, porque de cuando en cuando miraban en dirección mía; y algunas personas, que estaban sentadas en un banco junto a la puerta —que ellos llaman con un nombre que significa «el mentidero»— se habían acercado a escuchar, y se volvían para mirarme, casi todos con cierta expresión de lástima. Oí que repetían con frecuencia determinadas palabras; palabras extrañas, ya que había gentes de las más diversas nacionalidades entre los reunidos: así que saqué discretamente de mi bolsa el diccionario multilingüe, y las busqué. Confieso que no me llenaron de animación, ya que entre otras encontré *Ordog*, Satanás; *pokol*, infierno; *stregoica*, bruja; *vrolok* y *vlkoslak*, que significan igualmente (una en eslovaco y otra en serbio) algo así como hombre-lobo o vampiro (*Mem.*, preguntar al Conde acerca de estas supersticiones).

Cuando emprendimos la marcha, la multitud congregada en la puerta de la posada, que a la sazón había aumentado considerablemente, hizo la señal de la cruz y apuntó con dos dedos hacia mí. Con cierta dificultad, conseguí pedirle a otro pasajero que me explicase qué significaba aquello; al principio no quiso contestarme, pero al saber que yo era inglés me dijo que era un conjuro o protección contra el mal de ojo. Esto no me pareció muy agradable con respecto a mí, que partía hacia una región desconocida al encuentro de un hombre al que nunca había visto, pero todos se mostraron tan benévolos, y tan afligidos, y manifestaron tanta compasión, que no pude por menos de sentirme conmovido. Nunca olvidaré la última imagen de la posada, con aquella multitud de personas de atuendo pintoresco, todas santiguándose, bajo el arco, recortadas sobre un fondo de abundantes adelfas y naranjos plantados en cubas verdes agrupadas en el centro del patio. Luego, nuestro cochero, cuyos amplios calzones de lino —que aquí llaman *gotza*— cubrían casi por entero el pescante, hizo restallar su enorme látigo por encima de los cuatro caballos, partieron éstos a un tiempo y emprendimos la marcha.

No tardaron en quedar atrás los temores espectrales, olvidados ante la belleza del escenario por el que viajábamos, aunque, de haber conocido yo la lengua —o más bien las lenguas— que hablaban mis compañeros, quizá no se me habrían disipado con tanta facilidad. Ante nosotros se extendía una tierra ondulada, poblada de bosques y sembrada de empinados cerros coronados por grupos de árboles o caseríos, con los blancos hastiales pegados a la carretera. En todas partes se veían cantidades sorprendentes de frutales en flor: manzanos, ciruelos, perales y cerezos; al acercarnos, podíamos observar que la hierba que crecía debajo estaba salpicada de pétalos caídos. Por entre estas verdes colinas de lo que aquí llaman la Mittel Land, discurría la carretera, perdiéndose al describir una curva, o al ocultarla el lindero impreciso de algún bosque de pinos, que de cuando en cuando descendía por las pendientes como una lengua de fuego. La calzada era desigual, pero volábamos por ella a febril velocidad. Yo no entendía el porqué de tanta prisa; pero el cochero estaba decidido evidentemente a no perder tiempo en llegar al Borgo Prund. Me dijeron que esta carretera era excelente en primavera, pero que aún no la habían arreglado después de las nieves del invierno. En este sentido, es distinta a las carreteras de los Cárpatos en general, pues existe una vieja tradición según la cual no hay que conservarlas en demasiado buen estado. Desde tiempo inmemorial, los hospadars no quieren arreglarlas por temor a que los turcos crean que las preparan para desplazar tropas extranjeras, y se apresuren a provocar la guerra que, en realidad, siempre está a punto de estallar.

Más allá de las verdes colinas de la Mittel Land se elevaban las imponentes laderas de la selva, hasta las alturas orgullosas de los propios Cárpatos. Las vimos erguirse imponentes, a derecha e izquierda de nosotros, iluminadas por el sol de la tarde, con todos los colores soberbios de esta hermosa cordillera, azul oscuro y púrpura en las sombras de los picos, y marrón donde las rocas se mezclan con la hierba, y perderse en la lejanía en una interminable perspectiva de peñascos y riscos puntiagudos, hasta donde se alzaban grandiosos los picos nevados. Aquí y allá, aparecían poderosas hendiduras en las montañas, a través de las cuales, cuando empezaba a caer el sol, veíamos de trecho en trecho el blanco resplandor de alguna cascada. Uno de mis compañeros me tocó el brazo cuando pasábamos junto a una colina, y señaló el orgulloso y nevado pico de un monte que surgió delante de nosotros, mientras serpeábamos por el ondulante camino:

—¡Mire! ¡El Isten szek! ¡La Silla de Dios! —Y se santiguó con unción.

Mientras corríamos por la interminable carretera, el sol descendía cada vez más a nuestra espalda y las sombras de la tarde empezaban a crecer a nuestro alrededor. Este efecto se acentuaba aún más mientras seguía el sol poniente iluminando las nevadas cumbres que parecían emitir un delicado y frío resplandor sonrosado. De cuando en cuando nos cruzábamos con algunos checos y eslovacos, todos vestidos con trajes típicos; pero observé que el bocio estaba dolorosamente generalizado. Junto a la carretera había numerosas cruces; y cuando pasábamos veloces junto a ellas, mis compañeros de viaje se santiguaban. A veces veíamos a alguna campesina o campesino arrodillado ante una capilla, y ni siquiera se volvía al pasar nosotros, sino que parecía entregado a una devoción que carecía de ojos y oídos para el mundo exterior. Había muchas cosas que eran nuevas para mí: por ejemplo, los almiares en los árboles, o los grupos de abedules diseminados aquí y allá, con sus blancos troncos brillando como la plata entre el verde delicado de las hojas. De cuando en cuando, nos cruzábamos con un *Leiterwagon*, carruaje usual del campesino, con su espinazo de ofidio, calculado para salvar las irregularidades del terreno. Sobre ellos iban sentados grupos de campesinos que regresaban del trabajo con sus pieles de cordero, blancas las de los checos y de colores las de los eslovacos, llevando estos últimos, a manera de lanza, largos astiles con hacha en el extremo. Al caer la tarde, empezó a hacer frío y el ocaso pareció sumir en oscura bruma la lobreguez de los árboles —robles, hayas y pinos—, aunque en los valles que corrían profundos entre los espolones de los montes, cuando subíamos hacia el desfiladero, los negros abetos se alzaban sobre un fondo de nieve recién caída. A veces, cuando la carretera atravesaba los bosques de pinos que en la oscuridad parecían cerrarse sobre nosotros, las grandes masas grisáceas, que aquí y allá desparramaban los árboles, producían un efecto singularmente espectral y solemne que favorecía los lúgubres pensamientos y figuraciones que sugería el atardecer, cuando el sol poniente proyectaba sobre el extraño relieve las nubes fantasmales que se deslizaban sin cesar entre los valles de los Cárpatos. A veces, los montes son tan escarpados que a pesar de la prisa del cochero, los caballos se veían obligados a ir al paso. Quise bajarme y caminar junto a ellos, como hacemos en mi país; pero el cochero no lo consintió.

—No, no —dijo—, no se puede ir andando por aquí, los perros son demasiado feroces —y añadió, con lo que evidentemente quería ser una broma siniestra, pues se volvió para ganarse la sonrisa aprobadora de los demás—: ya tendrá usted bastante, antes de acostarse esta noche.

La única vez que se detuvo fue para encender los faroles.

Cuando oscureció, los pasajeros se pusieron nerviosos y, uno tras otro, empezaron a decirle cosas al cochero, como instándole a que fuese más de prisa. Él hostigaba despiadadamente a los caballos con su gran látigo, y les animaba a correr más con gritos furiosos de aliento. Entonces, en medio de la oscuridad, distinguí una especie de claridad grisácea delante de nosotros, como si se tratase de una grieta entre los montes. El nerviosismo de los viajeros aumentó; la loca diligencia se cimbreaba sobre las grandes ballestas de cuero, y se escoraba como un barco sacudido por un mar tempestuoso. Tuve que agarrarme. La carretera se hizo más llana, y pareció que volábamos. Luego, las montañas se fueron acercando a uno y otro lado, ciñéndose amenazadoras a nosotros: estábamos entrando en el desfiladero de Borgo. Varios pasajeros me ofrecieron regalos, insistiendo en que los aceptase con una vehemencia que no admitía negativas; eran de lo más variados y extraños, aunque cada uno me lo daba con sencilla buena fe, con una palabra amable y una bendición, y esa extraña mezcla de gestos temerosos que ya había observado delante del hotel de Bistritz: la señal de la cruz y la protección contra el mal de ojo. Después, mientras corríamos, el cochero se inclinó hacia delante; y los pasajeros, asomándose a uno y otro lado del coche, escrutaron ansiosamente la oscuridad. Era evidente que esperaban o temían que sucediera algo muy emocionante; pero aunque pregunté a cada uno de los pasajeros, ninguno quiso darme la más ligera explicación. Este estado de nerviosismo se prolongó durante un rato, por fin vimos abrirse el desfiladero hacia oriente. El cielo estaba poblado de nubes oscuras e inquietas, y en el aire flotaba una sensación densa y opresiva de tormenta. Parecía como si la cordillera hubiese dividido la atmósfera en dos, y entráramos ahora en la parte tormentosa. Yo mismo me asomé, tratando de divisar el vehículo que debía llevarme hasta el Conde. Esperaba a cada instante ver en la negrura el resplandor de los faroles; pero todo estaba oscuro. La única luz que percibíamos eran los rayos parpadeantes de nuestros faroles, que hacían visible el vapor que despedían nuestros extenuados caballos, en forma de nube blanca. Ahora podíamos distinguir la calzada arenosa delante de nosotros, pero no había signo alguno del otro vehículo. Los pasajeros se arrellanaron con un suspiro de alivio que pareció una burla a mi desencanto. Me había puesto a pensar sobre qué debía hacer ahora cuando el cochero, consultando su reloj, dijo a los demás algo que oí a duras penas, ya que lo dijo en voz baja, creo que fue: «Una hora de adelanto». Luego, volviéndose hacia mí, añadió en un alemán peor que el mío:

—No hay ningún carruaje. No le esperan, *Herr*. Así que tendrá que venirse a Bukovina y volver mañana o pasado, mejor pasado.

Mientras hablaba, los caballos empezaron a relinchar y corcovear locamente, de modo que el cochero tuvo que sujetarlos. A continuación, mientras los campesinos prorrumpían en exclamaciones a coro y se santiguaban, nos alcanzó una calesa con cuatro caballos, y se situó junto a la diligencia. Al resplandor de nuestros faroles observé que los caballos eran unos animales espléndidos, negros como el carbón. Los guiaba un hombre alto, con una larga barba color castaño y un gran sombrero negro que le ocultaba la cara. Sólo pude ver el destello de un par de ojos muy brillantes y rojos, en el momento de volverse hacia nosotros. Le dijo al cochero:

—Pasa antes de la hora, esta noche, amigo.

El hombre tartamudeó:

—El *Herr* inglés tenía prisa.

A lo que el desconocido contestó:

—Por eso, supongo, se lo llevaba usted a Bukovina. No puede engañarme, amigo, sé demasiado, y mis caballos son rápidos.

Sonrió al hablar, y nuestros faroles iluminaron una boca dura, de labios muy rojos y dientes afilados y blancos como el marfil. Uno de mis compañeros susurró a otro el verso de *Lenore*, de Burger:

> *Denn die Todten reiten schnell*
> (porque los muertos viajan veloces)

El desconocido conductor oyó evidentemente el comentario, porque alzó los ojos con resplandeciente sonrisa. El pasajero desvió la mirada, al tiempo que se santiguaba con dos dedos.

—Déme el equipaje del *Herr* —dijo el de la calesa.

Le tendieron mis bolsas de viaje con asombrosa prontitud, y él las acomodó en su carruaje. Luego descendí de la diligencia, la calesa se había situado muy cerca de la portezuela, y el desconocido me ayudó, cogiéndome el brazo con mano de acero; debía de tener una fuerza prodigiosa. Sin decir una palabra, sacudió las riendas. Los caballos dieron la vuelta, y nos sumergimos en la oscuridad del desfiladero. Al mirar hacia atrás, vi el vapor de los caballos de la diligencia a la luz de los faroles, y, recortadas sobre él, las figuras de mis anteriores compañeros santiguándose. Seguidamente el cochero hizo restallar su látigo sobre los caballos y reanudaron su veloz viaje hacia Bukovina.

Cuando les vi desaparecer en la negrura, sentí un extraño escalofrío y me invadió una sensación de soledad; pero el conductor me echó una capa sobre los hombros y una manta sobre las rodillas, y me dijo en excelente alemán:

—La noche es fría, *mein Herr*; y mi amo el Conde me ha ordenado que cuide de usted. Hay un frasco de *slivovits* (licor de ciruela del país) debajo del asiento, por si le apetece.

No lo probé, pero era un consuelo saber que estaba allí, de todos modos. Me sentía un poco extraño, y bastante asustado. Creo que de haber tenido cualquier otra opción, la habría aprovechado, en vez de proseguir este viaje nocturno no sabía a dónde. El carruaje corría a toda velocidad; luego dio una vuelta completa y se desvió por un estrecho camino. Me pareció que recorríamos una y otra vez los mismos lugares, de modo que tomé referencia de unos cuantos salientes, y comprobé que así era. Me habría gustado preguntar al conductor qué significaba todo esto, pero no me atreví, pues pensaba que, de todas maneras, de poco habrían valido mis protestas si él tenía decidido demorarse. Más tarde, no obstante, sentí curiosidad por saber cuánto tiempo había transcurrido, encendí una cerilla y consulté mi reloj al resplandor de la llama, faltaban unos minutos para las doce. Esto me produjo una especie de sobresalto, ya que las últimas experiencias me habían vuelto particularmente sensible respecto a la superstición general acerca de esa hora. Aguardé con una ansiosa sensación de incertidumbre.

En ese momento, en alguna granja lejana, empezó a aullar un perro: era un lamento angustioso, prolongado, como de miedo. A éste se le sumó otro perro, luego otro y otro; hasta que, arrastrados por el viento que ahora soplaba suavemente por el desfiladero, se oyó un coro de aullidos que parecían provenir de toda la región, según impresionaban la imaginación en la negrura de la noche. Los caballos se encabritaron al primer aullido. El conductor les habló con suavidad, y se calmaron, pero temblaban y sudaban como después de una carrera desbocada. Luego, a lo lejos, y procedentes de las montañas de uno y otro lado, se oyeron unos aullidos más fuertes —los de los lobos— que nos afectaron a los caballos y a mí por igual, pues me dieron ganas de saltar de la calesa y echar a correr, mientras que ellos se encabritaron otra vez y corcovearon furiosamente, de forma que el cochero tuvo que hacer uso de todas sus fuerzas para evitar que se desbocaran. Unos minutos más tarde, sin embargo, mis oídos se habían acostumbrado a los aullidos, y los caballos se habían apaciguado, de forma que el cochero pudo descender y acercarse a ellos. Los acarició y tranquilizó, susurrándoles algo al oído como hacen los domadores, lo que tuvo un efecto extraordinario, ya que después de sus caricias se volvieron nuevamente manejables, aunque temblaban todavía. El conductor ocupó de nuevo su asiento y, sacudiendo las riendas, emprendió la marcha a gran velocidad. Esta vez, al llegar al otro extremo del desfiladero, se metió de repente por un estrecho camino que torcía bruscamente a la derecha.

Poco después nos adentramos por un paraje poblado de árboles, que en algunos lugares formaban arco por encima del camino, dando la impresión de que corríamos por un túnel; y, una vez más, nos vimos escoltados por grandes y amenazadores peñascos que se alzaban a ambos lados. Aunque el terreno estaba protegido, oí que se estaba levantando viento, pues gemía y silbaba entre las rocas, y las ramas de los árboles entrechocaban a nuestro paso. El frío aumentaba por momentos, y empezó a caer una nieve fina, en forma de polvo, de manera que no tardó en cubrirse todo de blanco a nuestro alrededor. El viento penetrante, aunque se iba debilitando a medida que avanzábamos, arrastraba aún los ladridos de los perros. Los aullidos de los lobos se oían cada vez más cerca, como si nos fuesen rodeando por todas partes. Yo estaba terriblemente asustado, y los caballos compartían mi miedo; sin embargo, el cochero no se alteró lo más mínimo. De cuando en cuando, volvía la cabeza a izquierda y derecha, aunque yo no conseguía ver nada en la oscuridad.

De pronto, a la izquierda, divisé el parpadeo lejano y vacilante de una llama azulenca. El cochero la vio al mismo tiempo que yo; retuvo inmediatamente a los caballos y, saltando a tierra, desapareció en la oscuridad. Yo no sabía qué hacer, y menos con los aullidos de los lobos cada vez más próximos; pero mientras dudaba, volvió a aparecer el conductor, ocupó su asiento y, sin decir una palabra, reemprendimos la marcha. Creo que debí de quedarme dormido y soñar ese mismo incidente, porque me pareció que se repetía de manera interminable; y ahora, al pensar en ello, se me antoja una espantosa pesadilla. En una ocasión, la llama parecía tan cerca del camino que aun en la oscuridad que nos envolvía pude distinguir los movimientos del cochero. Se acercó a donde estaba la llama azul —tan débil que no iluminaba siquiera a su alrededor—, reunió unas cuantas piedras y formó una especie de señal. Y se produjo un extraño efecto óptico: al colocarse el cochero entre la llama y yo, no tapó la luz, sino que seguí viendo su parpadeo fantasmal como si no estuviese él delante. Esto me sobresaltó, pero dado que fue algo momentáneo, pensé que me habían engañado los ojos, de tanto forzarlos en la oscuridad. Después, durante un rato, no volvimos a ver más llamas azules, y seguimos corriendo a gran velocidad, a través de la noche, mientras los lobos aullaban a nuestro alrededor como si nos siguiesen, manteniendo el cerco a la misma distancia.

Por último, el cochero hizo una nueva parada y se alejó más que las otras veces, durante su ausencia los caballos empezaron a temblar violentamente y a resoplar y relinchar de terror. Yo no conseguía averiguar la causa, ya que los aullidos de los lobos habían cesado por completo, pero en ese instante, y entre unas nubes negras, surgió la luna por detrás de la mellada cresta de un monte rocoso y poblado de pinos, y descubrí que estábamos rodeados por un círculo de lobos de blancos colmillos y colgantes lenguas rojas, las patas largas y nervudas y el pelo desgreñado. Eran cien veces más terribles en este tétrico silencio que cuando aullaban. Me sentí paralizado de terror. Sólo cuando el hombre se enfrenta cara a cara con estos terrores es cuando puede comprender su auténtica importancia.

De pronto, los lobos empezaron a aullar otra vez, como si la luna hubiese ejercido algún extraño influjo sobre ellos. Los caballos se encabritaron, mirando a su alrededor de forma lastimera; pero el cerco vivo del terror los rodeaba por todos lados, y se vieron obligados a permanecer dentro de él. Grité al cochero que volviese; me pareció que nuestra salvación estaba en romper el cerco y ayudarle a subir. Grité y golpeé el costado de la calesa, confiando en alejar a los lobos por ese lado, y darle ocasión de que llegara hasta la portezuela. No sé cómo lo hizo, pero el caso es que le oí alzar la voz con un tono de autoridad, y al mirar en aquella dirección, le vi inmóvil en mitad del camino. Agitó los brazos como barriendo un obstáculo impalpable, y los lobos fueron retrocediendo más y más. En ese preciso momento, cruzó por delante de la luna una nube densa, y de nuevo se sumió todo en tinieblas.

Cuando conseguí distinguir las cosas otra vez, el conductor estaba subiendo a la calesa, y los lobos habían desaparecido. Todo esto era tan extraño y misterioso que me sentí sobrecogido, y no me atreví a hablar ni a moverme. El tiempo me parecía interminable mientras corríamos, ahora casi en completa oscuridad, pues las nubes inquietas habían ocultado la luna. Seguimos subiendo. Aunque de cuando en cuando venía alguna súbita bajada, nuestra marcha era cuesta arriba. De pronto me di cuenta de que el conductor guiaba los caballos hacia el patio de un inmenso castillo en ruinas, en cuyas altas y oscuras ventanas no se veía un solo resplandor, y cuyas almenas desmoronadas recortaban sus melladas siluetas contra el cielo iluminado por la luna.

2

DIARIO DE JONATHAN HARKER

(Continuación)

5 de mayo

Debí de quedarme dormido, ya que si hubiese estado completamente despierto me habría dado cuenta de que nos acercábamos a este extraordinario lugar. En la oscuridad, el patio parecía de grandes dimensiones, pero como de él parten varios accesos bajo sus correspondientes arcos de medio punto, quizá me dio la impresión de que era mayor de lo que es en realidad. Aún no lo he podido ver de día.

Al detenerse la calesa, el cochero saltó al suelo y me tendió la mano para ayudarme a bajar. De nuevo tuve ocasión de comprobar su fuerza prodigiosa. Su mano parecía verdaderamente un mecanismo de acero capaz de estrujar la mía, si quería. Luego cogió mi equipaje y lo dejó en el suelo junto a mí, ante una enorme puerta, vieja y tachonada de grandes clavos, bajo un pórtico de piedra saledizo. Pude ver, incluso a la escasa luz, que la piedra estaba tallada de forma imponente, pero que sus adornos esculpidos parecían muy erosionados por la lluvia y el tiempo. El cochero, entretanto, saltó otra vez a su asiento y sacudió las riendas; arrancaron los caballos, y el coche desapareció bajo uno de los arcos oscuros.

Me quedé en silencio donde estaba, ya que no sabía qué hacer. No había signo alguno de aldaba o campanilla; no era probable que mi voz lograse transponer estos muros severos y estas ventanas en tinieblas. Me parecía interminable la espera y me asaltaba un cúmulo de dudas y temores. ¿A qué clase de lugar había venido, y entre qué clase de gente estaba? ¿En qué siniestra aventura me había embarcado? ¿Era un incidente habitual en la vida de un pasante de abogado, que le enviasen a explicar a un extranjero las gestiones sobre la compra de una finca de Londres? ¡Pasante de abogado! A Mina no le habría gustado. Abogado... Porque justo antes de salir de Londres me enteré de que he aprobado el examen, ¡ahora soy abogado con todas las de la ley! Empecé a frotarme los ojos y a pellizcarme para ver si estaba despierto. Todo esto me parecía una horrible pesadilla, y esperaba despertar de repente y encontrarme en casa, con la claridad del día filtrándose por las ventanas, como me pasaba a veces, después de un día de trabajo excesivo. Pero mi carne respondió a la prueba del pellizco, y mis ojos no se equivocaban. Estaba efectivamente despierto, y en los Cárpatos. Todo lo que podía hacer ahora era tener paciencia y esperar a que amaneciera.

Justo cuando llegué a esta conclusión oí al otro lado unos pasos pesados que se acercaban a la puerta, y a través de sus grietas vi el resplandor de una luz que se aproximaba igualmente. Luego sonó un ruido de cadenas y gruesos cerrojos al ser descorridos. Giró una llave con el chirriante sonido que produce un prolongado desuso, y se abrió la puerta.

Dentro había un hombre alto y viejo, de cara afeitada, aunque con un gran bigote blanco, y vestido de negro de pies a cabeza, sin una sola nota de color en todo él. En la mano sostenía una antigua lámpara de plata, en la que ardía una llama, sin tubo ni globo que la protegiera, la cual arrojaba largas y temblorosas sombras al vacilar en la corriente de la puerta abierta. El anciano hizo un gesto de cortesía con la mano derecha y dijo en un inglés excelente, aunque con un extraño acento:

—¡Bienvenido a mi casa! ¡Entre libremente y por su propia voluntad!

No hizo el menor ademán de salir a recibirme, sino que permaneció donde estaba como una estatua, como si su gesto de bienvenida le hubiese petrificado. Sin embargo, en el instante en que crucé el umbral, avanzó impulsivamente hacia mí y tendiendo la mano, me cogió la mía con tal fuerza que no pude reprimir una mueca de dolor lo que no impedía que la tuviese fría como el hielo..., tanto, que me pareció más la mano de un muerto que la de un vivo. Repitió:

—Bienvenido a mi casa. Entre libremente. Pase sin temor. ¡Y deje en ella un poco de la felicidad que trae consigo!

La fuerza con que me había estrechado la mano era tan parecida a la del cochero, cuya cara no había visto, que por un instante pensé si no estaría hablando con la misma persona, de modo que, para cerciorarme, dije inquisitivamente:

—¿El conde Drácula?

Hizo un gesto de asentimiento y contestó:

—Yo soy Drácula. Le doy la bienvenida, señor Harker, a mi casa. Pase, el aire de la noche es frío, y seguramente necesita comer y descansar.

Mientras hablaba, colocó la lámpara en una repisa de la pared, cogió mi equipaje y lo entró, antes de que yo pudiese anticiparme.

Protesté, pero él insistió:

—Deje, señor, es usted mi invitado. Es tarde, y mi gente está fuera de servicio. Deje que me ocupe personalmente de su comodidad.

Insistió en llevar él mis cosas a lo largo del corredor; luego subió por una gran escalera de caracol, y recorrimos otro largo pasillo, en cuyas losas de piedra resonaban nuestros pasos. Al final, abrió una pesada puerta, y me alegró ver en el interior una habitación bien iluminada, en la que había una mesa puesta para la cena, y en cuya imponente chimenea ardía y brillaba un animado fuego de troncos.

El Conde se detuvo, dejó mi equipaje en el suelo, cerró la puerta y, cruzando la habitación, abrió otra puerta que daba acceso a una pequeña pieza octogonal, iluminada por una sola lámpara, al parecer sin ventanas de ninguna clase. La cruzó y abrió otra puerta más, haciéndome un gesto para que entrase. Fue una visión acogedora, porque aquí había un dormitorio bien iluminado y caldeado con otro fuego de leña que rugía cavernosamente en una amplia chimenea. El Conde dejó el equipaje y se retiró diciendo antes de cerrar:

—Después del viaje, necesitará refrescarse y lavarse un poco. Espero que encontrará todo lo necesario. Cuando haya terminado, pase a la otra habitación, donde tendrá la cena preparada.

La luz y el calor y la cálida acogida del Conde disiparon todas mis dudas y temores. Al recobrar mi ánimo habitual, descubrí que estaba muerto de hambre, así que me arreglé apresuradamente, y fui a la otra habitación.

Encontré la cena ya servida. Mi anfitrión, que estaba de pie, a un lado de la gran chimenea, apoyado contra la piedra, hizo un gesto cortés señalando la mesa, y dijo:

—Siéntese, por favor, y cene a su gusto. Confío en que sabrá perdonarme si no me uno a usted; he cenado ya, y no tengo costumbre de tomar nada después.

Le tendí la carta sellada que el señor Hawkins me había confiado. La abrió y la leyó gravemente; luego, con una sonrisa encantadora, me la tendió para que la leyese yo. Un pasaje, al menos, me llenó de satisfacción:

> Siento mucho que un ataque de gota, dolencia que sufro constantemente, me impida viajar durante una temporada, pero tengo la satisfacción de poder mandar en sustitución mía a una persona que cuenta con toda mi confianza. Es un joven lleno de energía y talento, y de una integridad natural. Es discreto, reservado, y ha crecido a mi servicio. Está preparado para asistirle en lo que desee durante su estancia con usted, y se hará cargo de sus instrucciones en todos los asuntos.

El propio Conde se acercó, destapó una fuente, y, acto seguido, me lancé sobre un suculento pollo asado. Ésta fue mi cena, junto con un poco de queso, ensalada, y una botella de viejo *tokay*, del que me serví dos vasos. Mientras comía, el Conde me hizo un sinfín de preguntas sobre mi viaje; y poco a poco, le conté todas las incidencias.

Había terminado ya de cenar, había acercado la silla junto al fuego a ruegos de mi anfitrión, y fumaba un cigarro que él me había ofrecido, excusándose por no fumar. Fue entonces cuando tuve ocasión de observarle y me sorprendió su fisonomía.

Tenía un rostro fuertemente aguileño, con el puente de su delgada nariz muy alto y las aletas arqueadas de forma peculiar, la frente alta y abombada, y el pelo ralo en las sienes, aunque abundante en el resto de la cabeza. Sus cejas, muy espesas, casi se juntaban en el ceño y estaban formadas por un pelo tupido que parecía curvarse por su misma profusión. La boca, o lo que se veía de ella por debajo del bigote, era firme y algo cruel, con unos dientes singularmente afilados y blancos; le salían por encima del labio, cuyo notable color rojo denotaba una vitalidad asombrosa en un hombre de sus años. Por lo demás, sus orejas eran pálidas y extremadamente puntiagudas en la parte superior; tenía la barbilla ancha y fuerte y las mejillas firmes, aunque delgadas. La impresión general que producía era de una extraordinaria palidez.

Hasta ahora le había visto sólo el dorso de las manos —que tenía apoyadas sobre las rodillas— a la luz del fuego, y me habían parecido blancas y finas; pero al verlas más de cerca, no pude por menos de observar que eran ordinarias, anchas, con unos dedos cuadrados. Cosa extraña: tenía vello en las palmas. Sus uñas eran largas, finas y puntiagudas. Al inclinarse el Conde hacia mí, y rozarme sus manos, no pude reprimir un estremecimiento. Quizá fue debido a la fetidez de su aliento, pero me invadió una espantosa sensación de náusea que, por mucho que quise, no me fue posible ocultar. El Conde, evidentemente, se apartó al notarlo, y con una especie de tétrica sonrisa, que reveló mucho más sus dientes protuberantes, se sentó otra vez en su butaca, al otro lado de la chimenea. Permanecimos en silencio durante un rato; y al mirar hacia la ventana, vi la primera franja difusa del amanecer; al mismo tiempo, oí, procedente del fondo del valle, el aullido de numerosos lobos. Los ojos del Conde centellearon y dijo:

—Escuche..., son los hijos de la noche. ¡Qué hermoso concierto!

—Y al ver, supongo, una expresión de extrañeza en mi cara, añadió—: ¡Ah, señor, ustedes los de la ciudad no pueden comprender los sentimientos de un cazador!

Luego se levantó y dijo:

—Pero debe sentirse cansado. Su dormitorio está preparado, y podrá dormir cuanto quiera. Yo estaré ausente hasta la tarde; así que duerma, ¡y que tenga buenos sueños! —Y con una cortés inclinación, me abrió la puerta de la habitación octogonal, y entré en mi dormitorio...

Estoy hecho un mar de confusiones. Tengo dudas, temores y pienso cosas extrañas que no me atrevo a confesarme a mí mismo. ¡Que Dios me proteja, aunque sólo sea por los seres que me son queridos!

7 de mayo

Es otra vez por la mañana, pero he descansado y disfrutado las últimas veinticuatro horas. Dormí hasta bastante tarde y me desperté por mí mismo. Después de vestirme, fui a la habitación donde había cenado, y encontré puesto un desayuno frío, con el café en una cafetera, junto al fuego de la chimenea. Había una tarjeta en la mesa que decía:

> Estaré ausente un rato. No me espere. D.

De modo que me senté y disfruté de un abundante desayuno. Al terminar, traté de descubrir una campanilla, a fin de avisar a los criados, pero no vi ninguna. Desde luego, hay deficiencias muy extrañas en esta casa, teniendo en cuenta la extraordinaria ostentación de riqueza que veo a mi alrededor. Los cubiertos de la mesa son de oro, y están tan bellamente labrados que deben valer una fortuna. Las cortinas y el tapizado de las sillas y sofás, así como las colgaduras de mi cama, son de un tejido bello y costoso; debió de ser de muchísimo valor cuando lo hicieron, pues es de hace siglos, aunque se conserva en excelente estado. He visto telas parecidas en Hampton Court, aunque estaban gastadas, raídas y apolilladas. En cambio, en ninguna de las habitaciones hay espejos. Ni siquiera en la mesa de mi tocador, y he tenido que recurrir al espejito de viaje que llevo en la bolsa para poder afeitarme y peinarme. Aún no he visto criados por ninguna parte, ni he oído otros ruidos en los alrededores del castillo que el aullido de los lobos. Al terminar de comer —no sé si llamarlo desayuno o cena, pues eran entre las cinco y las seis de la tarde— busqué algo para leer, ya que prefiero no andar por el castillo hasta tanto no cuente con el permiso del Conde. No había absolutamente nada en la habitación: ni libros, ni periódicos, ni utensilios para escribir, así que abrí otra puerta de la habitación, y encontré una especie de biblioteca. Traté de abrir la puerta opuesta a la mía, pero estaba cerrada con llave.

En la biblioteca encontré, para gran alegría mía, numerosos libros ingleses, estanterías enteras, y volúmenes encuadernados de revistas y periódicos. Había una mesa en el centro que estaba atestada de revistas y periódicos ingleses, aunque ninguno era de fecha reciente. Los libros trataban de los temas más diversos —historia, geografía, economía política, botánica, geología, derecho—, todos sobre Inglaterra, y sobre la vida y las costumbres inglesas. Había incluso libros de consulta tales como el registro de direcciones útiles de Londres, los libros *Azul y Rojo*, el *Whitaker's Almanak*, los escalafones del Ejército y de la Marina, y —algo que me produjo alegría— el censo del cuerpo jurídico.

Mientras hojeaba los libros, se abrió la puerta y entró el Conde. Me saludó con cordialidad y expresó su esperanza de que hubiese descansado bien durante la noche. Luego prosiguió:

—Me alegra que haya sabido llegar hasta aquí, pues estoy seguro de que encontrará muchas cosas interesantes. Estos amigos —y apoyó la mano sobre algunos libros— han sido buenos compañeros míos durante estos últimos años, desde que se me ocurrió la idea de trasladarme a Londres; me han proporcionado muchas, muchas horas agradables... Gracias a ellos, he llegado a conocer su poderosa Inglaterra; y conocerla es amarla. Ansío el momento de recorrer las calles concurridas del inmenso Londres, encontrarme en el torbellino y la avalancha de humanidad, compartir su vida, sus cambios, su muerte, todo. Pero, ¡ay!, hasta ahora, sólo conozco su lengua a través de los libros. Por usted, amigo mío, veo que la sé hablar.

—¡Pero, Conde —dije—, usted la habla perfectamente!

Hizo una grave reverencia.

—Gracias, amigo mío, por su halagadora estimación; pero me temo que aún me queda mucho camino por recorrer. Es cierto que conozco la gramática y las palabras; pero hasta ahora no sé manejarla bien.

—Por supuesto que sí —dije—, la habla a la perfección.

—No es verdad —contestó—. Sé muy bien que si yo anduviese y hablase en pleno Londres, nadie dejaría de notar que soy extranjero. Así que no es suficiente para mí. Aquí soy noble; soy un boyardo; la gente llana me conoce, y soy el señor. Pero un desconocido en tierra extraña no es nadie; los hombres no le conocen..., y no conocerle es no tenerle en cuenta. Me contento con ser como los demás, de forma que nadie se pare al verme, ni deje de hablar al oírme, para exclamar: «¡Ja, ja! ¡Un extranjero!» Hace tanto tiempo que soy señor, que quiero seguirlo siendo..., o al menos, que nadie esté por encima de mí. Usted no viene sólo como agente de mi amigo Peter Hawkins de Exeter, para ponerme al corriente sobre mi nueva propiedad de Londres. Confío en que descansará aquí un tiempo, de forma que conversando con usted pueda aprender la entonación inglesa, quiero que cuando cometa un error de pronunciación, por pequeño que sea, me lo diga. Siento haber tenido que estar ausente tanto tiempo hoy, pero sé que sabrá perdonar a quien lleva entre manos tantos asuntos importantes.

Por supuesto, le dije que sí y le pregunté si podía entrar en la biblioteca cuando quisiera. Me contestó que por supuesto, y añadió:

—Puede visitar las partes del castillo que le apetezcan, salvo las puertas que están cerradas, donde naturalmente no deseará usted entrar. Hay razones para que todo esté como está, y si lo viese usted con mis ojos, y lo entendiese con mi entendimiento, quizá lo comprendería mejor.

Le dije que estaba seguro de ello, y luego prosiguió:

—Estamos en Transilvania y Transilvania no es Inglaterra. Nuestras costumbres no son las de ustedes, de modo que habrá muchas cosas que le resultarán extrañas. Y puesto que me ha contado las incidencias de su viaje, sabe ya lo singulares que pueden ser las cosas aquí.

Esto dio pie a una larga conversación. Y como era evidente que quería hablar, aunque no fuese más que por hablar, le hice muchas preguntas acerca de lo que me había sucedido o había oído decir. A veces eludía el tema, o desviaba la conversación fingiendo no entender; pero generalmente contestaba a cuanto le preguntaba con toda sinceridad. Luego, pasado un rato, me volví más atrevido, y le pregunté sobre algunas cosas extrañas que había observado la noche anterior, como, por ejemplo, por qué el cochero se acercaba a los lugares donde veíamos llamas azules. ¿Era cierto efectivamente que indicaban el sitio donde había oro escondido? Entonces me explicó que era creencia común que en determinada noche del año —la noche pasada, concretamente, en que todos los malos espíritus se liberan— se ve una llama azul en todos aquellos lugares en los que hay escondido un tesoro.

—Dichos tesoros —prosiguió— han sido escondidos en la región que usted recorrió anoche, de eso no hay la menor duda, ya que durante siglos fue campo de batalla de valacos, sajones y turcos. En realidad, no hay un pie de terreno en toda esta región que no se haya enriquecido con la sangre de los hombres, patriotas o invasores. En el pasado hubo épocas agitadas en que los austríacos y los húngaros llegaban en oleadas, y los patriotas les salían al encuentro (hombres y mujeres, ancianos y niños) y les esperaban en lo alto de los desfiladeros, desde donde sembraban su destrucción con aludes artificiales. Y cuando el invasor triunfaba, encontraba poca cosa, ya que, tuvieran lo que tuviesen, lo ocultaban bajo la tierra acogedora.

—Pero —dije yo— ¿cómo pueden haber permanecido durante tanto tiempo sin ser descubiertos, cuando hay una señal tan inequívoca de su situación, para un hombre que se tome la molestia de mirar?

El Conde sonrió y, al retraérsele los labios sobre las encías, dejó a la vista unos caninos singularmente largos y afilados. Contestó:

—¡Porque el campesino es en el fondo estúpido y cobarde! Esas llamas sólo aparecen una noche. Y en esa noche, ningún hombre de esta tierra se atreve a salir de su casa, si puede evitarlo. Y, mi querido señor, aun cuando saliera, no sabría qué hacer. Ni el hombre que usted dice que ha señalado el lugar de las llamas podrá encontrar sus propias indicaciones. Y me atrevería a jurar que usted tampoco, ¿no es verdad?

—Es verdad —dije—. No tengo ni la más remota idea de dónde tendría que buscar.

Luego derivamos hacia otros temas.

—Bueno —dijo por último—, hábleme de Londres y de la casa que han comprado para mí.

Excusándome por mi negligencia, fui a mi habitación a sacar los documentos de mi bolsa. Mientras los ordenaba, oí ruido de cubiertos y tazas en la habitación contigua, y al regresar vi que la mesa estaba recogida y había una lámpara encendida, dado que había oscurecido. También encontré encendidas las lámparas del despacho o biblioteca; el Conde estaba tumbado en el sofá, leyendo nada menos que la guía inglesa de Bradshaw. Al entrar yo, retiró los libros y periódicos de la mesa; y nos pusimos a revisar los planos, gestiones y cifras de todo género. Se interesó por todo y me hizo miles de preguntas sobre el lugar y sus alrededores. Evidentemente, había estudiado cuanto había caído en sus manos sobre el contorno, pues resultó que sabía mucho más que yo. Cuando se lo dije, exclamó:

—Pero, amigo mío, ¿acaso no es necesario que lo sepa? Cuando me instale allí estaré completamente solo, y mi amigo Harker Jonathan..., no, perdóneme, he caído en la costumbre del país de anteponer el patronímico; mi amigo Jonathan Harker no estará a mi lado para corregirme y ayudarme. Estará en Exeter, a kilómetros de distancia, probablemente manejando documentos jurídicos con mi otro amigo Peter Hawkins. ¡A qué sí!

Estudiamos los detalles de la compra de la propiedad de Purfleet. Cuando le hube expuesto todas las gestiones, y me hubo firmado él los documentos necesarios, acompañados de una carta para el señor Hawkins, empezó a preguntarme cómo había encontrado una casa tan apropiada. Le leí las notas que había tomado en aquella ocasión, y que transcribo aquí:

En Purfleet, en una carretera secundaria, he encontrado un edificio que parece reunir las condiciones requeridas, en el que se exhibe un deteriorado cartel anunciando que está en venta. Se encuentra rodeado por un muro alto, antiguo, de sólida piedra, que no ha sido reparado desde hace muchos años. Las puertas, cerradas, son de gruesa madera de roble y hierro totalmente oxidado.

La finca se llama Carfax; sin duda, corrupción del antiguo *Quatre Face*, ya que el edificio tiene cuatro fachadas que coinciden con los cuatro puntos cardinales. Tiene unas ocho hectáreas de terreno, enteramente cercado por el citado muro de piedra. Hay muchos árboles, y algunos rincones quedan demasiado sombríos; hay también un estanque o pequeño lago, profundo y oscuro, alimentado sin duda por algunos manantiales, ya que el agua es clara y discurre por una corriente de cierto caudal. La casa es muy grande, y debe datar, seguramente, de los tiempos medievales, pues una parte está hecha con sillares de enorme grosor, con pocas ventanas, muy altas y enrejadas. Parece que formó parte de una torre del homenaje, y está próxima a una vieja capilla o iglesia. No he podido entrar, ya que la puerta que da acceso a ella desde la casa está cerrada y no tengo la llave; pero he tomado foto-

grafías con mi Kodak desde diversos ángulos. La casa ha sido am-
pliada, pero de manera muy desordenada; por lo que me es muy
difícil calcular el terreno que abarca, que debe de ser muy grande.
Hay muy pocas casas en las proximidades; una de ellas es un edificio muy grande, construido recientemente y convertido en manicomio particular. Pero no se ve desde el parque.

Cuando terminé, dijo:

—Me alegro de que sea vieja y grande. Provengo de una antigua
familia y el vivir en una casa moderna me mataría. Una casa no se
vuelve habitable en un día, y, en definitiva, son muy pocos los días
que hacen falta para sumar un siglo. Me alegro también de que cuente con una antigua capilla. A los nobles de Transilvania no nos agrada
la idea de que nuestros huesos vayan a descansar entre los muertos
corrientes. No busco la diversión y el bullicio, ni la espléndida voluptuosidad del sol y las aguas centelleantes que tanto gustan a los jóvenes y a las gentes alegres. Ya no soy joven. Y mi corazón, después de
tantos años de llorar sobre los muertos, no se acompasa ya con la alegría. Además, los muros de mi castillo están resquebrajados; las sombras son muchas, y el viento sopla frío entre las barbacanas y las desmoronadas almenas. Amo la oscuridad y la sombra; y deseo estar solo
con mis pensamientos el tiempo que pueda.

De alguna manera, su semblante no parecía estar en consonancia
con sus palabras; o quizás era que sus facciones daban una expresión
maligna y saturniana a su sonrisa.

Luego, tras una excusa, me dejó solo, pidiéndome que recogiese
todos los documentos. Estuvo ausente un rato, durante el cual me dediqué a hojear algunos de los libros que había a mi alrededor. Uno era
un atlas que, al cogerlo, se abrió por Inglaterra, como si dicho mapa
hubiese sido muy utilizado.

Al examinarlo, descubrí que tenía trazados unos círculos pequeños en determinados lugares.

Uno de ellos estaba cerca de Londres, al este, y señalaba evidentemente el emplazamiento de su nueva propiedad, los otros dos estaban en Exeter y en Whitby, en la costa de Yorkshire.

Había transcurrido casi una hora, cuando regresó el Conde.

—¡Ajá! —dijo—, ¿aún con los libros? ¡Bien! Pero no debe trabajar siempre. Vamos, me acaban de informar que tiene preparada la cena.

Me tomó del brazo, y pasamos a la habitación contigua, donde encontré una excelente cena dispuesta en la mesa. El Conde se excusó otra vez, diciendo que había cenado fuera. Pero se sentó, como la noche anterior, y charló un rato mientras yo comía. Después de cenar encendí un cigarro, y el Conde estuvo haciéndome compañía, hablando y preguntándome acerca de todos los temas imaginables, hora tras hora. Me daba cuenta de que se estaba haciendo muy tarde, pero no dije nada, pues me sentía en la obligación de satisfacer los deseos de mi anfitrión en todos los sentidos. No tenía sueño, ya que el descanso de la noche anterior me había reconfortado; pero no por ello dejé de sentir esos escalofríos que le entran a uno cuando empieza a amanecer, que son, en cierto modo, como el cambio de la marea. Dicen que la gente que está a punto de morir lo hace generalmente al romper el día o al cambiar la marea; cualquiera que, cansado, y atado por así decir a su puesto, haya experimentado este cambio en la atmósfera, puede entenderlo muy bien. Y de repente, con una estridencia preternatural, el canto de un gallo rasgó el aire diáfano de la madrugada; el conde Drácula se puso en pie de un salto, y dijo:

—¡Vaya, es de madrugada otra vez! ¡Cuánto me cuesta dejarle...! Debe procurar hacer menos interesante su conversación sobre Inglaterra, mi nuevo y amado país, a fin de que no olvide yo que el tiempo vuela. —Y tras una inclinación, se retiró.

He entrado en mi habitación y he descorrido las cortinas; pero hay poco que observar; mi ventana da al patio; todo lo que puede verse es el gris cálido del cielo, cada vez más claro. Así que he corrido las cortinas otra vez, y me he puesto a escribir lo del día.

8 de mayo

Temía, al empezar a escribir en este cuaderno, volverme demasiado difuso; pero ahora me alegro de haber anotado todos los incidentes desde el principio; porque hay algo tan extraño en este lugar, y es tan raro todo él, que no puedo por menos de sentirme intranquilo. Me gustaría estar a salvo y lejos de aquí, o no haber venido. Puede que esta extraña existencia nocturna me esté afectando; pero ¡ojalá sea eso todo! Si tuviera a alguien con quien hablar, podría resistirlo; pero no tengo a nadie. Sólo puedo hablar con el Conde, pero ¡qué consuelo! Me temo que soy la única persona viviente de este lugar. Dejadme ser prosaico a la hora de contar los hechos, eso me ayudará a soportarlo, y evitará que se me desboque la imaginación. De lo contrario, estoy perdido. Dejadme decir cuál es mi situación... o cuál creo que es.

Me acosté, pero sólo dormí unas horas, y viendo que no podía conciliar el sueño otra vez, me levanté. Tenía el espejito colgado junto a la ventana, y había empezado a afeitarme. De repente, sentí una mano en mi hombro, y oí la voz del Conde que decía:

—Buenos días.

Me sobresalté, asombrado de no haberle visto, dado que el espejo reflejaba toda la habitación que tenía detrás. Con el sobresalto, me hice un leve corte, aunque no lo noté al principio. Contesté al saludo del Conde, y me volví hacia el espejo para averiguar por qué no le había visto. Esta vez no cabía error posible; el hombre estaba cerca de mí, y podía verle por encima del hombro. ¡Pero su imagen no se reflejaba en absoluto en el espejo! Se veía toda la habitación que tenía detrás; sin embargo, no había signo de hombre alguno, excepto yo. Era sorprendente, y, dado que esto sucedía después de tantas cosas extrañas, empezó a aumentar en mí esa vaga sensación de inquietud que siento siempre que tengo al Conde cerca. Pero en ese momento descubrí el corte que me había hecho; sangraba un poco y un hilillo de sangre me corría por la barbilla. Dejé la navaja y me volví para buscar un poco de esparadrapo. Cuando el Conde me vio la cara, le fulguraron los ojos como con una especie de furor demoníaco, y me agarró súbitamente por el cuello. Me revolví, y su mano rozó el crucifijo que yo llevaba puesto. Esto produjo en él un cambio instantáneo; y se le pasó tan rápidamente el furor, que me pareció pura figuración mía.

—Tenga cuidado —dijo—, tenga cuidado de no cortarse. Es más peligroso de lo que se figura, en este país. —Luego, cogiendo el espejito, añadió—: Y éste es el desdichado objeto causante del percance. Estúpida baratija de la vanidad humana. ¡Fuera!

Y abriendo la pesada ventana con un tirón de su terrible mano, arrojó el espejo, que fue a romperse en mil pedazos sobre las losas del patio. Luego se retiró sin decir una palabra. Es un fastidio, porque ahora no sé cómo me voy a afeitar; a menos que utilice la tapa de mi reloj o el fondo de mi jabonera, que afortunadamente es de metal.

Cuando entré en el comedor, el desayuno estaba servido; pero no vi al Conde por ninguna parte. Así que desayuné solo. Es extraño, pero hasta ahora no he visto al Conde comer ni beber. ¡Debe de ser un hombre muy singular! Después del desayuno, anduve explorando un poco por el castillo. Salí de la escalera y encontré una habitación orientada hacia el mediodía. La perspectiva era magnífica, y desde donde yo estaba podía contemplarse perfectamente. El castillo está en el borde mismo de un terrible precipicio. Si soltase una piedra desde la ventana, ¡podría verla caer unos treinta metros sin que tocara nada! Hasta donde alcanza la mirada, se extiende un mar de verdes copas de árboles, con algunos vacíos, donde se abren los abismos. De trecho en trecho, se divisan algunas hebras de plata, donde los ríos serpean en profundas gargantas que recorren los bosques.

Pero no me siento con ánimo para describir cosas bellas. Después de ver el paisaje, seguí explorando: puertas, puertas, puertas por todas partes; todas cerradas con llave y cerrojo. No hay salida posible, salvo las ventanas que se abren en los muros del castillo.

El castillo es un auténtico presidio, ¡y yo soy su prisionero!

3

DIARIO DE JONATHAN HARKER

(Continuación)

Al comprender que estaba prisionero, me entró una especie de frenética desesperación. Subía y bajaba la escalera, intentando abrir todas las puertas y asomándome a todas las ventanas que encontraba; pero al poco rato, un sentimiento de impotencia me hizo abandonar. Al pensar en ello ahora, al cabo de unas horas, creo que debí volverme loco, ya que me comporté como se comporta una rata en una trampa. Sin embargo, tan pronto como me di cuenta de mi desamparo, me senté tranquilamente —con una tranquilidad como no he sentido en la vida—, y me puse a meditar sobre qué podía hacer. Aún sigo pensando, y todavía no he llegado a ninguna conclusión. De una cosa estoy seguro: que no sirve de nada decirle al Conde lo que pienso. Sabe muy bien que estoy prisionero; y puesto que lo estoy por decisión suya, y tiene sus razones para hacer una cosa así, lo único que conseguiría confiándome a él sería que me engañase. De momento, mi único plan consistirá en guardarme mis temores y lo que sepa, y mantener los ojos abiertos. Sé que, o bien mis propios miedos me engañan como a un niño, o bien me encuentro en una situación muy peligrosa; si se trata de lo segundo, necesito, necesitaré, de todas mis facultades. Apenas había llegado a esta conclusión, cuando oí cerrarse la gran puerta de abajo, y comprendí que el Conde había regresado. No subió en seguida a la biblioteca; así que fui sigilosamente a mi habitación y le descubrí haciéndome la cama. Es muy raro, pero eso no ha hecho sino confirmar lo que venía pensando todos estos días: que no hay servidumbre en la casa. Cuando más tarde le he visto por la rendija de la puerta poniendo la mesa, ya no me cupo ninguna duda; si se ocupa personalmente de estos menesteres domésticos, es evidentemente porque no tiene a nadie que los haga por él. Esta idea me asusta; porque si no hay nadie en el castillo, debió de ser el propio Conde quien conducía el coche que me trajo hasta aquí. La idea es terrible; porque si es así, ¿qué significa el que domine a los lobos, como lo hizo, con sólo levantar la mano? ¿Por qué toda la gente de Bistritz, y la de la diligencia, tenía tanto miedo por mí? ¿Qué significa el regalo del crucifijo, de los ajos, de las rosas silvestres, de las serbas? ¡Bendita, bendita sea la buena mujer que me puso el crucifijo alrededor del cuello!, porque, cada vez que lo toco, me inspira consuelo y me produce una sensación de seguridad. Es curioso que un objeto que me han enseñado a mirar con desaprobación y como idolátrico, venga a ayudarme en los momentos de soledad y de angustia. ¿Acaso se debe a la esencia de la cosa misma, o es un medio, una ayuda tangible que transmite recuerdos de simpatía y de consuelo? Alguna vez, si puede ser, estudiaré esta cuestión y trataré de decidir mi postura al respecto. Ahora, debo averiguar lo que pueda sobre el conde Drácula, ya que eso me puede ayudar a comprender la situación. Puede que esta noche hable de sí mismo, si encauzo la conversación hacia ese tema. Pero debo tener mucho cuidado de no despertar sus sospechas.

Medianoche

He sostenido una larga conversación con el Conde. Le he hecho unas cuantas preguntas sobre la historia de Transilvania, y el tema le ha ido animando de manera asombrosa. Al referirse a los diversos hechos y a las personas, y especialmente a las batallas, hablaba como si las hubiese conocido personalmente o hubiese estado allí. Luego aclaró que para un boyardo, el orgullo de su casa y de su apellido es su propio orgullo, que la gloria de su familia constituye su gloria personal, y el destino de todos, su propio destino. Cada vez que aludía a su casa decía «nosotros» y hablaba en plural, como hacen los reyes. Me gustaría poder consignar con toda exactitud lo que ha dicho porque me parece de lo más fascinante. Resume toda la historia del país. Se iba entusiasmando a medida que hablaba, y paseaba por la habitación tirándose de su enorme bigote blanco y agarrando cuanto tocaba su mano como si quisiera estrujarlo con su fuerza poderosa. Trataré de transcribir lo mejor posible lo que ha dicho sobre la historia de su raza:

—Los szekelys tenemos derecho a sentirnos orgullosos, pues en nuestras venas corre la sangre de muchas razas valerosas que lucharon por el señorío como luchan los leones. Aquí, en este remolino de razas europeas, la tribu ugra trajo de Islandia el espíritu guerrero que le dieron Thor y Odín, y del que sus berserkers* hicieron gala en las costas europeas y en las de Asia y África, con tal ferocidad, que los pueblos creyeron que era una invasión de hombres lobos. Cuando llegaron aquí, se encontraron con los hunos, cuya furia guerrera había asolado la tierra como un fuego viviente, lo que había hecho creer a sus agonizantes víctimas que por sus venas corría la sangre de aquellas brujas que, expulsadas de Escitia, fueron a aparearse con los demonios del desierto. ¡Estúpidos, estúpidos! ¿Qué demonio o qué bruja ha sido jamás tan grande como Atila, cuya sangre aún corre por estas venas? —Y alzó los brazos—. ¿Es extraño que seamos una raza conquistadora, que seamos orgullosos, que cuando los magiares, los lombardos, los ávaros, los búlgaros o los turcos se lanzaron a millares sobre nuestras fronteras, les hiciéramos retroceder? ¿Es extraño que, cuando Arpad arrasó con sus legiones la patria de los húngaros, nos encontrara aquí al llegar a la frontera, y que diera por terminada la *Honfoglalas* en ese lugar? ¿Y que cuando la oleada de los húngaros se extendió hacia el este, los victoriosos magiares consideraran a los szekelys del mismo tronco, y nos confiaran la custodia de la frontera con Turquía durante siglos? Sí, y más aún, porque esta custodia no terminará jamás, pues, como dicen los turcos: «el agua duerme, y el enemigo vigila». ¿Quiénes, de las Cuatro Naciones, recibieron con más alegría la «espada sangrienta», o acudieron antes a la llamada de la guerra para ponerse bajo el estandarte del rey? ¿Quién lavó esa gran afrenta de mi nación, la vergüenza de Cassova, cuando las banderas de los valacos y los magiares sucumbieron ante el Creciente; quién,

---

* Gigantes de la mitología escandinava que, poseídos por una furia incontenible durante el combate, realizaban las proezas más extraordinarias.

sino uno de mi propia raza, que cruzó el Danubio como voivoda y derrotó a los turcos en su propio suelo? Fue un Drácula, por supuesto. ¡La pena fue que cuando él cayó, su propio e indigno hermano vendió a su pueblo a los turcos, acarreándole la vergüenza y la esclavitud! ¿No fue este Drácula, en efecto, quien inspiró a ese otro de su estirpe que, en época posterior, cruzó repetidamente el gran río con sus fuerzas para marchar sobre Turquía, y que, cuando era rechazado, volvía una y otra y otra vez, aunque regresara solo del ensangrentado campo donde habían sucumbido sus tropas, porque sabía que triunfaría al fin? Decían que sólo pensaba en sí mismo. ¡Ah!, ¿de qué sirven los campesinos sin un jefe que les mande? ¿En qué acabaría la guerra, sin un cerebro y un corazón que la dirijan? Y cuando, después de la batalla de los mohacos, nos sacudimos el yugo húngaro, la sangre de los Drácula se encontraba entre sus dirigentes, pues nuestro espíritu no soporta la falta de libertad. ¡Ah, joven señor, los szekelys (y los Drácula han sido siempre su sangre, su cerebro y su espada) pueden vanagloriarse de tener una historia que unos advenedizos como los Habsburgo o los Romanoff jamás podrán poseer! Los tiempos belicosos han terminado. La sangre es algo demasiado precioso en esta época de paz deshonrosa; y las glorias de las grandes razas se han convertido en leyenda.

Faltaba poco para el amanecer, y nos retiramos a dormir (*Mem.*, este diario se parece terriblemente al principio de *Las mil y una noches*, ya que todo se interrumpe con el canto del gallo..., o al espectro del padre de Hamlet).

12 de mayo

Voy a empezar por los hechos; por los hechos escuetos, comprobados con libros y cifras, y sobre los que no hay duda posible. No debo confundirlos con experiencias que radican en mi propia observación o en el recuerdo que tengo de ellas. Anoche, cuando vino el Conde de su habitación, empezó a hacerme preguntas sobre cuestiones legales y sobre el modo de llevar a efecto determinados asuntos. Yo había pasado el día aburrido, hojeando libros, y a fin de tener ocupado el pensamiento únicamente, repasé algunos de los temas que me habían tocado en el examen, en Lincoln's Inn. Había cierto método en las preguntas del Conde, así que trataré de transcribirlas por orden; su análisis puede serme de utilidad en algún momento.

Primero, preguntó si un hombre puede tener en Inglaterra dos procuradores o más. Le dije que podía tener una docena, si quería, pero que no era prudente contratar a más de un procurador para una transacción, puesto que sólo podía actuar uno cada vez, y el cambiar de procurador iba sin duda en contra de los propios intereses. Pareció entenderlo perfectamente, y me preguntó a continuación si había alguna dificultad práctica que le impidiese contratar a uno para que se ocupase, digamos, de las gestiones bancarias, y a otro para que se encargase de los envíos, en caso de remitirlos a una localidad distinta de aquella en la que reside el procurador encargado de las gestiones bancarias. Le pedí que me aclarase más la pregunta, a fin de asegurarme de haberle entendido bien, y dijo:

—Me explicaré. Nuestro común amigo, el señor Peter Hawkins, que vive lejos de Londres, a la sombra de la hermosa catedral de Exeter, compra en mi nombre, gracias a los buenos oficios de usted, una finca en Londres. Bien. Ahora permítame que le diga con franqueza, para que no le parezca extraño que recurra a los servicios de alguien tan alejado de Londres, en vez de dirigirme a un abogado de allí, que no me mueve otro interés que mi propio deseo, y que, como los de Londres podrían pensar, quizás, en sacar provecho para sí o para algún amigo, he buscado a mi agente bien lejos, a fin de que sus gestiones obedezcan sólo a mis intereses. Ahora bien, supongamos que tengo muchos negocios y deseo enviar mercancías, digamos, a Newcastle, a Durham, a Harwich o a Dover, ¿podría hacerlo más fácilmente remitiéndolas a alguien con domicilio en uno de esos puertos?

Contesté que desde luego, sería muy fácil, pero que los procuradores tenemos un sistema de colaboración, de forma que cada uno pueda encargarse de cualquier gestión en su localidad por instrucciones de otro procurador, así el cliente, poniéndose simplemente en manos de uno solo, puede solventar sus asuntos sin más preocupaciones.

—Pero —dijo él— yo estaría en libertad para dar instrucciones personalmente, ¿no es así?

—Por supuesto —repliqué—, es lo que hacen frecuentemente los hombres de negocios, cuando no quieren que nadie conozca la totalidad de sus transacciones.

—¡Bien! —dijo.

Luego siguió preguntándome sobre el medio de efectuar los envíos y el modo de llevarlos a cabo, así como sobre las dificultades que pueden surgir y son susceptibles de evitarse de antemano. Le expliqué todas estas cosas lo mejor que pude, y me dio la impresión de que habría sido un abogado maravilloso, ya que no había nada en lo que él no hubiera pensado o hubiera previsto. Para un hombre que nunca ha estado en el país, y que evidentemente no se ha metido demasiado en negocios, su conocimiento y perspicacia son asombrosos. Una vez satisfecho respecto a todos estos extremos a los que me he referido, y después de que yo buscase la confirmación como pude en los libros de que disponía, se levantó y dijo de repente:

—¿Ha vuelto a escribir, desde su primera carta, a nuestro amigo el señor Peter Hawkins o a alguna otra persona?

Le contesté, no sin cierta amargura, que no; que por ahora no veía yo posibilidad alguna de enviar cartas a nadie.

—Entonces escriba ahora, mi joven amigo —dijo, apoyando su mano pesada sobre mi hombro—, escriba a nuestro amigo, y a quien quiera, y dígale, si no le parece mal, que estará aquí conmigo un mes.

—¿Desea usted que me quede tanto tiempo? —le pregunté, pues la idea me encogió el corazón.

—Mucho, sí; además, no le admitiré negativas. Cuando su patrón, o jefe o lo que sea, se comprometió a enviar a alguien de su parte, quedó entendido que mis necesidades se limitaban a la mera consulta. Y aún no he terminado. ¿No es así?

¿Qué podía hacer yo, sino asentir? Era interés del señor Hawkins, no mío; debía pensar en él, no en mí; además, mientras hablaba el conde Drácula, algo en sus ojos y en su actitud me hizo recordar que me encontraba prisionero, y que si él quería, podía no tener elección. El Conde percibió su victoria en mi asentimiento, y su dominio en la inquietud de mi cara, pues inmediatamente empezó a utilizarlos, aunque a su manera afable e irresistible:

—Le ruego, mi joven y buen amigo, que no aluda en sus cartas a otros asuntos que los estrictamente profesionales. Sin duda a sus amigos les agradará saber que se encuentra bien y que espera reunirse pronto con ellos. ¿No es así?

Mientras hablaba, me tendió tres hojas de papel y tres sobres. Unas y otros eran del más fino papel de correspondencia para el extranjero, y al verlos, y mirarle luego a él, y observar su sosegada sonrisa, con sus dientes afilados y caninos apoyados en el labio inferior, comprendí, como si me lo hubiese advertido con palabras, que debía tener cuidado con lo que escribía, ya que podría leerlo. Así que decidí redactar una carta puramente formularia de momento (ya mandaré en secreto otra carta más larga al señor Hawkins), y otra a Mina, puesto que a ella puedo escribirle en taquigrafía, de forma que el Conde no la entienda. Cuando hube terminado de escribir las dos cartas, me puse a leer un libro tranquilamente, mientras el Conde escribía, al tiempo que consultaba algunos libros que tenía sobre la mesa. Luego cogió mis dos cartas, las unió a las suyas, dejándolas junto a la escribanía, y salió; y en el instante en que se cerró la puerta tras él, me incliné y miré las cartas, que estaban boca abajo sobre la mesa. No sentí el menor reparo en hacerlo, ya que dadas las circunstancias, considero que debo protegerme de todas las maneras posibles.

Una de las cartas iba dirigida a Samuel F. Billington, The Crescent, n.º 7, Whitby; otra a *Herr* Leutner, Varna; la tercera era para Coutts & Co., Londres, y la cuarta para *Herren* Klopstock & Billreuth, banqueros de Buda-Pest. La segunda y la cuarta estaban sin sellar. Iba a abrirlas, cuando vi moverse el picaporte de la puerta. Me senté de nuevo en mi sitio, con el tiempo justo para volver a dejar las cartas como estaban y coger el libro, antes de que el Conde entrase en la habitación con otra carta más en las manos. Cogió las de la mesa y les puso los sellos cuidadosamente, volviéndose hacia mí, dijo:

—Le ruego que me perdone, pero tengo mucho trabajo esta noche. Confío en que lo encontrará todo a su gusto. —Al llegar a la puerta se volvió, y tras una breve pausa, añadió—: Permítame aconsejarle, mi joven amigo, o mejor, permítame advertirle con toda seriedad, que en el supuesto de que abandonara estas habitaciones, no tendría ocasión de poder dormir en ninguna otra parte del castillo. Es

viejo y guarda muchos recuerdos, y los que duermen imprudente-
mente sufren pesadillas. ¡Tenga cuidado! Si nota usted que le entra
sueño, ahora o cuando sea, o piensa que le va a entrar, apresúrese a
volver a su propia cámara o a estas habitaciones; aquí podrá descansar sin peligro. Pero si no es prudente en este sentido, entonces...
—Terminó la frase de forma estremecedora, ya que movió las manos
como si se las lavara.

Comprendí perfectamente, mi única duda estaba en si los sueños
serían más terribles que la red tenebrosa e inhumana que parece cerrarse a mi alrededor.

Más tarde

Repito las últimas palabras escritas, pero esta vez sin vacilación alguna. No me da miedo dormir en cualquier sitio, con tal de que no esté
él. He puesto el crucifijo en la cabecera de mi cama..., supongo que
mi descanso estará así más libre de pesadillas, y ahí se quedará.

Al marcharse él, me metí en mi habitación. Un momento después,
como no oía ningún ruido, salí y subí la escalera de piedra hasta la
ventana desde donde puedo asomarme hacia el mediodía. El paisaje,
aunque inaccesible para mí, produce cierta sensación de libertad,
comparado con la angosta lobreguez del patio. Al contemplarlo, me di
cuenta de que estaba efectivamente en una prisión, y sentí la necesidad
de un soplo de aire fresco, aunque viniese de la noche. Me está empezando a afectar esta existencia nocturna. Me está destrozando los nervios. Me asusto de mi propia sombra y me asaltan toda clase de horribles figuraciones. ¡Bien sabe Dios que hay fundamento para cualquier
clase de temor, en este lugar de maldición! Me asomé a este escenario
sublime, bañado por el resplandor suave de la luna que lo iluminaba
como si fuese de día. Bajo esta claridad, los montes lejanos parecían
derretirse, así como las sombras de los valles y gargantas de aterciope-
lada negrura. La mera belleza me reconfortaba. Cada bocanada de
aire que aspiraba me producía paz y sosiego. Al apoyarme en la ventana, mis ojos percibieron un movimiento en la planta de abajo, un poco
a mi izquierda, donde imagino, por la orientación de las habitaciones,

que se abren las ventanas de la habitación del propio Conde. La ventana en la que estaba yo es alta y honda, con parteluz de piedra que, aunque gastado por la lluvia, aún se conserva entero, pero noté que hace tiempo que le falta el marco. Me coloqué tras el antepecho de piedra y me asomé con cuidado.

Lo que vi fue la cabeza del Conde asomada por la ventana. No le vi la cara, pero reconocí su cogote y el movimiento de su espalda y sus brazos. En todo caso, no podían engañarme sus manos, que tantas ocasiones había tenido de examinar. Al principio me sentí interesado y algo divertido, ya que son muy pocas las cosas que entretienen e interesan a un hombre cuando está prisionero. Pero mis sentimientos se convirtieron en repugnancia y terror cuando le vi emerger todo entero por la ventana y empezar a reptar por el muro del castillo hacia el tremendo precipicio, *cabeza abajo*, con la capa extendida a modo de grandes alas. Al principio no daba crédito a mis ojos. Creía que se trataba de algún efecto óptico de la luna, de una ilusión fantástica de la sombra, pero seguía mirando, y comprendí que no podía ser ninguna ilusión. Vi cómo se agarraban los dedos de sus manos y de sus pies a los bordes de las piedras, ya sin mortero por el paso de los años, utilizando de este modo los salientes e irregularidades para descender con bastante rapidez, del mismo modo que andan los lagartos por los muros.

¿Qué clase de hombre es éste, o qué clase de criatura es, con apariencia de hombre? Siento que me está minando el pavor de este lugar, tengo miedo, un miedo espantoso, y no veo posibilidad de escapar, estoy cercado por terrores en los que no me atrevo a pensar...

15 de mayo

Otra vez he visto salir al Conde a la manera de los lagartos. Bajó en diagonal unos treinta metros, hacia la izquierda. Desapareció por un agujero o ventana. Cuando metió la cabeza, me asomé tratando de descubrir algo más, aunque sin resultado; hay demasiada distancia para poder contar con un ángulo de visión adecuado. Comprendí que se había marchado del castillo, y se me ocurrió aprovechar la ocasión para explorar más de lo que hasta ahora me había atrevido. Regresé a mi habitación y, tomando una lámpara, probé todas las puertas. Estaban cerradas con llave, cosa que me esperaba, y las cerraduras eran relativamente nuevas. Luego bajé por la escalera de piedra hasta el vestíbulo por donde entré a mi llegada. Vi que podía retirar los cerrojos con facilidad y desenganchar las pesadas cadenas, ¡pero la puerta tenía pasada la cerradura y no estaba la llave! Sin duda la guarda el Conde en su habitación; tendré que vigilar si deja su puerta abierta, a fin de cogérsela y huir. Reanudé mi exploración por las diversas escaleras y corredores, probando a abrir las puertas que dan a ellos. Encontré abiertas una o dos pequeñas piezas próximas al vestíbulo, pero no había nada en ellas, aparte de unos cuantos muebles viejos, polvorientos y apolillados. Por último, sin embargo, encontré una puerta, en lo alto de una escalera, que aunque parecía cerrada, cedió un poco al empujarla. Hice más fuerza y descubrí que su resistencia se debía a que se habían aflojado un poco los goznes y la pesada hoja descansaba en el suelo. Aquí se me presentaba una ocasión que quizá fuera única, de modo que empecé a empujar, y tras muchos esfuerzos, conseguí desplazarla lo suficiente como para poder entrar. Y me encontré en una parte del castillo a la derecha de las habitaciones que conocía, y una planta más abajo. Desde los ventanales he podido observar que la serie de habitaciones se extienden hacia el sur del castillo, y que las ventanas de la última estancia se abren a poniente y al mediodía. En esta parte, igual que en la opuesta, hay un inmenso precipicio. El castillo está construido en el borde superior de un gran peñón, de forma que es completamente inexpugnable por tres de sus lados donde se abren ventanales a los que no pueden llegar la honda, el arco o la culebrina, y por consiguiente gozan de una luz y una comodidad imposibles en una posición que tuviera que ser defendida. Al oeste hay un gran valle, y luego, a lo lejos, grandes barreras de montañas melladas que se alzan pico sobre pico, formadas de pura roca salpicada de serbales y espinos cuyas raíces se agarran a las grietas, salientes y hendiduras de la piedra. Ésta es, evidentemente, la parte del castillo que ocuparon las damas de antaño, ya que los muebles ofrecen más comodidad que los que he visto hasta ahora. Los ventanales carecen de cortinas, y la claridad amarillenta de la luna que entra por los cristales en forma de rombo permite incluso ver los colores, aunque suavizados por el abundante polvo que lo cubre todo y disimula los estragos de la polilla y el tiempo. Mi lámpara tiene poco efecto en el brillante resplandor de la luna, pero me alegra haberla traído, ya que hay una sobrecogedora soledad en el lugar, que me encoge el corazón y me hace temblar. Sin embargo, lo prefiero a permanecer solo en las habitaciones que he llegado a odiar por la presencia del Conde, después de dominar un poco los nervios, he ido notando que me invade un blando sosiego. Aquí estoy sentado ante una mesa pequeña de roble (donde en otros tiempos se sentaría quizás alguna hermosa dama a redactar, entre muchos pensamientos y rubores, una mal garabateada carta a su amado), escribiendo taquigráficamente en mi diario todo lo ocurrido desde la última vez que lo cerré. Estamos en pleno siglo XIX. Sin embargo, a menos que me engañen los sentidos, los viejos siglos tuvieron y tienen poderes que la mera «modernidad» no puede matar.

Más tarde: 16 de mayo, por la mañana

Que Dios me proteja la razón, ya que es cuanto me queda. El sentirme a salvo y la sensación de seguridad son cosas del pasado. Mientras viva aquí, sólo tengo esperanza de una cosa: de no volverme loco, si es que no me he vuelto ya. Si estoy en mi sano juicio, entonces es enloquecedor pensar que de todas las abominaciones que se ocultan en este odioso castillo, el Conde es la menos espantosa; únicamente en él puedo encontrar seguridad, aun cuando sólo sea mientras convenga a sus propósitos. ¡Dios mío! ¡Dios misericordioso! Trataré de calmarme, pues fuera de aquí reina la locura. Empiezo a ver claras ciertas cosas que me tenían desconcertado. Hasta ahora, no sabía exactamente a qué se refería Shakespeare cuando hace decir a Hamlet:

> *¡Mis tabletas! ¡Deprisa, mis tabletas!*
> *Bueno será anotar...*

Porque ahora que siento como si se me hubiese desquiciado el cerebro, o como si acabara de sufrir la conmoción que lo hará naufragar, vuelvo a mi diario en busca de algún sosiego. La costumbre de anotarlo todo minuciosamente me ayudará a encontrar la serenidad.

La misteriosa advertencia del Conde me había asustado al principio, pero aún me asusta más cuando pienso en ella, porque en el futuro, el Conde tendrá un poder ilimitado sobre mí. ¡Me da miedo dudar de lo que él diga!

Después de escribir en mi diario y guardarme el cuaderno y la pluma en el bolsillo, sentí sueño. En ese momento, me vino al pensamiento la advertencia del Conde, pero me apeteció desobedecerle. El sueño se iba apoderando de mí y, con él, la obstinación que siempre lo acompaña. La claridad suave de la luna me tranquilizaba, y la inmensa perspectiva del exterior me producía una sensación de libertad que me aliviaba. Decidí no volver a las habitaciones y dormir allí, donde sin duda se sentaron, cantaron y vivieron sus dulces vidas las damas de antaño, mientras sus mansos pechos languidecían por la ausencia de los hombres, enzarzados en guerras despiadadas. Arrastré un gran sofá hasta el ángulo desde donde podía contemplar, acostado, la perspectiva de oriente y del mediodía, sin pensar en el polvo, ni importarme, y me acomodé, dispuesto a dormir.

Supongo que me dormí. Ésa es mi esperanza, pero me temo que todo lo sucedido a continuación fue sobrecogedoramente real..., tan real, que ahora, sentado aquí, a plena luz de la mañana, no puedo creer que fuera un sueño.

No estaba solo. La habitación era la misma, no había cambiado nada desde que había entrado en ella, podía ver en el suelo, debido a la brillante claridad de la luna, mis propias pisadas señaladas en el polvo. Sin embargo, iluminadas por la luna, frente a mí, había tres mujeres jóvenes; damas, por sus vestidos y ademanes. En el instante en que las vi, me pareció que estaba soñando, porque, aunque la luna les daba por detrás, no proyectaban ninguna sombra en el suelo. Se acercaron a mí, me miraron durante un rato y luego cuchichearon entre sí. Dos eran morenas, tenían la nariz aguileña como el Conde, y grandes ojos penetrantes que parecían casi rojos cuando contrastaban con la luz pálida de la luna. La otra era rubia, muy rubia, con un cabello abundante y dorado, y unos ojos como pálidos zafiros. Su rostro me parecía conocido, como si lo hubiera visto en alguna pesadilla, pero en ese momento no podía recordar cómo ni dónde. Las tres tenían unos dientes brillantes y blancos que resplandecían como perlas y contrastaban con el rubí de sus labios voluptuosos. Había algo en ellas que me hacía sentir inquieto, y a la vez anhelante y mortalmente asustado. Sentía en mi corazón un deseo ardiente y perverso de que me besaran sus rojos labios. No está bien que anote esto, no sea que algún día lo lea Mina y le cause dolor, pero es la verdad. Cuchichearon y luego se echaron a reír las tres con una risa argentina y musical, pero cruel, como si no brotase de la dulzura de unos labios humanos. Era como la hormigueante e intolerable dulzura musical de los vasos de agua cuando los hace vibrar una mano hábil. La joven rubia hizo un gesto de negativa con coquetería, y las otras dos insistieron. Una dijo:

—¡Venga! Tú eres la primera, nosotras te seguiremos. Tienes derecho a ser la que empiece.

La otra añadió:

—Es joven y fuerte. Habrá besos para las tres.

Yo estaba quieto, mirando con los ojos entornados, en una agonía de deliciosa expectación. La joven rubia se acercó y se inclinó sobre mí hasta el punto de que noté la agitación de su aliento. En un sentido, era dulce, dulce como la miel, y sentí en los nervios el mismo zumbido que me había producido su voz, pero con una amargura debajo de ese dulzor, una amarga repugnancia, como el olor de la sangre.

Tenía miedo de volver los ojos, pero podía ver perfectamente entre las pestañas. La joven rubia se arrodilló y se inclinó sobre mí, regodeándose manifiestamente. Mostraba una deliberada voluptuosidad, a la vez emocionante y repulsiva; y al curvar el cuello, se lamió los labios como un animal, de forma que pude ver a la luz de la luna la reluciente humedad de su boca escarlata, y los blancos y afilados dientes sobre la lengua roja al relamerse. Bajó más la cabeza, hasta que sus labios descendieron por debajo de mi barbilla, como a punto de pegarse a mi garganta. Entonces se detuvo, y pude oír la impaciente agitación de su lengua al lamerse los dientes y los labios, y noté su aliento cálido sobre el cuello. Empezó a hormiguearme la garganta, como cuando la mano que va a hacernos cosquillas se acerca más y más. Entonces me llegó el contacto blando y estremecedor de los labios sobre la piel hipersensible del cuello, y las puntas duras de dos dientes afilados que rozaron y se quedaron allí. Cerré los ojos con extática languidez, y esperé..., esperé con el corazón palpitándome con violencia.

En ese instante, veloz como un relámpago, me llegó otra sensación. Tuve conciencia de la presencia del Conde, como si estuviese poseído de una furia tempestuosa. Abrí los ojos involuntariamente y vi que su mano férrea había agarrado por su cuello delicado a la mujer rubia, cuyos ojos centelleaban de rabia y cuyos blancos dientes castañeteaban y cuyas hermosas mejillas ardían de pasión, y la apartaba con fuerza tremenda. Pero ¡y el Conde! Jamás imaginé tanta ira y tanta furia, ni siquiera en los demonios del abismo. Sus ojos echaban fuego literalmente. El rojo fulgor que despedían era tremendo, como si detrás de ellos ardiesen las llamas del infierno. Tenía el rostro mortalmente pálido, y sus arrugas estaban tensas como alambres estirados; sus pobladas cejas, que se juntaban encima de la nariz, parecían ahora una barra de metal al rojo blanco. Con un movimiento feroz de su brazo, arrojó a la mujer lejos de sí, e hizo retroceder a las otras como si las empujase, con el mismo gesto imperioso que le había visto hacer a los lobos. Su voz, aunque baja y susurrante, pareció cortar el aire y resonar en la habitación. Exclamó:

—¿Cómo os atrevéis a tocarle ninguna de vosotras? ¿Cómo os atrevéis a poner los ojos en él cuando lo tengo prohibido? ¡Atrás! ¡Este hombre me pertenece! ¡Cuidado con meteros con él, porque os las veréis conmigo!

La joven rubia, con una risa de obscena coquetería, se revolvió para contestarle:

—¡Tú nunca has amado, tú nunca amas!

Aquí se unieron las otras mujeres; y comenzaron a reír, y sus risas desabridas, sin alegría y sin alma, resonaron en la estancia de tal forma que casi me hicieron perder el sentido, parecía una exultación de demonios. Entonces el Conde, tras observar mi rostro con atención, se volvió y dijo en un bajo susurro:

—Sí, yo también puedo amar, vosotras mismas pudisteis comprobarlo en otro tiempo. ¿No es verdad? Bien, os prometo que cuando haya terminado con él, lo besaréis cuanto queráis. ¡Ahora marchaos! ¡Marchaos! Tengo que despertarle, pues hay trabajo que hacer.

—¿No nos vas a dar nada esta noche? —dijo una de ellas con risa contenida, señalando el saco que él había arrojado al suelo, y que se movía como si hubiese algo vivo dentro.

Asintió con la cabeza. Una de las mujeres corrió a abrirlo. Si no me engañaron los oídos, sonó un jadeo y un gemido sofocado, como de un niño al borde de la asfixia. Las mujeres lo rodearon, y yo me sentí sobrecogido de horror. Pero cuando miré, habían desaparecido, y con ellas, el saco espantoso. No había puerta donde ellas habían estado, y no podían haber pasado junto a mí sin notarlo yo. Sencillamente, pareció que se habían disuelto en los rayos de luna y que habían salido por la ventana, ya que en el instante en que desaparecían, llegué a percibir en el exterior, fugazmente, unas formas borrosas y oscuras.

Luego, el horror me venció y me hundí en la inconsciencia.

4

DIARIO DE JONATHAN HARKER

(Continuación)

Me desperté en mi cama. Si no lo he soñado, fue el Conde quien me transportó aquí. Traté de encontrar una explicación al incidente, pero no pude llegar a conclusión alguna. Por supuesto, había pequeños detalles, como mi ropa doblada y colocada de una forma distinta a como suelo hacerlo yo, el reloj lo tenía parado, cuando yo le doy cuerda sistemáticamente antes de acostarme, y cosas así. Pero todo esto no son pruebas porque quizá lo que demuestran es que no me encontraba en un estado normal y que, por unas causas o por otras, mis nervios estaban muy alterados. Procuraré vigilar, a ver si surge una prueba. De una cosa sí que me alegro: si fue el Conde quien me trajo y me desvistió, debió de hacerlo apresuradamente, porque no me ha registrado los bolsillos. Estoy seguro de que este diario hubiera sido para él un misterio que no habría estado dispuesto a consentir. Me lo habría quitado o lo habría destruido. Contemplo esta habitación y, aunque antes me producía terror, ahora me parece una especie de santuario, nada puede haber más espantoso que esas horribles mujeres que esperaban —que *esperan*— chuparme la sangre.

18 de mayo

He bajado otra vez a echar una mirada a esa habitación, a la luz del día, porque *tengo* que saber la verdad. Al llegar a la puerta del final de la escalera, la he encontrado cerrada. Está tan encajada en las jambas que se ha astillado parte de la madera. He observado que no está cerrada con llave, sino que la han empujado desde dentro. Me temo que no ha sido un sueño, y que debo actuar de acuerdo con esta suposición.

19 *de mayo*

Estoy metido en una trampa; no me cabe la menor duda. Anoche me pidió el Conde, de la manera más amable del mundo, que escribiera tres cartas: una diciendo que mi misión aquí casi ha terminado y que emprenderé el regreso dentro de pocos días, otra diciendo que saldré al día siguiente a la fecha de la primera carta, y la tercera, anunciando que he salido del castillo y he llegado a Bistritz. De muy buena gana me hubiera negado, pero comprendí que en el actual estado de cosas habría sido una locura enfrentarme abiertamente con el Conde, ya que estoy absolutamente en su poder; negarme habría significado despertar sus sospechas y provocar su ira. Sabe que sé demasiado, y debo morir porque represento un peligro para él, mi única posibilidad está en prolongar mis oportunidades. Puede que ocurra algo que me brinde la ocasión de escapar. He visto en sus ojos un destello de esa ira contenida que exteriorizó al arrojar lejos de sí a la mujer rubia. Me explicó que los correos son escasos y muy poco puntuales, y que si escribía ahora, tranquilizaría a mis amigos; me aseguró con tal vehemencia que mandaría retener las últimas cartas en Bistritz, en caso de que yo accediese a prolongar mi estancia, que el oponerme a sus deseos habría suscitado nuevas sospechas. De modo que fingí aceptar su sugerencia, y le pregunté qué fechas debía poner en esas cartas. Meditó un minuto y luego dijo:

—La primera puede ser el 12 de junio; la segunda, el 19 de junio, y la tercera el 29 de junio.

Ahora ya sé lo que me queda de vida. ¡Que Dios me ayude!

28 *de mayo*

Existe una posibilidad de escapar, o en todo caso, de poder enviar algún mensaje a casa. Ha venido un grupo de cíngaros al castillo, y ha acampado en el patio. Los cíngaros son gitanos, tengo tomadas algunas notas sobre ellos en uno de mis cuadernos. Son característicos de esta región del mundo, aunque están emparentados con los gitanos corrientes de todas partes. Hay miles en Hungría y en Transilvania, y viven casi fuera de la ley. Se acogen a la protección de algún noble boyardo y adoptan el nombre de éste. Quitando alguna creencia supersticiosa, son gente sin miedo ni religión, y hablan sólo en sus distintas modalidades de lengua gitana.

Escribiré alguna carta y trataré de que me las envíen. Ya he hablado con ellos desde la ventana para iniciar un acercamiento. Se han quitado el sombrero y han hecho una inclinación de acatamiento y muchas señas que, sin embargo, he entendido tanto como si me hubiesen hablado en su lengua...

Ya he escrito las cartas. La de Mina está en taquigrafía, en la del señor Hawkins le pido simplemente que se ponga en contacto con ella. A ella le explico mi situación, aunque sin los horrores que sólo yo imagino. La impresión la mataría, si le abriese mi corazón. En caso de que las cartas no les lleguen, el Conde no conocerá mi secreto, ni qué es lo que sé...

Ya les he dado las cartas, se las he echado a través de los barrotes de mi ventana, junto con una moneda de oro, y les he hecho señas de que las envíen. El hombre que las ha cogido, las ha apretado contra su pecho y ha hecho una reverencia, luego se las ha metido en la gorra. No puedo hacer más. He regresado sigilosamente al despacho y he cogido un libro. Como no está el Conde, me he puesto a escribir aquí...

Ha venido el Conde. Se ha sentado a mi lado y ha dicho, con un tono muy suave mientras abría dos cartas:

—Los cíngaros me han entregado estas cartas que no sé de dónde vienen, aunque como es natural, voy a ocuparme de ellas. ¡Veamos! —Sin duda había visto ya la primera—. Una es de usted, y va dirigida a mi amigo Peter Hawkins, la otra —en ese momento, al abrir el sobre, vio los signos extraños, y una expresión sombría cruzó por su semblante, mientras le centelleaban los ojos con malevolencia—, ¡la otra es una acción ruin, un ultraje a la amistad y a la hospitalidad! No va firmada. ¡Bien!, no merece nuestro interés. —Acercó tranquilamente la carta y el sobre a la llama de la lámpara, hasta que se consumieron. Luego prosiguió—: La carta para Hawkins la enviaré, por supuesto, puesto que es de usted. Sus cartas son sagradas para mí. Debe perdonarme, amigo mío, si he roto el sello impremeditadamente. ¿Le importaría volverla a cerrar?

Me tendió la carta, y con una cortés inclinación, me dio un sobre nuevo. No podía hacer otra cosa que escribir la dirección y entregárselo en silencio. Al salir de la habitación, pude oír cómo giraba la llave suavemente. Un minuto más tarde, me acerqué y probé a abrir, pero la puerta estaba cerrada.

Una hora o dos después, volvió a entrar el Conde, tranquilo, su llegada me despabiló, ya que me había quedado dormido en el sofá. Se mostró muy cortés y animado, y al darse cuenta de que me había dormido, dijo:

—¿Está usted cansado, amigo mío? Váyase a la cama. Es el descanso más seguro. Quizá no disfrute del placer de su conversación esta noche, porque tengo mucho trabajo, pero duerma, se lo ruego.

Me fui a mi habitación y me acosté, y, cosa extraña, no soñé nada. La desesperación tiene sus momentos de calma.

31 de mayo

Esta mañana, al despertarme, se me ocurrió coger de la bolsa unas cuantas hojas de papel y sobres y guardármelos en el bolsillo a fin de poder escribir, en caso de que se me presentara una ocasión, ¡pero me llevé otra sorpresa y otro sobresalto!

Habían desaparecido absolutamente todos los papeles que tenía: mis notas, mi cuaderno de datos sobre ferrocarriles y viajes, mi carta de crédito, todo aquello, en fin, que podía serme de utilidad en cuanto saliera del castillo. Me senté a meditar un rato y, de repente, me vino una idea a la cabeza; fui a inspeccionar la maleta y el armario donde tenía colgada la ropa. La maleta había desaparecido, y también mi abrigo y mi manta de viaje; no encontré ninguna de estas cosas por ninguna parte. Supongo que se trata de otra intriga siniestra...

17 de junio

Esta mañana, mientras estaba sentado en el borde de la cama devanándome los sesos, oí fuera un restallido de látigo y patear y piafar unos caballos en el sendero pedregoso que entra hasta el patio. Corrí lleno de alegría a la ventana y vi entrar dos grandes carretas, cada una tirada por ocho robustos caballos, y a la cabeza de cada tronco, un eslovaco con su sombrero ancho, su gran cinturón claveteado, su sucia piel de cordero y sus botas altas. También llevaban largos cayados en la mano. Corrí a la puerta, con idea de bajar a reunirme con ellos en la entrada principal, ya que seguramente se abriría para dejarles entrar. Un nuevo sobresalto: mi puerta estaba cerrada por fuera.

Así que corrí a la ventana y les grité. Miraron hacia arriba estúpidamente y me señalaron: pero en ese momento salió el *hetman* de los cíngaros y al verles señalar hacia mi ventana, dijo algo, a lo cual se echaron todos a reír. Desde ese momento, ninguno de mis esfuerzos, ningún grito de socorro ni de súplica angustiada les hizo volver la cabeza siquiera. Me dieron la espalda con resolución. Las carretas traían grandes cajones cuadrados con asas de gruesa cuerda, estaban evidentemente vacíos, a juzgar por la facilidad con que los manejaban los eslovacos, y por lo que resonaban al entrechocar. Una vez descargados y colocados todos en un rincón del patio, el cíngaro les dio algún dinero, y tras escupir en él para que les diera suerte, cada uno se dirigió, indolente, a la cabeza de sus caballos. Poco después, el restallar de los látigos se perdía a lo lejos.

24 de junio, antes de amanecer

Anoche el Conde me dejó temprano y se encerró en su habitación. En cuanto me pareció el momento adecuado, subí corriendo la escalera de caracol y me asomé a la ventana orientada al mediodía. Quería vigilar al Conde, porque sé que se trae algo entre manos. Los cíngaros se encuentran acampados en el castillo, y están realizando alguna clase de trabajo. Lo sé porque de cuando en cuando oigo un ruido apagado como de azadas y palas, sea lo que sea, debe de tratarse de alguna infamia.

Llevaba apostado menos de media hora, cuando surgió algo por la ventana del Conde. Me retiré, sin dejar de vigilar, y vi emerger al hombre entero. Sufrí un nuevo sobresalto al descubrir que iba con la ropa que yo había traído en el viaje, y que cargaba con el terrible saco que había visto llevarse a las mujeres. No había duda de a qué salía, ¡ni por qué se había vestido con mi ropa! De modo que su nueva maquinación era ésa: hacer que le confundieran conmigo para poder probar que me habían visto en las ciudades o los pueblos enviando mis cartas, y para que la gente me atribuyera los crímenes que iban a cometer.

Me enfurece pensar que pueda hacer esto, mientras yo estoy aquí, encerrado como un auténtico presidiario, aunque sin la protección de la ley, que es derecho y consuelo del criminal.

Pensé en vigilar el regreso del Conde, y me quedé bastante rato, obstinadamente, junto a la ventana. Luego empecé a observar unas partículas minúsculas que flotaban singularmente en los rayos de luna. Eran como pequeñísimas motas de polvo y giraban y se arremolinaban de forma nebulosa. Las observé con una sensación de paz, y noté que se iba apoderando de mí una especie de calma. Me recliné en el alféizar, en una postura más cómoda, a fin de gozar mejor de aquel remolino etéreo.

Algo me sobresaltó, un aullido de perros bajo y lastimero, allá en el fondo del valle oculto a mi vista. Se fue haciendo audible mientras las motas flotantes adoptaban nuevas formas con los aullidos, y danzaban a la luz de la luna. Sentí que mi ser pugnaba por despertar a alguna llamada del instinto, es más, mi alma y mis sentidos se esforzaban en responder a esa llamada. ¡Estaba cayendo en estado hipnótico! El polvo danzaba cada vez más de prisa y los rayos de la luna parecían temblar al pasar junto a mí y descender hacia las tenebrosidades de abajo. Las partículas se fueron agrupando y parecieron adoptar unas formas vagas y fantasmales. Entonces me incorporé de un salto, completamente despierto y dueño de mis sentidos, y huí de allí gritando. Las formas que se iban materializando gradualmente en los rayos de luna correspondían a las tres mujeres espectrales a las que estaba yo predestinado. Huí, y me sentí más seguro en mi propia habitación, donde no había luna y la lámpara difundía bastante luz.

Pasadas unas dos horas, oí algo en la habitación del Conde, fue como un agudo quejido rápidamente sofocado, luego se produjo un silencio, un profundo, espantoso silencio que me hizo estremecer. Con el corazón latiéndome con violencia, traté de abrir la puerta, pero estaba otra vez encerrado en mi prisión, y no pude hacer otra cosa que sentarme y llorar.

Aún permanecía sentado, cuando oí voces abajo en el patio, unos gritos angustiados de mujer. Corrí a la ventana, la abrí y escruté entre los barrotes. En efecto, había una mujer con los cabellos alborotados y las manos en el corazón, como una persona cansada de correr. Estaba apoyada contra un ángulo de la entrada. Al descubrir mi cara en la ventana, avanzó y gritó con voz cargada de amenaza:

—¡Monstruo, devuélveme a mi hijo!

Cayó de rodillas y, alzando las manos, gritó las mismas palabras con un acento que desgarraba el corazón. Luego se mesó los cabellos y se golpeó el pecho, entregándose a todas las violencias del exceso de emoción. Finalmente, avanzó y aunque dejé de verla, la oí golpear la puerta con las manos.

Arriba, por encima de mí, probablemente en la torre, oí la voz del Conde que llamaba con voz áspera, metálica, susurrante. A esta llamada contestaron, a lo lejos, los aullidos de los lobos. Pocos minutos después había acudido una gran manada, agolpándose al pasar la gran entrada del patio como el agua de una presa súbitamente liberada.

No se oyó grito alguno de la mujer, y el aullido de los lobos fue breve. Poco después desfilaban uno a uno, lamiéndose el hocico.

No pude compadecerla, porque sabía lo que le había sucedido a su hijito, y era preferible para ella haber muerto.

¿Qué haré? ¿Qué puedo hacer? ¿Cómo escapar de esta espantosa esclavitud de la noche, las tinieblas y el miedo?

25 de junio, por la mañana

Nadie sabe lo dulce y querida que puede ser la mañana para los ojos y el corazón, hasta que soporta los tormentos de la noche. Cuando el sol se elevó esta mañana y dio en la parte superior de la gran entrada que hay enfrente de mi ventana, me pareció como si la mancha luminosa fuese la paloma del arca que se había posado allí. Se me disipó el miedo igual que una envoltura vaporosa se desvanece con el calor. Debo intentar algo, mientras me inspira ánimos el día. Anoche salió una de las cartas que escribí, la primera de la serie fatal, destinada a borrar todo rastro de mi existencia en este mundo.

Nada de pensar, ¡acción!

Siempre es por la noche, cuando siento el acoso, o la amenaza, o alguna clase de peligro o temor. Aún no he visto al Conde a la luz del día. ¡Quizá duerme cuando los demás viven, y por eso puede estar despierto cuando duermen los demás! ¡Si pudiera entrar en su habitación! Pero no hay posibilidad. La puerta está siempre cerrada, no hay medio de abrirla.

Sí, hay un medio, si me atrevo a ponerlo en práctica. ¿Por qué no va a poder entrar otro por donde entra él? Le he visto salir reptando por la ventana, así que, ¿por qué no imitarle, y entrar por la ventana también? El peligro es grave, pero mi situación es más grave aún. Me arriesgaré. En el peor de los casos, moriré en el empeño. Un hombre no se muere como una res; y aún puede que esté abierto para mí el temido Más Allá. ¡Que Dios me ayude en esta empresa! ¡Adiós, Mina, si fracaso; adiós, mi fiel amigo y segundo padre, adiós a todos, y a ti, Mina, adiós por última vez!

El mismo día, más tarde

He hecho un esfuerzo y, con la ayuda de Dios, he regresado sin percance a esta habitación. Anotaré por orden cada detalle. Mientras me sostenía el valor, fui directamente a la ventana que da al mediodía y salí inmediatamente a la estrecha cornisa de piedra que rodea el edificio por ese lado. Las piedras son grandes, toscamente talladas, y el mortero que hubo una vez entre ellas ha desaparecido por efecto del tiempo. Me quité las botas y me puse a avanzar peligrosamente. Miré hacia abajo una vez para cerciorarme de que no me vencería la visión repentina del tremendo precipicio, pero después aparté la vista. Sabía muy bien en qué dirección estaba la ventana del Conde, y a qué distancia, y me dirigí hacia allí como pude, teniendo en cuenta las dificultades. No sentí vértigo —supongo que estaba demasiado excitado—, y me pareció muy corto el tiempo transcurrido, hasta que me encontré de pie en el alféizar, tratando de levantar la hoja de la ventana. Sin embargo, al introducir los pies por ella me invadió una profunda inquietud. Luego miré a mi alrededor, en busca del Conde, pero, con gran sorpresa y alegría, hice un descubrimiento. ¡La habitación estaba vacía! Contenía escaso mobiliario y extraños objetos que parecían no haber sido usados jamás, los muebles son más o menos del mismo estilo que los de las habitaciones del mediodía, y están cubiertos de polvo. Busqué la llave, pero no estaba en la cerradura, ni la vi por ninguna parte. Lo único que encontré fue un montón de oro en un rincón, oro de todas clases: monedas romanas, inglesas, austríacas, húngaras, griegas y turcas, todas cubiertas de polvo, como si hiciera mucho tiempo que estaban allí en el suelo. Observé que ninguna de ellas tenía menos de trescientos años. Había también cadenas, adornos y joyas, pero todo estaba viejo y sucio.

En el fondo de la habitación había una gruesa puerta. Traté de abrirla. Ya que no encontraba la llave de la habitación ni la de la puerta exterior, que era mi principal objetivo, debía seguir registrando, de lo contrario mis esfuerzos serían en vano. Estaba abierta, y daba, a través de un pasadizo de piedra, a una escalera circular muy empinada. Descendí por ella con cuidado, completamente a oscuras, ya que sólo estaba iluminada por unas aspilleras abiertas en la gruesa mampostería. Abajo había un pasadizo oscuro en forma de túnel, a través del cual me llegó un olor nauseabundo, como de tierra vieja recién removida. A medida que avanzaba por ese pasadizo, el olor se fue haciendo más definido e intenso. Por último, tiré de una puerta pesada que había entornada, y me encontré en una capilla antigua y ruinosa, utilizada también como cementerio. Su techo estaba deteriorado y tenía dos escalinatas que bajaban a las criptas, pero el suelo había sido excavado recientemente y habían almacenado la tierra en grandes cajones de madera, evidentemente, los traídos por los eslovacos. No había nadie por allí. Inspeccioné el lugar, buscando alguna otra salida, pero no encontré ninguna. Luego examiné el suelo palmo a palmo, a fin de no dejar escapar ninguna posibilidad. Bajé a las criptas, adonde llegaba una vaga claridad, aunque lo hice con el alma sobrecogida. Descendí a dos de ellas, pero no vi otra cosa que restos de ataúdes viejos y montones de polvo; en la tercera, sin embargo, hice un descubrimiento.

¡Allí, en uno de los cajones, de los que había cincuenta en total, sobre la tierra recién extraída, yacía el Conde! O estaba muerto o dormido, no lo sé —tenía los ojos abiertos y petrificados, aunque sin esa calidad vidriosa de la muerte—, se le notaba en las mejillas el calor de la vida, en medio de su extrema palidez, y tenía los labios tan rojos como siempre. Pero no había en él signo alguno de movimiento: ni pulso, ni aliento, ni latido del corazón. Me incliné sobre él y traté de descubrir cualquier indicio de vida, aunque en vano. Quizá no hacía mucho que estaba allí, pues el olor a tierra se habría disipado en pocas horas. Junto al cajón estaba la tapa correspondiente, con agujeros aquí y allá. Pensé que quizá tenía las llaves encima, pero al ir a registrarle, vi sus ojos fijos, y, aunque inmóviles, tenían una mirada tal, a pesar de que no captaban mi presencia, que huí del lugar, salí de la habitación del Conde por la ventana y trepé otra vez por el muro del castillo. Al llegar de nuevo a mi habitación, me tumbé jadeando en la cama, y traté de pensar...

29 de junio

Hoy es la fecha de mi última carta, y el Conde ha tomado medidas para probar su autenticidad, pues le vi abandonar el castillo otra vez por la misma ventana, vestido con mi ropa. Al verlo bajar por el muro a la manera de los lagartos, me habría gustado tener una escopeta u otra arma mortal, y haberle matado, pero me temo que no existe un arma hecha por el hombre que tenga efecto sobre él. No me atreví a espiar su llegada, por temor a esas horribles hermanas. Regresé a la biblioteca y estuve leyendo hasta que me dormí.

Me despertó el Conde; me miró fríamente y me dijo:

—Mañana, amigo mío, tendremos que despedirnos. Usted regresará a su hermosa Inglaterra y yo emprenderé un trabajo cuyo resultado quizás haga que no nos volvamos a ver. He enviado su carta, mañana ya no estaré aquí, pero lo encontrará todo dispuesto para su viaje. Por la mañana vendrá el cíngaro a hacer unos encargos, y con él, algunos eslovacos. Cuando se hayan ido, mi coche vendrá a buscarlo y le llevará al desfiladero de Borgo. Allí le recogerá la diligencia de Bukovina a Bistritz. Pero tengo la esperanza de volverle a ver en el castillo de Drácula.

Desconfiaba de él, y decidí probar su sinceridad. ¡Su sinceridad! Relacionar esa palabra con semejante monstruo me parece profanarla, así que le pregunté a bocajarro:

—¿Por qué no puedo irme esta noche?

—Porque, mi querido señor, mi cochero y mis caballos han salido a cumplir una misión.

—Puedo irme andando. Quiero marcharme ahora.

Sonrió, con una sonrisa suave, tranquila, diabólica, comprendí que detrás de su suavidad había algún ardid. Dijo:

—¿Y su equipaje?

—No me preocupa. Puedo mandar que vengan a buscarlo en otro momento.

El Conde se levantó y dijo, con una afable inclinación que hizo que me frotase los ojos, por lo sincero que parecía:

—Entre ustedes los ingleses hay una expresión que yo siempre tengo presente, porque su espíritu impera entre nosotros los boyardos: «Acoge al invitado que llega, ayuda a marcharse al que se va». Venga conmigo, mi joven amigo. No permanecerá una sola hora en mi casa en contra de su voluntad, aunque siento que se vaya de manera tan repentina. ¡Vamos!

Con solemne gravedad, cogió una lámpara e inició la marcha delante de mí, bajamos la escalera y recorrimos el vestíbulo. De repente, se detuvo.

—¡Escuche!

Muy cerca, aulló una manada de lobos. Fue casi como si hubiesen surgido a un gesto de su mano, igual que la música de una gran orquesta parece brotar de repente bajo la batuta del director. Tras una breve pausa, reanudó su paso solemne hasta la puerta, descorrió los pesados cerrojos, desenganchó la gruesa cadena y empezó a abrir.

Para asombro mío, vi que no estaba cerrada con llave. Miré a mi alrededor con recelo, pero no vi llave alguna por ninguna parte.

Cuando la puerta empezó a abrirse, los aullidos de los lobos, en el exterior, se hicieron más violentos y furiosos; sus rojas mandíbulas daban dentelladas en el aire, y sus embotadas pezuñas se metían por la abertura de la puerta. Comprendí que era inútil luchar en ese momento contra el Conde. Con semejantes aliados bajo su mando, yo no podía hacer nada. No obstante, el Conde siguió abriendo la puerta lentamente, sólo su cuerpo cubría la abertura. De pronto, se me ocurrió que quizás era éste el último instante de mi vida, y ésta la muerte que se me reservaba: iba a ser entregado a los lobos, y precisamente por sugerencia mía. La idea, por lo que tenía de diabólica, era digna del Conde, y en último extremo, exclamé:

—¡Cierre la puerta, esperaré hasta mañana! —Y me cubrí el rostro con las manos para ocultar mis lágrimas de amarga decepción. El Conde cerró la puerta con un movimiento de su brazo poderoso; chirriaron los grandes cerrojos y retumbaron en el vestíbulo al volverlos a pasar.

Regresamos en silencio a la biblioteca, y tras un minuto o dos, me retiré a mi habitación. A modo de despedida, el conde Drácula me envió un beso con la mano, tenía en los ojos un centelleo rojo de triunfo y una sonrisa que habría enorgullecido al propio Judas en el infierno.

Ya en mi habitación, y a punto de acostarme, me pareció oír un susurro al otro lado de la puerta. Me acerqué y escuché. Si no me engañaban mis oídos, era la voz del Conde, decía:

—¡Atrás, atrás; fuera de aquí! Aún no ha llegado vuestra hora. Tened paciencia. ¡Mañana por la noche, mañana por la noche será vuestro!

Hubo un murmullo de risas; en un arrebato de furia, abrí la puerta y sorprendí a las tres mujeres terribles lamiéndose los labios. Al verme, soltaron una risotada y echaron a correr.

Volví a entrar en mi habitación y caí de rodillas. ¿Tan pronto está mi fin, entonces? ¡Mañana! ¡Mañana! ¡Señor, ayúdame, y ayuda a aquellos que me quieren!

30 *de junio, por la mañana*

Puede que sean éstas las últimas palabras que escribo en mi diario. He dormido hasta poco antes del amanecer, y al despertar, he vuelto a arrodillarme porque he decidido que si llega la muerte, me encuentre preparado.

Al fin noté ese cambio sutil en el aire que anuncia el comienzo de la mañana. Luego oí el agradable canto del gallo, y me sentí fuera de peligro. Con el corazón alegre, salí de mi habitación y bajé corriendo al vestíbulo. Había observado que la puerta no estaba cerrada con llave, y ahora tenía ocasión de escapar. Con manos temblorosas por la ansiedad, desenganché la cadena y descorrí los sólidos cerrojos.

Pero la puerta no se movió. Me sentí completamente desesperado, tiré y tiré de ella, y la sacudí hasta hacerla retemblar en su marco, a pesar de lo gruesa que es. Vi que el pestillo de la cerradura estaba corrido. El Conde la había cerrado con llave después de retirarme yo.

Entonces me entraron unos deseos locos de conseguir la llave a cualquier precio; decidí descolgarme por el muro otra vez y entrar en la habitación del Conde. Quizá me matara, pero la muerte me parecía ahora el más afortunado de todos mis males. Sin vacilar un instante, subí corriendo a la ventana del este y gateé muralla abajo, como antes, hasta la habitación del Conde. Estaba vacía, pero era algo que ya me esperaba. No pude encontrar la llave por ninguna parte, aunque el montón de oro seguía estando allí. Crucé la puerta del fondo, bajé por la escalera de caracol y recorrí el largo pasadizo hasta la vieja capilla. Ahora sabía dónde encontrar al monstruo que buscaba.

El cajón estaba en el mismo lugar junto a la pared, pero tenía puesta la tapa; no estaba clavada, aunque tenía puestos los clavos en el sitio, preparados para remacharlos. Sabía que debía registrarle el cuerpo para buscar la llave, así que levanté la tapa y la apoyé contra la pared, entonces vi algo que me heló el alma de terror. El Conde estaba allí, pero su aspecto era como si hubiese rejuvenecido en cierto modo, porque su cabello blanco y el pelo de su bigote habían adquirido un matiz acerado y grisáceo; tenía las mejillas más llenas, y en su blanca piel afloraba una coloración sonrosada, la boca era más roja que nunca, y en los labios había gotas de sangre fresca que se le habían corrido por las comisuras, hasta la barbilla y el cuello. Incluso los ojos profundos y ardientes parecían rodeados de una carne hinchada, ya que se le habían abultado los párpados y las bolsas de debajo. Era, sencillamente, como si ese espantoso ser estuviese atiborrado de sangre, yacía como una repulsiva sanguijuela exhausta en su saciedad. Al inclinarme y tocarlo me estremecí, y se me revolvieron todos los sentidos ante su contacto, pero tenía que registrarle, o estaba perdido. La próxima noche, mi cuerpo brindaría un banquete de sangre a esas tres horrendas mujeres. Le tanteé todo el cuerpo, pero no encontré el menor rastro de la llave. Luego me detuve a observar al Conde. Había una sonrisa de burla en su cara hinchada, capaz de hacerme enloquecer. Éste era el ser al que había ayudado a trasladarse a Londres, donde, quizá durante los siglos venideros, podría saciar su sed de sangre entre sus millones de habitantes y crear un círculo cada vez mayor de semidemonios dispuestos a cebarse en los seres indefensos. La sola idea me trastornó. Me entraron unas ganas terribles de librar al mundo de semejante monstruo. No tenía ninguna arma a mano, pero cogí una de las palas empleadas por los trabajadores para llenar los cajones y, alzándola, descargué un golpe de filo sobre la odiosa cara. Pero en ese instante, giró la cabeza, y sus ojos me miraron de lleno con todo el fulgor de un terrible basilisco. Su visión hizo que la pala girase en mis manos y se desviase, infligiéndole una honda cuchillada en la frente. Se me fue la pala de las manos, yendo a parar al otro lado del cajón, al cogerla, el borde de la hoja se enganchó en la tapa y la hizo caer, cerrándose sobre el cajón y ocultando de mi vista al ser espantoso. Aún tengo delante su cara hinchada, inmóvil, manchada de sangre, con una sonrisa de malevolencia cuyo lugar apropiado habría sido el más negro de los infiernos.

Pensaba y pensaba sobre qué debía hacer, pero parecía que me iba a estallar el cerebro, me quedé paralizado, sintiendo cómo me aumentaba la desesperación. Y de repente, a lo lejos, oí cantar alegremente a los gitanos, y al tiempo que sus canciones, oí también el traqueteo de las ruedas pesadas y el restallar de los látigos: ahí venían los cíngaros y los eslovacos que había dicho el Conde. Eché una última mirada a mi alrededor y al cajón que contenía el horrendo cuerpo, me marché apresuradamente y entré en la habitación del Conde decidido a salir corriendo tan pronto como se abriese la puerta. Escuché con el oído muy atento, oí el chirrido de la llave, abajo en la gran cerradura, y luego el ruido de la puerta al ser empujada. Debía de haber otro medio de entrar, o alguien tenía la llave de una de las puertas cerradas. Luego sonaron muchos pasos que se perdían por algún pasadizo que resonaba con eco metálico. Me disponía a bajar corriendo otra vez hacia la cripta, donde podía descubrir la nueva entrada, pero en ese momento sopló una violenta ráfaga de viento, y la puerta que da acceso a la escalera de caracol se cerró con un golpe que precipitó al aire el polvo de su dintel. Corrí a abrirla, pero estaba tan encajada que me fue imposible. Volvía a estar prisionero, y la red de mi condenación se cerraba en torno mío aún más.

Mientras escribo esto, oigo en el pasillo de abajo ruido de muchos pasos y crujidos de objetos pesados al ser transportados con dificultad, sin duda son los cajones con su cargamento de tierra. Se oyen martillazos, están clavando el cajón. Ahora oigo pasos pesados por el vestíbulo, y unas pisadas más ligeras detrás de ellos.

Han cerrado la puerta, y suena la cadena, oigo el chirrido de la llave en la cerradura, sacan la llave, ahora se abre otra puerta y se cierra. Oigo pasar el cerrojo y la cerradura.

¡Ah!, en el patio, y abajo en el camino pedregoso, se oye el traqueteo de ruedas pesadas, el estallido de los látigos, y el coro de cíngaros que se alejan.

Me encuentro solo en el castillo, con esas mujeres horribles. ¡Pero Mina es mujer, y no tiene nada en común con ellas! ¡Ésas son demonios del Averno!

No me quedaré a solas con ellas, trataré de llegar más abajo por la muralla del castillo. Me llevaré unas monedas de oro por si me hacen falta después. Puede que encuentre una forma de salir de este lugar espantoso.

¡Y regresaré a mi país! ¡Cogeré el tren más rápido y el más próximo!, ¡huiré de este sitio infernal, de esta tierra maldita, donde el demonio y sus hijos aún andan con pies terrenales!

En todo caso, la misericordia de Dios es mejor que la de estos monstruos, y el precipicio es alto y cortado a pico. Al pie de este abismo, el hombre puede descansar como hombre. ¡Adiós a todos! ¡Mina!

5

CARTA DE LA SEÑORITA MINA MURRAY A LA SEÑORITA LUCY WESTENRA

9 de mayo

Queridísima Lucy:

Perdona mi tardanza en escribirte, pero he estado sencillamente abrumada de trabajo. La vida de una maestra auxiliar es a veces agotadora. Tengo muchas ganas de estar contigo, junto al mar, para poder charlar libremente y hacer castillos en el aire. Últimamente trabajo bastante, porque quiero ponerme a la altura de los estudios de Jonathan, y practico la taquigrafía con asiduidad. Así podré ayudarle cuando estemos casados, y si consigo adquirir suficiente soltura, podré tomar nota de todo lo que quiera dictarme y pasarlo a máquina, cosa que también practico mucho. A veces nos escribimos en taquigrafía, y él lleva un diario taquigráfico de sus viajes por el extranjero. Cuando esté contigo, empezaré un diario igual. No me refiero a un diario de esos en que cada semana ocupa dos páginas, con el domingo resumido en una esquina, sino que voy a escribir cada vez que sienta deseos de hacerlo. Supongo que no tendrá mucho interés para los demás; pero no va destinado a nadie. Puede que algún día se lo enseñe a Jonathan, si hay algo en él que merezca la pena, aunque en realidad quiero que sea un cuaderno de ejercicios. Trataré de hacer lo que hacen las periodistas: entrevistar, describir y tratar de recordar conversaciones. Me han dicho que con un poco de práctica se puede recordar todo lo ocurrido, o lo que se oye durante el día. Pero ya veremos. Ya te contaré todos mis pequeños proyectos cuando estemos juntas. Acabo de recibir unas líneas apresuradas de Jonathan desde Transilvania. Se encuentra bien y estará de regreso dentro de una semana. Tengo muchas ganas de que me cuente todas sus peripecias. Debe de ser maravilloso visitar países extraños. Me pregunto si alguna vez los veremos juntos, quiero decir, Jonathan y yo. Están dando las diez. Adiós.

Con todo mi afecto,

MINA

Háblame de todas las novedades cuando me escribas. Hace mucho que no me cuentas nada. He oído rumores, especialmente, acerca de un hombre alto, guapo y de pelo rizado (???).

CARTA DE LUCY WESTENRA
A MINA MURRAY

Chatham Street, 17
Miércoles

Queridísima Mina:

Debo decir que me acusas *muy* injustamente de ser perezosa en escribir. Te he escrito *dos veces* desde que nos separamos, mientras que tu última carta ha sido la *segunda*. Además, tengo poco que contarte. En realidad, no hay nada que merezca tu interés. La ciudad se pone muy agradable en esta época, y salimos a ver exposiciones y a pasear a pie o a caballo por el parque. En cuanto al caballero alto de pelo rizado, supongo que se trata del que estuvo conmigo en el último concierto. Por lo que veo, alguien ha ido contando chismes por ahí. Se trata del señor Holmwood. Viene con frecuencia a vernos, y él y mamá se llevan muy bien, tienen muchas cosas en común de que hablar. Hace poco hemos conocido a un hombre que parece *hecho para ti*, si no fuera porque ya estás prometida a Jonathan. Es un buen *partido*: guapo, con dinero, y de buena familia. Es médico, y verdaderamente inteligente. ¡Figúrate! Tiene sólo veintinueve años y ya dirige un manicomio inmenso. Me lo presentó el señor Holmwood, y ha venido a vernos, aún sigue viniendo de vez en cuando. Creo que es uno de los hombres más decididos que conozco, a pesar de que es muy tranquilo. Imagino el poder maravilloso que debe de ejercer sobre sus pacientes. Tiene la extraña costumbre de mirar a las personas a la cara como si tratase de leerles el pensamiento. A mí intenta leérmelo muchas veces, pero me satisface decir que soy muy dura de roer. Yo misma lo he comprobado mirándome al espejo. ¿Has intentado alguna vez leer tu propio rostro? Yo *sí*, y puedo decirte que no es mal ejercicio, aunque resulta más complicado de lo que imaginas, si no lo has intentado nunca. Él dice que soy un curioso caso psicológico, cosa a la que humildemente le doy la razón. Como sabes, no me interesan los vestidos lo bastante como para saber qué moda se lleva. La ropa es un rollo. Esto es argot, pero no importa, Arthur lo dice a diario. Bueno, eso es todo. Mina, tú y yo nos hemos contado nuestros secretos desde que éramos *niñas*, hemos dormido juntas y comido juntas, y hemos reído y llorado juntas también, y ahora, aunque te he dicho algo, quisiera seguir contándote más. ¿Oh, Mina, no lo adivinas? Le quiero. Me estoy poniendo colorada mientras escribo, pues aunque *creo* que él me quiere también, no me lo ha dicho con palabras. Pero le quiero, Mina, ¡le quiero! El decirlo me hace feliz. Quisiera que estuviéramos juntas, sentadas junto al fuego, en bata, como solíamos, y contarte todo lo que siento. No sé ni cómo te escribo esto. Tengo miedo de detenerme, porque sería capaz de romper la carta, y no quiero; *quiero* contártelo todo. Contéstame *en seguida*, y dime qué piensas de todo esto, Mina; debo terminar. Buenas noches. Acuérdate de mí en tus oraciones, y pide por mi felicidad.

LUCY

P. D.: No hace falta que te diga que es un secreto. Buenas noches otra vez.

CARTA DE LUCY WESTENRA A MINA MURRAY

24 de mayo

Queridísima Mina:

¡Gracias, gracias y gracias otra vez por tu cariñosa carta! Es maravilloso poder contarte cosas y saber que me comprendes.

Las alegrías no vienen solas. ¡Cuán ciertos son los proverbios! Aquí me tienes a mí: voy a cumplir veinte años en septiembre, aún no me había hecho nadie ninguna proposición matrimonial, y acaban de hacerme tres. ¡*Tres* proposiciones en un solo día! ¿No es terrible? Compadezco, sinceramente compadezco, a los otros dos pobres. ¡Oh, Mina, estoy que no quepo en mí de felicidad! ¡Tres proposiciones! Pero por lo que más quieras, no se lo digas a las demás, no sea que imaginen toda clase de ideas extrañas y vayan a considerarse despreciadas y ofendidas, si al primer día de estar en casa no se les declaran por lo menos seis. Algunas son vanidosas. Tú y yo, mi querida Mina, que estamos prometidas y vamos a entrar pronto en la vida apacible de casadas, podemos despreciar la vanidad. Bueno, voy a hablarte de los tres, pero debes guardarme el secreto, y no revelárselo a *nadie*, quitando a Jonathan, naturalmente. A él se lo dirás, porque si fuese al revés, yo también se lo diría a Arthur. Una mujer debe contárselo todo a su esposo, ¿no crees?, y yo debo ser franca. Los hombres y las mujeres, sus esposas naturalmente, deben ser francos por igual, aunque me temo que las mujeres no somos siempre todo lo sinceras que deberíamos ser. Pues verás, el primero llegó poco antes de comer. Ya te he hablado de él, es el doctor John Seward, el director del manicomio, con su fuerte mandíbula y su frente ancha. Por fuera aparentaba frialdad, aunque se le notaba nervioso. Evidentemente, se había aprendido los más pequeños detalles, y los tuvo en cuenta, pero casi se las arregla para sentarse encima de su sombrero de copa, cosa que no suele hacer un hombre frío, y luego, para aparentar normalidad, se puso a jugar con una lanceta de una forma que casi me hace dar un grito. Fue directamente al grano. Me dijo que me quería, aunque me conocía poco, y lo feliz que sería su vida si yo le correspondía. Iba a decirme lo desdichado que se sentiría si le rechazaba, cuando vio que yo estaba llorando, entonces dijo que era un bruto y que no me causaría más pena. A continuación se interrumpió y me preguntó si podría llegar a quererle con el tiempo, y al decirle yo que no con la cabeza, le temblaron las manos, y me preguntó, tras alguna vacilación, si amaba ya a otro. Lo preguntó con mucha delicadeza, diciendo que no quería arrancarme una confidencia, sino saberlo únicamente, porque si el corazón de una mujer estaba libre, un hombre aún podía tener esperanza. Entonces, Mina, me pareció una especie de obligación decirle que había otro. Tan pronto como se lo dije, se levantó con expresión decidida y muy seria, me cogió las dos manos entre las suyas, y dijo que esperaba que fuese feliz, y que si alguna vez necesitaba a un amigo, pensase en él antes que en nadie. ¡Oh, Mina, no puedo contener las lágrimas!, perdona esta carta salpicada de manchurrones. El que se le declaren a una es muy bonito y todo lo que quieras, pero no te hace feliz cuando ves marcharse con el corazón destrozado a un pobre muchacho, que sabes que te ama sinceramente, y que, diga lo que diga en ese momento, vas a desaparecer de su vida para siempre. Mina, querida, no puedo seguir escribiendo, me siento muy desgraciada, aunque sea feliz.

Por la tarde

Acaba de irse Arthur, y me siento más animada que cuando me interrumpí, así que voy a seguir contándote lo ocurrido en el día. Bueno, el número dos llegó después de comer. Es un simpático americano de Texas, y es tan joven y tierno que parece casi imposible que haya visitado tantos sitios y haya tenido tantas aventuras. Comprendo a la pobre Desdémona cuando derramaron en su oído tan peligrosas palabras, aunque vinieran de un negro. Creo que las mujeres somos tan cobardes que nos casamos porque creemos que los hombres nos van a salvar de nuestros miedos. Ahora sé lo que haría yo si fuese hombre y quisiera enamorar a una mujer. Pero no, no lo sé, porque ahí tienes al señor Morris, que nos estuvo contando aventuras, y a Arthur, que jamás ha contado ninguna, y sin embargo... Pero voy demasiado de prisa. Cuando el señor Quincey P. Morris llegó, me encontró sola. Parece que el hombre siempre encuentra sola a la mujer. Pero no, no es así, porque Arthur ha conseguido verme a solas *casualmente* dos veces, ayudándole yo todo lo que podía, ahora no me da vergüenza confesarlo. Antes que nada debo decir que el señor Morris no siempre habla en argot americano, es decir, no lo hace cuando habla con extraños o en presencia de ellos, ya que es muy educado y posee unos modales refinados..., pero descubrió que a mí me divierte oírle hablar en *slang* americano y siempre que estoy yo presente y no hay nadie que pueda molestarse, no para de decir cosas divertidas. Me temo que inventa las expresiones, porque se ajustan exactamente a lo que esté diciendo. Pero hace falta mucha práctica para hablar en *slang*. No sé si seré capaz de hablar así alguna vez; ni sé si a Arthur le gusta, ya que hasta ahora no le he oído utilizar ninguna clase de argot. En fin, el señor Morris se sentó a mi lado, feliz y contento, aunque le notaba muy nervioso. Me cogió una mano entre las suyas, y dijo con dulzura:

—Señorita Lucy, sé que no soy digno de atar los cordones de sus zapatos, pero sospecho que si aguarda hasta encontrar al hombre que lo sea, se unirá a las siete jóvenes de las lámparas cuando salga. ¿Por qué no nos aparejamos los dos y emprendemos juntos el mismo camino con dobles arreos?

Bueno, le vi de tan buen humor y tan jovial, que rechazarle no me pareció ni la mitad de doloroso que al pobre doctor Seward, así que le dije lo más alegremente que pude, que no sabía nada de aparejar, y que no tenía ningún deseo de llevar arreos aún. Entonces dijo él que había hablado con ligereza, y que esperaba que le perdonase si se había equivocado al hacerlo de este modo, en un momento tan grave y trascendental para él. Se puso serio al decir esto, y no pude evitar el ponerme seria yo también. Sé, Mina, que me vas a juzgar una coqueta terrible..., pero no puedo evitar el sentir una especie de alegría por que fuese el número dos en el mismo día. Y luego, Mina, antes de que yo dijese nada, empezó a derramar un torrente de galanterías, poniendo su alma y su corazón a mis pies. Estuvo tan serio todo el tiempo, que nunca más volveré a pensar que un hombre es siempre divertido y no se toma nada en serio porque a veces esté gracioso. Supongo que leyó algo en mi cara que le hizo recapacitar, porque se interrumpió de repente, y dijo con tanto fervor varonil que, de haber estado yo libre, habría podido hacer que le amara:

—Lucy, es usted una joven sincera, lo sé. No estaría yo aquí hablándole como lo estoy haciendo, si no viese en usted una firmeza, una rectitud hasta lo más profundo de su alma. Dígame con toda la sinceridad que debe reinar entre dos buenos amigos: ¿ama usted a otro? Si es así, no volveré a molestarla lo más mínimo, aunque, si me lo permite, seguiré siendo un amigo fiel.

Querida Mina, ¿por qué son los hombres tan nobles, cuando las mujeres somos tan poco merecedoras de ellos? Y yo que me estaba riendo casi de este caballero generoso y cabal. Me eché a llorar —me temo, querida, que vas a encontrar esta carta mojada en más de un sentido—, y me sentí verdaderamente apenada. ¿Por qué no dejarán a una mujer casarse con tres hombres a la vez, o con todos los que quiera, y evitarles así esta clase de disgustos? Pero eso es una herejía que no debo decir. Me alegra confesar que, aunque lloraba, fui capaz de mirar al señor Morris en sus valerosos ojos, y decirle con sinceridad:

—Sí, hay alguien a quien quiero, aunque él no me ha dicho aún que me ama.

Hice bien hablándole con esa franqueza, porque entonces se le iluminó el semblante, alargó las manos y me cogió las mías —creo que fui yo quien las metió entre las suyas—, y dijo con cordialidad:

—Bien por mi joven valerosa. Prefiero haber llegado tarde para conquistar su corazón que llegar a tiempo para enamorar a cualquier otra mujer del mundo. No llore, querida mía. Yo soy un hueso muy duro de roer, lo recibo con bastante entereza. Si ese otro joven no sabe la suerte que tiene, bueno, será mejor que se entere pronto, porque de lo contrario tendrá que vérselas conmigo. Chiquilla, su sinceridad y su valentía me han ganado como amigo, lo que es más difícil que ganarme como enamorado. Mi querida Lucy, voy a recorrer muy solo el largo camino de aquí al día del Juicio. ¿No va a darme un beso? Eso me disipará las tinieblas de vez en cuando. Puede hacerlo si quiere ya que ese otro joven —que debe de ser una excelente persona, porque si no, no le querría usted— no le ha dicho nada aún.

Eso me ganó completamente, Mina, porque *era* muy caballeroso y amable de su parte, y de noble rival, ¿no te parece?, a la vez que muy triste; así que fui y le di un beso. Y él se levantó con mis manos cogidas —me temo que yo estaba muy colorada—, y dijo:

—Chiquilla, tengo sus manos en las mías, y un beso suyo, si ambas cosas no sellan nuestra amistad, nada la sellará. Gracias por su amable franqueza, y ahora, adiós.

Me apretó la mano y, cogiendo el sombrero, se fue de la habitación sin volver la cabeza, sin una lágrima, ni un temblor, ni una vacilación; y ya estoy llorando yo como un crío. ¡Oh!, ¿por qué ha de ser desventurado un hombre como ése, cuando hay montones de chicas que besarían el suelo que pisa? Yo misma lo besaría, si estuviese libre... sólo que no quiero estarlo. Querida Mina, estoy muy afectada, y me siento incapaz de hablarte de mi felicidad, después de haberte contado esto, así que no hablaré del número tres hasta que pueda hacerlo sin sombra alguna de tristeza.

Te quiere muchísimo,

LUCY

P. D.: Bueno, en cuanto al número tres, no hace falta que te diga nada, ¿verdad? Además, fue todo muy confuso; me parece que transcurrió un instante tan sólo, desde su entrada en la habitación hasta que me rodearon sus brazos, y me besó. Soy muy, muy feliz, y no sé qué he hecho para merecerlo. Sólo sé que en el futuro tengo que demostrar mi gratitud al cielo por haberme concedido este amigo, este esposo, este enamorado.

Adiós.

DIARIO DEL DOCTOR SEWARD

(Grabado en fonógrafo)

25 de mayo

No tengo apetito hoy. No soy capaz de comer ni de descansar, así que vuelvo a mi diario. Desde la negativa de ayer, siento una especie de vacío interior; nada en el mundo tiene la importancia suficiente como para despertar mi interés... Como veo que la única cura para este mal es el trabajo, he bajado a ver a los pacientes. He escogido al que presenta el caso más interesante. Tiene unas ideas tan singulares y distintas a las de los locos corrientes, que he decidido estudiarle al máximo. Hoy creo que he estado más cerca que nunca del núcleo de su misterio.

Le he interrogado más a fondo que nunca, con el propósito de conocer los elementos de su alucinación. Me doy cuenta ahora de que he procedido con cierta crueldad. Parecía como si me empeñase en hacerle hablar de su locura..., cosa que evito cuando hablo con mis pacientes, como evitaría la boca del infierno (*Mem.*, ¿en qué circunstancias *no* evitaría el abismo del infierno?). *Omnia Romae venalia sunt.* ¡El infierno tiene su precio!, *verb. sap.* Si hay algo detrás de este instinto, valdrá la pena estudiarlo más adelante con *exactitud*, de modo que lo mejor es que empiece ya; por consiguiente:

R. M. Renfield, aetat. 59. Temperamento sanguíneo, gran fuerza física, patológicamente excitable; períodos de depresión que concluyen con alguna idea fija imposible de precisar. Supongo que el temperamento sanguíneo unido a una influencia perturbadora provocan la obnubilación total de la conciencia, es un hombre posiblemente peligroso, aunque carece de egoísmo. En los egoístas, la cautela es una armadura tan eficaz para sus enemigos como para ellos mismos. A este respecto, pienso lo siguiente: cuando la idea fija es el yo, la fuerza centrípeta se equilibra con la centrífuga, cuando se trata de un deber, una causa, etc., la fuerza centrífuga es extrema, y sólo la puede equilibrar un accidente o una serie de accidentes.

CARTA DE QUINCEY P. MORRIS AL HONORABLE ARTHUR HOLMWOOD

25 de mayo

Mi querido Art:

Nos hemos contado historias, sentados junto al fuego de campamento, en las praderas; nos hemos vendado las heridas el uno al otro, tras desembarcar en las Marquesas, y hemos brindado por nuestra salud a orillas del Titicaca. Ahora tenemos nuevas historias que contar, y nuevas heridas que restañar, y un nuevo motivo por el que brindar. ¿Podrías venir a mi fuego de campamento mañana por la noche? No dudo en pedírtelo porque sé que cierta dama tiene que asistir a una cena, y que estarás libre. Habrá sólo otra persona más, nuestro viejo camarada de Corea, Jack Seward, vendrá también. Queremos mezclar nuestras lágrimas en una copa de vino y brindar de todo corazón a la salud del hombre más afortunado del ancho mundo, que ha conquistado el corazón más noble que Dios ha hecho, y el más digno de ser conquistado. Te prometemos un cordial recibimiento, una cálida felicitación, y un brindis tan sincero y leal como tu mano derecha. Juramos llevarte a casa si te excedes bebiendo a la salud de cierto par de ojos. ¡No dejes de venir!

Tu amigo de siempre,

QUINCEY P. MORRIS

TELEGRAMA DE ARTHUR HOLMWOOD A QUINCEY P. MORRIS

26 de mayo

Contad conmigo. Llevaré mensajes que regalarán vuestros oídos.

ART

6

DIARIO DE MINA MURRAY

24 de julio, Whitby

Lucy me esperaba en la estación, más bonita y encantadora que nunca, de allí subimos en coche a la casa de Crescent, donde se alojan. Es un sitio maravilloso. El pequeño río, el Esk, corre por un profundo valle que se ensancha al llegar al puerto. Lo cruza un gran viaducto, apoyado sobre altos pilares a través del cual la perspectiva parece mucho más lejana de lo que es en realidad. El valle es hermosamente verde, y tan escarpado, que cuando se está arriba, en cualquiera de los lados del valle, puede verse perfectamente lo que hay en el de enfrente, a menos que se esté lo bastante cerca del borde y se quiera mirar hacia abajo. Las casas de la parte vieja del pueblo —al otro lado de donde estamos nosotras— tienen todas el tejado rojo, y parecen amontonarse unas sobre otras, como en esos cuadros que vemos de Nuremberg. Exactamente encima del pueblo se levanta la abadía de Whitby, que fue saqueada por los daneses, y constituye uno de los escenarios de *Mannion*, donde es emparedada la joven en el muro. Son unas nobles ruinas de enormes proporciones, llenas de belleza y de detalles románticos; existe una leyenda según la cual se ve a una dama de blanco en una de las ventanas. Entre la abadía y el pueblo hay otra iglesia, la parroquial, alrededor de la cual se extiende un gran cementerio completamente lleno de lápidas. A mi juicio, éste es el lugar más precioso de Whitby, porque está situado exactamente encima del pueblo, y desde él se domina el puerto y toda la bahía, desde la que el promontorio llamado de Kettleness se adentra en el mar. Desciende tan abruptamente hacia el puerto que se ha desmoronado parte del borde, destruyéndose algunas de las tumbas. Hay un sitio donde las losas de los sepulcros sobresalen en el aire, por encima de un sendero arenoso que pasa muy abajo. El cementerio tiene paseos con bancos a los lados, y la gente viene a sentarse todo el día, a contemplar el maravilloso panorama y disfrutar de la brisa. Yo también pienso venir con frecuencia a trabajar. En realidad, estoy escribiendo aquí, con el cuaderno sobre las rodillas, mientras escucho la conversación de tres ancianos que tengo sentados a mi lado. Parece que en todo el día no tienen otra cosa que hacer que venir aquí a charlar.

El puerto está situado debajo de mí, el lado de enfrente tiene un largo muro de granito que llega hasta el mar y describe una curva en el extremo exterior y en el centro de ésta se levanta un faro. Una enorme escollera protege toda esa parte exterior. El lado de acá forma un codo que tuerce en dirección opuesta, donde hay otro faro. Entre los dos espigones hay una estrecha abertura que da acceso al puerto, y a partir de la cual éste se ensancha súbitamente.

Cuando la marea está alta, es precioso; pero en la bajamar, el agua desaparece, y no queda más que la corriente del Esk discurriendo entre bancos de arena y rocas diseminadas. Fuera del puerto, en este lado, hay un gran acantilado de una media milla de longitud, cuya pared arranca justo detrás del faro sur. En su extremo hay una boya con una campana que se balancea durante el mal tiempo y lanza al viento su lúgubre tañido. Tienen una leyenda aquí que dice que cuando naufraga un barco se oyen campanas en el mar. Voy a preguntarle a ese anciano que viene hacia aquí qué sabe de todo esto...

Es un hombre muy simpático. Debe de ser viejísimo, porque tiene la cara nudosa y arrugada como una corteza de árbol. Dice que tiene casi cien años. Y que iba ya de marinero en la flota pesquera de Groenlandia cuando se libró la batalla de Waterloo. Me parece una persona muy escéptica, porque al preguntarle sobre esas campanas del mar y sobre la Dama de Blanco de la abadía, ha dicho bruscamente:

—Yo no me preocuparía de esas historias, señorita. Todo eso son cosas pasadas de moda. No digo que no ocurrieran en otro tiempo, lo que sí le aseguro es que en mis tiempos ya no ocurría. Todo eso está muy bien para visitantes, excursionistas y gente así, pero no para una guapa señorita como usted. Que se quede para los domingueros de York y de Leeds, que no vienen más que a comer arenque ahumado, beber té y comprar azabache a bajo precio. Aunque me extraña que nadie se moleste en contarle mentiras a esa gente, ni siquiera los periódicos, que están llenos de tonterías.

Pensé que quizá podía contarme alguna cosa interesante, y le pregunté si le importaría hablarme de cómo se pescaba la ballena antiguamente. Se disponía a empezar, cuando dieron las seis, a lo cual, se puso de pie trabajosamente, y dijo:

—Tengo que volver a casa, señorita. A mi nieta no le gusta esperar cuando tiene el té preparado, porque me cuesta mucho andar sorteando sepulturas, ya que hay una infinidad, además, según el reloj, mi barriga necesita combustible.

Se marchó cojeando, y le vi bajar la escalinata todo lo de prisa que podía. Esta escalinata es el rasgo más característico del lugar. Sube del pueblo a la iglesia, tiene cientos de escalones —no sé cuántos—, y describe una curva elegante; su declive es tan suave que hasta un caballo podría subir y bajar por ella. Supongo que originalmente debió de llegar hasta la abadía. Voy a regresar yo también. Lucy ha ido de visita con su madre, y como era de cumplido, no he querido ir. A estas horas ya habrán regresado.

1 de agosto

Hace una hora que he llegado aquí con Lucy, y hemos tenido una charla de lo más interesante con mi anciano y dos amigos suyos, que siempre vienen con él. Evidentemente, él es el sir *Oráculo** de los tres, y me parece que en sus tiempos debió de ser enormemente dictatorial. No admite la opinión de nadie, y tiene que salirse siempre con la suya. Cuando no puede rebatir las opiniones de los demás, les intimida, y si se callan, considera que están de acuerdo con él. Lucy está muy bonita con su vestido de lino blanco, desde que está aquí, tiene muy buen color. Me he dado cuenta de que estos ancianos acuden inmediatamente a sentarse a su lado, cuando nos ven aquí. Ella les trata con mucho cariño: me parece que los tiene flechados a todos; creo que incluso ha sucumbido mi anciano amigo, porque no sólo no se pone im-

---

* Shakespeare: *El mercader de Venecia,* I, 1.

pertinente con ella, sino que me toca a mí doble ración. He vuelto a sacar a relucir el tema de las leyendas, y en seguida ha iniciado una especie de sermón. Trataré de recordar y transcribir lo que ha dicho:

—Eso son solemnes tonterías, ni más ni menos. Las maldiciones, espectros, apariciones, espíritus, fantasmas y demás no sirven más que para asustar a los niños y a las mujeres pusilánimes. ¡Son como las pompas de jabón! Eso y todos los signos y presagios no son sino invenciones de los curas, los pedantes malintencionados y los viajantes de comercio para impresionar y asustar a los chicos y obligar a las gentes a hacer lo que de otro modo no harían. Me subleva pensar en esa gente. Porque son ellos los que, no contentos con publicar mentiras en el periódico, y con predicarlas desde el púlpito, se empeñan en esculpirlas en las lápidas. Mire a su alrededor, en la dirección que usted quiera, todas esas lápidas, que levantan orgullosas la cabeza lo que pueden, se doblan y se desploman bajo el peso de las mentiras que hay escritas en ellas. Todas dicen: «Aquí yacen los restos», o «Dedicada a la memoria de»; sin embargo, la mitad están vacías, y a nadie le importa un rábano los difuntos, y mucho menos su memoria. ¡Todo son mentiras, mentiras y nada más que mentiras! ¡Dios, la barahúnda que se armará el día del Juicio, cuando salgan de aquí tambaleantes, envueltos en sus mortajas, empujándose los unos a los otros y arrastrando sus lápidas para probar lo buenos que han sido; algunos irán temblando y nerviosos, con las manos tan arrugadas y resbaladizas de tanto estar en el fondo del mar, que no podrán agarrarla!

Observé, por el aire satisfecho del viejo y la forma en que miraba a sus camaradas, que trataba de «darse importancia», así que dije, para animarle:

—¡Oh, señor Swales, no estará hablando en serio! No pretenderá que lo que pone en todas estas lápidas es falso, ¿verdad?

—¡Tonterías! Quizás haya alguna que no diga mentiras, menos cuando quieren hacer a la gente mejor de lo que era, porque hay quien piensa que la mar es una balsa de aceite cuando se trata de la suya. Pero todo son mentiras. Por ejemplo, usted es forastera, y viene aquí, y ve este terreno —asentí porque me parecía lo más discreto, aunque no le entendía muy bien su dialecto, suponía que hablaba del cementerio, y prosiguió—: y considera que todas estas piedras hablan de gentes que descansan aquí en paz y tranquilidad, ¿a que sí? —Asentí otra vez—. Pues ahí es donde está la mentira. Porque hay docenas de sepulturas que están más vacías que la petaca del viejo Dun, los viernes por la noche. —Le dio un codazo a uno de sus compañeros, y se echaron todos a reír—. ¿Y acaso podía ser de otra manera, muchacha? Mire aquella de allá, al otro lado del lomo de tierra. ¡Lea lo que pone!

Fui allí y leí:

«Edward Spencelagh, patrón de barca, asesinado por los piratas frente a la costa de Andres, en abril de 1854, a los 30 años de edad.»

Cuando regresé prosiguió el señor Swales:

—Me pregunto quién lo traería para que esté enterrado aquí. ¡Asesinado en la costa de Andres! ¿Y cree usted que su cuerpo reposa ahí debajo? Y le podría nombrar a una docena cuyos huesos se encuentran allá en los mares de Groenlandia —y señaló hacia el norte—; si no se los han llevado las corrientes marinas. Y sus lápidas las tiene usted a su alrededor. Sus jóvenes ojos pueden leer lo que pone en ésa de ahí. Es de un tal Braithwaite Lowrey, a cuyo padre conocí, que naufragó en el *Lively* frente a la costa de Groenlandia, en los años veinte, o la de Andrew Woodhouse, que se ahogó en los mismos mares en 1777, o la de John Paxton, que se ahogó frente al cabo Farewell un año después, o la del viejo John Rawlings, cuyo abuelo navegó conmigo, que se ahogó en el golfo de Finlandia en los años cincuenta. ¿Cree que todos esos hombres van a tener que acudir corriendo a Whitby el día que suenen las trompetas? ¡Yo tengo mis dudas en ese sentido! Porque como sea así, andarán a empujones y codazos de tal manera que será como cuando peleábamos en los témpanos, antaño, de la mañana a la noche, y tratábamos de enganchar nuestros trozos a la luz de la aurora boreal.

Evidentemente, se trataba de alguna gracia local, porque el viejo se echó a reír y sus compinches le imitaron de buena gana.

—Pero —dije— yo creo que no está usted completamente en lo cierto, porque parte del supuesto de que toda esa pobre gente, o sus espíritus, tendrán que cargar con sus lápidas el día del Juicio. ¿Cree usted que eso será verdaderamente necesario?

—Claro; ¿para qué son las lápidas, si no? ¡Dígame, señorita!

—Para complacer a los familiares, supongo.

—¡Para complacer a los familiares, supone! —repitió en un tono de manifiesto desprecio—. ¿Qué placer pueden producirles a los familiares las mentiras que hay escritas en ellas, cuando todo el pueblo sabe que son mentiras? —Señaló una lápida que había a nuestros pies a modo de losa, sobre la que descansaba el banco, cerca del borde del acantilado—. Lea lo que pone en ésa —dijo.

Según estaba yo sentada, tenía las letras del revés; pero Lucy, que estaba más ladeada, se inclinó y leyó:

—«A la memoria de George Canon, muerto, con la esperanza en la gloriosa resurrección, el 29 de julio de 1837, al caer de las rocas del Kettleness. La desconsolada madre dedica esta tumba a su hijo bienamado. Era hijo único de esta viuda.» ¡Desde luego, señor Swales, no veo la gracia por ninguna parte! —Lucy hizo este comentario muy seria, con cierta severidad.

—¡No ve usted la gracia! ¡Ja, ja! Eso es porque ignora que la desconsolada madre era una bruja que odiaba al muchacho porque era un lisiado, un cojo normal; y que él la odiaba hasta el punto de que se suicidó para que ella no cobrase la póliza que tenía sobre su vida. Se saltó la tapa de los sesos con un viejo mosquete que tenía para ahuyentar a los cuervos. No los ahuyentó esa vez, sino que atrajo cuervos y moscas sobre su cabeza. Así fue como se despeñó. En cuanto a sus esperanzas en la gloriosa resurrección, yo mismo he oído contar muchas veces que esperaba ir al infierno, ya que su madre era tan piadosa que estaba seguro de que iría al cielo, y no quería pudrirse donde ella estuviese. Así que ¿no es esta lápida, en fin de cuentas —la golpeó con su bastón mientras hablaba—, un montón de mentiras? ¡Pues no se va a reír ni nada Gabriel, cuando llegue Geordie echando los bofes, cargado con su lápida, y se la presente como prueba!

Yo no sabía qué decir, pero Lucy desvió la conversación exclamando, mientras se levantaba:

—¡Oh!, ¿por qué nos cuenta todo esto? Es mi banco favorito, y no quiero marcharme de él, y ahora descubro que vengo a sentarme sobre la tumba de un suicida.

—Eso no le puede hacer ningún daño, preciosa, en cambio, puede que a Geordie le alegre que una chica tan encantadora venga a sentarse a su regazo. No le hará ningún daño a usted. En realidad, yo hace que vengo a sentarme aquí más de veinte años, y no me ha pasado nada. ¡Y no se preocupe por lo que haya o no haya debajo de usted! Ya llegará el momento de asustarse, cuando vea a todo el mundo corriendo con sus lápidas, y que el lugar se queda pelado como un campo de rastrojo. Están dando las horas, me tengo que marchar. ¡A sus pies, señorita! —Y se fue cojeando.

Lucy y yo nos hemos quedado sentadas un rato, y era todo tan hermoso a nuestro alrededor que nos hemos cogido las manos, ella me ha hablado otra vez de Arthur y de su próxima boda. Esto me ha dejado un poco triste, porque hace ya un mes entero que no sé nada de Jonathan.

El mismo día

He vuelto a venir aquí, porque me siento muy triste. No había carta para mí. Espero que no le haya pasado nada a Jonathan. Acaban de dar las nueve. Veo las luces diseminadas por todo el pueblo, unas en fila, señalando las calles, y otras aisladas. Suben a lo largo del Esk y desaparecen en la curva del valle. A mi izquierda, la perspectiva queda cortada por la negra silueta del tejado de una casa vieja que hay vecina a la abadía. Las ovejas balan a lo lejos, en los prados que tengo a mi espalda, y oigo un repiqueteo de pezuñas de asno en la calle pavimentada de abajo. La banda de música del muelle toca estrepitosamente un vals y más allá del muelle, el Ejército de Salvación realiza un desfile por una calleja. Ninguna de las bandas oye a la otra, pero desde aquí oigo y veo a las dos. Me pregunto dónde estará Jonathan, ¡y si estará pensando en mí! Quisiera que estuviese aquí.

DIARIO DEL DOCTOR SEWARD

5 de junio

El caso de Renfield se vuelve más interesante a medida que consigo comprenderle mejor. Tiene muy desarrollados algunos rasgos de su carácter: egoísmo, reserva y resolución. Me gustaría averiguar en qué concentra esta última cualidad. Parece que tiene trazado un plan particular, pero todavía no sé cuál. Lo que le redime es su amor a los animales, aunque, desde luego, tiene cambios muy extraños que me hacen pensar a veces que se trata sólo de una crueldad anormal. Le gusta cuidar los bichos más raros. Ahora le ha dado por las moscas. Tiene tal cantidad, que yo mismo le he tenido que amonestar. Para mi asombro, no ha estallado en un acceso de furia como me esperaba, sino que lo ha tomado seriamente. Ha meditado un momento, y luego ha dicho:

—¿Me concede un plazo de tres días? En ese tiempo me desharé de todas ellas.

Naturalmente, le he dicho que sí. Tendré que vigilarle.

18 de junio

Ahora su interés son las arañas, y tiene varios ejemplares muy grandes en una caja. Las alimenta con las moscas, de modo que éstas han disminuido sensiblemente, aunque dedica la mitad de su comida en atraer más de fuera de la habitación.

1 de julio

Sus arañas se están convirtiendo ahora en un engorro tan grande como las moscas, hoy le he dicho que tiene que deshacerse de ellas. Al ver lo apenado que esto le dejaba, le he dicho que se libre de algunas al menos. Esta última proposición le ha puesto muy contento, le he dado el mismo plazo que la vez anterior. Me ha producido repugnancia, porque mientras estaba con él, entró bordeando una inmunda moscarda atiborrada de carroña, la atrapó, la sostuvo gozoso unos momentos con el índice y el pulgar, y, antes de que me diese cuenta de lo que iba a hacer, se la metió en la boca y se la tragó. Le reprendí por esta acción, pero él alegó tranquilamente que estaba muy buena y era muy sana, que era vida, vida vigorosa, y que le confería vida a él.

Esto me ha dado una idea, o al menos una sospecha. Debo averiguar cómo se deshace de las arañas.

Evidentemente, hay algo que le tiene preocupado, porque guarda un pequeño cuaderno en el que siempre anda anotando cosas. Tiene páginas enteras llenas de números, generalmente de una sola cifra, sumados en grupos, y luego los totales sumados en columnas también, como si tratase de «reducir» a una sola cantidad, como dicen los contables.

8 de julio

Hay cierto método en su locura, y la idea rudimentaria que se me ocurrió va tomando consistencia. No tardará en madurar, y entonces, ¡oh, actividad mental inconsciente!, tendrás que ceder ante tu hermana la conciencia. He estado unos días sin ver a mi amigo, a fin de poder apreciar si hay algún cambio en él. Sigue lo mismo que antes, salvo en que ha prescindido de algunos de sus animales favoritos, y tiene otro nuevo. Se las ha arreglado para coger un gorrión, y ya lo tiene medio domesticado. Su medio de domesticarlo es muy sencillo, las arañas han disminuido. No obstante, las que quedan están bien alimentadas, ya que sigue cogiendo moscas con su comida.

19 de julio

Vamos progresando. Mi amigo tiene toda una colonia de gorriones, mientras que sus moscas y arañas han desaparecido casi por completo. Cuando entré, vino corriendo hacia mí, diciendo que quería pedirme un gran favor: un favor muy, muy grande; y mientras hablaba, no paraba de hacerme zalamerías como un perro. Le pregunté de qué se trataba, y dijo en una especie de éxtasis en su actitud y en la voz:

—Un gatito; un gatito cariñoso, bonito y divertido con el que pueda jugar y al que pueda enseñar y alimentar... y alimentar... ¡y alimentar!

No me cogía desprevenido esta petición, porque ya había observado que sus bichos iban aumentando en tamaño y vivacidad, pero no me gustaba la idea de que su preciosa familia de gorriones domesticados desapareciese igual que las moscas y las arañas, así que le dije que lo pensaría; al mismo tiempo, le pregunté si no prefería tener un gato ya adulto. Su ansiedad le traicionó al contestar:

—¡Ah, claro que me gustaría tener un gato adulto! Le he pedido sólo un gatito pequeño porque temía que no me dejase tener un gato adulto. Porque un gatito pequeñito nadie me lo negará, ¿verdad?

Hice un gesto negativo con la cabeza, y le dije que de momento me temía que no era posible, pero que lo pensaría. Su rostro se ensombreció, y vi en su expresión un aviso de peligro; observé que me lanzaba una mirada feroz de soslayo que reflejaba un deseo de muerte. El paciente es un maníaco homicida sin desarrollar. Seguiré atento a su actual antojo y veré cómo evoluciona, así sabré algo más.

10 *de la noche*

He vuelto a pasar a verle, y le he encontrado sentado en un rincón, meditando. Al verme entrar, se me ha echado a los pies, de rodillas, y me ha implorado que le deje tener un gato, que su salvación depende de ello. Pero me he mantenido firme y le he dicho que no puede ser, tras lo cual, se ha levantado sin decir palabra, se ha vuelto a sentar en el rincón donde le encontré, y se ha puesto a roerse los dedos. Mañana por la mañana le visitaré.

20 *de julio*

He ido a ver a Renfield muy temprano, antes de que el celador efectuase su ronda. Le encontré levantado y tarareando una canción. Estaba extendiendo en la ventana el azúcar que se había ido guardando, dispuesto a coger moscas otra vez, tarea que reanudaba alegremente y de buena gana. Miré alrededor, tratando de localizar a los gorriones, y al no verlos le pregunté dónde estaban. Sin volverse, me contestó que habían echado a volar. Observé que había algunas plumas en la habitación, y una gota de sangre en su almohada. No hice ningún comentario, pero le dije al celador que me informase si observaba algo extraño durante el día.

11 *de la mañana*

El celador acaba de comunicarme que Renfield ha tenido náuseas y ha vomitado un montón de plumas.

—Mi opinión, doctor —dijo—, es que se ha comido los pájaros, ¡y que se los ha comido crudos!

11 *de la noche*

Le he dado a Renfield un fuerte narcótico esta noche, suficiente para que tenga un sueño tranquilo, y le he cogido el cuaderno para echarle una mirada. La idea que me andaba dando vueltas en la cabeza últimamente se ha confirmado, y ha resultado cierta la teoría. Mi maníaco homicida es de una clase peculiar. Tendré que inventar una nueva clasificación para él: le llamaré maníaco zoófago (devorador de vida); lo que pretende es asimilar el mayor número posible de vidas, y trata de hacerlo de forma acumulativa. Le ha dado muchas moscas a una araña, y muchas arañas a un pájaro, luego quería un gato para darle a comer muchos pájaros. ¿Cuál habría sido el paso siguiente? Casi habría valido la pena completar el experimento. Lo hubiese hecho, de haber tenido una razón suficiente. Los hombres se burlaban de la vivisección, y sin embargo, ¡ahí están los resultados! ¿Por qué no hacer progresar la ciencia en su aspecto más difícil y vital: el conocimiento del cerebro? Si yo lograra desentrañar el secreto de una mente como ésa, si descubriese siquiera la clave de la fantasía de un lunático, podría elevar la rama de mi especialidad a una altura, comparada con la cual la psicología de Burdon-Sanderson y el estudio del cerebro de Ferrier se quedarían en mantillas. ¡Ojalá encontrara una causa suficiente! No debo pensar demasiado en esto, no vaya a caer en la tentación. Una buena razón podría inclinar la balanza a mi favor, porque, ¿acaso no tengo yo también un cerebro excepcional, congénitamente?

Con qué lógica discurre el paciente, los lunáticos siempre razonan bien, dentro de sus propios ámbitos de interés. Me pregunto en cuántas vidas valorará la de un hombre, o si valdrá una sola. Ha sumado la cuenta con toda exactitud, y hoy ha empezado otra nueva. ¿Cuántos de nosotros empezamos una cuenta nueva cada día de nuestra vida?

Me parece que fue ayer cuando creí que se había acabado mi vida, al venirse abajo mis esperanzas, y que iniciaba verdaderamente una cuenta nueva. Y así será, hasta que el Divino Contable efectúe la liquidación de mi libro mayor y haga el balance de mis beneficios y pérdidas. ¡Ah, Lucy, Lucy, no puedo enfadarme con mi amigo, al que has hecho tan feliz!, ahora sólo me cabe seguir adelante, aun sin esperanzas, y trabajar. ¡Trabajar! ¡Trabajar! Si al menos tuviera una razón como este pobre loco, una razón buena y desinteresada que me impulsara a trabajar, me sentiría verdaderamente contento.

DIARIO DE MINA MURRAY

26 de julio

Estoy inquieta, y me calma escribir aquí mis pensamientos, es como si me hiciese confidencias a mí misma y las escuchase al mismo tiempo. Además, los signos taquigráficos tienen algo que los hacen distintos de la escritura. Me siento muy desgraciada por Lucy y por Jonathan. Hacía tiempo que no me llegaban noticias suyas, y estaba intranquila, pero ayer el señor Hawkins, siempre tan amable, me envió una carta que ha recibido él. Yo le había escrito preguntándole si sabía algo, y me ha contestado adjuntándome una carta que ha recibido. Sólo son unas líneas fechadas en el castillo de Drácula, anunciando que emprende ya el regreso. No es propio de Jonathan. No lo entiendo, y eso me inquieta. Por otra parte, Lucy, aunque se encuentra bien, ha recaído últimamente en su antiguo hábito de andar sonámbula. Me lo ha contado su madre, y hemos quedado en que todas las noches cerraré la puerta de nuestra habitación con llave. La señora Westenra tiene la idea de que los sonámbulos andan por los tejados de las casas y por los bordes de los precipicios, se despiertan súbitamente y se precipitan en el vacío, profiriendo un grito de desesperación que retumba en todo el lugar. Pobrecilla, está muy preocupada por Lucy, me ha contado que su marido, el padre de Lucy, padecía este mismo trastorno: se levantaba por la noche, se vestía y se marchaba si no se lo impedía nadie. *Lucy* va a casarse este otoño, y ya está planeando sus vestidos y cómo arreglará su casa. La comprendo, porque a mí me pasa igual, sólo que Jonathan y yo empezaremos nuestra vida de una forma muy sencilla, y tendremos que arreglarnos con poco. El señor Holmwood —porque se trata nada menos que del honorable Arthur Holmwood, hijo único de lord Godalming— vendrá dentro de poco, tan pronto como pueda abandonar la ciudad, ya que su padre no se encuentra bien, y Lucy anda contando los momentos que faltan para que llegue. Quiere llevarle a nuestro banco del cementerio y enseñarle el maravilloso paisaje de Whitby. Quizá sea la espera lo que la desasosiega; cuando venga él se le pasará todo.

27 de julio

Sigo sin noticias de Jonathan. Estoy muy preocupada aunque no sé por qué; *quisiera* que me escribiese aunque no fuesen más que unas letras; por otra parte, Lucy me despierta todas las noches paseando por la habitación. Afortunadamente, hace tanto calor que no hay peligro de que coja frío, pero esta ansiedad, este despertarme continuo, está empezando a consumirme los nervios y a hacerme perder el sueño. Gracias a Dios, Lucy sigue gozando de buena salud. El señor Holmwood ha recibido un aviso urgente para que acuda a Ring a ver a su padre, que ha sufrido una grave recaída. Lucy siente este aplazamiento en verle, aunque no le ha afectado en su aspecto; se la ve un poquitín más fuerte, y sus mejillas tienen un precioso color sonrosado. Le ha desaparecido el aspecto anémico que tenía. Ruego a Dios que le dure.

3 de agosto

Ha pasado otra semana, y no he recibido noticias de Jonathan, ni tampoco el señor Hawkins, que me ha vuelto a escribir. ¡Espero que no haya caído enfermo! De lo contrario, me habría escrito. Miro la última carta suya, pero no me acaba de satisfacer. No me parece de él, sin embargo, es su letra. De eso no hay duda. Esta semana pasada Lucy ha tenido las noches más tranquilas, pero observo en ella una extraña concentración que no entiendo, incluso en sueños parece que me vigila. A veces, cuando se levanta sonámbula, prueba a abrir la puerta, y al encontrarla cerrada, da vueltas por la habitación, buscando la llave.

6 de agosto

Tres días más y sin noticias. Esta incertidumbre me está resultando espantosa. Si supiese dónde escribirle, o adónde acudir, me sentiría más tranquila, pero nadie ha recibido la menor noticia de Jonathan desde su última carta. Sólo le pido a Dios que me dé paciencia. Lucy está más excitable que nunca, pero, por lo demás, se encuentra bien. La pasada noche fue presagiosa, los pescadores dicen que se avecina tormenta. Trataré de observar, a ver si aprendo a conocer los cambios del tiempo. Hoy el día es gris; y el sol, mientras escribo, permanece oculto tras unas nubes espesas por encima del Kettleness. Todo es gris, salvo la hierba verde, que parece de esmeralda, las rocas son grises, las nubes son grises también, con sus bordes más lejanos teñidos por el sol, y permanecen suspendidas sobre un mar gris en el que se extienden las puntas arenosas como dedos grisáceos. El mar rompe en los bajíos y las playas con un fragor amortiguado por las brumas marinas que avanzan hacia tierra. El horizonte se desvanece también en la niebla gris. Todo es inmensidad; las nubes se amontonan como rocas gigantescas y hay un «rumor» por encima del mar que resuena como un presagio fatal. Diseminadas por la playa, se ven oscuras figuras, a veces medio envueltas por la niebla, que parecen «hombres como árboles que caminan». Las barcas de pesca regresan apresura-

damente a puerto, se levantan y se hunden a lomos de las olas, su-
mergiendo los imbornales. Ahí llega el viejo señor Swales. Viene directamente hacia mí, y por la forma de quitarse el sombrero, adivino
que tiene ganas de charlar...

Es conmovedora la forma en que ha cambiado este pobre anciano. Se ha sentado junto a mí y me ha dicho muy amablemente:

—Quiero decirle algo, señorita.

Le he notado nervioso, así que le he cogido una de sus manos
arrugadas, y le he pedido que hablara sin temor; dejando su mano entre las mías, ha dicho:

—Me temo, mi querida señorita, que la he escandalizado con todas las cosas desagradables que le he contado sobre los muertos y demás, estas semanas pasadas, pero no era ésa mi intención, y quiero
que me recuerde cuando ya no esté en este mundo. A los viejos, que
estamos chochos y con un pie en la tumba, no nos agrada pensar en
la muerte, ni queremos tenerle miedo a morir, así que hablo con ligereza de los muertos a fin de hacerme más el ánimo. Pero le aseguro,
señorita, que no me da ni pizca de miedo morir de todos modos; pero
no quiero morir, si puedo evitarlo. Aunque no tardará en llegarme la
hora, soy ya bastante viejo, y cien años es más de lo que cualquiera
puede esperar. Está tan próximo el momento, que la muerte anda ya
afilando la guadaña. Como ve, no se me va la costumbre de quejarme
de lo mismo a cada instante, la boca dice lo que tiene por costumbre.
Algún día, el Ángel de la Muerte hará sonar la trompeta para mí.
¡Pero no se aflija, pequeña! —dijo, porque vio que estaba llorando—;
si me llamara esta misma noche, iría sin protestar. La vida, al fin y al
cabo, consiste en esperar algo distinto de lo que hacemos; y la muerte es lo único en lo que justamente podemos confiar. Pero estoy contento, porque viene a mí, y viene corriendo. Puede que llegue mientras estamos aquí charlando y contemplando el paisaje. Puede que
viaje en ese viento que barre el mar, llevando consigo el desastre y el
naufragio, las calamidades y el dolor a los corazones. ¡Mire! ¡Mire!
—exclamó de pronto—. Hay algo en ese viento y en ese rumor, que
suena y huele y tiene sabor a muerte. Está en el aire; siento que viene.
¡Señor, haz que la reciba con alegría, cuando oiga mi llamada! —Alzó
los brazos devotamente y se quitó el sombrero.

Movió los labios como murmurando una oración. Tras unos minutos de silencio, se despidió y se fue cojeando. Todo esto me ha conmovido bastante. Me he alegrado al ver pasar al vigilante de la costa con su catalejo bajo el brazo. Se ha detenido a hablar conmigo, siempre lo hace, pero esta vez no le quitaba ojo a un extraño barco.

—No consigo identificarlo —dijo—, por su aspecto, es ruso, pero da unas guiñadas muy raras. No sabe adónde va, parece que ha visto que se avecina tormenta, pero no sabe si poner proa al norte, hacia mar abierto, o entrar aquí. ¡Mire ahora! ¡Qué manera más extraña de navegar! El hombre que va en el timón parece que no pone atención, cambia de rumbo a cada ráfaga de viento. Antes de veinticuatro horas, oiremos hablar de este barco.

7

RECORTE DEL *DAILYGRAPH*, 8 DE AGOSTO

(Pegado en el diario de Mina Murray)

De nuestro corresponsal

Whitby

Acaba de tener lugar uno de los temporales más grandes y repentinos que se recuerdan, con consecuencias extrañas y singulares. El tiempo había sido algo bochornoso, aunque no hasta extremos inusitados, en el mes de agosto. La tarde del sábado se presentó excepcionalmente buena, y gran número de veraneantes salió de excursión al bosque de Mulgrave, a la bahía de Robin Hood, a Rig Mill, a Runswick, a Staithes y a otros lugares próximos a Whitby. Los vapores *Emma* y *Scarborough* efectuaron recorridos a lo largo de la costa, y hubo gran cantidad de gente que entraba y salía de Whitby. El día fue espléndido hasta el atardecer, en que algunos de los chismosos que frecuentan el cementerio del acantilado este, desde donde puede contemplarse una gran extensión de mar, al norte y al este, llamaron la atención sobre la súbita aparición de cirros en el cielo por el noroeste. En ese momento soplaba un viento suave del sudoeste, clasificado barométricamente como «N.º 2: brisa ligera». El vigilante de la costa que estaba de servicio informó inmediatamente, y un viejo pescador que lleva observando durante más de medio siglo los signos del tiempo desde el acantilado este predijo enfáticamente la inminencia de un temporal repentino. La puesta de sol era tan hermosa, y tan grandiosas las nubes de espléndidos colores, que se congregó toda una multitud en el paseo que hay a lo largo del acantilado del viejo cementerio, para disfrutar de su belleza. Antes de que el sol se ocultase tras la negra mole del Kettleness, que se recortaba nítidamente contra el cielo de occidente, una miríada de nubes marcó su descenso con todos los colores del ocaso: fuego, púrpura, rosa, verde, violeta y todos los matices del oro, junto con unas masas no muy grandes, aquí y allá, de absoluta negrura, con toda clase de formas, cuyas colosales siluetas se recortaban vigorosamente.

La experiencia no fue desaprovechada por los pintores: seguro que algunos de los bocetos del «Preludio de la gran tormenta» irán a embellecer las paredes de la RA y del RI el próximo mes de mayo. Más de un patrón decidió inmediatamente dejar amarrado su *cobble* o su *mule*, como ellos llaman a sus diferentes barcas, hasta que pasara la tormenta. El viento cesó por completo durante la noche, y a eso de las doce reinaba calma chicha, con un calor sofocante y esa tensión que, en la proximidad de la tormenta, afecta a las personas muy sensibles. Había pocas luces en el mar, pues incluso los vapores de cabotaje que habitualmente navegan muy «arrimados» a la costa permanecían en puerto, y había muy pocos pesqueros a la vista. La única embarcación que se divisaba era una goleta extranjera, con todas las velas desplegadas, que parecía llevar rumbo oeste. La temeridad o ignorancia de sus oficiales fue tema de numerosos comentarios, mientras estuvo a la vista, y se hicieron esfuerzos por advertirles que redujesen velamen ante el peligro que la amenazaba. Antes de que anocheciera del todo, se la vio con las velas restallando, mientras se mecía blandamente con las ondulaciones del mar.

*Inmóvil, como un barco pintado, en pintado océano.**

Poco antes de las diez, la quietud del aire se volvió opresiva, y el silencio era tan notable que se oía con toda claridad el balido de una oveja o el ladrido de un perro en el pueblo; la banda del embarcadero, que acometía una animada tonada francesa, resultaba discordante en el silencio de la Naturaleza. Poco después de la medianoche, se oyó un extraño rumor en el mar, y arriba, en el aire, empezaron a sonar débilmente unos truenos cavernosos.

* Coleridge, *Rime of the Ancient Mariner*, II, versos, 117-118.

Luego, de repente, estalló la tempestad. Con una rapidez que en ese momento parecía increíble, y aun ahora es imposible de comprender, el aspecto entero de la Naturaleza experimentó una convulsión. Las olas se encresparon con furia creciente, elevándose unas sobre otras, de forma que, en pocos minutos, el mar que antes era un espejo se convirtió en un monstruo rugiente y devorador. Las olas empenachadas rompían con violencia en las llanas arenas y subían por los acantilados o se estrellaban contra las escolleras, y su espuma alcanzaba la parte superior de los faros que hay al extremo de los espigones que cierran el puerto de Whitby. El viento rugía de forma atronadora y soplaba con tal fuerza que ni siquiera los hombres más fornidos podían permanecer allí, aun agarrándose porfiadamente a los candeleros de hierro. Fue necesario desalojar de los espigones a la multitud, por temor a que aumentaran las desgracias de la noche. A las dificultades y peligros del momento vino a sumarse una inmensa masa de niebla húmeda y blanca que se desplazaba de forma fantasmal, tan húmeda, fría y pegajosa que no hacía falta demasiado esfuerzo de la fantasía para imaginar que los espíritus de los ahogados rozaban a sus hermanos vivos con las manos frías y húmedas de la muerte; y más de uno se estremeció al pasar la bruma marina junto a él. La niebla aclaraba a intervalos, y podía verse el mar durante unos instantes, con el resplandor de los relámpagos, que ahora menudeaban, seguidos de tales truenos que el cielo entero parecía retemblar bajo las pisadas de la tormenta. Algunas de las escenas reveladas de este modo eran inmensamente grandiosas y fascinantes: el mar, elevándose montaña arriba, lanzaba hacia el cielo con poderoso impulso una nube de espuma blanca que el viento arrebataba y elevaba, haciéndola girar en el espacio; de vez en cuando, algún pesquero, con la vela desgarrada, venía frenético en busca de refugio, con el viento de popa; a veces, también, se divisaban las blancas alas de alguna ave marina zarandeada por la tormenta. En la cima del acantilado este, el nuevo proyector estaba preparado para entrar en funcionamiento, aunque aún no había sido probado. Los hombres lo encendieron, y en los momentos en que la niebla aclaraba barrieron con su haz la superficie del mar. Una o dos veces resultó de lo más eficaz, cuando algún bote de pesca, con la regala bajo el agua, se dirigía trabajosamente hacia puerto y pudo evitar, con esta luz protectora, el peligro de estrellarse contra la escollera. Cada vez que una embarcación llegaba a puerto, la acogía un grito de júbilo de la muchedumbre reunida en la orilla, grito que hendía el vendaval por un instante, y era arrastrado inmediatamente por él. Poco después, el proyector descubrió, a cierta distancia, una goleta con todas las velas desplegadas; la misma, al parecer, que había sido vista por la tarde. El viento había rolado hacia el este, y un estremecimiento sacudió a los que observaban en el acantilado, al comprender el terrible peligro en que ahora se encontraba. Entre el barco y el puerto había un gran escollo plano en el que habían zozobrado muchos barcos buenos y, con el viento soplando de este cuadrante, era completamente imposible que lograra entrar en puerto. Era casi la hora de la marea alta, pero las olas seguían arreciando con fuerza, de forma que, cuando se retiraban dejaban casi visible la arena del fondo, y la goleta corría a tal velocidad que, como comentó un viejo lobo de mar, «entraría, aunque fuese en el infierno». Luego vino otro banco de niebla, más grande que los anteriores: era una niebla oscura que parecía envolver todas las cosas como un sudario gris, en medio del cual los hombres sólo podían valerse del oído, pues el fragor de la tempestad, el estallido de los truenos y el retumbar de las olas poderosas traspasaban el húmedo espesor de la niebla de forma ensordecedora. El haz de luz del proyector se quedó fijo en la bocana del puerto, por encima del espigón este, donde se temía la colisión, y los hombres aguardaron con el aliento contenido. El viento cambió de pronto al noroeste y disipó los restos de la niebla, y entonces, *mirabile dictu*, entre los dos espigones, saltando de ola en ola mientras avanzaba de forma impetuosa, la extraña goleta, con el viento de popa y todas las velas desplegadas, entrando en puerto sin percance. El proyector la siguió, y un estremecimiento sacudió a todos los que la observaban, ya que, amarrado a la rueda del timón, había un cadáver con la cabeza colgando y balanceándose de un lado a otro a cada movimiento del barco. Nadie más se veía en cubierta. Un tremendo pavor sobrecogió a todos los presentes al ver que el barco encontraba el camino del puerto como por milagro, ¡sin otras manos que lo gobernasen que las de un muerto! Sin embargo, todo sucedió más de prisa de lo que se tarda en contar.

La goleta no se detuvo sino que siguió navegando hacia el interior del puerto y dio contra la arena arrastrada y acumulada por las numerosas mareas y tormentas, en el rincón sudeste del espigón que sobresale al pie del acantilado este, conocido en la localidad como el espigón de Tate Hill.

Como es natural, se produjo un choque violento al llegar la nave al banco de arena. Los palos, cordajes y estays se sacudieron, y parte de la arboladura se vino abajo. Pero, lo más extraño de todo fue que, en el mismo instante en que tocó la arena, salió un perro enorme a cubierta, como disparado por el choque, echó a correr y saltó por la proa a la arena. Siguió cuesta arriba por la empinada pendiente (en lo alto de la cual asoma el cementerio tan verticalmente por encima del camino que conduce al espigón este que algunas de las lápidas —que aquí, en el lenguaje vulgar de Whitby, llaman *thruffsteans* o *thoughstones*— sobresalen, literalmente, al haberse desmoronado el acantilado que las sostenía) y se perdió en la oscuridad, que parecía más intensa detrás del foco del proyector.

Y sucedió que en ese momento no había nadie en el espigón de Tate Hill, dado que todos los que viven cerca de allí se encontraban en la cama o en lo alto del acantilado. De modo que el vigilante de la costa que estaba de servicio en la parte este del puerto, y había bajado corriendo inmediatamente al pequeño espigón, fue el primero en subir a bordo. Los que manejaban el proyector, después de registrar la bocana sin descubrir nada más, volvieron el haz hacia el barco escorado y lo mantuvieron enfocado. El vigilante corrió a popa, y cuando llegó a la rueda se inclinó para examinar al muerto, pero retrocedió inmediatamente, presa de una súbita emoción. Esto despertó la curiosidad general, y numerosas personas echaron a correr hacia allí. Hay bastante distancia desde el acantilado oeste, por el puente levadizo, hasta el espigón de Tate Hill; este corresponsal es buen corredor, y le sacó bastante ventaja a la multitud. Cuando llegué, sin embargo, me encontré con que ya había bastante gente en el espigón, a la que el vigilante de la costa y la policía no dejaban subir a bordo. Por cortesía del barquero jefe, se me permitió subir a cubierta, en mi calidad de periodista, y fui uno de los pocos que vieron al marinero muerto, efectivamente amarrado a la rueda.

No es extraño que el vigilante se sintiera sorprendido y que incluso se asustara, porque no es frecuente presenciar un espectáculo de esta naturaleza. El hombre tenía atadas las manos, una sobre otra, a un radio de la rueda. Entre la palma de la mano y la madera sujetaba un crucifijo, y tenía el resto del rosario arrollado en torno a las muñecas y la rueda, todo ello fuertemente sujeto por las cuerdas. El desventurado debió de ir sentado algún tiempo, pero las sacudidas y golpes de las velas habían movido el timón, haciendo girar la rueda, y ésta le había zarandeado de un lado a otro, de modo que las cuerdas que le sujetaban le habían cortado la carne penetrando hasta el hueso. Se redactó un informe detallado de los hechos, y un doctor —el cirujano J. M. Caffyn, East Elliot Place— que llegó inmediatamente después que yo, declaró, tras efectuar un reconocimiento, que el hombre llevaba muerto unos dos días. Se le encontró en el bolsillo una botella vacía, cuidadosamente tapada, con un pequeño rollo de papel que resultó ser un apéndice del diario de a bordo. El vigilante de la costa dijo que el hombre debió de atarse él mismo y apretar los nudos con los dientes. El hecho de que fuese el primero en subir a bordo quizás ahorre muchas complicaciones más adelante, en el tribunal del Almirantazgo, pues los vigilantes de las costas no pueden reclamar aquello a que tiene derecho el primer civil que ponga los pies sobre los restos de un naufragio. Sin embargo, los legalistas han empezado ya a murmurar, y hay un joven estudiante de leyes que afirma en voz muy alta que se han atropellado los derechos del armador, ya que su propiedad ha sido confiscada contraviniendo los estatutos sobre los bienes de mano muerta, puesto que la caña, símbolo —si no prueba— de la posesión delegada, la sostenían *las manos de un muerto*. No hace falta decir que el piloto ha sido respetuosamente retirado del lugar donde ha cumplido de forma tan honrosa su vigilancia y su guardia hasta la muerte —tenacidad tan noble como la del joven Casabianca—, y ha sido trasladado al depósito, en espera de que se efectúe la encuesta.

Está amainando ya el repentino temporal, y disminuye su violencia; la gente se dispersa y regresa a casa, y el cielo empieza a teñirse de rojo sobre las onduladas campiñas de Yorkshire. En la siguiente edición daremos más detalles del barco abandonado que tan milagrosamente ha llegado a puerto, en medio del temporal.

9 de agosto

Las consecuencias de la extraña llegada anoche del barco abandonado en medio de la tormenta son casi más asombrosas que su misma aparición. Resulta que la goleta es rusa, de Varna, y se llama la *Deméter*. Está casi enteramente en lastre de arena, con sólo una pequeña carga: varios cajones de madera, llenos de mantillo. Dicha carga iba consignada a un abogado de Whitby, el señor S. F. Billington, The Crescent, n.° 7, quien esta mañana ha subido a bordo para hacerse cargo oficialmente de la mercancía a su nombre. El cónsul ruso, por otra parte, ha tomado posesión del barco en nombre de la compañía fletadora, pagando los derechos de fondeo y demás. Hoy no se habla aquí de otra cosa que de la extraña coincidencia; los funcionarios del Ministerio de Comercio se han mostrado de lo más rigurosos, exigiendo el cumplimiento de las normas de la legislación vigente. Como el asunto va a durar muy poco, están evidentemente decididos a no dar ocasión a ninguna demanda posterior. Entre la gente, ha despertado gran interés el perro que saltó a tierra al embarrancar el barco, y numerosos miembros de la Sociedad Protectora de Animales, que es muy fuerte en Whitby, han tratado de ganarse la amistad del animal. Para desencanto general, sin embargo, no ha sido encontrado; parece que ha desaparecido de la ciudad. Quizá se asustara y fuera a refugiarse a los marjales, donde aún se oculta. Algunos ven con temor esta posibilidad, por si se convierte más tarde en un peligro ya que, evidentemente, se trata de un feroz animal. Esta mañana, a primera hora, han encontrado muerto, frente a la casa de su amo, a un gran perro cruzado de mastín, perteneciente a un comerciante de carbón que vive cerca del espigón de Tate Hill. El animal mostraba señales de haber luchado contra un fiero oponente, ya que tenía la garganta destrozada y el vientre desgarrado como por unas garras salvajes.

Más tarde

Por cortesía del inspector del Ministerio de Comercio, se me ha permitido tener acceso al diario de a bordo de la *Deméter*, que está en orden hasta hace tres días, aunque no contiene nada especial, salvo la desaparición de sus hombres. Mayor interés, en cambio, ofrece el papel encontrado en la botella, presentado hoy en la encuesta, jamás me había tropezado con una historia tan singular como la que se revela en estos documentos. Como no hay razón para guardar secretos, se me ha permitido hacer uso de ellos, envío, por tanto, su transcripción, omitiendo tan sólo los detalles náuticos y de sobrecargo.

Casi parece como si el capitán hubiera sufrido alguna especie de manía, antes de encontrarse en alta mar, y que ésta fue progresivamente en aumento a lo largo del viaje. Como es natural, mi información debe tomarse *cum grano*, ya que escribo al dictado de un funcionario del Consulado ruso, que traduce para mí con premura de tiempo.

DIARIO DE A BORDO DE LA *DEMÉTER*

(De Varna a Whitby)

18 de julio

Están sucediendo cosas tan extrañas, que en adelante y hasta que desembarquemos voy a tomar NOTA de todo minuciosamente.

El 6 de julio terminamos de embarcar la carga: arena y cajones de tierra. Zarpamos a las 12.00 horas con viento del este, fresco. La tripulación consta de cinco hombres, dos oficiales de cubierta, el cocinero y yo (de capitán).

El 11 de julio, al amanecer, entramos en el Bósforo. Nos abordaron los oficiales de la aduana turca. Propina. Todo en orden. A las 16.00 reanudamos nuestro rumbo. El 12 de julio cruzamos los Dardanelos. Más oficiales de aduanas en la falúa de la escuadra de guardia. Más propina. El trabajo de los oficiales fue minucioso pero rápido. Querían que saliésemos pronto. Pasamos el archipiélago al amanecer.

El 13 de julio cruzamos el cabo de Matapán. La tripulación se mostraba descontenta por algo. Parecía asustada, aunque no quería hablar.

El 14 de julio la tripulación estaba inquieta. Los hombres son todos tipos decididos que han navegado ya conmigo. El segundo no consiguió averiguar qué ocurría, sólo decían que había algo, y se santiguaban. El segundo perdió los nervios con uno de ellos y le pegó. Me esperaba una feroz pelea, pero no ocurrió nada.

El 16 de julio, el segundo me informó por la mañana que faltaba uno de la tripulación: Petrofsky. Era inexplicable. La noche anterior había entrado de guardia de babor a las 8.00, fue a relevarle Abramoff, pero él no regresó a su litera. Los hombres estaban más abatidos que nunca. Comentaron que se esperaban una cosa así, pero todo lo que añadieron fue que había algo. El segundo se impacientó mucho con ellos, temía que surgieran complicaciones.

El 17 de julio, o sea ayer, uno de los hombres, Olgaren, vino a mi camarote y me confesó, presa de pavor, que creía que había un hombre extraño a bordo. Dijo que durante su guardia se había protegido detrás de la chupeta porque estaba lloviendo, cuando de pronto vio a un hombre alto y flaco, que no pertenecía a la tripulación, salir por la escotilla, dirigirse hacia proa y desaparecer. Le siguió cautelosamente, pero al llegar a las amuras no encontró a nadie, y las escotillas estaban cerradas. Un terror supersticioso le dominaba, y temo que cunda el pánico. Para tranquilizarles, registraré hoy todo el barco minuciosamente, desde la roda al codaste.

Más tarde

He reunido a la tripulación y les he dicho que como todos creían que había alguien a bordo, había que inspeccionar el barco de punta a punta. El segundo, de mal humor, dijo que era una tontería y que el ceder ante tales estupideces podía desmoralizar a los hombres, añadió que se comprometía a quitarles esa preocupación con un espeque. Le dejé en el timón, mientras el resto iniciaba una inspección exhaustiva, todos al mismo paso, con linternas, no dejamos ningún rincón por registrar, como sólo había cajones de madera, no quedaban rincones donde poder esconderse nadie. Los hombres se sintieron muy tranquilizados al terminar el registro y volvieron al trabajo contentos. El segundo arrugó el ceño, pero no dijo nada.

22 de julio

Hace tres días que tenemos mal tiempo, y todos los hombres están ocupados en las velas, sin tiempo para asustarse. Parecen haberse olvidado del miedo. El segundo está de buen humor otra vez, y reina la armonía. He felicitado a los hombres por su trabajo con mal tiempo. Hemos pasado Gibraltar y cruzado el estrecho. Todo va bien.

28 de julio

Llevamos cuatro días infernales, metidos en una especie de *maelstrom*, con un viento atemporalado. Nadie puede dormir. Tengo a todos los hombres exhaustos. No sé cómo voy a poner una guardia, si nadie se encuentra en condiciones de aguantarla. El primer oficial se ha ofrecido a llevar el timón y vigilar, a fin de que los hombres tengan cuatro horas de sueño. El viento va amainando, sigue habiendo una mar tremenda, aunque se la siente menos, ya que el barco va más estable.

29 de julio

Otra tragedia. Esta noche había sólo un hombre de guardia, porque la tripulación anda demasiado cansada para poner a dos. Cuando subió a cubierta el de la guardia del alba, no encontró más que al timonel. Dio la voz, y acudieron todos. Efectuaron un registro completo, pero no encontraron a nadie. Y ahora, sin el primer oficial, la tripulación está aterrada. El segundo y yo hemos acordado ir armados en adelante y estar atentos a cualquier signo preocupante.

30 de julio

Es la última noche. Me alegro de que estemos llegando a Inglaterra. Tenemos buen tiempo, y todas las velas desplegadas. Anoche me acosté agotado, he dormido como un tronco, el segundo me ha despertado diciendo que faltan el hombre de la guardia y el del timón. Ahora sólo quedamos a bordo dos marineros, el segundo y yo.

1 de agosto

Llevamos dos días de niebla, y sin avistar una sola vela. Esperaba poder hacer señales a alguien, al entrar en el canal de la Mancha, para que nos ayudasen a arribar a alguna parte. Sin gente para bracear las velas, nos vemos obligados a navegar en la dirección del viento. No me atrevo a arriarlas porque no habría forma de izarlas otra vez. Parece que nos empuja alguna terrible fatalidad. El segundo está ahora más asustado que los dos marineros. Su naturaleza, más fuerte, parece obrar interiormente en contra suya. Los hombres están más allá del miedo, y trabajan imperturbables y pacientes, resignados a lo peor. Son rusos; el segundo es rumano.

2 de agosto, medianoche

Me ha despertado un grito cuando llevaba durmiendo unos minutos, al parecer sonó al otro lado de mi portilla. No se veía nada, con la niebla. He salido precipitadamente a cubierta y he echado a correr, detrás del segundo. Dice que salió corriendo al oír el grito, pero no ha encontrado rastro alguno del hombre que estaba de guardia. Ha desaparecido también. ¡Señor, ayúdanos! El segundo opina que hemos debido de pasar el estrecho de Dover, ya que en un momento en que ha levantado la niebla ha visto Nort Foreland, precisamente cuando oyó gritar al hombre. Si es así, ahora nos encontramos en el mar del Norte, y sólo Dios puede guiarnos en medio de esta niebla que parece acompañarnos, pero parece que Dios nos ha abandonado.

3 de agosto

A medianoche vine a relevar al hombre del timón, pero al llegar aquí no estaba. El viento era constante, y como lo teníamos de popa, el barco no daba guiñadas. No me atreví a dejar el puesto, así que di una voz al segundo. Unos instantes después subió corriendo a cubierta en paños menores. Tenía los ojos muy abiertos y extraviados; mucho me temo que se le ha trastornado el juicio. Se acercó y me habló al oído, con la boca pegada a mi oreja, como si tuviese miedo de que le oyese el mismo aire: «Está aquí, ahora lo sé. Lo vi anoche durante la guardia, en forma de un hombre alto y flaco, espantosamente pálido. Estaba en la amura, mirando hacia el mar. Me puse sigilosamente detrás de él y le lancé una cuchillada, pero el cuchillo pasó a través de él sin resistencia, igual que si atravesara el aire». Y mientras hablaba, cogió el cuchillo y dio una feroz puñalada al aire. Luego prosiguió: «Pero está aquí, y lo encontraré. Debe de esconderse en la bodega; en uno de los cajones, seguramente. Los desatornillaré uno por uno, y lo encontraré. Ocúpese usted del timón». Y con una mirada de advertencia, y el dedo en los labios, se dispuso a bajar. La mar se estaba picando, así que no me atreví a dejar el timón. Le vi salir otra vez a cubierta con una caja de herramientas y una linterna, y bajar por la escotilla de proa. Está loco, completa y rematadamente loco, es inútil detenerle. No puede dañar los cajones, están facturados como «arcilla», así que si los abre, no pasará nada. Seguiré aquí, al cuidado del timón, mientras escribo estas notas. Sólo me cabe confiar en Dios y esperar a que levante la niebla. Entonces, si puedo enfilar hacia algún puerto con este viento, arriaré las velas y haré señales de socorro...

Ahora ya casi ha terminado todo. Cuando empezaba a esperar que el segundo saliese más tranquilo —ya que le oía dar golpes abajo en la bodega, y el trabajo le sienta bien—, ha soltado un alarido repentino y sobrecogedor que me ha helado la sangre, y ha salido como una exhalación por la escotilla, enloquecido, con los ojos desencajados y la cara convulsa de terror. «¡Sálveme! ¡Sálveme!», gritaba; luego, se ha puesto a escrutar en torno de él, hacia el manto de niebla, ha dicho: «Sería mejor que viniese usted también, capitán, antes de que sea demasiado tarde. Está aquí. Ahora sé el secreto. La mar me salvará de *Él*; ¡es el único remedio!» Antes de que yo pudiera decir nada ni hacer un movimiento para cogerle, ha saltado por la borda y se ha arrojado deliberadamente al mar. Creo que ahora sé el secreto yo también. Ha sido este loco quien ha ido eliminando a los hombres uno tras otro, y ahora les ha seguido. ¡Que Dios me asista! ¿Cómo voy a explicar todos estos horrores cuando llegue a puerto? ¡Cuando llegue a puerto! ¿Acaso llegaré alguna vez?

4 de agosto

Continúa esta niebla que ni siquiera el sol es capaz de penetrar. Sé que es el amanecer, por mi experiencia de navegante, no por otra cosa. No me he atrevido a bajar —no me he atrevido a abandonar el timón—, así que he permanecido aquí toda la noche, y lo he visto en la oscuridad. ¡Que Dios me perdone, pero el segundo ha hecho bien en saltar por la borda! Es preferible morir como hombre, nadie puede reprochar a un marino que elija morir en el agua azul. Pero yo soy el capitán, y no debo abandonar mi barco. Sin embargo, sabré burlar a ese monstruo o demonio; me ataré las manos a la rueda cuando las fuerzas me empiecen a fallar, y sujetaré con ellas lo que Él, lo que ese ser, no se atreverá a tocar, luego, tanto si sopla viento favorable o contrario, salvaré mi alma, y mi honor como capitán. Me siento cada vez más débil, y se acerca la noche. Si llega a mirarme a la cara otra vez, no tendré tiempo de actuar... Si naufragamos, quizás encuentren esta botella y puedan comprender; si no..., bueno, todos sabrán que he sido fiel a mi deber. Que Dios y la santísima Virgen y los santos ayuden a este pobre ignorante que trata de cumplir con su obligación...

Naturalmente, el veredicto ha sido «pendiente». No se ha podido presentar ninguna prueba; y no hay nadie ahora que pueda decir si el hombre cometió los asesinatos personalmente o no. La gente afirma casi unánimemente que el capitán es un héroe, y deben hacérsele funerales públicos. Ya está todo dispuesto para que su cuerpo sea transportado en un cortejo de embarcaciones que remontará el Esk durante un trecho y luego volverá al espigón de Tate Hill, a fin de subirle por la escalinata de la abadía, ya que será enterrado en el cementerio del acantilado. Los propietarios de más de un centenar de botes han dado ya sus nombres, deseosos de acompañarle en su entierro.

No se ha encontrado rastro alguno del perro, lo que es una verdadera pena, porque, según se manifiesta ahora la opinión popular, creo que la ciudad lo habría adoptado. Mañana asistiremos al funeral, y de este modo, habrá terminado otro de los «misterios del mar».

DIARIO DE MINA MURRAY

8 de agosto

Lucy estuvo muy inquieta toda la noche, y yo tampoco he podido dormir. La tormenta ha sido espantosa, y los truenos, cuando retumbaban en la chimenea, me hacían estremecer. Cada ráfaga violenta se asemeja a un cañonazo lejano. Aunque parezca extraño, Lucy no se despertó, sin embargo, se levantó dos veces y se vistió. Afortunadamente, las dos veces me desperté yo a tiempo, y conseguí desvestirla y volverla a meter en la cama. Es muy extraño este sonambulismo, pues tan pronto como su voluntad tropieza con un obstáculo físico, desaparece su intención, si tenía alguna, y asume casi del mismo modo la rutina de su vida.

Nos hemos levantado las dos por la mañana temprano y hemos bajado al puerto a ver si había sucedido algo durante la noche. Encontramos a muy pocas personas por allí, y aunque había un sol radiante y el aire era limpio y fresco, las enormes y presagiosas olas, que parecían negras al lado de la blanca espuma que las coronaba, se agolpaban para entrar por la estrecha boca del puerto..., como esos hombres impacientes que van abriéndose paso entre la muchedumbre. En cierto modo me alegro de que Jonathan no estuviera anoche en el mar, sino en tierra. Pero ¿estará en el mar, o en tierra? ¿Dónde estará, y cómo se encontrará? Me siento muy inquieta por él. ¡Ojalá supiera qué hacer, y pudiera hacerlo!

10 de agosto

El funeral del pobre capitán, hoy, ha sido de lo más conmovedor. Al parecer han tomado parte todos los botes del puerto, luego el ataúd ha sido llevado a hombros por capitanes, desde el espigón de Tate Hill al cementerio. Lucy se vino conmigo y fuimos en seguida a nuestro viejo banco, mientras el cortejo de embarcaciones remontaba el río hasta el Viaducto y regresaba otra vez. Gozamos de una perspectiva preciosa y vimos la procesión durante todo el trayecto. El pobre hombre ha sido enterrado cerca de nuestro banco, de forma que nosotras estábamos allí cuando llegó el momento, y lo vimos todo. La pobre Lucy parecía muy conmovida. Estuvo todo el rato muy nerviosa y desasosegada, no puedo por menos de pensar que los sueños la están afectando. Se muestra muy extraña en una cosa: no quiere admitir que su desasosiego tenga ninguna causa, o si la tiene, que la desconoce. Puede que contribuya también la noticia de que el pobre señor Swales ha sido encontrado muerto esta mañana en nuestro banco, con el cuello roto. Evidentemente, como dice el médico, debió de caerse del banco al recibir algún susto, pues su rostro reflejaba una expresión de horror estremecedora, según dicen los que le vieron. ¡Pobre viejo! ¡Quizá vio llegar a la muerte, con sus ojos moribundos! Lucy es tan dulce y sensible que siente cualquier influjo más intensamente que los demás. Hace un momento la tenía conmovida un perrito que a mí ni siquiera me había llamado la atención, quizá porque no me gustan demasiado los animales. Lo traía uno de los hombres que suben aquí a menudo a ver las barcas. Siempre va con su perro. Los dos son seres tranquilos: jamás había visto que se enfadara el hombre ni que ladrara el perro. Durante la ceremonia, el perro no ha consentido en acercarse a su dueño, que estaba sentado en el banco junto a nosotras, sino que permanecía a unos metros de distancia, ladrando y gimiendo. Su amo le habló con dulzura, luego con severidad, y finalmente con enfado, pero ni ha querido acercarse ni ha dejado de armar escándalo. El animal parecía dominado por una especie de furia, con los ojos enloquecidos y todos los pelos erizados como la cola de un gato cuando está de pelea. Finalmente, el hombre se puso furioso también, saltó y le dio una patada, luego lo cogió del pescuezo y, medio a rastras, lo arrojó sobre la losa donde está fijado el banco. En cuanto tocó la piedra, el pobre animal se quedó quieto y empezó a temblar. En vez de huir, se acurrucó tiritando, se le veía tan lastimosamente asustado que traté de consolarlo, aunque sin resultado. Lucy se sentía muy conmovida también, pero no trató de tocar al perro, sino que lo miraba con angustia. Me parece que tiene una naturaleza demasiado hipersensible para ir por el mundo sin tropezar con dificultades. Estoy segura de que esta misma noche tendrá pesadillas. Todo el cúmulo de acontecimientos —el barco que entra en puerto gobernado por un muerto atado al timón con un rosario en la mano, el funeral conmovedor, el perro, primero furioso y amedrentado después— van a proporcionar material a sus sueños.

Creo que es mejor que se acueste físicamente cansada, así que la llevaré a dar un largo paseo por el acantilado hasta la bahía de Robin Hood. Seguro que no se sentirá después con fuerzas para andar sonámbula.

8

DIARIO DE MINA MURRAY

El mismo día, once de la noche

¡Oh, qué cansada estoy! Si no fuera porque he convertido mi diario en una obligación, no lo abriría esta noche. Hemos dado un paseo delicioso. Al poco rato, Lucy se puso de buen humor, debido, creo, a unas vacas encantadoras que se acercaron a olisquear, en un prado que hay próximo al faro; nos dieron un buen susto. Hicieron que nos olvidáramos de todo, salvo, naturalmente, del miedo personal, como si borráramos todo lo anterior para escribir este nuevo miedo. Tomamos un estupendo «té fuerte» en la bahía de Robin Hood, en una deliciosa posada, pequeña y antigua, con un mirador justo encima de las rocas cubiertas de algas de la costa. Creo que habríamos escandalizado a la «mujer nueva» con nuestro apetito. Los hombres son más tolerantes, gracias a Dios. Luego, regresamos a casa, parándonos unas cuantas veces —más bien muchas— a descansar, con el corazón encogido por el miedo constante a los toros salvajes. Lucy estaba verdaderamente cansada, y veníamos con idea de irnos a dormir en seguida. Pero ha llegado el joven cura, y la señora Westenra le ha pedido que se quedara a cenar. Lucy y yo hemos hecho verdaderos esfuerzos para que no se nos cerraran los ojos, por mi parte, reconozco que la lucha ha sido tremenda, y soy heroica. Creo que algún día los obispos deberán ponerse de acuerdo para formar una nueva clase de curas que no se queden a cenar, por mucho que se les insista, y que se den cuenta de cuándo las jóvenes están cansadas. Lucy duerme y respira regularmente. Tiene en las mejillas más color que de costumbre, y está muy bonita. Si el señor Holmwood se enamoró de ella viéndola sólo en el salón, me pregunto qué diría si la viese ahora. Algunas de las escritoras pertenecientes al movimiento de «la mujer nueva» lanzarán un día la idea de que los hombres y las mujeres deberían ponerse de acuerdo para verse dormidos, antes de pedirse o de aceptarse. Pero supongo que en el futuro la «mujer nueva» no se limitará a dar el sí, será ella quien se declare. ¡Y lo hará muy bien! Siempre será un consuelo. Estoy muy contenta esta noche porque parece que Lucy está mejor. Creo sinceramente que ha superado la crisis, y que se nos terminaron las preocupaciones por su sonambulismo. Mi felicidad sería completa si tuviera noticias de Jonathan... ¡Que Dios le bendiga y le proteja!

11 de agosto, tres de la madrugada

Otra vez vuelvo a mi diario. Estoy desvelada, así que me pongo a escribir. Me siento demasiado nerviosa para conciliar el sueño. Hemos tenido una aventura, una experiencia angustiosa. Me quedé dormida en cuanto cerré el diario... De repente, me desperté completamente y me incorporé con una sensación horrible de temor, y una impresión de vacío a mi alrededor. La habitación estaba a oscuras, de modo que no podía ver la cama de Lucy: me acerqué sigilosamente y palpé su lecho. Estaba vacío. Encendí una cerilla y vi que había desaparecido de la habitación. La puerta estaba cerrada, aunque no con llave como yo la había dejado. Temía despertar a su madre, que estos días está más delicada de lo habitual, así que me eché algo encima y me dispuse a ir en su busca. Cuando salía de la habitación, se me ocurrió que la ropa que se había puesto podía darme una pista sobre sus intenciones sonámbulas. La bata significaba que estaba en casa; y el vestido, que había salido. La bata y el vestido estaban en su sitio. «Gracias a Dios —me dije—, no puede andar muy lejos, puesto que va en camisón.»

Corrí escalera abajo y me asomé al cuarto de estar. ¡No estaba allí! Luego miré en todas las demás habitaciones a las que teníamos acceso, mientras el miedo me iba creciendo en el corazón. Finalmente, llegué a la puerta del vestíbulo y la encontré abierta. No de par en par, pero la cerradura no tenía pasado el pestillo. La gente de la casa cierra la puerta con llave todas las noches, de modo que supuse que Lucy había salido, como así era. No había tiempo para pensar en lo que podía suceder; un miedo vago, irresistible, me oscurecía todos los detalles.

Cogí un chal grande y abrigado y salí corriendo. El reloj dio la una cuando llegué a Crescent, donde no había un alma. Crucé corriendo la terraza norte, pero no vi el menor signo de la figura blanca que yo esperaba. Al llegar al borde del acantilado oeste, miré atentamente al otro lado del puerto, hacia el acantilado este, con la esperanza, o el temor —no lo sé— de ver a Lucy en nuestro banco favorito. Había una espléndida luna llena y unas nubes espesas y negras que se desplazaban rápidas, proyectando sobre el paisaje un diorama fugaz de luces y sombras. Durante unos instantes no conseguí ver nada, ya que la sombra de una nube oscurecía la iglesia de Santa María y sus alrededores. Luego pasó la nube y surgieron las ruinas de la abadía, y a medida que se desplazaba la estrecha franja de luz como el filo de una espada, se fueron haciendo visibles la iglesia y el cementerio. Fuera lo que fuese lo que yo me esperaba, no me vi defraudada, pues allí, en nuestro banco favorito, la luz plateada de la luna reveló una figura medio reclinada, blanca como la nieve. La nube se desplazó con demasiada rapidez, y su sombra la oscureció casi en seguida, pero me pareció divisar una negra silueta, detrás del banco donde estaba la blanca figura, que se inclinaba sobre ella. No podría decir si se trataba de un hombre o de un animal; no esperé a cerciorarme, sino que bajé corriendo la empinada escalera hasta el espigón, crucé la pescadería y el puente, que era el único camino para llegar al acantilado este. El pueblo parecía muerto, ya que no se veía a nadie; me alegré de que fuera así, porque no quería que viesen a la pobre Lucy en ese estado. El tiempo y la distancia me parecían interminables; me temblaban las rodillas, y la respiración se me volvía más pesada mientras corría por la interminable escalinata de la abadía. Debí de correr mucho; sin embargo, parecía como si me hubieran puesto plomo en los pies, como si tuviese oxidada cada articulación del cuerpo. Cuando estaba casi arriba, pude ver el banco y la figura, ya que estaba lo bastante cerca como para distinguirla aun en medio de las sombras.

Efectivamente, había un bulto negro y largo inclinado sobre la blanca figura medio recostada. Grité asustada: «¡Lucy! ¡Lucy!»; el bulto levantó la cabeza y, desde donde yo estaba, pude ver una cara pálida, con unos ojos rojos y candentes. Lucy no contestó; y seguí corriendo hacia el cementerio.

La iglesia se interponía entre la entrada y el banco, por lo que dejé de verla un minuto o dos. Mientras daba la vuelta, pasó la nube y la luz de la luna surgió tan esplendorosa que pude ver a Lucy medio recostada en el banco, con la cabeza apoyada en el respaldo. Estaba completamente sola y no había rastro de ser viviente por ninguna parte.

Cuando me incliné sobre ella pude comprobar que aún seguía dormida. Tenía los labios entreabiertos, y respiraba..., no sosegadamente, como es costumbre en ella, sino con grandes y prolongadas aspiraciones, como tratando de llenar los pulmones en cada aspiración. Al acercarme levantó la mano en sueños y se subió el cuello del camisón. Al hacerlo la sacudió un ligero estremecimiento como si hubiese sentido frío. Le puse el chal por encima y le até las puntas alrededor del cuello por temor a que tal como iba cogiese un enfriamiento con el aire de la noche. Tuve miedo de despertarla repentinamente, así que para tener las manos libres y poder ayudarla, le prendí el chal con un imperdible, pero, en mi tribulación debí de hacerlo con torpeza, y la pinché, ya que poco después, cuando su respiración se hizo más sosegada, se llevó la mano a la garganta y gimió. Una vez abrigada cuidadosamente, le puse mis zapatos y empecé a despertarla con suavidad.

Al principio no respondió, pero poco a poco se fue sintiendo más desasosegada en su sueño y gemía y suspiraba de vez en cuando. Finalmente, dado que el tiempo corría de prisa, y por otras muchas razones, pensé que debía llevarla a casa en seguida, así que la sacudí con más energía, hasta que finalmente abrió los ojos y se despertó. No pareció sorprendida al verme, y como es natural, al principio tampoco se dio cuenta de dónde estaba. Lucy siempre está muy bonita cuando se despierta, y aun a esas horas no perdió su gracia, pese a que debía de tener el cuerpo frío y la mente asombrada al encontrarse en camisón, dentro de un cementerio y de noche. Tiritaba un poco, y se abrazó a mí, cuando le dije que debíamos regresar inmediatamente a casa se levantó sin decir palabra, con la docilidad de un niño. Al echar a andar, la grava me hizo daño en los pies, y Lucy me vio hacer un gesto de dolor. Se detuvo, e insistió en que me pusiera yo los zapatos, pero no consentí. Sin embargo, al llegar al sendero, fuera del cementerio, metí los pies en un charco que había quedado de la tormenta, y me manché los pies de barro uno después del otro, de forma que, en caso de que nos tropezáramos con alguien, no se notase que iba descalza.

Nos favoreció la suerte, y llegamos a casa sin tropezarnos con nadie. Una de las veces vimos a un hombre, que no parecía completamente sobrio e iba en dirección contraria por el otro lado de la calle, pero nos escondimos en un portal hasta que hubo desaparecido por una de las bocacalles que dan a esos pequeños callejones, o *wynds*, como los llaman en Escocia. El corazón me latía con tanta violencia que a veces pensaba que me iba a desmayar. Estaba angustiada por Lucy, no sólo por su salud, al haberse expuesto de esa manera, sino por su reputación, si el episodio llegaba a divulgarse. Una vez en casa, y después de lavarnos los pies y rezar juntas para dar gracias, la arropé en la cama. Antes de quedarse dormida, me pidió —me suplicó, incluso— que no dijese nada a nadie, ni siquiera a su madre, sobre esta sonámbula aventura. Al principio dudé en prometerlo, pero al pensar en el estado de salud de su madre, y cuánto la inquietarían tales cosas, y pensando también cómo podía tergiversarse una historia así —lo que infaliblemente ocurriría— en caso de que se divulgara, pensé que sería más prudente prometerlo. Espero haber hecho bien. He cerrado la puerta y tengo la llave atada a mi muñeca, pero no es probable que vuelva a molestarme. Lucy duerme profundamente. La luz del amanecer se ve muy alta, y se refleja allá lejos en el mar...

El mismo día, al mediodía

Todo va bien. Lucy ha dormido hasta que la he despertado yo, ni siquiera había cambiado de postura; la peripecia de anoche no parece haberla afectado; al contrario, le ha sentado bien, porque hoy tiene mejor aspecto que todas estas semanas pasadas. He sentido mucho haberla pinchado, en mi torpeza, con el imperdible. Desde luego, podía haber sido grave, ya que le he atravesado la piel del cuello. Debe de ser una parte de piel suelta, y se la traspasé, porque tiene dos puntitos rojos, como dos pinchazos de alfiler, y la cinta del camisón tiene una gota de sangre. Al excusarme y mostrar mi preocupación, se ha echado a reír, me ha acariciado, y ha dicho que no notaba nada. Afortunadamente, no dejarán cicatriz, porque son muy pequeños.

El mismo día, por la noche

Hemos pasado un día feliz. La atmósfera era clara, el sol espléndido, y soplaba una brisa fresca. Hemos corrido por el bosque de Mulgrave; la señora Westenra fue a caballo, por carretera, y Lucy y yo caminando por el sendero del acantilado, encontrándonos con ella en la entrada. Yo me sentía un poco triste, ya que no paraba de pensar en lo *absolutamente* feliz que habría sido si Jonathan hubiese estado conmigo. ¡Pero qué le vamos a hacer! Debo tener paciencia. Al atardecer hemos ido a dar una vuelta por la terraza del casino, y hemos escuchado un poco de buena música, Spohr y Mackenzie; hemos vuelto para acostarnos temprano. Lucy parece más tranquila últimamente, y se ha quedado dormida en seguida. Cerraré la puerta con llave y me la guardaré, igual que anoche, aunque espero que no haya motivo de preocupación.

12 de agosto

Mis esperanzas eran infundadas, Lucy me despertó dos veces durante la noche, intentando salir. Incluso en sueños pareció impacientarse un poco al encontrar la puerta cerrada, y regresó a la cama como con una especie de protesta. Al amanecer me despertó el canto de los pájaros cerca de la ventana. Lucy se despertó también, y me alegré al ver que tenía aún mejor aspecto que ayer por la mañana. Parecía haberle vuelto toda su antigua alegría, y me estuvo hablando largamente de Arthur; yo le conté lo preocupada que estaba por Jonathan, y ella trató de consolarme. Bueno, lo consiguió en cierto modo, pues aunque la comprensión no puede alterar los hechos, ayuda a hacerlos más soportables.

13 de agosto

Otro día tranquilo, y me acosté con la llave en la muñeca, como ayer. Volví a despertarme a medianoche, y me encontré a Lucy incorporada en la cama, despierta, y señalando hacia la ventana. Me levanté calladamente, subí la persiana y me asomé. Había una luna brillante, y el suave reflejo de su luz sobre el mar y el cielo —fundidos en un inmenso y silencioso misterio— era inefablemente sublime. Interponiéndose entre la luna y yo, vi aletear un murciélago enorme, que iba y venía describiendo amplios círculos. Un par de veces se acercó bastante, pero al parecer se asustó al verme, y se alejó por encima del puerto, en dirección a la abadía. Al retirarme de la ventana descubrí que Lucy se había echado otra vez en la cama y dormía plácidamente. No volvió a moverse en toda la noche.

14 de agosto

Nos hemos pasado todo el día en el acantilado este, leyendo y escribiendo. Lucy parece haberse encariñado con este lugar mucho más que yo, y es difícil arrancarla de aquí a la hora de regresar a comer o a cenar. Esta tarde ha hecho un extraño comentario. Regresábamos para la cena, habíamos llegado a lo alto de la escalinata del espigón oeste, y me detuve a mirar la perspectiva, como solemos hacer. El sol poniente, abajo ya, se estaba ocultando detrás del Kettleness, su roja luz iluminaba el acantilado este y la vieja abadía, bañándolo todo de un hermoso resplandor sonrosado. Permanecimos en silencio un momento; de repente, Lucy murmuró como para sus adentros:

—¡Sus ojos rojos otra vez! Exactamente los mismos.

Fue un comentario tan singular, tan *à propos* de nada, que me sobresaltó. Me volví ligeramente, a fin de observar a Lucy sin que pareciese que la miraba, y la vi sumida en un estado de semiensoñación, con una expresión extraña en el semblante que no acababa de explicarme; así que no dije nada, pero seguí su mirada. Parecía observar fijamente nuestro banco, donde estaba sentada una figura solitaria. Experimenté un leve sobresalto, ya que, por un instante, me pareció como si aquella figura desconocida tuviera unos ojos grandes como dos carbones ardientes, pero al mirar por segunda vez, se disipó la ilusión. El rojo resplandor del sol se reflejaba en las ventanas de la iglesia de Santa María, detrás de nuestro banco, y al ocultarse, el cambio de su reflejo produjo la impresión de que la luz se movía. Llamé la atención de Lucy sobre este efecto sorprendente, y volvió en sí con un estremecimiento; al mismo tiempo, asomó a su rostro una expresión de tristeza, quizá porque pensaba en la terrible noche en que subió allí. Nunca hemos hablado de eso, de modo que no dije nada y regresamos a casa a cenar. Lucy tenía dolor de cabeza y se fue a acostar en seguida. La vi dormida, y salí sola a dar una vuelta; anduve por los acantilados, hacia poniente, embargada por una dulce melancolía, pensando en Jonathan. Al regresar —había salido ya una luna radiante; tan radiante que, aunque la parte delantera de Crescent estaba en sombras, el resto se veía perfectamente—, eché una mirada a nuestra ventana, y vi la cabeza de Lucy asomada. Pensé que me estaba esperando; saqué el pañuelo y lo agité. No me vio ni hizo movimiento alguno. En ese preciso instante, surgió la luna por una esquina del edificio, y su luz dio en la ventana. Allí estaba Lucy, claramente, con la cabeza apoyada en el quicio y los ojos cerrados. Estaba profundamente dormida, junto a ella, posado en el alféizar, había como un pájaro de considerable tamaño. Temí que pudiera resfriarse, y subí corriendo, pero al entrar en la habitación, la sorprendí regresando a la cama, dormida y respirando agitadamente; tenía la mano alrededor de la garganta, como protegiéndose del frío. No la desperté, la arropé en la cama y la abrigué, he tomado la precaución de cerrar la puerta con llave y de pasar la falleba de la ventana.

Está muy bonita cuando duerme, pero parece más pálida que de costumbre, y tiene bajo los ojos un rasgo macilento e hinchado que no me gusta. Me temo que está preocupada por algo. Quisiera saber qué es.

15 de agosto

Me he levantado más tarde que de costumbre; Lucy parecía lánguida y cansada, y ha seguido durmiendo después de que nos llamaran. Hemos recibido una agradable sorpresa durante el desayuno. El padre de Arthur está mejor y quiere que la boda se celebre pronto. Lucy se muestra llena de serena alegría, y su madre está contenta y triste a la vez. Más tarde, me ha dicho el motivo. Le apena perder a su querida Lucy, pero se alegra de ver que pronto habrá alguien que la proteja. ¡Pobre señora! Me ha confesado que le queda muy poco tiempo de vida. No se lo ha dicho a Lucy, y me ha hecho prometer que guardaré el secreto; el doctor le ha dicho que dentro de unos meses, todo lo más, morirá, ya que el corazón lo tiene cada vez más débil. En cualquier momento, incluso ahora, podría matarla una súbita impresión. ¡Hemos hecho bien no contándole la horrible aventura sonámbula de Lucy!

17 de agosto

Hace dos días que no escribo en el diario. No me he sentido con ánimos para escribir. Una especie de sombra parece haber oscurecido nuestra felicidad. Sigo sin noticias de Jonathan, y Lucy parece cada vez más débil, mientras que las horas de su madre van acercándose a su fin. No comprendo este progresivo decaimiento que se va apoderando de Lucy. Come con apetito, duerme bien y goza del aire libre, pero el rosa de sus mejillas palidece cada vez más, mientras ella languidece y se debilita de día en día; por la noche, la oigo jadear como si le faltase el aire. Durante la noche conservo siempre la llave atada a mi muñeca, pero ella se levanta, pasea por la habitación y se sienta junto a la ventana abierta. Anoche, al despertarme, me la encontré con medio cuerpo fuera de la ventana; traté de despertarla, pero no podía: estaba inconsciente. Cuando conseguí reanimarla, estaba terriblemente débil y lloraba en silencio mientras hacía prolongados y dolorosos esfuerzos por respirar. Al preguntarle por qué se había asomado a la ventana, sacudió la cabeza y me volvió la espalda. Confío en que su mal no se deba al desafortunado pinchazo con el imperdible. Acabo de mirarle la garganta mientras duerme, y esas pequeñas heridas no parecen haberse cerrado. Aún las tiene abiertas y, si acaso, más grandes que antes; los bordes se han puesto ligeramente blancos. Son como dos puntitos blancos, con el centro rojo. Si no se le curan en un día o dos, insistiré en que la vea el doctor.

CARTA DE SAMUEL F. BILLINGTON E HIJO, ABOGADOS DE WHITBY, A LOS SEÑORES CARTER, PATTERSON Y CIA. DE LONDRES

17 de agosto

Muy señores nuestros:

Tenemos el gusto de remitirles la factura de la mercancía enviada por Grandes Ferrocarriles del Norte. La mercancía debe ser entregada en la propiedad de Carfax, próxima a Purfleet, tan pronto como llegue a la estación de King's Cross. Dicho domicilio está desocupado, pero en el envío se adjuntan las llaves, con sus correspondientes etiquetas.

Rogamos depositen los cajones —los cincuenta de que consta el envío—, en el edificio parcialmente en ruinas que forma parte de la casa, y se señala con una «A» en el plano que se incluye. Su agente reconocerá sin dificultad el lugar, ya que se trata de la antigua capilla de la mansión. La mercancía sale esta noche en el tren de las 9.30, y estará en King's Cross mañana a las 16.30. Dado que nuestro cliente desea que la entrega se efectúe lo antes posible, nos vemos en la obligación de pedirles que tengan dispuestos los tiros de caballos en King's Cross a la hora citada, a fin de trasladarla inmediatamente a su destino. Con objeto de evitar cualquier demora en los usuales requisitos de pago en sus oficinas, les adjuntamos un cheque por valor de diez libras (£ 10), cuyo recibo agradeceremos nos remitan. En caso de que los gastos sean inferiores a dicha cantidad, pueden enviarnos la diferencia; si son superiores, la abonaremos nosotros tan pronto como nos lo comuniquen. Les rogamos que den instrucciones para que dejen las llaves en el vestíbulo principal de la casa, de donde el propietario las recogerá al entrar por medio de su duplicado.

Esperando no excedernos en nuestras atribuciones al rogarles la mayor diligencia en este asunto, quedamos suyos affmos.,

SAMUEL F. BILLINGTON E HIJO

CARTA DE LOS SEÑORES CARTER, PATTERSON Y CIA. DE LONDRES, A LOS SEÑORES BILLINGTON E HIJO, DE WHITBY

21 de agosto

Muy señores nuestros:

Acusamos recibo de las 10 libras, y tenemos el gusto de adjuntarles un cheque por valor de 1 libra, 17 chelines, 9 peniques, sobrante del costo, según se especifica en el recibo que se adjunta. La mercancía ha sido puntualmente entregada de acuerdo con sus instrucciones, quedando las llaves, en un paquete, en el vestíbulo principal, como eran sus deseos.

Sin otro particular, les saludan respetuosamente,

CARTER, PATTERSON Y CIA.

DIARIO DE MINA MURRAY

18 de agosto

Hoy estoy contenta, y escribo sentada en el banco del cementerio. Lucy se encuentra mucho mejor. La pasada noche durmió bien, y no me despertó ni una sola vez. Parece haberle vuelto el color a las mejillas, aunque aún está muy pálida y ojerosa. Si estuviese anémica, lo comprendería, pero no lo está. Tiene buen humor y se la ve llena de alegría y de vida. Al fin ha abandonado su obstinada reserva y acaba de recordarme lo de la otra noche, como si yo necesitara que me lo recordase, y que fue aquí, en este mismo banco, donde la encontré dormida. Mientras hablaba, golpeó alegremente en la lápida con el tacón, y dijo:

—¡No hicieron mucho ruido, mis pobres pies! ¡El pobre señor Swales habría dicho que no quería despertar a Geordie!

Como estaba comunicativa, le pregunté si había soñado algo. Arrugó el ceño con ese gesto dulce que tanto le gusta a Arthur —le llamo Arthur por ella—, cosa que no me extraña. Luego dijo con voz soñadora, como tratando de recordar:

—No soñé exactamente, todo parecía real. Yo sólo quería estar en este lugar..., no sé por qué, pero tenía miedo de algo..., no sé de qué. Recuerdo, aunque supongo que estaba dormida, que recorrí las calles y crucé el puente. Un pez saltó cuando yo pasaba, y me asomé a mirarlo; oí aullar a muchos perros (parecía como si la ciudad estuviese llena de perros aullando a la vez) mientras subía la escalinata. Luego tengo el vago recuerdo de algo largo y oscuro con unos ojos rojos, como aquello que vimos cuando nos paramos a observar la puesta del sol, y una cosa muy dulce y muy amarga al mismo tiempo a mi alrededor. Luego, me pareció que me sumergía en un agua verde y profunda, y me zumbaban los oídos, como dicen que les pasa a las personas que se ahogan; después, todo se disipó, me pareció que mi alma salía de mi cuerpo y flotaba en el aire. Recuerdo que una de las veces el faro de poniente estaba justo debajo de mí, después, me vino una especie de sensación agónica, como de terremoto, y regresé, y tuve conciencia de que me estabas sacudiendo el cuerpo. Vi cómo me sacudías, antes de sentirlo.

A continuación se echó a reír. Me resultaba un poco raro, y la escuché con interés. No me gustaba aquello, y me pareció más prudente desviarle la atención de este tema, así que desvié la conversación hacia otros derroteros, y Lucy volvió a ser la misma de antes. Cuando llegamos a casa la brisa fresca la había animado, y sus pálidas mejillas habían adquirido un color más sonrosado. Su madre se alegró al verla, y pasamos juntas una velada muy agradable.

19 de agosto

¡Alegría, alegría, alegría! Aunque no completa. Al fin, he tenido noticias de Jonathan. Pobrecito mío, ha estado enfermo; por eso no me escribía. Ahora que lo sé, no me da miedo pensarlo ni hablar de ello. Me manda la carta el señor Hawkins, y también me incluye unas letras suyas muy amables. Mañana salgo para reunirme con Jonathan, voy a ayudar a cuidarle, si es necesario, y a traerle a Inglaterra. El señor Hawkins dice que quizá convendría que nos casáramos allí mismo. He llorado tanto sobre la carta de la bondadosa hermana, que aún la siento mojada sobre mi pecho, donde la guardo. Es de Jonathan, y la guardo junto a mi corazón porque a él lo llevo *dentro*. Tengo el viaje planeado, y el equipaje dispuesto. Sólo me llevaré un vestido además del que me ponga, Lucy mandará el baúl a Londres y lo guardará hasta que yo le pida que me lo facture, porque es posible que... No quiero decir nada más; me lo callaré para decírselo a Jonathan, a mi esposo. Esta carta que él ha visto y tocado será mi consuelo hasta que estemos juntos.

CARTA DE SOR AGATHA, DEL HOSPITAL DE SAN JOSÉ Y SANTA MARÍA, BUDA-PEST, A LA SEÑORITA WILHELMINA MURRAY

12 de agosto

Distinguida señorita:

Escribo a ruegos del señor Jonathan Harker, quien no se encuentra bastante fuerte para hacerlo personalmente, aunque su salud va mejorando, gracias a Dios, a san José y a la Virgen. Hace casi seis semanas que se encuentra bajo nuestros cuidados, convaleciente de una violenta encefalitis. Me pide que le transmita su afecto y le diga que por este mismo correo escribe en su nombre al señor Peter Hawkins, de Exeter, diciéndole, con el debido respeto, que lamenta su tardanza y que su misión ha sido cumplida. Necesitará unas semanas de descanso en nuestro sanatorio de la montaña, pero después quiere regresar. Me encarga que le diga también que no dispone de suficiente dinero y que desearía pagar su estancia aquí, a fin de que no les falte ayuda a quienes puedan necesitarla.

Con todas mis simpatías y bendiciones,

SOR AGATHA

P. D.: Mi paciente está dormido, y aprovecho para abrir la carta y añadir algo de mi cuenta. Me habla mucho de usted y dice que pronto será su esposa. ¡Les deseo toda la felicidad del mundo! Ha sufrido una impresión horrible —según afirma nuestro doctor—, y en sus delirios decía cosas espantosas; hablaba de lobos, de venenos y de sangre, de espectros y demonios y cosas que no me atrevo a mencionar. Habrá de tener usted cuidado al hablar con él, durante algún tiempo, para no despertarle el recuerdo de todas estas cosas; las huellas de una enfermedad como ésta no se disipan fácilmente. Debíamos haber escrito hace tiempo, pero no sabíamos nada de sus familiares, y no llevaba encima ningún documento que pudiera orientarnos. Vino en tren desde Klausenburg, y el jefe de estación le contó al guardia que había entrado en la oficina pidiendo a gritos un billete para su país. Al ver por su actitud violenta que era inglés, le dieron un billete para la estación más lejana a la que llegaba el tren.

Tenga la seguridad de que está bien atendido. Se ha conquistado la simpatía de todos por su afabilidad y dulzura. Es cierto que cada día se encuentra mejor, y estoy convencida de que dentro de pocas semanas se habrá recuperado del todo. Pero cuide de él. Tienen ustedes por delante muchos, muchos días de felicidad; yo así se lo pido a Dios, a san José y a santa María.

DIARIO DEL DOCTOR SEWARD

19 de agosto

Anoche se operó un cambio extraño y repentino en Renfield. Alrededor de las ocho empezó a excitarse y a olfatear como un perro de caza. El celador se sorprendió ante este comportamiento y, sabiendo mi interés por él, le alentó a hablar. Normalmente, es respetuoso con el celador, a veces hasta servil, pero esta noche dice el hombre que parecía muy arrogante. No quiso rebajarse a hablar con él. Todo lo que dijo fue:

—No quiero hablar con usted: usted no es nadie ahora; el Señor está cerca.

El celador piensa que le ha entrado una forma súbita de manía religiosa. Si es así, debo averiguar si tiene accesos, pues un hombre fuerte y con ideas homicidas y religiosas al mismo tiempo puede ser peligroso. La combinación es terrible. Le visité personalmente a las nueve. Su actitud conmigo fue la misma que con el celador; en su sublime autoapreciación, no parece que exista diferencia entre el vigilante y yo. Parece una manía religiosa, y no tardará en creerse Dios. Las distinciones infinitesimales entre un hombre y otro son demasiado pálidas para un ser Omnipotente. ¡Cómo se traicionan estos locos! El verdadero Dios vela por un gorrión; en cambio, el Dios creado de la vanidad humana no ve diferencia alguna entre el águila y el gorrión. ¡Ah, si los hombres comprendieran!

Durante media hora o más, Renfield se fue excitando gradualmente. No disimulé mientras le observaba; al contrario, no apartaba la vista de él. Y de repente, asomó a sus ojos esa expresión astuta, típica de los locos cuando se les ocurre una idea, y con ella la actitud huidiza de cabeza y de espalda que los celadores de los manicomios conocen tan bien. Se mostró muy tranquilo, fue a sentarse resignadamente en el borde de la cama y miró al espacio con ojos apagados. Quise averiguar si esta apatía era real o fingida, y traté de hacerle hablar de sus bichos, tema que nunca había dejado de excitar su interés. Al principio no dijo nada, pero finalmente comentó de mal humor:

—¡Que se vayan al diablo! Me importan un bledo.

—¿Cómo? —dije—. No irá a decirme que no le interesan las arañas, ¿verdad?

Las arañas constituyen su actual pasatiempo, y tiene un cuaderno lleno de columnas de pequeñas cifras. A esto contestó enigmáticamente:

—Las damas de honor alegran la vista de los que aguardan la llegada de la novia, pero cuando ésta aparece, pierden todo esplendor para los ojos deslumbrados.

No quiso explicarse, sino que permaneció obstinadamente sentado en su cama durante todo el tiempo que estuve con él.

Me siento cansado y deprimido, esta noche. No puedo dejar de pensar en Lucy, y en qué diferentes podían haber sido las cosas. Si no me duermo en seguida, recurriré al Morfeo moderno: ¡$C_2HCL_3O\ H_2O$!

Debo tener cuidado para no adquirir hábito. No, esta noche no lo tomaré. He pensado en Lucy, y no faltaré a su pensamiento mezclándola con eso. Si no hay más remedio, pasaré la noche en vela...

Me alegro de haber tomado esa decisión, y más aún de haberla mantenido. Estaba acostado, dándole vueltas a la cabeza, y había oído dar las dos, cuando llegó el vigilante nocturno del pabellón, para avisarme que Renfield se había escapado. Me vestí a toda prisa y eché a correr; mi paciente es demasiado peligroso para que ande suelto por ahí. Esas ideas suyas pueden resultar peligrosas si se tropieza con desconocidos. El celador me esperaba. Dijo que hacía menos de diez minutos le había visto aparentemente dormido en la cama, cuando se asomó por la mirilla de la puerta. Oyó ruido al ser arrancada la ventana, acudió corriendo y vio desaparecer los pies de Renfield por el vano, me había mandado llamar inmediatamente. Dijo que iba en ropa de dormir y que no podía andar lejos. El celador pensó que sería más práctico observar hacia dónde iba que perseguirle, ya que podría perderse de vista mientras él salía por la puerta del edificio. Es un hombre voluminoso y no podía pasar por la ventana. Yo soy delgado; así que, con su ayuda, me deslicé por ella, aunque sacando los pies primero, y como la ventana está a poca altura, salté al suelo sin daño alguno. El celador dijo que el paciente se había dirigido hacia la izquierda, en línea recta, de modo que eché a correr en esa dirección. Crucé el cinturón de árboles y vi una figura blanca que escalaba el elevado muro que separa nuestro parque del terreno de la casa deshabitada.

Regresé inmediatamente y le dije al vigilante que me siguiese al parque de Carfax con tres o cuatro hombres, por si nuestro amigo se ponía peligroso. Cogí una escala, subí al muro y me descolgué por el otro lado. Vi la figura de Renfield cuando desaparecía por una esquina de la casa, y corrí tras él. Al llegar a la parte de atrás del edificio, le encontré empujando la vieja y sólida puerta de la capilla. Al parecer, hablaba con alguien, pero no quise acercarme lo suficiente para oír lo que decía, por si se asustaba y echaba a correr. ¡Perseguir un enjambre de abejas no es nada comparado con seguir a un lunático, desnudo, cuando tiene la obsesión de escapar! Sin embargo, unos minutos después pude ver que no se daba cuenta de lo que sucedía a su alrededor, y me arriesgué a acercarme, tanto más cuanto que mis hombres habían cruzado el muro y se acercaban. Oí que decía:

—Aquí estoy, dispuesto a cumplir Tus deseos, Señor. Soy Tu esclavo, Tú me recompensarás, porque Te seré fiel. Te he adorado de lejos, y durante mucho tiempo. Ahora que estás cerca, espero Tus mandatos, y que no Te olvides de mí, Señor, en la distribución de Tus dones.

Es un miserable egoísta. Piensa en los panes y los peces, cuando cree estar ante un Ser divino. Sus manías componen una amalgama asombrosa. Al abordarle se revolvió como un tigre. Es enormemente fuerte, y parecía más un animal salvaje que una persona. Jamás he visto a un lunático con semejante paroxismo de rabia, ni espero encontrarlo. Es una suerte que nos hayamos dado cuenta a tiempo de su fuerza, y del peligro que representa. Con esa fuerza y una determinación como la suya, podía haber cometido alguna tropelía antes de reducirle. En todo caso, ahora está a buen recaudo. Ni el propio Jack Sheppard podría librarse de la camisa de fuerza que le hemos puesto, pero además, lo hemos encadenado al muro de la habitación acolchada. Sus gritos son espantosos a veces, pero los silencios que siguen son más tremendos aún, pues se adivina el homicidio en cada gesto y en cada movimiento.

Ahora mismo acaba de decir unas palabras coherentes por primera vez:

—Seré paciente, Señor. ¡Se irá, se irá..., se irá!

He recogido la alusión, también, y me he ido. Estaba demasiado excitado para dormir, pero este diario me ha tranquilizado, y siento que aún voy a poder conciliar el sueño esta noche.

9

CARTA DE MINA HARKER A LUCY WESTENRA

Buda-Pest, 24 de agosto

Queridísima Lucy:

Sé que estarás deseosa de saber lo ocurrido desde que nos despedimos en la estación de Whitby. Pues verás, llegué a Hull muy bien, cogí el barco para Hamburgo y luego el tren hasta aquí. Creo que no puedo recordar nada del viaje, salvo que pensaba que iba a reunirme con Jonathan y que, como tenía que cuidarle, debía dormir lo más posible... Le encontré muy delgado, pálido y con aspecto muy débil. Le ha desaparecido toda la resolución de los ojos, y su rostro ya no tiene la serena dignidad de la que tanto te he hablado. Es un despojo de sí mismo, y no recuerda nada de lo que le ha sucedido desde hace mucho tiempo. Al menos, quiere que yo lo crea así, y nunca le preguntaré. Ha sufrido una impresión terrible, y temo que cualquier esfuerzo por recordar afecte a su pobre cerebro. Sor Agatha, que es buena persona y una enfermera consumada, me ha contado que en sus delirios decía cosas espantosas. Le pregunté qué cosas eran, pero ella se limitó a santiguarse, y dijo que jamás hablaría de ello, que los desvaríos de un enfermo eran privilegio de Dios, y que si una enfermera, cumpliendo su deber, llegaba a escucharlos, debía respetar el secreto. Es un alma dulce y buena que, al día siguiente, viéndome preocupada, abordó el tema otra vez, y después de advertirme que jamás hablaría de los delirios de mi pobre Jonathan, añadió:

—Sólo puedo decirle una cosa: que no se trata de nada malo que él haya hecho; como futura esposa, no tiene motivos para preocuparse. No la ha olvidado, ni a usted ni lo que le debe a usted. Sus angustias se debían a cosas enormes y terribles, con las que ningún mortal puede tratar.

Supongo que la pobre piensa que podía ponerme celosa y creer que mi pobre Jonathan se había enamorado de otra mujer. ¡Ponerme yo celosa de Jonathan! Sin embargo, amiga mía, te confieso que me corrió un estremecimiento de gozo por todo el cuerpo al *saber* que la causa de sus tribulaciones no era ninguna otra mujer. Ahora estoy sentada junto a su cabecera, donde puedo ver su cara mientras duerme. ¡Se está despertando...! Al despertarse, me ha preguntado por su chaqueta, porque quería algo del bolsillo, le he preguntado a sor Agatha, y me ha traído sus objetos personales. He visto que entre ellos estaba su cuaderno, e iba a pedirle que me lo dejase mirar —porque sabía que podría descubrir en él alguna clave de su estado—, pero supongo que debió de leer este deseo en mis ojos, pues me pidió que fuera a la ventana, diciendo que quería estar completamente a solas un momento; luego me llamó, y cuando estuve a su lado, puso la mano sobre el cuaderno y me dijo muy serio:

—Wilhelmina —entonces comprendí que hablaba muy en serio, porque no me había llamado así desde que me pidió que me casara con él—, cariño, tú conoces mis ideas sobre la confianza entre marido y mujer, no deben tener ningún secreto ni nada que ocultar. He sufrido una fuerte impresión, y cuando trato de pensar en ella, la cabeza me da vueltas y no sé si ha sido real, o si son los desvaríos de un loco. Ya sabes que he tenido encefalitis, y eso puede ocasionar locura. El secreto está aquí, pero no quiero saberlo. Quiero empezar de nuevo mi vida, a partir de nuestro casamiento. [Pues, mi querida Lucy, hemos decidido casarnos tan pronto como hayamos cumplido todas las formalidades.] Wilhelmina, ¿quieres compartir mi ignorancia? Aquí está el libro. Tómalo y guárdalo, léelo si quieres, pero no me lo digas; no quiero saber nada, a menos que un solemne deber me obligue a volver sobre esos momentos amargos, soñados o vigiles, dementes o lúcidos, consignados aquí.

Se dejó caer agotado; le puse el cuaderno debajo de la almohada y le besé. Le he dicho a sor Agatha que le pida permiso a la superiora en nuestro nombre para casarnos esta tarde, y estoy esperando la respuesta...

Ha regresado y dice que han mandado llamar al capellán de la misión inglesa. Vamos a casarnos dentro de una hora, o en cuanto Jonathan se despierte...

Lucy, ya ha pasado ese momento. Me siento muy solemne, aunque muy, muy feliz. Jonathan se despertó algo más de una hora después; ya estaba todo dispuesto, y se incorporó en la cama, apoyado en almohadones. Dijo: «Sí, quiero» con firmeza y decisión. Yo no podía hablar, me sentía tan emocionada que hasta esas breves palabras parecían ahogarme. Las cariñosas monjas se han mostrado muy amables. Pido a Dios que no las olvide nunca; ni tampoco las graves y dulces responsabilidades que acabo de contraer. Ahora quiero hablarte de nuestro regalo de boda. Cuando el capellán y las hermanas me han dejado a solas con mi esposo —¡oh, Lucy, es la primera vez que escribo esta palabra!—, he cogido el libro de debajo de su almohada, lo he envuelto con un papel blanco, lo he atado con una cinta color azul pálido que yo llevaba en el cuello, y le he puesto un sello de cera, utilizando como sello el anillo de casada. Luego lo he besado y se lo he enseñado a Jonathan; le he dicho que lo guardaré así, y que será el signo externo y visible, para toda la vida, de la confianza del uno en el otro; que jamás lo abriré, a menos que él me lo pida expresamente, por algún imperioso deber. Entonces me ha cogido las manos... ¡Oh, Lucy!, era la primera vez que me cogía *las manos como esposa*, y ha dicho que yo era lo que más quería en el mundo, y que volvería a pasar todo lo que ha pasado, si fuese necesario, con tal de merecerme. El pobre debía de referirse a una parte del pasado, pero aún no es capaz de calcular el tiempo, y no me extrañaría que al principio se equivocara no sólo de mes, sino de año.

Bueno, querida, ¿qué podía decir yo? Sólo he sido capaz de contestarle que soy la mujer más feliz del mundo, y que no tengo otra cosa que darle que mi ser, mi vida y mi fe, y con ello, mi amor y mi entrega durante todos los días de mi existencia. Y al besarme, Lucy, y atraerme con sus manos débiles, me ha parecido como si sellásemos un pacto solemne entre los dos...

Lucy, querida, ¿sabes por qué te cuento todo esto? No es solamente porque me siento feliz al hablar de ello, sino porque has sido y eres mi mejor amiga. Fue un privilegio para mí ser tu amiga y consejera, cuando dejaste las clases para prepararte para el mundo. Querría que me vieses ahora, con ojos de esposa muy feliz, adónde me ha llevado el deber; para que tu misma vida de casada pueda ser también todo lo feliz que es la mía. Amiga mía, pido a Dios Todopoderoso que tengas un futuro lleno de promesas; que sea un día largo y radiante, sin vientos desabridos, sin olvidos de deberes, sin desconfianzas. No te deseo una ausencia total de dolor porque eso no puede ser; pero espero que seas *siempre* todo lo feliz que yo soy ahora. Adiós, querida Lucy. Enviaré corriendo esta carta, y puede que te escriba muy pronto otra vez. Debo terminar, porque Jonathan se está despertando... ¡y tengo que atender a mi esposo!

Con todo cariño,

MINA MURRAY

CARTA DE LUCY WESTENRA A MINA MURRAY

Whitby, 30 de agosto

Queridísima Mina:

Te mando océanos de abrazos y millones de besos, y mi mayor deseo de que te encuentres pronto en tu casa con tu marido. Quisiera que estuvieses de regreso con tiempo suficiente para pasar unos días con nosotras. Este aire vigoroso restablecerá en seguida a Jonathan; a mí me ha curado por completo. Tengo un apetito feroz, me siento llena de vitalidad y duermo bien. Te alegrará saber que se me ha ido el sonambulismo por completo. Creo que no me muevo de la cama desde hace una semana; es decir, cuando estoy acostada. Arthur dice que estoy engordando. A propósito, olvidaba decirte que Arthur está aquí. Salimos a pasear a pie o en coche, montamos a caballo, remamos, jugamos al tenis y pescamos juntos; le quiero más que nunca. Él *dice* que me quiere más, pero lo dudo, porque una vez me dijo que era imposible quererme más de lo que entonces me quería. Pero esto es una tontería. Aquí está, llamándome. Así que termino de momento. Te quiere,

LUCY

P. D.: Mi madre te envía recuerdos. Parece que está mejor, la pobre.
P. P. D.: Nos casaremos el 28 de septiembre.

DIARIO DEL DOCTOR SEWARD

20 de agosto

El caso de Renfield se vuelve cada vez más interesante. Ahora se ha apaciguado hasta tal extremo que tiene períodos de total carencia de pasión. Durante la semana subsiguiente a su ataque se mostró muy violento. Luego, una noche, al salir la luna, empezó a calmarse, sin parar de murmurar para sí: «Ahora puedo esperar; ahora puedo esperar». El celador vino a comunicármelo, y bajé corriendo en seguida, a echarle una ojeada. Estaba inmóvil, con su camisa de fuerza, en la habitación acolchada, pero la expresión congestionada había desaparecido de su rostro, y a sus ojos asomaba algo de su antigua y suplicante —casi podría decir «humillante»— mansedumbre. Me alegré de verle así, y ordené que le soltaran. Los celadores vacilaron, pero finalmente obedecieron sin rechistar. Lo extraño fue que el enfermo tuviera el humor suficiente como para observar la desconfianza de mi personal, pues se acercó a mí y dijo en voz baja, sin dejar de mirar de reojo:

—¡Creen que puedo hacerle daño! ¡Figúrese, yo hacerle daño a *usted*! ¡Estúpidos!

En cierto modo, era un alivio para mí comprobar que este pobre loco me distingue de los demás, pero de todos modos, no veo claro su pensamiento. ¿Debo tomarlo en el sentido de que tengo algo en común con él, de forma que debemos estar unidos, por así decir?, ¿o quiere conseguir de mí algún favor tan grande que necesita mi bienestar? Tendré que averiguarlo más adelante.

Esta noche no quiere hablar. Ni siquiera el ofrecimiento de un gatito pequeño, o de un gato adulto, ha conseguido tentarle. Se ha limitado a decir:

—No quiero ningún gato. Ahora tengo otras cosas en que pensar, y puedo esperar.

Poco después, le dejé. El celador dice que estuvo tranquilo hasta poco antes del amanecer, y luego empezó a mostrarse desasosegado, volvió a ponerse violento, y, finalmente, le acometió una crisis que le dejó agotado hasta el punto de hacerle caer en una especie de coma.

... Hace tres noches que viene ocurriendo lo mismo: está violento durante todo el día; después se queda tranquilo desde la salida de la luna a la del sol. Quisiera descubrir la causa de este comportamiento. Casi parece como si se tratara de una influencia transitoria. ¡Quizá sea eso! Esta noche vamos a poner en juego la razón lúcida frente a la demencia. Antes se nos escapó sin que quisiésemos, esta noche le ayudaremos a escapar. Le brindaremos una oportunidad, y tendré a mis hombres preparados para seguirle, en caso necesario...

23 de agosto

«Siempre ocurre lo inesperado.» ¡Cómo conocía Disraeli la vida! Al descubrir la jaula abierta, nuestro pájaro no quiso echar a volar, por lo que todos nuestros planes no han servido de nada. En cualquier caso, hemos comprobado una cosa: que los períodos de tranquilidad duran un tiempo razonable. En adelante, le pondremos las correas durante unas horas al día. He dado orden al celador del turno de noche de que le tenga encerrado meramente en la habitación acolchada, si se muestra tranquilo, hasta una hora antes de la salida del sol. El cuerpo del pobre hombre disfrutará de ese descanso, aunque su espíritu no pueda apreciarlo. ¡Atención! ¡Otra vez lo inesperado! Me llaman, el paciente se ha escapado de nuevo.

Más tarde

Otra aventura nocturna. Renfield ha aguardado astutamente a que el celador entrara en la habitación a inspeccionar, y ha salido por delante de él como una exhalación, echando a correr por el pasillo. He ordenado a los celadores que le sigan.

Como la vez anterior, se ha dirigido al terreno que pertenece a la casa deshabitada, y le hemos encontrado en el mismo lugar, empujando la puerta de la vieja capilla. Al verme, se ha puesto furioso y de no sujetarle a tiempo los celadores, habría intentado matarme. Mientras le cogíamos, ha sucedido algo.

Había redoblado sus esfuerzos, cuando de repente se tranquilizó. Miré a mi alrededor instintivamente, pero no vi nada. Luego observé la mirada del paciente y la seguí, pero no logré descubrir nada en el cielo iluminado por la luna, hacia donde miraba fijamente, salvo un gran murciélago que se alejaba hacia poniente con sus aleteos silenciosos y fantasmales. En general, los murciélagos dan vueltas, yendo y viniendo, pero éste parecía seguir una trayectoria recta, como si supiese adonde iba o tuviera una intención especial. El paciente se fue tranquilizando cada vez más, y al cabo de un momento dijo:

—No necesitan atarme, ¡volveré sin ofrecer resistencia!

Regresamos sin dificultades. Tengo la sensación de que hay algo presagioso en esta calma, no se me olvidará jamás esta noche...

DIARIO DE LUCY WESTENRA

Hillingham, 24 de agosto

Voy a imitar a Mina, y a escribir todas las cosas. Luego tendremos mucho de que hablar, cuando estemos juntas. Me pregunto cuándo será eso. Quisiera que estuviese conmigo ahora, ya que me siento muy desgraciada. Anoche me pareció soñar otra vez, como cuando estaba en Whitby. Quizá sea el cambio de aire, o el haber vuelto a casa otra vez. Todo son tinieblas a mi alrededor, ya que no consigo recordar nada, pero estoy llena de un vago temor y me siento débil y agotada. Arthur ha venido a comer y se ha preocupado mucho al verme en este estado, pero yo no tenía ánimos para fingir alegría. Veré si puedo dormir esta noche en la habitación de mamá. Pondré cualquier pretexto, y lo intentaré.

25 de agosto

Otra mala noche. Mamá rechazó mi proposición. Parece que no se encuentra muy bien, y sin duda teme preocuparme. Intenté mantenerme despierta, y lo conseguí durante un rato: pero el reloj me sacó del sopor al dar las doce, así que debí de adormilarme. Oí una especie de arañazos o aleteos en la ventana, pero no presté atención; y dado que no recuerdo nada más, supongo que debí de quedarme dormida. Otra vez tuve pesadillas. Me gustaría poder recordarlas. Esta mañana me siento muy débil. Tengo la cara horriblemente pálida, y me duele la garganta. Debo de tener algo en los pulmones, porque parece que no me entra aire suficiente. Trataré de mostrarme alegre cuando venga Arthur; de lo contrario, sé que se afligirá muchísimo al verme así.

CARTA DE ARTHUR HOLMWOOD
AL DOCTOR SEWARD

Hotel Albemarle, 31 de agosto

Querido Jack:

Quiero que me hagas un favor. Lucy está enferma; es decir, no tiene ninguna enfermedad especial, pero su aspecto es espantoso, y cada día está peor. Le he preguntado si se debe a alguna causa, no me atrevo a preguntarle a su madre, pues preocupar a la pobre señora a propósito de su hija, en su actual estado de salud, sería fatal. La señora Westenra me ha confiado que está sentenciada —tiene una grave afección cardíaca—, aunque Lucy no lo sabe aún. Estoy seguro de que hay algo que está consumiendo el espíritu de mi querida Lucy. Casi me siento desasosegado cuando pienso en ella, me apena mucho verla así. Le he dicho que consultaría su caso contigo, y aunque al principio ha vacilado —sé el motivo, mi viejo camarada—, al final ha accedido. Será una misión dolorosa para ti, lo comprendo, pero se trata de *ella*, y no tengo por qué dudar en pedírtelo, ni tú en intervenir. Ve a comer a Hillingham mañana a las dos, a fin de no despertar ninguna sospecha en la señora Westenra, y después de comer, Lucy aprovechará la ocasión para estar a solas contigo. Yo llegaré a la hora del té, y podremos salir juntos. Estoy muy preocupado, y quiero hablar contigo tan pronto como la hayas visto. ¡No me falles!

ARTHUR

TELEGRAMA DE ARTHUR HOLMWOOD
AL DOCTOR SEWARD

1 de septiembre

Mi padre peor. Marcho a verle. Escribiré. Envíame detalles correo esta noche a Ring. Telegrafía en caso necesario.

CARTA DEL DOCTOR SEWARD
A ARTHUR HOLMWOOD

2 de septiembre

Mi querido y viejo camarada:

Respecto a la salud de la señorita Westenra, me apresuro a comunicarte que, en mi opinión, no sufre ningún trastorno funcional ni enfermedad que yo conozca. De todos modos, no estoy satisfecho en modo alguno con su aspecto; está muy desmejorada respecto de la última vez que la vi. Naturalmente, debes tener en cuenta que no he tenido ocasión de hacerle una exploración completa, como habría sido mi deseo; nuestra misma amistad pone trabas que ni la medicina ni los usos sociales pueden salvar. Será mejor que te cuente lo sucedido, dejándote que saques, en cierto modo, tus propias conclusiones. Te diré lo que he hecho y lo que me propongo hacer.

Encontré a la señorita Westenra aparentemente animada. Estaba presente su madre, y en seguida me di cuenta de que hacía todo lo posible por disimular delante de ella y evitarle preocupaciones. No me cabe duda de que sospecha, si es que no sabe ya, que debe ser prudente cuando su madre está delante. Comimos solos; y como todos nos esforzamos en mostrarnos alegres, al final conseguimos que reinara una sincera alegría, en compensación a nuestros esfuerzos. Luego la señora Westenra fue a echarse, y Lucy se quedó conmigo. Pasamos al gabinete, y dado que las criadas iban y venían, la alegría duró hasta que entramos allí. Tan pronto como se cerró la puerta, se desprendió la máscara de su rostro, se dejó caer en una butaca con un gran suspiro y se tapó los ojos con una mano. Cuando vi que le fallaban los ánimos, aproveché su reacción para iniciar el reconocimiento. Me dijo con dulzura:

—No puede figurarse lo que detesto hablar de mí misma.

Le recordé que la confianza en un médico era sagrada, pero que tú estabas muy inquieto por ella. Entendió en seguida a qué me refería, y arregló la cuestión en pocas palabras:

—Dígale a Arthur todo lo que quiera. ¡No estoy preocupada por mí, sino por él!

De modo que puedo hablarte con entera libertad.

Me di cuenta en seguida de que tiene falta de sangre, aunque no he observado en ella los habituales signos de anemia; casualmente, pude comprobar la calidad de su sangre, pues al abrir una ventana que estaba encajada, cedió una cuerda, y se cortó ligeramente en la mano al romperse un cristal. Fue un incidente sin importancia, pero me brindó la ocasión de poder recoger unas gotas de su sangre, y luego analizarlas. El análisis cualitativo revela un estado normal, y debería indicar una salud vigorosa. En otros aspectos físicos, he comprobado con entera satisfacción que no hay motivo para preocuparse, pero como ha de existir alguna causa, he llegado a la conclusión de que debe de tratarse de algo mental. Ella se queja de tener dificultad para respirar, a veces, y de tener un sueño pesado, letárgico, con pesadillas que la asustan, pero de las que no es capaz de recordar nada. Dice que de niña solía padecer de sonambulismo y que cuando estuvo en Whitby le volvió ese mismo hábito; una de las veces salió de casa sonámbula y llegó hasta el acantilado este, donde la encontró la señorita Murray, pero me asegura que últimamente le había desaparecido tal costumbre. Tengo mis dudas, así que he hecho lo que considero mejor para averiguarlo: he escrito a mi viejo amigo y maestro, el profesor Van Helsing, de Amsterdam, que es quien más sabe sobre enfermedades oscuras en el mundo. Le he pedido que venga, y como dices que todos los gastos corren de tu cuenta, le he mencionado quién eres, y tus relaciones con la señorita Westenra. Esto, mi querido compañero, es sólo obedeciendo tus deseos, pues me siento orgulloso y feliz de hacer lo que sea por ella. Van Helsing, lo sé, hará lo que le pida por razones personales. Así que, sea cual fuere la conclusión a la que él llegue, deberemos acatar sus decisiones. Da la impresión de ser un hombre arbitrario, pero es porque sabe más que nadie. Es filósofo y metafísico, y uno de los científicos más avanzados de su tiempo; posee un entendimiento, una mentalidad absolutamente abierta. Ésta, unida a unos nervios de acero, un temperamento frío, una indomable resolución, un autodominio y una tolerancia que elevan la virtud a la categoría de bendición, y al corazón más bondadoso que existe —todo lo cual constituye sus instrumentos para esa noble obra que realiza por la humanidad—, opera tanto en la teoría como en la práctica, pues su campo es tan inmenso como su simpatía. Te hablo de estas cosas para que comprendas por qué tengo tanta confianza en él. Le he pedido que venga inmediatamente. Mañana veré a la señorita Westenra en los *Almacenes*, a fin de no alarmar a su madre con una nueva visita mía tan pronto.

Tu buen amigo,

JOHN SEWARD

CARTA DE ABRAHAM VAN HELSING, M. D., D. PH., D. LIT., ETC., ETC., AL DOCTOR SEWARD

2 de septiembre

Mi querido amigo:

He recibido su carta y salgo para allá. Por fortuna puedo ir inmediatamente sin perjuicio para ninguno de mis pacientes. De lo contrario, lo habría sentido mucho por aquellos que confían en mí, porque de todos modos habría acudido corriendo a mi amigo, que me llama para asistir a sus seres queridos. Dígale a su camarada que cuando usted succionó sin pérdida de tiempo el veneno de la gangrena de aquel cuchillo que nuestro común amigo, demasiado nervioso, dejó caer, hizo usted más por su prometida que ahora necesita mi ayuda y la pide en nombre de él, que todo lo que su enorme fortuna podría conseguir. Pero para mí representa un placer más grande aún, por tratarse de su amigo: es a usted a quien ayudo. Resérveme, pues, habitación en el Great Eastern Hotel, a fin de poder estar cerca, y concierte una entrevista con la joven para mañana por la mañana, no demasiado tarde, ya que probablemente tendré que regresar por la noche. De todos modos, si hiciese falta, volvería dentro de tres días y podría quedarme el tiempo que fuera necesario. Un cordial saludo, mi querido John, y hasta entonces.

VAN HELSING

CARTA DEL DOCTOR SEWARD
AL HONORABLE ARTHUR HOLMWOOD

3 de septiembre

Querido Art:

Van Helsing ha estado aquí y ha vuelto a marcharse. Me acompañó a Hillingham, y nos encontramos con que, por discreción de Lucy, su madre había salido a comer fuera, por lo que pudimos estar a solas con ella. Van Helsing le hizo un reconocimiento muy minucioso. Ya te contaré cuando él me pase el informe, porque, como es natural, no estuve presente todo el tiempo. Me parece que está muy preocupado, pero dice que tiene que meditarlo. Cuando le hablé de nuestra amistad y de la confianza que tienes en mí en lo que se refiere a este asunto, dijo:

—Debe contarle todo lo que piensa. Dígale lo que opino yo también, si desea. No, no estoy bromeando. No es una broma, sino una cuestión de vida o muerte, y quizá de algo más.

Quise saber a qué se refería, porque estaba muy serio. Esto fue al regresar a Londres, mientras tomábamos una taza de té, antes de que él emprendiese el regreso a Amsterdam. Pero no me dijo nada más. No debes enfadarte con él, Art, porque su misma reserva significa que todo su cerebro está dedicado a curarla. Cuando llegue el momento, hablará con claridad, puedes estar seguro. Así que le dije que me limitaría a contarte nuestra visita, igual que si redactase un artículo descriptivo para el *Daily Telegraph*. No me hizo caso, y comentó que los humos de Londres no parecen tan nocivos como cuando estuvo él aquí de estudiante. Si le da tiempo, es posible que mañana mismo tenga yo su informe. En cualquier caso, me escribirá.

Bueno, en cuanto a la visita, encontré a Lucy más animada que el primer día que la vi, y desde luego con mejor aspecto. Le había desaparecido la horrible palidez que tanto me había alarmado, y su respiración era normal. Estuvo muy amable con el profesor (como lo está ella siempre), y trató de que se sintiese a gusto, aunque me di cuenta de que la pobre hacía ímprobos esfuerzos. Creo que Van Helsing se dio cuenta también, pues percibí bajo sus espesas cejas esa viva mirada que conozco tan bien. Luego empezó él a charlar sobre toda clase de temas, eludiendo el de las enfermedades, con tal ingeniosidad, que pude observar que la fingida animación de la pobre Lucy se volvía sincera. Luego, sin cambio alguno aparente, llevó la conversación con toda suavidad hacia el objeto de su visita, y dijo en tono afable:

—Mi querida señorita, me alegra inmensamente comprobar lo mucho que la quieren. Eso significa muchísimo, aun cuando estuviese aquí cierta persona a la que no veo. Me habían informado que estaba usted en los huesos, y que se la veía horriblemente pálida. Pues yo les digo a todos: «¡Quia!» —Chascó los dedos y prosiguió—: Usted y yo les vamos a demostrar lo equivocados que están. ¿Qué sabe él —y me señaló a mí con la misma expresión y gesto con que una vez me señaló en clase, o más bien después de ella, en una ocasión especial que nunca se me olvidará—, qué sabe él de señoritas? Él tiene sus locos con los que entretenerse, y a quienes dar la felicidad y devolver a sus seres queridos. Es ímproba la tarea de restituir la felicidad, aunque tiene sus compensaciones. ¡Pero conocer a las jóvenes! No tiene esposa ni hija, y las chicas no se confían a los jóvenes, sino a los viejos como yo, que saben de muchos sufrimientos y de sus causas. Así que, querida, le enviaremos a fumar al jardín, y mientras, usted y yo charlaremos un poco.

Recogí la alusión y salí a dar una vuelta; poco después, el profesor se asomó a la ventana y me llamó. Estaba serio, pero dijo:

—Le he hecho un reconocimiento meticuloso, pero no he encontrado ninguna causa funcional. Coincido con usted en que ha perdido mucha sangre, aunque ahora no la pierde. De todos modos, no tiene síntomas de anemia. Le he pedido que me envíe a su doncella, a fin de hacerle una o dos preguntas, para no dejar nada. Sé muy bien lo que dirá. Sin embargo, existe una causa, siempre existe una causa para todo. Debo regresar a casa y meditar. Mándeme usted un telegrama todos los días, y si surge algo, volveré. La enfermedad —puesto que el no estar completamente bien es una enfermedad— me interesa, y esta dulce joven me interesa también. La encuentro encantadora, y si no es por usted o por su enfermedad, volveré por ella.

Como te digo, no quiso añadir una palabra más, aunque estábamos solos. De modo, Arthur, que ahora sabes lo mismo que yo. Me mantendré sobre aviso. Espero que tu padre esté mejor. Debe de ser terrible para ti encontrarte en semejante situación, entre dos personas que te son tan queridas. Sé cuál es tu sentimiento del deber para con tu padre, y haces bien en cumplirlo, pero si es necesario, te escribiré para que vengas en seguida al lado de Lucy, así que no te inquietes demasiado si no tienes noticias mías.

JOHN SEWARD

DIARIO DEL DOCTOR SEWARD

4 de septiembre

El paciente zoófago sigue acaparando nuestro interés. Sólo ha tenido un acceso, y ocurrió ayer a una hora desacostumbrada. Poco antes de que dieran las doce del mediodía, empezó a mostrarse inquieto. El celador, que conoce los síntomas, pidió ayuda inmediatamente. Por fortuna, los hombres acudieron en seguida y llegaron a tiempo, porque a las doce en punto se puso tan furioso que tuvieron que emplearse a fondo para reducirle. A los cinco minutos, sin embargo, empezó a disminuir su violencia, y finalmente se sumió en una especie de estupor, en cuyo estado ha permanecido hasta ahora. El celador dice que sus gritos durante el paroxismo eran sobrecogedores; al entrar yo, encontré a mis hombres ocupados en asistir a otros pacientes. Desde luego, entiendo perfectamente el efecto, porque incluso a mí me inquietaron sus gritos a pesar de que me encontraba a cierta distancia. Es después de la hora de la cena en el sanatorio, y mi paciente sigue sentado en un rincón, meditando, con una expresión sombría y afligida en el rostro que parece indicar algo. Pero no llego a comprender bien el qué.

Más tarde

Otro cambio se ha operado en mi paciente. He ido a verle a las cinco y le he encontrado aparentemente tan feliz y contento como antes. Estaba cazando moscas: se las comía, y apuntaba sus capturas haciendo señales con la uña en la puerta, entre las ondulaciones del acolchado. Al verme, se acercó, se excusó de su mala conducta y me pidió, en un tono dócil y sumiso, que le devolviese otra vez a su habitación y le dejase tener su cuaderno. Me pareció conveniente seguirle la corriente; así que ya está de nuevo en su cuarto, con la ventana abierta. Ha esparcido el azúcar de su té en el alféizar, y obtiene toda una cosecha de moscas. Ahora no se las come sino que las mete en una caja, como hacía antes, y anda inspeccionando los rincones en busca de arañas. He tratado de hacerle hablar sobre los días pasados, ya que sería de inmensa ayuda para descubrir alguna clave de sus pensamientos, pero sin éxito. Por un momento o dos pareció muy triste, y dijo con una especie de voz lejana, como si hablase para sí mismo, más que conmigo:

—¡Todo ha terminado! Me ha dejado. ¡Ahora ya no tengo otra esperanza que lo que yo mismo pueda hacer por mí! —Luego, volviéndose súbitamente hacia mí, dijo con resolución—: Doctor, ¿sería lo bastante bueno conmigo como para darme un poco más de azúcar? Creo que me vendría bien.

—¿Para cazar moscas? —pregunté.

—¡Sí! A las moscas les gusta el azúcar, y a mí me gustan las moscas, así que a mí me gusta el azúcar también.

Hay gente tan ignorante que cree que los locos no razonan. Le he facilitado doble ración, y le he dejado lo más feliz del mundo. Me gustaría poder sondearle la mente.

Medianoche

Otro cambio. Había ido a visitar a la señorita Westenra, a la que he encontrado mucho mejor, y al regresar me había detenido en nuestra entrada a contemplar la puesta de sol, cuando oí su grito otra vez. Como su habitación da a la parte delantera del edificio, pude oírle mejor que por la mañana. Fue tremendo para mí, dejar de admirar la mágica y evanescente belleza de la puesta de sol por encima de Londres, con sus luces pálidas y sus sombras negras, y todos los maravillosos matices que adquieren las sucias nubes y hasta las sucias aguas, para volverme hacia la siniestra severidad de este edificio de fría piedra, y su carga de miseria, con el corazón afligido de tanto soportar todo esto. Llegué a su celda cuando ya se ocultaba el sol, y desde la ventana vi hundirse el disco rojo. A medida que se hundía, mi paciente fue perdiendo violencia; y al desaparecer del todo, se resbaló de las manos que le sujetaban y cayó al suelo, como un fardo. Es prodigioso el poder de recuperación intelectual que poseen los lunáticos, pues a los pocos minutos se levantó completamente sereno y miró en torno suyo. Hice una seña a los celadores para que no le sujetasen, porque quería ver qué hacía. Fue directamente a la ventana y barrió los granos de azúcar; luego cogió la caja de las moscas, la vació en el exterior y tiró la caja; a continuación cerró la ventana y, cruzando la habitación, se sentó en la cama. Todo esto me dejó sorprendido; así que le pregunté:

—¿Ya no va a almacenar más moscas?

—No —dijo—, ¡estoy harto de todas esas tonterías!

Desde luego, es un caso extraordinariamente interesante. Quisiera tener un vislumbre de su mente o de la causa de su súbita pasión. ¡Atención!, puede que exista una clave después de todo si consigo averiguar por qué hoy sus paroxismos han ocurrido precisamente en el momento en que el sol estaba en su cenit y en el ocaso. ¿Será que el sol ejerce una influencia maligna, en determinados momentos, capaz de afectar a determinadas naturalezas..., como la luna la ejerce en otras? Ya veremos.

TELEGRAMA DE SEWARD, LONDRES, A VAN HELSING, AMSTERDAM

4 de septiembre

Paciente hoy mejor.

TELEGRAMA DE SEWARD, LONDRES, A VAN HELSING, AMSTERDAM

5 de septiembre

Paciente muy mejorada. Buen apetito, duerme perfectamente, animada, recobra color.

TELEGRAMA DE SEWARD, LONDRES, A VAN HELSING, AMSTERDAM

6 de septiembre

Terrible empeoramiento. Venga en seguida, no pierda tiempo. No telegrafiaré a Holmwood hasta verle a usted.

10

6 de septiembre

Querido Art:

Mis noticias hoy no son buenas. Esta mañana, Lucy estaba ligeramente peor. Sin embargo, de esto ha derivado algo bueno: la señora Westenra se ha mostrado naturalmente preocupada y me ha consultado profesionalmente acerca de su hija.

He aprovechado la ocasión para decirle que mi viejo maestro, el gran especialista Van Helsing, va a estar un tiempo conmigo, y que quisiera ponerla en sus manos, igual que me pongo yo mismo; de modo que ahora podemos ir y venir sin alarmarla, ya que una fuerte impresión podría ocasionarle la muerte; y en el estado de debilidad en que se encuentra Lucy, esto podría ser también catastrófico para ella. Estamos todos rodeados de dificultades, mi pobre camarada, pero ruego a Dios que podamos vencerlas.

Te escribiré cuando haga falta, de modo que si no recibes noticias mías, ten la seguridad de que estoy esperando a saber algo. Te envío ésta a toda prisa,

JOHN SEWARD

DIARIO DEL DOCTOR SEWARD

7 de septiembre

Lo primero que dijo Van Helsing al encontrarnos en Liverpool Street, fue:

—¿Le ha dicho algo a nuestro joven y enamorado amigo?

—No —dije—. Esperaba hablar antes con usted, tal como le decía en el telegrama. Le he escrito una carta, diciéndole simplemente que iba a venir usted, ya que la señorita Westenra no se encontraba bien, y que si había alguna novedad se la haría saber.

—¡Bien, amigo mío —dijo—, muy bien! Es mejor que no sepa nada aún, quizá no llegue a enterarse. Ojalá, aunque si es preciso, se lo diremos todo. Ahora, John, amigo mío, permítame advertirle algo. Usted está acostumbrado a tratar con locos. Todos los hombres están locos en mayor o menor medida, pues con la misma discreción con que trata a sus locos, debe tratar también a los locos de Dios... que constituyen el resto del mundo. Usted no dice a sus locos lo que hace ni por qué lo hace, no les comunica lo que piensa. Así que debe dejar el saber en su sitio, donde pueda descansar..., donde pueda aumentar y crecer. Usted y yo, discretamente, guardaremos lo que sabemos aquí y aquí.

—Y me tocó el corazón y la cabeza, y luego se tocó él ambos lugares también—. De momento, tengo mis ideas. Más adelante se las revelaré.

—¿Por qué no ahora? —pregunté—. Quizá nos sean útiles, quizá contribuyan a llegar a una conclusión.

Se detuvo, me miró, y dijo:

—Mi querido John, cuando el trigo está crecido, aun antes de que haya madurado..., cuando la leche de la madre tierra está en él y el sol no ha empezado aún a pintarlo con su oro, el agricultor arranca la espiga, la frota entre sus manos callosas, sopla la granza verde y dice: «¡Vaya!, buen trigo; va a ser una buena cosecha».

No veía la relación, y se lo dije. Por toda respuesta, alargó la mano, me cogió de una oreja y me tiró de ella en broma, como solía hacer años atrás, en sus clases; luego dijo:

—El buen agricultor habla así porque ahora ya lo sabe, pero no antes. Pero no verá usted al buen agricultor sacar el grano de la tierra para ver si crece, eso lo hacen los niños cuando juegan a agricultores, no los que trabajan la tierra para vivir. ¿Comprende ahora, amigo John? Yo he sembrado mi trigo, y ahora tiene que encargarse la Naturaleza de hacerlo germinar; parece que promete, pero esperaré a que la espiga se desarrolle.

Se interrumpió al ver claramente que le había comprendido. Luego prosiguió gravemente:

—Usted fue siempre un estudiante aplicado, y sus estanterías estaban siempre más llenas de libros que las de los demás. Entonces era usted tan sólo un estudiante; ahora que es un maestro, confío en que no habrá perdido sus antiguos hábitos. Recuerde, amigo mío, que el saber es más fuerte que la memoria, y que no debemos confiar en lo más débil. Aun cuando haya abandonado la buena práctica, déjeme decirle que el caso de nuestra querida señorita puede (observe que digo *puede*) resultar tan interesante para nosotros y para el mundo entero, que deje pequeños a todos los demás, como suele decirse. Téngalo bien en cuenta. Nada hay demasiado pequeño. Y le aconsejo que vaya tomando nota incluso de sus dudas y suposiciones. Más adelante puede serle de interés el comprobar hasta qué punto eran ciertas sus conjeturas. ¡Aprendemos con nuestros fracasos, no con nuestros éxitos!

Cuando le describí los síntomas de Lucy —los mismos de antes, pero sensiblemente más acusados—, se puso muy serio, aunque no dijo nada. Traía consigo un maletín con numerosos instrumentos y drogas, «armas terribles de este bendito oficio», como calificó una vez, en una de sus clases, al instrumental utilizado en medicina. Cuando nos pasaron al salón, la señora Westenra nos esperaba. Estaba preocupada, aunque no tanto como yo temía encontrarla. La naturaleza, en uno de sus gestos benevolentes, ha ordenado que hasta la muerte contenga algún antídoto para sus propios terrores. Aquí, en un caso en el que cualquier impresión puede resultar fatal, las cosas parecen ordenadas de forma que, por una u otra causa, todo lo que no sea personal —ni siquiera el terrible empeoramiento de su hija, a la que tan entrañablemente quiere— no parece afectarla. Es como cuando la Madre Naturaleza envuelve el cuerpo extraño con una capa insensible, protegiéndose del mal que de lo contrario acarrearía su contacto.

Si se trata de un egoísmo impuesto, entonces debemos abstenernos de tachar a nadie de estar demasiado pendiente de sí, pues puede que sus causas tengan raíces más profundas de lo que nosotros creemos.

Eché mano de mis conocimientos sobre esta fase de la patología espiritual, y decidí que la señora Westenra no debía estar presente en el reconocimiento de Lucy, y que tampoco debía permitirle que pensara en su enfermedad más de lo necesario. Ella accedió en seguida a mi decisión; tan en seguida, que nuevamente me pareció ver la mano de la Naturaleza pugnando por preservar la vida. Van Helsing y yo fuimos conducidos a la habitación de Lucy. Si ayer me preocupó el ver cómo estaba, hoy me sentí horrorizado. Estaba blanca como el papel, había perdido el color rojo de los labios y de las encías, y le sobresalían los huesos de la cara de manera sorprendente, era doloroso verla respirar. Van Helsing se quedó petrificado, y arrugó el ceño hasta el punto de que sus cejas casi se juntaron por encima de la nariz. Lucy yacía en la cama, inmóvil, sin fuerzas para hablar, así que durante un rato permanecimos en silencio. Luego, Van Helsing me miró, y salimos calladamente de la habitación. Tan pronto como cerramos la puerta, echó a andar rápidamente por el corredor, hasta la siguiente habitación, que estaba abierta. Entonces me cogió, me metió adentro rápidamente y cerró la puerta.

—¡Dios mío! —exclamó—; es espantoso. No hay tiempo que perder. Morirá si no le llega suficiente sangre al corazón. Hay que hacerle una transfusión de sangre en seguida. ¿Se la da usted, o se la doy yo?

—Yo soy más fuerte y más joven, profesor. Debo ser yo.

—Entonces hagámoslo en seguida. Traeré el maletín. He venido preparado.

Fui con él, y mientras bajábamos, oímos llamar a la puerta. Al llegar al vestíbulo, la doncella acababa de abrir y entraba Arthur precipitadamente. Echó a correr hacia mí, diciendo en voz baja y emocionada:

—Jack, estoy muy preocupado. He leído lo que decías entre líneas en tu carta, y me he alarmado. Mi padre está mejor, así que he venido para ver personalmente cómo van aquí las cosas. ¿Es usted el doctor Van Helsing? Le agradezco mucho que haya venido.

Los ojos del profesor se posaron en él, irritados por su interrupción en semejante momento, pero seguidamente, al comprobar su constitución sólida y la fuerza vigorosa y juvenil que emanaba de su persona, sus ojos relampaguearon. Sin una pausa, le dijo gravemente, mientras le tendía la mano:

—Señor, llega usted a tiempo. Veo que es usted el prometido de nuestra querida señorita. Se encuentra mal, muy mal. Bueno, muchacho, no lo tome usted así —añadió, porque de repente se había puesto pálido, y se había dejado caer en una butaca, a punto de desfallecer—. Debe ayudarla. Usted puede hacer por ella más que nadie, y su ánimo será la mejor ayuda.

—¿Qué puedo hacer? —preguntó Arthur con voz ronca—. Dígamelo, y lo haré. Mi vida es suya, estoy dispuesto a dar por ella hasta la última gota de sangre.

El profesor tiene una vena enormemente humorística, y como le conozco desde hace tiempo, noté un asomo de ese talante en su respuesta:

—Mi joven señor, no le pido tanto... ¡No hace falta que le dé hasta la última!

—¿Qué debo hacer?

Le centelleaban los ojos, y las aletas de la nariz le temblaban de fervor. Van Helsing le dio una palmada en el hombro.

—Vamos —dijo—. Es usted un hombre fuerte, y eso es lo que nos hace falta. Usted puede servir mejor que yo y que su amigo John.

Arthur miró desconcertado, y el profesor prosiguió, explicándole afablemente:

—Su prometida está muy mal. Necesita sangre, si no la recibe, morirá. Hemos deliberado su amigo John y yo, y estamos a punto de hacerle una transfusión: vamos a pasar sangre de las venas de quien las tiene llenas a las venas vacías de quien suspira por ella. Era John quien iba a darla, puesto que es más joven y más fuerte que yo —aquí Arthur me cogió la mano y me la estrechó con fuerza, en silencio—, pero ahora que está usted aquí, creo que es más indicado que nosotros dos que vivimos inmersos en el mundo del pensamiento. ¡Nuestros nervios no están tan sosegados y nuestra sangre no es tan vigorosa!

Arthur se volvió hacia él y dijo:

—Si supiese lo contento que moriría por ella, comprendería...
—Se detuvo, en una especie de ahogo.

—¡Buen muchacho! —dijo Van Helsing—. Dentro de no mucho tiempo, se alegrará de haber hecho lo que le pido por la mujer que ama. Ahora vamos, y guardemos silencio. La puede besar antes de que empecemos; pero tan pronto como le haga yo una seña, deberá dejarla. No le diga nada a la madre, ¡ya sabe cómo se encuentra! No debe recibir ninguna impresión, todo debe quedar entre nosotros. ¡Vamos!

Subimos los tres a la habitación de Lucy. El profesor pidió a Arthur que se quedase fuera. Lucy volvió la cabeza y nos miró, pero no dijo nada. No estaba dormida, sino demasiado débil para hacer ningún esfuerzo. Nos hablaba con los ojos, eso era todo. Van Helsing sacó algunos instrumentos de su maletín y los colocó en una mesita fuera de la vista. Luego mezcló un narcótico; y acercándose a la cama, dijo alegremente:

—Bueno, mi querida señorita, aquí está su medicina. Bébasela toda, como una niña buena. Veamos, yo la incorporaré para que pueda tragar con facilidad. Muy bien.

Había hecho el esfuerzo con éxito. Me sorprendió el tiempo que tardó en hacerle efecto la droga. Esto indicaba, de hecho, lo débil que se encontraba. Pareció transcurrir un tiempo interminable, hasta que el sueño comenzó a pesar en sus párpados. Finalmente, sin embargo, el narcótico manifestó su poder; y Lucy cayó en un profundo letargo. Cuando el profesor se sintió satisfecho, llamó a Arthur y le pidió que se quitase la chaqueta. Luego añadió:

—Puede darle un beso mientras acerco la mesa. ¡Amigo John, ayúdeme!

Así que ninguno de los dos miramos. Van Helsing se puso a mi lado y dijo:

—Es joven y fuerte, el vigor de su sangre es tan puro que no habrá necesidad de desfibrinarla.

Luego, con suma rapidez, pero metódicamente, Van Helsing llevó a cabo la operación. A medida que la sangre entraba en sus venas, parecía volver la vida a las mejillas de la pobre Lucy, y resplandecer la alegría en el rostro de Arthur, en medio de su creciente palidez. Poco después empecé a sentirme preocupado, pues la pérdida de sangre estaba afectando a Arthur visiblemente, pese a ser un hombre fuerte. Una idea de la terrible prueba que debió de sufrir el organismo de Lucy lo daba el hecho de que lo que dejaba tan debilitado a Arthur servía para tan sólo restablecerla parcialmente. Pero el rostro del profesor permanecía inconmovible, y vigilaba reloj en mano y con los ojos fijos unas veces en la paciente y otras en Arthur. Yo podía oír los latidos de mi propio corazón. Poco después, dijo con voz suave:

—No se mueva un segundo. Es suficiente. Atiéndale usted a él, yo cuidaré de la joven.

Cuando todo hubo terminado, pude observar lo débil que había quedado Arthur. Le limpié la herida y le cogí del brazo para apartarlo, cuando Van Helsing habló sin volverse; parecía tener ojos detrás de la cabeza:

—Creo que el valeroso prometido merece otro beso, que puede darle ahora a la joven.

Y terminado su trabajo, arregló la almohada bajo la cabeza de la paciente. Al hacerlo, se deslizó un poco la estrecha cinta de terciopelo negro que Lucy lleva siempre alrededor del cuello, en la que tiene prendido un antiguo diamante, regalo de su prometido, dejando al descubierto una señal roja en la garganta. Arthur no la notó, pero yo pude oír una profunda y siseante aspiración, que es una de las formas en que Van Helsing manifiesta su emoción. No dijo nada en ese momento, pero luego, volviéndose a mí, comentó:

—Ahora baje a nuestro joven y valeroso prometido, déle un vaso de oporto, y déjele descansar un rato. Luego, que regrese a su casa y que coma y duerma mucho, a fin de recuperar todo lo que acaba de darle a su amada. No debe permanecer aquí. ¡Alto!, un momento. Supongo, señor, que estará deseoso de conocer los resultados. Pues sepa que la operación ha sido un éxito en todos los sentidos. Le ha salvado la vida esta vez, de modo que puede irse a casa a descansar con la satisfacción de que ha hecho lo que debía. Se lo diré a ella cuando esté bien, ahora le amará más por todo lo que ha hecho. ¡Hasta luego!

Cuando Arthur se hubo marchado, regresé a la habitación. Lucy dormía dulcemente, pero su respiración era más firme; podía ver moverse la colcha cuando su pecho se llenaba de aire. Van Helsing estaba sentado junto a la cama, y la observaba atentamente. La cinta de terciopelo le cubría nuevamente la señal roja. Le pregunté al profesor en voz baja:

—¿Qué opina de esa señal roja de la garganta?

—¿Y usted?

—No se la había visto hasta ahora —contesté, y luego procedí a quitarle la cinta.

Exactamente encima de la vena yugular, había dos perforaciones; no eran grandes, pero no tenían buen aspecto. No se veía que estuviesen infectadas; sin embargo, tenían los bordes blancos y destrozados, como triturados. Inmediatamente se me ocurrió que esta herida, o lo que fuese, podía ser la causa de tan abundante pérdida de sangre. Pero deseché en seguida la idea, ya que eso no podía ser. Habría tenido que estar toda la cama roja, dada la cantidad de sangre que la joven había perdido a juzgar por su palidez antes de la transfusión.

—¿Y bien? —dijo Van Helsing.

—Bueno —dije—, no sé qué puede ser.

El profesor se levantó:

—Debo regresar a Amsterdam esta noche —dijo—. Allí tengo libros y cosas que necesito. Usted deberá quedarse aquí toda la noche, y no perder de vista a la paciente.

—¿Llamo a una enfermera? —pregunté.

—Usted y yo somos las mejores enfermeras. Vigílela toda la noche; cuide que la alimenten bien y que nadie la moleste. Deberá velarla toda la noche. Más tarde podremos dormir. Volveré lo antes posible. Entonces estaremos en condiciones de empezar.

—¿De empezar? —pregunté—. ¿Qué diablos quiere decir?

—¡Ya lo verá! —contestó, mientras salía a toda prisa. Un instante después regresó, asomó la cabeza por la puerta y dijo agitando el dedo en un gesto de advertencia—: Recuerde que la tiene bajo su custodia. ¡Si la deja y le sucede algo no volverá usted a dormir tranquilo!

DIARIO DEL DOCTOR SEWARD

(Continuación)

8 de septiembre

He estado toda la noche en vela con Lucy. Los efectos del narcótico se disiparon hacia el anochecer, y volvió en sí de forma natural. Parecía una persona distinta, según el aspecto que tenía antes de la transfusión. Incluso se mostraba animada y llena de vivacidad, pero podía ver en ella signos de la absoluta postración que había sufrido. Cuando le dije a la señora Westenra que el doctor Van Helsing había aconsejado que me quedase yo velándola, casi rechazó la idea, viendo la renovada energía y excelente ánimo de su hija. Sin embargo, me mantuve firme e hice todos los preparativos para mi larga vigilia. Cuando su doncella terminó de arreglarla para la noche, momento que yo había aprovechado para cenar, entré y me senté junto a la cama. Lucy no sólo no puso la menor objeción, sino que me miraba con agradecimiento cada vez que yo alzaba los ojos hacia ella. Un rato después pareció invadirla el sueño, pero hizo un esfuerzo y consiguió sacudírselo. Esto se repitió en varias ocasiones, cada vez con mayor esfuerzo por su parte, y tras unos intervalos cada vez más cortos, a medida que el tiempo pasaba. Evidentemente, no quería dormir, así que abordé el tema inmediatamente:

—¿No quiere dormir?

—No, tengo miedo.

—¿Miedo de dormir? ¿Y por qué? Es la bendición que todos anhelamos.

—¡Ah, no!, no diría usted eso, si estuviese en mi lugar..., ¡si el sueño fuese para usted un presagio de horror!

—¡Un presagio de horror! ¿Qué quiere decir?

—¡Oh, no lo sé!, ¡no lo sé! Eso es lo terrible. Toda esta debilidad me viene cuando duermo; tengo miedo hasta de pensar en ello.

—Pero, mi querida chiquilla, esta noche puede dormir. Estoy aquí para velarla, y puedo prometerle que no pasará nada.

—¡Ah, veo que puedo confiar en usted!

Aproveché la ocasión, y dije:

—Le prometo que si observo en usted algún signo de que sufre una pesadilla, la despertaré inmediatamente.

—¿De verdad lo hará? ¡Qué bueno es usted conmigo! ¡Entonces dormiré!

Y casi al mismo tiempo que lo decía, dejó escapar un hondo suspiro de alivio, y se durmió.

Velé junto a ella durante toda la larga noche. No se movió ni una sola vez, sino que siguió durmiendo con un sueño profundo, tranquilo, vivificante, reparador. Tenía los labios ligeramente entreabiertos, y su pecho se elevaba y descendía con la regularidad de un péndulo. Su rostro sonreía, y ninguna pesadilla vino a turbar la paz de su mente.

Por la mañana temprano entró su doncella, la dejé a su cuidado y regresé a casa, pues estaba preocupado por un montón de cosas. Envié un breve telegrama a Van Helsing y otro a Arthur, contándoles los excelentes resultados de la transfusión. Mi trabajo, enormemente atrasado, me ocupó todo el día; era ya de noche cuando pude interesarme por mi paciente zoófago. El parte era bueno: había estado completamente tranquilo durante todo el día y la noche. Mientras cenaba, me llegó un telegrama de Van Helsing sugiriéndome que debía estar esta misma noche en Hillingham, ya que era conveniente que permaneciese cerca de Lucy, comunicándome que él saldría en el correo de la noche y que se reuniría conmigo a primera hora de la mañana.

9 de septiembre

Me encontraba tremendamente cansado cuando llegué a Hillingham. Llevo dos noches seguidas sin pegar ojo y empiezo a sentir un embotamiento que indica la extenuación mental. Lucy estaba despierta y con muchos ánimos. Cuando le di la mano, me miró severamente a la cara, y dijo:

—Nada de velarme esta noche. Está usted rendido. Yo me encuentro completamente bien otra vez, de verdad. Y si alguien tiene que quedarse a velar, seré yo a usted.

No quise discutir, y bajé a cenar. Lucy bajó conmigo, animado por su encantadora compañía, comí con buen apetito y tomé un par de vasos de un oporto más que excelente. Subimos después, y Lucy me mostró una habitación contigua a la suya, donde ardía un fuego acogedor.

—Veamos —dijo—, usted se quedará aquí. Dejaremos abiertas esta puerta y la de mi habitación. Puede echarse en el sofá, porque ya sé que no hay forma de convencer a un médico para que se meta en la cama cuando tiene a un paciente a la vista. Si necesito algo, le llamaré, y usted podrá acudir en seguida.

No pude hacer otra cosa que decir que sí, ya que me sentía rendido, y no habría sido capaz de permanecer despierto por mucho que me hubiese empeñado. Así que, tras renovar ella su promesa de que me llamaría si necesitaba algo, me tendí en el sofá y me olvidé de todo.

DIARIO DE LUCY WESTENRA

9 de septiembre

Estoy muy contenta esta noche. He estado tan terriblemente débil, que el poder andar y pensar es como sentir el sol después de haber soportado un largo período de viento y de cielo encapotado. De alguna forma siento a Arthur muy, muy cerca de mí. Me parece notar su presencia cálida a mi alrededor. Supongo que la enfermedad y la debilidad son egoístas y vuelven nuestra mirada y nuestra simpatía hacia nosotros mismos, mientras que la salud y la fuerza dan riendas al amor, el cual tiene pensamiento y voluntad para vagar por donde quiere. ¡Si Arthur supiera cuáles son mis pensamientos en este momento! Mi vida, mi vida; los oídos deben de estar silbándote mientras duermes, como me silban a mí los míos despierta. ¡Oh, bendito descanso el de anoche! ¡Qué bien dormí, con el doctor Seward vigilándome! Esta noche no me dará miedo dormir, ya que le tengo cerca para poderle llamar. ¡Gracias a todos, por ser tan buenos conmigo! ¡Gracias, Dios mío! Buenas noches, Arthur.

DIARIO DEL DOCTOR SEWARD

10 de septiembre

Tuve conciencia de la mano del profesor sobre mi cabeza, y me despabilé completamente en un segundo. Ésa es una de las cosas a las que estamos acostumbrados en el manicomio.

—¿Cómo está nuestra paciente?

—Bien, cuando la dejé, o mejor cuando me dejó ella a mí —contesté.

—Vamos a verla.

Y entramos juntos en la habitación.

La persiana estaba bajada, y fui a subirla suavemente mientras Van Helsing se acercaba a la cama con paso apagado, de felino.

En el momento en que levanté la persiana y el sol matinal inundó la habitación, oí la baja y sibilante inspiración del profesor, un mortal sobresalto me encogió el corazón. Al acercarme, se apartó él, y no necesitó que su exclamación: «*Gott in Himmel!*», fuese subrayada por su semblante consternado. Alzó la mano y señaló la cama, su rostro contraído estaba ceniciento. Noté que me temblaban las rodillas.

En la cama, sumida en un desmayo, yacía la pobre Lucy, más espantosamente blanca y macilenta que nunca. Hasta los labios los tenía blancos, y las encías parecían habérsele retraído, como a veces observamos en el que ha muerto después de sufrir una prolongada enfermedad. Van Helsing levantó el pie para dar una patada de irritación, pero el instinto de su vida y su hábito de largos años le contuvieron, y bajó el pie con suavidad otra vez.

—¡Rápido! —dijo—. Traiga un poco de coñac.

Corrí al comedor y regresé con el frasco. Mojó los desventurados labios blancos con el coñac, y entre los dos le frotamos las palmas de las manos, las muñecas y el corazón. El profesor la auscultó, y tras unos momentos de agónica incertidumbre, dijo:

—No es demasiado tarde. Late, aunque muy débilmente. Todo nuestro trabajo ha resultado inútil, tenemos que empezar de nuevo. Ahora no tenemos aquí al joven Arthur, así que necesito recurrir a usted, amigo John.

Mientras hablaba, iba metiendo la mano en su maletín y sacando los instrumentos para la transfusión; yo me quité la chaqueta y me subí la manga de la camisa. No había posibilidad de administrarle un narcótico, ahora, ni hacía falta tampoco; y sin perder un solo instante, empezamos la operación. Al cabo de un rato, que no pareció corto —pues el dar sangre, por mucha voluntad que se ponga en darla, siempre produce una sensación terrible—, Van Helsing alzó un dedo de advertencia.

—No se mueva —dijo—, temo que pueda despertarse al volverle la vida, sería peligroso. Pero tomaré una precaución. Le pondré una inyección de morfina.

Seguidamente, con rapidez y habilidad procedió a ejecutar lo que decía. El efecto en Lucy fue beneficioso, dado que el desmayo se unió sutilmente al sueño narcótico. Con un sentimiento de orgullo personal, observé que volvía un débil matiz sonrosado a sus pálidas mejillas y sus labios. Ningún hombre sabe, hasta que lo experimenta, lo que se siente cuando su sangre pasa a las venas de la mujer que ama.

El profesor me observó con atención.

—Es suficiente —dijo.

—¿Ya? —protesté—. A Arthur le sacó usted bastante más.

A lo que replicó, esbozando una triste sonrisa:

—Él es su prometido, su *fiancé*. Usted tiene trabajo, mucho trabajo; debe ocuparse de ella y de otros, con la sangre que le ha dado bastará.

Al terminar la operación, reconoció a Lucy, mientras yo presionaba con el dedo en mi propia incisión. Me quedé tendido, esperando a que terminara, para que me atendiera a mí, ya que me sentía débil y un poco mareado. Poco después me examinó el brazo, y me ordenó que bajase a tomar un vaso de vino. Cuando salía de la habitación, se me acercó y medio me susurró:

—Recuerde que no hay que decir nada de esto. Si nuestro joven enamorado volviese inesperadamente, como la vez anterior, no debe decirle una palabra. Se alarmaría, y se pondría celoso también. Y hay que evitar las dos cosas. ¡Ahora vaya!

Cuando regresé, me miró con atención, y luego dijo:

—No le veo muy desmejorado. Vaya a la habitación de al lado, échese en el sofá y descanse un rato, luego tómese un buen desayuno y vuelva a verme.

Cumplí sus órdenes, pues sabía lo prudente y justas que eran. Había cumplido mi parte, y ahora mi obligación era recobrar fuerzas. Me sentía muy débil, y la debilidad me impedía en cierto modo extrañarme de lo sucedido. Me quedé dormido en el sofá, sin embargo, preguntándome una y otra vez cómo Lucy había retrocedido de ese modo, y cómo podía haber perdido tanta sangre, sin que apareciese señal por ninguna parte que revelara la causa. Creo que seguí interrogándome en sueños, pues dormido o despierto, mis pensamientos volvían siempre a las pequeñas heridas de su garganta, y al aspecto deshecho y triturado de sus bordes..., pese a lo pequeñas que eran.

Lucy durmió todo el día y cuando despertó se sentía bastante bien y con fuerzas, aunque no tanto como el día anterior. Después de examinarla, Van Helsing salió a dar una vuelta, dejándome a mí a su cuidado, con orden estricta de no dejarla sola ni un instante. Pude oír su voz en el vestíbulo, preguntando por la oficina de telégrafos más próxima.

Lucy charló conmigo animadamente, y parecía ignorar por completo lo ocurrido. Traté de distraerla y mantenerla interesada. Cuando su madre subió a verla, no advirtió cambio alguno, pero dijo con gratitud:

—Es mucho lo que le debemos, doctor Seward, por todo lo que ha hecho, pero ahora debe procurar no trabajar en exceso. Está usted pálido. Necesita una esposa que le atienda y le cuide un poco, ¡le vendría bien!

Lucy se ruborizó, aunque sólo momentáneamente, ya que sus pobres venas no podían soportar mucho tiempo un inusitado flujo de sangre a la cabeza. La reacción le produjo una palidez excesiva, al tiempo que volvía sus ojos implorantes hacia mí. Sonreí y asentí, llevándome un dedo a los labios, dejó escapar un suspiro y se hundió entre las almohadas.

Van Helsing entró un par de horas después, y al cabo de un rato, me dijo:

—Ahora váyase a casa, coma y beba mucho. Recobre fuerzas. Yo me quedaré esta noche y velaré a la joven. Debemos vigilar el caso usted y yo, pero no debemos decir nada a nadie. Tengo serios motivos. No, no me pregunte cuáles son, piense lo que quiera. No tema pensar incluso lo más improbable. Buenas noches.

En el vestíbulo, dos de las doncellas me abordaron para preguntarme si podían quedarse, las dos o una de ellas, a velar a la señorita Lucy. Me suplicaron que las dejase; y cuando les dije que era deseo del doctor Van Helsing que fuésemos él o yo quienes debíamos quedarnos, me pidieron que intercediese con el «caballero extranjero». Me sentí muy conmovido ante este gesto de abnegación. Quizá porque me encontraba débil, o porque se trataba de una muestra del afecto que sentían por Lucy, pues he visto repetidos casos similares de bondad femenina. Llegué aquí a tiempo de cenar a última hora; he efectuado una visita a mis enfermos... Todo marcha bien, y consigno todo esto mientras espero a que me entre sueño, cosa que ya me está ocurriendo.

11 de septiembre

Esta tarde he ido a Hillingham. Encontré a Van Helsing contento, y a Lucy mucho mejor. Poco después de llegar yo, trajeron una caja grande para el profesor, procedente del extranjero. La abrió con gran solemnidad —fingida, por supuesto— y extrajo un gran ramo de flores blancas.

—Son para usted, señorita Lucy —dijo.

—¿Para mí? ¡Oh, doctor Van Helsing!

—Sí, pero no para que juegue con ellas. Son medicinales. —Lucy hizo un mohín de desagrado—. Bueno, pero no para tomarlas en infusión ni de ninguna otra forma repugnante, así que no tiene por qué arrugar esa encantadora naricilla, o le diré a mi amigo Arthur lo que va a sufrir, cuando vea qué estropeada está toda esa belleza que él tanto ama. ¡Ajá!, jovencita, veo que la amenaza le hace desarrugar la naricilla. Son medicinales, pero no sabe de qué modo. Las voy a poner en la ventana. Haré una preciosa guirnalda y se la pondré alrededor del cuello, a fin de que duerma bien. ¡Ah, sí!, igual que las flores de loto, hacen olvidar las preocupaciones. Tienen un perfume muy semejante a las aguas del Leteo y a las de la fuente de la juventud, que los *conquistadores* buscaban en la Florida, y encontraron demasiado tarde.

Mientras hablaba, Lucy había estado examinando y oliendo las flores. Luego las echó a un lado, y dijo medio riendo, medio con enfado:

—¡Oh, profesor! Creo que se está usted riendo de mí. ¡Estas flores son simplemente de ajo común!

—¡No se ría, señorita! ¡Yo nunca gasto bromas! Todo lo que hago tiene un motivo muy serio, y le advierto que no me va a hacer fracasar. Cuídese, si no por usted, al menos por los demás. —Luego, viendo que la pobre Lucy se había asustado, prosiguió con más amabilidad—: ¡Ah, jovencita, no tenga miedo de mí! Yo sólo pretendo su bien, estas flores tan ordinarias tienen virtudes muy beneficiosas para usted. Veamos, yo mismo se las colocaré por la habitación. Yo mismo trenzaré la guirnalda que va a llevar. ¡Pero chitón!, no lo diga a nadie, por muchas preguntas que le hagan. Debemos obedecer, y el silencio forma parte de esta obediencia, y la obediencia es lo que le devolverá la fuerza y la pondrá bien, para poder correr a los brazos que la esperan. Ahora quédese sentada ahí un poco. Venga conmigo, amigo John, y ayúdeme a adornar la habitación con estas flores de ajo, que vienen de Haarlem, donde mi amigo Vanderpool cultiva plantas medicinales todo el año en su invernadero. Tuve que telegrafiarle ayer, para que estuviesen hoy aquí.

Entramos en la habitación cargados con las flores.

Ciertamente, las disposiciones del profesor eran muy extrañas; jamás las había visto yo registradas en ninguna farmacopea. Primero cerró las ventanas y pasó los pestillos, después tomó un puñado de flores y las frotó por todo el marco, como para asegurarse de que cada ráfaga de aire que entrara lo hiciera cargada de olor de ajo. Luego frotó con el manojo toda la jamba de la puerta, por arriba, por abajo y por ambos lados; y lo mismo hizo alrededor de la chimenea. Todo esto me parecía absurdo, así que dije:

—Bueno, profesor, sé que usted tiene siempre un motivo para hacer lo que hace, pero esto, verdaderamente, me desconcierta. Menos mal que no tenemos a ningún escéptico delante, de lo contrario, habría dicho que está usted practicando algún exorcismo para ahuyentar a los malos espíritus.

—¡Quizá sea eso lo que hago! —contestó tranquilamente, mientras empezaba a trenzar una guirnalda que Lucy debía llevar alrededor del cuello.

Luego esperamos a que Lucy se arreglara para acostarse; y cuando estuvo metida en la cama, se acercó él y le colocó la guirnalda en el cuello. Las últimas palabras que dijo, fueron:

—Tenga cuidado de que no se le deshaga, y aunque sienta agobio, no abra esta noche ni la ventana ni la puerta.

—Se lo prometo —dijo Lucy—, ¡y gracias mil veces a los dos, por todas las atenciones que tienen conmigo! ¡Oh!, ¿qué he hecho yo para merecer la bendición de tan buenos amigos?

Cuando salimos de la casa en mi coche, que estaba aguardando, dijo Van Helsing:

—Esta noche puedo dormir en paz, y lo necesito; me he pasado dos noches viajando, el día entremedias consultando libros, luego otro día de tribulaciones, y otra noche en vela y sin pegar ojo. Pase a recogerme mañana temprano y vendremos juntos a ver cómo sigue la señorita; estoy seguro de que estará mucho más fuerte, gracias a mis «hechizos».

Parecía tan convencido, que yo, recordando mi propia confianza de dos noches antes, y sus desastrosas consecuencias, experimenté un vago terror. Quizá fue mi debilidad lo que me hizo vacilar en confiárselo a mi amigo, pero sentí ese terror vivamente, igual que las lágrimas contenidas.

11

DIARIO DE LUCY WESTENRA

12 de septiembre

¡Qué buenos son todos conmigo! La verdad es que quiero mucho al doctor Van Helsing. Me pregunto por qué estará tan preocupado por esas flores. Se ha puesto tan intransigente que me ha llegado a asustar. Sin embargo, debe de tener razón, porque hacen que ya me sienta mejor. No sé por qué, no me da miedo quedarme sola esta noche, y pienso que podré dormir sin temor. No haré caso de los aleteos contra la ventana. ¡Oh, qué lucha más terrible tenía que sostener últimamente para no quedarme dormida! ¡Qué sufrimiento, sentirme desvelada, y qué sufrimiento, también, el temor de quedarme dormida, con todos los horrores que me trae el sueño! ¡Qué afortunada es la gente cuya vida no conoce el miedo ni el temor, y para quien dormir es una bendición que llega con la noche, y no trae otra cosa que sueños apacibles! Bueno, esta noche espero la llegada del sueño, aquí echada, como Ofelia en la obra de teatro, con «guirnaldas virginales y adornos de doncella». ¡Nunca me ha gustado la flor del ajo, pero esta noche me resulta agradable. Hay paz en su aroma, siento que el sueño me vence. Buenas noches a todos.

DIARIO DEL DOCTOR SEWARD

13 de septiembre

Pasé por Berkeley y encontré a Van Helsing preparado, como siempre. El coche pedido desde el hotel estaba aguardando. El profesor cogió su maletín, que ahora lleva siempre consigo.

Lo consignaré todo puntualmente. Van Helsing y yo llegamos a Hillingham a las ocho. La mañana era radiante, el sol espléndido, y la sensación fresca de principios del otoño parecían la culminación de la obra anual de la Naturaleza. Las hojas adquirían ya toda clase de matices maravillosos, pero no habían empezado a caer de los árboles. Al entrar, nos encontramos con la señora Westenra que salía del cuarto de estar. Siempre se levanta temprano. Nos saludó cariñosamente, y dijo:

—Les alegrará saber que Lucy se encuentra mejor. La criatura aún está dormida. Me he asomado a su habitación a verla, pero no he entrado para no despertarla.

El profesor sonrió y se mostró alborozado. Se frotó las manos y dijo:

—¡Ajá! Ya sabía yo que tenía diagnosticado el caso. Mi tratamiento ha surtido efecto.

A lo que ella contestó:

—No se atribuya todo el mérito, doctor. El estado de Lucy, esta mañana, se debe en parte a mí.

—¿Qué quiere decir, señora? —preguntó el profesor.

—Verá, anoche me sentía inquieta por mi pobre niña, y entré en su habitación. Dormía profundamente... Tan profundamente, que ni siquiera se despertó al entrar yo. Pero tenía la habitación espantosamente cargada. Por todas partes había montones de esas horribles flores de olor insoportable, hasta tenía un ramo alrededor del cuello. Tuve miedo de que asfixiasen a la pobre niña, en su estado de debilidad, así que las quité todas y abrí un poco la ventana para que le entrase algo de aire fresco. Le alegrará ver cómo se encuentra ahora, estoy segura.

Y se dirigió a su gabinete donde desayuna habitualmente. En cuanto terminó de hablar, miré al profesor y vi que se le había puesto la cara de color gris ceniza. Había logrado dominarse mientras la pobre señora estuvo delante, ya que sabía cuál era su estado de salud, y lo funesta que podía ser una fuerte impresión; incluso llegó a sonreírle mientras sostenía la puerta para que pasase a su habitación. Pero en el instante en que hubo desaparecido, me agarró sin más, me llevó al comedor y cerró la puerta.

Entonces, por primera vez en mi vida, vi desmoronarse a Van Helsing. Alzó las manos por encima de la cabeza en una especie de muda desesperación y luego juntó las palmas con desamparo; finalmente se sentó en una silla y, llevándose las manos a la cara, empezó a llorar con secos y profundos sollozos que parecían brotar del fondo de su corazón. Luego alzó los brazos otra vez, como si apelase al universo entero.

—¡Dios! ¡Dios! ¡Dios! —exclamó—. ¿Qué hemos hecho, qué ha hecho esta pobre criatura, para vernos acosados de este modo? ¿Existe aún entre nosotros un hado procedente del paganismo antiguo, para que se den cosas así, y de esta manera? Esta pobre madre, de forma totalmente inconsciente, y creyendo obrar de la mejor manera, ha labrado la perdición del cuerpo y del alma de su hija; y no se lo podemos decir, ni siquiera podemos prevenirla, porque eso la mataría, y perderíamos a las dos. ¡Ah, qué manera de acosarnos! ¡De qué forma se han levantado los poderes infernales contra nosotros! —De repente, se puso en pie—. Vamos —dijo—, vamos; tenemos que actuar. Sea contra el demonio o no, poco importa; seguiremos luchando.

Fue al vestíbulo, cogió el maletín y subimos juntos a la habitación de Lucy.

Nuevamente levanté la persiana mientras Van Helsing se dirigía a la cama. Esta vez no hizo gesto alguno de sorpresa al ver el desventurado rostro con la misma espantosa palidez de antes. Su semblante adoptó una expresión de grave pesadumbre e infinita compasión.

—Me lo temía —murmuró, aspirando sonoramente, lo que revelaba su preocupación.

Sin decir palabra, fue a asomarse a la puerta; a continuación, empezó a colocar en la mesita los instrumentos para una nueva transfusión. Yo había comprendido su necesidad bastante antes, y me estaba quitando la chaqueta, pero el profesor me contuvo con un ademán.

—¡No! —dijo—. Hoy le toca a usted intervenir. Yo daré la sangre. Usted está débil aún.

Mientras hablaba, se despojó de la chaqueta y se arremangó la camisa.

La misma operación, otra vez el narcótico y otra vez volvió el color a las mejillas cenicientas, y la respiración regular del sueño saludable. Esta vez vigilé yo, mientras Van Helsing se recobraba y descansaba.

Poco después, aprovechó la oportunidad para decirle a la señora Westenra que no debía quitar nada de la habitación de Lucy sin consultar con él, que las flores eran de gran poder medicinal, y que respirar su fragancia formaba parte del tratamiento para curarla. Luego asumió personalmente el cuidado de la enferma, diciendo que vigilaría esta noche y la siguiente, y que ya me avisaría cuándo debía ir.

Una hora después despertó Lucy de su sueño, fresca y animada, y sin resentirse aparentemente de su terrible prueba.

¿Qué significa todo esto? Empiezo a preguntarme si el convivir tanto tiempo con los locos no me estará empezando a afectar al cerebro.

DIARIO DE LUCY WESTENRA

17 de septiembre

Han trascurrido cuatro días y cuatro noches de paz. Empiezo a sentirme tan fuerte otra vez que apenas me reconozco. Es como si hubiese pasado una larga pesadilla y acabara de despertar, para ver un sol hermoso y sentir a mi alrededor el aire fresco de la mañana. Tengo el brumoso recuerdo de haber pasado momentos de ansiedad, esperando y temiendo; de una oscuridad en la que no había ni el dolor de la esperanza, que hiciese más intensa la aflicción; de largos períodos de olvido, y de un resurgir a la vida como el buzo que sale a la superficie a través de una gran presión de agua. Sin embargo, desde que el doctor Van Helsing está conmigo, todas estas pesadillas parecen haberse disipado; los ruidos que solían asustarme —aleteos contra el cristal de la ventana, voces distantes que parecían sonar cerca de mí, ásperas palabras que provenían de no sé dónde y me ordenaban no sé qué— han cesado por completo. Ahora me acuesto sin miedo a dormir. Ni siquiera trato de mantenerme despierta. Me he aficionado a las flores de ajo, y todos los días me llega una caja de Haarlem. Esta noche se ausentará el doctor Van Helsing ya que tiene que estar un día en Amsterdam. Pero no necesito que nadie me vele, me siento lo bastante bien como para que me dejen sola. ¡Doy gracias a Dios por mi madre, por mi querido Arthur y por todos nuestros amigos, que han sido tan amables! No notaré la ausencia del doctor Van Helsing, ya que anoche cabeceó en su butaca un buen rato. Le sorprendí durmiendo dos veces, al despertarme, pero no me dio miedo dormirme otra vez, aunque las ramas, o los murciélagos, o lo que fuera, golpeaban casi irritadamente en los cristales de la ventana.

ESCAPA UN LOBO. PELIGROSA AVENTURA DE NUESTRO REPORTERO

ENTREVISTA AL GUARDIA DEL PARQUE ZOOLÓGICO

The Pall Mall Gazette, *18 de septiembre*

Tras muchas súplicas, y casi otras tantas negativas, y utilizando constantemente el nombre de *Pall Mall Gazette* a modo de talismán, he podido localizar al guardián de la zona del Parque Zoológico a la que corresponde la sección de los lobos. Thomas Bilder habita una de las viviendas del recinto, detrás del pabellón de los elefantes, y acababa de sentarse a tomar el té cuando le encontré. Thomas y su esposa son personas acogedoras, entradas en años, y sin hijos; y si el ejemplo de hospitalidad que me han dispensado es lo habitual, su vida debe de ser bastante desahogada.

El guardián no consintió en abordar lo que él llamaba «el asunto», hasta que no terminamos de cenar y los tres estuvimos satisfechos. Luego, una vez recogida la mesa, y después de encender la pipa, dijo:

—Bueno, señor, puede usted preguntar lo que quiera. Perdonará que me haya negado a hablar de cuestiones profesionales antes de la comida. Yo siempre les doy el té a los lobos, a los chacales y a las hienas de toda la sección, antes de preguntarles.

—¿Y cómo se las arregla para preguntarles? —dije, a fin de hacerle hablar.

—Una de las maneras es dándoles en la cabeza con un palo largo; otra, rascándoles las orejas, cuando los caballeros quieren que sus amigas vean algo que merezca el precio de la entrada. Me daría igual hacerlo al revés: sacudirles antes con el palo y darles de comer después, pero siempre espero a que se tomen la copa y el café, por así decir, antes de probar a rascarles las orejas. Comprenderá —añadió filosóficamente— que a nosotros nos pasa lo mismo que a los animales. Viene usted aquí y empieza a hacerme preguntas sobre mi trabajo, y la verdad es que, si no le hubiese visto esa saludable pinta de crío, ya le habría mandado por ahí, antes de contestar. Ni siquiera cuando me dijo irónicamente que le preguntase al superintendente si podía usted interrogarme. Sin ánimo de ofender, ¿le dije que se fuera al infierno?

—Sí.

—Pues cuando dijo usted que iba a dar parte de mí por emplear un lenguaje tan grosero, fue como darme en la cabeza, pero el muchacho ha hecho muy bien. No es que andara yo con ganas de pelea, simplemente, solté mi aullido como hacen los lobos, los leones y los tigres. Pero que el Señor le bendiga; ahora que la vieja me ha echado unas migajas de sus pastas y me ha servido el agua de enjuagar su vieja tetera, y yo he encendido la pipa, me puede rascar las orejas cuanto quiera, que no soltaré un solo gruñido. Adelante con las preguntas. Ya sé por qué ha venido; por lo del lobo que se ha escapado.

—Así es. Quiero que me diga su opinión sobre este asunto. Cuénteme cómo ha ocurrido; y cuando tenga todos los detalles, quiero que me diga cuál ha sido la causa de todo, según usted, y en qué cree que parará todo esto.

—De acuerdo, jefe. La historia más o menos es la siguiente. Ese lobo, al que nosotros llamamos Bersicker* era uno de los tres animales grises que llegaron de Noruega para la casa Jamrach, a la que se lo compramos hará cuatro años. Era un lobo muy formal que nunca había causado problemas. Me sorprende bastante que le haya dado por escaparse, como me sorprendería que lo hiciera cualquier otro animal

* Deformación de *berserker*. Véase nota de la página 51.

de aquí. Pero como ve, uno puede fiarse tanto de los lobos como de las mujeres.

—¡No le haga caso, señor! —terció la señora de Bilder con una risotada—. ¡Hace tanto que está entre animales, que bendito si no se ha vuelto un viejo lobo él también! Pero no es peligroso.

—Pues verá, señor; ayer, unas dos horas después de darles de comer, oí el primer alboroto. Estaba preparando un lecho en la sección de los monos para un puma joven que está enfermo, pero al oír gruñidos y aullidos, eché a correr. Bersicker estaba mordiendo los barrotes, completamente furioso, como si quisiera escapar. No había muchos visitantes, y cerca no estaba más que un hombre, un tipo alto y flaco, con una nariz ganchuda y una barba en punta con algunas canas. Tenía una mirada dura y fría y unos ojos rojos; me cayó mal, porque parecía como si fuese él quien lo enfurecía. Llevaba guantes blancos de piel; y me dice, señalando a los animales:

»—Guarda, parece que hay algo que irrita a esos lobos.

»—Puede que sea usted —le dije, pues no me gustaban los aires que se daba. No se enfadó como yo me esperaba, sino que sonrió con una sonrisa insolente y enseñó una boca llena de dientes afilados.

»—¡Ah, no!, no creo que yo les guste —dijo.

»—¡Ah, sí, claro que sí! —contesté yo, imitándole—. Ellos siempre están dispuestos a echar mano de un hueso o dos para limpiarse los dientes, a la hora de las comidas; y de eso tiene usted un saco lleno.

»Bueno, fue extraño; pero cuando los animales nos vieron hablando, se tumbaron en el suelo, y al acercarme a Bersicker, me dejó que le acariciase las orejas como siempre. ¡Y entonces fue el hombre aquel, y maldito si no metió la mano y le acarició también las orejas al viejo lobo!

»—Ande con cuidado —le dije—, que Bersicker es rápido.

»—Descuide —dijo—, estoy acostumbrado a ellos.

»—¿Es usted de la profesión? —dije, quitándome la gorra, pues un hombre que trabaja con lobos y demás es buen amigo de los guardas.

»—No —dijo—; no soy exactamente de la profesión, pero he criado a varios como mascotas.

Y al tiempo que hablaba, se quitó el sombrero con la elegancia de un lord, y se fue. El viejo Bersicker le siguió con la mirada hasta que se perdió de vista; luego fue y se echó en un rincón, y no se movió en toda la tarde. Pues bien, anoche, tan pronto como estuvo fuera la luna, empezaron a aullar los lobos. No había ninguna razón para que se pusieran a aullar. No había nadie por allí, aparte de alguien que evidentemente llamaba a su perro, en la carretera que pasa por detrás del parque. Una o dos veces salí a ver si todo seguía en paz, comprobé que sí, y a continuación dejaron de aullar. Poco antes de las doce, di otra vuelta antes de retirarme; y al llegar frente a la jaula de Bersicker, vi los barrotes rotos y retorcidos, y la jaula vacía. Y eso es todo lo que sé.

—¿Vio alguien algo más?

—Uno de nuestros jardineros regresaba de la coral sobre esa hora, cuando vio a un gran perro gris que salía por uno de los setos del parque. Al menos, eso dice él, pero yo no me fío demasiado, porque si es así, no le dijo una palabra a su mujer al llegar a casa; y hasta que no se conoció la fuga del lobo y nos pasamos toda la noche buscándolo por el parque, no recordó él haber visto nada. Lo que a mí me parece es que aún le sonaban los cantos de la coral en la cabeza.

—Bien, señor Bilder, ¿podría ahora darme alguna explicación de por qué se ha escapado el lobo?

—Pues verá, señor —dijo con una especie de modestia sospechosa—, creo que sí, pero no sé si le gustará mi teoría.

—Ya lo creo. Si un hombre como usted, que conoce a los animales y tiene experiencia con ellos, no puede aventurar una buena explicación, ¿quién lo va a hacer?

—Pues verá, señor; mi teoría es que el lobo se ha fugado..., simplemente porque se quería escapar.

Por la forma estrepitosa con que Thomas y su mujer se rieron del chiste pude ver que no era la primera vez que lo contaban, y que la explicación entera no era sino una patraña. No podía atajar las bromas del buen Thomas, pero pensé que tenía un medio de llegarle al corazón; así que dije:

—Bueno, señor Bilder, consideraremos que se ha ganado el primer medio soberano, y que el otro medio está aguardando a que usted me cuente lo que cree que ocurrirá.

—Tiene razón, señor —dijo con viveza—. Espero que me perdone la broma pero la vieja me ha guiñado el ojo como diciéndome que siguiese.

—¡Eso no es verdad! —dijo la señora.

—Mi opinión es ésta: que el lobo está escondido en alguna parte. El jardinero que no recordaba dice que galopaba en dirección norte, más de prisa que un caballo; pero yo no lo creo; porque mire usted, señor, los lobos no galopan, como no galopan los perros, porque no están hechos para galopar. En los cuentos, los lobos son una buena pieza, y cuando van en manada y persiguen a algún animal más asustado que ellos, pueden armar un alboroto infernal y hacer picadillo lo que se ponga por delante. Pero, que el Señor nos bendiga, en la vida real, un lobo es una criatura humilde, no es ni la mitad de inteligente y atrevido que un buen perro, y en la pelea no vale ni la cuarta parte. Este que se ha escapado no está acostumbrado a pelear ni a buscársela, y lo más seguro es que ande por algún lugar del parque, asustado; y si es capaz de pensar, se estará preguntando de dónde va a sacar el almuerzo, o puede que haya corrido un poco más y esté en alguna carbonera. ¡Eso si no le ha dado un buen susto a alguna cocinera, si le ha visto brillarle los ojos en la oscuridad! Aunque si no le dan de comer, tendrá que buscarse algo, y puede que dé oportunamente con una carnicería. Si no es así, y alguna niñera se pone a pasear con su soldado y se deja al bebé en el cochecito..., bueno, no sería de extrañar que en el censo municipal hubiese un niño de menos. Eso es todo.

Le estaba dando el medio soberano, cuando algo dio contra la ventana, agitándose; y la cara del señor Bilder se alargó al doble de lo que la tiene, a causa de la sorpresa.

—¡Válgame Dios! —dijo—. ¡Pero si es el viejo Bersicker que vuelve él solito!

Fue a la puerta y la abrió, gesto que a mí me pareció innecesario. Siempre he pensado que nunca parece tan bonito un animal salvaje como cuando entre él y yo media un obstáculo de probada resistencia; cierta experiencia personal me confirma, más que refuta, esta teoría.

Sin embargo, no hay nada como la costumbre, pues Bilder y su mujer tenían tanto miedo del lobo como yo de un perro. Y el animal se mostraba pacífico y manso como el padre de todos los lobos de cuento, el antiguo amigo de Caperucita Roja, cuando andaba disfrazado, queriendo ganarse su confianza.

La escena fue una indescriptible mezcla de comedia y de patetismo. El lobo malvado, que durante medio día había paralizado Londres y había hecho temblar de terror a todos los niños de la ciudad, estaba allí, en actitud arrepentida, y era acogido y acariciado como una especie de hijo pródigo vulpino. El viejo Bilder lo examinó con la más tierna solicitud; y cuando hubo terminado con su penitente, dijo:

—Vaya, ya sabía yo que el viejo camarada se metería en algún lío, ¿no lo había dicho? Se ha cortado en la cabeza, y lleva un sinfín de cristalitos rotos. Ha debido de saltar alguna tapia. Es una vergüenza que dejen que la gente ponga botellas rotas en lo alto de las tapias. Después pasa lo que pasa. Ven, Bersicker.

Se llevó al lobo y lo encerró en una jaula, con un trozo de carne que cumpliría, en cantidad al menos, los requisitos elementales de un buen plato de ternera, y se fue a informar.

Y yo me he venido también a informar sobre los últimos acontecimientos de hoy, relacionados con la extraña fuga del zoológico.

DIARIO DEL DOCTOR SEWARD

17 de septiembre

Estaba ocupado en mi despacho, después de cenar, poniendo al día mis libros, ya que a causa de la urgencia de otros trabajos y las frecuentes visitas a Lucy los llevo bastante atrasados, cuando de pronto se abrió la puerta de golpe, y entró impetuoso mi paciente, con la cara contraída de furia. Me quedé paralizado, porque un paciente que entra de esas maneras en el despacho del director es un acontecimiento inusitado. Sin detenerse un instante, se abalanzó sobre mí. Llevaba un cuchillo de mesa en la mano, y al ver que era peligroso, traté de mantener el escritorio entre nosotros. Sin embargo, fue más rápido y más fuerte que yo, porque antes de que lograra recobrar el equilibrio, me lanzó un golpe, haciéndome un corte de consideración en la muñeca izquierda. Pero antes de que pudiese atacarme otra vez, le golpeé con la derecha, y cayó de espaldas cuan largo era. La muñeca me sangraba en abundancia, y se había formado un pequeño charco de sangre en la alfombra. Mi amigo renunció a seguir peleando, de modo que me dediqué a vendarme la herida, sin dejar de vigilar precavidamente a la figura tumbada. Cuando entraron corriendo los celadores, y nos volvimos hacia él, le descubrimos haciendo algo que producía náuseas. Estaba tumbado boca abajo en el suelo, lamiendo como un perro la sangre que me había caído de la muñeca. Le cogieron con facilidad y, para mi sorpresa, se dejó llevar tranquilamente por los celadores, sin dejar de repetir una y otra vez: «¡La sangre es vida! ¡La sangre es vida!»

No puedo permitirme perder sangre ahora: últimamente me han sacado demasiada para mi salud, y la prolongada tensión de la enfermedad de Lucy y sus horribles fases me están consumiendo a mí también. Estoy agotado y sobreexcitado, necesito descansar, descansar, descansar. Afortunadamente, Van Helsing no me ha llamado, así que no necesito renunciar a mi sueño, esta noche no podría resistir sin dormir.

TELEGRAMA DE VAN HELSING, ANTWERP, AL DOCTOR SEWARD, CARFAX

(Enviado a Carfax, Sussex, por no indicarse el condado; transmitido a las 22.00 horas)

17 de septiembre

Vaya a Hillingham esta noche. Si no vigila permanentemente, entre a menudo y mantenga flores en su sitio; muy importante, no deje de hacerlo. Me reuniré con usted en cuanto llegue.

DIARIO DEL DOCTOR SEWARD

18 de septiembre

Voy a coger el tren para Londres. La llegada del telegrama de Van Helsing me ha llenado de consternación. Toda una noche perdida, y sé por experiencia lo que puede haber sucedido. Naturalmente, es posible que haya ido todo bien; pero ¿qué *habrá* pasado? Sin duda se cierne sobre nosotros una maldición, de forma que siempre hay un accidente que desbarata todas nuestras previsiones. Llevaré conmigo el cilindro y completaré la grabación en el fonógrafo de Lucy.

NOTA DEJADA POR LUCY WESTENRA

17 de septiembre. Por la noche

Escribo esta nota para que la encuentren, a fin de que nadie se vea en dificultades por mi causa. Se trata de una relación exacta de lo que ha ocurrido esta noche. Siento que las fuerzas me abandonan y que voy a morir; apenas soy capaz de escribir, pero debo hacerlo aunque muera mientras escribo.

Me acosté como de costumbre, cuidando de que las flores estuviesen tal como había ordenado el doctor Van Helsing, y me dormí en seguida.

Me despertaron los aleteos en la ventana, aleteos que empezaron aquella noche en que salí sonámbula de casa y fui al acantilado de Whitby y me salvó Mina, y que ahora conozco tan bien. No me asustaron, pero hubiera preferido que el doctor Seward hubiese estado en la habitación de al lado, como dijo el doctor Van Helsing que estaría, para poderle llamar. Intenté dormir, pero no podía. Luego me vino el antiguo temor a quedarme dormida, y decidí mantenerme despierta. Perversamente, el sueño trataba de apoderarse de mí cuando yo no quería; así que, como me daba miedo estar sola, abrí la puerta y llamé: «¿Hay alguien por ahí?» Nadie me contestó. Temí despertar a mi madre, así que cerré la puerta otra vez. Entonces, oí en los matorrales una especie de aullido como de perro, aunque más feroz y profundo. Fui a la ventana y miré, pero no vi nada, salvo un enorme murciélago que evidentemente había estado golpeando la ventana con sus aleteos. Así que regresé a la cama de nuevo, aunque decidida a no dormir. Luego se abrió la puerta y se asomó mi madre; al ver que no estaba dormida, entró y se sentó junto a mí. Me dijo, más dulce y suavemente que nunca:

—Estaba preocupada por ti, cariño, y he venido a ver si estás bien.

Temí que cogiera frío, sentada allí, y le dije que se metiese en la cama conmigo; de modo que se acostó a mi lado, no se quitó la bata porque dijo que estaría un rato y luego regresaría a su habitación. Y mientras estábamos abrazadas las dos, volvieron a oírse los aleteos contra los cristales de la ventana. Ella se sobresaltó y se asustó un poco y exclamó:

—¿Qué es eso?

Traté de tranquilizarla; lo conseguí al fin, y se quedó callada, pero noté que su pobre corazón latía con terrible violencia. Al cabo de un rato se volvió a oír el aullido entre los arbustos, y poco después sonó un estrépito en la ventana, cayendo un montón de cristales rotos en el suelo de la habitación. El viento que se había levantado agitaba la persiana, y por el boquete que habían dejado los cristales rotos asomó la cabeza de un enorme lobo gris. Mi madre gritó asustada y trató de incorporarse agarrándose desesperadamente a lo que fuese para ayudarse. Entre otras cosas, se cogió a la guirnalda de flores que el doctor Van Helsing insistió en que me pusiera en el cuello, y me la arrancó. Se quedó sentada un segundo o dos, señalando al lobo, y de su garganta brotó un horrible estertor; luego se desplomó como fulminada por un rayo, su cabeza me golpeó en la frente, dejándome atontada unos instantes. Me daba vueltas la habitación y todo lo que me rodeaba. Yo tenía los ojos fijos en la ventana, y una miríada de puntitos luminosos parecían penetrar por el roto, girando y formando remolinos como esa columna de polvo que describen los viajeros que levanta el simún en el desierto. Traté de moverme, pero me sentía como hechizada, con el cuerpo de mi pobre madre, cada vez más frío —pues había dejado de latirle el corazón— tendido encima de mí, durante un rato no tuve conciencia de nada más.

Me dio la sensación de que no transcurrió mucho tiempo, pero fue muy, muy espantoso, hasta que recobré la conciencia otra vez. En algún lugar, no lejos, tañía una campana; los perros de los alrededores aullaban, y en nuestros arbustos, cerca de la casa, cantaba un ruiseñor. Yo me sentía torpe, embotada por el dolor, y el miedo y la debilidad, pero el canto del ruiseñor parecía como la voz de mi madre muerta que me llamaba para consolarme. Los ruidos despertaron a las doncellas también, ya que pude oír sus pies descalzos por el corredor. Las llamé y entraron; y cuando vieron lo que había sucedido, y qué era el cuerpo que yacía sobre mí, empezaron a gritar. El viento entraba por la ventana rota y batía la puerta contra el marco. Levantaron el cuerpo de mi pobre madre y lo tendieron en la cama, de la que me había levantado, cubriéndolo con una sábana. Estaban tan asustadas y nerviosas que las mandé que bajaran al comedor y se tomasen un poco de vino. La puerta se agitó un instante, y se cerró de golpe otra vez. Las doncellas soltaron un grito y echaron a correr hacia el comedor; coloqué todas mis flores en el pecho de mi madre. Después me acordé de lo que me había dicho el doctor Van Helsing, pero ya no se las quise quitar; además, ahora tendría a algunas de las criadas que me velasen. Me sorprendía que no hubiesen subido ya. Las llamé, pero no tuve respuesta, así que fui al comedor a buscarlas.

El corazón me dio un vuelco al descubrir el motivo. Las cuatro yacían en el suelo, inconscientes, respirando agitadamente. La licorera estaba en la mesa; olía a láudano, y al mirar en el aparador, vi que el frasco que el médico de mi madre utiliza para ella —¡oh, que utilizaba!— estaba vacío. ¿Qué voy a hacer? ¿Qué voy a hacer? He vuelto a la habitación, con mi madre. No puedo dejarla; y estoy sola, quitando a las criadas dormidas, a las que alguien ha drogado. ¡Sola con la muerte! No me atrevo a salir, ya que oigo los aullidos del lobo a través de la ventana rota.

El aire parece lleno de minúsculas notas que flotan y se arremolinan en la corriente que entra por la ventana, y las luces se vuelven azulencas y difusas. ¿Qué voy a hacer? ¡Dios mío, protégeme del peligro esta noche! Me esconderé este papel en el pecho, donde puedan encontrarlo cuando vengan a amortajarme. ¡Mi querida madre se ha ido! Es hora de que me vaya yo también. Adiós, Arthur, si no sobrevivo a esta noche. ¡Que Dios te proteja, amor mío, y me ayude a mí también!

12

DIARIO DEL DOCTOR SEWARD

18 de septiembre

Fui inmediatamente a Hillingham y llegué a primera hora de la mañana. Pedí al cochero que me esperase en la entrada y subí solo por la alameda. Llamé con suavidad a la puerta e hice sonar la campanilla discretamente, por temor a despertar a Lucy o a su madre, esperando que acudiese a abrir alguna de las criadas. Un rato después, viendo que no venía nadie, repetí los golpes en la puerta y los repiqueteos de campanilla, pero tampoco obtuve respuesta. Maldita la pereza de las sirvientas, que aún estaban en la cama a esas horas —eran ya las diez—, y volví a llamar, con más impaciencia, aunque siguió sin contestar nadie. Hasta aquí me había limitado a culpar a las criadas, pero ahora me asaltó un terrible temor. ¿Era este silencio un nuevo eslabón de la cadena fatal que parecía estrecharse cada vez más en torno nuestro? ¿Había venido la muerte a visitar la casa antes que yo? Sabía que unos minutos de demora, incluso unos segundos, podían significar horas de peligro para Lucy, si había sufrido otra vez una de sus recaídas, así que di un rodeo a la casa para ver si había posibilidad de introducirme en ella.

No había forma de entrar. Todas las puertas y ventanas estaban firmemente cerradas; regresé decepcionado al porche. Y en ese instante, oí el trote rápido de un caballo. Se detuvo ante la verja, y unos segundos después vi venir a Van Helsing corriendo por la avenida. Al descubrirme, jadeó:

—¡Ah!, ¿es usted? ¿Acaba de llegar? ¿Cómo está ella? ¿Llegamos demasiado tarde? ¿No recibió mi telegrama?

Le contesté, lo más de prisa y coherentemente que pude, que había recibido el telegrama por la mañana, y que había venido sin perder un segundo, pero que no había conseguido que me oyese nadie de la casa. El profesor se detuvo, se quitó el sombrero, y dijo solemnemente:

—Entonces me temo que hemos llegado demasiado tarde. ¡Que sea lo que Dios quiera! —Con su habitual capacidad para recuperarse, prosiguió—: Vamos. Si no hay ningún acceso, abriremos uno. El tiempo es vital para nosotros.

Fuimos a la parte de atrás de la casa, a donde da la ventana de la cocina. El profesor sacó una pequeña sierra quirúrgica de su maletín, y tendiéndomela, me señaló la reja que protege la ventana. Me puse manos a la obra, y poco después había cortado tres barrotes. Luego, con un cuchillo largo y delgado, hice saltar la falleba y abrí la ventana. Ayudé a entrar al profesor y luego le seguí. No había nadie en la cocina ni en las habitaciones adyacentes, que son las de las criadas. Fuimos abriendo todas las puertas a medida que avanzábamos, y en el comedor, escasamente iluminado por los rayos de luz que se filtraban por los postigos, descubrimos a cuatro criadas tendidas en el suelo. No se nos ocurrió pensar ni por un instante que estuviesen muertas, ya que sus estentóreas respiraciones y el acre olor a láudano que reinaba en la habitación no dejaba dudas sobre su estado. Nos miramos Van Helsing y yo, y mientras salíamos, dijo él:

—Después las atenderemos.

Seguidamente, subimos a la habitación de Lucy. Nos detuvimos un instante o dos en la puerta a escuchar, pero no se oía ningún ruido. Con cara pálida y manos temblorosas, abrimos la puerta suavemente y entramos en la habitación.

¿Cómo describir lo que vimos? En la cama yacían dos mujeres, Lucy y su madre. Ésta se encontraba en la parte de dentro, cubierta con una sábana blanca cuyo borde había apartado el viento que entraba por la ventana rota, dejando al descubierto un rostro blanco, contraído en una expresión de terror. A su lado yacía Lucy, con el rostro pálido y más contraído aún. Las flores de su cuello estaban ahora sobre el pecho de su madre, y mostraba la garganta descubierta, con las dos pequeñas heridas que ya le habíamos notado, aunque ahora tenían un aspecto horriblemente blanco y destrozado. Sin decir nada, el profesor se inclinó sobre la cama, de modo que su cabeza casi rozaba el pecho de la pobre Lucy, luego la ladeó como para escuchar, y enderezándose de un salto, exclamó:

—¡Aún no es demasiado tarde! ¡Rápido! ¡Rápido! ¡Tráigame coñac!

Bajé corriendo y volví con él, tomando la precaución de olerlo y probarlo, no fuera que estuviese drogado como la licorera del jerez que había visto sobre la mesa. Las doncellas aún roncaban, aunque con desasosiego, por lo que supuse que se les estaban disipando los efectos del narcótico. No me entretuve en cerciorarme, y corrí a reunirme con Van Helsing. Igual que la vez anterior, le frotó los labios y las encías con un poco de coñac, así como las muñecas y las palmas de las manos. Y me dijo:

—Todo lo que se puede hacer de momento es esto. Baje y despierte a las criadas. Azóteles la cara con una toalla mojada, y hágalo con cierta energía. Dígales que enciendan fuego y preparen un baño caliente. Esta pobre criatura está tan fría como el cuerpo que tiene a su lado. Necesitará calor, antes de que podamos hacer nada.

Bajé en seguida, y no me fue difícil despertar a tres de las mujeres. La cuarta era muy joven, y la droga la había afectado evidentemente bastante más, así que la levanté y la deposité en el sofá, dejándola que durmiese. Las otras se mostraron aturdidas al principio, pero al recordar lo ocurrido, empezaron a llorar y a sollozar histéricamente. Me puse severo con ellas, y no las dejé hablar. Les dije que ya era bastante que se hubiese perdido una vida, y que si se entretenían demasiado moriría también la señorita Lucy. Así que, llorando y sollozando, acudieron a sus quehaceres, a medio vestir como estaban, y prepararon el fuego y el agua. Afortunadamente, los fuegos de la cocina y de la caldera estaban todavía encendidos, y no hizo falta calentar agua. Preparamos el baño, transportamos a Lucy tal como estaba, y la metimos en la bañera. Cuando le estábamos frotando los brazos y las piernas, llamaron a la puerta. Una de las doncellas acudió corriendo, mientras se ponía apresuradamente algo más de ropa, y abrió. Luego regresó y dijo en voz baja que era un caballero que venía de parte del señor Holmwood. Le mandé que le dijese simplemente que esperara, que ahora no podíamos atender a nadie. Bajó con el recado y, absorto en nuestro trabajo, me olvidé por completo de él.

A lo largo de mi experiencia, jamás había visto trabajar al profesor con tanto ardor. Yo sabía —como él— que era una lucha a brazo partido con la muerte, y en una de las pausas así se lo dije. Me contestó algo que no entendí, aunque lo dijo con una expresión de tremenda gravedad reflejada en el semblante:

—Si no fuese más que eso, ahora mismo lo dejaría todo, y permitiría que expirase en paz, pues no vislumbro luz alguna de vida en el horizonte.

Siguió trabajando con renovado y, si es posible, más frenético ardor.

Poco después empezamos a notar que el calor empezaba a producir algún efecto. El corazón de Lucy se oía algo más con el estetoscopio, y sus pulmones se movían perceptiblemente. El rostro de Van Helsing casi resplendeció; y mientras la sacábamos del baño y la envolvíamos en una toalla caliente para secarla, me dijo:

—¡La primera victoria es nuestra! ¡Jaque al rey!

Llevamos a Lucy a otra habitación previamente preparada, la depositamos en la cama y le vertimos unas gotas de coñac en la boca. Observé que Van Helsing le ataba suavemente un pañuelo de seda alrededor del cuello. Aún se encontraba inconsciente, y estaba tan mal como la habíamos visto antes, si no peor.

Van Helsing llamó a una de las doncellas y le dijo que se quedase con su señorita y no le quitase la vista de encima hasta que regresáramos nosotros, luego me hizo una seña para que saliéramos de la habitación.

—Tenemos que deliberar sobre lo que debe hacerse —dijo mientras bajábamos por la escalera.

Al llegar al vestíbulo, abrió la puerta del comedor y nos metimos allí, cerrando después precavidamente. Las contraventanas estaban abiertas, pero las persianas habían sido bajadas, obedeciendo a esa etiqueta del luto que la mujer inglesa de clase llana observa siempre rígidamente. La habitación estaba por tanto, en penumbra. Sin embargo, había luz suficiente para lo que nos proponíamos. La severa expresión de Van Helsing se relajó un poco, asumiendo un gesto de perplejidad. Sin duda había algo que le torturaba la mente, de modo que aguardé un instante, hasta que dijo:

—¿Qué vamos a hacer ahora? ¿Adónde vamos a buscar ayuda? Hay que hacerle otra transfusión, y pronto; de lo contrario, la vida de la pobre joven no durará una hora. Usted está exhausto ya; yo estoy exhausto también. Temo confiar en estas mujeres, aunque tengan el valor de prestarse a la transfusión. ¿Dónde vamos a encontrar a alguien que quiera darle sangre?

—Bueno, ¿y yo qué?

La voz provenía del sofá, al otro lado de la habitación, y su timbre me produjo una inmensa alegría, ya que pertenecía a Quincey Morris. Van Helsing hizo un gesto de irritación al oírle, pero su rostro se apaciguó, y una expresión de satisfacción asomó a sus ojos, al exclamar yo, a la vez que corría hacia él con los brazos abiertos:

—¡Quincey Morris! ¿Qué te trae por aquí? —pregunté, mientras le estrechaba la mano.

—Vengo de parte de Art.

Me entregó un telegrama:

Tres días sin noticias de Seward. Terriblemente preocupado. Sigo aquí. Padre igual. Manda noticias Lucy. No tardes.

HOLMWOOD

—Creo que llego en el momento oportuno. Sólo tenéis que decirme qué debo hacer.

Van Helsing se acercó, le cogió la mano y, mirándole directamente a los ojos, dijo:

—La sangre de un valiente es lo mejor del mundo cuando hay una mujer en peligro. Es usted todo un hombre, de eso no cabe duda. Por mucho que el demonio maquine en contra nuestra, Dios nos envía a los hombres que necesitamos.

Nuevamente practicamos la espantosa operación. No me siento con ánimos para entrar en detalles. Lucy había sufrido una terrible impresión que la había dejado más postrada que nunca, pues aunque sus venas percibieron gran cantidad de sangre, su cuerpo no respondió al tratamiento tan bien como en las demás ocasiones. Su lucha por recobrar la vida era un espectáculo doloroso. Sin embargo, mejoró la actividad del corazón y de los pulmones, y Van Helsing le puso una inyección subcutánea de morfina, como antes, que le produjo un efecto beneficioso. Su desfallecimiento se convirtió en un profundo sueño. El profesor se quedó vigilando mientras yo bajaba con Quincey Morris y enviaba a una de las doncellas a pagarles a los cocheros que seguían esperando. Dejé a Quincey echado después de tomarse un vaso de vino, y le dije a la cocinera que preparase un buen desayuno. Luego me vino una idea, y volví a la habitación donde estaba Lucy ahora. Al entrar, calladamente, encontré a Van Helsing con un par de hojas de papel en la mano. Era evidente que las había leído, y estaba meditando, sentado, con la mano en la frente. Había una expresión de sombría satisfacción en su semblante, como el que ha resuelto una duda. Me tendió el papel, y dijo por toda explicación:

—Se le han caído a Lucy del pecho cuando la trasladábamos al baño.

Después de leerlas, me quedé mirando al profesor y, tras una pausa, le pregunté:

—¡En nombre de Dios!, ¿qué significa esto? ¿Está loca, o qué clase de horrible peligro es el que corre?

Me había quedado tan perplejo, que no supe decir nada más. Van Helsing alargó la mano y cogió el papel, diciendo:

—No se preocupe de eso, ahora. Olvídelo. Ya lo sabrá todo y lo entenderá a su debido tiempo; aunque tendrá que ser más tarde. Y ahora, ¿qué es lo que venía a decirme?

Esto me devolvió a la realidad, y me recobré.

—Venía a hablarle del certificado de defunción. Si no cumplimos todas las formalidades, puede haber una investigación, y saldría a la luz este papel. Confío en que no habrá necesidad de ninguna encuesta, porque eso mataría a la pobre Lucy, después de que no lo ha logrado todo lo demás. Yo sé, y usted también lo sabe, y lo mismo el doctor que la atendía, que la señora Westenra padecía del corazón, y podemos certificar que murió por esa causa. Redactemos el certificado inmediatamente, y yo mismo lo llevaré al registro y me acercaré a la funeraria.

—¡Muy bien, amigo John! ¡Bien pensado! Verdaderamente, si la señorita Westenra se ve acosada por enemigos implacables, al menos tiene la dicha de contar con amigos que la quieren. Uno, dos, tres, todos abren sus venas para ella, además de hacerlo este viejo. ¡Ah, sí!; lo sé, amigo John. ¡No estoy ciego! ¡Y por esa razón le aprecio a usted más! Ahora vamos.

En el vestíbulo me encontré con Quincey Morris, que había redactado un telegrama para Arthur comunicándole que la señora Westenra había muerto; que Lucy había estado grave también, aunque ahora se encontraba mejor; y que Van Helsing y yo estábamos con ella. Le expliqué adonde iba, y me dejó ir, pero al salir, dijo:

—Cuando vuelvas, Jack, quiero hablar contigo; ¿de acuerdo?

Le hice un gesto afirmativo y salí corriendo. No tuve dificultades en la presentación del certificado, y avisé a la funeraria local para que fuera por la tarde a tomar medidas para el ataúd y hacer todos los preparativos.

Al regresar, Quincey me estaba esperando. Le dije que me reuniría con él en cuanto viera cómo se encontraba Lucy, y subí a su habitación. Aún estaba dormida, y el profesor no se había movido de su butaca, junto a ella. Se llevó el dedo a los labios, lo cual me dio a entender que calculaba que no tardaría en despertarse, y temía que lo hiciese antes de tiempo. Así que bajé con Quincey y le llevé al cuarto de estar, donde las persianas no estaban bajadas, y era un poco más alegre —o más bien menos lúgubre— que las demás habitaciones. Cuando estuvimos solos, me dijo:

—Jack Seward, no quiero meterme en donde no me llaman, pero esto no es un caso ordinario. Tú sabes que yo amaba a esa muchacha y quería casarme con ella; y aunque eso es cosa pasada, no puedo dejar de sentirme preocupado. ¿Qué es lo que pasa? El holandés (que a lo que se ve, es una buena persona) dijo cuando entrasteis en la habitación que había que hacerle *otra* transfusión, y que vosotros estabais exhaustos. Ahora bien, sé que los médicos habláis a puerta cerrada y que nadie espera enterarse de lo que vosotros deliberáis en privado. Pero este caso no es corriente y, sea como sea, he desempeñado mi parte. ¿No es así?

—Así es —dije.

—Deduzco —prosiguió— que tú y Van Helsing habéis hecho ya lo que yo he hecho hoy. ¿No es así?

—Así es.

—Y supongo que Arthur también, porque cuando le vi, hace cuatro días, parecía muy decaído. No había observado un decaimiento tan rápido desde que estuve en las Pampas, y tenía una yegua aficionada a salir a pastar por la noche. Una de las veces la cogió uno de esos grandes murciélagos que llaman vampiros, le abrió la vena, y no le dejó sangre para volverse a enderezar; tuve que rematarla allí mismo. Jack, si no supone romper ningún secreto profesional, dime si Arthur fue el primero; ¿es así?

Mientras hablaba, el pobre muchacho parecía terriblemente inquieto. Le angustiaba toda esta incertidumbre en torno a la mujer que amaba, y su total ignorancia del terrible misterio que parecía envolverla aumentaba su dolor. Le sangraba el corazón, y tenía que apelar a toda su hombría —y no es poca la que tiene—, para evitar el desmoronamiento. Guardé silencio antes de contestar, ya que no debía traicionar nada que el profesor deseara mantener en secreto; pero ya sabía tantas cosas, y adivinaba tanto, que no había razón para no contestarle; de modo que repetí las mismas palabras:

—Así es.

—¿Y desde cuándo viene ocurriendo esto?

—Desde hace diez días.

—¡Diez días! Entonces supongo, Jack Seward, que esa pobre criatura a la que todos amamos ha recibido en sus venas, en ese tiempo, la sangre de cuatro hombres robustos. Teóricamente, su cuerpo no la podría contener. —Y acercándose a mí, me preguntó en una especie de susurro feroz—: ¿Quién se la quita?

Moví la cabeza.

—Ése es el misterio —dije—. A Van Helsing le tiene desesperado el problema, en cuanto a mí, no sé qué pensar. No tengo ni la menor sospecha. Ha habido una serie de circunstancias que han desbaratado todas nuestras previsiones para vigilar convenientemente a Lucy. Pero no volverá a ocurrir. Permaneceremos aquí hasta que todo se resuelva... bien o mal. —Quincey tendió la mano.

—Contad conmigo —dijo—. Tú y el holandés me diréis qué debo hacer, y lo haré.

Cuando Lucy se despertó, avanzada ya la tarde, su primer gesto fue llevarse la mano al pecho; y para mi sorpresa, sacó el papel que

Van Helsing me había dado a leer. El cuidadoso profesor lo había vuelto a colocar donde había estado, a fin de que no se alarmara cuando despertase. Sus ojos se iluminaron al vernos a Van Helsing y a mí, y se alegró. Luego miró en torno suyo, por la habitación, y al ver dónde estaba, se estremeció, profirió un grito y se llevó sus delgadas manos a la cara. Comprendimos lo que significaba: acababa de volverle plenamente a la conciencia la muerte de su madre, así que hicimos cuanto pudimos por consolarla. Evidentemente, la simpatía la confortó algo, pero estaba muy débil y abatida, y lloró en silencio durante largo rato. Le dijimos que estaríamos con ella el tiempo que fuera necesario, y eso pareció tranquilizarla. Hacia el anochecer se adormiló. Entonces sucedió algo muy extraño. Mientras dormía, se sacó el papel del pecho y lo rompió. Van Helsing se acercó y le cogió los pedazos. Entretanto, ella siguió haciendo el movimiento de romperlo, como si aún lo tuviese en las manos; después, las levantó y las abrió como esparciendo los trocitos. Van Helsing se quedó sorprendido, y arrugó el ceño como si pensase algo, pero no dijo nada.

19 de septiembre

Anoche Lucy durmió a ratos todo el tiempo, con miedo a quedarse dormida, y sintiéndose más débil cada vez que se despertaba. Nos estuvimos turnando el profesor y yo para velarla, y no la dejamos sola ni un momento. Quincey Morris no dijo nada, pero sé que estuvo montando guardia toda la noche alrededor de la casa.

Cuando amaneció, la luz del día nos reveló los estragos que habían sufrido las fuerzas de la pobre Lucy. Apenas era capaz de volver la cabeza, y el poco alimento que pudo tomar no pareció sentarle bien. Dormía a ratos, y Van Helsing y yo observamos la diferencia que había en ella de cuando dormía a cuando estaba despierta.

Dormida parecía más fuerte, aunque más macilenta, y su respiración se volvía más sosegada; su boca abierta mostraba unas encías pálidas y retiradas de los dientes, por lo que éstos parecían más largos y afilados de lo habitual; cuando despertaba, la suavidad de sus ojos cambiaba evidentemente su expresión, y recobraba su aspecto de siempre, aunque era el de una moribunda. Por la tarde pidió ver a Arthur, y le telegrafiamos. Quincey fue a buscarle a la estación.

Eran casi las seis cuando llegó; el sol se estaba poniendo, cálido y lleno, y su luz rojiza entraba por la ventana y daba más color a sus blancas mejillas.

Al verla, se sintió sencillamente embargado de emoción, y ninguno de nosotros pudo hablar. En las últimas horas, los períodos de sueño —o de estado comatoso— habían sido más frecuentes, de forma que los intervalos en los que conversaba eran más breves. Sin embargo, la presencia de Arthur pareció estimularla; se recobró un poco y habló más animadamente que cuando estábamos nosotros solos. Él también hizo acopio de valor y se mostró lo más alegre que pudo, de forma que ambos pusieron de su parte.

Ahora es casi la una, y él y Van Helsing se han quedado junto a ella. Tengo que relevarles dentro de un cuarto de hora; entretanto, grabo esto con el fonógrafo de Lucy. Tratarán de descansar hasta las seis.

Me temo que mañana terminarán nuestras vigilias, ya que el golpe ha sido demasiado fuerte: la pobre criatura no tiene fuerzas para recuperarse.

Que Dios nos ayude a todos.

CARTA DE MINA HARKER A LUCY WESTENRA

(No abierta por ella)

17 de septiembre

Queridísima Lucy:

Me parece que hace un *siglo* que no tengo noticias tuyas, y que no te escribo. Pero sé que me perdonarás cuando leas lo que tengo que contarte. Verás: por fin he traído de regreso a mi esposo; cuando llegamos a Exeter, había un coche esperándonos, y en él estaba el señor Hawkins, a pesar de su ataque de gota. Nos llevó a su casa, donde nos había preparado unas cómodas y confortables habitaciones, y cenamos juntos. Después de la cena, dijo el señor Hawkins:

—Brindo por vuestra salud y prosperidad, y os deseo toda la dicha del mundo. Os conozco a los dos desde que erais pequeños, y os he visto crecer con cariño y orgullo. Ahora quiero que sea éste vuestro hogar. No tengo conmigo ni hijo ni hija, me he quedado sin familia, así que os lo he dejado todo en mi testamento.

Te confieso, Lucy, que lloré mientras Jonathan y el anciano se estrechaban la mano. Nuestra velada fue muy, muy feliz. Y aquí estamos, instalados en esta casa hermosa y antigua; desde mi habitación y desde el salón puedo ver los grandes olmos del recinto de la catedral, con sus grandes ramas negras extendidas ante sus piedras viejas y amarillas, y puedo oír los grajos, arriba, graznar y graznar y charlar y parlotear todo el día como hacen los grajos... y también las personas. No hace falta que te diga lo ocupada que estoy ordenando cosas y llevando la casa. Jonathan y el señor Hawkins están atareados todo el día, porque como Jonathan se ha convertido en socio, el señor Hawkins quiere ponerle al corriente acerca de todos los clientes.

¿Cómo se encuentra tu madre? Me gustaría ir a la ciudad un día o dos para veros, pero no me atrevo, con tantas responsabilidades sobre mí; y Jonathan necesita cuidados todavía. Está empezando a recuperar un poco de peso, pero se había quedado terriblemente flojo, después de su larga enfermedad; incluso ahora sufre sobresaltos en sueños, y se despierta temblando, hasta que consigo tranquilizarle otra vez. Pero gracias a Dios, estas cosas son cada vez menos frecuentes a medida que pasan los días, y confío en que, con el tiempo, se le irán por completo. Bueno, y ahora que te he contado todas mis cosas, permíteme que te pregunte sobre ti. ¿Cuándo os vais a casar, y dónde, y quién va a celebrar la ceremonia, y cómo vas a ir vestida? ¿Va a ser una boda con muchos invitados, o íntima? Cuéntamelo todo, querida Lucy; cuéntamelo todo, porque no hay nada tuyo que no sea de interés para mí. Jonathan me pide que te mande sus «respetuosos saludos», pero no creo que esté bien ese formulismo por parte del joven socio de la importante firma Hawkins & Harker, así que como tú me quieres a mí, y él me quiere a mí, y yo os quiero a los dos con todo mi corazón y en todos los tiempos del verbo, te envío simplemente «cariños» de su parte. Hasta pronto, queridísima Lucy, te mando mis mejores deseos.

Tuya,

MINA HARKER

INFORME DEL DOCTOR PATRICK HENNESSEY, M. D., M. R. C. S., L. K. Q. C. P. I., ETC., ETC., AL DOCTOR JOHN SEWARD

20 de septiembre

Distinguido colega:

De acuerdo con sus deseos, le escribo para informarle del estado de los pacientes que ha dejado a mi cargo... En cuanto a Renfield, hay bastante que contar. Ha sufrido otra crisis que podía haber tenido un final espantoso, pero tal como ha sucedido, afortunadamente, no ha tenido mayores consecuencias. Esta tarde ha llegado a la casa deshabitada, cuyo terreno linda con el nuestro —casa a la que nuestro paciente huyó dos veces, como recordará—, un carro de transportes con dos hombres. Los hombres se detuvieron ante nuestra verja para preguntar al portero la dirección que traían, ya que eran forasteros. Yo mismo estaba asomado a la ventana, fumando después de la cena, y vi a uno de ellos acercarse a nuestro edificio. Al pasar junto a la ventana de Renfield, el paciente empezó a insultarle desde dentro, soltándole todos los improperios que le venían a la lengua. El hombre, que parecía persona bastante sensata, se limitó a contestarle: «Haga el favor de cerrar esa cochina boca»; entonces, nuestro paciente le acusó de venir a robarle y de querer matarle, y dijo que él le pararía los pies, aunque le ahorcaran por ello. Abrí la ventana e hice una seña al hombre para que no hiciese caso; entonces echó una ojeada al edificio, y al darse cuenta de dónde estaba, exclamó: «¡Que Dios le bendiga, señor!, poco importa lo que me digan en un manicomio. Les compadezco a usted y a su jefe, por tener que convivir con una bestia salvaje como ésa». Luego preguntó cortésmente su dirección, y le dije cuál era la entrada de la casa vacía; se marchó, seguido de las amenazas, maldiciones e injurias de nuestro paciente. Bajé a ver si podía averiguar la causa de su irritación, ya que habitualmente es un hombre de comportamiento tranquilo, y salvo sus contados accesos de violencia, no había ocurrido jamás una cosa parecida. Para mi asombro, le encontré completamente sereno y, a su manera, de lo más afable. Quise hacerle hablar sobre el incidente, pero me preguntó con toda mansedumbre a qué me refería, tratando de hacerme ver que lo había olvidado por completo. Siento decir sin embargo, que era una muestra más de su astucia, pues menos de media hora después volvió a crear problemas. Esta vez había roto la ventana, había salido, y huía corriendo por la avenida. Grité a los celadores para que le siguiesen, y eché a correr tras él, ya que temía que intentase alguna tropelía. Mis temores se vieron justificados cuando vi el mismo carro que había pasado por delante de nuestra institución, que ya se alejaba por la carretera cargado de cajones. Los hombres se secaban la frente y tenían la cara colorada, como después de un trabajo penoso. Antes de alcanzar yo al paciente, éste se abalanzó sobre ellos, arrojó a uno del carro y empezó a golpearle la cabeza contra el suelo. Si no llego a cogerle en ese instante, creo que lo habría matado allí mismo. El otro saltó y le pegó en la cabeza con el mango de su látigo. Fue un golpe terrible, pero no pareció hacerle nada, porque lo agarró también, y forcejeó con nosotros tres, zarandeándonos como si fuésemos de trapo. Usted sabe que no soy persona de poco peso, y los otros dos eran hombres fornidos. Al principio peleó en silencio, pero cuando empezábamos a dominarle, y los celadores le estaban poniendo la camisa de fuerza, comenzó a gritar: «¡No les dejaré! ¡No me robarán! ¡No me matarán poco a poco! ¡Lucharé defendiendo a mi Dueño y Señor!», y toda clase de desatinos por el estilo. Con muchísima dificultad, consiguieron volverlo a traer a la casa y meterle en la habitación acolchada. Uno de los celadores, Hardy, se rompió un dedo. Pero he conseguido ponérselo bien, y parece que se le curará.

Los dos carreteros, al principio, daban voces amenazando con exigirnos daños y perjuicios, y jurando hacer caer sobre nosotros todo el peso de la ley. Sin embargo, sus amenazas se mezclaban con una especie de velada disculpa por la derrota sufrida ante un simple enfermo mental. Dijeron que si no hubiese sido por los esfuerzos que acababan de hacer, levantando y cargando en el carro aquellos pesados cajones, se habrían hecho con él en un momento. Otra razón que dieron de su derrota fue lo tremendamente resecos que estaban por el carácter polvoriento de su oficio, y la considerable distancia que había del lugar de trabajo a cualquier taberna. Comprendí la indirecta y, tras un buen vaso de grog, o algo más, y un soberano a cada uno, dejaron de tomarse en serio el ataque y juraron que ya traerían ellos algún día a un loco peor, por el gusto de enfrentarlo a «ese tipo simpático». Les tomé el nombre y la dirección por si hiciera falta. Son éstos: Jack Smollet, de Dudding's Rents, King George's Road, Great Walworth, y Thomas Snelling, Peter Parley's Row, Guide Court, Bethnal Green. Los dos trabajan para Harris & Sons, Compañía de Mudanzas y Transportes, Orange Master's Yard, Soho.

Le informaré de cualquier cosa de interés que ocurra aquí, y le telegrafiaré inmediatamente si sucede algo de importancia. Entretanto, le saluda atentamente,

PATRICK HENNESSEY

CARTA DE MINA HARKER
A LUCY WESTENRA

(No abierta por ella)

18 de septiembre

Queridísima Lucy:

Nos ha sucedido una horrible desgracia. El señor Hawkins ha fallecido de repente. Hay quien piensa que no es un suceso demasiado doloroso para nosotros, pero habíamos llegado a quererle tanto que verdaderamente parece como si hubiéramos perdido a nuestro padre. Yo no llegué a conocer a mis padres, así que la muerte de este anciano ha sido un golpe muy duro para mí. Jonathan está terriblemente afectado. No es sólo que sienta dolor por este hombre bueno que le ha ayudado toda la vida, y ahora, al final, le ha tratado como si fuese su propio hijo, dejándole unos bienes que, para unas personas modestas como nosotros, suponen una fortuna más grande de lo que podría soñar la avaricia, sino que Jonathan lo siente por otra razón. Dice que la responsabilidad que ahora pesa sobre él le llena de desasosiego. Empieza a dudar de sí mismo. Yo trato de animarle, y el que yo crea en *él* contribuye a que cobre confianza en sí mismo. Pero es en eso donde más le ha afectado la grave pérdida que ha tenido. ¡Ah, qué lástima que una naturaleza afable, sencilla, noble y fuerte como la suya —una naturaleza que le ha permitido elevarse en pocos años, con la ayuda de nuestro buen y querido amigo, de simple oficinista a la categoría de jefe—, haya quedado tan dañada que la misma esencia de su fuerza se ha debilitado por completo! Perdóname, querida Lucy, que te hable de todos mis problemas en estos momentos en que eres tan feliz, pero necesito contárselos a alguien, pues el esfuerzo de mostrarme alegre y animosa delante de Jonathan me cansa, y no tengo a nadie a mi lado en quien pueda confiar. Temo ir a Londres, cosa que tendremos que hacer pasado mañana, ya que el pobre señor Hawkins ha dejado escrito en su testamento que se le entierre en la tumba de su padre. Como no hay parientes, será Jonathan quien presida el duelo. Intentaré pasar a verte, querida, aunque sólo sea unos minutos. Perdona el haberte soltado todos estos problemas. Te manda sus mejores deseos y te quiere, tu amiga,

MINA HARKER

DIARIO DEL DOCTOR SEWARD

20 de septiembre

Sólo la decisión y el hábito me inclinan a grabar algo esta noche. Me siento tan deprimido, tan abatido, tan hastiado del mundo y de todo, incluso de la vida misma, que si oyese batir las alas del ángel de la muerte, y son esas alas las que se han estado agitando últimamente

—la madre de Lucy, el padre de Arthur, y ahora...—, me tendría sin cuidado. Pero seguiré con mi obligación.

Fui a relevar a Van Helsing junto a la cabecera de Lucy. Decidimos que descansara Arthur también, aunque al principio se negó. Sólo cuando le dije que queríamos que nos ayudase durante el día, y que no debíamos desmoronarnos todos por falta de descanso, no fuera que Lucy sufriese las consecuencias, accedió a irse. Van Helsing se portó muy amablemente con él.

—Vamos, hijo —dijo—, venga conmigo. Está usted debilitado y enfermo; ha soportado muchos sufrimientos y mucho dolor, además de la merma de fuerzas que todos sabemos. No debe quedarse solo, pues cuando uno está solo, se siente asaltado por los temores y las alarmas. Vamos al salón, donde hay un buen fuego y dos sofás. Usted se tumbará en uno, y yo en el otro, y nos consolará estar juntos, aun cuando no hablemos o nos durmamos.

Arthur salió con él, y se volvió para echar una mirada anhelante al rostro de Lucy, cuya cabeza descansaba sobre la almohada, casi más blanca que el lino. Estaba completamente inmóvil. Eché una mirada a la habitación para cerciorarme de que todo estaba como debía. Comprobé que el profesor seguía utilizando las flores de ajo en esta habitación igual que en la otra: las hojas de la ventana rebosaban de flores, y alrededor del cuello de Lucy, sobre el pañuelo de seda que Van Helsing le hizo ponerse, había una guirnalda también. Lucy respiraba con cierta dificultad, y su rostro tenía peor aspecto que nunca, pues su boca abierta descubría unas encías pálidas. Los dientes, en la penumbra, parecían más largos y afilados que por la mañana. Especialmente, y por algún efecto óptico, los colmillos parecían mucho más largos y afilados que el resto. Me senté junto a ella y poco después la vi removerse inquieta. En ese mismo instante se oyó una especie de aleteo o golpeteo apagado en la ventana. Me acerqué con sigilo y atisbé por una ranura de la persiana. Había luna llena, y pude observar que el ruido aquel lo producía un gran murciélago que revoloteaba —indudablemente atraído por la luz, aunque era muy débil—, y chocaba de cuando en cuando con sus alas en la ventana. Al regresar a mi butaca, me encontré con que Lucy se había movido ligeramente y se había quitado las flores del cuello. Se las volví a colocar como pude y seguí observándola.

Al poco rato se despertó, y le di su alimento como Van Helsing había prescrito. Comió muy poco y sin gana. No parecía haberse entablado en ella esa lucha inconsciente por recobrar la vida y la fuerza, mantenida hasta ahora a lo largo de toda su enfermedad. Me chocó que, en el momento de despertar, apretara las flores de ajo contra su pecho. Era extraño: cada vez que caía en estado letárgico, en el que la respiración se volvía estertorosa, se quitaba las flores; y cuando despertaba, las apretaba contra sí. No había posibilidad de error en esto, ya que durante las largas horas que siguieron se despertó numerosas veces, repitiendo siempre esos mismos gestos al dormirse y al despertar.

A las seis, Van Helsing vino a relevarme. El cansancio había vencido a Arthur por completo, y el profesor le había dejado que siguiese durmiendo. Cuando vio el rostro de Lucy, le oí aspirar de manera sibilante, y me dijo en un acerado susurro:

—¡Levante la persiana; quiero luz!

Se inclinó, pegando casi su rostro al de Lucy y la examinó atentamente. Quitó las flores y le retiró de la garganta el pañuelo de seda. Al hacerlo, retrocedió, y le oí exclamar: *«Mein Gott!»*, con una voz que se le ahogó en la garganta. Me incliné a mirar también, y me invadió un extraño escalofrío.

Las heridas del cuello habían desaparecido por completo.

Durante cinco minutos enteros, Van Helsing permaneció mirando a Lucy fijamente, con expresión grave. Luego se volvió hacia mí, y dijo con tranquilidad:

—Se está muriendo. Ya le queda poco. Recuerde esto: es importante que esté consciente en el momento de expirar; sería muy distinto, si se muriese dormida. Despierte a ese pobre muchacho y hágale venir a ver el desenlace; confía en nosotros, y se lo hemos prometido.

Bajé al comedor y le desperté. Se quedó aturdido un momento, pero al darse cuenta de que entraba el sol por las ranuras de las persianas pensó que era tarde, y su rostro reflejó temor. Le aseguré que Lucy estaba dormida aún, pero le dije, lo más suavemente que pude, que Van Helsing y yo temíamos que se acercaba el final. Se cubrió el rostro con las manos y se escurrió del sofá, cayendo de rodillas, así se quedó, quizás un minuto, con el rostro oculto, rezando, mientras sus hombros se sacudían con los sollozos. Le cogí de la mano y le levanté.

—Vamos, amigo mío —le dije—; debes apelar a todo tu valor, de esa manera será más fácil para ella.

Cuando entramos en la habitación de Lucy, observé que Van Helsing, con su habitual previsión, había procurado que ella tuviera el mejor aspecto posible. Incluso le había cepillado el pelo, de modo que sus espléndidos rizos se desplegaban sobre la almohada. En el momento de entrar nosotros, abrió los ojos, y al ver a Arthur, susurró con suavidad:

—¡Arthur! ¡Oh, amor mío, qué alegría que hayas venido!

Arthur se inclinó para besarla, pero Van Helsing le contuvo.

—¡No, todavía no! —susurró—. Cójale la mano, eso la reconfortará más.

De modo que Arthur le cogió la mano y se arrodilló junto a ella. Lucy estaba muy bonita, y sus dulces facciones competían con la belleza de sus ojos. Luego cerró los párpados y se sumió en un sueño. Durante un momento, su pecho se movió suavemente, y su respiración parecía la de una criatura cansada.

Luego, insensiblemente, se operó en ella un extraño cambio que yo le había notado durante la noche. La respiración se volvió estertorosa, abrió la boca, y sus pálidas encías, retraídas hacia arriba, dieron a sus dientes un aspecto más largo y afilado que nunca. En una especie de somnolencia vaga, inconsciente, abrió los ojos, ahora más apagados y más duros a la vez, y dijo con voz voluptuosa, como jamás habíamos oído de sus labios:

—¡Arthur! ¡Oh, amor mío, cuánto me alegra que hayas venido! ¡Bésame!

Arthur se inclinó anhelante para besarla, pero en ese momento Van Helsing —quien, como yo, se había sobresaltado al oír el cambio de su voz— se abalanzó sobre él y, cogiéndole por el cuello con las dos manos, lo echó hacia atrás con una fuerza inimaginable en él y le arrojó materialmente al otro extremo de la habitación.

—¡No lo haga! —exclamó—, ¡por el alma de usted y la de ella, no lo haga! —Y se colocó entre los dos como un león acosado.

Arthur se quedó tan estupefacto, que durante un instante no

supo qué hacer ni qué decir; y antes de dejarse llevar por cualquier impulso violento, se dio cuenta del lugar y del momento, y guardó silencio, esperando.

Yo tenía la mirada fija en Lucy, igual que Van Helsing, y vimos fluctuar, como una sombra, un espasmo de furia por su rostro; apretó los dientes afilados. Luego, cerró los ojos, y respiró con dificultad.

Muy poco después volvió a abrirlos con toda suavidad, y, alargando una mano pálida y delgada, cogió la mano morena de Van Helsing, la atrajo hacia sí, y la besó:

—Mi fiel amigo —dijo con voz desfallecida, pero con intenso patetismo—; ¡y amigo de él, también! ¡Oh, vele por él y haga que viva en paz!

—Se lo juro —dijo el profesor solemnemente, arrodillándose junto a ella con su mano cogida, como el que presta juramento. Luego se volvió hacia Arthur, y le dijo—: Acérquese, hijo; cójale las manos y bésele la frente, pero sólo una vez.

En vez de sus labios, se encontraron sus ojos, y así se despidieron.

Los ojos de Lucy se cerraron; Van Helsing, que había estado observando atentamente, cogió a Arthur del brazo y le apartó.

La respiración de Lucy se volvió estertorosa otra vez, y de repente, cesó.

—Se acabó —dijo Van Helsing—. ¡Ha expirado!

Cogí a Arthur por el brazo y le llevé al salón; se sentó allí y se cubrió la cara con las manos, sollozando de una forma que casi me hizo perder el valor.

Regresé a la habitación y encontré a Van Helsing observando a la pobre Lucy con una expresión más grave que nunca. El cuerpo de Lucy había experimentado un cambio. La muerte le había restituido parte de su belleza, pues su frente y sus mejillas habían recobrado un poco la redondez de líneas; incluso sus labios habían perdido su mortal palidez. Era como si la sangre, al no necesitarla el corazón para funcionar, hubiera subido a dulcificar la acritud de la muerte.

Parecía que agonizaba cuando dormía,
Y que dormía cuando murió.

Me acerqué a Van Helsing, y le dije:

—Pobre muchacha, al fin ha encontrado la paz. ¡Ha muerto!

El profesor se volvió hacia mí, y dijo con grave solemnidad:

—¡Ah!, ¡no, no es así! ¡Esto no es más que el principio!

Al preguntarle qué quería decir, movió la cabeza, y contestó:

—Aún no se puede hacer nada. Hay que esperar.

13

DIARIO DEL DOCTOR SEWARD

(Continuación)

Acordamos que se celebrase el funeral a los dos días, de forma que Lucy y su madre pudiesen ser enterradas juntas. Me ocupé de todas las penosas formalidades, y el cortés empresario de la funeraria probó que sus empleados adolecían —o estaban dotados— de su misma obsequiosa untuosidad. Incluso la mujer que prestó las últimas atenciones a las difuntas me comentó, a la manera confidencial de quien pertenece a una profesión del mismo ramo, mientras salía de la cámara mortuoria:

—Es una preciosidad de cadáver, señor. Es un verdadero privilegio atenderla. ¡No exagero si le digo que honrará a nuestro establecimiento!

Observé que Van Helsing no se marchaba. Quizás a causa del desorden de cosas que reinaba en la casa. No tenían parientes que viviesen cerca, y como Arthur debía regresar al día siguiente para asistir al funeral de su padre, no pudimos notificarlo a nadie. En estas circunstancias, Van Helsing y yo asumimos el deber de examinar documentos, etc.

El profesor insistió en echar un vistazo personalmente a los papeles de Lucy. Le pregunté por qué, ya que temía que siendo extranjero, no conociese los procedimientos legales ingleses y se tomase molestias innecesarias. Me contestó:

—Los conozco, los conozco; olvida usted que además de médico soy abogado. Pero no se trata de intereses legales solamente. Usted lo sabe, al querer evitar que intervenga el forense. Yo tengo más motivos para evitarlo. Puede que haya más papeles... como éste.

Mientras hablaba, sacó de su cuaderno la nota que Lucy se había guardado en el pecho, y que había roto dormida.

—Cuando averigüe las señas del abogado de la señora Westenra selle todos los documentos y escríbale esta noche. Por mi parte, vigilaré toda la noche en la antigua habitación de la señorita Lucy, y miraré a ver qué hay. No estaría bien que sus pensamientos más íntimos fueran a parar a manos extrañas.

Seguí con mi parte de trabajo, y media hora después había encontrado el nombre y la dirección del abogado de la señora Westenra, y le había escrito. Todos los documentos de la pobre señora estaban en orden; había instrucciones explícitas respecto al lugar donde debía ser enterrada. No bien hube cerrado la carta cuando, para mi sorpresa, entró Van Helsing diciendo:

—¿Puedo ayudarle, amigo John? Yo he terminado, así que si le hago falta, estoy a su entera disposición.

—¿Ha encontrado lo que buscaba? —pregunté, a lo que me contestó:

—No buscaba nada en particular. Sólo esperaba encontrar, y he encontrado, todo lo que había: algunas cartas, unas pocas anotaciones y un diario recién empezado. Pero lo tengo todo aquí, y de momento no diremos nada a nadie. Veré a ese pobre muchacho mañana por la noche, y si nos da su autorización, utilizaremos algunos de estos papeles.

Cuando terminamos el trabajo que teníamos entre manos, me dijo:

—Bueno, amigo John; creo que podemos irnos a acostar. Necesitamos dormir, usted y yo, y descansar y recuperarnos. Tenemos muchas cosas que hacer mañana; esta noche no hacemos falta ya, por desgracia.

Antes de marcharnos, fuimos a ver a la pobre Lucy. Los de la funeraria habían hecho un buen trabajo, habían convertido la habitación en una pequeña *chapelle ardente*. Había infinidad de hermosas flores blancas, haciendo que la muerte pareciese lo menos repulsiva posible.

Lucy tenía el rostro cubierto con un extremo de la mortaja; el profesor se inclinó y lo retiró suavemente, y nos quedamos impresionados ante la belleza de su semblante, perfectamente iluminado por la luz de los cirios. Lucy había recobrado todo su encanto al morir, y las horas que habían transcurrido, en vez de dejar las huellas de «los dedos borradores de la descomposición», le habían restituido la belleza de la vida hasta el punto de que no podía creer lo que veían mis ojos, y que era un cadáver lo que tenía delante.

El profesor estaba muy serio. No la había amado como yo, y no había razón para que asomasen lágrimas a sus ojos. Me dijo:

—No se mueva, ahora vuelvo. —Y salió de la habitación.

Regresó con un manojo de flores de ajo silvestre, cogido de la caja que había sin abrir en el vestíbulo, y las colocó entre las demás, alrededor de la cama. A continuación se quitó del cuello un pequeño crucifijo de oro, y se lo puso sobre la boca. Luego volvió a poner el sudario como estaba y nos marchamos.

Me estaba desvistiendo en mi habitación, cuando sonaron unos golpecitos en la puerta. Entró el profesor y empezó a hablar inmediatamente:

—Quiero que me traiga mañana, antes del anochecer, un juego de bisturís para autopsia.

—¿Tenemos que practicar una autopsia? —pregunté.

—Sí y no. Quiero operar, pero no como usted cree. Le diré de qué se trata, pero no cuente una palabra a nadie. Quiero seccionarle la cabeza y extraerle el corazón. ¡Cómo!, ¿un cirujano como usted, y se horroriza? Usted, a quien he visto trabajar, sin temblarle la mano ni el corazón, en operaciones de vida o muerte que hacían estremecer a los demás... ¡Ah!, no debo olvidar, mi querido amigo John, que usted la amaba, pero lo he tenido en cuenta, puesto que soy yo quien va a operar; usted sólo tendrá que ayudarme. Me gustaría hacerlo esta noche, pero no podemos por Arthur; vendrá mañana, después del funeral de su padre, y querrá verla. Luego, cuando la metan en el ataúd para el sepelio, y estén durmiendo todos, vendremos usted y yo. Desatornillaremos la tapa y realizaremos la operación; después volveremos a colocarlo todo en su sitio, a fin de que nadie sepa nada, excepto nosotros.

—Pero ¿para qué todo eso? La joven está muerta. ¿Para qué mutilar su pobre cuerpo sin necesidad? Si no hace falta la autopsia, y no vamos a sacar nada con ello, ningún beneficio para ella, ni para nosotros, ni para la ciencia o el saber humano, ¿para qué realizarla? Sería monstruoso.

Por toda respuesta, me puso la mano en el hombro y dijo con infinita ternura:

—Amigo John, compadezco su afligido corazón, y le quiero aún más por esto. Si pudiese, cargaría sobre mí el peso que ha de llevar. Hay cosas que usted no sabe, pero las sabrá, y me bendecirá por ello, aunque no son agradables. John, hijo, ¿me ha visto hacer alguna cosa sin motivo? Puedo equivocarme, porque soy humano, pero tengo fe en lo que hago. ¿No fue por esa razón por la que me llamó, cuando hizo su aparición la desgracia? ¡Sí! ¿No se sorprendió, incluso se horrorizó, cuando no dejé que Arthur besase a su amada, aunque estaba agonizando, y le aparté con todas mis fuerzas? ¡Sí! Sin embargo, ¿vio usted cómo ella me dio las gracias, con su hermosa mirada moribunda y su débil voz, y me besó la mano y me bendijo? ¡Sí! ¿Y no oyó el juramento que le hice, y la vio cerrar los ojos agradecida? ¡Sí!

»Bueno, pues ahora tengo poderosas razones para hacer lo que me propongo. Usted ha confiado en mí durante muchos años; ha creído en mí todas estas semanas, cuando había cosas tan extrañas que podían haberle hecho dudar. Confíe un poco más en mí, amigo John. Si no lo hace, entonces tendré que decirle lo que pienso; y eso, probablemente, no le gustará. Si opero (porque tengo que operar, confíe usted en mí o no) sin contar con la confianza de mi amigo, lo haré con pesar, ¡y me sentiré muy solo cuando necesite toda la ayuda y el aliento del mundo! —Aquí se detuvo un instante, y prosiguió, solemne—: Amigo John, se presentan días extraños y terribles. Procuremos estar muy unidos y cooperar en la consecución del buen fin. ¿No tiene fe en mí?

Le cogí la mano y le prometí que sí. Sostuve la puerta abierta mientras él se marchaba y le seguí con la mirada hasta que entró en su habitación y cerró la puerta. Permanecí inmóvil un instante y vi pasar a una de las doncellas en silencio por el pasillo —yo estaba a su espalda, de modo que no me vio—, y entrar en la habitación donde yacía Lucy. El gesto me conmovió. Es muy rara la lealtad, y sentimos simpatía por quienes la manifiestan espontáneamente hacia aquellos a quienes amamos. Ahí estaba esa pobre muchacha que, desechando los terrores que naturalmente inspira la muerte, se acercaba sola a velar junto al féretro de su señorita, a fin de que sus restos desventurados no estuviesen solos, hasta que recibiesen el eterno descanso...

Debí dormir mucho y profundamente, porque ya estaba avanzado el día cuando Van Helsing entró en la habitación y me despertó. Se acercó a mi cama y dijo:

—Ya no hacen falta los bisturís, no haremos la autopsia.

—¿Por qué no? —pregunté. Pues su solemnidad de la noche anterior me había impresionado enormemente.

—Porque —dijo con gravedad— es demasiado tarde. ¡Mire! —Y me enseñó el pequeño crucifijo de oro—. Esto lo robaron por la noche.

—¿Cómo que lo robaron —pregunté perplejo—, si lo tiene usted?

—Porque se lo he cogido a la desdichada que lo robó, a la mujer que roba a los muertos y a los vivos. No escapará a su castigo, aunque no por mi mano; no sabía muy bien lo que hacía, y por eso lo robó. Ahora nos toca esperar.

Dicho esto, se marchó dejándome un nuevo misterio en que pensar, un nuevo enigma que descifrar.

La mañana fue monótona, pero a mediodía llegó el abogado: el señor Marquand, de Wholeman, Sons, Marquana & Lidderdale. Estuvo muy cordial; se mostró muy agradecido por lo que habíamos hecho, y nos reveló todos los detalles. Durante la comida, nos contó que, desde hacía algún tiempo, la señora Westenra venía temiendo una muerte repentina a causa de su debilitado corazón, y había puesto todos sus asuntos en orden; nos comunicó que, a excepción de cierta propiedad vinculada al padre de Lucy, que por falta de descendencia directa revertía a una rama lejana de la familia, todos sus bienes, muebles e inmuebles, pasaban a ser propiedad de Arthur Holmwood. Una vez explicado esto, prosiguió:

—A decir verdad, nosotros hicimos lo posible por evitar esta disposición testamentaria, haciéndole observar a la señora Westenra que determinadas contingencias podían dejar a la hija, o bien sin un penique, o bien sin libertad para decidir, en el momento de su matrimonio. Incluso insistimos tanto a este respecto, que a punto estuvimos de tener un enfrentamiento con nuestra cliente, ya que nos preguntó si estábamos dispuestos a no hacernos cargo de sus deseos. Naturalmente, no nos quedó más remedio que aceptar. Teníamos razón en principio, y habríamos podido demostrar, por la lógica de los acontecimientos, que nuestra opción tenía el noventa y nueve por ciento de posibilidades de ser la correcta. Sin embargo, debo admitir con franqueza que en este caso, cualquier otra disposición habría hecho imposible dar cumplimiento a su voluntad. Ya que al morir antes que su hija, ésta habría entrado en posesión de la propiedad; y aunque ella hubiese sobrevivido a su madre cinco minutos tan sólo (y dada la imposibilidad material de testar), su caso habría sido considerado como de muerte *ab intestato*. Con lo cual, lord Godalming, aunque es la persona más allegada, no habría podido reclamar nada; y los herederos, aunque lejanos, no habrían renunciado a sus derechos, por razones sentimentales, en favor de un completo desconocido. Les aseguro, mis queridos señores, que estoy contento del resultado, muy contento.

Era una buena persona; sin embargo, el alegrarse por este pequeño detalle —en el que estaba profesionalmente interesado—, en medio de una tragedia de tales proporciones, era claro ejemplo de lo limitado de sus sentimientos.

No estuvo mucho tiempo, aunque dijo que pasaría más tarde, el mismo día, para ver a lord Godalming. Su llegada, sin embargo, nos tranquilizó en cierto modo, ya que nos aseguraba que no teníamos que temer ninguna crítica de nuestras acciones. Esperábamos a Arthur a las cinco, de modo que poco antes de esa hora visitamos la cámara mortuoria. Eso es lo que era, en efecto, ya que allí yacían madre e hija.

El empresario de la funeraria, fiel a su profesión, había hecho la mejor ostentación de su mercancía, y reinaba en la habitación un ambiente mortuorio que nos deprimió. Van Helsing le pidió que volviese a colocarlo todo como antes, explicándole que como lord Godalming iba a llegar pronto, sería menos desgarrador para sus sentimientos ver a su *fiancée* sola. El empresario pareció escandalizarse ante su propia torpeza, y se esforzó en ordenarlo todo como la noche anterior, de forma que cuando Arthur llegó, le ahorramos a sus sentimientos aquella horrible impresión.

¡Pobre muchacho! Estaba tremendamente deshecho y afligido; incluso parecía haber perdido algo de su viril resolución, por el exceso de tantas emociones intensas. Yo sabía que había estado sincera y devotamente unido a su padre, y el perderlo, en semejante momento además, había supuesto un rudo golpe para él. Se mostró de lo más afectuoso conmigo, y amablemente cortés con Van Helsing, pero no pude por menos de percibir cierta tensión en él. El profesor lo notó también, y me pidió que le llevase arriba. Lo hice así y le dejé en la puerta de la habitación, pensando que le gustaría estar a solas con ella, pero me cogió del brazo y me llevó adentro, diciéndome en voz baja:

—Tú la amabas también, mi buen amigo; ella me lo contó todo, y no había otro amigo al que ella estimara más que a ti. No sé cómo agradecerte todo lo que has hecho por ella. Aún no puedo creer...

Aquí se desmoronó: me echó los brazos alrededor de los hombros y apoyó la cabeza en mi pecho, llorando.

—¡Ah, Jack, Jack! ¿Qué voy a hacer ahora? La vida ha perdido de repente todo su sentido para mí, ya no me queda ninguna razón para vivir.

Le consolé lo mejor que pude. En esos casos, los hombres no necesitan de muchas palabras. Un apretón de mano, una presión del brazo sobre el hombro, un sollozo al unísono, son manifestaciones de simpatía que comprende el corazón. Permanecí inmóvil y en silencio, hasta que se apaciguaron los sollozos; entonces dije con suavidad:

—Entremos a verla.

Nos acercamos a la cama, y aparté el lienzo de su rostro. ¡Dios mío, qué hermosa estaba! Cada hora que pasaba parecía aumentar su encanto. Me sentí un poco sorprendido y asustado; en cuanto a Arthur, se echó a temblar, y finalmente fue presa de las dudas y los estremecimientos. Por último, tras una larga pausa, me dijo con voz apenas audible:

—Jack, ¿de verdad está muerta?

Le aseguré con dolor que así era, y expliqué —pues comprendí que no debía consentir que abrigase tan horrible duda ni un segundo— que era frecuente que, después de la muerte, se suavizaran los rasgos de la cara, recobrando su antigua belleza juvenil; que esto ocurría sobre todo cuando a la muerte le había precedido algún sufrimiento intenso o prolongado. Esto pareció disipar por completo sus dudas; y después de permanecer arrodillado junto al lecho durante un rato, y contemplarla largamente con amor, se apartó. Le dije que debía despedirse, ya que tenían que preparar el féretro, así que volvió, le cogió su mano muerta, la besó, se inclinó y la besó en la frente. Se retiró, volviéndose a mirarla por encima del hombro mientras salía.

Le dejé en el salón, y le dije a Van Helsing que se había despedido; éste fue a la cocina y avisó a los hombres de la funeraria que lo podían preparar todo y atornillar la tapa del ataúd. Cuando salió de la habitación, le hablé de la pregunta que me había hecho Arthur, y replicó:

—No me sorprende. ¡Ahora mismo tenía mis dudas yo también!

Cenamos los tres y pude ver que el pobre Art trataba de ocultar su estado de ánimo lo mejor que podía. Van Helsing estuvo callado todo el tiempo, pero cuando encendimos el cigarro, empezó:

—Lord...

Pero Arthur le interrumpió:

—¡No, no; eso, no, por el amor de Dios! Al menos ahora. Perdóneme, señor: no es mi intención ofenderle; es que mi pérdida está aún muy reciente.

El profesor contestó con dulzura:

—Sólo he utilizado ese título porque tenía una duda. No debo llamarle «señor» ya que he empezado a quererle (sí, mi querido muchacho, a quererle) como Arthur.

—Llámeme como quiera —dijo—. Supongo que siempre podrá darme el título de amigo. Y permita que le diga que no sé qué palabras emplear para agradecerle lo que ha hecho por mi pobre Lucy.

—Guardó silencio un momento, y prosiguió—: Sé que ella comprendió mejor que yo su proceder, y si me he portado con rudeza, o le he faltado en algo cuando usted obró así..., como recordará —el profesor asintió—, debe perdonarme.

Van Helsing contestó con grave amabilidad:

—Sé que le fue muy difícil comprenderme completamente entonces, pues para confiar en tal violencia hace falta comprender; y supongo que aún no confía, que aún no puede confiar en mí, porque todavía no comprende. Y quizás haya más ocasiones en que necesite su confianza, aunque no pueda, ni deba, comprender. Pero llegará el momento en que su confianza en mí será total y completa, y en que usted comprenderá con claridad meridiana. Entonces me bendecirá por todo lo que he hecho por usted, por los demás, y por aquella a quien he jurado proteger.

—Por supuesto, por supuesto, señor —dijo Arthur con calor—; confío en usted, en todos los sentidos. Sé y creo que tiene usted un corazón generoso, que es amigo de Jack, y que lo ha sido de ella. Así que haga lo que crea conveniente.

El profesor se aclaró la garganta un par de veces, como para hablar, y dijo al final:

—¿Puedo pedirle algo ahora?

—Por supuesto.

—¿Sabe que la señora Westenra le ha dejado todos sus bienes?

—No, pobre mujer, jamás se me había ocurrido.

—Dado que todo le pertenece, tiene derecho a disponer de ello como quiera. Pues bien, quiero que me dé permiso para leer todos los escritos y cartas de la señorita Lucy. Créame, no es ociosa curiosidad. Hay un motivo que ella misma habría aprobado, tenga la seguridad. Aquí están. Los cogí antes de saber que todo era de usted, para que no fuesen a parar a manos desconocidas..., para que ninguna mirada extraña se asomara a su alma a través de sus palabras. Los conservaré, si me lo permite, quizá no desee usted verlos todavía, pero los guardaré en sitio seguro. No se perderá un solo papel, y a su debido tiempo, se los devolveré. Es mucho lo que le pido, pero accederá a ello en nombre de Lucy, ¿verdad?

Arthur habló, cordial, como es él siempre:

—Doctor Van Helsing, puede hacer lo que guste. Sé que mi pobre prometida habría aprobado esta decisión. No le molestaré con mis preguntas hasta que llegue el momento.

El viejo profesor se levantó y dijo solemnemente:

—Y hace bien. El sufrimiento nos aflige a todos; pero no todo será sufrimiento, ni será éste el último. Usted y nosotros (usted sobre todo, mi querido muchacho) tendremos que cruzar las aguas revueltas, antes de llegar a aguas tranquilas. Pero debemos tener valor, ser generosos y cumplir con nuestro deber; ¡y todo marchará bien!

Esa noche dormí en un sofá de la habitación de Arthur. Van Helsing no se acostó. Anduvo de un lado para otro, como vigilando la casa, sin perder nunca de vista la habitación donde Lucy yacía en su ataúd, cubierta de flores de ajo silvestre que, junto con los lirios y las rosas, difundían una fragancia densa e irresistible en la noche.

DIARIO DE MINA HARKER

22 de septiembre

Escribo mientras regresamos en tren a Exeter. Jonathan va dormido.

Parece que fue ayer cuando escribí por última vez en este diario; sin embargo, cuántas cosas han pasado desde entonces, cuando estaba en Whitby, pensando en el porvenir, y Jonathan lejos y sin enviar noticias; ahora me encuentro casada con él, Jonathan se ha convertido en abogado, rico, dueño de su bufete, el señor Hawkins está muerto y enterrado, y Jonathan con una nueva crisis que amenaza causarle un grave quebranto. Puede que algún día me pregunte sobre esto. Voy a anotarlo todo. Tengo la mano desentrenada —efecto de la inesperada prosperidad—; así que no estará de más adiestrarla de nuevo con un poco de ejercicio...

La ceremonia ha sido muy sencilla y solemne. Sólo estábamos nosotros y la servidumbre, uno o dos viejos amigos suyos de Exeter, su agente de Londres, y un caballero que representaba a sir John Paxton, presidente de la Incorporated Law Society. Jonathan y yo permanecimos cogidos de la mano, con el sentimiento de que nos había dejado nuestro mejor y más querido amigo...

Volvimos en silencio a la ciudad, en un autobús que cogimos hasta Hyde Park Corner. Jonathan pensó que tal vez me gustaría pasar un rato en el Row, y nos sentamos, pero había muy poca gente allí, y resultaba triste y desolador ver tantas sillas vacías. Nos hacían pensar en la silla vacía de casa, así que nos levantamos y bajamos hacia Piccadilly. Jonathan me llevaba cogida del brazo, como solía hacer en tiempos, antes de incorporarme a la enseñanza. Me pareció incorrecto, porque no se puede estar enseñando etiqueta y decoro durante años a las jovencitas, sin que la pedantería muerda en una un poquitín, pero se trata de Jonathan, mi marido, y nadie nos conocía —ni nos importaba que nos conocieran—, de modo que paseamos así. Me había quedado mirando a una hermosísima joven con una gran pamela, sentada en una victoria que había detenida delante del Giuliano's, cuando noté que Jonathan me apretaba el brazo con tal fuerza que me hacía daño; y dijo en voz baja:

—¡Dios mío!

Jonathan me tiene constantemente preocupada; temo que le sobrevenga una crisis nerviosa otra vez, así que me volví rápidamente y le pregunté qué le había impresionado.

Estaba muy pálido y los ojos parecían salírsele de las órbitas —mitad de temor, mitad de asombro—, clavados en un hombre alto y flaco, con una nariz ganchuda, bigote negro y barba puntiaguda, quien a su vez estaba pendiente de la hermosa joven. La miraba con tal intensidad que no se dio cuenta de nosotros, de modo que pude observarle bastante bien. No era una cara agradable: tenía las facciones crueles, sensuales y duras, con unos dientes grandes y blancos —parecían más blancos por el color rojo de los labios—, y afilados como los de un animal. Jonathan seguía mirándole de tal modo que me dio miedo de que se diese cuenta y se molestara, considerando su aspecto feroz y desagradable. Le pregunté a Jonathan por qué estaba tan afectado, y me contestó, evidentemente convencido de que yo sabía tanto como él:

—¿No ves quién es?

—No, cariño —dije—; no le conozco. ¿Quién es?

Su respuesta me impresionó y me produjo un estremecimiento, pues habló como si no se diese cuenta de que era a mí, a Mina, a quien se dirigía:

—¡Es él, él en persona!

El pobre Jonathan se sentía aterrado por alguna razón...; muy, muy aterrado. Creo que de no haberme tenido a mí para apoyarse, se habría desplomado en el suelo. Estaba como fascinado; un hombre salió del establecimiento con un pequeño paquete, se lo entregó a la dama, y ésta ordenó a su cochero que se pusiese en marcha. El misterioso individuo la siguió con la mirada; y cuando el carruaje se metió por Piccadilly, echó a andar en la misma dirección y paró un coche de alquiler. Jonathan seguía observándole, y dijo como para sus adentros:

—Creo que es el Conde, pero ha rejuvenecido. ¡Oh, Dios, si fuese así! ¡Dios mío! ¡Dios mío! ¡Ojalá estuviese seguro! ¡Ojalá estuviese seguro!

Se estaba angustiando tanto que me dio miedo despertarle recuerdos con mis preguntas; así que guardé silencio. Me lo llevé suavemente, y cogido de mi brazo, caminó junto a mí con docilidad. Seguimos andando un poco; después, entramos en Green Park y nos sentamos un rato.

El día era caluroso para ser otoño, y encontramos un banco en un sitio agradable y sombrío. Jonathan estuvo mirando al vacío unos minutos; después se le cerraron los ojos y se quedó dormido, con la cabeza apoyada sobre mi hombro. Pensé que era lo mejor para él, así que procuré no molestarle. Unos veinte minutos después, se despertó, y me dijo alegremente:

—¡Vaya, Mina, me he dormido! Perdona esta falta de consideración. Vamos a tomar una taza de té en cualquier parte.

Evidentemente, se había olvidado por completo del misterioso desconocido, igual que en su enfermedad había olvidado todo lo que este incidente acababa de recordarle. No me gusta esta forma de sumirse en el olvido; puede ocasionarle algún daño en el cerebro, o prolongárselo. No quiero preguntarle nada, no vaya a ser que le perjudique, más que beneficiarle, pero tengo que averiguar, como sea, qué es lo que le pasó en el extranjero. Me temo que ha llegado el momento de abrir ese paquete y leer lo que escribió. ¡Oh, Jonathan, perdóname si hago mal, pero es por tu propio bien!

Más tarde

Ha sido un triste regreso, en todos los sentidos: la casa vacía sin el amigo que tan bueno ha sido con nosotros, Jonathan aún pálido y ausente tras esta ligera recaída, y ahora, un telegrama de Van Helsing, quienquiera que sea:

Siento comunicarle fallecimiento señora Westenra hace cinco días y de Lucy anteayer. Enterradas hoy.

¡Oh, cuantísimo dolor en esas pocas palabras! ¡Pobre señora Westenra! ¡Pobre Lucy! ¡Se han ido, se han ido para no volver nunca más con nosotros! ¡Y pobre, pobre Arthur, haber perdido a un ser tan dulce! ¡Que Dios nos ayude a soportar tanta aflicción!

DIARIO DEL DOCTOR SEWARD

22 de septiembre

Todo ha terminado. Arthur ha regresado a Ring y se ha llevado consigo a Morris. ¡Qué excelente compañero es Quincey Morris! Estoy íntimamente convencido de que ha sentido la muerte de Lucy tanto como nosotros, pero ha aguantado con una moral de vikingo. Si América continúa dando hombres como él, acabará siendo una verdadera potencia mundial. Van Helsing se ha echado, está descansando, antes de emprender el viaje. Se marcha a Amsterdam esta noche, pero dice que volverá mañana por la noche; va a hacer unas gestiones que sólo puede realizar personalmente. Después, pasará a verme si puede; dice que tiene que llevar a cabo un trabajo en Londres que le ocupará algún tiempo. ¡Pobre hombre! Me temo que las tensiones de la pasada semana han debilitado su férrea resistencia. Durante el entierro he podido observar que hacía esfuerzos terribles para contenerse. Al terminar, nos acercamos a Arthur, que en ese momento hablaba de la sangre que le habían sacado para dársela a Lucy, y pude ver cómo el rostro de Van Helsing se ponía blanco y rojo alternativamente. Arthur estaba diciendo que desde ese instante le pareció como si se hubiese casado con ella y que, ante los ojos de Dios, Lucy era su esposa. Ninguno de nosotros dijo una palabra de las demás transfusiones, ni lo diremos tampoco. Arthur y Quincey se marcharon juntos a la estación, y Van Helsing y yo regresamos aquí. En cuanto subimos al coche, el profesor sufrió un ataque de histerismo. Después negó que fuese tal cosa, insistiendo en que se trataba tan sólo de su sentido del humor, que se le manifestaba en situaciones terribles. Empezó a reír, y no paró hasta que le saltaron las lágrimas; tuve que bajar las cortinillas, no fuese que alguien nos viese, y juzgase mal; luego siguió llorando hasta que el llanto se le convirtió en risa otra vez; y reía y lloraba a un tiempo, lo mismo que las mujeres. Traté de amonestarle severamente, como se amonesta a las mujeres en tales circunstancias, pero sin resultado. ¡Qué distintos son los hombres y las mujeres en las manifestaciones de resistencia o de debilidad nerviosa! Luego, cuando su semblante volvió a adoptar su habitual expresión grave y severa, le pregunté el motivo de su risa, y por qué en semejante momento. Su respuesta fue en cierto modo típicamente suya, por lo contundente, lógica y misteriosa. Dijo:

—¡Ah, usted no comprende, querido John! No crea que no estoy triste, aunque me ría. Le aseguro que lloraba mientras me ahogaba la risa. Pero no vaya a creer que cuando lloro siento tristeza tan sólo, porque al llanto también le acompaña la risa. Tenga siempre presente que la risa que llama a la puerta y pregunta: «¿Puedo pasar?», no es auténtica risa. ¡En absoluto! La risa es reina; llega cuando quiere y como quiere. No pide permiso a nadie, no espera a que llegue el momento apropiado. Simplemente dice: «Aquí estoy». Vea por ejemplo todos mis desvelos por esa joven dulce y bondadosa; le he dado mi sangre, aunque soy viejo y carezco de fuerzas; le he consagrado mi tiempo, mi habilidad, mi sueño; he dejado que les falte a mis otros pacientes para que a ella le sobre. Y sin embargo, me río delante de su sepultura, mientras las paletadas de tierra que el sepulturero arrojaba sobre el ataúd: «¡Bum! ¡Bum!», retumban en mi corazón, hasta hacer huir nuevamente la sangre de mis mejillas. El corazón sangra por ese pobre muchacho..., ese joven cuya edad tendría ahora mi propio hijo, si hubiese tenido yo la dicha de que viviera, y cuyos ojos y cabellos son idénticos. Y ahora, ya sabe por qué le quiero tanto. Sin embargo, a pesar de que dice cosas que llegan a lo más hondo de mi corazón de marido, y hacen suspirar a mi corazón de padre como no consigue hacerlo nadie (ni siquiera usted, amigo John; pues sus experiencias y las mías se encuentran en un plano de mayor igualdad que las de un padre y un hijo), aun en ese momento, su majestad la Risa viene a mí y me grita y ruge en el oído: «¡Aquí estoy! ¡Aquí estoy!», hasta que vuelve a danzar la sangre y a darme en las mejillas el sol que ella trae consigo. ¡Ah, amigo John, éste es un mundo extraño, un mundo triste y lleno de desgracias, sufrimientos y tribulaciones!; sin embargo, cuando su majestad la Risa llega, hace que dancen todas esas cosas al son que ella toca. Corazones sangrantes, huesos resecos de cementerio, lágrimas abrasadoras..., todo danza con la música que ella entona con esa boca patética que tiene. Y créame, amigo John, es bueno y conveniente que nos venga. ¡Ah, los hombres y las mujeres somos como cuerdas tensas, cuando los sentimientos tiran de nosotros en distintos sentidos! Luego, las lágrimas, al igual que la lluvia cuando moja la cuerda, nos templan de nuevo hasta que quizá la tensión se vuelve excesiva, y nos rompemos. Pero su majestad la Risa llega como el sol, afloja esa tirantez y permite que sigamos nuestra labor, sea la que sea.

No quise herirle diciéndole que no captaba su idea, pero como seguía sin entender por qué se había reído, se lo pregunté. Al contestarme, su semblante se puso severo, y dijo en un tono completamente distinto:

—¡Oh, es por la lúgubre ironía que hay en todo esto! Esa joven adorable, adornada de flores, que parecía tan bella como cuando estaba con vida (hasta el punto de que, uno tras otro, hemos llegado a preguntarnos todos si estaba verdaderamente muerta), tendida en ese hermoso mausoleo de mármol donde descansan los suyos, junto a su madre, que tanto la amaba y a la que tanto amaba ella; y esa campana sagrada tañendo: «¡Tan! ¡Tan! ¡Tan!», lenta y tristemente; y esos hombres santos, con el atuendo blanco de los ángeles, simulando leer en los libros, aunque sin posar la mirada ni una sola vez en sus páginas y todos nosotros con la cabeza inclinada. ¿Y para qué? Está muerta, ¿no es así?

—Pero bueno, profesor —dije—, no veo en todo eso nada que sea motivo de risa. Su explicación lo convierte en un enigma más grande que antes. Pero aun cuando la ceremonia del entierro fuese cómica, ¿qué me dice del pobre Art y de su aflicción? Sencillamente, tiene el corazón destrozado.

—Su caso es igual. ¿No ha dicho que la transfusión de su sangre a las venas de ella la había convertido verdaderamente en su esposa?

—Sí, y para él, la idea resulta grata y consoladora.

—En efecto. Pero hay una dificultad, amigo John. Si es así, ¿qué pasa con las demás transfusiones? ¡Jo, jo! Si admitiésemos eso, esta dulce jovencita sería polígama; y yo, con mi esposa muerta, aunque viva según la ley de la Iglesia..., yo, marido fiel a la esposa que ya no tengo a mi lado, sería bígamo.

—¡De todas maneras, no veo dónde está el chiste! —dije, ya que no me sentía con ganas de seguirle el humor.

Me puso la mano sobre el brazo, y dijo:

—Amigo John, perdóneme si le causo pesar. No muestro mis sentimientos a los demás cuando pueden herir, sino sólo a usted, mi viejo amigo, en quien puedo confiar. Si hubiese podido asomarse a mi corazón cuando me dieron ganas de reír, si pudiese hacerlo ahora, que su majestad la Risa se ha largado con su corona y con todos sus atavíos (porque se ha ido lejos, muy lejos de mí, y por mucho tiempo), quizá me compadecería más que a nadie.

Me conmovió la ternura con que hablaba, y le pregunté por qué.

—¡Por todo lo que sé!

Ahora estamos todos separados, y durante muchos y largos días, la soledad cubrirá nuestros tejados con sus alas tenebrosas.

Lucy yace en su tumba familiar; en el panteón señorial de ese cementerio solitario, lejos del bullicio de Londres, donde el aire es fresco y el sol se eleva por encima de Hampstead Hill, y donde las flores silvestres crecen a su antojo.

Así que doy por terminado este diario; sabe Dios si empezaré otro alguna vez. Si lo empiezo, o continúo este mismo, será para hablar de otras personas y de otros temas; ya que aquí, al terminar la historia amorosa de mi vida, y antes de volver a tomar el hilo de mi trabajo cotidiano, digo con tristeza, y perdida la esperanza, la palabra

FIN

MISTERIO EN HAMPSTEAD

The Westminster Gazette, *25 de septiembre*

Los vecinos de Hampstead se sienten inquietos estos días por una serie de acontecimientos que parecen paralelos a los conocidos por los autores de artículos tales como «El horror de Kensington», «La mujer apuñalada» o «La mujer de negro». En los dos o tres últimos días, ha habido varios casos de niños que abandonaron sus casas o no supieron regresar a sus hogares al terminar de jugar en el Brezal. En todos estos casos, los niños eran demasiado pequeños para poder dar una explicación coherente de su conducta; pero hay un factor común en sus excusas, y es que estuvieron con una «hermosa señora». Siempre se les ha echado de menos a última hora de la tarde, y en dos ocasiones los niños no han sido encontrados hasta la mañana siguiente. La creencia general de los vecinos es que, como el primero de los extraviados dijo que una «hermosa señora» le había pedido que fuera con ella a dar un paseo, los demás adoptaron la frase y la emplearon cuando se presentó la ocasión. Es la explicación más natural. El juego favorito de los pequeños hoy en día consiste en atraerse unos a otros con engaños. Un corresponsal nos comenta que resulta increíblemente divertido ver a un pequeño fingirse la «hermosa señora». Algunos de nuestros caricaturistas podrían aprender una lección de ironía de lo grotesco, comparando la realidad con lo representado. Sólo de acuerdo con los principios generales de la naturaleza humana, la «hermosa señora» desempeñaría un papel popular en estas representaciones *al fresco*. Nuestro comunicante dice ingenuamente que ni la propia Ellen Terry conseguiría ser tan irresistiblemente atractiva como algunos de estos niños de cara sucia fingen —y hasta imaginan— serlo.

Sin embargo, hay quizás un aspecto serio en este asunto, pues algunos niños, desde luego todos los que anduvieron extraviados durante la noche, presentan un rasguño o herida en el cuello. Dichas heridas son como las que podría hacer una rata o un perro; y aunque en sí mismas carecen de importancia, parecen indicar que, cualquiera que sea el animal que las inflige, obra con un método o sistema propio. La policía de la zona ha recibido instrucciones de que efectúe una inspección minuciosa por el Brezal, en busca de niños, especialmente de niños pequeños, y de cualquier perro que ande extraviado por allí.

EL HORROR DE HAMPSTEAD
OTRO NIÑO HERIDO

LA «HERMOSA SEÑORA»

The Westminster Gazette, *25 de septiembre, edición especial*

Acabamos de recibir noticia de que a última hora de la mañana ha sido encontrado un niño, extraviado anoche, en unos matorrales que hay en la parte del Brezal de Hampstead llamada Shooter's Hill, que es quizá la menos frecuentada. Presenta la misma herida minúscula en la garganta observada en los demás casos.

Se encontraba terriblemente débil y parecía completamente demacrado. Cuando se recuperó un poco, contó la misma historia de que le había llevado allí la «hermosa señora».

14

DIARIO DE MINA HARKER

23 de septiembre

Jonathan está mejor, después de pasar una mala noche. Me alegro de que tenga mucho trabajo porque eso le mantiene el pensamiento apartado de cosas terribles. ¡Ah!, y me alegro de que ahora esté abrumado por las responsabilidades de su nueva posición. Ya sabía yo que sería fiel a sí mismo; y ahora, ¡qué orgullosa estoy, viendo a mi Jonathan afianzarse en esa altura en la que se ha situado, y mantener el ritmo de las obligaciones que le llegan en todos los sentidos! Hoy estará fuera de casa todo el día y volverá tarde, dijo que no vendría a comer. He terminado mis tareas domésticas, así que cogeré el diario que escribió en el extranjero, me sentaré en mi habitación, y lo leeré...

24 de septiembre

Anoche no tuve ánimos para escribir, este terrible relato de Jonathan me dejó enormemente preocupada. ¡Pobrecito mío! ¡Cuánto ha debido de sufrir, sea real o imaginario todo esto! Me pregunto qué habrá de cierto en todo ello. ¿Sufrió la encefalitis y escribió a continuación todas esas cosas terribles, o tienen algún fundamento? Supongo que nunca lo sabré, ya que no me atrevo a hablarle del tema... Sin embargo, ¡está ese hombre que vimos ayer! Jonathan parecía creer que era él... ¡Pobre marido mío! Supongo que el funeral le alteró los nervios, haciendo que sus pensamientos tomaran determinados derroteros... Está convencido de que es cierto todo. Recuerdo que el día de nuestra boda dijo: «A menos que un solemne deber me obligue a volver sobre esos momentos amargos, soñados o vigiles, dementes o lúcidos». Parece haber ilación en todo ello... Ese terrible Conde iba a venir a Londres... Si es así, y ha logrado mezclarse con sus millones de habitantes... quizá llegue ese solemne deber; y si se presenta, no deberemos retroceder... Estaré preparada. Voy a coger la máquina de escribir y a ponerme ahora mismo a mecanografiarlo. Así lo tendremos disponible, por si necesitan leerlo otros ojos. De ese modo, quizá le ahorre sufrimientos al pobre Jonathan, ya que podré hablar en su nombre sin necesidad de que se le moleste con todas estas cosas. Si alguna vez llega a superarlo completamente, quizá quiera contármelo todo; entonces podré preguntarle, y averiguar lo ocurrido, y ver el modo de consolarle.

CARTA DE VAN HELSING
A LA SEÑORA HARKER

24 de septiembre (personal)

Distinguida señora:

Le ruego que me perdone si me dirijo a usted como el lejano amigo que le comunicó la triste noticia del fallecimiento de la señorita Lucy Westenra. Por gentileza de lord Godalming, estoy autorizado a leer sus cartas y escritos, debido a lo cual me siento profundamente preocupado sobre determinadas cuestiones de vital importancia. Entre estos papeles he encontrado algunas cartas de usted que revelan lo amigas que eran y lo que usted la quería. Señora Harker, en nombre de ese cariño le suplico que me ayude. Se lo pido por el bien de los demás, para reparar un gran mal y conjurar grandes y terribles desgracias que pueden llegar a ser más graves de lo que usted puede imaginar. ¿Me permite que pase a visitarla? Puede confiar en mí. Soy amigo del doctor John Seward y de lord Godalming (el que fue Arthur para la señorita Westenra). De momento, considero que es mejor no anticiparle nada. Iré a verla a Exeter tan pronto como usted me dé permiso para hacerlo, y me indique el momento y lugar. Le suplico que me perdone, señora. He leído las cartas que le escribió a la pobre Lucy, y sé lo buena que es usted, y lo que sufre su marido; así que, si puede ser, le ruego que no le diga nada, a fin de no inquietarle. Una vez más, le ruego que me perdone, y se digne disculparme.

Van Helsing

TELEGRAMA DE LA SEÑORA HARKER
A VAN HELSING

25 de septiembre

Venga hoy tren diez quince a ser posible. Podré verle cuando llegue.

Wilhelmina Harker

DIARIO DE MINA HARKER

25 de septiembre

No puedo evitar el sentirme terriblemente nerviosa, a medida que se acerca el momento de la visita del doctor Van Helsing porque, en cierto modo, espero que arrojará alguna luz sobre la desventurada experiencia de Jonathan; y ya que asistió a la pobre Lucy durante su última enfermedad, podrá contarme algo de ella. Ésa es la razón por la que viene; se trata del sonambulismo de Lucy, no de Jonathan. ¡Así que nunca llegaré a saber la verdad! ¡Qué tonta soy! Ese horrible diario me obsesiona la imaginación y lo tiñe todo con sus colores. Naturalmente que viene a hablar de Lucy. La pobre había vuelto a su antigua costumbre de andar en sueños, y aquella noche espantosa del acantilado debió de afectarla bastante... Casi me había olvidado, en mis ocupaciones, de lo mal que estuvo después. Debió de hablarle al doctor de su aventura sonámbula en el acantilado, y comentarle que yo estaba al corriente; y ahora quiere que se lo cuente todo, a fin de tener una idea clara del caso. Espero que hice bien al no decirle nada a la señora Westenra, jamás me perdonaría que un acto mío, aunque fuese por omisión, hubiese perjudicado a la pobre Lucy. Espero, también, que el doctor Van Helsing no me reproche nada; he sufrido últimamente tantas angustias y tribulaciones, que no podría soportar una sola más, por ahora.

Supongo que a veces es beneficioso llorar: despeja el ambiente, igual que la lluvia. Quizá fue la lectura del diario lo que me alteró los nervios ayer; después, Jonathan se ha ido esta mañana, y va a estar fuera todo el día y toda la noche; es la primera vez que nos separamos desde que nos casamos. Espero que se cuide, y que no ocurra nada que le cause trastornos. Son las dos, el doctor no tardará en llegar. No le diré nada del diario de Jonathan, a menos que él me lo pida. Me alegro de haber mecanografiado mi propio diario también; en caso de que me pregunte sobre Lucy, se lo puedo dejar; eso ahorrará muchas preguntas.

Más tarde

Ya se ha ido. ¡Oh qué extraña entrevista, y cómo me da vueltas la cabeza! Me siento como si estuviera soñando. ¿Será posible todo eso, o siquiera una parte? Si no hubiese leído primero el diario de Jonathan, jamás habría admitido que fuese posible. ¡Pobre, pobre Jonathan! ¡Cuánto debió de sufrir! Quiera Dios que todo esto no le ocasione otro grave quebranto de salud. Trataré de evitarlo, pero puede que le sirva de consuelo, y de ayuda —por terrible que sea y espantosas que resulten sus consecuencias—, el saber con seguridad que sus ojos, sus oídos y su cerebro no le engañaron, y que todo es cierto. Quizá sea la duda lo que le atormenta; que cuando la duda se agita dentro de él, sea lo que sea la verdad —si ha sido un sueño o no—, se sentirá más seguro y estará más preparado para soportar cualquier fuerte impresión. El doctor Van Helsing debe de ser una persona buena e inteligente, si es amigo de Arthur y del doctor Seward, y si le han traído de Holanda expresamente para cuidar de Lucy. Después de verle, tengo la impresión de que es bueno, amable y de noble carácter. Cuando venga mañana le preguntaré sobre Jonathan; luego, quiera Dios que todo su dolor y ansiedad terminen de una vez. Hace algún tiempo pensaba yo en hacer prácticas de entrevistas; el amigo de Jonathan que trabaja para el *Exeter News* le dijo una vez que lo esencial de ese trabajo es la memoria, que hay que ser capaces de redactar con exactitud, casi palabra por palabra, lo que se ha dicho, aunque después lo tenga que pulir un poco. La entrevista que hemos tenido aquí ha sido muy extraña, trataré de transcribirla literalmente.

Eran las dos y media cuando oí llamar a la puerta. Hice acopio de valor, y esperé. Unos minutos después, abrió Mayr, y anunció: «El doctor Van Helsing».

Me levanté, saludé, y él avanzó hasta donde estaba yo; es un hombre de mediana estatura, constitución recia, con los hombros hacia atrás, tórax ancho, y cuello firmemente asentado sobre el tronco, igual que la cabeza sobre el cuello. El equilibrio de la cabeza sugiere inmediatamente una gran capacidad de pensamiento y fuerza de voluntad; es una cabeza noble, proporcionada y ancha, que se agranda por detrás de las orejas. Su cara afeitada muestra un mentón cuadrado, fuerte, decidido, una boca inquieta, nariz proporcionada, algo estrecha, aunque con unas ventanas vivas y sensibles que parecen abrirse aún más cuando arruga el ceño y se le estira la boca. Su frente es amplia y lisa, primero se eleva casi recta y luego se inclina hacia atrás por encima de dos ondulaciones o protuberancias separadas que la configuran de tal modo que su pelo rojizo no tiene posibilidad de caer de forma natural hacia delante, sino hacia atrás y hacia los lados. Tiene los ojos grandes y azules, muy separados, vivos y tiernos; o severos, según el humor en que se encuentre. Me dijo:

—¿La señora Harker?

Hice un gesto afirmativo.

—¿Antes, señorita Mina Murray?

Asentí otra vez.

—Es a Mina Murray a quien vengo a ver; que fue amiga de la pobre y querida Lucy Westenra. Señora, vengo a hablar a propósito de esa joven fallecida.

—Señor —dije—, no podría usted presentarse ante mí con mejores credenciales que las de ser amigo y médico de Lucy Westenra.

Y le tendí la mano. Él me la tomó y dijo afectuosamente:

—¡Ah, señora!, sabía que la amiga de esa joven inocente sería buena, pero veo que aún lo es más... —Terminó su discurso con una inclinación.

Le pregunté sobre qué quería hablar conmigo, de modo que empezó inmediatamente:

—He leído las cartas que usted le escribió a la señorita Lucy. Perdóneme, pero debía empezar a investigar por alguna parte, y no tenía a nadie a quien preguntar. Sé que usted estuvo con ella en Whitby. A veces Lucy escribía en un diario... No debe sorprenderse, señora, lo empezó después de marcharse usted, y en ese diario hace alusiones a cierta crisis de sonambulismo de la que afirma que usted la salvó. En mi perplejidad, se me ha ocurrido acudir a usted para rogarle que me cuente todo cuanto recuerde sobre el particular.

—Creo, doctor Van Helsing, que se lo puedo contar todo.

—¡Ah!, entonces tiene usted buena memoria para los hechos y los detalles. No ocurre así con todas las jóvenes.

—No es eso, doctor; es que lo escribí todo en su momento. Puedo dejarle esos escritos, si desea.

—¡Ah, *madame* Mina, le estaré muy agradecido! Me hará un favor inmenso.

No pude resistir la tentación de desconcertarle un poco —supongo que por el sabor de la manzana original que aún nos dura en la boca—, y le entregué el diario taquigrafiado. Él lo cogió con un gesto de agradecimiento, y dijo:

—¿Puedo leerlo?

—Por supuesto —contesté lo más comedidamente que pude.

Lo abrió, e instantáneamente se reflejó en su rostro el desencanto. Luego, se levantó y asintió con la cabeza.

—¡Ah, es usted una mujer muy inteligente! —dijo—. Sé desde hace tiempo que el señor Harker es hombre de muchas cualidades, pero he aquí que su esposa posee todas las virtudes. ¿Sería usted tan amable de ayudarme leyéndolo para mí? ¡Ah! Lástima que no sepa yo taquigrafía.

Mi pequeña broma había terminado, y me sentí casi avergonzada, así que cogí la copia mecanografiada de mi cesta de labor, y se la tendí.

—Perdóneme —dije—: no he podido evitarlo. Pensé que iba a venir para preguntarme sobre la pobre Lucy, y que no debía hacerle esperar... No por mí, sino porque sé que su tiempo debe de ser precioso, y lo he pasado a máquina para usted.

Cogió la copia, y sus ojos relampaguearon:

—Es usted muy buena —dijo—. ¿Puedo leerla ahora? Quizá necesite preguntarle algo después.

—Por supuesto que sí —dije—, léalo. Entretanto, ordenaré que preparen la comida, mientras comemos, podrá hacerme toda clase de preguntas.

Hizo una inclinación de cabeza y se acomodó en una butaca, de espaldas a la luz, y se enfrascó en la lectura, mientras yo salía a ocuparme de la comida, sobre todo para no molestarle. Al regresar, le encontré paseando inquieto de un lado para otro de la habitación, con la cara totalmente encendida de excitación. Corrió hacia mí y me cogió las manos.

—¡Oh, *madame* Mina! —exclamó—, no sé cómo expresarle todo lo que le debo. Este documento es claro como la luz del día. Me ha abierto las puertas. Me siento aturdido, deslumbrado con tanta luz; sin embargo, detrás de la luz, acuden masas de nubes a cada instante. Pero usted no comprende, no puede comprender. ¡Ah!, pero le estoy inmensamente agradecido a usted, que es una mujer inteligente. Señora —esto lo dijo con mucha solemnidad—, si alguna vez Abraham van Helsing puede hacer algo por usted o por los suyos, confío en que me lo hará saber. Será un placer y una satisfacción poderla servir como amigo; y también como amigo todo lo que sé, todo lo que yo pueda saber, lo pondré a su servicio y al de sus seres queridos. Hay tinieblas en la vida, y hay luminarias también; y usted es una de esas luminarias. Usted vivirá una vida feliz y buena, y será la bendición de su esposo.

—Pero, doctor, me halaga usted demasiado, y... y no me conoce.

—¿Que no la conozca...? ¡Yo, que soy un viejo, y he estudiado durante toda mi vida a los hombres y a las mujeres; yo, cuya especialidad es el cerebro y todo lo que a él se refiere y lo que de él se deriva! ¡Yo, que he leído ese diario que tan amablemente ha mecanografiado para mí, y de cuyas líneas no emana más que la verdad! ¡Yo, que he leído la dulce carta que escribió a la pobre Lucy sobre su matrimonio y su fidelidad, no la conozco! ¡Oh, *madame* Mina, la mujeres que son buenas lo cuentan todo sobre su vida, cada día, cada hora y cada minuto; cosas que hasta los ángeles pueden leer; y los hombres interesados en el saber tenemos algo de ojos de ángel! Su esposo es una persona noble, y usted es noble también, porque tiene confianza, y la confianza no puede subsistir en las naturalezas mezquinas. ¿Y su esposo...? Hábleme de él. ¿Está ya bien? ¿Se le ha ido toda la fiebre, y se encuentra ya fuerte y sano?

Me pareció una ocasión maravillosa para consultarle sobre Jonathan, así que dije:

—Está recuperado casi del todo, pero le ha afectado la muerte del señor Hawkins.

—¡Ah, sí, lo sé, lo sé! —me interrumpió él—. He leído sus dos últimas cartas.

—Supongo —proseguí— que es eso lo que le trastornó, pues cuando estuvimos en la ciudad, el jueves pasado, sufrió una especie de fuerte impresión.

—¡Una fuerte impresión, y después de una reciente encefalitis! Mal asunto. ¿Qué clase de impresión?

—Vio a alguien que le recordó algo terrible, algo que al parecer le desencadenó la encefalitis.

Y al llegar aquí, se me agolpó todo dentro de manera incontenible. La compasión por Jonathan, el horror que él había sufrido, el espantoso misterio de su diario y el miedo que desde entonces se ha ido apoderando de mí me invadieron como un tumulto. Supongo que fue un instante de histerismo, pues caí de rodillas, alcé las manos hacia él y le imploré que curase a mi marido. Él me cogió las manos, me levantó, me hizo sentar en el sofá y se sentó junto a mí, y reteniendo mi mano entre las suyas, me dijo con infinita dulzura:

—Mi vida es una vida vacía y solitaria, y tan llena de trabajo, que no tengo mucho tiempo para amistades, pero desde que he sido llamado aquí por mi amigo John Seward, he conocido a tantas personas buenas y he visto tanta nobleza, que siento más que nunca la soledad de mi existencia más grande cada vez, a medida que pasan los años. Créame, pues, que vengo aquí lleno de respeto por usted; usted me ha dado esperanzas..., esperanzas, no en lo que estoy investigando, sino en que aún quedan mujeres buenas que pueden hacer la vida dichosa, mujeres cuyas vidas y cuya sinceridad pueden servir de lección a los hijos venideros. Me alegro, me alegro de poder serle de alguna utilidad, pues si su esposo sufre, su sufrimiento cae dentro del ámbito de mi estudio y experiencia. Le prometo que haré con mucho gusto todo lo que pueda por él...; todo, para que su vida sea fuerte y vigorosa, y la de usted, muy feliz. Ahora coma. Está usted agotada, y quizá sobreexcitada. A Jonathan no le gustaría encontrarla tan pálida, y no le haría nada bien ver a la que ama con tan mal aspecto. Así que, por él, debe comer y sonreír. Me ha contado cuanto quería saber sobre Lucy, así que no hablemos más de ello, para no hurgar en el dolor. Me quedaré en Exeter esta noche, porque quiero reflexionar sobre lo que me ha contado; cuando haya meditado lo suficiente, le haré unas preguntas, si puedo. Entonces, también, podrá contarme todo lo que sepa sobre el mal que aqueja a Jonathan, pero ahora no. Ahora debe comer, ya me lo contará todo más tarde.

Después de comer, cuando regresamos al salón, me dijo:

—Bien, hábleme ahora de él.

Mientras hablaba a este hombre grande y sabio, empecé a temer que me tomara por una pobre tonta y a Jonathan por un loco —todo en ese diario resulta tan extraño— y vacilé. Pero él se mostró muy afectuoso y amable, y me prometió ayudarme. Confié en él, y le dije:

—Doctor Van Helsing, lo que tengo que decirle es tan extraño que temo que se ría de mí y de mi marido. Desde ayer, no he dejado de tener una especie de duda febril: debe ser indulgente conmigo, y no considerarme estúpida por haber dado crédito a ciertas cosas extrañas.

Su actitud y sus palabras me tranquilizaron cuando dijo:

—¡Ah, mi querida señora!; si usted supiera lo extraño que es el caso por el cual estoy aquí, sería usted quien se reiría. He aprendido a no desdeñar lo que creen los demás, por raro que parezca. Procuro mantener un criterio abierto, y no son las cosas ordinarias de la vida las que podrían cerrármelo, sino las cosas extrañas, las cosas extraordinarias, las que le hacen dudar a uno si estará loco o en su sano juicio.

—¡Gracias, gracias mil veces! Me quita un peso de encima. Si me lo permite, le daré a leer un escrito. Es largo, pero lo he pasado a máquina. Ese escrito le dirá cuál es mi angustia y la de Jonathan. Se trata del diario que él llevaba en el extranjero, y todo lo que le sucedió. No me atrevo a decir nada más. Léalo, y juzgue usted mismo. Luego, cuando volvamos a vernos, quizá tenga la bondad de decirme qué piensa de todo esto.

—Se lo prometo —dijo, mientras me cogía los papeles—; mañana por la mañana, tan pronto como pueda, vendré a verles a usted y a su esposo.

—Jonathan estará aquí a las once y media, si viene usted a comer con nosotros, puede coger el rápido de las 3.34, que le dejará en Paddington antes de las ocho.

Le sorprendió lo enterada que estoy de las horas de los trenes, pero ignora que he confeccionado un horario de todas las llegadas y salidas de Exeter para ayudar a Jonathan, en caso de que tenga que marcharse. De modo que ha cogido los papeles y se ha ido; yo me he quedado aquí sentada, pensando..., pensando no sé qué.

CARTA (EN MANO) DE VAN HELSING
A LA SEÑORA HARKER

25 de septiembre, 6.30 de la tarde

Querida *madame* Mina:

He leído el maravilloso diario de su marido. Puede desechar toda duda. Por extraño y terrible que parezca, es *cierto*. Le doy mi palabra. Podría ser grave para otras personas; para su marido y para usted, no hay nada que temer. Él es un hombre decidido, y permítame que le diga, con la experiencia que tengo, que el hombre que fue capaz de descender por el muro y entrar en aquella habitación —y hacerlo además por segunda vez— no puede quedar marcado para siempre por una fuerte impresión. Su corazón y su cerebro están perfectamente bien; eso, le puedo jurar que es así antes de haberle visto, así que puede estar tranquila. A él debo preguntarle otras muchas cosas. Ha sido un acierto haber venido hoy a verla a usted, ya que en un momento he averiguado tantas cosas, que me siento deslumbrado..., más deslumbrado que nunca. Y necesito pensar.

Sinceramente suyo,

ABRAHAM VAN HELSING

CARTA DE LA SEÑORA HARKER A VAN HELSING

25 de septiembre

Querido doctor Van Helsing:

Un millón de gracias por su amabilísima carta, ha supuesto un inmenso alivio para mí. Sin embargo, si es cierto, ¡qué cosas más terribles existen en el mundo; y qué espantoso, si ese hombre, ese monstruo, está verdaderamente en Londres! Me da miedo pensarlo. En este mismo momento, mientras le escribo, me acaba de llegar un telegrama de Jonathan diciendo que sale esta tarde a las 6.25 de Launceston, y que estará aquí a las 10.18, así que no tendré miedo esta noche. En vez de venir a comer, ¿le importaría venir a desayunar con nosotros a las ocho, si no es demasiado temprano para usted? De este modo, si tiene prisa, podría coger el tren de las 10.30, que le dejará en Paddington a las 2.35. No hace falta que me conteste, si piensa venir.

Le saluda su sincera y agradecida amiga,

MINA HARKER

DIARIO DE JONATHAN HARKER

26 de septiembre

Creía que no volvería a escribir nunca más en este diario, pero ha llegado el momento de hacerlo. Anoche, al regresar a casa, Mina tenía la cena preparada, y después de cenar me habló de la visita de Van Helsing, de que le había dado una copia de los dos diarios, y de lo preocupada que había estado por mí. Me enseñó la carta del doctor, donde dice que todo lo que yo he escrito es cierto. Creo que ha hecho de mí un hombre nuevo. Dudaba de la realidad de todo lo que provocó mi desmoronamiento. Me sentía impotente, en tinieblas, lleno de desconfianza. Pero ahora que *sé* que es verdad, no tengo miedo, ni siquiera del Conde. De modo que al fin ha conseguido su propósito de instalarse en Londres, y es a él a quien vi. Ha rejuvenecido, pero ¿cómo? Van Helsing es el hombre idóneo para desenmascararle y cogerle, si es tal como dice Mina. Permanecimos en vela hasta muy tarde, y hablamos de todo esto. Mina se está vistiendo, pasaré por el hotel a recoger al doctor dentro de unos minutos, y le traeré aquí...

Creo que se sorprendió al verme. Nada más entrar en su habitación, y presentarme, me cogió por el hombro, me volvió la cara hacia la luz y dijo, tras examinarme detenidamente:

—Me había dicho *madame* Mina que estaba usted enfermo, que padecía un trastorno nervioso.

Me encanto oírle decir «*madame* Mina» a este amable anciano de facciones enérgicas. Sonreí y dije:

—*Estaba* enfermo; *he tenido* una crisis. Pero usted ha conseguido curarme ya.

—¿Cómo?

—Con la carta que le mandó anoche a Mina. Yo estaba sumido en la duda; todo tenía para mí una atmósfera de irrealidad, y no estaba seguro de nada, ni siquiera de la evidencia de mis propios sentidos. Y no estando seguro de nada, no sabía qué hacer; de modo que me dediqué tan sólo a trabajar en lo que hasta hoy ha sido la rutina de mi vida. Pero esa rutina había dejado de servirme ya de refugio, y había perdido la confianza en mí mismo. Doctor, no sabe usted lo que significa dudar de todo, incluso de uno mismo. No, no lo sabe; con unas cejas como las suyas, no puede saberlo.

Mis palabras parecieron halagarle, se rió y dijo:

—¡Exacto! Es usted buen fisonomista. Cada hora que pasa, aprendo cosas nuevas aquí. Tendré mucho gusto en desayunar con ustedes; ¡ah, señor!, y perdonará que este viejo le alabe diciéndole que su esposa es una bendición.

Me habría pasado el día entero oyéndole cantar las alabanzas de Mina, así que me limité a asentir con la cabeza y guardar silencio.

—Es una de esas mujeres que hace Dios con su propia mano para enseñarnos a los hombres y a las demás mujeres que hay un cielo al que podemos llegar, y cuya luz se difunde ya aquí en la tierra. Es dulce, sincera, noble, desinteresada... Y eso, permítame que se lo diga, significa mucho en estos tiempos escépticos y egoístas. En cuanto a usted, señor, he leído todas las cartas que *madame* Mina envió a la señorita Lucy, y algunas de ellas hablan de usted, de modo que le conozco desde hace unos días por intermedio de otros, pero conozco su auténtica personalidad desde anoche. Déme la mano, ¿quiere? Seamos amigos para siempre.

Nos estrechamos la mano, y se mostró tan serio y tan amable que me hizo sentirme anonadado.

—Y ahora —dijo—, ¿me permite pedirle un poco más de ayuda? Tengo que llevar a cabo una importante tarea, y primero debo informarme. Usted podría ayudarme en esto. ¿Sabría decirme qué ocurrió antes de su marcha a Transilvania? Más tarde le pediré una colaboración de carácter diferente; pero de momento me basta con esto.

—Pero, señor —dije—, ¿acaso su misión tiene alguna relación con el Conde?

—La tiene —dijo solemnemente.

—Entonces, me uno a usted en alma y vida. Dado que se marcha en el tren de las 10.30, no tendrá tiempo de leer unos cuantos documentos que tengo, pero se los dejaré. Puede llevárselos y leerlos durante el viaje.

Después de desayunar, le acompañé a la estación. Cuando nos despedíamos, dijo:

—¿Podría venir a Londres, si se lo pidiese, con su esposa?

—Iremos cuando usted diga —dije.

Le había comprado los periódicos locales de la mañana y los de Londres de la tarde anterior; y mientras hablábamos por la ventanilla del vagón, esperando a que el tren se pusiera en marcha, empezó a hojearlos. Sus ojos captaron algo de especial interés en uno de ellos, en el *Westminster Gazette* —lo distinguí por el color del papel—, y se puso pálido. Leyó algo, con suma atención, y gimió en voz baja:

—*Mein Gott! Mein Gott!* ¡Tan pronto! ¡Tan pronto!

Creo que se había olvidado totalmente de mi presencia. En ese instante, silbó el tren, y arrancó. Esto le devolvió a la realidad, se asomó a la ventanilla y agitó la mano gritando:

—Cariñosos saludos a *madame* Mina; le escribiré a usted en cuanto pueda.

DIARIO DEL DOCTOR SEWARD

26 de septiembre

Verdaderamente, no parece que las cosas tengan final. No hace una semana que puse fin, y aquí estoy, empezando otra vez, o más bien continuando la misma grabación. Hasta esta tarde, no he tenido motivos para pensar en lo ocurrido. Renfield se comportaba con más cordura que nunca en todos los sentidos. Llevaba ya tiempo dedicándose a sus moscas, y había empezado otra vez con las arañas, de manera que no me ocasionaba problemas. He tenido una carta de Arthur, escrita el domingo, y por ella veo que lo sobrelleva bastante bien. Quincey Morris está con él, y eso le sirve de mucha ayuda, ya que es un muchacho burbujeante de ánimo. Quincey me escribe unas líneas también; me cuenta que Arthur recobra poco a poco su antiguo optimismo; de manera que, en lo que a ellos respecta, me siento tranquilo. En cuanto a mí, me estaba reintegrando al trabajo con el entusiasmo de antes, de forma que habría podido decir que la herida que me había dejado la muerte de Lucy se estaba cicatrizando. Sin embargo, todo ha vuelto a abrirse, y sólo Dios sabe cuál será el final. Tengo la impresión de que Van Helsing sí lo sabe, pero sólo revela lo imprescindible para despertar la curiosidad. Ayer fue a Exeter y pernoctó allí. Hoy ha vuelto, y casi irrumpió en la habitación a eso de las cinco y media, poniéndome en las manos el *Westminster Gazette* de ayer tarde.

—¿Qué piensa de eso? —preguntó, dando después un paso atrás y cruzándose de brazos.

Hojeé el periódico, porque en realidad no sabía a qué se refería, pero él me lo cogió y me señaló un artículo sobre niños extraviados en Hampstead. Aquello no me decía nada, hasta que llegué a un párrafo en el que se describían unas pequeñas heridas redondas en el cuello. Me vino una idea a la mente, y alcé la mirada.

—¿Y bien? —dijo el profesor.

—Iguales que las de la pobre Lucy.

—¿Y cómo se explica?

—Sencillamente, porque hay una causa común. Fuera lo que fuese lo que la hirió a ella, los ha herido a ellos.

Sin embargo, no entendí muy bien su respuesta:

—Eso es cierto indirectamente, pero no directamente.

—¿Qué quiere decir, profesor? —pregunté.

Me sentía inclinado a tomar su seriedad a la ligera, porque al fin y al cabo, cuatro días de descanso y sin angustias febriles, contribuyen a devolverle a uno el humor, pero cuando vi su semblante, cambié de tono. Nunca, ni en medio de nuestra desesperación a causa de la pobre Lucy, había tenido una expresión tan seria.

—¡Dígamelo! —exclamé—. A mí no se me ocurre ninguna explicación. No sé qué pensar, y carezco de datos para aventurar ninguna hipótesis.

—¿Pretende decirme, amigo John, que no tiene ninguna sospecha sobre lo que ha ocasionado la muerte de la pobre Lucy, después de todos los indicios que yo le he brindado, además de los mismos acontecimientos?

—Una postración nerviosa a causa de una gran pérdida o gasto de sangre.

—¿Y cómo se ha perdido o gastado esa sangre?

Hice un gesto negativo con la cabeza. El profesor dio un paso, se sentó junto a mí, y prosiguió:

—Usted es un hombre inteligente, amigo John; razona bien y su perspicacia es sagaz, pero tiene demasiados prejuicios. No deja que sus ojos vean y que sus oídos oigan, y lo que está fuera de su vida diaria carece de importancia para usted. ¿No cree que hay cosas que no entiende, y que sin embargo existen, que algunas personas ven cosas que no ven las demás? Pero existen cosas antiguas y nuevas que no llegan a captar los ojos de los hombres, porque conocen (o creen conocer) las cosas tal como otros hombres se las han enseñado. ¡Ah!, ése es el error de nuestra ciencia: quiere explicarlo todo; y si no puede explicarlo, entonces dice que no hay nada que explicar. Sin embargo, vemos surgir cada día alrededor nuestro nuevas creencias, o que se creen nuevas, aunque son viejas que fingen ser jóvenes..., como esas damas elegantes de la ópera. Supongo que usted no creerá ahora en la transferencia corporal, ¿verdad? Ni en la materialización, ¿verdad? Ni en los cuerpos astrales, ¿verdad? Ni en la lectura del pensamiento, ¿verdad? Ni en el hipnotismo...

—Sí —dije—, en eso sí; Charcot lo ha demostrado palpablemente.

El profesor sonrió, y dijo:

—Entonces, en eso está de acuerdo, ¿no? Y por supuesto, entiende cómo actúa, y comprende cómo la mente del gran Charcot (¡lástima que no viva ya!) penetra en el alma del paciente en quien influye, ¿no? Entonces, amigo John, ¿debo suponer que acepta sencillamente el hecho, y se contenta con dejar en blanco desde la premisa a la conclusión? Pues explíqueme (porque soy un estudioso del cerebro) ¿cómo es que acepta el hipnotismo y rechaza la lectura del pensamiento? Permita que le diga, amigo mío, que hay cosas hoy día en la ciencia de la electricidad que habrían sido consideradas impías por los mismos hombres que descubrieron la electricidad..., y que ellos mismos, de haber vivido no mucho antes, habrían sido quemados por brujos. Siempre ha habido misterios en la vida. ¿Por qué Matusalén vivió novecientos años y el Viejo Parr ciento sesenta y nueve, y sin embargo esa pobre Lucy, con la sangre de cuatro hombres en sus venas, no pudo vivir siquiera un día? Pues de haber vivido un día más, habríamos podido salvarla. ¿Conoce usted todos los secretos de la vida y la muerte? ¿Domina completamente la anatomía comparada, y puede decir por qué las cualidades de los brutos están presentes en unos hombres y en otros no? ¿Puede decirme por qué, mientras unas arañas mueren pronto y son de pequeño tamaño, vivió aquella araña enorme durante siglos en la torre de la vieja iglesia española, y creció y creció, hasta el punto de que bajaba y se bebía el aceite de todas las lámparas de la iglesia? ¿Puede decirme por qué en las Pampas, y en otros lugares, hay murciélagos que salen de noche y les abren las venas al ganado y a los caballos y les succionan toda la sangre? ¿Por qué en algunas islas de los mares occidentales hay murciélagos que se pasan el día colgados de los árboles, de forma que aquellos que los han visto los describen como nueces o cocos gigantescos, y que cuando los marineros suben a dormir a cubierta, porque hace mucho calor, se posan sobre ellos, y por la mañana los encuentran muertos y pálidos como la señorita Lucy?

—¡Dios mío, profesor! —dije, poniéndome en pie de un salto—. ¿Pretende insinuar que Lucy fue atacada por uno de esos murciélagos, y que pasan esas cosas aquí en Londres, en pleno siglo XIX?

Hizo un gesto con la mano para que guardase silencio, y prosiguió:

—¿Puede decirme por qué la tortuga vive más tiempo que generaciones enteras de hombres, por qué el elefante contempla el paso de las dinastías, y por qué el papagayo sólo muere en las fauces del gato o del perro, o por alguna enfermedad? ¿Puede decirme por qué los hombres de todas las épocas y lugares creen que hay personas que viven eternamente si se las deja, que hay hombres y mujeres que no mueren? Todos sabemos (porque la ciencia así lo atestigua) que ha habido sapos encerrados en las rocas durante miles de años, ocultos en agujeros muy pequeños donde sólo cabían ellos, desde que el mundo era joven. ¿Puede decirme por qué el faquir indio puede dejarse morir y enterrar, y después de sellada su sepultura se siembra trigo encima, y madura ese trigo, y se siega y se siembra y se siega otra vez, y luego quitan los sellos de la tumba, y allí está el faquir indio, no muerto, sino que se levanta y camina entre los demás igual que antes?

Aquí le interrumpí. No era capaz de seguirle, me abrumaba de tal modo con su lista de excentricidades de la Naturaleza, y de imposibilidades posibles, que me ardía la imaginación. Percibía vagamente que intentaba darme una lección, como solía hacer en otro tiempo, en sus clases de Amsterdam, pero entonces solía decirme qué era lo que pretendía, de modo que yo tenía todo el tiempo en el pensamiento el objeto de su disertación. Pero ahora no contaba con ninguna ayuda, aunque quería seguirle; de modo que dije:

—Profesor, permítame que vuelva a ser su estudiante predilecto. Dígame cuál es la tesis, a fin de poder aplicar su ciencia a medida que avanza en sus explicaciones. En este momento voy mentalmente de un punto a otro igual que siguen los locos una idea. Me siento como un novicio avanzando por un cenagal en medio de la niebla, saltando de un matojo a otro en un esfuerzo ciego por seguir andando sin saber adónde voy.

—Ése es un buen símil —dijo—. Bueno, se lo diré. Mi tesis es la siguiente: quiero que crea.

—¿Que crea qué?

—Que crea en cosas que no puede creer. Permita que le ponga un ejemplo. Una vez oí decir que un americano definía la fe así: «Aquello que hace que creamos en cosas que sabemos que no son ciertas». Al menos comprendo perfectamente a ese hombre. Quería decir que debemos tener una mentalidad abierta, y no permitir que una pequeña verdad obstruya el curso de las grandes verdades, como una pequeña roca obstruye el paso del tren. Primero tenemos la verdad pequeña. ¡Bien! Conservémosla y valorémosla, pero no debemos permitir que crea que es toda la verdad del universo.

—Entonces, lo que quiere decir es que no deje que ninguna convicción previa turbe la receptividad de mi mente respecto de alguna cuestión extraña. ¿Entiendo correctamente la idea?

—¡Ah!, sigue siendo usted mi alumno predilecto. Merece la pena enseñarle a usted. Ahora que está preparado para entender, tiene dado el primer paso. ¿Cree, ahora, que esos pequeños agujeros observados en el cuello de los niños los ha producido la misma causa que se los produjo a Lucy?

—Supongo que sí.

Se levantó, y dijo solemnemente:

—Pues entonces se equivoca. ¡Ah, ojalá fuese así!, pero no. Es peor, mucho peor.

—En nombre de Dios, profesor Van Helsing, ¿qué quiere decir? —exclamé.

Se dejó caer en una silla con gesto de desesperación, apoyó los codos en la mesa y se cubrió la cara con las manos al hablar:

—¡Los ha hecho la propia señorita Lucy!

15

DIARIO DEL DOCTOR SEWARD

(Continuación)

Durante un momento, me sentí dominado por la ira; fue como si el profesor acabara de soltarle una bofetada a Lucy, en vida. Di un puñetazo en la mesa y me levanté, exclamando:

—¡Doctor Van Helsing, está usted loco!

Alzó la cabeza y me miró, y vi en su expresión una ternura que me serenó en seguida.

—¡Ojalá lo estuviera! —dijo—. Sería más fácil sobrellevar la locura que una verdad de esta naturaleza. ¡Ah, amigo mío!, ¿por qué cree usted que doy tantos rodeos?, ¿por qué tardo tanto en decirle una cosa tan simple? ¿Acaso porque le odio, porque le he odiado toda mi vida? ¿Acaso porque quiero causarle dolor? ¿Acaso porque quiero vengarme, después de tantos años, por haberme salvado de una muerte espantosa? ¡Ah, no!

—Perdóneme —dije.

Y prosiguió:

—Amigo mío, no es sino porque quería decírselo con dulzura, pues sé que usted amaba a esa dama encantadora. Pero ni siquiera ahora espero que me crea. Es muy difícil aceptar sin más una verdad abstracta, pensar que quizá sea posible, cuando siempre hemos creído que no lo es; y más difícil aún es aceptar una verdad tan triste y tan concreta, sobre todo de una persona como la señorita Lucy. Esta noche se lo probaré. ¿Se atreve a venir conmigo?

La proposición me hizo vacilar. A un hombre no le gusta comprobar ese tipo de verdades; Byron ha sido la excepción, en esta categoría de celosos:

Y comprobar la verdad que más aborrecía.

Se dio cuenta de mi vacilación, y dijo:

—El argumento es sencillo; no se trata de un raciocinio de locos esta vez, de saltar de mata en mata en medio de la niebla. Si no es verdad, entonces la prueba será un alivio; en el peor de los casos, no supondrá ningún daño. Pero ¿y si es cierto? ¡Ah!, ahí está el terror; sin embargo, el mismo terror estará de parte mía, porque para ayudarme hace falta creer. Bien, le diré lo que me propongo: primero, iremos al sanatorio a ver a ese niño. El doctor Vincent, del Nort Hospital, donde dicen los periódicos que lo han ingresado, es amigo mío, y creo que de usted, puesto que estudiaron los dos en Amsterdam. Estoy seguro de que permitirá examinar el caso a dos científicos, si no a dos amigos. No le diremos nada, sino solamente que queremos estudiarlo. Y después...

—¿Y después?

Se sacó una llave del bolsillo y la sostuvo en alto.

—Después pasaremos la noche, usted y yo en el cementerio donde Lucy está enterrada. Ésta es la llave de su panteón. Me la dio el sepulturero para que se la entregase a Arthur.

Se me encogió el corazón, porque veía que nos esperaba una dura prueba. Sin embargo, no podía hacer nada; de modo que me armé de valor, y le dije que era mejor que nos diésemos prisa, ya que se nos estaba yendo la tarde...

Encontramos al niño despierto. Había dormido, había tomado algún alimento, y al parecer todo iba bien. El doctor Vincent le quitó el apósito del cuello, y nos enseñó las dos punciones. No había error posible en cuanto a la semejanza con las de la garganta de Lucy. Eran más pequeñas, y los bordes parecían más frescos, nada más. Le preguntamos a Vincent a qué las atribuía, y contestó que debió de morderle algún animal, quizá una rata, aunque personalmente se inclinaba, a creer que se las había hecho un murciélago de los que tanto abundaban en los montes del norte de Londres.

—Puede que entre esos animales inofensivos haya algún ejemplar dañino de los países del sur —dijo—. Quizá lo trajera algún marinero y luego se le escapó. O puede que se haya fugado del parque zoológico algún ejemplar joven, o que se haya vuelto vampiro uno de los murciélagos comunes. Esas cosas ocurren. Hace diez días tan sólo, se escapó un lobo, y le siguieron el rastro hasta aquí. Y una semana después, a los niños les dio por jugar nada menos que a Caperucita Roja, por todo el Brezal, hasta que vino a asustarles la «hermosa señora», que desde entonces se ha convertido en la atracción de todos ellos. Incluso este pobre chiquillo, al despertarse hoy, le ha preguntado a la enfermera si podía marcharse. Y al querer saber ella por qué quería irse, dijo que para jugar con la «hermosa señora».

—Supongo —dijo Van Helsing— que cuando mande al niño a su casa, prevendrá a los padres para que le vigilen estrechamente. Estas fantasías son muy peligrosas; y si el niño permaneciese otra noche fuera de casa, probablemente sería fatal. Pero supongo que no le dará de alta en varios días, ¿verdad?

—Por supuesto que no; al menos hasta dentro de una semana, o más, si la herida no ha sanado.

La visita al sanatorio nos entretuvo más de lo que habíamos calculado, y el sol se había ocultado antes de que saliésemos. Cuando Van Helsing vio que oscurecía, dijo:

—No hay prisa. Aunque se ha hecho más tarde de lo que yo creía. Busquemos un sitio donde cenar, luego haremos lo que tenemos que hacer.

Cenamos en el Jack Straw's Castle, metidos entre una multitud de ciclistas y demás gentes bulliciosas. Alrededor de las diez, salimos de la posada. Estaba muy oscuro, y las farolas dispersas hacían más densa la oscuridad, cuando nos alejábamos de sus respectivos círculos. Evidentemente, el profesor había estudiado el camino que debíamos tomar, ya que marchábamos sin vacilaciones; por mi parte, estaba completamente desorientado. A medida que caminábamos, íbamos encontrándonos con menos gente, hasta que nos sorprendimos un poco al tropezarnos con una patrulla a caballo de la policía que efectuaba su ronda habitual. Finalmente, llegamos a la tapia del cementerio, y la escalamos. Con cierta dificultad —dado que estaba muy oscuro y el paraje nos era completamente desconocido— encontramos la tumba. El profesor sacó la llave, abrió la chirriante puerta y, haciéndose a un lado cortésmente, aunque de manera completamente impensada, me hizo un gesto para que le precediese. Había cierta ironía en la invitación, en esta cortesía de darme la preferencia en tan macabra ocasión. Mi compañero me siguió y cerró la puerta inmediatamente, cerciorándose primero de que el pasador de la cerradura no era de resbalón. De lo contrario, nos habríamos visto en un serio aprieto. Luego hurgó en su maletín, sacó una caja de fósforos y procedió a encender una luz. La tumba, durante el día, y adornada con flores frescas, había tenido un aspecto bastante lúgubre. Pero ahora que habían pasado varios días, y las flores estaban marchitas y secas, con los blancos pétalos ya de color herrumbre, y el verde se había convertido en marrón; ahora que las arañas y los escarabajos habían vuelto a tomar posesión de sus dominios; ahora que la piedra descolorida y polvorienta, el hierro oxidado y húmedo, el latón empañado y todos los sucios objetos plateados devolvían desmayadamente el resplandor de la vela, el efecto resultaba más sórdido y deprimente de lo que cabe imaginar. Sugería, irresistiblemente, la idea de que no era la vida —la vida animal— lo único que puede fenecer.

Van Helsing procedía sistemáticamente. Sosteniendo la vela en alto para poder leer las placas de los ataúdes, y manteniéndola de una forma que la cera caía en blancas gotas que se cuajaban tan pronto como tocaban el metal, comprobó cuál era el féretro de Lucy. Revolvió en su maletín, y sacó un destornillador.

—¿Qué va a hacer? —pregunté.

—Voy a abrir el ataúd. Aún necesita usted convencerse.

Empezó a quitar tornillos, y a continuación levantó la tapa, dejando al descubierto una cubierta de plomo. Aquello me pareció casi demasiado. Era como una afrenta a la difunta, igual que si la despojasen de su ropa durante el sueño, mientras vivía, así que le cogí la mano y le detuve. Él se limitó a decir:

—Ahora verá.

Volvió a escarbar en su maletín y sacó una sierra de calar. Asestó un golpe con el destornillador en el plomo, con un gesto que me hizo pestañear, produciendo en la lámina un pequeño agujero que, sin embargo, bastó para poder introducir la punta de la sierra. Yo había esperado que saliesen las características emanaciones de un cadáver de una semana. Los médicos que hemos tenido que afrontar estas contingencias estamos ya acostumbrados a ellas, así que me retiré hacia la puerta. Pero el profesor no se detuvo un instante; aserró la funda de plomo, a lo largo de uno de los lados cuando llevaba aserrados unos dos pies, siguió transversalmente, y luego por el otro lado. Cogió el borde del trozo aserrado y lo dobló hacia los pies del ataúd, y acercando la vela a la abertura, me hizo una seña para que me asomase.

Me acerqué y miré. El ataúd estaba vacío.

Naturalmente, fue una sorpresa para mí, me quedé estupefacto. Pero Van Helsing no se alteró. Ahora estaba más seguro que nunca de su teoría, y por tanto más animado a proseguir en su empresa.

—¿Está usted conforme ahora, amigo John? —preguntó.

Sentí despertar en mí una obstinada inclinación a la polémica, y contesté:

—Estoy conforme en que el cuerpo de Lucy no se encuentra en el ataúd, pero eso sólo prueba una cosa.

—¿Qué cosa, amigo John?

—Que no está ahí.

—Buena lógica en lo que a argumentos se refiere. Pero ¿cómo explica, cómo puede explicar, que no esté ahí?

—Quizá lo ha robado un ladrón de cadáveres. O alguno de los empleados de la funeraria.

Me daba cuenta de que estaba diciendo tonterías; sin embargo, era lo único que se me ocurría.

El profesor suspiró.

—¡Ah, bueno! —dijo—; habrá que encontrar una prueba más. Venga conmigo.

Colocó la tapa del ataúd otra vez, recogió todas sus cosas y las guardó en el maletín; apagó la vela de un soplo y la metió en el maletín también. Abrimos la puerta, y salimos. El profesor cerró con llave. Acto seguido, me la tendió diciendo:

—¿Quiere guardarla usted? Así estará más seguro.

Me reí —aunque no fue una risa muy alegre—, y me acerqué para cogérsela.

—La llave no significa nada —dije—; puede haber duplicados; de todas formas, no es difícil abrir una cerradura de esa clase.

El profesor no dijo nada, pero se guardó la llave en el bolsillo. Luego me dijo que vigilase una parte del cementerio mientras él vigilaba la otra. Me aposté detrás de un tejo, y vi avanzar su oscura figura hasta que las lápidas y los árboles lo ocultaron por completo.

Fue una vigilancia solitaria. Al poco rato de ocupar mi puesto, un lejano reloj daba las doce; después oí sonar la una, y las dos. Estaba helado, entumecido, furioso con el profesor por haberme traído a semejante sitio, y conmigo mismo por haber ido. Tenía demasiado frío y sueño para estar atento, aunque no lo bastante como para olvidar la misión que se me había encomendado; de forma que todo me resultaba enojoso por demás.

De repente, al volverme, me pareció vislumbrar algo así como una franja blanca que se desplazaba entre los tejos, por la parte del cementerio más alejada de la tumba; al mismo tiempo, un bulto oscuro corrió por el lado que vigilaba el profesor, en dirección a la franja blanca. Me dirigí también hacia allí, pero tuve que dar un rodeo por detrás de las lápidas y las tumbas cercadas, tropezando con algunas sepulturas. El cielo estaba nublado, y a lo lejos cantó un gallo madrugador. A poca distancia, por detrás de una fila de enebros que señalaban el camino de la iglesia, una figura blanca y borrosa se dirigió apresuradamente hacia la tumba. Los árboles me ocultaban su entrada y no pude ver cómo desaparecía la blanca figura. Oí rumor de pasos por donde acababa de pasar, me acerqué y encontré al profesor con un niño pequeño en brazos. Al verme, me lo enseñó, diciendo:

—Y ahora, ¿está conforme?

—No —dije en un tono que me pareció agresivo.

—¿Es que no ve al niño?

—Sí, lo veo, pero ¿quién lo ha traído aquí? ¿Está herido? —pregunté.

—Ahora lo veremos —dijo el profesor, y sin más palabras, salimos del cementerio cargados con la criatura.

Cuando llegamos a cierta distancia, nos metimos en un grupo de árboles, encendimos un fósforo, y le examinamos el cuello. No le encontramos heridas ni rasguños de ninguna clase.

—¿Tenía yo razón o no? —pregunté triunfalmente.

—Hemos llegado a tiempo —dijo el profesor con alivio.

Había que decidir ahora lo que debíamos hacer con el niño, y deliberamos sobre este particular. Si lo llevábamos al puesto de policía, tendríamos que dar cuenta de nuestros movimientos durante la noche; por lo menos nos tocaría hacer alguna declaración sobre cómo lo habíamos encontrado. Así que al final decidimos llevarlo al Brezal, y cuando oyésemos llegar a la policía, lo dejaríamos donde pudiesen encontrarlo indefectiblemente; luego regresaríamos a casa lo más de prisa posible. Todo salió bien. En el lindero del Brezal de Hampstead oímos los pasos pesados de un policía; dejamos al niño tendido en el sendero, y nos quedamos vigilando hasta que lo descubrió al balancear su linterna de un lado a otro. Oímos su exclamación de asombro, luego nos fuimos en silencio. Por suerte, pudimos parar un coche cerca del Spaniards, y regresamos a la ciudad.

No tenía sueño, y me he puesto a grabar todo esto. Pero trataré de descansar unas horas, ya que Van Helsing pasará a recogerme a mediodía. Insiste en que vaya con él a efectuar otra expedición.

27 de septiembre

Se hicieron las dos, antes de que se nos presentase una ocasión para introducirnos. Había habido un funeral a mediodía, había concluido, y se iban yendo poco a poco los últimos rezagados. Estuvimos observando atentamente desde un grupo de alisos, hasta que vimos que el sacristán cerraba la verja, después de salir. Entonces supimos que podíamos gozar de entera libertad hasta la mañana siguiente, si queríamos, pero el profesor me dijo que con una hora, a lo sumo, tendríamos suficiente. Otra vez sentí esa horrible sensación de la realidad de las cosas, en las que cualquier esfuerzo de imaginación parece fuera de lugar; y me di cuenta claramente del peligro que corríamos ante la ley, con esta empresa sacrílega. Además, me daba la impresión de que carecía de sentido. Pese a lo horrible que era abrir un ataúd de plomo para ver si la mujer que había muerto hacía una semana estaba verdaderamente muerta, ahora me parecía que rayaba en la locura volver a abrir la tumba, cuando sabíamos, por la evidencia de nuestros ojos, que el ataúd estaba vacío. Me encogí de hombros, no obstante, y permanecí en silencio, pues Van Helsing sabía salirse con la suya, por mucho que los demás protestasen. Sacó la llave, abrió la cripta, y una vez más me invitó cortésmente a pasar delante de él: el lugar era tan espantoso como la noche anterior; pero ¡qué miserable parecía al entrar el sol! Van Helsing se dirigió al ataúd de Lucy, y le seguí. Se inclinó sobre él y dobló la pestaña de plomo, y me sentí súbitamente dominado por la sorpresa y el estupor.

Allí estaba Lucy, tal como la habíamos visto la noche antes del funeral. Estaba, si es posible, más radiantemente hermosa que nunca. Yo no acababa de creer que estuviese muerta. Tenía los labios rojos, más rojos que nunca, y un delicado rubor en las mejillas.

—¿Es esto un truco? —pregunté.

—¿Se convence usted ahora? —dijo el profesor por toda respuesta; y mientras hablaba alargó la mano, lo que me produjo un estremecimiento, y le separó los labios para enseñarme los dientes blancos.

—Vea —prosiguió—, los tiene más afilados que antes. Con éste y con éste —y tocó uno de los caninos y el correspondiente de abajo—, puede morder a los niños pequeños. ¿Se convence ahora, amigo John?

Una vez más, el afán de polémica despertó en mi interior. No *podía* aceptar su abrumadora teoría; así que, en un esfuerzo por rebatirle, cosa de la que aún ahora me siento avergonzado, dije:

—Puede que alguien la haya colocado aquí durante la noche.

—¿De veras? Puede ser, ¿y quién?

—No lo sé. Alguien.

—Sin embargo, hace una semana que está muerta. La mayoría de la gente no tendría ese aspecto.

No encontré respuesta para esto, así que guardé silencio; Van Helsing no pareció notar este silencio; en todo caso, no dio muestras ni de triunfo ni de pesar. Examinaba minuciosamente el rostro de la muerta, levantándole los párpados, mirándole los ojos y abriéndole nuevamente los labios para observar los dientes. Luego se volvió hacia mí y dijo:

—Aquí hay algo que es diferente a todo cuanto hay consignado en los libros: ésta es una vida dual que se sale de lo común. Fue mordida por un vampiro cuando estaba en trance, sonámbula (¡ah!, ¿se sorprende usted?, usted no lo sabe, amigo John, pero ya lo sabrá a su debido tiempo); así se le pudo sacar mayor cantidad de sangre. Pero murió en estado de trance, y ahora es una No muerta en trance también. Eso es lo que la diferencia de todos los demás. Normalmente, cuando el No muerto duerme en su hogar —explicó, haciendo un gesto amplio con el brazo para mostrar qué entendía él por el «hogar» de un vampiro—, su semblante refleja lo que es; la dulce apariencia anterior a la transformación en No muerto se disuelve en la nada, como les ocurre a los muertos ordinarios. Pero en ese rostro no hay nada maligno, y va a ser difícil matarla mientras duerme.

Esto último me heló la sangre; empezaba a darme cuenta de que estaba aceptando las teorías de Van Helsing; de todos modos, si estaba realmente muerta, ¿por qué me aterraba la idea de matarla? El profesor me miró y, evidentemente, notó un cambio en mi expresión, porque dijo casi con alegría:

—¡Ah!, ¿ya cree ahora?

—No me atosigue tanto de una vez —contesté—. Estoy dispuesto a aceptarlo. ¿Cómo va a efectuar esa sangrienta tarea?

—Le seccionaré la cabeza, le llenaré la boca con ajos, y le atravesaré el cuerpo con una estaca.

Me estremecí ante la idea de mutilar el cuerpo de la mujer que había amado. Sin embargo el sentimiento no era tan fuerte como yo había esperado. De hecho, empezaba a sentir pavor y repugnancia ante la presencia de este ser, de esta No muerta, como Van Helsing la llamaba. ¿Es posible que el amor sea subjetivo?, ¿no es objetivo?

Esperé bastante rato a que empezara Van Helsing, pero seguía como absorto en honda reflexión. Luego cerró su maletín de golpe, y dijo:

—He estado pensando, y he decidido lo mejor. Si siguiese mi impulso simplemente, haría ahora mismo, en este momento, lo que tengo que hacer; pero hay que tener en cuenta otras cosas, otras cosas mil veces más difíciles, y que no conocemos. Esto es sencillo. Aún no le ha quitado la vida a nadie, aunque eso es cuestión de tiempo, e intervenir ahora sería evitarle semejante riesgo para siempre. Pero puede que nos haga falta Arthur; y ¿cómo vamos a hablarle de esto? Si usted vio las heridas en la garganta de Lucy y otras iguales en el niño del sanatorio, si vio anoche el ataúd vacío y hoy ocupado por una mujer que no ha experimentado otro cambio que el de haber recobrado más color y belleza durante la semana que lleva muerta...; si usted sabe todo esto, y vio anoche la figura blanca que traía a un niño al cementerio, y no cree en el testimonio de sus sentidos, ¿cómo puedo esperar que Arthur, que no sabe nada, pueda creer? Dudó de mí cuando le impedí que la besara cuando estaba a punto de expirar. Sé que me ha perdonado, convencido de que, movido por alguna idea equivocada, le impedí despedirse de ella como quería; ahora puede pensar que, por otra idea equivocada, esta mujer fue enterrada viva, y que por una idea más equivocada aún, la hemos matado. Podría alegar que hemos sido nosotros, los equivocados, quienes la hemos matado por nuestras ideas; y se sentiría más desdichado aún. Nunca estaría seguro, y eso sería lo peor. Unas veces pensaría que su amada había sido enterrada viva, y tendría espantosas pesadillas en las que se representaría sus horribles sufrimientos; otras, en cambio, pensaría que quizá tuvimos razón, y que su amada era una No muerta, en definitiva. ¡No! Se lo he dicho en otra ocasión aunque desde entonces he aprendido mucho. Ahora que sé que todo es cierto, estoy mil veces más convencido de que debemos cruzar las aguas turbulentas para llegar a las mansas. El pobre muchacho va a tener unos momentos en que el mismo rostro del cielo se le va a volver negro; entonces podremos actuar de una vez por todas, y devolverle la paz. Estoy decidido. Vámonos. Usted regresará esta noche a su sanatorio, a ocuparse de su trabajo. Yo pasaré la noche aquí, en el cementerio, atento a lo que ocurra. Mañana por la noche pase por el Berkeley a buscarme, a las diez. Mandaré recado para que vaya Arthur también, así como ese apuesto joven americano que dio su sangre. Más tarde tendremos trabajo. Le acompañaré hasta Piccadilly y cenaremos allí, quiero estar de regreso antes de la puesta de sol.

Así que cerramos la tumba con llave, saltamos la tapia del cementerio, lo que no era muy difícil, y regresamos a Piccadilly.

NOTA DEJADA POR VAN HELSING EN SU CASILLERO DEL BERKELEY HOTEL, DIRIGIDA AL DOCTOR JOHN SEWARD

(No entregada)

27 de septiembre

Amigo John:

Le escribo estas líneas por si sucediese algo. Voy a ir solo a vigilar el cementerio. Procuraré que la No muerta, la señorita Lucy, no salga esta noche, de modo que mañana por la noche estará más ansiosa. Pondré ciertas cosas que no le gustarán —flores de ajo y un crucifijo—, y que le impedirán salir de la tumba. Es una No muerta reciente, y se mostrará dócil. Sin embargo, estos objetos sólo pueden evitar que salga, pero no obligarla a permanecer en el ataúd, si siente mucha ansiedad; porque entonces el No muerto se desespera, y busca la vía de menos resistencia, sea la que sea. Vigilaré toda la noche, desde la puesta de sol hasta el amanecer; y si hubiese algo más que averiguar, lo averiguaré. En cuanto a Lucy, no creo que le ocurra nada: pero ese otro, a causa del cual se ha convertido en una No muerta, ahora tiene poder para encontrar la tumba de ella y buscar allí protección. Es astuto, lo sé por el señor Harker, y por la forma en que nos ha burlado, jugando con nosotros cuando tratábamos de salvar la vida de la señorita Lucy; y en muchos aspectos los No muertos son muy fuertes. Sus manos tienen la fuerza de veinte hombres; y la de nosotros cuatro, que le dimos nuestro vigor a la señorita Lucy, está también en él. Además, tiene dominio sobre los lobos y sabe Dios sobre qué otros seres. En fin, si se le ocurre ir allí esta noche, me encontrará a mí y a nadie más...; hasta que sea demasiado tarde. Pero puede que no intente dar ese paso. No hay motivo para que lo dé; su terreno de caza está más lleno de piezas que el cementerio donde duerme la No muerta y vigila un anciano.

No obstante, le escribo todo esto por si acaso... Recoja los documentos que adjunto; los diarios de los Harker y demás. Y léalos, busque luego a ese gran No muerto, córtele la cabeza y queme su corazón, o atraviéselo con una estaca, a fin de librar al mundo de esa amenaza.

Y si es así, adiós para siempre.

VAN HELSING

DIARIO DEL DOCTOR SEWARD

28 de septiembre

Es sorprendente cómo se recupera uno con dormir bien una noche. Ayer me sentía casi dispuesto a aceptar las monstruosas ideas de Van Helsing; ahora en cambio las veo como un espeluznante ultraje al sentido común. No hay duda de que él está convencido. Me pregunto si se le habrá trastornado el juicio. Sin duda existe *alguna* explicación racional para todos estos misterios. Es imposible que el profesor pueda haberlo urdido todo. Es tan anormalmente inteligente que si perdiera la razón, podría llevar a cabo lo que fuese a las mil maravillas, con tal de defender una idea fija. Me disgusta pensar una cosa así; y efectivamente, es casi tan fantástica su teoría, como la revelación de que está loco. De todos modos, le vigilaré estrechamente. Puede que dé con alguna explicación de todo este misterio.

29 de septiembre, por la mañana

Anoche, poco antes de las diez, llegaron Arthur y Quincey a la habitación de Van Helsing, éste nos dijo lo que quería que hiciésemos, pero durante todo el tiempo se dirigió de manera especial a Arthur, como si todas nuestras voluntades se concentraran en la suya. Empezó diciendo que esperaba que fuéramos con él, «pues hay un grave deber que cumplir allí. ¿Le sorprendió recibir mi carta?», preguntó directamente a lord Godalming.

—Algo. Me preocupó un poco. Ha habido tantas preocupaciones alrededor de mi casa últimamente, que no me encuentro con fuerzas para seguir soportando más. Pero he sentido curiosidad por saber qué quería. Quincey y yo hemos hablado sobre el particular, pero cuanto más hablábamos, más perplejos estábamos. Por lo que a mí respecta, he llegado a un punto en que no entiendo nada de nada.

—Yo tampoco —dijo Quincey Morris lacónicamente.

—¡Ah! —exclamó el profesor—, entonces están ustedes más cerca del principio que aquí el amigo John, que tiene que retroceder bastante, hasta llegar al principio.

Era evidente que se había dado cuenta de mi retorno a mi vieja posición escéptica, sin que yo dijese una palabra. Luego, volviéndose a los otros dos, dijo con suma seriedad:

—Quiero que me dé su permiso para llevar a cabo esta noche lo que creo que es una buena acción. Sé que le pido mucho; cuando conozca lo que me propongo hacer, y sólo entonces, comprenderá cuánto. Por consiguiente, quiero que me prometa que accederá sin explicaciones previas, a fin de que después, aunque se sienta irritado conmigo durante algún tiempo —no oculto que tal eventualidad se puede dar—, no se culpe de nada.

—Eso es hablar con franqueza —terció Quincey—. Yo respondo por el profesor. No sé cuál es su propósito, pero juro que es un hombre honrado; y para mí, bastante bueno.

—Gracias, señor —dijo Van Helsing con orgullo—. También a mí me cabe el honor de considerarle uno de mis fieles amigos, cuyo apoyo tengo en muy alta estima.

Le tendió la mano, y Quincey se la estrechó. A continuación habló Arthur:

—Doctor Van Helsing, no me gusta «comprar a ciegas», como suele decirse en Escocia; si se trata de algo en lo que puede verse comprometido mi honor de caballero o mi fe de cristiano, no puedo darle la promesa que me pide. Si me asegura que lo que se propone no viola ninguna de esas dos cosas, entonces le doy mi consentimiento ahora mismo, aunque le confieso que no entiendo qué es lo que pretende.

—Acepto esa limitación —dijo Van Helsing—; todo lo que le pido es que, si considera necesario condenar cualquier acción mía, reflexione bien primero, y cerciórese de que no viola sus condiciones.

—¡De acuerdo! —dijo Arthur—, eso es justo. Y ahora que han terminado los *pourparlers*, ¿puedo preguntar qué es lo que vamos a hacer?

—Quiero que vengan conmigo, en secreto, al cementerio de Kingstead.

El semblante de Arthur se demudó, y dijo en tono algo sorprendido:

—¿Donde está enterrada la pobre Lucy?

El profesor hizo un gesto afirmativo, y Arthur prosiguió:

—¿Y una vez allí?

—¡Entraremos en su tumba!

Arthur se levantó de un salto.

—Profesor, ¿habla usted en serio, o se trata de una broma monstruosa? Perdóneme, veo que habla en serio. —Se sentó otra vez, pero pude observar que estaba rígido, hermético, como el que se encierra en su propia dignidad. Hubo un silencio, hasta que él volvió a preguntar—: ¿Y una vez en la tumba?

—¡Abriremos el ataúd!

—¡Esto es demasiado! —dijo levantándose irritado otra vez—. Quiero ser paciente mientras se trata de cosas razonables; pero esto..., esta profanación de la tumba..., de la tumba de la mujer que...

La indignación no le dejó continuar. El profesor le miró con compasión.

—Si pudiese ahorrarle sufrimientos, mi pobre amigo —dijo—, bien sabe Dios que lo haría. Pero esta noche, nuestros pasos deben seguir un sendero de espinas; ¡de lo contrario, los pies de quien usted ama caminarán eternamente por el sendero de las llamas!

Arthur alzó los ojos, con la cara pálida, impasible, y dijo:

—¡Tenga cuidado! ¡Tenga cuidado!

—¿No quiere escuchar lo que tengo que decir? —dijo Van Helsing—. Así podrá saber al menos cuál es mi propósito. ¿Puedo continuar?

—Es bastante justo —intervino Morris.

Tras una pausa, prosiguió Van Helsing, evidentemente con esfuerzo:

—La señorita Lucy está muerta; ¿no es así? ¡Bien! Entonces no puede sufrir daño alguno. Pero si no lo está...

Arthur dio un salto.

—¡Dios mío! —exclamó—. ¿Qué pretende insinuar? ¿Ha habido algún error?, ¿acaso ha sido enterrada con vida? —gimió con una angustia que ni la esperanza podía dulcificar.

—Yo no he dicho que esté viva, muchacho. Ni siquiera se me ha ocurrido. Yo no he querido decir sino que puede ser una No muerta.

—¡No muerta! ¡No viva! ¿Qué quiere decir? ¿Es todo esto una pesadilla, o qué es?

—Hay misterios que los hombres apenas pueden vislumbrar y que, después de cientos de años sólo han podido resolverse parcialmente. Créame, hoy estamos al borde de uno de ellos. Pero aún no he terminado. ¿Me da permiso para seccionarle la cabeza a la señorita Lucy?

—¡Dios del cielo, no! —exclamó Arthur en un rapto de apasionamiento—. Por nada del mundo consentiré que se le inflija ninguna mutilación a su cuerpo muerto. Doctor Van Helsing, me está sometiendo usted a una prueba excesiva. ¿Qué le he hecho para que me torture de ese modo? ¿Qué le ha hecho esa dulce criatura para querer arrojar semejante baldón sobre su tumba? ¿Está usted loco, para decir esas cosas, o es que lo estoy yo, para escucharlas? No se le ocurra pensar más en semejante profanación, no le daré mi consentimiento para hacer nada. ¡Tengo el deber de proteger su sepultura de cualquier ultraje, y por Dios que lo cumpliré!

Van Helsing se levantó de la butaca en la que había estado sentado todo el tiempo, y dijo en tono grave y severo:

—Milord Godalming, yo también tengo un deber que cumplir, un deber para con los demás, un deber para con usted, y un deber para con la muerta; ¡y por Dios que lo cumpliré! Todo lo que le pido ahora es que venga conmigo, que observe y que escuche; y si cuando más tarde le vuelva a hacer esta misma petición, no está más dispuesto que yo a concederle el descanso, entonces..., entonces cumpliré con mi deber, piense usted lo que piense. Y luego, obedeciendo a los deseos de milord, me pondré a su disposición para rendirle cuentas, cuando y donde usted quiera. —Su voz se quebró un poco; y prosiguió con acento lleno de compasión—: Pero se lo ruego: no se irrite conmigo. En una larga vida de trabajos que con frecuencia no fueron agradables de hacer, y que a veces me han encogido el corazón, jamás he tenido que llevar a cabo una empresa tan dolorosa como ésta. Créame: si llega el momento en que cambia de opinión respecto a mí, una sola mirada suya bastará para borrar este amargo momento, porque yo haría todo lo humanamente posible por evitarle el dolor. Piénselo. ¿Por qué habría de asumir tantos trabajos y tantas pesadumbres? Yo he venido aquí desde mi país para hacer todo el bien que pueda, al principio, para complacer a mi amigo John, después, para ayudar a esa encantadora joven a la que también he llegado a querer. A ella (me da vergüenza decir todo esto, pero lo digo con cariño) le di lo que usted le dio: la sangre de mis venas; se la di yo, que no era como usted, su prometido, sino sólo su médico y su amigo. Le consagré mis noches y mis días, antes y después de su muerte; y si mi muerte la pudiese salvar incluso ahora, cuando se ha transformado en No muerta, se le daría de buena gana.

Sus palabras estaban teñidas de dulce y grave orgullo, y Arthur se sintió conmovido. Cogió la mano del viejo profesor y dijo con voz emocionada:

—¡Ah!, es muy duro pensar en todo eso, y no consigo comprender; de todos modos, iré con usted y observaré.

16

DIARIO DEL DOCTOR SEWARD

(Continuación)

Eran las doce menos cuarto cuando saltamos la baja tapia y entramos en el cementerio. La noche era oscura y la luna asomaba de tarde en tarde por los desgarrones de las espesas nubes que pasaban rápidas por el cielo. Caminábamos juntos, Van Helsing abría la marcha unos pasos delante del resto. Cuando estuvimos cerca de la tumba, observé a Arthur con atención, temiendo que la proximidad de un lugar de tan doloroso recuerdo le afectase, pero se mantenía sereno. Supuse que el misterio mismo de la misión que nos llevaba allí tendía a contrarrestar en cierto modo su aflicción. El profesor abrió la puerta, y al ver nuestra natural vacilación, por distintos motivos, resolvió la situación entrando él primero. Los demás le seguimos y cerramos la puerta. Encendió a continuación una linterna y enfocó hacia el ataúd. Arthur avanzó indeciso; Van Helsing me dijo:

—Usted estuvo aquí conmigo, ayer. ¿Estaba el cuerpo de la señorita Lucy en ese ataúd?

—Sí, estaba.

El profesor se volvió a los otros, comentando:

—Ya lo han oído; sin embargo él es uno de los que no creen en mí.

Sacó el destornillador y procedió una vez más a quitar la tapa del ataúd. Arthur observaba la operación muy pálido y callado; cuando fue retirada la tapa, se acercó. Evidentemente, no sabía que era un ataúd de plomo o, en todo caso, no se acordaba. Al ver el desgarrón que tenía la hoja de plomo, se le congestionó la cara un instante, pero se le pasó en seguida, y se puso tremendamente pálido; siguió sin decir nada. Van Helsing dobló hacia atrás el trozo recortado, nos asomamos todos, y retrocedimos.

¡El ataúd estaba vacío!

Durante varios minutos, ninguno de nosotros dijo una palabra. Al fin, Quincey Morris rompió el silencio:

—Profesor, yo he respondido por usted. Lo que quiero es su palabra. En una situación corriente, no le preguntaría una cosa así, no le afrentaría con la duda que implica, pero éste es un misterio que va más allá del honor y del deshonor. ¿Ha hecho usted eso?

—Le juro por todo lo más sagrado, que no he sacado nada de aquí. Lo que ha ocurrido es lo siguiente: hace dos noches vinimos aquí mi amigo Seward y yo... movidos por la mejor intención, créame. Abrí el ataúd, que entonces estaba sellado, y lo encontramos vacío como ahora. Esperamos y vimos venir entre los árboles a una figura blanca. Ayer vinimos de día, y la encontramos dentro. ¿No es así, amigo John?

—Sí.

—La otra noche llegamos a tiempo. Se había extraviado otro pequeñuelo, y gracias a Dios lo encontramos sin daño alguno entre las tumbas. Ayer volví a venir antes de ponerse el sol, ya que cuando llega el crepúsculo los No muertos pueden salir de la tumba. Esperé aquí toda la noche hasta la salida del sol, pero no ocurrió nada. Muy probablemente, porque puse ajos sobre las abrazaderas de esa puerta, que los No muertos no pueden soportar, y otros objetos que ellos evitan. Anoche no pudo salir, pero esta noche, antes de la puesta de sol, quité los ajos y todo lo demás. Ésa es la razón por la que encontramos ahora el ataúd vacío. Pero tengan un poco de paciencia. Hasta aquí, han visto muchas cosas extrañas. Esperen conmigo fuera, ocultos y sin que nos oigan, y presenciarán cosas más extrañas. Así que —dijo, bajando la tapa de su linterna— salgamos.

Abrió la puerta y salimos uno tras otro, quedándose él el último para cerrar.

¡Ah, qué pura y fresca era la brisa de la noche, después del terror de la cripta! ¡Qué agradable era ver correr las nubes, y los breves rayos de la luna entre ellas, al pasar y alejarse como las alegrías y las tristezas de la vida humana; qué agradable respirar el aire fresco, sin contaminación alguna de corrupción y de muerte; qué conmovedor, ver los rojos relámpagos del cielo, más allá del monte, y oír el lejano y apagado rumor que delata la vida de una gran ciudad! Cada uno, a su manera, estaba serio y abrumado. Arthur guardaba silencio, me daba cuenta de que trataba de averiguar el objeto y significado de todo este misterio. Yo me sentía relativamente paciente, inclinado otra vez a desechar toda duda y aceptar las conclusiones de Van Helsing. Quincey Morris permanecía flemático a la manera del hombre que lo acepta todo con espíritu de fría valentía, arriesgando cuanto tiene. Como no podía fumar, se cortó un buen trozo de tabaco y empezó a masticarlo. En cuanto a Van Helsing, estaba dedicado a una tarea muy concreta. Primero sacó de su maletín un objeto que parecía una especie de oblea, cuidadosamente envuelta en una servilleta blanca; a continuación extrajo un par de puñados de algo blancuzco, como de pasta o masilla. Desmenuzó la hostia, y lo amasó todo entre las manos. Luego hizo finas tiras con la masa y empezó a colocarlas en las grietas, entre la puerta y el marco de la tumba. Todo esto me tenía algo perplejo; y como estaba cerca del profesor, le pregunté qué hacía. Arthur y Quincey se acercaron también a observar con curiosidad. El profesor contestó:

—Estoy sellando la tumba para que la No muerta no pueda entrar.

—¿Y pone esa pasta para ello? —preguntó Quincey—. ¡Gran Scott!, ¿es esto un juego?

—Lo es.

—¿Y qué material emplea?

Esta vez la pregunta partió de Arthur. Van Helsing se quitó reverentemente el sombrero, y contestó:

—Una hostia. La he traído de Amsterdam. He obtenido licencia.

Fue una respuesta que sobrecogió al más escéptico de nosotros; comprendimos que ante un propósito tan grave como el del profesor, un propósito en el que hacía uso del objeto que él tenía por más sagrado, era imposible desconfiar. En respetuoso silencio, nos situamos cada uno en el lugar que nos había asignado alrededor de la tumba, pero ocultos de la vista de cualquiera que se acercase. Compadecí a los otros, especialmente a Arthur. En mis anteriores visitas había aprendido a soportar este horror de vigilancia; y aunque hacía una hora rechazaba las pruebas, sentí que se me encogía el corazón. Jamás me habían parecido las tumbas tan espectralmente blancas, jamás los cipreses y los tejos y los enebros se me habían antojado tanto la encarnación de la fúnebre melancolía, jamás los árboles y la hierba se habían agitado, ni habían susurrado de forma tan inquietante, jamás habían crujido las ramas tan misteriosamente, jamás el lejano aullido de los perros había transmitido un presagio tan lastimero a través de la noche.

Transcurrió un largo rato de silencio, de vacío profundo y doloroso; y tras un siseo, el profesor hizo una seña: y allá, por la avenida de tejos, vimos avanzar una figura blanca…, una figura blanca e imprecisa, portando un bulto oscuro sobre su pecho. Se detuvo, y en ese instante, un rayo de luna traspasó las masas de erráticas nubes y reveló con sobrecogedora claridad a una mujer de cabello negro, vestida con las mortajas de la tumba. No se le veía la cara porque iba inclinada sobre lo que descubrimos que era un niño de cabellos rubios. Se detuvo, y sonó un grito breve y agudo, como los que dan los niños en sueños, o los perros cuando, tumbados ante la chimenea, se quedan dormidos. Íbamos a salirle al encuentro, pero el profesor alzó una mano que todos vimos, puesto que estaba detrás de un tejo, delante de nosotros, y nos contuvo; a continuación, la figura blanca echó a andar otra vez. Ahora estaba lo bastante cerca como para distinguirla con claridad ya que seguía habiendo luna. Se me paralizó el corazón, y oí a Arthur resollar, al reconocer las facciones de Lucy Westenra. Lucy Westenra, pero ¡qué cambiada! Su dulzura se había transformado en diamantina, despiadada crueldad, y su pureza en una salacidad voluptuosa. Van Helsing dio un paso adelante; y, obedientes a su gesto, avanzamos también los demás. Nos colocamos los cuatro en fila ante la puerta de la tumba. Van Helsing levantó su linterna y le quitó la tapa; su luz concentrada cayó sobre el rostro de Lucy, y pudimos ver que tenía los labios rojos de sangre fresca, y que un hilillo le corría por el mentón y manchaba la pureza de su blanco sudario.

Nos estremecimos de horror. Por el temblor de la luz, noté que incluso a Van Helsing le habían traicionado sus nervios de acero. Arthur estaba junto a mí, y si no le llego a coger por el brazo, se habría desplomado en el suelo.

Cuando Lucy —llamo Lucy al ser que teníamos delante porque ése era su cuerpo— nos vio, dio un paso atrás, profiriendo un gruñido igual que un gato cuando se siente cogido por sorpresa; luego sus ojos nos miraron a uno tras otro. Eran los ojos de Lucy, a juzgar por su forma y color, pero unos ojos de Lucy sucios y llameantes, carentes de aquella pureza y mansedumbre que siempre habíamos visto. En ese instante, el amor que aún sentía por ella se convirtió en odio y repugnancia, de haberla tenido que matar allí mismo, lo habría hecho yo personalmente con salvaje complacencia. Al fijarse en nosotros, sus ojos relampaguearon con un destello infernal, y su rostro se contrajo en una sonrisa voluptuosa. ¡Dios, qué escalofrío me produjo esta visión! Con gesto despreocupado, e insensible como un demonio, arrojó al suelo al niño que hasta ahora había apretado fuertemente contra su pecho, gruñendo sobre él como gruñe un perro sobre su hueso. El niño emitió un grito y quedó tendido en el suelo, lloriqueando. El gesto de ella denotaba tal frialdad de sentimientos que le arrancó a Arthur un gemido; y cuando Lucy avanzó hacia él con los brazos abiertos y una sonrisa lasciva, se echó atrás y ocultó su rostro entre las manos.

Ella siguió avanzando, no obstante, y con gracia lánguida y voluptuosa, dijo:

—Ven a mí, Arthur. Deja a esos otros y ven. Mis brazos están hambrientos de ti. Ven y descansaremos juntos. ¡Ven, esposo mío, ven!

Había una dulzura diabólica en el tono de su voz —un tintineo como de cristal— que resonó incluso en el cerebro de los demás, aun cuando las palabras iban dirigidas a otro. En cuanto a Arthur, pareció hechizado: apartó las manos de la cara y abrió los brazos. Y estaba ella a punto de abrazarle, cuando avanzó Van Helsing e interpuso entre los dos su pequeño crucifijo de oro. Ella retrocedió y, con el rostro súbitamente contraído, llena de rabia, cruzó por delante de él y se dirigió hacia la tumba.

Sin embargo, cuando estuvo a sólo un pie o dos de la puerta, se detuvo como si la sujetase una fuerza irresistible. Luego, se volvió de cara a la luz de la luna y de la linterna, que ahora no temblaba en la férrea mano de Van Helsing. Jamás vi una expresión igual de frustrada malevolencia; y confío en que jamás la vuelvan a ver unos ojos mortales. Su hermoso rubor se tornó lívido, los ojos despidieron chispas de fuego infernal, su ceño se arrugó en pliegues de carne que parecían las serpientes de Medusa, y su boca encantadora, manchada de sangre, se abrió de forma rectangular, como la de las máscaras griegas y japonesas de la pasión. Si alguna vez ha habido un rostro que expresara deseos de muerte —si la mirada pudiese matar—, lo vimos nosotros en ese instante.

Durante medio minuto, que pareció una eternidad, permaneció entre el crucifijo y el sagrado sello que le impedía la entrada. Van Helsing rompió el silencio al preguntar a Arthur:

—¡Respóndame, amigo Arthur! ¿Debo proseguir mi obra?

Arthur cayó de rodillas, y ocultó el rostro entre las manos, al contestar:

—¡Haga lo que quiera, haga lo que quiera! ¡No es posible consentir que exista un horror de esta naturaleza! —Y dejó escapar un gemido.

Corrimos Quincey y yo hacia él, y le cogimos de los brazos. Pudimos oír el clic de la linterna cuando la cerró Van Helsing; se acercó éste a la tumba y empezó a quitar el sagrado símbolo de las grietas. Y todos vimos con horrorizado asombro que, tan pronto como se apartó, la mujer, que hacía un instante tenía un cuerpo material tan real como el nuestro, se filtraba a través de un intersticio por el que apenas habría cabido la hoja de un cuchillo. Todos sentimos una sensación de alivio cuando vimos que el profesor volvía a colocar las tiras de masilla en las rendijas de la puerta.

Hecho esto, cogió al niño y dijo:

—Ahora, amigos, vengan conmigo; no podemos hacer nada más hasta mañana. Hay un funeral a mediodía, así que vendremos un poco después. Los amigos del difunto se habrán ido todos hacia las dos; cuando el sacristán cierre la verja, nos quedaremos dentro. Entonces tendremos más trabajo, aunque no del mismo género que el de esta noche. En cuanto a este pequeño, no ha sufrido demasiado daño, y dentro de veinticuatro horas se encontrará perfectamente bien. Lo dejaremos donde le pueda encontrar la policía, como al de la otra noche; después regresaremos a casa. —Y acercándose a Arthur, añadió—: Amigo mío, ha sufrido usted una dolorosa prueba; más tarde, cuando piense en ello, comprenderá que era necesario. Se encuentra ahora en aguas turbulentas, hijo mío. Mañana a estas horas, si Dios quiere, las habrá dejado atrás, y habrá llegado a aguas tranquilas; así que no llore demasiado. Hasta entonces, no le pediré que me perdone.

Arthur y Quincey regresaron conmigo, y tratamos de animarnos mutuamente durante el camino. Habíamos dejado al niño en lugar seguro, y estábamos cansados; de modo que dormimos de forma más o menos real.

29 de septiembre, por la noche

Poco antes de las doce, pasamos los tres —Arthur, Quincey Morris y yo— a buscar al profesor. Era extraño observar que, sin ponernos de acuerdo, nos habíamos vestido de negro. Arthur, por supuesto, iba de luto riguroso, pero los demás nos vestimos así instintivamente. Llegamos al cementerio hacia la una y media, y estuvimos deambulando a fin de no llamar la atención; de modo que cuando los sepultureros hubieron terminado su trabajo, y el sacristán, convencido de que todo el mundo se había marchado, hubo cerrado la verja, tuvimos el cementerio a nuestra entera disposición. Van Helsing, en vez de su pequeño maletín negro, se había traído una bolsa grande de cuero, parecida a las de los jugadores de críquet; se notaba que pesaba bastante.

Cuando estuvimos solos y oímos perderse las últimas pisadas en la carretera, seguimos al profesor en silencio, como movidos por una consigna, camino de la tumba. Abrió la puerta, entramos y cerramos después. Luego sacó de su bolsa una linterna, la encendió, sacó a continuación dos velas, las encendió también, y las pegó sobre otros ataúdes derritiendo un poco el extremo, de forma que hubiese luz suficiente para trabajar. Cuando quitó la tapa —Arthur temblaba como una hoja—, vimos que el cuerpo descansaba allí con toda su mortal belleza. Pero no había amor en mi corazón: no sentía otra cosa que asco hacia el ser repugnante que había asumido el cuerpo de Lucy sin alma. Incluso vi endurecerse el semblante de Arthur, mientras miraba. Luego dijo a Van Helsing:

—¿Es verdaderamente el cuerpo de Lucy, o se trata de un demonio que ha tomado su forma?

—Es su cuerpo, y no lo es. Pero espere unos momentos: entonces verá lo que era, y lo que es.

Era como si estuviésemos viendo a Lucy en una pesadilla: los dientes puntiagudos, las manchas de sangre, la boca voluptuosa —cuya visión hacía estremecer—, todo el aspecto carnal y desprovisto de espíritu, parecían una burla diabólica de la pureza de Lucy. Van Helsing, con su metódica forma de proceder, empezó a sacar los distintos contenidos de la bolsa y a ordenarlos para su utilización. Primero sacó un soldador de hierro, una barra de plomo de soldar y una lamparilla que, al encenderla en un rincón de la tumba, expelía un gas que ardía con vigorosa llama azul; luego sacó los bisturís y los colocó a mano; finalmente, sacó una estaca redonda de madera, de unos siete centímetros de grosor y un metro de longitud. Uno de los extremos estaba endurecido al fuego y rematado en una punta muy afilada. Junto con la estaca extrajo un mazo pesado, como los que se emplean en las carboneras de las casas para romper los pedazos gruesos de carbón. Yo encuentro siempre estimulantes los preparativos para cualquier clase de operación, pero el efecto que todas estas cosas produjeron en Arthur y en Quincey fue de consternación. No obstante, conservaron el valor y permanecieron callados y tranquilos.

Cuando todo estuvo dispuesto, dijo Van Helsing:

—Antes de nada, permítanme que les explique lo que dicen el saber y la experiencia de los antiguos, y de todos aquellos que han estudiado los poderes de los No muertos. Cuando se convierten en eso, con el cambio les llega la maldición de la inmortalidad; no pueden morir, siguen subsistiendo siglo tras siglo, sumando nuevas víctimas y multiplicando los males del mundo, pues todos los que mueren víctimas de los No muertos se convierten en No muertos a su vez, y atacan a su especie. De este modo, se va ensanchando el círculo, como las ondulaciones que produce una piedra al caer en el agua. Amigo

Arthur, si le llega a dar aquel beso a la pobre Lucy antes de morir, o la hubiese abrazado anoche cuando usted le abrió los brazos, al morir se habría convertido usted también en *nosferatu*, como los llaman en la Europa oriental, contribuyendo de este modo a la multiplicación de los No muertos, cosa que nos habría llenado de horror. La actividad de esta desventurada dama no ha hecho más que empezar. Esos niños cuya sangre chupa aún no han sufrido un daño irreparable; pero si sigue viviendo, perderán cada vez más sangre, les hará acudir a ella con su poder, y les sacará la sangre con su boca perversa. Pero si muere rectamente, entonces todo cesará; desaparecerán las pequeñas heridas de sus gargantas, y volverán a sus juegos sin saber el peligro que corrieron. Pero la mayor bendición es que, cuando esta No muerta descanse verdaderamente como descansan los difuntos, el alma de la pobre dama a la que amábamos volverá a ser libre. En vez de cometer iniquidades durante la noche y aumentar su degradación durante el día, ocupará el lugar que le corresponde entre los ángeles. De modo, amigo mío, que será una mano misericordiosa la que le aseste el golpe que la puede liberar. Yo estoy dispuesto; pero ¿no hay nadie entre ustedes con más derecho? ¿No será una alegría pensar después, en el silencio de la noche, cuando no llega el sueño: «Ha sido mi mano la que la ha ayudado a subir a las estrellas; ha sido la mano de quien más la amaba, la mano que ella habría elegido entre todas, de haber podido escoger?» Díganme si hay alguien así entre nosotros.

Todos miramos a Arthur. Él vio también, como los demás, la infinita bondad que había en esta sugerencia de que fuese su mano la que nos devolviese a Lucy como un santo recuerdo, y no como un ser impío; dio un paso adelante y dijo con valor, aunque le temblaba la mano y tenía el rostro blanco como el papel:

—Mi fiel amigo, le doy las gracias desde el fondo de mi corazón desgarrado. ¡Dígame qué debo hacer, y lo haré!

Van Helsing posó una mano sobre su hombro, y dijo:

—¡Bravo, muchacho! Un instante de valor, y todo habrá terminado. Deberá atravesarla con esta estaca. Será una prueba espantosa, no se engañe, pero será muy breve; después, su alegría será más grande que su dolor; saldrá de esta tenebrosa tumba como si caminara en el aire. Pero una vez que empiece, no deberá vacilar. Piense que nosotros, sus fieles amigos, estaremos a su lado, y que vamos a rezar por usted todo el tiempo.

—Bien —dijo Arthur con voz ronca—. Dígame qué tengo que hacer.

—Coja la estaca con la mano izquierda, coloque la punta sobre el corazón y déle un mazazo con la derecha. Entonces empezaremos nuestra oración por la difunta... Yo la leeré; aquí tengo el libro, y los demás me seguirán; golpee en nombre de Dios, para devolverle la paz a nuestra querida joven, y para que perezca la No muerta.

Arthur cogió la estaca y el mazo, y tan pronto como tomó la resolución, sus manos no experimentaron el más ligero temblor. Van Helsing abrió el breviario y empezó a leer, mientras Quincey y yo le seguíamos lo mejor que podíamos. Arthur colocó la punta sobre el corazón y vimos el hoyuelo que produjo al apoyarse en la carne blanca. A continuación descargó un golpe con todas sus fuerzas.

El ser del ataúd se retorció; un chillido horrendo y paralizador brotó de sus labios abiertos. El cuerpo se estremeció, tembló y se sacudió en salvajes contorsiones; los dientes blancos y afilados daban continuas dentelladas, hasta que cortaron los labios y la boca se tiñó de roja espuma. Pero Arthur no vaciló. Parecía una imagen de Thor con su brazo inexorable alzándose y cayendo, hincando más y más la estaca misericordiosa, mientras la sangre del corazón traspasado manaba y salpicaba a su alrededor. Su rostro expresaba resolución, y en él parecía resplandecer un sagrado deber; su contemplación nos infundió ánimos, de forma que nuestros rezos resonaron con fuerza en la pequeña cripta.

Después, las contorsiones y sacudidas del cuerpo se hicieron más débiles, los dientes dejaron de morder, y el rostro de temblar.

Por último, se quedó inmóvil. La terrible misión había terminado.

El mazo se desprendió de la mano de Arthur. Se tambaleó éste, y se habría desplomado en el suelo si no llegamos a cogerle. Por su frente corrían gruesas gotas de sudor y su respiración era entrecortada. Efectivamente había sido un trance espantoso para él, y de no haberle empujado unas razones que estaban por encima de las consideraciones humanas, jamás lo habría llevado a efecto.

Durante unos minutos estuvimos tan pendientes de él que no miramos el ataúd. Cuando lo hicimos, sin embargo, un murmullo de asombro corrió entre nosotros. Nos quedamos tan absortos, que Arthur se levantó del suelo donde se había sentado, y se acercó a mirar también; y entonces, una extraña y gozosa luz iluminó su semblante, disipando por completo la nube de horror que lo había ensombrecido.

En el ataúd no estaba ya el ser repugnante que tanto nos había asustado, y al que habíamos llegado a odiar hasta el punto de conceder la misión de destruirlo, como un privilegio, a aquel de nosotros con más derecho a llevarla a cabo. Ahora era Lucy, tal y como la habíamos conocido en vida, con su rostro de inigualable dulzura y pureza. Es cierto que mostraba las huellas de la angustia, el dolor y la consunción, como se las habíamos visto en vida, pero éstas eran queridas para nosotros, ya que revelaban fielmente a la que habíamos conocido. Comprendimos que la santa beatitud que iluminaba como un rayo de sol el rostro y el cuerpo consumidos no era sino el símbolo de la serenidad que debía reinar para siempre.

Van Helsing se acercó, posó una mano sobre el hombro de Arthur, y le dijo:

—Y ahora, Arthur, amigo mío, ¿me perdona?

La reacción a la terrible tensión le sobrevino al cogerle la mano al anciano, llevársela a los labios, y besarla, diciendo:

—¡Perdonarle! Que Dios le bendiga por haberle devuelto el alma a mi amada, y a mí la paz.

Echó las manos a los hombros del profesor y, apoyando la cabeza sobre su pecho, lloró un momento en silencio, mientras los demás permanecíamos inmóviles. Cuando levantó la cabeza, Van Helsing le dijo:

—Ahora, hijo mío, puede besarla. Bese sus labios muertos, si quiere, como ella habría deseado. Porque ahora ya no es un demonio de sonrisa espantosa, ya no es un ser eternamente depravado. Ya no es una No muerta. ¡Es una muerta de Dios, cuya alma está con Él!

Arthur se inclinó y la besó, luego hicimos salir de la tumba a Quincey y a él, el profesor y yo aserramos la parte superior de la estaca, dejándole la punta dentro del cuerpo. Luego le cortamos la cabeza y le llenamos la boca de ajos. Soldamos el ataúd de plomo, atornillamos la tapa, recogimos nuestras herramientas, y salimos.

Cuando el profesor cerró la puerta, le entregó la llave a Arthur.

Fuera, la brisa era suave, brillaba el sol, cantaban los pájaros, y parecía como si toda la Naturaleza hubiese adoptado otro tono.

Había animación y gozo y paz en todas partes, y nos sentimos alegres en un sentido, aunque era una alegría atemperada.

Antes de marcharnos, dijo Van Helsing:

—Ahora, amigos míos, hemos dado un paso en nuestra misión; el más desgarrador para nosotros. Pero queda una empresa aún mayor: descubrir al autor de todo este sufrimiento, y acabar con él. Tengo una pista que podemos seguir; aunque es una empresa larga y difícil en la que habrá peligro y dolor. ¿Me ayudarán todos ustedes? Hemos aprendido a creer, todos nosotros, ¿no es así? Y puesto que hemos aprendido a creer, ¿no vemos cuál es nuestro deber? ¡Sí! ¿Y no vamos a prometer seguir hasta el final?

Uno tras otro, le cogimos la mano y se lo prometimos. Cuando nos marchábamos, dijo el profesor:

—Dentro de dos noches nos veremos y cenaremos juntos, a la siete, en casa del amigo John. Llamaré a otras dos personas; dos personas a quienes ustedes no conocen todavía; estaré preparado para explicarles nuestra misión y revelarles nuestros planes. Amigo John, venga usted conmigo a casa; tengo que consultarle muchas cosas, y puede ayudarme. Esta noche salgo para Amsterdam, pero volveré mañana por la noche. Entonces empezará nuestra búsqueda. Pero primero tendré que explicarles algo, a fin de que sepan lo que tienen que hacer y temer. Entonces tendremos ocasión de renovar nuestras promesas; pues nos espera una misión terrible, y una vez que hayamos puesto un pie en el arado, no deberemos retroceder.

17

DIARIO DEL DOCTOR SEWARD

(Continuación)

Cuando llegamos al hotel Berkeley, Van Helsing encontró un telegrama para él:

Llego tren. Jonathan en Whitby. Importantes noticias.

MINA HARKER

El profesor se mostró encantado.

—¡Ah, esta maravillosa señora Harker! —dijo—, ¡es una joya de mujer! Viene, pero yo no puedo quedarme a esperarla. Tendrá que alojarla en su casa, amigo John. Deberá ir usted a la estación a recogerla. Telegrafíele *en route*, a fin de prevenirla.

Cuando despachamos el telegrama, fuimos a tomar una taza de té; allí me habló de un diario que había ido escribiendo Jonathan Harker en el extranjero, y me dio la copia mecanografiada; me dio otra, también, del diario de la señora Harker, escrito en Whitby.

—Lléveselas —dijo—, y estúdielas bien. Cuando yo vuelva, estará al corriente de los hechos, y podremos abordar nuestra investigación en mejores condiciones. Guárdelas bien, porque encierran un precioso tesoro. Necesitará de toda su fe, a pesar de la experiencia de hoy. Lo que se cuenta aquí —puso la mano pesada y gravemente en el mazo de papeles, mientras hablaba— puede significar el principio del fin para nosotros dos y para muchos otros; o el fin de los No muertos que pisan esta tierra. Le ruego que lo lea con amplitud de criterio; y si puede aportar cualquier dato a la historia que aquí se cuenta, hágalo, porque es importantísimo. Usted lleva un diario de todos estos su-

cesos extraños, ¿no es cierto? Así que la próxima vez que nos reunamos los cotejaremos los tres.

Seguidamente, se arregló para irse, y poco después cogió un coche que le llevara a Liverpool Street. Por mi parte, me dirigí a Paddington, donde llegué unos quince minutos antes de entrar el tren.

La multitud se dispersaba después de invadir tumultuosamente los andenes de llegada; empecé a sentirme inquieto, temiendo que se me perdiese mi invitada, cuando se acercó a mí una joven de rostro encantador y aspecto elegante, y después de una rápida ojeada, dijo:

—¿El doctor Seward?

—¡Y usted es la señora Harker! —contesté inmediatamente, y ella me tendió la mano.

—Le he conocido por la descripción de la pobre Lucy, pero... —calló de repente, y un vivo rubor inundó su cara.

El rubor que encendió mis propias mejillas hizo, quizá, que los dos nos sintiéramos más cómodos, pues fue una tácita respuesta al suyo. Me hice cargo de su equipaje, que incluía una máquina de escribir, y cogimos el metro hasta Fenchurch Street, tras enviar un telegrama a mi ama de llaves pidiéndole que preparase inmediatamente un dormitorio y un cuarto de estar para la señora Harker.

Llegamos a la hora prevista. Ella sabía, naturalmente, que se trataba de un manicomio, pero advertí que no pudo reprimir un ligero estremecimiento al entrar.

Dijo que, si podía ser, bajaría a mi despacho, porque tenía muchas cosas que contar. Así que estoy terminando de grabar esto en mi fonógrafo, mientras la espero. Hasta ahora no he tenido ocasión de hojear los papeles que Van Helsing me ha entregado, aunque los tengo delante de mí. Procuraré que la señora Harker se entretenga en algo, a ver si mientras tanto los puedo leer. Sin duda ignora lo precioso que es el tiempo, y la misión que tenemos entre manos. Tendré que tener cuidado para no asustarla. ¡Aquí llega!

DIARIO DE MINA HARKER

29 de septiembre

Después de arreglarme, bajé al despacho del doctor Seward. Me detuve en la puerta un momento, ya que me pareció oírle hablar con alguien. Pero dado que me había pedido que no tardara, llamé, le oí decir: «Pase», y entré.

Para asombro mío, no había nadie con él. Estaba completamente solo; y sobre la mesa tenía un artefacto, que reconocí inmediatamente por una descripción, llamado fonógrafo. Hasta ahora no había visto ninguno, y me sentí muy interesada.

—Me temo que le he hecho esperar —dije—; me había quedado en la puerta al oírle hablar; creí que estaba con alguien.

—¡Ah! —replicó él, con una sonrisa—, estaba grabando algo en mi diario.

—¿En su diario? —pregunté con sorpresa.

—Sí —contestó—. Lo tengo aquí. —Mientras hablaba, puso una mano sobre el fonógrafo.

Me sentí vivamente interesada, y exclamé:

—Esto le gana a la taquigrafía. ¿Puedo oírle decir algo?

—Desde luego —contestó él con prontitud, y se levantó para ponerlo en marcha. Pero se detuvo, y su cara reflejó una expresión de turbación.

—El caso es —empezó con torpeza— que sólo tengo grabado mi diario; y se refiere enteramente, o casi enteramente, a mis casos, y puede ser embarazoso...; o sea, quiero decir...

Se calló, y traté de ayudarle a salir de su confusión.

—Usted asistió a mi querida Lucy hasta el final. Permita que oiga cómo murió, le agradecería que me contase todo lo que pueda sobre ella. Nos queríamos muchísimo, muchísimo.

Para mi perplejidad, contestó con una expresión de horror en el semblante:

—¿Contarle cómo murió? ¡Por nada del mundo!

—¿Por qué no? —pregunté; un terrible sobresalto se había apoderado de mí.

Guardó silencio otra vez, y me di cuenta de que trataba de inventar un pretexto. Finalmente, tartamudeó:

—Verá, no sé cómo localizar una parte concreta del diario. —Mientras hablaba, vi que se le ocurría una idea; y añadió con inconsciente sencillez, en tono distinto, y con infantil ingenuidad—: ¡Es completamente cierto, le doy mi palabra! —No pude reprimir una sonrisa, a lo que él hizo una mueca—: ¡Esta vez me he traicionado! Pero ¿sabe usted que aunque hace meses que vengo grabando este diario, no he previsto el modo de localizar una parte concreta, en caso de querer escucharla?

A todo esto, yo había decidido que el diario del doctor que había asistido a Lucy podía aportar algo más a nuestro conocimiento de ese terrible ser, y le dije con determinación:

—Entonces, doctor Seward, será mejor que me deje copiárselo a máquina.

Se puso mortalmente pálido, y dijo:

—¡No! ¡No! ¡Por nada del mundo permitiré que conozca esa historia terrible!

Luego era una historia terrible. ¡Mi intuición no me había engañado! Medité unos momentos, y mientras recorría la habitación con la mirada, buscando inconscientemente algo, alguna oportunidad que me ayudase, descubrí el gran mazo de papeles mecanografiados sobre la mesa. Sus ojos se fijaron en los míos y siguieron impensadamente la trayectoria de mi mirada. Al ver también el paquete, comprendió lo que yo estaba pensando.

—Usted no me conoce —dije—. Cuando haya leído esos escritos que he mecanografiado (mi diario y el de mi esposo), me conocerá mejor. Yo no he vacilado en dar a conocer mis pensamientos más íntimos en esta causa, pero naturalmente, usted no me conoce... todavía; de modo que no puedo esperar que tenga tanta confianza en mí.

Verdaderamente, es un hombre de noble carácter; la pobre Lucy tenía razón en lo que decía de él. Se levantó y abrió un gran armario en el que tenía ordenada numéricamente cierta cantidad de cilindros huecos, de metal, recubiertos de una cera oscura; y dijo:

—Tiene usted toda la razón. No confiaba en usted porque no la conocía. Pero ahora la conozco, y permita que le diga que debí haberla conocido hace tiempo. Sé que Lucy le hablaba de mí; ella también me habló de usted. ¿Puedo hacer la única reparación que está a mi alcance? Coja estos cilindros y escúchelos: la primera media docena son personales, y no le horrorizarán; así me conocerá mejor. La cena estará lista cuando termine. Entretanto, yo leeré algunos de estos documentos, y estaré en mejor disposición para comprender ciertas cosas.

Subió personalmente el fonógrafo a mi cuarto de estar, y me lo ajustó. Ahora me enteraré de algo interesante, estoy segura; porque sin duda contará la otra cara de un auténtico episodio amoroso, del que ya conozco la mitad...

DIARIO DEL DOCTOR SEWARD

29 de septiembre

Estaba tan enfrascado en ese maravilloso diario de Jonathan Harker, y en el de su esposa, que se me pasó el tiempo sin sentir. La señora Harker no había bajado cuando entró la doncella a anunciar la cena, así que le dije:

—Posiblemente se siente cansada, espere una hora para servir la cena.

Y continué mi trabajo. Acababa de terminar el diario de la señora Harker, cuando entró ella. La encontré encantadoramente bonita, pero muy triste, con los ojos colorados de llorar. Esto me enterneció. ¡Últimamente, bien sabe Dios que he tenido motivos para llorar!, aunque no me ha sido concedido ese consuelo, y ahora, la visión de esos ojos preciosos brillantes por las recientes lágrimas me llegó al corazón. De modo que dije lo más amablemente que pude:

—Temo mucho haberle causado dolor.

—¡Oh, no; no ha sido eso! —replicó—; es que me ha conmovido el ver cuánto ha sufrido usted. Es un aparato maravilloso, pero es cruelmente sincero. Me ha contado con sus mismos acentos las angustias de su corazón. Es como si el alma llorase al Dios todopoderoso. ¡Nadie debe oírlo otra vez! Escuche, he tratado de serle útil. He transcrito sus palabras con mi máquina de escribir; así no habrá necesidad de que nadie escuche los latidos de su corazón, como lo he hecho yo.

—Nadie tiene por qué oírlos, ni los oirá —dije en voz baja.

Ella puso su mano sobre la mía, y exclamó gravemente:

—¡Ah, pero sí deben saberlo!

—¿Que deben saberlo?, pero ¿por qué? —pregunté.

—Porque forma parte de la terrible historia, forma parte de la muerte de la querida Lucy, y de todo lo que la ha propiciado; porque en la lucha que debemos afrontar para librar a la tierra de ese terrible monstruo, necesitamos echar mano de toda la información y de toda la ayuda que podamos conseguir. Creo que los cilindros que me ha dado contienen más datos de los que usted pretendía darme a conocer; su grabación aporta muchos elementos esclarecedores en este oscuro misterio. Me permitirá que le ayude, ¿verdad? Estoy enterada de todo hasta determinado momento, y aunque sólo he podido escuchar su diario hasta el 7 de septiembre, ya veo el acoso que sufrió la pobre Lucy, y cómo se abatió sobre ella su terrible destino. Jonathan y yo hemos estado trabajando noche y día desde que hablamos con el profesor Van Helsing. Él ha ido a Whitby a recoger más información, y mañana estará aquí para ayudarnos. No tiene por qué haber secretos entre nosotros; si trabajamos juntos y con absoluta confianza, podemos ser más fuertes que si andamos a oscuras.

Me miró con ojos suplicantes; y al mismo tiempo, su persona manifestaba tantos ánimos y tanta resolución, que accedí inmediatamente a sus deseos.

—Haga usted lo que considere conveniente. ¡Que Dios me perdone si me equivoco! Hay cosas terribles que todavía no sabemos, pero si usted ha venido de tan lejos por la muerte de la pobre Lucy, comprendo que no se conforme con permanecer a oscuras. Y puede que su final, su verdadero final, le traiga a usted un poco de paz. Vamos, ya está la cena. Debemos reponer fuerzas, dado lo que nos aguarda; tenemos ante nosotros una empresa espantosa y cruel. Cuando termine de cenar, escuchará el resto, y le contestaré a las preguntas que quiera... si es que hay algo que no comprende; aunque para los que lo presenciamos estuvo bastante claro.

DIARIO DE MINA HARKER

29 de septiembre

Después de cenar fui con el doctor Seward a su despacho. Bajó el fonógrafo de mi habitación, y yo llevé mi máquina de escribir. Me trajo una cómoda silla, preparó el fonógrafo para que yo lo manejase sin levantarme, y me enseñó a pararlo, por si necesitaba detenerme. Luego, se sentó pensativo en una butaca, de espaldas a mí a fin de que yo me sintiese lo más a gusto posible, y se puso a leer. Yo me coloqué los auriculares y empecé a escuchar.

Cuando terminó la terrible historia de la muerte de Lucy, y... y todo lo que siguió, me recosté en la silla sin fuerzas. Afortunadamente, no me desmayo con facilidad. Cuando el doctor Seward me vio, se levantó apresuradamente, profiriendo una exclamación, corrió al armario, sacó un frasco y me dio a beber un sorbo de coñac que me reanimó en pocos minutos. La cabeza me daba vueltas, y de no ser porque —en medio de toda la multitud de horrores— me llegó como un rayo de luz la certeza de que mi querida, mi queridísima Lucy había encontrado la paz, creo que no habría podido soportarlo y habría sufrido un ataque de histerismo. Es todo tan descabellado, tan misterioso y extraño, que si no llega a ser porque conocía la experiencia de Jonathan en Transilvania, no habría sido capaz de creerlo. Así, no sabía qué pensar; y salí del apuro ocupándome de otra cosa. Quité la tapa a la máquina de escribir, y le dije al doctor Seward:

—Deje que lo transcriba ahora. Hay que tenerlo preparado para cuando llegue el doctor Van Helsing. He enviado un telegrama a Jonathan para que venga aquí cuando llegue a Londres. En este asunto lo más importante son los datos; de modo que si tenemos preparado todo nuestro material, y ordenado cronológicamente cada anotación, habremos adelantado mucho. Dice usted que lord Godalming y el señor Morris van a venir también. Podremos ponerles al corriente cuando lleguen.

El doctor Seward reguló el fonógrafo a menos velocidad y continué mecanografiando a partir del séptimo cilindro. Utilicé papel carbón y saqué tres copias, igual que había hecho con los otros. Era bastante tarde, cuando terminé, pero el doctor Seward había ido a atender su trabajo, efectuando una visita a sus pacientes; después regresó y se sentó a mi lado a leer, de manera que no me he sentido demasiado sola. ¡Qué bueno y atento es! El mundo parece que está lleno de hombres buenos...; aunque hay monstruos también. Antes de retirarme a descansar, he recordado lo que Jonathan escribió en su diario sobre la turbación del profesor al leer algo en el periódico de la tarde, en la estación de Exeter; y dado que el doctor Seward conserva los periódicos le he cogido los números del *Westminster Gazette* y del *Pall Mall Gazette*, y me los he subido a la habitación. Recuerdo lo que me ayudaron el *Dailygraph* y el *Whitby Gazette* a comprender los terribles sucesos de Whitby, cuando desembarcó el conde Drácula; así que los hojearé a partir de esa fecha, y quizá consiga alguna nueva información. No tengo sueño, y el trabajo me ayudará a tranquilizarme.

DIARIO DEL DOCTOR SEWARD

30 de septiembre

El señor Harker llegó a las nueve. Recibió el telegrama de su esposa a tiempo, antes de coger el tren. Es extraordinariamente inteligente, a juzgar por su expresión, y está lleno de energía. Si es cierto lo que dice en su diario —y debe de serlo, teniendo en cuenta mis propias experiencias—, es hombre de mucho nervio también. Ese descenso a la cripta por segunda vez es de una intrepidez asombrosa. Después de leer lo que cuenta esperaba encontrarme con una persona excepcional, pero no con el caballero tranquilo y con aspecto de negociante que ha llegado hoy.

Más tarde

Después de comer, Harker y su esposa han subido a su habitación; y al pasar yo por delante hace un rato he oído el ruido de la máquina de

escribir. Trabajan con tesón. La señora Harker dice que están ordenando cronológicamente todos los datos e informaciones. Harker tiene las cartas cruzadas entre los consignatarios de los cajones de
Whitby y la compañía de transportes que se hizo cargo de ellos. Ahora están leyendo la copia mecanografiada de mi diario. Me pregunto
qué sacarán en claro. Aquí está...

¡Qué extraño que no se me ocurriera que la casa que tengo más
cerca de aquí sea precisamente el escondite del Conde! ¡Bien sabe
Dios que nuestro paciente Renfield nos ha dado indicios suficientes!
Han añadido las cartas relacionadas con la compra de la casa al texto
mecanografiado. ¡Ah, si las hubiéramos tenido antes, habríamos podido salvar a la pobre Lucy! Dejémoslo, ¡de lo contrario, acabaré por
enloquecer! Harker se ha ido otra vez para seguir cotejando el material. Dice que para la hora de la cena tendrán ordenada toda la historia. Entretanto, dice que yo debería ir a visitar a Renfield, ya que hasta aquí ha venido siendo una especie de indicador de las idas y venidas
del Conde. Aún no lo veo del todo claro, aunque cuando compruebe
las fechas supongo que lo veré. ¡Qué bien que la señora Harker haya
mecanografiado mis grabaciones! De no haber sido así, no habría habido forma de conseguir esas fechas...

He encontrado a Renfield sentado plácidamente en su habitación con las manos cruzadas, sonriendo beatíficamente. Me ha parecido la persona más en su juicio que he visto en mi vida. Me he sentado y he hablado con él sobre un montón de temas, y en todos ellos
ha mostrado una gran sensatez. Luego, espontáneamente, me ha hablado de regresar a casa, tema que no había tocado jamás, que yo
sepa, desde que ingresó aquí. De hecho, me ha dicho que confía en
que le demos de alta en seguida. Creo que si no hubiese hablado poco
antes con Harker, y no hubiese leído las cartas y las fechas de sus ataques de violencia, habría estado dispuesto a firmarle el alta tras un
breve período de observación. Ahora, en cambio, no me fío. Todos
sus accesos de violencia estaban relacionados de algún modo con la
proximidad del Conde. ¿Qué significa, entonces, esta absoluta placidez? ¿Es posible que su instinto se sienta satisfecho ante el último
triunfo del vampiro? Esperaremos; es zoófago, y en sus insensatos
desvaríos en la puerta de la capilla de la casa abandonada hablaba

siempre de su «señor». Todo esto parece confirmar nuestra teoría. Sin embargo, le he dejado poco después: mi amigo parece un poquito demasiado cuerdo, en este momento, para sondearle a fondo. ¡Podría empezar a pensar, y...! Así que dejémosle. Como no me fío de su tranquilidad, le he dicho al celador que le vigile estrechamente y tenga preparada la camisa de fuerza por si acaso.

DIARIO DE JONATHAN HARKER

29 de septiembre, en el tren a Londres

Cuando recibí la amable respuesta del señor Billington de que me daría toda la información que obraba en su poder, me pareció lo más prudente ir en persona a Whitby y hacer allí las averiguaciones necesarias. Mi objetivo ahora consiste en seguir el rastro de ese horrible cargamento del Conde hasta su propiedad de Londres. Más tarde, quizá podamos enfrentarnos con él. Billington hijo, un joven muy amable, me esperaba en la estación y me llevó a casa de su padre, donde habían decidido que me quedase a dormir. Son hospitalarios, con esa hospitalidad sincera de Yorkshire que consiste en atender en todo al invitado y dejarle en entera libertad para que se mueva a su gusto. Sabían que soy un hombre ocupado y que mi estancia debía ser breve, por lo que el señor Billington tenía preparado en su despacho todos los documentos relativos al envío de los cajones. Casi me dio un vuelco el corazón al reconocer una de las cartas que había visto sobre la mesa del Conde, antes de conocer sus planes diabólicos. Todo había sido cuidadosamente planeado, y ejecutado sistemáticamente y con precisión. Había previsto cada detalle para salvar cualquier obstáculo que surgiese casualmente en su camino. Para utilizar una expresión americana, «no había dejado un solo cabo por atar», y la absoluta puntualidad con que habían sido ejecutadas sus instrucciones no era sino consecuencia lógica de esta previsión. Copié la factura: «50 cajones de tierra común, destinada a fines experimentales.» Me enseñaron también una copia de la carta dirigida a Carter Patterson, y su contestación; me dieron copia de las dos. Ésta es toda la información que el señor Billington pudo facilitarme; a continuación bajé al puerto y hablé con los vigilantes de la costa, con los oficiales de aduanas y con el jefe de puerto. Todos me comentaron la extraña entrada del barco, que ya ha pasado a formar parte de la tradición local, pero nadie pudo añadir nada al informe de «50 cajones de tierra común». Luego hablé con el jefe de estación, quien amablemente me presentó a los hombres que se ocuparon de los cajones. Su cuenta concordaba exactamente con la de la lista, y no tenían nada que añadir, salvo que los cajones eran «mortalmente pesados» y que su acarreo les había dejado secos. Uno de estos hombres comentó que era de lamentar que no hubiera habido un caballero «como usted, *squire*», capaz de demostrar en forma líquida su aprecio a tantos esfuerzos; y otro remachó que la sed entonces generada había sido tal, que pese al tiempo transcurrido aún no la había podido calmar. No hace falta añadir que, antes de marcharme, tuve buen cuidado de subsanar el motivo de tal reproche.

30 de septiembre

El jefe de estación fue tan atento que me dio unas líneas para su antiguo compañero el jefe de estación de King's Cross, de manera que cuando llegué allí por la mañana, pude interrogarle sobre la llegada de los cajones. A su vez, me puso en contacto con los funcionarios correspondientes, y comprobé que su cuenta coincidía también con la factura original. Aquí me encontré con que la sed generada era bastante menos acuciante; sin embargo, aún quedaban algunos vestigios, y me vi obligado, nuevamente, a eliminarlos de forma retroactiva.

De allí fui a las oficinas centrales de Carter Patterson, donde me recibieron con la mayor cortesía. Consultaron la operación en el libro diario y telefonearon a sus oficinas de King's Cross pidiendo más detalles. Afortunadamente para mí, los hombres que se encargaron del reparto estaban esperando trabajo, y el encargado les mandó que se presentasen en las oficinas, enviando también, por uno de ellos, la hoja de ruta y todos los documentos relacionados con la entrega de los cajones en Carfax. Aquí comprobé que la cuenta coincidía exactamente; los hombres que habían efectuado la entrega dijeron que podían ampliar la parquedad de las palabras escritas con unos cuantos detalles. No tardé en comprobar que dichos detalles se referían de manera casi exclusiva al carácter polvoriento de su trabajo, y a la consiguiente sed que ocasionaba en los trabajadores. A fin de brindarme la oportunidad de aliviar retroactivamente —por medio de moneda del reino— tan beneficioso mal, uno de los hombres comentó:

—La casa esa, jefe, es la más rara que he visto en mi vida. ¡Palabra! Hace siglos que no ha entrado nadie en ella. Hay tanto polvo allí, que podría dormir uno en el suelo sin que le doliesen los huesos; y estaba todo tan abandonado como la antigua Jerusalén. En cuanto a la vieja capilla ¡ahí sí que...! A mi compadre y a mí nos pareció que no salíamos nunca. No me habría gustado estar allí ni un segundo, después de oscurecer.

He estado en esa casa, y lo creo perfectamente, pero si hubiesen sabido lo que yo sé, creo que habrían cargado un poco más las tintas.

De una cosa más estoy satisfecho: de que *todos* los cajones que llegaron a Whitby desde Varna en la *Deméter* han sido depositados en la vieja capilla de Carfax. Tiene que haber cincuenta; si no se han llevado ninguno..., como el diario del doctor Seward me hace temer.

Intentaré buscar al transportista que se llevó los cajones de Carfax cuando Renfield les atacó. Siguiendo esa pista, puedo averiguar bastante.

Más tarde

Mina y yo hemos trabajado todo el día y hemos puesto todos los papeles en orden.

DIARIO DE MINA HARKER

30 de septiembre

Estoy tan contenta que apenas puedo contenerme. Supongo que es la reacción, después del miedo que he pasado: este terrible asunto y el abrirse de nuevo la vieja herida podían haber tenido repercusiones desastrosas en Jonathan. Le vi partir para Whitby con el semblante más animado que nunca, pero me sentía llena de temor. Sin embargo, el esfuerzo ha influido beneficiosamente en él. Nunca se había mostrado tan decidido, tan fuerte, tan lleno de energía volcánica, como ahora. Ha ocurrido exactamente lo que ese bendito profesor Van Helsing decía: es muy valiente, y se supera en circunstancias que podrían acabar con una naturaleza más débil. Regresó lleno de vida y esperanza y determinación; hemos ordenado todos los documentos para esta noche. Estoy nerviosísima de tanta excitación. Supongo que debería sentir compasión por algo tan perseguido como el Conde. Digo algo porque este ser no es persona...; ni siquiera bestia.

El leer lo que cuenta el doctor Seward sobre la muerte de la pobre Lucy, y lo que pasó después, es suficiente para secar el manantial de la compasión en el alma de cualquiera.

Más tarde

Lord Godalming y el señor Morris llegaron antes de lo previsto. El doctor Seward estaba trabajando y se había llevado a Jonathan consigo, de manera que he tenido que recibirles yo. Ha sido un encuentro doloroso para mí, porque me ha traído el recuerdo de todas las esperanzas de la pobre Lucy, según me contaba ella hace tan sólo unos meses. Naturalmente, Lucy les había hablado de mí, y parece que el doctor Van Helsing también ha estado «cantando mis alabanzas», como ha dicho el señor Morris. Pobres muchachos, ninguno de ellos sabe que estoy enterada de las proposiciones matrimoniales que le hicieron a Lucy. Ahora no sabían exactamente qué decir, ya que ignoran hasta dónde estoy enterada del caso; así que han hablado de cuestiones que nada tenían que ver. Sin embargo, me lo pensé bien, y llegué a la conclusión de que era mejor ponerles al corriente. Yo sabía por el diario del doctor Seward que estuvieron presentes en la muerte de Lucy —en su muerte verdadera—, y que no adelantaba ningún secreto. De modo que les dije, lo mejor que pude, que había leído todos los documentos y diarios, y que mi marido y yo acabábamos de mecanografiarlos y de ordenarlos.

Les di una copia a cada uno para que la leyesen en la biblioteca. Cuando lord Godalming cogió la suya y la hojeó por encima —es un mazo de hojas bastante grueso—, dijo:

—¿Ha escrito usted todo esto, señora Harker?

Asentí, y él prosiguió:

—No veo qué finalidad tiene todo esto; pero se portan ustedes con tanta amabilidad, y trabajan con tanta energía, que todo lo que puedo hacer es aceptar ciegamente sus sugerencias y tratar de ayudar; yo he recibido una lección al tener que admitir hechos capaces de volver humilde a un hombre hasta la última hora de su vida. Además, sé que usted quería a la pobre Lucy...

Aquí se volvió y se cubrió la cara con las manos. Pude notar la congoja en su voz. El señor Morris, con instintiva delicadeza, posó una mano en su hombro, y luego salió en silencio de la habitación.

Creo que hay algo en la naturaleza femenina que mueve al hombre a abandonarse ante ella, dejando que broten libremente sentimientos tiernos y emocionados, sin menoscabo de su hombría. Cuando lord Godalming estuvo a solas conmigo, se sentó en el sofá y se desmoronó totalmente.

Me senté a su lado y le cogí la mano. Espero que lo haya considerado un gesto espontáneo del momento, y que si vuelve a pensar en ello, no se le ocurra nada raro. Pero le juzgo mal: *sé* que no haría una cosa así: es un auténtico caballero. Le dije, porque veía que tenía destrozado el corazón:

—Yo quería a Lucy; sé lo que ella representaba para usted y lo que usted representaba para ella. Ella y yo éramos como hermanas, pero ahora que no está con nosotros, ¿me dejará ser como una hermana para usted, en su angustia? Comprendo su dolor, aunque no puedo medir su hondura. Si la compasión y la simpatía pueden consolarle en su aflicción, ¿me dejará serle de alguna ayuda..., por Lucy?

Instantáneamente, el pobre muchacho se sintió abrumado por el sufrimiento. Todo lo que había soportado hasta ahora en silencio, le salió de pronto libremente. Se dejó llevar por la crisis de histerismo y, alzando las manos abiertas, juntó las palmas en una completa agonía de dolor.

Se levantó, se sentó otra vez, y las lágrimas corrieron por sus mejillas. Sentí una piedad infinita por él y le abrí los brazos impensadamente.

Con un sollozo, apoyó la cabeza sobre mi hombro, y gimió como un niño desconsolado, mientras le sacudía la emoción.

Las mujeres tenemos un espíritu maternal que nos eleva por encima de las cuestiones triviales cuando nos lo invocan; sentí la cabeza de este hombre mayor y afligido descansando sobre mi hombro como si fuese el niño que algún día descansará en mi pecho, y le acaricié los cabellos como si fuese mi propio hijo. No se me ocurrió pensar, en ese momento, en lo extraño de la escena.

Poco después cesaron sus sollozos, y se levantó murmurando una excusa, aunque no trató de disimular su emoción. Me dijo que durante días y noches —días de cansancio y noches de insomnio— había sido incapaz de hablar con nadie, como debe hacer todo hombre en sus momentos de aflicción.

No había habido ninguna mujer que le hubiese mostrado su simpatía, o con la que hubiese podido desahogar su corazón, hablándole de las terribles circunstancias que rodeaban su dolor.

—Ahora sé lo que he sufrido —dijo, y se secó los ojos—; lo que no sé (ni nadie sabrá jamás) es lo dulce que ha sido hoy su simpatía para mí. A su debido tiempo lo sabré; y créame que, aunque no dejo de estar agradecido, mi gratitud aumentará con mi comprensión. Me permitirá ser como un hermano para toda la vida, ¿verdad que sí, por nuestra querida Lucy?

—Por nuestra querida Lucy —dije, mientras nos dábamos la mano.

—Y por usted misma —añadió él—, pues si alguien se ha ganado alguna vez la estima y la gratitud de un hombre, ha sido usted, hoy.

Y si llegase a necesitar ayuda de alguien, créame que no me la pedirá en vano. Quiera Dios que no venga jamás ese momento a nublar el sol de su vida, pero si fuese así, prométame que me lo hará saber.

Hablaba con tanta seriedad, y su dolor era tan reciente, que comprendí que le serviría de consuelo, así que le dije:

—Se lo prometo.

En el corredor encontré al señor Morris asomado a la ventana. Al oír mis pasos, se volvió.

—¿Cómo se encuentra Art? —dijo. Luego, al notar mis ojos enrojecidos, prosiguió—: ¡Ah, veo que le ha estado consolando! ¡Pobre muchacho, lo necesita! Sólo una mujer puede ayudar a un hombre cuando se siente con el corazón destrozado, y él no tiene a nadie.

—Quisiera poder consolar a todos lo que han sufrido. ¿Me permitirá ser su amiga, y acudirá a mí cuando necesite consuelo? Más adelante sabrá por qué se lo digo.

Vio que estaba muy seria, se inclinó, me cogió la mano y, llevándosela a los labios, me la besó. Me pareció un pobre consuelo para un alma tan valiente y generosa; e instintivamente, me estiré y le besé. Los ojos se le llenaron de lágrimas, y hubo un ahogo momentáneo en su garganta; luego dijo, ya sereno:

—¡Chiquilla, jamás lamentará este gesto de generosidad, mientras viva!

Y se dirigió al despacho de su amigo.

«¡Chiquilla!» La misma palabra que le dijo a Lucy; ¡oh, también él demostró ser un amigo!

18

DIARIO DEL DOCTOR SEWARD

30 de septiembre

Regresé a casa a las cinco, y me encontré con que Godalming y Morris no sólo habían llegado, sino que habían estudiado ya la transcripción de los diversos diarios y cartas que Harker y su maravillosa esposa han mecanografiado y ordenado. Harker todavía no había vuelto de su visita a los transportistas de los que me había hablado el doctor Hennessey en su carta. La señora Harker nos sirvió una taza de té, y sinceramente debo decir que, por primera vez desde que vivo aquí, este viejo edificio me ha parecido mi *casa.* Al terminar me dijo:

—Doctor Seward, ¿puedo pedirle un favor? Quisiera visitar a su paciente, el señor Renfield. Permítame que le vea. ¡Lo que cuenta usted de él en su diario me ha interesado muchísimo!

Tenía una expresión tan suplicante y encantadora, que no me pude negar, ni había razón para hacerlo; así que la llevé. Cuando entré en la habitación le dije al enfermo que una señora deseaba verle; a lo que él contestó simplemente:

—¿Por qué?

—Está visitando el establecimiento y quiere ver a todos los que viven aquí —contesté.

—¡Ah, muy bien! —dijo—; que pase, no faltaba más, pero espere un momento a que arregle la habitación.

Su forma de limpiarla fue muy singular: se limitó a tragarse todas las moscas y arañas de las cajas, antes de que yo pudiera detenerle. Era evidente que no quería que se lo impidiesen. Cuando concluyó tan repugnante menester, dijo alegremente:

—Dígale a la dama que puede pasar.

Y se sentó en el borde de la cama con la cabeza baja, pero con los párpados levantados, a fin de poderla ver cuando entrase. Por un instante temí que abrigara intenciones homicidas; recordaba lo tranquilo que se había mostrado poco antes de atacarme en mi propio despacho, y tomé precauciones situándome cerca de él, a fin de sujetarle si trataba de abalanzarse sobre ella. La señora Harker entró en la habitación con una graciosa naturalidad capaz de ganarse el respeto de cualquier lunático, pues la naturalidad es una de las cualidades que más respetan los locos. Se acercó a él, sonriendo afablemente, y le tendió la mano.

—Buenas tardes, señor Renfield —dijo—. Como ve, ya le conozco. El doctor Seward me ha hablado de usted.

No contestó en seguida, sino que se limitó a mirarla atentamente, con ceño impasible. Esta expresión dio paso a otra de sorpresa, en la que había cierta duda, también; luego, para mi asombro, dijo:

—Usted no es la joven con la que el doctor quería casarse, ¿verdad? No puede ser, ella ha muerto.

La señora Harker sonrió con dulzura, y contestó:

—¡Oh, no! Yo ya estoy casada; ya lo estaba antes de conocer al doctor Seward. Soy la señora Harker.

—Entonces, ¿qué hace usted aquí?

—Mi marido y yo hemos venido a estar unos días con el doctor Seward.

—Pues no se queden.

—Pero ¿por qué?

Me pareció que este tema de conversación podía no ser del agrado de la señora Harker, como no lo era para mí, e intervine:

—¿Cómo sabía que yo quería casarme?

Su contestación fue claramente desdeñosa, en una pausa en la que apartó los ojos de la señora Harker, me miró, y los volvió otra vez hacia ella:

—¡Qué pregunta más estúpida!

—A mí no me lo parece, señor Renfield —dijo la señora Harker, saliendo en mi defensa.

Renfield le contestó con tanta cortesía y respeto, como desprecio había mostrado hacia mí:

—Sin duda comprenderá, señora Harker, que cuando un hombre es querido y respetado, como lo es nuestro anfitrión, todo cuanto le afecta interesa a nuestra pequeña comunidad. El doctor Seward es querido no sólo por sus familiares y amigos, sino incluso por sus pacientes, algunos de los cuales, debido a su desequilibrio mental, tienden a desvirtuar las causas y los efectos. Dado que estoy interno en un manicomio, no puedo por menos de observar que la propensión al sofisma de algunos de los que están internados aquí les inclina a errores de *non causae* y de *ignoratio elenchi*.

Abrí los ojos con asombro ante esta nueva manifestación. Aquí tenía a mi loco predilecto —el más representativo de su tipo que había conocido— hablando de filosofía elemental con la actitud de un refinado caballero. Me pregunto si fue la presencia de la señora Harker lo que hizo vibrar algún resorte de su memoria. Si esta nueva faceta es espontánea o si, debida de alguna forma a la influencia inconsciente de ella, significa que esta mujer está dotada de algún extraño don o poder.

Seguimos hablando durante un rato, y viendo que discurría de forma completamente razonable, la señora Harker, tras dirigirme una mirada interrogante al empezar, decidió llevarle hacia su tema favorito. De nuevo tuve ocasión de asombrarme, pues se expresó con la objetividad de una persona en su completo juicio, incluso se puso a sí mismo como ejemplo.

—Bueno, yo mismo era un hombre que tenía una extraña creencia. En efecto, no es extraño que mis amigos se sintieran alarmados, e insistiesen en que debían ponerme bajo vigilancia. Solía imaginar que la vida era una sustancia positiva y perpetua, y que comiendo gran cantidad de seres vivos, sin importar lo bajos que estuviesen en la escala de la creación, uno podía prolongar indefinidamente la vida. Y sostenía esta teoría con tanta vehemencia que incluso intenté a veces ingerir vida humana. Aquí el doctor confirmará que en una ocasión traté de matarle, dispuesto a robustecer mis fuerzas vitales, haciendo que mi cuerpo asimilase su vida al ingerir su sangre...; fiando, naturalmente, en la frase de las Sagradas Escrituras: «Porque la sangre es vida». Aunque, por supuesto, los vendedores ambulantes que venden cierto remedio han vulgarizado el dicho hasta el punto de volverlo despreciable. ¿No es cierto, doctor?

Asentí en silencio, porque estaba tan perplejo que apenas sabía qué pensar ni qué decir; me resultaba difícil imaginar que le había visto comerse de golpe todas sus arañas y moscas hacía menos de cinco minutos. Consulté mi reloj, vi que era hora de ir a la estación a esperar a Van Helsing, y le dije a la señora Harker que debíamos retirarnos. Salió en seguida, después de decirle afablemente al señor Renfield:

—¡Adiós! Espero verle a menudo en mejores circunstancias para usted.

A lo que él contestó, para mi asombro:

—Adiós, señora. Ruego a Dios que no vuelva a ver su preciosa cara nunca más. ¡Que Él la bendiga y la guarde!

Me fui a la estación a esperar a Van Helsing y dejé a los muchachos en casa. El pobre Art parece algo más animado de lo que ha estado desde el principio de la enfermedad de Lucy, y Quincey vuelve a dar muestras de su antigua vitalidad por primera vez desde hace mucho tiempo.

Van Helsing descendió del vagón con la ansiosa impaciencia de un joven. Me vio en seguida y echó a correr hacia mí, diciendo:

—¡Hola, amigo John!, ¿cómo va todo? ¿Bien? ¡Estupendo! He estado ocupado, pero vengo a quedarme el tiempo que haga falta. He arreglado todos mis asuntos, y tengo muchas cosas que contarles. ¿Está *madame* Mina con usted? ¿Sí? ¿Y su maravilloso marido? ¿Y Arthur y mi amigo Quincey, están en su casa también? ¡Perfecto!

Mientras regresábamos, le conté lo que había sucedido, y cómo había sido utilizado mi propio diario, por sugerencia de la señora Harker; a lo cual interrumpió el profesor:

—¡Ah, esa maravillosa *madame* Mina! Tiene un cerebro de varón, de varón superdotado, y un corazón de mujer. El buen Dios la ha hecho con algún fin concreto, créame, al concederle tan maravillosa combinación. Amigo John, hasta hoy la fortuna ha hecho que esa mujer nos fuese de gran ayuda; después de esta noche, deberá dejar de intervenir en este tenebroso asunto. No está bien que corra un riesgo tan grande. Nosotros los hombres estamos decididos (¿no hemos hecho promesa solemne, acaso?) a destruir a ese monstruo, pero aquí no hay sitio para una mujer. Aun cuando saliese sin daño, podría quedar debilitado su corazón con tantos y tan tremendos horrores; y resentirse después: despierta, sus nervios, y dormida, sus sueños. Además, es joven y no hace mucho que está casada; puede que, si no ahora, dentro de algún tiempo tenga otras cosas en qué pensar. Dice usted que lo ha mecanografiado todo, supongo entonces que tendrá algunas dudas que consultarnos, pero mañana deberá decir adiós a este trabajo, y dejarnos solos a nosotros.

Me mostré sinceramente de acuerdo con él, y le dije lo que habíamos descubierto en su ausencia: que la casa que Drácula había comprado era precisamente la más cercana a la mía. Se quedó estupefacto, y pareció invadirle una enorme preocupación.

—¡Ah, si lo hubiéramos sabido antes! —dijo—; le habríamos cogido a tiempo, y habríamos salvado a la pobre Lucy. Pero «agua pasada no mueve molino», como dice el dicho. No pensemos más en eso, y sigamos hasta el final.

A continuación se sumió en un mutismo que duró hasta que cruzamos la verja de nuestro establecimiento. Antes de subir a arreglarnos para la cena, dijo a la señora Harker:

—*Madame* Mina, me ha dicho mi amigo John que usted y su marido han ordenado todos los escritos hasta el momento.

—Hasta este mismo momento no, profesor —dijo impulsivamente ella—; sólo hasta esta mañana.

—¿Y no es eso hasta el momento? Hemos visto cuánta luz han arrojado los más pequeños detalles. Hemos revelado nuestros secretos; sin embargo, ninguno de nosotros se siente incómodo por ello.

La señora Harker empezó a enrojecer; y sacando un papel del bolsillo, dijo:

—Doctor Van Helsing, ¿quiere leer esto, y decirme si debo incluirlo? Es lo que he anotado hasta este instante. He considerado necesario seguir consignándolo todo, por trivial que parezca, pero no contiene nada de interés, aparte del puramente personal. ¿Debo continuar?

El profesor leyó el papel gravemente, y se lo devolvió diciendo:

—No hace falta que siga, si no quiere, pero convendría hacerlo. Puede contribuir a que su marido la quiera aún más, y a que todos nosotros, sus amigos, le tengamos más estima y afecto.

Ella volvió a ruborizarse, aunque esbozó una sonrisa radiante.

Así que tenemos completas y en orden todas las notas tomadas hasta este mismísimo instante. El profesor se ha llevado una copia al despacho, después de cenar, y antes de la reunión que hemos fijado para las nueve.

Los demás lo hemos leído ya todo; de modo que cuando nos reunamos en el despacho, estaremos al corriente de los hechos y podremos trazar nuestro plan de batalla contra este terrible y misterioso enemigo.

DIARIO DE MINA HARKER

30 de septiembre

Cuando nos reunimos en el despacho del doctor Seward, dos horas después de la cena, que había sido a las seis, formamos impremeditadamente una especie de consejo o comité. El profesor Van Helsing se sentó a la cabecera de la mesa, lugar que le asignó el doctor Seward al entrar en la habitación. A mí me colocó junto a él, a su derecha, pidiéndome que actuase de secretaria; Jonathan se sentó a mi lado. Enfrente se pusieron lord Godalming, el doctor Seward y el señor Morris. Lord Godalming se había sentado al otro lado del profesor, y el doctor Seward en el centro. El profesor dijo:

—Doy por supuesto que estamos todos al corriente de los hechos consignados en estos papeles. —Todos asentimos, y continuó—: Convendrá, pues, que les explique la clase de enemigo con quien vamos a enfrentarnos. Les daré a conocer algunos detalles sobre la historia de este hombre, que yo mismo he comprobado. Luego deliberaremos sobre cómo debemos actuar, y adoptaremos las medidas oportunas.

»Los seres llamados vampiros existen; algunos de nosotros tenemos pruebas irrefutables. Pero aun cuando no contásemos con una dolorosa experiencia, las enseñanzas y testimonios escritos del pasado aportan pruebas suficientes para toda persona sensata. Confieso que al principio yo mismo era escéptico. De no haberme esforzado durante largos años en conservar un criterio amplio, no habría llegado a creer, hasta que la misma realidad me hubiese gritado al oído: "¡Mira! ¡Mira! ¡Ahí lo tienes! ¡Ahí lo tienes!" ¡Ah!, si hubiese sabido al principio lo que ahora sé (incluso si hubiese sospechado quién era), habría salvado la vida de un ser tan precioso y querido por nosotros. Pero ya lo hemos perdido; y mientras podamos tenemos que luchar para que no perezcan otros seres. El *nosferatu* no muere como la abeja, cuando pica. Al contrario, se vuelve más fuerte; y al ser más fuerte, tiene más poder para hacer el mal. El vampiro que hay entre nosotros tiene la fuerza de veinte hombres y es más astuto que cualquier mortal, pues su sagacidad ha ido aumentando con los siglos; todavía domina la necromancia, que es la adivinación a través de los muertos, y los muertos por él invocados obedecen a su mandato; es una bestia, o peor que una bestia; es insensible como un demonio y carece de corazón; dentro de ciertos límites, puede aparecerse cuando quiere y donde quiere, adoptando determinadas formas a su antojo; y dentro de ciertos límites, también, puede mandar sobre los elementos; como la tempestad, la niebla o el trueno; ejerce poder sobre todos los seres inferiores: las ratas, los búhos, los murciélagos, las mariposas nocturnas, los zorros, los lobos, y es capaz de aumentar su volumen, disminuirlo, y hasta de desvanecerse. Así que, ¿cómo entablaremos la lucha para destruirle? ¿Cómo descubriremos dónde está, y una vez descubierto, cómo le destruiremos? Amigos míos, es mucho lo que tenemos por delante; vamos a emprender una misión terrible, cuyas consecuencias pueden hacer estremecer al más valiente. Si fracasamos en esta lucha, será él quien gane; ¿y qué será de nosotros? ¡Porque la vida no es nada! Es lo que menos me preocupa. Si fracasamos, no será sólo cuestión de vida o muerte. Podemos acabar como él, podemos convertirnos en seres repugnantes de la noche igual que él, sin conciencia, sin corazón, alimentándonos de los cuerpos y las almas de aquellos a quienes amamos. Se nos habrán cerrado para siempre las puertas del cielo, porque ¿quién nos las podrá volver a abrir? Seremos objeto de eterno odio para todos, una mancha en el rostro radiante de Dios, una flecha en el costado de Aquel que murió por la salvación del hombre. Pero estamos frente a un sagrado deber, ¿podemos retroceder acaso? Por mi parte, digo que no, pero yo soy viejo, y la vida, con su luz, sus paisajes hermosos, sus cantos de pájaros, su música y su amor, se encuentra muy atrás. Ustedes en cambio son jóvenes. Algunos han conocido el dolor, pero aún les quedan días de felicidad. Así que, ¿qué deciden?

Mientras el profesor hablaba, Jonathan me había cogido la mano. Al verle extender la mano, temí que se sintiera abrumado por la espantosa naturaleza de nuestro peligro, pero su contacto me hizo revivir, al notarla fuerte, decidida, llena de confianza. La mano de un hombre valeroso es capaz de hablar por sí misma, no hace falta que una mujer enamorada escuche su música.

Cuando el profesor terminó de hablar, mi marido y yo nos miramos a los ojos; no nos hizo falta decir nada.

—Yo respondo por Mina y por mí —dijo él.

—Cuente conmigo, profesor —dijo el señor Quincey Morris, con su habitual laconismo.

—Estoy con usted —dijo lord Godalming—; aunque no fuese más que por Lucy.

El doctor Seward se limitó a asentir con la cabeza. Se levantó el profesor y, depositando su crucifijo de oro sobre la mesa, extendió las manos a ambos lados. Cogí su mano derecha, y lord Godalming le cogió la izquierda: Jonathan me cogió a mí la derecha con su mano izquierda y le tendió la otra al señor Morris. De modo que hicimos este pacto solemne cogidos todos de la mano. Sentí frío en el corazón, pero ni por un instante se me ocurrió echarme atrás. Volvimos a ocupar nuestros asientos, y el doctor Van Helsing siguió hablando con una animación que indicaba que el trabajo serio había empezado. Había que tomarlo con la misma seriedad y formalidad que cualquier negocio de esta vida.

—Bien, ahora ya saben contra quién tenemos que luchar, pero nosotros tampoco carecemos de fuerza. A nuestro favor tenemos la posibilidad de luchar juntos..., cosa que le está vedada al vampiro, contamos con el auxilio de la ciencia, somos libres para obrar y para pensar, y las horas del día y de la noche son nuestras por igual. De hecho, hasta donde llegan nuestros poderes, carecen de toda limitación, y podemos emplearlos libremente. Tenemos una causa a la que consagrarnos, un objetivo desinteresado, y ambas cosas significan mucho.

»Veamos ahora adónde llegan y adónde no los poderes generales que tenemos en contra y los individuales. O dicho de otro modo, estudiemos las limitaciones del vampiro en general, y las de éste en particular.

»Todo lo que tenemos que hacer es acudir a las tradiciones y las supersticiones. En principio, no parece que esto represente mucho, tratándose de la vida y la muerte..., y más aún. Sin embargo, habremos de conformarnos; primero, porque no tenemos otro medio del que echar mano; y segundo, porque al fin y al cabo, estas cosas (la tradición, la superstición) no carecen de importancia. ¿Acaso no se apoya en ellas la creencia de los demás en los vampiros..., aunque no la nuestra, por desgracia? Hace un año, ¿quién de nosotros habría aceptado tal posibilidad, en un siglo XIX científico, escéptico y positivista? Nosotros mismos hemos llegado a rechazar algo que estábamos viendo justificado ante nuestros ojos. Debemos suponer, por tanto, que la creencia en el vampiro, sus limitaciones y su curación se apoyan de momento en la misma base. Porque permítanme que les diga que se le ha conocido en todo lugar habitado por el hombre. En la antigua Grecia y en la vieja Roma; aparece en toda Alemania, Francia, India y hasta en Quersoneso; se encuentra también en China, tan lejos de nosotros, donde es temido en la actualidad. Siguió a los barserkers de Islandia, a los demoníacos hunos, a los eslavos, sajones y magiares. Contra eso, pues, tenemos que luchar; y permítanme que les diga que la convicción de muchísimos de estos pueblos ha quedado confirmada por nuestra desventurada experiencia. El vampiro sigue viviendo, y no muere por el mero paso del tiempo, y prospera cuando puede nutrirse con la sangre de los seres vivos; y todavía más: nosotros mismos hemos visto que incluso puede rejuvenecer, que sus facultades vitales se vuelven vigorosas, y parece como si se remozara cuando encuentra en abundancia su alimento habitual. Pero sin su dieta no puede medrar; no come como los demás. Nuestro amigo Jonathan, que vivió con él durante unas semanas, no le vio comer ni una sola vez. ¡Ni una sola! Por lo demás, su cuerpo no proyecta sombra, ni su imagen se refleja en el espejo, como observó Jonathan, también. Su mano tiene la fuerza de varios hombres, cosa que apreció Jonathan cuando cerró la puerta ante los lobos, o cuando le ayudó a bajar de la diligencia. Puede transformarse en lobo, como hizo para desembarcar en Whitby, ocasión en que despedazó a un perro; puede convertirse en murciélago, tal como le vio *madame* Mina en la ventana de Whitby y como mi amigo John le vio salir de la casa vecina; o mi amigo Quincey, desde la ventana de la señorita Lucy. Puede viajar en la niebla que él mismo origina, según probó ese noble capitán de barco; pero por lo que sabemos, el alcance de esa niebla es limitado, y sólo tiene vida alrededor de él. Es capaz de surgir en los rayos de luna, en forma de minúsculas motas de polvo, como se aparecieron a Jonathan aquellas hermanas del castillo de Drácula. Y volverse sutil: nosotros mismos vimos a la señorita Lucy, antes de encontrar la paz, filtrarse por una rendija del espesor de un cabello, para entrar en su tumba. Y una vez que encuentra el camino, es capaz de salir por él y entrar de la misma manera, por cerrada y soldada que esté su sepultura. Puede ver en la oscuridad..., facultad nada pequeña en un mundo cuya mitad está siempre en tinieblas. ¡Ah, pero óiganme bien! Es capaz de hacer todas estas cosas, pero no es libre. Es incluso más prisionero que un esclavo de galeras o que un loco en una celda. No puede ir a donde quiera; aunque no es un ser natural, sin embargo, ha de obedecer a ciertas leyes de la Naturaleza..., no sé por qué. No puede entrar en ningún sitio, al principio, a menos que alguien del interior le invite expresamente; después, sí podrá hacerlo todas las veces que quiera. Su poder cesa, como el de todas las potencias malignas, con la llegada del día. Sólo en determinados momentos goza de una limitada libertad. Si no está en el lugar de su refugio, sólo puede cambiarse a mediodía, o en el momento preciso de la salida y la puesta del sol. Todo esto nos dice la tradición, y en este informe nuestro tenemos pruebas de que es así. Por tanto, aunque puede hacer lo que quiera dentro de sus límites si cuenta con su hogar, su ataúd, su infierno, un lugar impío, como vimos cuando se refugió en la sepultura del suicida de Whitby, sin embargo, sólo puede desplazarse en determinados momentos. Se dice, por otra parte, que sólo puede cruzar aguas vivas cuando están sin movimiento, o en la pleamar. Además, hay cosas que le afectan de tal modo que anulan todo su poder, como el ajo, tal como hemos visto, y los objetos sagrados, como este símbolo, mi crucifijo, que tenemos ahora delante, mientras decidimos. Ante estas cosas no puede nada, y se retira en silencio y con respeto. Hay otras de las que quiero hablarles también, por si las necesitamos en nuestras pesquisas. La rama de rosal silvestre sobre su ataúd le impide salir de él; y si estando descansando en su ataúd se le dispara una bala bendecida, ésta le mata, convirtiéndole en verdadero muerto; en cuanto a la estaca, sabemos ya que le devuelve la paz, y cortarle la cabeza, el descanso. Lo hemos visto con nuestros propios ojos.

»Así, cuando descubramos el habitáculo de este No muerto, podremos confinarle en su ataúd y destruirle, si obramos de acuerdo con lo que sabemos. Pero es inteligente. He pedido a mi amigo Arminius, de la Universidad de Buda-Pest, que me facilite un informe sobre este ser; y después de consultar todas las referencias existentes, me ha dicho quién es. Parece que se trata del voivoda Drácula, el cual se hizo famoso en su lucha contra los turcos, en el gran río que hace frontera con Turquía. Si es así, entonces se trata de un hombre nada corriente; pues en ese tiempo, y durante los siglos posteriores, tuvo fama de ser uno de los hombres más inteligentes y astutos, y de los más valerosos hijos del "país del otro lado del bosque". Ese cerebro poderoso y esa férrea voluntad se fueron con él a la tumba, y hoy se alzan contra nosotros. Arminius dice que los Drácula fueron una estirpe noble e ilustre, aunque tuvo también vástagos de quienes sus coetáneos afirmaban que sostenían tratos con el Malo. Aprendieron sus secretos en la Scholomancia, entre las montañas que rodean el lago Hermanstadt, donde el demonio reclama su derecho a un discípulo de cada diez. En los documentos aparecen palabras como "stregoica", bruja, "ordog" y "pokol", Satanás e infierno; y hay un manuscrito en el que se califica a este mismo Drácula de "wampyr", término cuyo significado entendemos todos demasiado bien. De los genitales de este mismo Drácula salieron grandes hombres y buenas mujeres, y sus tumbas santifican la tierra donde únicamente puede refugiarse el monstruo. Pues no es poco aterrador el que este ser maligno esté profundamente arraigado en todo lo bueno, hasta el punto de que no puede descansar en un suelo carente de sagrados recuerdos.

Mientras hablaba el profesor, el señor Morris tenía la mirada fija en la ventana; se levantó en silencio y salió de la habitación. Hubo una breve pausa, y luego el profesor continuó:

—Y ahora debemos decidir lo que tenemos que hacer. Poseemos aquí muchos datos, y podemos planear nuestra campaña. Sabemos por las averiguaciones de Jonathan que a Whitby llegaron cincuenta cajones de tierra procedentes del castillo, y que todos ellos fueron traídos a Carfax; sabemos también que de ahí se han llevado algunos. Creo, pues, que nuestro primer paso debe ser comprobar si siguen estando los demás en esa casa, cosa que podemos hacer hoy mismo, o si ha desaparecido algún otro; en caso de que fuese así, deberíamos rastrear...

Aquí sufrimos una interrupción que nos produjo un gran sobresalto. Del exterior del edificio nos llegó el estampido de un disparo; el cristal de la ventana saltó en pedazos y una bala rebotó en lo alto del alféizar y fue a dar en una pared de la habitación. Me temo que en el fondo soy cobarde, porque di un grito. Los hombres se levantaron todos de un salto; lord Godalming corrió hacia la ventana y la abrió. A continuación oímos la voz de Morris que gritaba desde el exterior:

—¡Lo siento! Creo que les he alarmado. Subo a contarles lo que ha ocurrido.

Un minuto después, entró y dijo:

—Ha sido una idiotez por mi parte, y les pido sinceramente disculpas, señora Harker; me temo que la he asustado terriblemente. El caso es que mientras hablaba el profesor, he visto aparecer un gran murciélago en el alféizar. Les he cogido tal aprensión a esos condenados bichos, desde los recientes acontecimientos, que no los puedo soportar; de modo que he salido y le he disparado, como hago cada vez que veo alguno. Tú sueles reírte por eso, Art.

—¿Le ha dado? —preguntó Van Helsing.

—No lo sé; creo que no, porque lo he visto alejarse hacia el bosque.

Se calló, se sentó otra vez en su silla, y el profesor prosiguió su alocución:

—Hay que seguirle el rastro a cada uno de esos cajones; y cuando estemos preparados, debemos capturar o matar al monstruo en su madriguera; o en todo caso, esterilizar la tierra, por así decir, de forma que no pueda encontrar refugio en ella. Así podremos descubrirle en su forma humana entre el mediodía y la puesta de sol, y enfrentarnos con él en su momento de mayor debilidad.

»Por lo que a usted respecta, *madame* Mina, esta noche termina su intervención, hasta que todo haya concluido. Nos es usted demasiado preciosa para permitir que corra ningún riesgo. Después de que nos separemos esta noche, no deberá hacernos preguntas. Ya se lo contaremos todo a su debido tiempo. Somos hombres, y soportaremos esta prueba, usted deberá ser nuestra estrella y nuestra esperanza, y todos podremos actuar con más libertad si usted no corre el peligro que vamos a correr nosotros.

Todos los hombres, incluso Jonathan, se sintieron aliviados; a mí no me parecía bien que fuesen a desafiar el peligro con su seguridad disminuida, quizá —porque la fuerza es la mayor seguridad—, debido a su preocupación por mí. Pero estaban decididos y, aunque para mí era una píldora dura de tragar, no pude hacer nada, salvo aceptar tan caballeresca protección.

El señor Van Helsing reanudó la deliberación:

—Dado que hay que actuar cuanto antes, propongo que vayamos ahora mismo a casa del Conde. El tiempo corre a su favor; por otra parte, si actuamos con rapidez, quizás evitemos una nueva víctima.

Confieso que las fuerzas empezaron a fallarme cuando se acercó el momento de actuar, pero no dije nada porque temía aún más que, si me juzgaban un estorbo o un impedimento para su empresa, prescindieran incluso de mis consejos.

Ahora han ido a Carfax con todo lo necesario para entrar en la casa.

Muy varoniles, me han dicho que me vaya a la cama; ¡como si una mujer pudiera dormir cuando aquellos a quienes quiere se encuentran en peligro! Me echaré y fingiré que duermo, para que Jonathan no se inquiete por mí, cuando regrese.

DIARIO DEL DOCTOR SEWARD

1 de octubre, 4 de la madrugada

Cuando nos disponíamos a salir, me informaron que Renfield pedía verme con urgencia porque tenía algo sumamente importante que decirme. Le dije al que me traía el recado que iría a verle sin falta por la mañana, ya que en ese momento estaba ocupado. El celador añadió:

—Se ha puesto muy pesado, señor. Jamás le había visto tan ansioso. No sé, pero si no va a verle en seguida, le dará uno de sus ataques.

Sabía que este hombre no hablaba por hablar, de modo que le dije:

—Está bien, ahora iré.

Les pedí a los demás que me esperasen, que iba a ver a mi paciente.

—Lléveme con usted, amigo John —dijo el profesor—. El caso de este paciente, por lo que cuenta en su diario, me interesa mucho; aparte de que tiene también, de cuando en cuando, cierta relación con *nuestro* problema. Me gustaría verle, sobre todo en uno de sus accesos.

—¿Puedo ir yo también? —preguntó lord Godalming.

—¿Y yo? —dijo Quincey Morris.

Asentí, y nos dirigimos hacia allí, por el corredor.

Le encontramos en un estado de considerable excitación, aunque mucho más juicioso en su actitud y sus palabras de lo que le había visto otras veces. Mostraba una sorprendente capacidad de comprensión, muy distinta de cuanto yo había observado en un lunático, y daba por sentado que sus razones prevalecerían sobre las nuestras, enteramente cuerdas. Entramos los cuatro en la habitación, pero ninguno de los que me acompañaban dijo nada al principio. Lo que quería Renfield era que le dejase marcharse a su casa inmediatamente. Apoyaba su petición en argumentos que pretendían demostrar su completa recuperación, y aducía para ello la cordura que revelaba en ese momento.

—Apelo a sus amigos —dijo—; quizá no les importe juzgar mi caso. A propósito, no me los ha presentado.

Yo estaba tan asombrado, que la extravagancia de hacerle las presentaciones a un loco en un manicomio no me chocó en ese momento; además, había cierta dignidad en la actitud del paciente, y tal ecuanimidad en su persona, que inmediatamente accedí a su petición.

—Lord Godalming, el profesor Van Helsing, el señor Quincey Morris de Texas. Les presento al señor Renfield.

Les estrechó la mano, diciéndole a cada uno:

—Lord Godalming, he tenido el honor de apoyar a su padre en Windham; lamento saber, puesto que ostenta usted el título, que ha fallecido. Fue un hombre respetado y querido por todos los que le conocieron; en su juventud fue, según he oído, el inventor de un ponche de ron muy celebrado en la tarde del Derby. Señor Morris, debe sentirse usted orgulloso de su gran estado. Su integración en la Unión fue un precedente que puede tener grandes repercusiones en el futuro, el día que el polo y los trópicos juren fidelidad a las Estrellas y las Barras. Quizá se revele el poder del Tratado como un vasto instrumento de ampliación, cuando la doctrina de Monroe ocupe su verdadero lugar en la fábula política. ¿Y qué se puede decir ante el honor de conocer a Van Helsing? Señor, no le pido excusas por prescindir del convencionalismo de anteponerle todos sus títulos. Cuando un individuo ha revolucionado la terapéutica con el descubrimiento de la evolución continua del cerebro, los convencionalismos resultan inadecuados, ya que le reducirían a una clase determinada de personas. Caballeros, a ustedes que, por nacionalidad, herencia o privilegios naturales, están capacitados para ocupar sus respectivos lugares en un mundo en marcha, les pido que juzguen si no me encuentro tan sano mentalmente como la mayoría de los mortales que están en plena posesión de su libertad. Y estoy seguro de que usted, doctor Seward, humanitarista y médico jurista, a la vez que científico, juzgará un deber moral examinar mi caso en circunstancias excepcionales.

Esta última súplica la hizo con un distinguido aire de convicción que no carecía de encanto.

Creo que todos nos quedamos asombrados. Por mi parte, tuve el convencimiento, a pesar de conocer el carácter y la historia clínica del paciente, de que había recobrado el juicio; y sentí un gran impulso de decirle que me alegraba verle al fin recuperado, y que me ocuparía de todas las formalidades para dejarle en libertad por la mañana. Sin embargo, consideré más prudente esperar, antes de hacer tan importante declaración, dado que sé de sobra lo propenso a los cambios repentinos que es este paciente en particular. Así que me limité a decir, en términos generales, que parecía haber mejorado con gran rapidez; que tendría una conversación más larga con él por la mañana, y que entonces vería qué se podría hacer para satisfacer sus deseos. No pareció complacerle esto, ya que dijo rápidamente:

—Me temo, doctor Seward, que no ha entendido cuáles son mis deseos. Lo que quiero es irme ya, ahora, en seguida, en este momento, si puede ser. El tiempo apremia, y en el contrato implícito que tenemos con la muerte, es fundamental. Estoy seguro de que basta exponer ante un admirable facultativo como el doctor Seward un deseo tan simple, aunque tan trascendental, para verlo cumplido.

Me miró fijamente, y al ver la negativa en mi cara, se volvió hacia los demás y les observó con atención. Al no encontrar respuesta suficiente, prosiguió:

—¿Es posible que me haya equivocado en mi suposición?

—En efecto —dije con franqueza, pero al mismo tiempo, me di cuenta, con brutalidad.

Hubo una larga pausa, y luego dijo lentamente:

—Entonces, supongo que debo fundar mi petición en otros motivos. Permítame pedirle esta concesión..., favor, privilegio, o como quiera llamarlo. Le suplico que me lo conceda, no a título personal, sino en interés de otras personas. No estoy en libertad de exponerle todas mis razones, pero puede tener la seguridad de que son todas loables, sensatas y desinteresadas, y que dimanan del más alto sentido del deber. Si usted pudiese asomarse a mi corazón, señor, aprobaría completamente los sentimientos que me animan. Y más aún, me contaría entre los mejores y más leales de sus amigos.

Nuevamente nos miró de forma penetrante a todos. Tuve la creciente convicción de que este cambio repentino de su método intelectual no era sino otra forma o fase de su locura, así que decidí dejarle seguir un poco más, sabiendo por experiencia que, como todos los lunáticos, se delataría al final. Van Helsing le observaba atentamente, con las cejas casi juntas a causa de su concentración. Y le dijo a Renfield en un tono que no me sorprendió en ese momento, aunque sí al recordarlo después, ya que era el del que se dirige a un igual:

—¿No puede explicar con franqueza el verdadero motivo por el que quiere que le liberen esta misma noche? Yo le doy mi palabra de que si me convence a mí, que soy extranjero, carezco de prejuicios y tengo amplitud de criterio, haré que el doctor Seward le conceda, bajo su propio riesgo y responsabilidad, el privilegio que pide.

Negó tristemente con la cabeza, y una expresión de hondo pesar en el semblante. El profesor prosiguió:

—Vamos, señor, piénselo. Usted pide el privilegio de la razón en el más alto grado, ya que pretende impresionarnos con su absoluta sensatez. Lo hace usted, de cuya cordura tenemos motivos para dudar, porque aún no está libre de tratamiento médico por esta misma razón. Si no nos ayuda a tomar la decisión más prudente, ¿cómo podemos cumplir con el deber que usted mismo nos impone? Sea sensato y ayúdenos; y si podemos, contribuiremos a dar cumplimiento a sus deseos.

Negó otra vez con la cabeza, y dijo:

—Doctor Van Helsing, no tengo nada que decir. Su razonamiento es perfecto; si pudiese, no vacilaría un instante, pero no soy dueño de mí mismo en este asunto. Sólo puedo pedirle que confíe en mí. Si se me niega lo que pido, la responsabilidad no será mía.

Me pareció llegado el momento de poner fin a la escena, que se estaba volviendo cómicamente seria, y me dirigí hacia la puerta diciendo simplemente:

—Vamos, amigos míos, tenemos trabajo que hacer. ¡Buenas noches!

Sin embargo, cuando llegaba a la puerta, un nuevo cambio se operó en el paciente. Vino hacia mí tan de prisa que por un instante temí que intentase un nuevo acto homicida. Mis temores, sin embargo, eran infundados; porque juntó las manos, las levantó en un gesto implorante, y repitió su súplica de forma conmovedora. Al ver él que su mismo exceso de emoción militaba en contra suya, confirmando aún más nuestra anterior opinión, adoptó una actitud más suplicante. Miré a Van Helsing, y vi mi convicción reflejada en sus ojos; así que adopté una actitud más firme, aunque no más severa, y le indiqué con un gesto que de nada servían sus esfuerzos. Ya conocía la excitación creciente que le entraba cada vez que pedía algo que en ese momento le gustaría muchísimo, muchísimo; como cuando me pidió que le dejase tener un gato, y esperaba verle caer en la misma hosca resignación. Pero no ocurrió así esta vez, pues, cuando vio que no conseguía lo que pretendía, le entró una especie de frenesí. Cayó de rodillas, alzó las manos, retorciéndoselas en quejumbrosa postración, y profirió un torrente de súplicas mientras las lágrimas le resbalaban abundantemente por las mejillas, y su cara y su cuerpo entero reflejaban la más profunda emoción.

—Se lo ruego, doctor Seward, se lo suplico; deje que me marche ahora mismo. Envíeme a donde quiera y como quiera; que me acompañen los celadores con látigos con cadenas, que me lleven con camisa de fuerza, con esposas y grillos en los pies, y me encierren en la cárcel, pero que me saquen de aquí. Usted no sabe lo que hace, teniéndome encerrado aquí. Le hablo desde lo más hondo de mi corazón, desde el fondo de mi alma. No sabe a quién está perjudicando, ni de qué modo; y yo no se lo puedo decir. ¡Pobre de mí, que no puedo hablar! ¡Por todo lo que usted considera más sagrado, por todo lo que ama, por el amor que ha perdido, por la esperanza que aún abriga, por el Todopoderoso, sáqueme de aquí y libre mi alma de toda culpa! ¿Es que no me oye, señor? ¿Es que no lo entiende? ¿Es que no aprenderá jamás? ¿No se da cuenta de que estoy en mi sano juicio, y que le hablo en serio ahora, que esto no es un ataque de locura, sino la lucha de un hombre cuerdo por salvar el alma? ¡Escúcheme, señor! ¡Escúcheme! ¡Deje que me vaya! ¡Deje que me vaya!

Me pareció que cuanto más durara la escena, peor se pondría, y que le daría el ataque, así que le cogí por las manos y lo levanté.

—Vamos —le dije con severidad—, se acabó; ya hemos tenido bastante por hoy. Métase en la cama y trate de comportarse con más sensatez.

Súbitamente, calló, me miró fijamente un momento. Luego, sin decir una palabra, se levantó y fue a sentarse en el borde de la cama. Le había llegado el desmoronamiento, igual que en otras ocasiones, tal como yo me esperaba.

Al salir yo de la habitación, el último de todos, me dijo con voz serena:

—Confío, doctor Seward, en que me hará la justicia de tener en cuenta, más adelante, que hice esta noche todo lo posible por convencerle.

19

DIARIO DE JONATHAN HARKER

1 de octubre, 5 de la madrugada

Fui con los demás a investigar con la conciencia tranquila, ya que nunca había visto a Mina tan fuerte y con mejor aspecto. Me alegra mucho que haya consentido en abstenerse y dejar que los hombres hagamos el trabajo. En cierto modo, me asustaba verla metida en este espantoso asunto, pero ahora que ha terminado el trabajo, y que gracias a su energía, su capacidad y su clarividencia, ha quedado todo ensamblado de forma que se recoge cada detalle, debe comprender que su cometido ha terminado, y que debe dejarnos a nosotros hacer lo demás. Creo que todos estábamos un poco violentos por la escena de Renfield. Al salir de la habitación, caminamos en silencio hasta que llegamos al despacho. Allí, dijo el señor Morris al doctor Seward:

—Escucha, Jack, si ese hombre no estaba intentando engañarnos, se trata del lunático más en sus cabales que he visto en mi vida. No estoy seguro, pero creo que tenía un motivo serio; y si es así, ha sido bastante cruel no haberle dado una oportunidad.

Lord Godalming y yo permanecimos en silencio, pero el doctor Van Helsing dijo:

—Amigo John, usted conoce más a los lunáticos que yo, y me alegro; porque me temo que si me hubiese tocado a mí decidir, después de esta última explosión de histerismo que ha tenido, le habría dejado en libertad. Pero vivimos para aprender, y en nuestra actual empresa no debemos dejar ningún cabo suelto, como diría mi amigo Quincey. Las cosas están bien tal como están.

El doctor Seward pareció contestar muy vagamente a los dos.

—No sé, pero coincido con ustedes. Si ese hombre hubiese sido un lunático corriente, habría intentado confiar en él, pero parece involucrado en la actuación del Conde de una forma tal, que temo cometer una grave equivocación si accedo a sus caprichos. No se me olvida cómo suplicaba con el mismo fervor que le dejase tener un gato, y luego trató de morderme en el cuello. Por otra parte, llamó al Conde «amo y señor», y quizá quiera ir a ayudarle en alguna diabólica fechoría. Ese ser espantoso cuenta con la ayuda de los lobos, las ratas y los seres de su propia especie; de modo que supongo que no sería de extrañar que pretendiera utilizar a un respetable lunático. Desde luego, parecía muy formal. Espero haber hecho bien. Todo esto, sumado a la empresa que tenemos entre manos, es capaz de poner a cualquiera los nervios de punta.

El profesor avanzó un paso y, poniéndole una mano afectuosa en el hombro, dijo con su voz grave y afable:

—Amigo John, no tema. Tratamos de cumplir con nuestra obligación en un caso triste y terrible; sólo podemos hacer lo que consideramos que es mejor. ¿Qué otra cosa nos cabe esperar, salvo la misericordia del buen Dios?

Lord Godalming se había ausentado unos minutos, pero acababa de regresar. Nos enseñó un pequeño silbato de plata, y comentó:

—Puede que ese viejo caserón esté lleno de ratas; si es así, tengo aquí el antídoto.

Después de saltar la tapia, nos dirigimos a la casa, tomando la precaución de avanzar al amparo de las sombras de los árboles, cuando asomaba la luna. Al llegar al porche, el profesor abrió su maletín, sacó un montón de objetos y los dejó en el umbral, distribuyéndolos en cuatro pequeños grupos; evidentemente, uno para cada uno de nosotros. Luego dijo:

—Amigos míos, vamos a meternos en un terrible peligro, y necesitamos armas de muchas clases. Nuestro enemigo no es meramente espiritual. Recuerden que posee la fuerza de veinte hombres y que, aunque nuestro cuello es corriente, y por tanto nos lo pueden aplastar y romper, el suyo no es vulnerable a la mera fuerza física. Un hombre, o un grupo de hombres, más fuertes en todos los sentidos que él, pueden reducirle en determinados momentos, pero no le pueden herir del mismo modo que puede él herirnos a nosotros. Por tanto, debemos guardarnos de su contacto. Pónganse esto cerca del corazón —mientras hablaba, sacó un pequeño crucifijo de plata y me lo tendió a mí, que era quien estaba más cerca de él—, póngase estas flores alrededor del cuello —ahora me dio una guirnalda de flores de ajo marchitas—; por si surgen otros enemigos más mundanos, tenga este revólver y este cuchillo; y para ayudarse, estas pequeñas lámparas eléctricas, que pueden sujetarse en el pecho; por último, y sobre todo, tenga esto, que no debemos profanar innecesariamente. —Se trataba de un trocito de hostia consagrada; la metió en un sobre y me lo tendió. A los demás les equipó de manera parecida—. Ahora, amigo John, ¿dónde están las ganzúas? Si conseguimos abrir la puerta, no habrá necesidad de forzar ninguna ventana como en casa de la señorita Lucy.

El doctor Seward eligió una o dos ganzúas y probó a abrir, con destreza manual de cirujano. En seguida lo consiguió con una de ellas; después de intentar accionarla hacia un lado y hacia otro, la cerradura cedió, descorriéndose el pestillo con un ruido chirriante. Empujamos; gimieron las herrumbrosas bisagras y la puerta se abrió lentamente. Fue una impresión asombrosamente idéntica a la reflejada en el diario del doctor Seward, cuando entraron en la tumba de la señorita Westenra; supongo que los demás debieron de sufrir la misma impresión, porque todos retrocedimos. El profesor fue el primero en decidirse a entrar.

—*In manus tuas, Domine!* —dijo santiguándose al trasponer el umbral. Cerramos la puerta detrás de nosotros para no llamar la atención desde la carretera, cuando encendiéramos las luces. El profesor manipuló previsoramente la cerradura, comprobando que podía abrirse desde dentro, por si después había prisa en salir. A continuación encendimos las lámparas y empezamos la inspección.

Las luces de las pequeñas lámparas proyectaban toda clase de formas extrañas al cruzarse sus rayos, o bien la opacidad de nuestros cuerpos arrojaba sombras gigantescas. Yo no podía evitar la sensación de que había alguien extraño entre nosotros. Supongo que era debida al recuerdo de mi terrible experiencia en Transilvania, que tan irresistiblemente me había despertado lo que me rodeaba. Pero creo que esta sensación la experimentábamos todos, porque observé que los demás no paraban de mirar por encima del hombro a cada ruido que se producía, a cada sombra que surgía, igual que yo.

Todo el lugar estaba cubierto de una espesa capa de polvo. En el suelo dicha capa tenía un grosor de pulgadas, salvo donde se había pisado recientemente; y al enfocar mi luz hacia allí, descubrí huellas de clavos, donde el polvo había quedado aplastado. El polvo cubría y acolchaba asimismo las paredes, y en los rincones se hacinaban las telarañas, acumulando más polvo, hasta el punto de parecer viejos y harapientos jirones de tela, debido a que el peso las había desgarrado parcialmente. Sobre una mesa del vestíbulo había un gran manojo de llaves, con una etiqueta amarillenta cada una. Habían sido usadas varias veces, ya que el manto de polvo de la mesa tenía varios desgarrones, como el que quedó al cogerlas el profesor. Éste se volvió hacia mí y dijo:

—Usted conoce este lugar, Jonathan. Ha sacado un plano de este edificio, y lo conoce más que nosotros. ¿Por dónde se va a la capilla?

Yo tenía alguna idea de la dirección, aunque en mi anterior visita no había llegado a entrar; así que abrí la marcha, y después de equivocarme unas cuantas veces, me encontré ante una puerta de roble baja, arqueada, reforzada con fajas de hierro.

—Aquí es —dijo el profesor, enfocando su lámpara sobre un pequeño plano de la casa, copiado del expediente de mi correspondencia original sobre la compra. Con un poco de trabajo, encontramos la llave en el manojo, y abrimos. Estábamos preparados para recibir una impresión desagradable, porque mientras abríamos la puerta, de sus rendijas emanaba cierto aire vago y maloliente; pero ninguno se esperaba la pestilencia que había en el interior. Los demás no habían estado nunca cerca del Conde; y por mi parte, le había visto en un período de ayuno, en sus habitaciones, o saciado de sangre fresca en un edificio ruinoso y abierto por todas partes, pero aquí se trataba de un recinto pequeño, cerrado; y el prolongado abandono reinante había corrompido su atmósfera estancada. Era un olor a tierra, como de aire viciado y lleno de miasmas. Pero ¿cómo describir esa fetidez? No sólo parecía estar compuesta por todos los males de la mortalidad y por el olor acre y pungente de la sangre, sino que parecía como si la corrupción misma se hubiese corrompido. ¡Puaf!, me produce náuseas pensar en ello ahora. Parecía que cada bocanada de aire exhalada por el monstruo se hubiera quedado allí dentro, haciendo más intenso su carácter repugnante.

En circunstancias normales, tal hedor habría puesto fin a nuestra aventura, pero éste no era un caso normal, y el importante y terrible objetivo en el que estábamos comprometidos nos infundía una fuerza que nos elevaba por encima de consideraciones meramente físicas. Tras retroceder involuntariamente, ante la primera vaharada nauseabunda, entramos todos decididos a cumplir nuestra misión como si ese repugnante lugar fuese una rosaleda.

Efectuamos una minuciosa inspección del recinto, diciendo el profesor al empezar:

—Antes que nada hay que averiguar cuántos cajones quedan; después, hay que registrar cada rincón, cada agujero, cada grieta, y ver si descubrimos alguna pista que nos lleve a las demás.

Una ojeada bastó para comprobar los que quedaban, ya que los enormes cofres de tierra eran bastante voluminosos, y no había forma de disimularlos.

¡Encontramos veintinueve, de los cincuenta que habían llegado! En una ocasión me asusté al ver a lord Godalming volverse súbitamente y mirar hacia el pasadizo; me asomé yo también, y por un instante se me paralizó el corazón. En algún lugar, mirando desde la oscuridad me pareció ver brillar el rostro malvado del Conde, el puente de la nariz, sus ojos rojos, sus labios, su espantosa palidez. Sólo fue un instante, porque lord Godalming comentó:

—Me ha parecido ver una cara, pero no hay más que sombras.

—Y reanudó su inspección.

Dirigí la luz de mi lámpara hacia aquel punto, y me asomé al pasadizo. No vi a nadie, y como no tenía rincones, ni puertas o vanos de ninguna clase, sino sólidos muros, no había sitio donde nadie pudiera ocultarse, ni siquiera él. Pensé que el miedo nos había excitado la imaginación, y no dije nada.

Unos minutos más tarde, vi a Morris salir súbitamente de un rincón que había estado registrando. Todos seguimos sus movimientos con la mirada, ya que el nerviosismo se estaba apoderando de nosotros, y vimos una masa fosforescente que parpadeaba como las estrellas. Retrocedimos instintivamente. El recinto se estaba poblando de ratas.

Durante un momento o dos, nos sentimos horrorizados, salvo lord Godalming, que al parecer había previsto tal contingencia. Corrió hasta la pesada puerta, que el doctor Seward había descrito desde fuera, y que yo también había visto, le dio una vuelta a la llave, retiró los enormes cerrojos, y la abrió de par en par. Luego se sacó del bolsillo el pequeño silbato de plata y emitió una llamada baja y estridente. En seguida fue contestada desde detrás de la casa del doctor Seward por unos ladridos de perros, y un minuto después aparecieron tres *terriers* por una esquina. Inconscientemente, nos habíamos ido todos hacia la puerta; y observamos que el polvo había sido muy pisoteado en este lugar: los cajones que se habían llevado habían sido sacados por aquí. Pero incluso en el minuto transcurrido, el número de ratas había aumentado enormemente. Parecían hervir por todo el recinto a la vez, de forma que la luz de la lámpara, al brillar sobre sus cuerpos inquietos y relucientes y en sus ojillos siniestros, daba al suelo un aspecto de terreno poblado de luciérnagas. Llegaron los perros, pero se detuvieron de pronto en el umbral y se pusieron a gruñir; luego, simultáneamente, alzaron sus hocicos y empezaron a aullar lúgubremente. Las ratas se multiplicaban a millares sin cesar.

Lord Godalming cogió en brazos a uno de los perros, entró con él y lo depositó en el suelo. En el instante en que el animal se sintió libre, pareció recobrar su valor y se abalanzó sobre sus enemigos naturales. Las ratas huyeron ante su presencia de tal modo que, antes de que hubiera matado una veintena, y unas cuantas los otros perros introducidos de la misma manera, habían desaparecido todas las demás.

Con la huida de las ratas, pareció como si se hubiese conjurado una presencia maligna, ya que los perros brincaban de un lado para otro ladrando alegremente, acosando a sus enemigas malheridas, dándoles revolcones una y otra vez, y lanzándolas al aire con violentas sacudidas. A todos nos volvieron los ánimos. No sé si era que se había purificado el ambiente corrompido al abrirse la puerta de la capilla, o el alivio que experimentamos al salir; lo cierto es que la sombra de temor que nos envolvía pareció desprenderse de nosotros como una túnica, y el motivo de nuestra expedición perdió un poco de su siniestro significado; aunque no disminuyó un ápice nuestra resolución. Cerramos la puerta desde dentro, pasando los cerrojos, y seguimos registrando la casa llevando a los perros con nosotros. No encontramos otra cosa que enormes cantidades de polvo, completamente intacto, salvo mis propias pisadas, que dejé en mi primera visita. Ni una sola vez dieron los perros muestra de inquietud; y cuando regresamos a la capilla, saltaban de un lado para otro como si anduviéramos cazando conejos en un bosque veraniego.

El día empezaba a despuntar por oriente cuando salimos por la puerta principal. El doctor Van Helsing había cogido la llave del manojo, y cerró de forma ortodoxa, guardándosela después en el bolsillo.

—Por de pronto —dijo—, nuestra noche ha sido bastante productiva. No hemos tenido ningún percance, como yo me temía, y hemos comprobado cuántos cajones faltan. Sobre todo, me alegro de que hayamos dado el primer paso, quizás el más difícil y peligroso, sin haber traído a nuestra queridísima *madame* Mina, ni haber inquietado sus pensamientos y sus sueños con visiones, ruidos y olores horrendos, que quizá no hubiera podido olvidar jamás. Además, hemos aprendido una lección, si se me permite razonar *a particulari*: que los animales sobre los que ejerce su dominio no obedecen a su poder espiritual; como ven, estas ratas que han acudido a su mandato, como acudieron los lobos cuando quiso usted marcharse del castillo, o cuando aquella desventurada mujer gritó, han huido a la desbandada en presencia de los perritos de mi amigo Arthur. Tenemos otras cuestiones ante nosotros, otros peligros, otros temores; y ese monstruo... quizá no haya empleado su poder sobre el mundo animal por una y última vez, esta noche. Pero de momento, se ha ido a otra parte. ¡Bien! Esto nos da ocasión de gritarle: «¡Jaque!», en esta partida de ajedrez en la que nos jugamos almas humanas. Y ahora, regresemos. Está a punto de amanecer, y tenemos motivo para estar contentos de nuestro primer trabajo nocturno. Puede que nos toque hacer lo mismo durante muchas noches y días, si hay peligro, pero debemos seguir, y no retroceder ante nada.

La casa estaba en silencio cuando regresamos; no se oía nada, salvo el llanto de algún infeliz, en una de las partes más alejadas del edificio, y una especie de gemidos apagados, procedentes de la habitación de Renfield. El pobre desdichado se estaba torturando, sin duda, como hacen los dementes, con inútiles pensamientos dolorosos.

Entré de puntillas en nuestra habitación y encontré a Mina dormida, respirando tan apaciblemente que tuve que acercar el oído para poder oírla. Parece más pálida de lo habitual. Espero que la reunión de esta noche no la haya inquietado. Agradezco sinceramente que la aparten de todo el trabajo futuro, e incluso de nuestras deliberaciones. Es una tensión excesiva para una mujer. No se me había ocurrido al principio, pero ahora me doy cuenta. Me alegro de haber tomado este acuerdo. Quizás haya cosas que podrían asustarla; y sin embargo, puede que sea peor ocultárselas, si llega a enterarse después de que no se las hemos dicho. En adelante, nuestra misión debe ser un libro cerrado para ella, al menos hasta que podamos decirle que todo ha terminado, y que hemos librado a la tierra de ese monstruo del submundo. Quizá sea difícil callar cuando siempre ha habido una confianza absoluta entre nosotros; pero debo ser firme, guardar completo silencio, mañana, sobre la aventura de esta noche, y no decir una palabra de lo sucedido. Me acostaré en el sofá para no molestarla.

1 de octubre, más tarde

Supongo que es natural que nos hayamos despertado tarde, ya que ayer fue un día ajetreado, y esta noche no hemos descansado en absoluto. Incluso Mina debió de sentirse agotada, pues aunque yo me he despertado cuando el sol estaba bastante alto, ella seguía durmiendo, y la he tenido que llamar dos o tres veces, antes de que se despertara. Desde luego, estaba tan profundamente dormida que durante unos segundos no me ha reconocido, y me ha mirado con una mezcla de perplejidad y terror, como el que despierta de un mal sueño. Se ha quejado de que se sentía desmadejada, y la he dejado descansar un rato más. Ahora sabemos que se han llevado veintiún cajones; si ha sido en alguno de esos carros de transportes, podremos seguirles la pista a todos ellos. Naturalmente, esto simplificará inmensamente nuestra labor, y cuanto antes nos ocupemos de eso, mejor. Iré hoy a visitar a Thomas Snelling.

DIARIO DEL DOCTOR SEWARD

1 de octubre

Hacia mediodía, me despertó el profesor irrumpiendo en mi habitación. Se sentía más jovial y alegre que de costumbre; es evidente que lo que hicimos anoche ha contribuido a quitarle un peso de encima. Después de comentar dicha aventura, dijo de pronto:

—Su paciente me interesa mucho. ¿Puedo asistir a la visita que le haga esta mañana? Si está usted demasiado ocupado, puedo ir solo, si no hay inconveniente. Para mí es una experiencia nueva encontrar a un lunático que habla de filosofía y razona con tanta sensatez.

Yo tenía que atender algún trabajo, de modo que le dije que fuera solo porque así no tendría que esperar; llamé a un celador y le di las instrucciones pertinentes. Antes de que el profesor abandonase la habitación le aconsejé que no sacase falsas impresiones de mi paciente.

—Lo que quiero —contestó—, es que me hable de él y de su manía de comer seres vivos. Según escribió usted en su diario, su paciente le dijo a *madame* Mina que en otro tiempo tuvo esa creencia. ¿Por qué se sonríe, amigo John?

—Perdone —dije—, pero la respuesta está aquí. —Puse la mano sobre el texto mecanografiado—. Cuando nuestro sano e instruido lunático nos habló de que *antes* solía comer vidas, aún tenía la boca sucia de las moscas y arañas que acababa de comerse antes de que la señora Harker entrara en la habitación.

Van Helsing sonrió a su vez.

—¡Bien! —dijo—. Tiene usted buena memoria, amigo John. Debí haberlo recordado. Sin embargo, esta misma desviación del pensamiento y de la memoria es lo que hace tan fascinante el estudio de las enfermedades mentales. Puede que este demente me enseñe más sobre la locura que las doctrinas de los más sabios. ¿Quién sabe?

Me fui, y poco después me había enfrascado en mi trabajo. Me pareció que había transcurrido poco tiempo, cuando Van Helsing regresó a mi despacho.

—¿Interrumpo? —preguntó cortésmente, deteniéndose en la puerta.

—De ningún modo —contesté—. Pase. He terminado lo que tenía que hacer, y estoy libre ahora. Si quiere, puedo acompañarle.

—No es necesario; ¡ya he ido!

—¿Y bien?

—Me temo que no me tiene mucho aprecio. Nuestra entrevista ha sido breve. Al entrar yo, estaba sentado en un taburete, en el centro de la habitación, con los codos sobre las rodillas, y su cara era la imagen del sombrío descontento. Le he hablado lo más alegremente posible, y con todas las muestras de respeto. Pero no me ha contestado nada en absoluto. «¿Me conoce?», le he preguntado. Su respuesta no ha sido nada tranquilizadora: «Le conozco demasiado; usted es el viejo imbécil de Van Helsing. Váyase a paseo, usted y sus estúpidas teorías sobre el cerebro. ¡Malditos sean todos los obcecados holandeses!» No he logrado arrancarle una sola palabra más, y ha seguido sentado, con su implacable malhumor, como si yo no estuviese en la habitación. Así que, por esta vez, he perdido la oportunidad de aprender algo de este inteligente lunático; bueno, voy a tratar de levantar un poco el ánimo charlando con *madame* Mina. Amigo John, me alegra lo indecible que esa mujer no sufra más, ni soporte más angustias con todas estas cuestiones terribles. Aunque echemos de menos su ayuda, es mejor así.

—Coincido plenamente con usted —contesté con toda seriedad, pues no quería que flaquease en esta cuestión—. Es mejor que se mantenga al margen de esto. Ya se presentan bastante mal las cosas para nosotros, que somos hombres de mundo y hemos tenido que afrontar situaciones difíciles en otro tiempo, pero no hay sitio para una mujer. Si siguiese metida en este asunto, con el tiempo acabaría por arruinarle la salud.

De modo que Van Helsing se ha ido a charlar con la señora Harker y su marido; Quincey y Art han salido en busca de pistas de los cajones de tierra. Terminaré mi visita a los enfermos, y nos reuniremos esta noche.

DIARIO DE MINA HARKER

1 de octubre

Me produce una extraña sensación, notar que me dejan en la ignorancia, como me pasa hoy; sentir, después de la confianza que Jonathan ha tenido conmigo durante tantos años, que evita manifiestamente ciertos temas, los más vitales. Esta mañana me he despertado tarde, después de las fatigas de ayer; y aunque Jonathan se ha despertado tarde también, se ha levantado antes que yo. Antes de irse, me habló en un tono más dulce y tierno que nunca, pero sin mencionar una palabra de lo sucedido en la visita a la casa del Conde. Sin embargo, sabía lo terriblemente ansiosa que estoy. ¡Pobre marido mío! Me parece que su silencio ha debido afligirle a él más que a mí. Han acordado todos que es mejor que no siga interviniendo en este terrible asunto, y yo he accedido. ¡Pero pensar que él tiene secretos para mí! Estoy llorando como una tonta, cuando *sé* que se debe precisamente al amor que mi marido siente por mí, y al afecto de estos otros hombres...

Creo que me ha hecho bien. Bueno, algún día me lo contará todo Jonathan, y para que no llegue a pensar ni por un momento que tengo secretos para él, seguiré escribiendo en mi diario como siempre. Después, para que no dude de mi sinceridad, se lo daré para que lea expuestos ahí todos los pensamientos de mi corazón. Hoy me siento especialmente triste y deprimida. Supongo que es la reacción, después de tantas emociones.

Anoche me acosté cuando ellos se marcharon, simplemente porque me habían dicho que lo hiciera. No tenía sueño, y sentía una ansiosa inquietud. Estuve pensando en todo lo ocurrido desde que Jonathan vino a verme a Londres, y me parece una horrible tragedia; como si un fatalismo empujara implacablemente hacia un fin predeterminado. Todo lo que uno hace, por muy razonable y justo que sea, parece acarrear las consecuencias más lamentables. Si no hubiese ido yo a Whitby, quizá la pobre Lucy estaría ahora con nosotros. No le dio por visitar el cementerio hasta que llegué yo, y si no hubiese ido allí conmigo por las tardes, no habría ido después sonámbula, y ese monstruo no la habría destruido como la destruyó. ¡Oh! ¿Por qué iría yo a Whitby? ¡Vaya, ya estoy llorando otra vez! No sé qué me pasa hoy. Procuraré que no lo sepa Jonathan; si se entera de que he llorado dos veces en una misma mañana —yo, que jamás he llorado por mí, ni le he hecho derramar una sola lágrima a él—, al pobre se le partiría el corazón. Pondré cara alegre: y aunque sienta ganas de seguir llorando, no lo sabrá. Supongo que es una de las lecciones que las pobres mujeres tenemos que aprender...

No recuerdo exactamente cómo me dormí. Creo que oí de repente ladridos de perros y voces extrañas, como si alguien rezase frenéticamente en la habitación del señor Renfield, que está abajo, en alguna parte. Luego se quedó todo en silencio, en un silencio tan profundo que me sobresaltó, y me levanté a asomarme a la ventana. Todo estaba oscuro y callado, y las sombras negras que proyectaba la luna parecían llenas de un silencio misterioso y especial. Nada se movía, todo parecía inmóvil y tenebroso como el destino o la muerte, de forma que una delgada hebra de niebla blanca, que avanzaba por la hierba en dirección a la casa con una lentitud casi imperceptible, parecía dotada de sensibilidad y vitalidad propias. Creo que esta desviación de mis pensamientos me sosegó, porque al volver a la cama noté que un letargo se apoderaba de mí. Estuve echada un rato, pero no acababa de quedarme dormida, así que me levanté y fui a asomarme a la ventana otra vez. La niebla iba extendiéndose; ahora llegaba hasta la casa, de forma que pude verla espesarse contra el muro, como si tratase de subir solapadamente hacia las ventanas. El pobre loco empezó a gritar más que nunca, y aunque no distinguía una sola palabra de lo que decía, pude reconocer en su tono una súplica apasionada. Luego oí como un forcejeo o lucha, y comprendí que los celadores estaban tratando de reducirle. Me asusté tanto que me metí en la cama, me cubrí la cabeza con el embozo, y me taponé los oídos con los dedos. En ese momento no tenía ni pizca de sueño; al menos eso creo. Pero debí de quedarme dormida en seguida, porque aparte de los sueños, no recuerdo nada hasta el día siguiente, en que Jonathan me despertó. Me parece que me costó trabajo darme cuenta de dónde estaba, y que era Jonathan quien estaba inclinado sobre mí. Porque tuve un sueño muy extraño, y fue casi típica la forma en que los pensamientos vigiles se fundieron o se prolongaron en forma de sueños.

. Me pareció que estaba dormida, esperando a que llegara Jonathan. Me sentía muy inquieta por él, aunque era incapaz de moverme; los pies, las manos y el cerebro me pesaban enormemente, de forma que nada me funcionaba de manera normal. Así que mi sueño era inquieto, y no paraba de pensar. Luego empecé a tener conciencia de que el aire era pesado, húmedo, frío. Aparté el embozo de la cara, y descubrí con sorpresa que todo era borroso a mi alrededor. La luz de gas, que había dejado encendida para Jonathan, aunque había bajado la llama, era una minúscula brasa rojiza en la niebla que evidentemente había aumentado y había invadido el dormitorio. Entonces recordé que había dejado cerrada la ventana, antes de meterme en la cama. Hubiera querido ir a comprobarlo, pero un pesado letargo parecía inmovilizarme las piernas y hasta la voluntad. Seguí echada, aguantando y sin moverme; nada más. Cerré los ojos, aunque seguí viendo a través de los párpados (es maravilloso los engaños que nos ofrecen los sueños, y con qué consonancia podemos imaginar). La niebla se fue haciendo cada vez más densa, y ahora pude ver cómo se filtraba como si fuese humo —o como la blanca energía del agua hirviendo— y entraba a borbotones en la habitación, no por la ventana, sino a través de las rendijas de la puerta. Y siguió espesándose aún más, hasta que pareció como si se concentrase en una especie de columna de vapor en el centro de la estancia, en cuya parte superior distinguía la luz de gas brillando como un ojo rojizo. Las cosas me empezaron a dar vueltas en la cabeza, a la vez que la columna vaporosa giraba en la habitación, y me vinieron a la memoria las palabras bíblicas: «Una columna de nube durante el día, y de fuego durante la noche». ¿Sería, efectivamente, una advertencia espiritual que me llegaba en sueños? Pero esta columna estaba formada por elementos diurnos y nocturnos, pues el fuego estaba en el ojo rojo que, ahora que lo pienso, ejercía una fascinación nueva sobre mí, y mientras miraba, el fuego se escindió, y pareció brillar fijamente a través de la niebla como dos carbones encendidos, igual que los que Lucy me describió en su momentáneo desvarío, en el acantilado, cuando la agonizante luz del sol dio en los ventanales de la iglesia de Santa María. De repente, el terror se apoderó de mí, al recordar que así era como Jonathan había visto cobrar realidad a aquellas espantosas mujeres, a través de un torbellino de niebla, bajo la luz de la luna. Y en mi sueño, debí desmayarme, porque todo se sumió en la negrura. El último esfuerzo consciente que realizó mi imaginación fue para mostrarme una cara lívida, blanca, que surgía de la niebla y se inclinaba sobre mí. Debo tener cuidado con esa clase de sueños, ya que podrían desequilibrarme la razón si se repitiesen con demasiada frecuencia. Yo les diría al doctor Van Helsing o al doctor Seward que me prescribiesen algo para dormir, pero temo alarmarles. Un sueño de esta naturaleza, en las presentes circunstancias, podría llenarles de inquietud por mí. Esta noche procuraré dormir sin recurrir a nada de eso. Si no lo consigo, mañana por la noche les pediré que me preparen una dosis de cloral; por una vez, no me hará daño, y me puede procurar un sueño reparador. El sueño de esta noche me ha cansado más que si no hubiese pegado ojo.

2 de octubre, 10 de la noche

Anoche conseguí dormir, aunque sin soñar nada. Debí de quedarme profundamente dormida, ya que no me desperté cuando Jonathan se metió en la cama; pero el sueño no me ha descansado, ya que hoy me siento terriblemente débil y abatida. Ayer me pasé el día intentando leer, o adormilada. Por la tarde, el señor Renfield pidió verme. El pobre se mostró muy amable, y al marcharme, me besó la mano y rogó a Dios que me bendijese. En cierto modo, me conmovió mucho; lloro cuando pienso en él. Ésta es una nueva debilidad con la que debo tener cuidado. Jonathan se sentiría muy desdichado si supiese que he estado llorando. Él y los demás estuvieron ausentes hasta la hora de la cena, y regresaron muy cansados. Hice lo que pude para animarles, y creo que el esfuerzo me benefició a mí, porque me olvidé de lo cansada que estaba yo. Después de cenar, me mandaron a la cama, y ellos salieron a fumar, según dijeron, pero sé que querían hablar de lo que cada uno había hecho durante el día. Por la actitud de Jonathan, comprendí que él tenía algo importante que comunicar. No me sentía con tanto sueño como esperaba; así que antes de acostarme le pedí al doctor Seward que me diese algún sedante, ya que no había dormido bien la noche anterior. Muy amablemente, me ha preparado una poción y me ha dicho que no me hará ningún daño, ya que es muy suave... Me la he tomado, y estoy aguardando a que me dé sueño, aunque parece que todavía tardará. Espero no haber cometido un error, ya que ahora que siento revolotear el sueño en torno mío, me asalta un nuevo temor: que pueda haber sido una imprudencia privarme de la posibilidad de despertar. Podría hacerme falta. Ya me está entrando sueño. Buenas noches.

20

DIARIO DE JONATHAN HARKER

1 de octubre, por la noche

Encontré a Thomas Snelling en su casa de Bethnal Green, pero desgraciadamente no estaba en condiciones de recordar nada. La misma perspectiva de poder beber cerveza gratis que le había brindado el anuncio de mi visita resultó excesiva, y había empezado su orgía demasiado pronto. Sin embargo, me enteré por su esposa, que parecía una buena mujer, que él sólo es ayudante de Smollet, y que es éste quien iba como responsable. Así que fui en coche a Walworth y encontré a Joseph Smollet en casa, en mangas de camisa, tomando té en un plato. Es un tipo despierto y honrado, un trabajador bueno y digno, y con ideas propias. Recordaba perfectamente el incidente de los cajones; sacó un cuaderno sorprendente, con los cantos reforzados, de un misterioso receptáculo que tenía en la parte de atrás del pantalón, consultó unas anotaciones jeroglíficas semiborradas, hechas con lápiz grueso, y me dio las direcciones de los cajones. Desde Carfax, dijo, se efectuó un transporte de seis cajones que fueron depositados en el número 197 de Chicksand Street, Mile End, New Town; y otro de otros seis, que fueron llevados a Jamaica Lane, Bermondsey. Si el Conde se proponía diseminar estos refugios macabros por Londres, dichos lugares fueron escogidos para una primera fase, a fin de distribuirlos después más ampliamente. Esta forma sistemática de llevar a cabo la operación me hizo pensar que su propósito no era circunscribirse a dos zonas de Londres tan sólo. Ahora se había instalado en el extremo oriental de la margen del norte, en el este de la margen del sur, y en el sur. El norte y el oeste no quedarían fuera de sus planes diabólicos, naturalmente, y menos el centro mismo de la ciudad, el corazón del elegante Londres. Me volví a Smollet, y le pregunté si habían salido más cajones de Carfax.

—Bueno, jefe, es usted muy generoso conmigo —le había dado medio soberano—, de modo que le diré todo lo que sé. Hace cuatro noches le oí contar a un tal Bloxam en el Are and Ounds, de Pincher's Alley, cómo él y su compañero habían tenido que hacer un trabajo bastante polvoriento en una vieja casa de Purfleet. No hay mucho trabajo por aquí; así que me parece que seguramente Sam Bloxam puede saber algo sobre el particular.

Le pregunté si podía decirme dónde encontrarle. Añadí que si me daba su dirección, le recompensaría con otro medio soberano. Así que se tragó el resto del té de una sola vez y se levantó, diciendo que iba a averiguarlo inmediatamente. Se detuvo en la puerta, y dijo:

—Oiga, jefe; es una tontería que espere aquí. Puede que encuentre a Sam en seguida, o puede que no; pero de todas maneras, no va a estar como para decirle muchas cosas esta noche. Sam es un tipo raro cuando se pone a beber. Si me da un sobre con el sello pegado y la dirección puesta, averiguaré dónde puede encontrar a Sam, y se lo mandaré esta misma tarde. Pero será mejor que vaya a verle mañana temprano, porque de lo contrario, no lo cogerá; Sam es siempre madrugador, por mucho que haya bebido la víspera.

Esto me pareció lo más práctico, salió una de sus hijas con un penique a comprar un sobre y una hoja de papel, quedándose con el cambio. Cuando regresó, escribí el sobre y le puse el sello; y tras repetir Smollet su promesa de que me mandaría la dirección tan pronto como la averiguara, regresé. Estamos sobre la pista. Esta noche me siento cansado y necesito dormir. Mina está como un tronco, y la noto un poco demasiado pálida; tiene los ojos como si hubiese estado llorando. Pobrecilla, estoy convencido de que lamenta tener que mantenerse al margen, y puede que eso la tenga doblemente preocupada por mí y por los demás. Pero es mejor así. Es preferible el desencanto, y que se sienta ahora molesta por ese motivo, a que acabe mal de los nervios. Los médicos tienen toda la razón al insistir en que no intervenga en este horrible asunto. Debo ser firme, ya que el peso del silencio va a descansar especialmente sobre mí. No debo abordar el tema con ella bajo ningún concepto. Pero puede que no sea demasiado duro, después de todo, ella misma se ha vuelto reservada sobre el particular, y no ha vuelto a hablar del Conde ni de sus fechorías desde que le comunicamos nuestra decisión.

2 de octubre, por la noche

Hoy ha sido un día largo, agotador y movido. Recibí, en el primer correo del día, el sobre que le dejé a Smollet, con un trozo de papel sucio, en el que venía escrita, con lápiz de carpintero y una letra desparramada, la siguiente dirección:

«Sam Bloxam, Korkrans, 4 Poters Cort, Bartel Street, Walworth. Preguntar por el encolgado.»

La carta llegó cuando aún me encontraba en la cama, y me levanté sin despertar a Mina. La noté cansada, pálida y con mal aspecto. Decidí dejar que siguiera durmiendo; cuando volviera de esta nueva averiguación arreglaría las cosas para que regresara a Exeter. Creo que estará más a gusto en casa, ocupándose de sus quehaceres diarios, que aquí entre nosotros, y ajena a todo. Sólo vi al doctor Seward un momento, y le dije adónde iba, prometiéndole regresar a comunicarles a todos el resultado tan pronto como supiese algo. Fui a Walworth y, con alguna dificultad, encontré Potter's Court; me había despistado la mala ortografía del señor Smollet. Sin embargo, en cuanto di con la calle, me fue fácil localizar la pensión Corcoran. Pregunté a un hombre que salió a la puerta por el «encolgado», y negó con la cabeza.

—No sé quién es. Esa persona no vive aquí, no he oído ese nombre en toda mi vida. No creo que viva nadie con ese nombre por aquí.

Saqué la carta de Smollet, y al releerla, me pareció que la ortografía de lo anterior podía ser una orientación, y le pregunté:

—¿Usted qué es?

—Yo soy el encargado —contestó.

Comprendí que había acertado: la letra de Smollet me había vuelto a desorientar.

Una propina de media corona puso a mi disposición cuanto sabía el encargado, y me enteré de que el señor Bloxam había dormido su resaca de cerveza en la pensión Corcoran, y se había marchado al trabajo que tenía en Poplar a las cinco de la madrugada. No supo decirme cuál era la dirección de este trabajo, aunque tenía la vaga idea de que se trataba de un «flamante» almacén de mercancías; y con esta brumosa orientación, me encaminé hacia Poplar. Eran más de las doce cuando conseguí una referencia más concreta de dicho edificio, y fue en un café, donde estaban comiendo unos obreros. Uno de ellos dijo que se estaba construyendo un «almacén de mercancías» en Cross Angel Street que parecía responder a lo de «flamante». Me dirigí inmediatamente hacia allá. Unas palabras con el antipático portero y con un capataz aún más antipático, a quienes pude apaciguar con moneda del reino, me pusieron sobre la pista de Bloxam; se le envió recado al sugerir yo que estaba dispuesto a pagar al capataz el salario del día, a cambio de poder hacerle unas preguntas sobre un asunto particular. Bloxam era un tipo bastante despierto, aunque tosco en el lenguaje y la actitud. Cuando le prometí que le pagaría su información y le di un anticipo, me dijo que había hecho dos viajes de Carfax a una casa de Piccadilly, y que había llevado de una a otra nueve cajones grandes —«muy pesadísimos»—, en un carro de un caballo, alquilado por él mismo para este fin. Le pregunté si podía darme el número de la casa de Piccadilly, a lo que contestó:

—Verá, jefe, se me ha olvidado el número, pero está a unos cuantos portales de una gran iglesia blanca, o algo parecido, no muy antigua. Es un caserón viejo y polvoriento, aunque no se puede ni comparar con el otro, del que recogimos las cajas.

—¿Cómo entró usted en la casa, si no había nadie?

—Estaba el viejo que me contrató, aguardándome dentro de la casa de Purfleet. Me ayudó a sacar los cajones y a cargarlos en el carro. Y maldita sea, es el tío más fuerte que me he echado yo a la cara; y eso que es un viejo con el bigote blanco y tan flaco que no parece capaz de dar ni sombra.

¡Cómo me estremecieron esas palabras!

—Cogía los cajones por su lado como si fuesen paquetes de té, mientras que yo bufaba y resoplaba sin acabar de levantar el mío... Y no es que sea yo una gallina.

—Y en la casa de Piccadilly, ¿cómo entró?

—Estaba él también. Había llegado antes que yo; porque cuando llamé a la campanilla, salió él a abrir, y me ayudó a entrar los cajones al vestíbulo.

—¿Los nueve? —pregunté.

—Sí, cinco en el primer viaje y cuatro en el segundo. Es un trabajo que le deja a uno seco; no recuerdo ni cómo regresé a casa.

Le interrumpí:

—¿Se quedaron los cajones en el vestíbulo?

—Sí, era un vestíbulo muy grande en el que no había nada.

Intenté averiguar algo más:

—¿No tenía usted ninguna llave?

—No vi llaves por ninguna parte. El viejo señor abrió la puerta personalmente y la cerró otra vez cuando me marché. No recuerdo lo que pasó en el último viaje, seguramente a causa de la cerveza.

—¿Y no recuerda el número de la casa?

—No, señor. Pero no es difícil localizarla. Es un caserón alto que tiene la fachada de piedra, un arco y una gran escalinata hasta la puerta. Recuerdo la escalinata porque me echaron una mano tres haraganes que se acercaron a ver si se ganaban unas monedas. El viejo señor les dio un chelín, y ellos le pidieron más, pero él cogió a uno de ellos por el hombro y lo arrojó escaleras abajo; así que se marcharon los tres soltando maldiciones.

Pensando que esta descripción me bastaría para localizar la casa, le pagué a mi amigo su información, y me dirigí a Piccadilly. Había conseguido un dato poco alentador: el Conde podía manejar los cajones sin ayuda de nadie, evidentemente. En tal caso, el tiempo era precioso, pues ahora que había conseguido una primera distribución, podía completar el trabajo sin llamar la atención, eligiendo el momento oportuno. Dejé el coche en Piccadilly Circus y seguí andando hacia el oeste, pasado el Junior Constitutional, descubrí el edificio en cuestión, y tuve la certeza de que ésta era la siguiente madriguera de Drácula. La casa tenía pinta de estar deshabitada desde hacía mucho tiempo. Tenía el polvo incrustado en las ventanas, y las contraventanas abiertas. Sus marcos estaban ennegrecidos por el tiempo, y la pintura había saltado del hierro. Se notaba que recientemente había ostentado un gran cartel delante del balcón, pero lo habían arrancado de mala manera, y aún estaban allí los palos que lo habían sostenido. Detrás de la barandilla del balcón había algunas tablas sueltas con toscos bordes de color blanco. Habría dado lo que fuera por haber visto intacto el letrero, porque sin duda me habría dado una clave importante sobre la propiedad del edificio. Recordaba mis indagaciones para gestionar la compra de Carfax, y comprendí que si localizaba al anterior propietario, podría conseguir entrar en la casa.

De momento, no quedaba nada más por averiguar desde Piccadilly, ni tenía nada que hacer allí; di la vuelta y fui a la parte de atrás por si podía enterarme de alguna otra cosa. Había actividad en las caballerizas, ya que la mayoría de las casas de Piccadilly están ocupadas. Pregunté a uno o dos de los mozos de cuadra que había por allí si podían darme alguna información sobre la casa deshabitada. Uno de ellos dijo que, según había oído, la habían comprado recientemente, aunque ignoraba a quién había pertenecido. Sin embargo, me dijo que hasta hacía muy poco había tenido el cartel de «Se vende» y que quizá podrían decirme algo en Mitchell, Sons & Candy, la agencia que se había encargado de venderla, porque recordaba haber leído ese nombre en el cartel. No quise mostrar demasiado interés, ni dejar que mi informador recelase nada; le di las gracias y me fui. Estaba oscureciendo ya, y en otoño la noche se echa encima en seguida, de modo que no debía perder tiempo. Después de consultar la dirección de Mitchell, Sons & Candy en una guía, en Berkeley, me dirigí a sus oficinas, situadas en Sackville Street.

El caballero que me atendió se mostró tan sumamente amable como reservado. Después de informarme que la casa de Piccadilly —durante nuestra entrevista la llamó invariablemente «mansión»— había sido vendida, dio por terminada la entrevista. Cuando le pregunté quién la había comprado, abrió los ojos un poco más, guardó silencio unos segundos, y contestó:

—Está vendida, señor.

—Perdone —dije con igual cortesía—, pero tengo motivos especiales para desear saber quién la ha comprado.

Guardó un silencio más prolongado, alzó un poco más las cejas, y volvió a contestar con laconismo:

—Está vendida, señor.

—Sin duda —dije—, no tendrá inconveniente en darme algún otro detalle.

—Sí lo tengo, señor —contestó—. Los asuntos de los clientes están seguros en manos de Mitchell, Sons & Candy.

El personaje era un pedante de primera magnitud, y no servía de nada discutir con él. Me pareció más acertado enfrentarme en su propio terreno, y le dije:

—Sus clientes, señor, tienen suerte de contar con tan celoso guardián de sus intereses. Yo soy también de la profesión —le entregué mi tarjeta—, y no vengo por simple curiosidad; lo hago en nombre de lord Godalming, que desea conocer algunos detalles del inmueble que hasta hace poco ha estado en venta, según dice él.

Estas palabras dieron un nuevo sesgo a la cuestión. Y dijo:

—Me gustaría complacerle si pudiese, señor Harker; y especialmente complacer a milord. Una vez nos encargó un pequeño asunto sobre el alquiler de un bufete, cuando aún era el honorable Arthur Holmwood. Si me deja usted las señas de milord, consultaré con la dirección sobre el particular y en caso de que no haya inconveniente, se lo comunicaré a milord en el correo de esta misma tarde. Tendremos mucho gusto en complacer a milord, si podemos hacer una excepción en nuestra norma, y facilitarle a milord la información que nos solicita.

Quise ganarme un amigo, y no hacerme un enemigo, así que le expresé mi agradecimiento, le di la dirección del doctor Seward, y me marché. Había oscurecido, y me sentía cansado y hambriento. Tomé una taza de té en la Aerated Bread Company, y bajé a Purfleet para coger el primer tren.

Encontré a todos los demás en casa. Mina estaba cansada y pálida, aunque hacía heroicos esfuerzos para mostrarse animada y alegre; me partía el corazón pensar que debía tenerla apartada de todo, y preocuparla de esta manera. Gracias a Dios, ésta será la última noche en que la inquieten nuestras conferencias, y sienta como una espina el que la excluyamos de nuestras reuniones. He hecho acopio de valor para mantenerme firme en esta prudente decisión de no implicarla en tan espantosa empresa. Parece algo más resignada; o quizás el mismo tema se le ha hecho repugnante, porque cada vez que alguien hace alguna alusión casual, se estremece literalmente. Me alegro de haber tomado dicha determinación a tiempo; ya que si reacciona así, nuestra información, cada vez más abundante, supondría un suplicio para ella.

No podía contarles a los demás las indagaciones que he hecho hasta que estuviésemos solos; así que después de la cena —seguida de un poco de música para cubrir las apariencias incluso entre nosotros—, llevé a Mina a su habitación y la dejé en la cama. La pobre ha estado más afectuosa conmigo que nunca, y me ha estrechado como si no quisiese que me fuera, pero había muchas cosas de que hablar, y la dejé. Gracias a Dios, este silencio no ha supuesto ningún cambio entre nosotros.

Al bajar encontré a los demás reunidos alrededor de la chimenea, en el despacho. Durante el viaje había redactado en mi diario todo lo que he hecho, hasta este momento, y me limité a leerlo, ya que era el modo más práctico de informarles. Cuando terminé, dijo Van Helsing:

—Hoy ha sido un día muy provechoso, amigo Jonathan. Indudablemente, estamos sobre la pista de los cajones que faltan. Si los encontramos todos en esa casa, nuestra misión habrá concluido prácticamente. Pero si falta alguno, habrá que seguir hasta que lo encontremos; después, daremos nuestro *coup* final, y perseguiremos a ese desdichado hasta que muera definitivamente.

Guardamos silencio un momento, y a continuación habló el señor Morris:

—¡Y díganme! ¿Cómo vamos a entrar en la casa?

—Como hemos entrado en la otra —contestó lord Godalming rápidamente.

—Pero, Art, ésta es distinta. En la de aquí de Carfax nos protegía la noche y un parque tapiado. Allanar una casa en Piccadilly es muy distinto, tanto si lo hacemos de día como de noche. Confieso que no sé cómo vamos a entrar, a menos que ese encanto de la gestoría nos facilite una llave; quizá lo sepamos cuando recibamos su carta, mañana por la mañana.

Lord Godalming arrugó el ceño, se levantó, y empezó a pasear por la habitación. Poco después se detuvo, y dijo mirándonos a cada uno de nosotros:

—Quincey tiene razón. El allanamiento es un asunto muy serio; la primera vez nos ha salido bien, pero el paso que ahora vamos a dar es muy delicado... A no ser que encontremos el cesto de las llaves del Conde.

Como no podíamos hacer nada hasta la mañana, y lo más aconsejable era esperar a ver si lord Godalming tenía noticias de la agencia Mitchell, dejamos las decisiones para la hora del desayuno. Estuvimos un rato más, fumando y hablando de los distintos aspectos del caso; yo he aprovechado este rato para consignarlo todo en mi diario, hasta ahora mismo. Tengo mucho sueño; me voy a la cama...

Unas líneas más: Mina duerme profundamente, y su respiración es regular. Tiene la frente surcada de pequeñas arrugas, aunque no parece tan macilenta como esta mañana. Espero poner remedio a esto mañana mismo, haciendo que regrese a casa, a Exeter. ¡Ah, qué sueño tengo!

DIARIO DEL DOCTOR SEWARD

1 de octubre

Otra vez me tiene desconcertado Renfield. Sus estados de ánimo se suceden con tanta rapidez que me resulta difícil seguirlos; y como siempre representan algo más que su propio bienestar, constituyen un estudio de lo más interesante. Esta mañana, cuando fui a verle después del desaire a Van Helsing, su actitud era la del hombre que es dueño de su destino. De hecho, lo era... subjetivamente. Nada que fuera meramente terreno le importaba; se sentía en las nubes, y contemplaba desde ellas nuestras necesidades y flaquezas de pobres mortales. Me pareció una buena ocasión para averiguar algo, y le pregunté:

—¿Cómo van hoy esas moscas?

Esbozó una sonrisa de superioridad —una sonrisa digna de la cara de Malvolio—, y me contestó:

—Las moscas, mi querido señor, tienen una característica sorprendente: sus alas son símbolo del poder aéreo de las facultades psíquicas. ¡Qué razón tenían los antiguos al representar el alma como una mariposa!

Se me ocurrió llevar su analogía hasta los últimos extremos lógicos, y dije vivamente:

—¡Ah, es el alma lo que le preocupa ahora!, ¿verdad?

Su locura le desbarató el discurso, y una expresión de perplejidad asomó a su cara cuando, moviendo la cabeza con un gesto negativo, dijo con una resolución que muy raramente había visto en él:

—¡Oh, no, no! No me interesan las almas. Todo lo que quiero es vida. —Aquí se animó—: Pero ahora ya no me preocupa. Me va bien, y tengo toda la que quiero. ¡Tendrá que buscarse otro paciente, doctor, si quiere estudiar la zoofagia!

Este comentario me sorprendió un poco, así que seguí tirándole de la lengua:

—Entonces, manda usted sobre la vida, ¿acaso es un dios?

Sonrió con benévola e inefable superioridad.

—¡Oh, no! Estoy muy lejos de arrogarme los atributos de la Deidad. Ni siquiera me interesan especialmente sus obras espirituales. ¡Para definir mi postura intelectual, le diré que, en lo que concierne a las cosas puramente terrenas, mi actitud es un poco como la que Enoch adoptó espiritualmente!

Su aclaración era un enigma para mí. En ese momento no recordaba cuál era la postura de Enoch; de modo que le pregunté simplemente, aunque me daba cuenta de que con ello me rebajaba a los ojos de un lunático:

—¿Y por qué de Enoch?

—Porque él caminaba con Dios.

No veía la analogía, aunque no quise reconocerlo, así que volví a su anterior negación:

—De modo que no le importa la vida, y no quiere almas. ¿Cómo es eso?

Le hice la pregunta con presteza y con cierta severidad, a fin de desconcertarle. Lo conseguí, por un instante, volvió a su antigua actitud servil, se doblegó ante mí y me aduló al contestar:

—¡No quiero almas, en efecto, en efecto! No las quiero. ¡No podría utilizarlas si las tuviera! No me serían de ninguna utilidad. No podría comérmelas ni... —De repente, se calló, y su antigua astucia cruzó por su semblante como una ráfaga de viento en la superficie del agua—. En cuando a la vida, doctor, ¿qué es, en definitiva? Cuando uno tiene la que precisa, y sabe que no va a necesitar más, ¿qué más quiere? Yo tengo amigos, buenos amigos, como usted, doctor Seward —dijo con una mirada de soslayo que delató una astucia indecible—; ¡sé que no me faltará jamás un medio de vida!

Creo que, inmerso en la bruma de su demencia, vio cierta animosidad en mí, porque inmediatamente se recluyó en su último refugio: el mutismo obstinado. Durante un momento más, traté inútilmente de hacerle hablar. Estaba de mal humor, así que le dejé.

Más tarde, me mandó llamar. Normalmente, no habría acudido sin un motivo especial, pero en la actualidad me tiene tan interesado su caso que fui de buena gana. Además, me alegra tener alguna ocupación que me ayude a pasar el tiempo. Harker ha salido en busca de pistas; y lo mismo lord Godalming y Quincey. Van Helsing está en el despacho estudiando detenidamente el informe preparado por los Harker; parece convencido de que un análisis minucioso de todos los detalles puede darnos alguna clave. No quiere que le molesten en su trabajo sin un motivo. Hubiera querido llevarle a ver a mi paciente, pero pensé que quizá no le apetecía, después de su último desaire. Tenía otro motivo también: puede que Renfield no hablara con la misma libertad en presencia de una tercera persona, que estando solos él y yo.

Le encontré sentado en su taburete, en el centro de la habitación, postura que en él denota generalmente cierta energía mental. Al entrar yo, dijo inmediatamente, como si la pregunta hubiese estado aguardando en sus labios:

—¿Qué piensa de las almas?

Evidentemente mi suposición había sido correcta. La actividad mental inconsciente estaba produciendo su efecto, aun en el lunático. Decidí cerciorarme.

—¿Qué piensa usted? —pregunté.

Tardó un momento en contestar, pero miró en torno suyo, arriba y abajo, como si esperase encontrar inspiración para contestar:

—¡No quiero almas! —dijo en un tono débil, como de excusa.

Esta cuestión parecía obsesionarle, así que decidí aprovecharme, «ser cruel para ser amable». Y le dije:

—A usted le gusta la vida, y es lo que quiere.

—¡Ah, sí! La vida es buena y no plantea problemas.

—Pero ¿cómo podemos tener vida, sin tener alma también? —pregunté.

La pregunta pareció dejarle perplejo, de modo que proseguí:

—Será divertido, ir volando por ahí, con las almas de miles de moscas y de arañas y de pájaros y de gatos bordoneando y gorjeando y maullando a su alrededor. ¡Se ha comido sus vidas, y ahora debe cargar con sus almas!

Algo pareció impresionarle en la imaginación, pues se tapó los oídos con los dedos y cerró los ojos, apretándolos fuertemente como hacen los niños cuando les enjabonan la cara. Había algo patético en ese gesto que me conmovió; también me sirvió de lección, porque parecía que ante mí tenía a un niño...; a un niño tan sólo, aunque tuviera las facciones consumidas y blanco el pelo de la barba. Era evidente que estaba sufriendo un trastorno; y sabiendo cómo había interpretado en otras ocasiones cosas aparentemente desconocidas para él, se me ocurrió intentar penetrar en su pensamiento cuanto me fuera posible. Lo primero era devolverle la confianza; por tanto, le pregunté, alzando la voz para que me oyese a través de sus oídos taponados:

—¿Quiere un poco de azúcar para atraer a las moscas otra vez?

Pareció despertar inmediatamente, y negó con la cabeza. Soltó una carcajada, y dijo:

—¡No, gracias! ¡Las moscas son pobres criaturas, al fin y al cabo! —Y tras una pausa, añadió—: Pero no quiero que sus almas anden bordeando a mi alrededor.

—¿Y arañas? —continué.

—¡Al infierno las arañas! ¿Para qué sirven las arañas? No tienen nada que se pueda comer ni... —se calló de repente, como si se acordase de un tema prohibido.

«¡Vaya, vaya! —pensé para mis adentros—, es la segunda vez que se calla de repente ante la palabra "beber"; ¿qué significará eso?» Renfield pareció darse cuenta de que había cometido un desliz, y añadió apresuradamente, como para desviar mi atención:

—Me tiene sin cuidado toda esa clase de bichos: «ratas, ratones y pequeñas bestezuelas», como dice Shakespeare; «pollo de despensa», podríamos llamarlos nosotros. Tanto daría pedirle a un hombre que comiese moléculas con un par de palillos, como interesarme a mí por los carnívoros inferiores, cuando sé lo que tendré en el futuro.

—Ya veo —dije—; quiere animales grandes en los que poder hincar el diente. ¿Le gustaría desayunar elefante?

—¡Lo que dice es una estupidez!

Se estaba avispando demasiado, de modo que pensé que podía presionarle.

—Me pregunto —dije, pensativo—, cómo será el alma de un elefante.

Conseguí el efecto deseado porque, inmediatamente, dejó su arrogancia y volvió a convertirse en un niño.

—¡Yo no quiero un alma de elefante, ni ninguna otra! —dijo. Durante unos segundos guardó silencio, desalentado. Y de repente, se levantó de un salto, con los ojos centelleantes y todos los signos de una intensa agitación mental—: ¡Váyanse al infierno usted y sus almas! —gritó—. ¿Por qué viene a incordiarme hablándome de almas? ¿No tengo bastantes preocupaciones y sufrimientos, para ocuparme de las almas?

Se había puesto tan agresivo que creí que le iba a dar otro ataque homicida; así que hice sonar el silbato. Instantáneamente, se calmó y dijo excusándose:

—Perdone, doctor; he perdido el control; no le hace falta ninguna ayuda. Estoy tan preocupado que me pongo irritable. Si supiera usted el problema que tengo que afrontar y resolver, me compadecería, me toleraría y me perdonaría. Por favor, que no me pongan la camisa de fuerza. Necesito pensar, y no puedo pensar libremente cuando tengo el cuerpo sujeto. ¡Estoy seguro de que lo comprende!

Evidentemente, se había dominado; así que cuando llegaron los celadores les dije que no pasaba nada, y se retiraron. Renfield les observó mientras se iban; cuando se cerró la puerta, dijo, con gran dignidad y dulzura:

—Doctor Seward, ha sido usted muy considerado conmigo. ¡Créame que se lo agradezco muchísimo!

Me pareció prudente dejarle en ese estado de ánimo, y me marché. Desde luego, el caso de este hombre merece una profunda reflexión. Encuentro varios aspectos que parecen componer lo que los entrevistadores americanos llamarían «una historia», si se consiguen ordenar debidamente. Y son los siguientes:

Se resiste a pronunciar la palabra «beber».

Le da miedo la idea de cargar con «el alma» de nadie.

No teme la falta de «vida» en el futuro.

Desprecia toda forma de vida inferior, aunque le asusta que le acosen sus almas.

¡Lógicamente, todas estas cosas apuntan en una dirección! Tiene la seguridad de que conseguirá una vida superior. Teme las consecuencias: cargar con un alma. ¡Entonces, es en una vida humana en lo que él piensa!

¿Y quién se la garantiza...?

¡Dios misericordioso! ¡El Conde ha estado con él, y trama algún nuevo plan terrible!

Más tarde

Después de efectuar mi ronda, he ido a ver a Van Helsing y le he hablado de mis recelos. Se ha puesto muy serio, y después de meditarlo un momento, me ha pedido que le llevase a ver a Renfield. Hemos ido. Al llegar a la puerta, hemos oído al lunático cantando alegremente, como solía hacer tiempo atrás. Cuando entramos, vimos con asombro que había extendido su azúcar como hacía antes; las moscas, letárgicas en otoño, empezaban a bordonear por la habitación. He tratado de hacerle hablar sobre nuestra anterior conversación, pero no ha hecho caso. Ha seguido cantando, exactamente como si no estuviésemos presentes. Tenía un trozo de papel y se lo estaba guardando en el cuaderno. Nos hemos ido tal como hemos entrado.

Su caso es verdaderamente extraño, habrá que vigilarle esta noche.

CARTA DE MITCHELL, SONS & CANDY A LORD GODALMING

Milord:

Es un honor para nosotros, en todo momento, dar satisfacción a sus deseos. Respecto al interés de milord, expresado por mediación del señor Harker, nos es grato proporcionarle la siguiente información relativa a la compraventa de la finca número 347 de Piccadilly: sus vendedores originales son los albaceas del difunto señor Archibald Winter-Suffield. El adquiriente es un noble extranjero, el conde De Ville, quien efectuó la compra personalmente, pagando «al contado», si milord nos permite tan vulgar expresión. Aparte de esto, no tenemos más informes sobre dicha persona.

Sin otro particular, rogamos a milord nos considere sus humildes servidores,

MITCHELL, SONS & CANDY

DIARIO DEL DOCTOR SEWARD

2 de octubre

Anoche puse de guardia en el corredor a uno de mis hombres, y le dije que estuviese atento a cualquier ruido que se produjese en la habitación de Renfield, con instrucciones de que me llamase si observaba algo extraño. Después de cenar, cuando nos reunimos todos en el despacho alrededor de la chimenea —la señora Harker se había acostado—, hablamos de todas las gestiones y averiguaciones efectuadas en el día. Harker era el único que había conseguido algo concreto, y tenemos muchas esperanzas de que su pista sea importante.

Antes de acostarme, pasé por la habitación de mi paciente y me asomé a la mirilla. Dormía profundamente, y su pecho subía y bajaba con una respiración regular.

Esta mañana, el hombre de guardia me ha informado que poco después de la medianoche empezó a mostrarse desasosegado y se puso a rezar en voz alta. Le pregunté si era todo, contestó que él no había oído nada más. Noté algo raro en su actitud, y le pregunté a bocajarro si se había dormido. Negó haberse dormido, aunque admitió que había «cabeceado» un rato. No me gustan estos hombres en los que no se puede confiar si no se les vigila.

Hoy Harker va a seguir la pista que descubrió ayer, y Art y Quincey se encargarán de comprar caballos. Godalming cree que conviene tener preparados unos cuantos, porque cuando tengamos la información que buscamos, no habrá tiempo que perder. Debemos esterilizar toda la tierra importada entre la salida y la puesta del sol; de este modo cogeremos al Conde en su momento de mayor debilidad, y sin un refugio donde esconderse. Van Helsing ha ido al Museo Británico a consultar ciertas autoridades en medicina antigua. Los médicos de siglos pasados registraron cosas que la medicina posterior no acepta, y el profesor ha ido en busca de remedios brujeriles y diabólicos que puedan servirnos más adelante.

A veces creo que estamos todos locos, y que despertaremos a la razón metidos en una camisa de fuerza.

Más tarde

Hemos vuelto a reunirnos. Parece que al fin estamos en el buen camino, y que nuestro trabajo, mañana, será el principio del fin. Me pregunto si la tranquilidad de Renfield tendrá alguna relación con todo esto. Sus cambios de humor han respondido de tal modo a las acciones del Conde, que quizás intuya de alguna forma la inminente destrucción del monstruo. Si tuviésemos algún indicio sobre lo que pasó ayer por su mente, entre mi conversación con él y su vuelta a la caza de moscas, tal vez nos proporcionaría alguna clave valiosa. Ahora lleva un tiempo en que está aparentemente tranquilo... ¿Ha sido él? Ese grito parece que ha sonado en su habitación...

El celador acaba de entrar impetuosamente en mi habitación, y me ha dicho que Renfield ha sufrido un accidente. Ha oído el grito, y al entrar le ha encontrado en el suelo cubierto de sangre. Iré inmediatamente...

21

3 de octubre

Consignaré puntualmente, tal como lo recuerdo, todo lo sucedido desde la última grabación. No debemos pasar por alto ningún detalle, procederé con calma.

Al llegar a la habitación de Renfield le encontré tendido en el suelo, sobre el costado izquierdo, en medio de un charco de sangre. Al tratar de incorporarle, observé en seguida que había recibido heridas terribles; no parecían hechas con la intencionalidad que se observa aún en una cordura letárgica. Tenía la cara horriblemente magullada, como si se la hubiese golpeado contra el suelo: era de la cara, efectivamente, de donde le manaba la sangre encharcada en el suelo. El celador que estaba arrodillado junto a su cuerpo me dijo, mientras le dábamos la vuelta:

—Creo, señor, que tiene rota la espina dorsal. Mire: el brazo derecho, la pierna y todo ese lado de la cara los tiene paralizados.

El celador estaba perplejo sobre cómo podía haberle ocurrido semejante accidente. Parecía completamente desconcertado, y comentó, arrugando el ceño:

—No consigo entender estos dos accidentes. Puede haberse hecho eso en la cara golpeándose la cabeza contra el suelo. En el manicomio de Eversfield vi una vez a una joven hacer algo parecido, antes de que nadie pudiese detenerla. Supongo que también puede haberse roto la espina dorsal cayéndose de la cama, si le ha cogido en mala postura. Pero no se me ocurre en absoluto cómo le han podido pasar las dos cosas. Si tenía la espalda rota, no ha podido golpearse la cabeza; y si tenía la cara así antes de caerse de la cama, habría dejado señales en ella.

Le dije:

—Vaya a buscar al doctor Van Helsing, y dígale que haga el favor de venir en seguida. Que no pierda un segundo.

El hombre salió corriendo, y muy pocos minutos después apareció el profesor en bata y zapatillas. Al ver a Renfield en el suelo, le observó atentamente un momento, y luego se volvió hacia mí. Creo que me leyó el pensamiento, porque dijo con serenidad, evidentemente para que lo oyese el celador:

—¡Ah, qué desgraciado accidente! Necesitará un examen muy minucioso, y muchísimos cuidados. Me quedaré con usted, pero antes voy a vestirme. Sólo tardaré unos minutos.

El paciente respiraba ahora de forma estertorosa; era fácil ver que había sufrido un daño terrible. Van Helsing regresó con extraordinaria celeridad, con su estuche de instrumentos quirúrgicos. Evidentemente, había estado pensando y había tomado una decisión; porque casi antes de examinar al paciente, me susurró:

—Haga que se vaya el celador. Quiero que estemos a solas con él cuando recobre el conocimiento, después de la operación.

Así que dije:

—Creo que es suficiente, Simmons. Hemos hecho cuanto hemos podido, de momento. Será mejor que vaya a hacer su ronda, el doctor Van Helsing le operará. Infórmeme si observa algo anormal en cualquier parte.

El hombre se retiró, e iniciamos un minucioso reconocimiento del paciente. Las heridas de la cara eran superficiales; el verdadero daño consistía en una fractura de cráneo que se extendía por toda la zona motriz. El profesor meditó un momento, y dijo:

—Hay que reducir la presión y restablecer las condiciones normales en la medida en que podamos; la rapidez de la sufusión delata la extrema gravedad de la herida. Parece que tiene afectada toda la zona motriz. La sufusión del cerebro aumenta rápidamente, hay que trepanar en seguida, o será demasiado tarde.

Mientras hablaba, llamaron suavemente a la puerta. Fui a abrir, y me encontré en el corredor a Arthur y a Quincey en pijama y zapatillas. Dijo el primero:

—He oído al celador que llamaba al doctor Van Helsing y le hablaba de un accidente, y he despertado a Quincey; o más bien le he llamado, porque no estaba durmiendo. Los acontecimientos se suceden demasiado de prisa y de una manera muy extraña para que ninguno de nosotros duerma tranquilo en estos momentos. He estado pensando que mañana por la noche las cosas serán distintas de como han sido hasta ahora. Podremos mirar hacia el pasado... y hacia el porvenir, con algo más de claridad ¿Puedo pasar?

Asentí, y sostuve la puerta abierta para que entraran; luego cerré otra vez. Cuando Quincey se dio cuenta de la postura y el estado del paciente, y vio el horrible charco de sangre que había en el suelo, dijo en voz baja:

—¡Dios mío! ¿Qué ha ocurrido? ¡Pobre hombre!

Se lo conté brevemente, y añadí que esperábamos que recobrase el conocimiento después de la operación..., al menos unos instantes. Fue a sentarse inmediatamente en el borde de la cama, y lord Godalming junto a él; todos nos quedamos observando pacientemente.

—Esperaremos lo imprescindible —dijo Van Helsing—, para localizar la zona más indicada para trepanar, a fin de extraerle el coágulo lo más rápida y perfectamente posible; porque es evidente que la hemorragia está aumentando.

Los minutos de espera transcurrían con espantosa lentitud. Yo tenía el corazón encogido; y por la expresión de Van Helsing, me daba cuenta de que abrigaba serios temores de un desenlace. En cuanto a mí, estaba asustado por lo que pudiera decir Renfield. Me daba verdadero miedo pensarlo; pero en mi interior, sabía ya cuál iba a ser su revelación, como he leído que le ocurre a los que velan a un moribundo. La respiración del pobre hombre era ansiosa e irregular. A cada instante parecía como si quisiera abrir los ojos y hablar, pero luego seguía respirando de forma estertorosa, y caía en una insensibilidad más prolongada. Pese a estar habituado a las enfermedades y a la muerte, la incertidumbre me iba dominando cada vez más. Casi podía oír los latidos de mi corazón y el pulso de la sangre en las sienes como si fuesen martillazos. Finalmente, el silencio se hizo angustioso. Miré a mis compañeros, uno tras otro, y por sus caras encendidas vi que soportaban las mismas torturas que yo. Había una incertidumbre nerviosa en todos nosotros; como si una terrible campana, en lo alto, se hubiese puesto a doblar poderosamente cuando menos lo esperábamos.

Por último, llegó el momento en que se hizo patente que el moribundo se iba a toda prisa; podía expirar en cualquier momento. Miré al profesor, y vi sus ojos clavados en mí. Su rostro estaba grave y contraído cuando dijo:

—No hay tiempo que perder. Sus palabras pueden salvar muchas vidas; no he parado de pensarlo, mientras esperábamos. ¡Incluso puede que haya un alma en peligro! Operemos por encima del oído.

Y sin decir nada más empezó. Durante unos momentos, la respiración del lunático siguió siendo estertorosa. Luego, aspiró de forma tan prolongada que parecía que le iba a reventar el pecho. De repente, abrió los ojos, y se le quedaron fijos, con una extraviada expresión de desamparo. Estuvo así unos instantes; después, su rostro se suavizó en una alegre sorpresa, y de sus labios brotó un suspiro de alivio. Se agitó convulsivamente y dijo:

—Me portaré bien, doctor. Dígales que me quiten la camisa de fuerza. He tenido una terrible pesadilla, y me he quedado tan débil que no me puedo mover. ¿Qué me pasa en la cara? La siento como hinchada, y me escuece espantosamente.

Trató de volver la cabeza, pero los ojos se le pusieron vidriosos otra vez por el esfuerzo, de modo que le volví a colocar suavemente en su anterior postura. Entonces le dijo Van Helsing con voz grave y sosegada:

—Cuéntenos su sueño, señor Renfield.

Al oír su voz, la cara de Renfield se iluminó a través de su mutilación, y dijo:

—¿Es usted, doctor Van Helsing? ¡Cuánto me alegra que esté aquí! Déme un poco de agua; tengo los labios resecos; trataré de contárselo. He soñado... —Se detuvo, y pareció que se iba a desmayar.

Le dije a Quincey en voz baja:

—Trae el coñac... Está en mi despacho... ¡Rápido!

Echó a correr y regresó con un vaso, la licorera y una jarra de agua. Le humedecimos sus labios abrasados, y el paciente se reanimó. Sin embargo, su dañado cerebro había estado funcionando durante ese intervalo, al parecer, porque cuando se recobró, me miró fijamente, con una agónica confusión que jamás se me olvidará, y dijo:

—No tengo por qué engañarme; no ha sido un sueño, sino una terrible realidad.

Su mirada giró por la habitación; al captar las dos figuras pacientemente sentadas en el borde de la cama, prosiguió:

—Si no estuviese seguro, la presencia de estas personas me lo confirmaría. —Cerró los ojos un instante no por dolor ni por sueño, sino voluntariamente, como apelando a todas sus facultades; y cuando los abrió, dijo apresuradamente, y con más energía de la que había mostrado hasta ahora—: De prisa, doctor, de prisa. ¡Me estoy muriendo! Siento que me queda poco tiempo. Pronto me llegará la muerte... ¡o algo peor! Humedézcame los labios con coñac otra vez. Tengo que decirle algo, antes de morir; o antes de que mi pobre cerebro destrozado perezca de una forma u otra. ¡Gracias! Fue la noche en que me dejó usted, después de suplicarle que me dejase ir. Entonces no podía hablar porque tenía la lengua atada; pero, salvo eso, estaba tan en mi juicio como lo estoy ahora. Me sumí en una agonía de desesperación, después de marcharse usted; me pareció que transcurrieron horas. Luego, me inundó una inmensa paz. Se me calmó el cerebro, y comprendí dónde estaba. Oí ladrar a unos perros detrás del edificio, ¡no donde estaba Él!

Mientras Renfield hablaba, los ojos de Van Helsing no parpadearon una sola vez; no obstante, alargó la mano, cogió la mía y me la apretó con fuerza. Sin embargo, no se traicionó. Hizo un gesto de asentimiento, y dijo en voz baja:

—Siga.

Renfield prosiguió:

—Surgió ante la ventana, en la niebla, como solía venir a menudo, pero esta vez era totalmente corpóreo... no un espectro; y sus ojos eran feroces como los de un hombre irritado. Se rió con su boca roja, los dientes afilados y blancos centellearon a la luz de la luna, al volverse para mirar hacia el círculo de árboles donde ladraban los perros. Al principio me resistí a pedirle que entrara, aunque sabía que lo deseaba, como lo había deseado siempre. Luego, empezó a hacerme promesas...; no de palabra, sino haciendo que se realizasen...

El profesor le interrumpió con una pregunta:

—¿Cómo?

—Haciendo que sucediera, enviándome moscas cuando brillaba el sol. Unas moscas de alas relucientes como el acero y el zafiro, y enormes mariposas nocturnas con la calavera y las tibias cruzadas en el dorso.

Van Helsing asintió, mientras me susurraba inconscientemente:

—La *Acherontia atropos de las Esfinges*, «la mariposa de la muerte», como la llaman ustedes.

El paciente siguió hablando:

—Luego empezó a murmurar: «¡Ratas, ratas, ratas! Cientos, miles, millones de ratas; cada una con su vida; y perros y gatos, capaces de devorarlas. ¡Te ofrezco todas esas vidas, con sangre roja, que suman años y años de vida; no meras moscas zumbadoras!» Yo me reí, porque quería ver hasta dónde llegaba su poder. Entonces aullaron los perros, al otro lado de los árboles, junto a su casa. Me hizo una seña para que me acercase a la ventana. Me levanté y me asomé; y Él alzó sus manos, como invocando algo, aunque sin pronunciar una sola palabra. Una masa oscura se desparramó sobre la hierba, brotando en forma de llamas; entonces hizo que la niebla se desplazase a derecha e izquierda, y pude ver que había miles de ratas, con sus ojillos rojizos y centelleantes... igual que los suyos, sólo que más pequeños. Levantó la mano, y todas se detuvieron; me pareció que decía: «¡Todas estas vidas te daré, sí; y muchas más, y más grandes aún, por los siglos de los siglos, si postrándote ante mí, me adoras!» Luego, una nube roja como la sangre pareció cegar mis ojos; y antes de que supiese lo que hacía, me encontré abriendo la ventana y diciéndole: «¡Pasad, Amo y Señor!» Desaparecieron las ratas, y aunque sólo había entreabierto tres centímetros la hoja de la ventana penetró en la habitación, como suele filtrarse la luna a través de la más pequeña rendija, y surgió ante mí en todo su tamaño y esplendor.

Se le había ido debilitando la voz, así que le humedecí los labios otra vez con coñac, y siguió hablando; pero su memoria había seguido funcionando durante este intervalo, al parecer, ya que dio un salto en su relato. Quise hacerle volver al punto en que se había interrumpido, pero Van Helsing me susurró:

—Déjele seguir. No le interrumpa; si le hace retroceder, quizá pierda el hilo y no sea capaz de continuar.

—He esperado todo el día —prosiguió—; sin que Él me enviara nada, ni moscardas siquiera, y cuando salió la luna, me sentí bastante enojado con Él. Entonces se filtró por la ventana, aunque estaba cerrada, sin llamar siquiera y me enfurecí. Pero Él sonrió y su cara blanca surgió de la niebla con sus fulgurantes ojos rojos, como si fuese dueño de todo el lugar, y yo ya no fuera nadie. Ni siquiera olía igual, cuando pasó junto a mí. No pude detenerle. Me pareció que, de alguna forma, la señora Harker había entrado en la habitación.

Los dos hombres que estaban sentados en la cama se levantaron y se acercaron, quedándose detrás de él, a fin de que no les viese, y poderle oír mejor. Ninguno de los dos dijo nada, pero el profesor dio un respingo y se estremeció, su rostro adoptó una expresión más grave y sombría. Renfield continuó sin notarlo:

—Cuando la señora Harker entró a verme, esta tarde, ya no era la misma, era como el té después de añadir agua a la tetera. —Aquí nos removimos todos, pero seguimos callados; y prosiguió—: No me di cuenta de que había entrado hasta que habló, pero no era la misma. A mí, las gentes pálidas no me interesan; me gusta que tengan grandes cantidades de sangre, pero a ella parecía que no le quedaba ni una gota. En ese momento no se me ocurrió, pero cuando se marchó, empecé a pensar, y me puse furioso al comprender que Él le había estado sorbiendo la vida. —Observé que los otros temblaban, igual que yo, pero por lo demás, seguimos sin movernos—. Así que, cuando llegó esta noche, yo ya estaba preparado. Vi filtrarse la niebla en la habitación, y la agarré con fuerza. He oído decir que los locos poseen una fortaleza sobrenatural; y dado que yo estaba loco (a veces al menos), decidí utilizar mi poder. Sí, y Él también lo sabía, porque tuvo que salir de la niebla y enfrentarse conmigo. Le agarré bien, y pensé que le iba a vencer, porque estaba dispuesto a que no le sacase más vida a la joven señora, pero entonces le miré a los ojos. Su fuego se clavó en mí, y las fuerzas me abandonaron. Se zafó, y cuando traté de agarrarle otra vez, me levantó en vilo y me arrojó contra el suelo. Me envolvió una nube roja, tuve conciencia de un ruido como el estallido de un trueno, y la niebla pareció escurrirse por debajo de la puerta.

Su voz era cada vez más débil y su respiración más estertorosa. Van Helsing se puso de pie instintivamente.

—Ahora sabemos lo peor —dijo—. Está aquí, y conocemos sus intenciones. Puede que no sea demasiado tarde. Vayamos armados, igual que la otra noche..., pero no perdamos tiempo, no se puede desperdiciar un solo instante.

No había necesidad de expresar con palabras nuestro temor, o mejor nuestra convicción: todos la compartíamos por igual. Echamos a correr a nuestras habitaciones, y recogimos los mismos objetos que llevábamos cuando entramos en la casa del Conde. El profesor estaba ya preparado, y cuando le encontramos en el corredor, nos los enseñó significativamente, mientras decía:

—Yo nunca dejo esto; ni lo dejaré, hasta que concluya este desventurado asunto. Sean precavidos ustedes también, amigos míos. No es corriente, el enemigo con el que nos enfrentamos. ¡Qué pena! ¡Qué pena que nuestra querida *madame* Mina tenga que sufrir!

Se interrumpió, su voz se había quebrado. En cuanto a mí, no sé si era la rabia o el terror lo que me ahogaba el corazón.

Nos detuvimos ante la puerta de los Harker. Art y Quincey vacilaron, y por fin Quincey dijo:

—¿Debemos molestarles?

—Sí —dijo Van Helsing lúgubremente—. Y si la puerta está cerrada con llave, la echaremos abajo.

—¿No la asustaremos a ella? ¡No es normal irrumpir en la habitación de una dama!

Van Helsing dijo solemne:

—Como siempre, tiene usted razón, pero esto es cuestión de vida o muerte. Todos los aposentos son iguales para un médico; y aun cuando no lo fueran, lo son para mí esta noche. Amigo John, cuando yo haga girar el picaporte, si la puerta no se abre, la embestirá usted con el hombro; y ustedes también, amigos míos. ¡Ahora!

Accionó el picaporte mientras hablaba, pero la puerta no cedió. Nos abalanzamos contra ella: se abrió de golpe con un estallido, y a punto estuvimos de caer todos al suelo. El profesor cayó efectivamente, permitiéndome ver por encima de él, mientras se levantaba apoyándose con las manos y las rodillas. Y lo que vi me dejó horrorizado. Sentí erizárseme el pelo de la nuca y que se me paralizaba el corazón.

La luna era tan brillante que, aun con la gruesa persiana amarilla, entraba suficiente claridad en la habitación para ver. En el lado de la cama más próximo a la ventana descansaba Jonathan Harker con el rostro arrebolado y respirando con dificultad, como si estuviese sumido en un estado estuporoso. Arrodillada en el borde de la cama más próximo a la puerta, estaba la blanca figura de su esposa. Junto a ella, de pie, había un hombre alto y flaco, vestido de negro. No miraba hacia la puerta, pero en cuanto le descubrimos, todos reconocimos al Conde... en todos los detalles, hasta en la cicatriz de la frente. Tenía cogidas las dos manos de la señora Harker con su mano izquierda, apartándole con fuerza los brazos; y le sujetaba la nuca con la derecha, obligándola a volver la cara sobre su pecho. Su blanco camisón estaba manchado de sangre, y un hilillo descendía también por el pecho del hombre, cuya ropa desgarrada lo mostraba al aire. La escena guardaba un terrible parecido a la de un niño obligando a un gatito a meter el hocico en el plato de leche para que beba. Al irrumpir en la habitación, el Conde se volvió hacia nosotros, y una expresión demoníaca, cuya descripción yo conocía ya, apareció en su semblante. Sus ojos rojos centellearon con furia diabólica; las grandes ventanas de su nariz aguileña se abrieron y temblaron; y los dientes blancos y afilados, detrás de sus labios manchados de sangre, castañetearon como los de una fiera salvaje. Con un movimiento violento que arrojó a su víctima sobre la cama, se volvió y se abalanzó sobre nosotros... Pero el profesor se adelantó, y alzó hacia él el sobre que contenía la sagrada hostia. El Conde se detuvo súbitamente, tal como hizo la pobre Lucy delante de su tumba, y retrocedió. Y fue retrocediendo más y más, a medida que avanzábamos con nuestros crucifijos en alto. Inesperadamente, se ocultó la luna al interponerse una nube oscura y enorme; y cuando surgió la llama de gas, al aplicarle Quincey un fósforo, no encontramos más que unos tenues flecos de vapor. Los vimos escurrirse por debajo de la puerta que, debido al retroceso, después de la violenta embestida, se había vuelto a cerrar. Van Helsing, Art y yo corrimos hacia la señora Harker, que había recobrado el sentido, profiriendo un grito tan frenético, tan lleno de desesperación, que me seguirá resonando en los oídos mientras viva. Durante unos segundos, permaneció tendida en una actitud indefensa y dislocada. Tenía el rostro macilento, con una palidez acentuada por la sangre que le manchaba los labios, las mejillas y la barbilla; un delgado hilillo de sangre descendía por el cuello, también. Tenía los ojos extraviados de terror. Luego, se cubrió la cara con sus pobres manos doloridas, en las que, debido a su blancura, destacaba la roja huella de la presa del Conde, y de detrás de ellas brotó un gemido bajo y desolado que convirtió el terrible alarido en la expresión de una angustia infinita. Van Helsing se acercó y le cubrió el cuerpo dulcemente con la colcha; en cuanto a Art, después de mirarla a la cara un instante con desesperación, salió corriendo de la alcoba. Van Helsing me susurró:

—Jonathan se encuentra en ese estado de estupor que según sabemos, es capaz de infundir el vampiro. Hasta tanto la pobre *madame* Mina no se recobre, no podemos hacer nada por ella, ¡pero a él hay que despertarle!

Mojó la punta de una toalla en agua fría y empezó a azotarle la cara con ella, mientras su esposa seguía con el rostro oculto entre las manos, sollozando de forma desgarradora. Levanté la persiana y me asomé. Había una luna clara, y vi a Quincey Morris correr por el césped y ocultarse bajo la sombra de un gran tejo. Me extrañó su proceder, pero en ese instante oí una viva exclamación de Harker, al recobrar parcialmente el conocimiento y volverse hacia la cama. En su cara, como no podía por menos de ocurrir, había una expresión de asombro indescriptible. Siguió atónito durante unos segundos; luego, pareció recobrar totalmente la conciencia, y se incorporó de repente. Su esposa se irguió, como impulsada por el mismo movimiento, y se volvió hacia su marido con los brazos extendidos, para abrazarle; sin embargo, los retiró instantáneamente, juntó los codos, se cubrió la cara y se estremeció de tal modo que la cama se agitó.

—¡En nombre de Dios!, ¿qué significa esto? —exclamó Harker—. ¡Doctor Seward, doctor Van Helsing! ¿Qué pasa aquí? ¿Qué ha ocurrido? ¿Qué ha pasado? ¡Mina, cariño! ¿Qué es esto? ¿Qué significa toda esta sangre? ¡Santo Dios, santo Dios! ¡Adónde hemos llegado! —Y cayendo de rodillas, juntó las manos con desesperación—. ¡Dios, Dios, ayúdala a ella! ¡Oh, ayúdala!

Saltó de la cama con vivo movimiento, y empezó a vestirse..., plenamente consciente de la necesidad de actuar en seguida.

—¿Qué ha pasado? ¡Cuéntenmelo todo! —exclamó sin detenerse—. Doctor Van Helsing, usted quiere a Mina, lo sé. Por favor, haga algo para salvarla. No puede haber ido lejos todavía. ¡Cuídela mientras salgo en su busca!

Su esposa, en medio de su terror y de su tremenda desdicha, vio el peligro a que iba a exponerse su marido, y olvidando al punto su propia aflicción, se agarró a él y exclamó:

—¡No! ¡No! Jonathan, no me dejes. Bien sabes lo que he padecido esta noche, para soportar ahora el terror de que puedas sufrir daño tú. Debes quedarte conmigo. ¡Debes quedarte con estos amigos, que vigilarán!

Su expresión se fue volviendo frenética mientras hablaba, y al acceder él a sus súplicas, su esposa lo cogió y lo atrajo hacia sí, lo sentó en la cama y se abrazó a él con todas sus fuerzas.

Van Helsing y yo tratamos de calmarles. El profesor alzó su crucifijo y dijo con asombrosa serenidad:

—No tema, querida. Nosotros estamos aquí, y mientras esté esto junto a ustedes, ningún ser inmundo podrá acercarse. Por esta noche, están a salvo; debemos mantener la calma y deliberar juntos.

La señora Harker se estremeció y guardó silencio, apoyando la cabeza en el pecho de su marido. Cuando la levantó otra vez, el blanco camisón de él quedó manchado de sangre allí donde sus labios lo habían rozado, y donde había goteado la pequeña herida abierta de su cuello. Al ver las manchas, se encogió, dejando escapar un gemido ahogado, y susurró entre sollozos:

—¡Estoy impura, impura! No debo tocarle ni besarle nunca más. ¡Oh, haberme convertido yo en su peor enemigo, en el ser a quien más deberá temer!

A lo que dijo él con decisión:

—Tonterías, Mina. Me da vergüenza oírte decir esas cosas. No quiero oírlas, y no lo voy a consentir. ¡Que Dios me juzgue si te abandono, y me castigue con más rigores de los que sufro en esta hora, si algo sucediera entre nosotros por cualquier acción o decisión mía!

Abrió los brazos y la atrajo contra su pecho, y durante un rato la dejó que sollozara. Nos miró e hizo un gesto de asentimiento, mientras parpadeaban sus ojos húmedos y le temblaban las aletas de la nariz; en cuanto a su boca, la mantenía fuertemente apretada. Al cabo de un rato, los sollozos de Mina se hicieron menos frecuentes y más débiles, y Harker, con una estudiada calma que daba prueba del temple de sus nervios, me dijo:

—Y ahora, doctor Seward, cuéntemelo todo. Ya conozco demasiado bien el hecho principal; cuéntemelo todo, tal como ha sucedido.

Le hice una relación exacta de lo ocurrido, y él escuchó con aparente pasividad, pero las ventanas de su nariz se estremecieron y sus ojos centellearon, al contarle cómo las manos despiadadas del Conde habían sostenido a su esposa con la boca en la herida abierta de su pecho. Me pareció interesante observar que, aun en ese momento, mientras su cara blanca de furia se contraía convulsamente por encima de su esposa, sus manos le acariciaban cariñosamente el cabello desordenado. En el preciso momento en que terminé, Quincey y Godalming llamaron a la puerta. Entraron, y Van Helsing me miró significativamente. Comprendí que me indicaba que debíamos aprovechar esta interrupción para alejar en lo posible el pensamiento de estos desventurados esposos de sí mismos; de modo que le hice un gesto de asentimiento para que les preguntase qué habían visto o hecho. A lo cual, lord Godalming contestó:

—No le he visto ni en los corredores, ni en ninguna de nuestras habitaciones. He mirado en el despacho; ha estado allí, pero se había ido ya. Sin embargo, había...

Se calló de repente, al ver la pobre figura inclinada de la cama. Van Helsing dijo gravemente:

—Prosiga, amigo Arthur. No queremos más ocultaciones. Nuestra esperanza ahora está en saberlo todo. ¡Hable sin reparos!

Art continuó:

—Había estado allí, y aunque sólo habrá sido unos segundos, no ha dejado de hacer daño: ha quemado el manuscrito, y aún temblaban las llamas azules entre las blancas cenizas; ha arrojado al fuego los cilindros de tu fonógrafo, y la cera ha avivado el fuego.

Aquí le interrumpí yo:

—¡Gracias a Dios, hay otra copia!

Su cara se iluminó durante un segundo, pero se deprimió al proseguir:

—He bajado corriendo después, pero no he visto rastro alguno de él. Me he asomado a la habitación de Renfield, pero no he visto nada, salvo... —Otra vez se interrumpió.

—Siga —dijo Harker con aspereza.

Arthur bajó la cabeza, se humedeció los labios con la lengua, y añadió:

—Salvo que ese pobre hombre ha muerto.

La señora Harker alzó la cabeza, nos miró a uno tras otro, y dijo solemnemente:

—¡Hágase la voluntad de Dios!

No pude por menos de observar que Art ocultaba algo, pero comprendiendo que tenía algún motivo, no dije nada. Van Helsing se volvió hacia Morris y le preguntó:

—Y usted, amigo Quincey, ¿tiene algo que decir?

—Muy poco —contestó—. Puede que después resulte importante, pero de momento no lo sé. Pensé que no estaría de más averiguar, si era posible, adónde iría el Conde cuando se fuera de la casa. A él no le he visto, pero he visto salir un murciélago de la ventana de Renfield y alejarse hacia occidente. Esperaba verle regresar a Carfax bajo la forma que fuese, pero sin duda se ha refugiado en alguna otra guarida. No regresará esta noche, porque el cielo ya está enrojeciendo por oriente, y no tardará en amanecer. ¡Mañana tendremos que trabajar!

Estas últimas palabras las dijo con los dientes apretados. Durante un par de minutos, quizás, hubo un silencio, y me dio la impresión de que oía el latir de nuestros corazones. Luego habló Van Helsing, posando tiernamente una mano sobre la cabeza de la señora Harker:

—Y ahora, *madame* Mina, nuestra pobre y querida *madame* Mina, cuéntenos exactamente lo ocurrido. Bien sabe Dios que no quiero causarle ningún dolor, pero es necesario que lo sepamos todo. Porque, ahora más que nunca, tenemos que actuar de prisa, con energía y muy en serio. El día está a punto de empezar, y hay que terminar, si es posible, y ahora se nos brinda la posibilidad de vivir y aprender.

La pobre señora se estremeció; observé la tensión nerviosa que sufría al cogerse aún más fuertemente a su marido e inclinar la cabeza más y más, hasta apoyarla en el pecho de él. Luego la levantó orgullosamente, y tendió una mano a Van Helsing, quien la cogió entre las suyas; y después de inclinarse y besársela respetuosamente, se la retuvo. La otra mano la tenía entrelazada con la de su marido, que la rodeaba con el otro brazo con un gesto protector. Tras una pausa, que aprovechó para ordenar sus pensamientos, empezó:

—Tomé el somnífero que tuvo usted la amabilidad de prepararme, pero transcurrió mucho tiempo sin que me hiciera efecto. Me sentía incluso más desvelada, y empezaron a acudirme al pensamiento mil horribles figuraciones, todas relacionadas con la muerte y los vampiros, la sangre, el sufrimiento y el dolor. —Su marido gimió involuntariamente, y ella se volvió hacia él y dijo con ternura—: No te angusties, cariño. Tienes que ser valeroso y fuerte, y ayudarme en esta horrible tarea. Si supieses el esfuerzo que debo hacer para contar este espanto, comprenderías lo mucho que necesito tu apoyo. Bueno, comprendí que debía contribuir a que la medicina me hiciese efecto, si era beneficioso para mí, de modo que hice lo posible por dormir. Efectivamente, me entró sueño en seguida, porque no recuerdo nada más. Jonathan no me despertó al entrar, porque lo siguiente que recuerdo es que dormía a mi lado. En la habitación flotaba la misma neblina blanca que había notado anteriormente. No sé si ustedes sabían esto, pero lo encontrarán en mi diario, que luego les daré a leer. Sentí el mismo terror vago que había experimentado antes y la misma sensación de que había una presencia extraña. Me volví para despertar a Jonathan, pero vi que dormía profundamente como si hubiese sido él quien había tomado el somnífero, y no yo. Lo intenté de todos modos, pero sin resultado. Esto me produjo un gran temor, y miré aterrada en torno a mí. Y entonces me dio un vuelco el corazón: junto a la cama, como si hubiese salido de la niebla, o más bien como si la niebla se hubiese transformado en él, puesto que había desaparecido por completo, vi a un hombre alto y flaco, completamente vestido de negro. En seguida le reconocí por las descripciones de los demás: el rostro color cera; la nariz aguileña que la luz iluminaba como una delgada raya blanca; los labios entreabiertos, entre los que asomaban unos dientes blancos y afilados; y los ojos rojos que ya me había parecido ver en Whitby, cuando el sol poniente se reflejó en las vidrieras de la iglesia de Santa María. Reconocí también la cicatriz roja de su frente, donde Jonathan le golpeó. Por un instante, mi corazón se negó a latir; y habría gritado, pero me sentía incapaz de hacer nada. Y en esa pausa, me habló él en una especie de susurro cortante, agudo, señalando a Jonathan:

»—¡Silencio! Si haces ruido, lo cogeré y le saltaré los sesos delante de ti.

»Yo estaba aterrada y demasiado estupefacta para hacer ni decir nada. Con una sonrisa burlona, me puso una mano en el hombro; y sujetándome con fuerza, me desnudó el cuello, diciendo: "Primero, un pequeño refrigerio para compensar mis esfuerzos. Será mejor que estés quieta; ¡no es la primera vez, ni la segunda, que tus venas me aplacan la sed!" Yo estaba aturdida y, cosa extraña, no tenía deseos de eludirle. Supongo que ese sentimiento forma parte de la horrible maldición, cuando la víctima ha sufrido su contacto. Y, ¡oh, Dios mío, apiádate de mí!, ¡aplicó sus labios repugnantes en mi cuello!

Su marido dejó escapar otro gemido; ella le apretó la mano aún más, y le miró compasivamente, como si hubiese sido él la víctima, y continuó:

—Sentí que las fuerzas me abandonaban, y que estaba a punto de desmayarme. No sé cuánto tiempo duró esa situación, pero me pareció que transcurría mucho tiempo, hasta que apartó su sucia y espantosa boca. ¡Vi que la tenía goteante de sangre fresca!

El recuerdo la dominó un instante por completo, se inclinó, y se habría desvanecido si el brazo de su esposo no llega a sostenerla. Con un gran esfuerzo, se recobró y siguió hablando:

—Luego me dijo en tono de burla: «Conque tú también maquinas contra mí, como los demás. ¡Ayudas a esos hombres a perseguirme y malograr mis planes! Ahora me conoces, y ellos me conocen en parte, también, pero dentro de poco sabrán lo que significa cruzarse en mi camino. Deberían guardar sus energías para defender su casa. Porque mientras ellos conspiran contra mí (contra mí, que he gobernado naciones y he intrigado y luchado por ellas, siglos antes de que ellos viniesen al mundo), yo les contraataco en secreto. Y tú, el ser más querido de todos ellos, eres ahora carne de mi carne, sangre de mi sangre, familia de mi familia, y mi generosa prensa de vino por un tiempo; y más tarde, serás mi auxiliar y compañera. Y serás vengada a tu vez, pues ninguno de ellos dejará de proporcionarte aquello que necesitas. Pero debes ser castigada por lo que has hecho. Has contribuido a desbaratar mis proyectos; ahora obedecerás a mis llamadas. Cuando mi pensamiento te diga: ¡Ven!, cruzarás las tierras y los mares para acudir a mi mandato; ¡para lo cual, termina esto!» Se abrió la camisa, y con sus uñas largas y afiladas se rasgó una vena del pecho. Cuando empezó a brotar la sangre, me cogió las dos manos con una sola de las suyas, sujetándome fuertemente, y con la otra me tomó del cuello y me apretó la boca contra su herida, de forma que, o me ahogaba, o tragaba su... ¡Oh, Dios mío, Dios mío! ¿Qué he hecho yo? ¿Qué he hecho yo para merecer este destino, cuando toda mi vida he tratado de caminar con mansedumbre y rectitud? ¡Dios mío, apiádate de mí! ¡Mira a esta pobre alma en peligro más que mortal, y en tu misericordia, apiádate también de aquellos que la quieren!

A continuación, empezó a frotarse los labios como para limpiárselos de toda contaminación.

Mientras relataba su terrible historia, el cielo de oriente empezó a clarear, y todo cobró nitidez. Harker seguía inmóvil, callado, pero en su rostro, a medida que avanzaba el espantoso relato, fue apareciendo una expresión sombría cada vez más tenebrosa, en la claridad matinal, hasta que la primera franja roja del amanecer se propagó, y el color de su carne se recortó oscuramente bajo sus cabellos encanecidos.

Hemos acordado montar guardia por turno junto a la desventurada pareja, hasta que nos reunamos todos para adoptar un plan de acción.

De una cosa estoy seguro: en toda su inmensa órbita diaria el sol no alumbrará hoy otra casa más desdichada que ésta.

22

DIARIO DE JONATHAN HARKER

3 de octubre

Como tengo que hacer algo, porque si no me voy a volver loco, escribiré en este diario. Son las seis, y vamos a reunirnos dentro de media hora en el despacho, a comer algo; el doctor Van Helsing y el doctor Seward dicen que si no reponemos fuerzas no podremos rendir al máximo. Y hoy, bien lo sabe Dios, es cuando habrá que rendir al máximo. Seguiré escribiendo cada vez que tenga ocasión, porque no me atrevo a ponerme a pensar. Anotaré todos los incidentes, los grandes y los pequeños; quizás al final, los pequeños resulten ser de vital importancia. Pese a lo que sabemos, ni Mina ni yo podríamos estar peor de lo que estamos hoy. Sin embargo, debemos confiar y esperar. La pobre Mina me acaba de decir ahora, con las lágrimas corriéndole por las mejillas, que nuestra fe se prueba en las dificultades y en el sufrimiento..., que debemos seguir confiando el uno en el otro, y que Dios nos ayudará al final. ¡Al final! ¡Dios mío! ¿Qué final...? ¡Hay que trabajar! ¡Trabajar!

Cuando el doctor Van Helsing y el doctor Seward regresaron de ver al pobre Renfield, deliberamos sobre lo que había que hacer. En primer lugar, el doctor Seward nos dijo que cuando él y el doctor Van Helsing bajaron a la habitación de Renfield encontraron a éste tendido en el suelo, hecho un guiñapo. Tenía la cara golpeada y rotos los huesos del cuello.

El doctor Seward preguntó al celador de guardia que estaba en el corredor si había oído algo. Dijo que estaba sentado —confesó que un poco adormilado—, cuando oyó voces en la habitación, y que a continuación Renfield había gritado varias veces: «¡Dios! ¡Dios! ¡Dios!» Después de lo cual, sonó el golpe de una caída, y al entrar en la habitación, lo había encontrado tendido en el suelo, boca abajo, tal como le habían visto los doctores. Van Helsing preguntó si había oído «voces», o «una voz», y dijo que no sabía; que al principio le había parecido como si fuesen dos, pero como no había nadie más en la habitación, pensó que no había sido más que una. Podía jurar, si era necesario, que la palabra «Dios» había sido dicha por el paciente. Cuando estuvimos solos, el doctor Seward nos dijo que no había querido insistir en ese detalle; había que pensar que si se llevaba a cabo una encuesta, no serviría de nada declarar la verdad, ya que nadie la creería. Por tanto, consideraba que podía redactarse un certificado de defunción por accidente, con el testimonio del celador. En caso de que el forense pidiese una investigación oficial, el resultado sería el mismo.

Cuando empezamos a deliberar sobre cuál debía ser nuestro próximo paso, lo primerísimo que acordamos fue que Mina estuviese enterada de todo; que no se le ocultase absolutamente nada, por doloroso que fuera. Ella misma estuvo de acuerdo, y fue conmovedor verla tan animosa, y no obstante tan afligida y tan profundamente desesperada.

—No debe haber más ocultaciones —dijo—. ¡Ah! Ya hemos tenido demasiadas. Además, no hay nada en el mundo que pueda causarme más dolor del que he sufrido..., ¡del que sufro ahora! ¡Pase lo que pase, debe haber una nueva esperanza, unos ánimos nuevos para mí!

Van Helsing la miraba fijamente mientras hablaba, y dijo de pronto, con voz serena:

—*Madame* Mina, ¿no tiene miedo, no por usted, sino por otros, después de lo que ha sucedido?

La cara de ella se quedó impasible, pero sus ojos centellearon con la devoción de un mártir al contestar:

—¡Ah, no! ¡Porque he tomado una decisión!

—¿Cuál? —preguntó él suavemente, mientras los demás guardábamos silencio, pues cada uno a nuestra manera, teníamos una vaga idea de lo que ella quería decir. Y contestó con naturalidad, como si se limitara a constatar un hecho:

—Si descubro en mí, y me voy a vigilar atentamente, el menor signo de peligro para aquellos a quienes quiero, ¡moriré!

—No pensará quitarse la vida —dijo él con voz ronca.

—Sí, ¡si no tuviera un amigo que me salvara de ese sufrimiento y de tan desesperado trance! —Y miró significativamente al profesor mientras hablaba.

Éste estaba sentado, pero se levantó, se acercó a ella y le puso la mano sobre la cabeza, diciendo con solemnidad:

—Hija mía, sí tendría ese amigo, si fuese por su bien. Yo mismo añadiría a mi cuenta con Dios el encontrar para usted esa eutanasia, incluso en este instante, si eso fuera lo mejor. ¡Si fuera necesario! Pero, hija mía... —Por un momento, pareció ahogársele la voz, y un hondo sollozo brotó de su garganta, tragó y dijo a continuación—: Hay aquí personas que se interpondrían entre usted y la muerte. No debe morir. No debe morir por la mano de nadie, y menos por la suya propia. Hasta que no muera el que ha mancillado su dulce vida, usted no debe morir, porque si él sigue siendo un No muerto, la muerte la convertiría a usted en lo que él es. No, ¡usted debe vivir! Debe luchar y esforzarse por vivir, aunque la muerte le parezca una bendición inefable. Debe luchar con la muerte misma, tanto si acude a usted con dolor o con gozo, de día o de noche, ¡sin peligro o con él! Yo la exhorto por su alma viva a que no muera, a que no piense siquiera en la muerte, hasta que este gran mal haya sido conjurado.

La pobre se había puesto mortalmente pálida, y se estremecía y temblaba como he visto que se estremecen y tiemblan las arenas movedizas cuando sube la marea. Todos guardamos silencio; no podíamos hacer otra cosa. Finalmente, se serenó, y volviéndose dulcemente, aunque con dolor, hacia él, dijo a la vez que le tendía la mano:

—Le prometo, mi querido amigo, que si Dios lo permite, lucharé por no morir, hasta haberme librado de este horror, si Él me concede el tiempo necesario.

Era tan buena y valerosa, que todos nos sentimos hondamente alentados a soportar lo que fuese por ella; y empezamos a deliberar lo que debíamos hacer. Yo le dije que debía ser ella quien guardase todos los documentos en la caja fuerte, así como las cartas, diarios y grabaciones que pudiesen hacernos falta más adelante, y que debía ir consignándolo todo tal como hacía antes. Le alegró la idea de poder hacer algo, si es que puede emplearse tal palabra, en relación con este tenebroso asunto.

Como siempre, Van Helsing se nos había adelantado a los demás, y había hecho una exacta ordenación de nuestro trabajo.

—Creo que fue una sabia medida —dijo—, la decisión que tomamos, después de nuestra visita a Carfax, de no hacer nada con los cajones de tierra que hay allí. De haberlos inutilizado, el Conde habría adivinado nuestras intenciones, y seguramente habría tomado con tiempo medidas para neutralizar cualquier intento de destruir los demás; ahora, en cambio, no sabe cuáles son nuestras intenciones. Es más, con toda probabilidad, ignora que podemos esterilizarle sus madrigueras e impedir que se refugie en ellas. Sabemos mucho más sobre su distribución; de forma que cuando inspeccionemos la casa de Piccadilly, podremos averiguar dónde tiene las últimas. Hoy acabaremos con él, y ésa ha de ser nuestra esperanza. El sol que nos sorprendió esta mañana sumidos en el dolor nos protege en su carrera. Hasta que se ponga esta tarde, ese monstruo deberá conservar la forma que de momento tiene. Ahora se ve reducido a los límites de su envoltura terrena. No puede disolverse en el aire sutil ni desaparecer por las grietas y rendijas. Si quiere trasponer una entrada, tendrá que abrir la puerta como cualquier mortal. Debemos inspeccionar y esterilizar todas sus madrigueras; y si no le cogemos antes y le destruimos, le acorralaremos poco a poco en algún lugar donde podamos hacerlo de forma definitiva.

Al oír esto, me levanté de un salto, porque no paraba de pensar que los minutos y segundos de los que dependían la vida y la felicidad de Mina se nos escapaban mientras hablábamos de lo que debíamos hacer. Pero Van Helsing levantó la mano, haciendo gestos de que me calmase.

—No, amigo Jonathan —dijo—; en esto, el camino más rápido es el más largo, como dice el proverbio de ustedes. Llegado el momento actuaremos todos y lo haremos con desesperada rapidez. Pero piense que, con toda probabilidad, la clave de la situación está en esa casa de Piccadilly. Puede que el Conde haya comprado muchas casas. Quizá tenga allí escrituras de propiedad, llaves y demás. Tendrá papel de escribir y talonarios de cheques. Hay muchas cosas que le hacen falta y que necesita guardar en alguna parte. ¿Por qué no en un lugar céntrico y tranquilo, donde no tiene dificultad para entrar y salir por la puerta principal o por la de atrás a cualquier hora, puesto que en los momentos de más tránsito nadie se va a fijar en él? Iremos allí y registraremos la casa; y cuando sepamos lo que contiene, entonces haremos lo que nuestro amigo Arthur llama en términos cinegéticos «tapar la madriguera», y cogeremos a nuestro viejo zorro... ¿Verdad?

—¡Pues vayamos inmediatamente —exclamé—, estamos perdiendo un tiempo precioso!

El profesor no se movió, sino que se limitó a decir:

—¿Y cómo vamos en entrar en esa casa de Piccadilly?

—¡Como sea! —exclamé—. Echaremos abajo la puerta, si es preciso.

—¿Y qué dirá la policía?

Me quedé desconcertado; sabía que si él quería que nos demorásemos, es que tenía sus motivos. De modo que dije, lo más tranquilo que pude:

—No hay que esperar más de lo necesario, estoy seguro de que usted se da cuenta de la tortura que sufro.

—¡Ah, hijo mío!, lo sé, lo sé; y desde luego, no es mi deseo prolongarle esa angustia. Pero ¿qué podemos hacer hasta que todo el mundo se ponga en movimiento? Ya llegará ese instante. He estado pensando, y me parece que el camino más sencillo es el mejor. Queremos entrar en esa casa pero no tenemos llave; ¿no es así?

Asentí.

—Supongamos ahora que fuese usted el propietario de esa casa, y no pudiera entrar en ella, y piense que no tiene alma de salteador, ¿qué haría?

—Buscaría a un honrado cerrajero, y le encargaría que me quitase la cerradura.

—Pero la policía intervendría, ¿no?

—¡Oh, no! No, si viese trabajar al cerrajero como es debido.

—Entonces —me miró fijamente, mientras hablaba—, todo lo que se puede poner en duda es la intención del que encarga el trabajo, y la creencia de la policía de que tal persona obra honradamente o no. Evidentemente, la policía de este país está formada por hombres demasiado interesados y hábiles (¡ah, muy hábiles!) en estudiar el corazón, para preocuparse por estas cuestiones. No, no, amigo Jonathan, usted puede ir y quitar impunemente la cerradura de un centenar de casas deshabitadas de este Londres suyo, o de cualquier ciudad del mundo; si lo hace tal como es debido, y en el momento en que se hacen los trabajos honrados, nadie se lo impedirá. Una vez leí que un caballero, dueño de una casa preciosa de Londres, la cerró y se marchó a pasar unos meses a Suiza; entonces llegó un ladrón, rompió el cristal de una ventana de atrás y entró. Luego abrió los postigos de la fachada y salió y entró por la puerta a la vista de la policía. Después, sacó dicha casa a pública subasta, anunciándola con un enorme cartel, y llegado el día, vendió por mediación de un famoso subastador todos los bienes del otro hombre, que era el dueño. A continuación, vendió la finca a un constructor, con el acuerdo de derribar la casa y llevarse todo el material del derribo en determinado plazo, en todo lo cual, la policía y demás autoridades le ayudaron cuanto pudieron. Y cuando el propietario regresó de Suiza, encontró un solar donde había estado su casa. Todo se hizo *en règle*; por tanto, nosotros trabajaremos *en règle* también. No iremos demasiado temprano para que a la policía, que tiene poco en que pensar, no le choque; iremos después de las diez. A esa hora habrá mucha gente, y es el momento en que haríamos dicho trabajo si fuésemos efectivamente los dueños de la casa.

No tuve más remedio que reconocer que tenía razón; y la expresión desesperada de Mina se relajó un poco: las prudentes palabras de Van Helsing eran esperanzadoras; y continuó:

—Una vez dentro de la casa, quizás encontremos más llaves; en todo caso, una parte de nuestro grupo se quedará allí mientras el resto va a inspeccionar los otros dos sitios adonde han ido a parar más cajones de tierra: Bermondsey y Mile End.

Lord Godalming se puso de pie.

—Aquí puedo ser yo de alguna utilidad —dijo—. Telegrafiaré a mi casa pidiendo que nos preparen caballos y carruajes...

—La idea de tenerlo todo preparado por si necesitamos regresar a caballo me parece maravillosa —dijo Morris—, pero ¿no crees que tus suntuosos carruajes, con sus adornos heráldicos y demás, llamarían demasiado la atención por las callejas de Walworth o de Mile End para nuestro propósito? Creo que debemos coger coches de alquiler, cuando vayamos hacia el sur o hacia el este, y dejarlos incluso un poco antes de llegar al sitio adonde vamos.

—¡El amigo Quincey tiene razón! —dijo el profesor—. Su cabeza está lo que se dice en todo. Es una misión difícil la que vamos a emprender, y no debe haber mirones, si es posible.

Mina se iba mostrando cada vez más interesada por todos los preparativos, y me alegraba ver que la perentoriedad del caso contribuía a hacerle olvidar de momento la terrible experiencia de la noche. Estaba muy, muy pálida..., casi cadavérica, y tan delgada que los labios se le retraían, enseñando los dientes de forma prominente. No quise mencionar este detalle para no producirle un dolor innecesario, pero me helaba la sangre en las venas pensar en lo que le había sucedido a la pobre Lucy cuando el Conde la dejó exangüe. No mostraba signo alguno de que se le hubiesen afilado los dientes, pero aún era pronto, y había tiempo para temer.

Al abordar el tema del orden que debíamos seguir en nuestra campaña, y la disposición de nuestras fuerzas, surgieron nuevas dudas. Finalmente, acordamos que antes de ir a Piccadilly debíamos inutilizar el refugio más cercano del Conde. En caso de que él lo descubriese demasiado pronto, aún le llevaríamos ventaja en nuestra labor destructora, y su presencia en forma puramente material, y más débil, podía dejar algún rastro.

En cuanto a la disposición de nuestras fuerzas, el profesor sugirió que, después de nuestra visita a Carfax debíamos entrar todos en la casa de Piccadilly; quedarnos allí los doctores y yo, mientras lord Godalming y Quincey localizaban y destruían los refugios de Warworth y de Mile End. El profesor insinuó que era posible, aunque no probable, que apareciera el Conde en Piccadilly durante el día, y que si así era podíamos acabar con él allí mismo. En todo caso, debíamos seguirle todos. Yo me opuse a este plan, en lo que a mí concernía, y les dije que me quedaría con Mina para protegerla. Estaba decidido a este respecto, pero Mina no lo consintió. Dijo que podía surgir alguna dificultad legal, y que quizás hiciera falta entonces mi presencia; que tal vez apareciera entre los documentos del Conde alguna clave que sólo yo podía entender por mi experiencia en Transilvania, y que en tal caso, nos haría falta estar todos juntos para hacer frente a la extraordinaria fuerza del Conde. Tuve que ceder, ya que se impuso la sugerencia de Mina; además, dijo que la última esperanza para *ella* era que trabajásemos todos juntos.

—En cuanto a mí —añadió—, no tengo miedo. Las cosas han sido todo lo malas que podían ser; pase lo que pase, habrá siempre esperanza o consuelo. ¡Ve, cariño! Si Dios lo quiere, tan a salvo estaré sola como en compañía.

Así que me levanté de un salto, y exclamé:

—¡Entonces, en nombre de Dios, vayamos inmediatamente, porque aquí estamos perdiendo el tiempo! No sea que el Conde vaya a Piccadilly antes de lo que creemos.

—¡No tan de prisa! —dijo Van Helsing levantando la mano.

—Pero ¿por qué? —pregunté.

—¿Ha olvidado —dijo con una sonrisa— que anoche se sació a placer, y que dormirá hasta bastante tarde?

¿Olvidarlo? ¿Acaso podré olvidarlo jamás..., jamás? ¿Podrá olvidar nunca, ninguno de nosotros, esa terrible escena? Mina luchó por mantener sereno su valeroso semblante pero el dolor la dominó: se llevó las manos a la cara y se estremeció, sin poder contener los sollozos. Van Helsing no había pretendido recordarle su espantosa experiencia. En la discusión, había olvidado simplemente la parte de ella en el drama. Y al darse cuenta de lo que había dicho, se sintió horrorizado de su torpeza y trató de consolarla:

—¡Oh, *madame* Mina —dijo—, querida, querida *madame* Mina! ¡Cuánto siento haber dicho una cosa de tan poco tacto, con lo que yo la respeto! Esta vieja boca estúpida y esta estúpida cabeza son una calamidad, pero usted lo olvidará, ¿verdad?

Se inclinó hacia ella mientras hablaba. Mina le cogió las manos y, mirándole a través de las lágrimas, dijo entrecortadamente:

—No, no lo olvidaré; creo que es mejor que lo recuerde, pero también recordaré de usted su bondad, para tenerlo todo presente. Ahora vayan pronto. El desayuno está preparado; hay que comer para poder estar fuerte.

Fue un extraño desayuno para todos nosotros. Tratamos de alegrarnos y animarnos mutuamente, y Mina fue la que más animación y alegría mostró. Al terminar, Van Helsing se levantó y dijo:

—Ahora, mis queridos amigos, demos cumplimiento a nuestra terrible labor. ¿Estamos todos armados, como la noche en que visitamos la guarida de nuestro enemigo, contra cualquier ataque espiritual o carnal? —Todos dijimos que sí—. De acuerdo. Bien, *madame* Mina; en cualquier caso, estará usted *completamente* a salvo aquí, hasta la puesta de sol, pero antes habremos regresado... si... ¡Regresaremos! Pero antes de que nos vayamos, permita que la proteja contra un ataque personal. Al bajar usted, me he entretenido en preparar su habitación, colocando en ella determinados objetos que ya conoce, de manera que el monstruo no pueda entrar. Ahora, permita que proteja su persona. Voy a ponerle en la frente este trozo de hostia consagrada, en el nombre del Padre, del Hijo, y del...

Sonó un grito espantoso que casi nos heló el corazón. Cuando la hostia tocó la frente de Mina, le quemó, le chamuscó la carne como si se tratase de un hierro al rojo. El entendimiento de mi pobre amada captó el significado de aquello con tanta rapidez como sus sentidos experimentaron el dolor; y de tal modo la abrumaron ambas cosas, que su naturaleza consumida cobró expresión en ese tremendo alarido. Pero en seguida acudieron las palabras a sus labios; aún no había cesado el eco de su grito en el aire, cuando le vino la reacción, y cayó de rodillas en el suelo, en una agonía de humillación. Echándose sus hermosos cabellos sobre la cara como los antiguos leprosos su capa, gimió:

—¡Estoy sucia! ¡Sucia! ¡El Todopoderoso rechaza mi carne contaminada! Deberé llevar esta marca vergonzosa en la frente hasta el día del Juicio.

Todos se habían quedado silenciosos. Yo me había dejado caer junto a ella transido de angustia y dolor, y rodeándola con mis brazos, la estreché fuertemente. Durante unos minutos, nuestros afligidos corazones latieron al unísono, mientras los amigos que nos rodeaban apartaban la mirada para llorar en silencio. Luego Van Helsing se volvió y dijo gravemente, tan gravemente, que pensé que hablaba movido por alguna inspiración y que no eran suyas las palabras:

—Puede que tenga que llevar esa marca hasta el momento que Dios juzgue oportuno, que será el del Juicio, en que enderezará todos los males de la tierra y de las criaturas que en ella ha colocado. ¡Ah, mi querida *madame* Mina! ¡Ojalá estemos allí los que la queremos, cuando esa roja cicatriz, signo de que Dios conoce lo ocurrido, desaparezca y deje su frente tan pura como sabemos que tiene el corazón! Pues tan cierto como que existimos, esa cicatriz desaparecerá cuando Dios juzgue llegado el momento de aliviarle de ese peso que a todos nos abruma. Hasta entonces, cargaremos con nuestra Cruz, como Su Hijo cargó con la suya, obediente a Su mandato. Puede que hayamos sido elegidos como instrumentos de Su voluntad, y que nos elevemos hasta Él a través del sufrimiento y de la vergüenza; a través de las lágrimas y de la sangre; a través de las dudas y de los temores, y de todo lo que diferencia al hombre de Dios.

Había esperanza en sus palabras; y consuelo. E invitaban a la resignación. Así lo sentimos Mina y yo; simultáneamente, cogimos las manos del anciano, nos inclinamos y se las besamos. Luego, sin una palabra, nos arrodillamos todos y uniendo nuestras manos, juramos mutua felicidad. Los hombres prometimos arrancar el velo del dolor del rostro de aquella a quien amábamos, cada uno a su manera; y rezamos pidiendo a Dios que nos ayudase e iluminase en la terrible misión que teníamos ante nosotros.

Había llegado la hora de emprender la marcha. Me despedí de Mina —ninguno de nosotros olvidará ese momento mientras viva—, y nos pusimos en camino.

Una cosa tengo firmemente decidida: si al final Mina se transforma en vampiro, no entrará sola en ese mundo desconocido y terrible. Supongo que fue así como, en otro tiempo, de un vampiro se originó una multitud: del mismo modo que sus cuerpos horribles sólo pueden descansar en tierra sagrada, así, el más sagrado amor es quien recluta sus huestes espantosas.

Entramos en Carfax sin dificultad; todo estaba tal como lo habíamos encontrado la primera vez. Era difícil creer que en ese ambiente prosaico de abandono, de polvo y descomposición se pudiese cobijar el horror que ya conocíamos. Si no hubiéramos tenido el ánimo completamente decidido, y no nos hubiese espoleado el recuerdo de las terribles experiencias sufridas, difícilmente habríamos seguido adelante en nuestra empresa. No encontramos ningún documento ni signo alguno de utilidad en la casa; en cuanto a la vieja capilla, los cajones estaban tal como los habíamos visto antes. El doctor Van Helsing dijo solemnemente, mientras los contemplábamos:

—Amigos míos, aquí hay un deber que tenemos que cumplir. Hay que esterilizar esta tierra, santificada por piadosos recuerdos, que él se ha traído de su lejano país para tan siniestro uso. Escogió esta tierra santificada. Pero nosotros le venceremos con sus mismas armas; porque la vamos a santificar aún más. Estaba santificada para uso del hombre; ahora la santificaremos para Dios.

Mientras hablaba, sacó de su maletín un destornillador y una llave inglesa, y en poco tiempo abrió la tapa de uno de los cajones. La tierra olía a moho, a aire estancado; pero apenas prestamos interés a estas cosas, porque estábamos atentos a lo que hacía el profesor. Sacó de su estuche un trozo de hostia consagrada, y la depositó reverentemente en la tierra; luego cerró la tapa y se dispuso a atornillarla en su sitio. Los demás le ayudamos.

Uno tras otro, efectuamos la misma operación en cada uno de los cajones y los dejamos aparentemente como los habíamos encontrado, pero ahora cada uno de ellos contenía un trozo de hostia.

Cuando salimos, cerramos la puerta, y el profesor dijo con gravedad:

—Ya está. ¡Si logramos hacer lo mismo en todos los demás, esta tarde, cuando se ponga el sol, la frente de *madame* Mina estará tan pura y tan blanca como el marfil!

Al cruzar el césped camino de la estación para coger el tren, nos volvimos para mirar la fachada del manicomio. Busqué ansiosamente con la mirada, y vi a Mina asomada a nuestra ventana. La saludé con la mano y le hice un gesto con la cabeza para indicarle que habíamos cumplido nuestra misión en la casa de Carfax. Ella asintió también, dándome a entender que había comprendido. Antes de perderla de vista, agitó la mano en señal de adiós. Seguí andando, camino de la estación, con el corazón oprimido, y subimos al tren que ya resoplaba en el andén.

He escrito todo esto durante el viaje.

Piccadilly, 12.30

Poco antes de llegar a Fenchurch Street, me dijo lord Godalming:

—Quincey y yo vamos a buscar a un cerrajero. Será mejor que no venga usted con nosotros, por si surgen dificultades; puede que tengamos que entrar por una ventana, y dado que usted es abogado, la Incorporated Law Society podría sentirse molesta con su proceder. —Yo protesté de que no me dejasen compartir ningún peligro, pero él prosiguió—: Además, llamaremos menos la atención si no vamos demasiados. Mi título me avalará ante el cerrajero, y ante cualquier policía que pase por delante. Será mejor que usted acompañe a Jack y al profesor, y esperen en Green Park, desde donde pueden observar la casa; cuando abramos la puerta y se haya marchado el cerrajero, podrán acudir. Nosotros les estaremos esperando para abrirles.

—¡Me parece una idea acertada! —dijo Van Helsing.

No hablamos más. Godalming y Morris se fueron apresuradamente en un coche de alquiler, y nosotros cogimos otro. Nos apeamos en la esquina de Arlington Street, y seguimos a pie hacia Green Park. El corazón me latió con violencia cuando vi la casa en la que tantas esperanzas teníamos puestas, con su aspecto tétrico y silencioso, mostrando su desolación en medio de todos los edificios elegantes y alegres que la rodeaban. Nos sentamos en un banco desde donde podíamos observar cómodamente, y encendimos un cigarro, a fin de llamar lo menos posible la atención. Los minutos transcurrían con exasperante lentitud mientras aguardábamos la llegada de los otros.

Por último, vimos aproximarse un carruaje de cuatro ruedas. Descendieron lord Godalming y Morris con todo aplomo; y saltó del pescante un obrero rechoncho, cargado con su bolsa de herramientas. Morris pagó al cochero, y éste se tocó el sombrero y se fue. Subieron la escalinata, y lord Godalming explicó al cerrajero lo que quería que hiciese. El hombre se quitó la chaqueta parsimoniosamente y la colgó en uno de los barrotes de la barandilla, diciéndole algo a un policía que en ese momento pasaba por allí. El policía asintió, y el hombre se arrodilló y depositó su bolsa de herramientas junto a él. Después de revolver un poco, sacó unas cuantas y las ordenó.

Luego se levantó, miró por el ojo de la cerradura, y lo sopló; y volviéndose hacia sus clientes, hizo algún comentario. Lord Godalming sonrió, y el hombre cogió un gran manojo de llaves; seleccionó una, la introdujo en la cerradura y trató de accionarla con ella. Después de probar unos momentos, cogió otra, y luego una tercera. De repente, empujó un poco la puerta, la abrió, y entraron los tres en el vestíbulo. Nosotros seguimos sentados; yo fumaba furiosamente, pero el cigarro de Van Helsing se había apagado por completo. Aguardamos pacientemente; vimos salir al obrero y recoger su bolsa de herramientas. Luego sostuvo la puerta entreabierta, sujetándola con las rodillas, mientras ajustaba una llave en la cerradura. Finalmente, se la entregó a lord Godalming, quien sacó su monedero y le pagó. El hombre se tocó el sombrero, se puso la chaqueta y se fue, ni un alma prestó interés a la operación.

Cuando ya hacía un rato que el hombre se había ido, cruzamos la calle los tres y llamamos a la puerta. Inmediatamente abrió Quincey Morris; junto a él, lord Godalming encendía un cigarro.

—El lugar huele de forma repugnante —dijo este último cuando entramos.

En efecto, había un olor nauseabundo —como en la capilla de Carfax—, claro indicio de que el Conde utilizaba a menudo este refugio. Nos pusimos a inspeccionar la casa sin separarnos, en previsión de un ataque, porque sabíamos que nos enfrentábamos a un enemigo fuerte y astuto, y aún no sabíamos si el Conde estaba o no en la casa. En el comedor, situado a continuación del vestíbulo, encontramos ocho cajones de tierra. ¡Ocho, de los nueve que buscábamos! Nuestro trabajo no estaba terminado, ni lo estaría hasta que encontráramos el cajón que faltaba. Primero abrimos los postigos de la ventana que daba a un estrecho patio enlosado, frente a un establo que tenía un tejado que le daba aspecto de fachada de casa. Carecía de ventanas, de modo que no había temor de que nos viesen. Nos dedicamos a examinar los cajones sin pérdida de tiempo. Con las herramientas que traíamos, los fuimos abriendo uno tras otro, efectuando en ellos la misma operación que en los de la capilla. Una vez comprobado que el Conde no estaba en la casa, nos pusimos a buscar sus pertenencias.

Tras una rápida ojeada a todas las habitaciones, desde la planta baja al ático, llegamos a la conclusión de que el comedor era la única estancia donde había efectos que podían pertenecer al Conde, así que procedimos a examinarlos detenidamente. Estaban en estudiado desorden sobre la gran mesa del comedor. Encontramos la escritura de propiedad de la casa de Piccadilly —así como las de las casas de Mile End y Bermondsey—, papel de cartas, sobres, plumas y tinta. Todo estaba cubierto con papel de seda para protegerlo del polvo. Había también un cepillo para la ropa, un peine, una jarra de agua y una jofaina, ésta con agua sucia y teñida de sangre. Finalmente, había un manojo de llaves de todas clases y tamaños, probablemente pertenecientes a las demás casas. Tras examinar este último hallazgo, lord Godalming y Quincey Morris tomaron nota puntualmente de las diversas direcciones de las casas del este y del sur, cogieron el manojo de llaves y se marcharon a destruir los cajones que encontraran en ellas. Entretanto, los demás nos hemos quedado aquí, esperando pacientemente a que regresen... o a que venga el Conde.

23

DIARIO DEL DOCTOR SEWARD

3 de octubre

El tiempo se nos hizo terriblemente largo mientras aguardábamos el regreso de Godalming y Quincey Morris. El profesor trató de mantenernos con el pensamiento activo, haciendo que lo empleáramos constantemente. Me di cuenta de su intención benefactora al ver las miradas de soslayo que le dirigía a Harker de cuando en cuando. El pobre muchacho está tan hundido en la desdicha que da lástima. Anoche se le veía un hombre franco, animoso y jovial, con una cara joven y llena de energía, y el cabello castaño oscuro. Hoy es un viejo consumido y macilento, cuyos cabellos blancos están acordes con sus ojos hundidos y las arrugas de su cara. Aún conserva intacta la energía; de hecho, es como una llama viviente. Y quizá sea esto su salvación, pues si todo marcha bien, le ayudará a sobreponerse a su depresión; después, de alguna forma, despertará a la realidad de la vida. Pobre muchacho, yo creía que mi dolor era grande, ¡pero el suyo también lo es...! El profesor se da cuenta y hace lo posible por tenerle constantemente pensando en algo. Lo que nos ha estado contando es muy interesante, dadas las circunstancias. Según recuerdo, ha dicho lo siguiente:

—He estudiado repetidamente, desde que cayeron en mis manos, todos los papeles referentes a ese monstruo, y cada vez estoy más convencido de la necesidad de acabar con él. En todas partes vemos signos de que progresa; no sólo en poder, sino en que tiene más conciencia de este poder. Según he sabido por las investigaciones de mi amigo Arminius, de Buda-Pest, fue en vida un hombre extraordinariamente asombroso. Soldado, hombre de estado y alquimista..., lo que constituía el máximo desarrollo del saber científico de su tiempo. Tenía una inteligencia poderosa, unos conocimientos incomparables y un corazón que no conocía el miedo ni el remordimiento. Se atrevió incluso a asistir a la Scholomancia, y no hubo rama del saber que no abordara. Y lo cierto es que sus poderes mentales sobrevivieron a su muerte física; aunque parece que su memoria no es completa. En determinados aspectos intelectuales, fue, y es sólo un niño, pero está adquiriendo madurez, algunas cosas que al principio eran pueriles ahora han alcanzado una dimensión de hombre adulto. Avanza experimentando, y lo hace bien; y si no nos hubiéramos cruzado en su camino, sería —y puede serlo, si fracasamos— el padre o propagador de un nuevo orden de seres, cuyo camino ha de conducir a la muerte, no a la vida.

Harker gimió, y dijo:

—¡Y ahora esgrime todo eso contra mi esposa! Pero ¿cómo experimenta? ¡Porque eso podría ayudarnos a destruirlo!

—Desde que llegó, ha estado probando su poder, despacio pero de manera segura; ese gran cerebro infantil que tiene no cesa de trabajar. Para nosotros, su cerebro aún es infantil; porque de haberse atrevido a intentar ciertas cosas desde un principio, hace tiempo que lo habríamos perdido. Sin embargo, su propósito es triunfar, y un hombre que tiene siglos por delante puede permitirse esperar y avanzar con cautela. Su lema podría ser *festina lente*.

—No acabo de entender —dijo Harker con cansancio—. ¡Por favor, sea más claro! Creo que la angustia y las preocupaciones me están embotando el cerebro.

El profesor posó tiernamente una mano sobre su hombro, y le dijo:

—¡Ah, hijo mío!, seré claro. ¿No ve cómo ese monstruo ha ido aumentando su saber de manera progresiva? ¿Cómo ha utilizado al paciente zoófago para entrar en casa del amigo John, porque el vampiro, aunque después puede entrar cuando quiera y como quiera, la primera vez sólo puede hacerlo cuando le invita uno de sus moradores? Pero esto no es importante. ¿No ve usted cómo al principio todos los cajones eran transportados por otros? Entonces creía que debía ser así. Pero su cerebro infantil iba madurando, y empezó a pensar si no sería preferible ocuparse él mismo de los cajones. De modo que echó primero una mano, y luego, cuando vio que se le daba bien, trató de moverlos él solo. Y de esta manera sigue desarrollando su plan, y disemina sus sepulturas; de este modo, nadie más que él sabe dónde se ocultan. Quizá se proponga enterrarlas profundamente en la tierra. Para utilizarlas sólo durante la noche, o cuando puede cambiar de forma, ¡así nadie sabrá dónde se oculta! Pero, hijo mío, no desespere; ha aprendido esto demasiado tarde. Ya hemos esterilizado todas sus guaridas excepto una; y antes de que el sol se ponga, la habremos localizado también. Entonces no tendrá dónde esconderse. He querido que nos demoremos esta mañana a fin de poder estar seguros. ¿Acaso no nos jugamos nosotros más que él? Entonces, ¿por qué no vamos a ser más precavidos? Por mi reloj, es la una; si todo ha ido bien, nuestros amigos Arthur y Quincey están ya de regreso. Hoy es nuestro día, y debemos estar seguros, aunque vayamos despacio, para no desperdiciar ninguna posibilidad. ¡Mire! Ya estamos los cinco juntos otra vez.

Mientras hablaba, nos sobresaltaron unos golpes en la puerta de la entrada; llamaba el repartidor de telégrafos. Salimos todos al vestíbulo, y Van Helsing, tendiendo la mano para que guardásemos silencio, fue a abrir. El muchacho le entregó el telegrama. El profesor cerró la puerta otra vez y, después de mirar la dirección, lo abrió y leyó en voz alta:

Cuidado con D. Sale a las 12.45 de Carfax dirección sur. Puede andar buscándoles.

MINA

Hubo una pausa, que fue rota por la voz de Harker:

—¡Bien, con la ayuda de Dios, no tardaremos en enfrentarnos con él!

—Dios intervendrá cuando quiera y como quiera. No se preocupe; y no se alegre todavía; puede que lo que estamos deseando en este momento sea a la postre una equivocación.

—En este momento me importa todo muy poco —contestó él acaloradamente—, salvo borrar a esa bestia de la creación. ¡Daría el alma por ello!

—¡Calle, calle, hijo mío! —dijo Van Helsing—. Dios no compra almas de esa manera; y el Diablo, aunque puede comprarlas, no cumple los tratos. Pero Dios es misericordioso y justo, y conoce su dolor y su devoción hacia *madame* Mina. Piense cómo se duplicaría el dolor de ella si oyese esas palabras insensatas. No tenga ningún temor. Todos nos hemos consagrado a esta causa, y hoy veremos el final. Ha llegado la hora de entrar en acción; hoy este vampiro encuentra sus poderes limitados a los del hombre, y, hasta la puesta de sol, no podrá cambiar. Tardará en llegar (es la una y veinte), y aún pasará tiempo antes de que esté aquí, por mucha prisa que se dé. Esperemos que lleguen antes milord Arthur y Quincey.

Una media hora después de recibir el telegrama de la señora Harker, sonaron unos golpes suaves y decididos en la puerta. Fue una llamada corriente, como la que hacen miles de caballeros a diario, pero que hizo latir con violencia nuestros corazones. Nos miramos y nos dirigimos juntos al vestíbulo; cada uno preparado para sacar sus armas: las espirituales, con la mano izquierda, y las mortales con la derecha. Van Helsing retiró el pestillo; sosteniendo abierta la puerta, retrocedió, con ambas manos dispuestas para entrar en acción. La alegría debió de reflejarse en nuestros semblantes cuando descubrimos en el umbral, pegados a la misma puerta, a lord Godalming y a Quincey Morris. Entraron rápidamente y cerraron, mientras comentaba el primero al cruzar el vestíbulo:

—Misión cumplida. Hemos encontrado las dos casas; había seis cajones en cada una. ¡Los hemos destruido todos!

—¿Destruidos? —preguntó el profesor.

—¡Para él! —Guardamos todos silencio. Quincey añadió—: Ahora no nos queda más que esperar aquí. Pero si a las cinco no ha venido, tendremos que regresar, ya que no debemos dejar sola a la señora Harker después del crepúsculo.

—Llegará aquí bastante antes —dijo Van Helsing, que había estado consultando su cuaderno de notas—. *Nota bene*: según el telegrama de *madame* Mina, ha salido de Carfax en dirección sur; eso significa que iba a cruzar el río, cosa que sólo puede hacer durante la bajamar; por tanto, ha debido de cruzarlo poco antes de la una. El que haya tomado la dirección sur tiene un sentido para nosotros.

Hasta ahora sólo recela; y de Carfax se dirige al lugar que considera menos sospechoso. Ustedes han debido de estar en Bermondsey poco antes de que él llegara. El hecho de que no esté aún aquí significa que ha pasado primero por Mile End. Eso le demorará algún tiempo; porque tienen que ayudarle a cruzar el río de alguna manera. Créanme, amigos míos, no vamos a esperar mucho tiempo. Deberíamos tener preparado algún plan, a fin de no desaprovechar ninguna oportunidad. ¡Chist!, ya no queda tiempo. ¡Preparen las armas! ¡Atentos!

Mientras hablaba, alzó una mano en señal de advertencia; todos oímos cómo introducían una llave en la cerradura.

No pudo por menos de producirme admiración, aun en semejante momento, la forma en que tomó la iniciativa un espíritu superior. En todas nuestras cacerías y aventuras por las distintas partes del mundo, Quincey Morris había sido siempre el encargado de trazar el plan de acción, mientras que Arthur y yo estábamos acostumbrados a obedecerle en todo. Ahora, la vieja costumbre pareció renovarse de forma instintiva. Tras una rápida ojeada a la habitación, ideó un plan y, sin pronunciar una sola palabra, a base de gestos, nos asignó a cada uno un sitio. Van Helsing, Harker y yo nos apostamos exactamente detrás de la puerta, a fin de que cuando se abriera, el profesor pudiese defender ese acceso mientras nosotros dos nos interponíamos entre el recién llegado y la puerta. Godalming y Quincey se ocultaron, preparados para cubrir la ventana. Esperamos con una tensión que hacía que los segundos transcurrieran con angustiosa lentitud. Sonaron unos pasos cautelosos en el vestíbulo: evidentemente, el Conde estaba prevenido para cualquier sorpresa...; al menos, la temía.

De repente, irrumpió con un salto en la habitación, antes de que ninguno de nosotros pudiese hacer nada para interceptarle. Fue un movimiento de felino..., un gesto tan inhumano que pareció aliviarnos de la terrible impresión que nos había producido su llegada. El primero en reaccionar fue Harker, quien, con un vivo movimiento, se situó en la puerta que daba al vestíbulo. Al vernos, el Conde esbozó una mueca horrible, enseñando unos dientes largos y afilados; su malévola sonrisa se convirtió en seguida en una mirada fría y desdeñosa de felino. Pero su expresión cambió al ver que, como movidos por un mismo impulso, avanzábamos todos hacia él. Fue una lástima que no tuviéramos bien organizado el ataque; porque ni siquiera en ese momento sabía yo qué íbamos a hacer. Tampoco sabía si nuestras armas mortales nos iban a servir. Harker, evidentemente, estaba decidido a ponerlas a prueba, porque sacó su gran machete *kukri* y le lanzó una feroz cuchillada. Fue un golpe poderoso; el Conde se salvó sólo gracias a su diabólica agilidad. Un segundo más, y la afilada hoja le habría hendido el corazón. Con todo, la punta alcanzó a rasgarle la tela de la chaqueta, produciéndole un desgarrón por el que se le derramó un puñado de billetes de banco y monedas de oro. La expresión del semblante del Conde fue tan infernal, que durante un segundo temí por Harker, aunque le vi levantar el terrible cuchillo para descargarle otro golpe. Instintivamente, me lancé a protegerle sosteniendo en alto la hostia y la cruz. Sentí que una fuerza poderosa emanaba de mi brazo; y no me sorprendió ver retroceder al monstruo cuando me secundaron los demás. Sería imposible describir la expresión de odio y de frustrada malignidad, de ira y de rabia infernal, que invadió el rostro del Conde. El céreo color de su rostro se convirtió en un amarillo verdoso, en contraste con sus ojos encendidos y la roja cicatriz de la frente, que destacaba en su pálida piel como una herida palpitante. Un segundo después, con un quiebro sinuoso, pasó por debajo del brazo de Harker antes de que éste pudiese asestar el golpe; y agarrando un puñado de dinero del suelo, cruzó la habitación y se arrojó por la ventana. En medio del ruido de cristales rotos, se precipitó al enlosado del patio; entre el estrépito de los cristales, oí un tintineo de oro, sin duda al rodar algunos soberanos por el suelo.

Corrimos a la ventana y le vimos levantarse de un salto sin daño alguno. Cruzó corriendo el patio y abrió la puerta de las caballerizas. A continuación, se volvió hacia nosotros, y gritó:

—¡Creéis que vais a destruirme... con vuestras caras pálidas ahí en fila, como corderos en el matadero! ¡Ya lo lamentaréis, cada uno de vosotros! Creéis que me habéis dejado sin un solo refugio, pero tengo más! ¡Mi venganza acaba de empezar! Se prolongará durante siglos, y el tiempo estará de mi parte. Las mujeres que amáis son mías ya..., y a través de ellas, vosotros, y muchos otros también, seréis mis criaturas; estaréis bajo mi mandato, y seréis mis chacales cuando yo necesite alimento. ¡Bah!

Con una sonrisa despreciativa, cruzó rápidamente la puerta, y oímos chirriar el cerrojo herrumbroso al pasarlo tras él. Se oyó abrir y cerrar otra puerta al otro lado. El primero de nosotros en hablar fue el profesor, mientras corríamos hacia el vestíbulo ante la dificultad de seguirle a través del establo.

—Ahora sabemos algo más... ¡mucho más! A pesar de sus palabras desafiantes, nos teme; ¡le apremia el tiempo! Si no, ¿por qué tanta prisa? Su misma voz le ha delatado, o mucho me engañan mis oídos. ¿Para qué ha cogido ese dinero? Corran. Son cazadores de animales salvajes, y entienden de eso. Por mi parte, me aseguraré de que aquí no quede nada que pueda servirle, si es que regresa.

Mientras hablaba, se guardó el resto del dinero; cogió las escrituras de propiedad de donde las había dejado Harker, echó lo demás a la chimenea y le prendió fuego con un fósforo.

Godalming y Morris habían salido corriendo al patio, y Harker se había descolgado por la ventana para perseguir al Conde. Pero éste había cerrado por dentro la puerta del establo; y cuando consiguieron abrirla, no encontraron el menor rastro de él. Van Helsing y yo fuimos a la parte de atrás de la casa a preguntar pero las caballerizas estaban desiertas y nadie le había visto desaparecer.

La tarde estaba ya avanzada, y el sol no tardaría en ponerse. Tuvimos que reconocer que habíamos terminado; con pesar, convinimos con el profesor cuando dijo:

—Regresemos a casa con *madame* Mina..., con la pobre *madame* Mina. Todo lo que podíamos hacer por ahora está hecho; al menos allí podremos protegerla. Pero no hay que desesperar. No le queda más que un cajón de tierra, y tenemos que encontrarlo. En cuanto lo descubramos, habremos terminado.

Pude ver que hablaba con esa valentía a fin de infundir ánimos a Harker. El pobre muchacho estaba completamente deshecho. De cuando en cuando, dejaba escapar algún gemido ahogado que no lograba reprimir: pensaba en su mujer.

Con el corazón apesadumbrado, regresamos a casa, donde encontramos a la señora Harker esperándonos, con una expresión de alegría que hacía honor a su valentía y generosidad. Cuando vio nuestras caras, la suya se puso mortalmente pálida; por un segundo o dos cerró los ojos como si rezase en secreto; luego dijo alegremente:

—Nunca les agradeceré bastante a todos ustedes lo que hacen por mí. ¡Oh, pobre amor mío! —Mientras hablaba, cogió la cabeza gris de su marido con ambas manos, y la besó—. Apoya tu pobre cabeza aquí y deja que descanse. ¡Todo saldrá bien, cariño! Dios nos protegerá, si así tiene a bien disponerlo.

El pobre muchacho se limitó a gemir. No había lugar para las palabras en su profunda aflicción.

Nos sentamos todos a cenar de forma rutinaria, y creo que eso nos reanimó un poco. Era, quizás, el mero bienestar físico que produce satisfacer el hambre —ya que ninguno había tomado nada desde el desayuno—, o la sensación de compañerismo que nos daba el estar juntos; el caso es que nos sentimos menos desdichados, y miramos el porvenir con alguna esperanza. Fieles a nuestra promesa, le contamos a la señora Harker lo ocurrido. Y aunque palideció mortalmente unas veces, al oír el peligro que había corrido su marido, y colorada otras, al ponerse de manifiesto su devoción por ella, escuchó con valentía y serenidad. Cuando llegamos al momento en que Harker se arrojó intrépidamente sobre el Conde, se agarró al brazo de su marido y lo apretó contra sí, como si el tenerlo de esta manera le protegiese de todo daño. Sin embargo, no dijo nada hasta que hubo concluido el relato, y escuchado ella todos los incidentes hasta ese momento. Luego, sin soltar las manos de su marido, se levantó y tomó la palabra. ¡Ah, ojalá supiera yo dar una idea de la escena; de esa mujer, buena de verdad, radiante de belleza y juventud y animación, pese a la cicatriz roja de su frente que ella no olvidaba y nosotros mirábamos con los dientes apretados..., pensando por qué motivo la tenía; de su tierna fe frente a todos nuestros temores y dudas; y de nosotros mismos, conscientes de que, simbólicamente al menos, pese a toda su bondad y su pureza y su fe, ¡había sido rechazada por Dios!

—Jonathan —dijo, y su voz sonó en sus labios como una música llena de amor y de ternura—, Jonathan, cariño, y ustedes, mis fieles amigos: quiero que tengan todos una cosa presente, mientras dure esta espantosa situación. Sé que deben luchar..., que deben matar como mataron a la falsa Lucy, a fin de que la verdadera viviese eternamente, pero es una empresa inspirada por el odio. Esa pobre alma que ha traído toda nuestra desgracia es quizá la más desdichada de todas. Piensen cuál será su alegría cuando perezca también su parte mala, y su parte buena alcance la inmortalidad espiritual. Deben compadecerse de él también, aunque eso no debe impedir que sus manos le destruyan.

Mientras hablaba, observé cómo se ensombrecía y contraía el rostro de su marido, como si la pasión que le dominaba le estuviese consumiendo por dentro. Instintivamente, apretó las manos de su esposa con más fuerza, hasta el punto de ponérsele blancos los nudillos. Pero ella no se retorció de dolor —aunque me di cuenta de que le hacía daño—, sino que le miró con unos ojos más suplicantes que nunca. Cuando dejó de hablar, se levantó Harker de un salto, librándose de la mano de ella casi con violencia, y exclamó:

—¡Ojalá me lo ponga Dios en las manos el tiempo suficiente para poder arrancarle la vida, tal como pretendemos! ¡Y si además pudiese enviar su alma al infierno, no dudaría en hacerlo!

—¡Oh, calla, calla! ¡En nombre de Dios! No digas esas cosas, Jonathan, esposo mío, o me matarás de miedo y de horror. Reflexiona, cariño. Durante todo este día interminable, no he parado de pensar que... quizás... algún día... pueda yo también necesitar esa compasión; y que algún otro como tú, y con igual motivo, ¡pueda negármela! ¡Oh, esposo mío, esposo mío, sin duda me habrías evitado ese pensamiento si hubieses reaccionado de otro modo!, pero pido a Dios que no tome tus palabras sino como el grito doliente de un hombre enamorado y sumido en la desdicha. ¡Dios mío, que estos cabellos blancos sean la prueba del sufrimiento de este hombre que en su vida ha cometido un solo acto reprobable, y al que han sobrevenido tantas desventuras!

Ahora éramos los hombres los que llorábamos. No podíamos contener las lágrimas, y dejamos que nos brotasen libremente. Y ella, al ver que sus dulces consejos nos habían convencido, lloró también. Su marido cayó de rodillas, y rodeándola con sus brazos, ocultó el rostro entre los pliegues de su vestido. Van Helsing nos hizo una seña a los demás, y salimos en silencio de la habitación, dejando a los dos corazones amantes solos con Dios.

Antes de retirarse, el profesor acondicionó la habitación para evitar cualquier asedio del vampiro, asegurando a la señora Harker que podía descansar en paz. Ella trató de convencerse de que era así, y procuró mostrarse contenta ante su esposo. Fue un esfuerzo valeroso; y creo que no ha quedado sin recompensa. Van Helsing les ha dejado a mano una campanilla que cualquiera de los dos puede hacer sonar en caso de necesidad. Tan pronto como han cerrado la puerta, Quincey, Godalming y yo hemos acordado montar guardia repartiéndonos la noche entre los tres y vigilar por la seguridad de esta pobre dama. La primera guardia ha recaído en Quincey, de modo que nosotros nos acostaremos en seguida. Godalming se ha retirado ya, porque tiene la segunda. Y ahora que he terminado mi trabajo, voy a acostarme yo también.

DIARIO DE JONATHAN HARKER

3-4 de octubre, hacia la medianoche

Ayer pensaba que el día no terminaría nunca. Tenía unas ganas inmensas de dormir, y una especie de ciega convicción de que al despertar descubriría que todo era distinto, y que todo cambio resultaría favorable. Antes de separarnos, hemos hablado de nuestro próximo paso, aunque sin llegar a ningún resultado. Todo lo que sabemos es que falta un cajón de tierra, y que sólo el Conde sabe dónde está. Si decide permanecer oculto, puede que nos despiste durante años, ¡y sabe Dios lo que puede ocurrir entretanto...! La sola idea de esta posibilidad me parece tan horrible, que no me atrevo ni a pensar en ella. Lo único que sé es que si ha habido alguna vez una mujer que era toda perfección, ésa es mi pobre y querida esposa. Y la quiero mil veces más, después del rasgo de compasión que ha tenido esta noche; compasión que me ha hecho ver lo despreciable que era mi propio odio hacia ese monstruo. Sin duda Dios no permitirá que el mundo pierda una criatura como ella. Ésta es mi esperanza. Ahora navegamos entre arrecifes, y la fe es nuestra única ancla. ¡Gracias a Dios, Mina duerme sin pesadillas! Tengo miedo de que estas terribles experiencias le inspiren sueños espantosos. No la había visto tranquila desde la puesta del sol. Luego, durante un rato, la expresión de descanso que inundó su rostro, fue como la primavera, después de las tormentas de marzo. Al principio creí que se debía a la suavidad del rojo crepúsculo que bañaba su rostro, pero ahora pienso que encierra un significado más profundo. No tengo sueño, aunque me siento cansado..., mortalmente cansado. Procuraré dormir; mañana no voy a tener descanso hasta...

Más tarde

Debo de haberme quedado dormido; porque me ha despabilado Mina. Estaba sentada en la cama con una expresión de terror en la cara. La he visto sin dificultad, porque no habíamos dejado la habitación a oscuras; me ha tapado la boca con la mano para que no hablara, y luego me ha susurrado:

—¡Chist! ¡Hay alguien en el corredor!

Me he levantado sigilosamente, he cruzado la habitación y he abierto con suavidad.

Fuera, echado sobre un colchón, estaba el señor Morris, completamente despierto. Ha levantado la mano para que no dijese nada, mientras decía en voz baja:

—¡Chist! Vuelva a la cama; todo va bien. Esta noche habrá aquí uno de nosotros en todo momento. ¡No queremos correr riesgos!

Por su mirada y su gesto he comprendido que no admitía discusión, así que he vuelto a entrar y se lo he contado a Mina. Ha suspirado, y una pálida sonrisa ha cruzado por su semblante, mientras me rodeaba con sus brazos y decía dulcemente:

—¡Oh, gracias, Dios mío, por estos hombres valerosos!

Y tras otro suspiro, se ha vuelto a dormir. Escribo esto porque me siento desvelado, pero intentaré conciliar el sueño otra vez.

4 de octubre, por la mañana

Mina volvió a despertarme durante la noche. Esta vez habíamos dormido bastante, porque la claridad grisácea de la mañana recortaba los rectángulos de las ventanas, y la luz de gas era como una mancha, más que un círculo de luz. Me dijo inmediatamente:

—Ve a llamar al profesor. Quiero verle en seguida.

—¿Para qué?

—Tengo una idea. Supongo que se me ha ocurrido durante la noche, y la he debido de estar madurando sin saberlo. Quiero que me hipnotice antes de que amanezca; creo que entonces podré decir algo de interés. Ve corriendo, cariño; se está haciendo tarde.

Fui a la puerta. En el colchón estaba el doctor Seward. Al verme, se puso de pie en seguida.

—¿Ocurre algo? —preguntó alarmado.

—No —contesté—, pero Mina quiere ver al doctor Van Helsing en seguida.

—Yo iré —dijo, y fue corriendo a la habitación del profesor.

Dos o tres minutos después, Van Helsing entró en la habitación en bata, y el señor Morris y lord Godalming llegaban a la puerta a preguntar. Cuando el profesor vio a Mina, una sonrisa —una ancha sonrisa— disipó la ansiedad de su rostro; se frotó las manos, y dijo:

—¡Ah, mi querida *madame* Mina, esto sí que es un cambio! ¡Qué le parece, amigo Jonathan! ¡Volvemos a tener a nuestra querida *madame* Mina tal y como era! —Luego, volviéndose hacia ella, añadió alegremente—: ¿En qué puedo servirla? Porque seguro que no me ha llamado sin un motivo.

—¡Quiero que me hipnotice! —dijo—. Hágalo antes de que amanezca. Creo que entonces podré hablar, hablar libremente. ¡Dése prisa, porque queda poco tiempo!

Sin decir una sola palabra, el profesor la sentó en la cama. Clavó su mirada en ella, e inició una serie de pases desde lo alto de la cabeza hacia abajo, con una mano y con la otra. Mina le miró fijamente unos minutos. Entretanto, mi corazón latía como un martinete, porque me daba cuenta de que le iba a sobrevenir una crisis. Poco a poco, se le cerraron los ojos, y se quedó inmóvil; sólo el leve movimiento de su pecho indicaba que estaba viva. El profesor efectuó unos cuantos pases más, se detuvo, y pude ver que tenía la frente cubierta de grandes gotas de sudor. Mina abrió los ojos, pero no parecía la misma mujer. Tenía una mirada distante, y había una calidad soñolienta en su voz completamente nueva para mí. Alzando la mano para que no hablase, el profesor me indicó con una seña que llamara a los demás. Entraron de puntillas, cerraron la puerta y se quedaron junto a los pies de la cama. Mina no pareció notar su presencia. Van Helsing abandonó su mutismo y dijo con un tono muy sosegado, para no romper el hilo de los pensamientos de ella:

—¿Dónde está usted?

Mina respondió con voz neutra:

—No lo sé. El sueño no tiene lugar.

Durante unos minutos reinó el silencio. Mina estaba rígida, y el profesor seguía mirándola fijamente; los demás apenas nos atrevíamos a respirar. En la habitación había cada vez más claridad. Sin apartar los ojos de Mina, el doctor Van Helsing me indicó que levantase la persiana. Lo hice así, y la luz del día inundó la habitación. En ese momento el profesor volvió a preguntar:

—¿Dónde está usted ahora?

La respuesta llegó como en sueños, pero con intención; era como si estuviese interpretando algo. Le he oído ese mismo tono cuando leía sus notas.

—No lo sé. ¡Todo es extraño para mí!

—¿Qué ve?

—No puedo ver nada, todo está oscuro.

—¿Qué oye?

Pude percibir cierta tensión en la voz paciente del profesor.

—Chapoteo de agua. Es como un gorgoteo y el golpear de pequeñas olas. Las oigo en el exterior.

—Entonces, ¿está en un barco?

Nos miramos todos; cada uno trataba de adivinar alguna idea en los demás. Nos daba miedo pensar. La respuesta brotó en seguida.

—¡Sí!

—¿Qué más oye usted?

—Pisadas de hombres, arriba, que andan de un lado para otro. Se oye chirriar una cadena, y un tintineo como de trinquete de cabrestante al golpear en la rueda dentada.

—¿Qué hace?

—Estoy inmóvil..., completamente inmóvil. ¡Es como la muerte!

Su voz se desvaneció en una respiración profunda, como de persona dormida, y sus ojos se volvieron a cerrar.

A la sazón, el sol había salido, y era completamente de día. El doctor Van Helsing posó las manos sobre los hombros de Mina y depositó suavemente su cabeza sobre la almohada. Permaneció como una niña dormida, durante unos momentos, y luego dejó escapar un profundo suspiro, se despertó, y nos miró con expresión interrogante:

—¿He hablado en sueños? —fue todo lo que dijo.

Sin embargo, pareció darse cuenta de la situación sin que nadie dijese nada; aunque estaba deseosa de saber qué había dicho. El profesor repitió la conversación, y ella comentó:

—Entonces no hay un solo momento que perder: ¡puede que aún no sea demasiado tarde!

El señor Morris y lord Godalming echaron a correr hacia la puerta, pero la voz serena del profesor les volvió a llamar:

—Un momento, amigos míos. El barco ese, esté donde esté, ha echado el ancla mientras ella hablaba. Hay muchos barcos anclados en este momento, en el inmenso puerto de Londres. ¿Cuál de ellos es el que buscamos? ¡Demos gracias a Dios de poder contar otra vez con una pista, aunque no sabemos adónde nos puede llevar! Hemos estado algo ciegos; ciegos como suelen estarlo los hombres, ya que cuando miramos hacia atrás, vemos lo que podíamos haber previsto, si hubiésemos visto lo que podíamos ver. ¡Ah!, la frase resulta un galimatías, ¿verdad? En fin, ahora sabemos en qué pensaba el Conde al coger el dinero, aunque el cuchillo feroz de Jonathan le puso en un peligro que aún teme. Quería escapar. ¿Me oyen? *¡Escapar!* Se dio cuenta de que sólo le quedaba un cajón de tierra, que tenía a un puñado de hombres siguiéndole detrás como una jauría de perros, y que en Londres no había sitio para él. Ha embarcado su último cajón de tierra y se va del país. Piensa escapar; pero ¡no! Le seguiremos. ¡Hala! ¡Como diría el amigo Arthur cuando se pone la chaqueta roja! Nuestro viejo zorro es astuto, muy astuto, por tanto, debemos perseguirle con astucia. Yo también soy astuto, y desde hace un momento sé lo que piensa. Entretanto, podemos descansar tranquilamente; porque entre él y nosotros hay aguas que no va a cruzar, ni podría aunque quisiera, a menos que el barco tocase tierra, en la bajamar, o cuando está más alta la marea. El sol ha salido ya, y tenemos todo el día por delante hasta que se oculte. Tomemos un baño, vistámonos y desayunemos, es cuanto necesitamos, y comamos sin preocuparnos, puesto que no está en la misma tierra que nosotros.

Mina le miró suplicante y le preguntó:

—Pero ¿por qué le seguimos buscando, si se marcha lejos de nosotros?

El profesor le cogió una mano y le dio unas palmaditas, al contestar:

—No me pregunte nada todavía. Cuando hayamos desayunado, podré contestarle a lo que quiera.

No dijo nada más, y nos separamos para vestirnos.

Cuando terminamos, Mina repitió la pregunta. Él la miró gravemente durante un minuto, y luego dijo con pesar:

—Mi querida *madame* Mina, ahora más que nunca debemos encontrarle, ¡aunque tengamos que seguirle hasta la boca del Infierno!

Mina se puso pálida, y preguntó débilmente:

—¿Por qué?

—Porque —contestó solemne— él puede vivir durante siglos, pero usted es una mujer mortal. El tiempo es nuestro enemigo, desde el momento en que le dejó esa marca en el cuello.

Llegué a tiempo de cogerla en el instante en que caía desvanecida.

24

DIARIO DEL DOCTOR SEWARD

(Grabación de Van Helsing)

Para Jonathan Harker.

Debe quedarse para proteger a su querida *madame* Mina. Nosotros salimos a inspeccionar..., si puede llamarse así, porque no se trata propiamente de eso, sino de preguntar; sólo queremos confirmar algo. Pero usted tiene que quedarse hoy a cuidarla. Es su más sagrado deber. No es oportuno que venga con nosotros. Permita que le cuente lo que sabemos nosotros cuatro, ya que he informado a los demás. Nuestro enemigo se ha ido: regresa a su castillo de Transilvania. Lo sé tan bien como si una gigantesca mano de fuego lo hubiese escrito sobre una pared. Él tenía prevista esta posibilidad, en cierto modo: ese último cajón de tierra estaba preparado para ser embarcado en alguna parte. Por eso recogió el dinero, por eso echó a correr, para que no le cogiéramos antes de que el sol se ocultase. Era su última esperanza, aparte la posibilidad de esconderse en la tumba de la pobre señorita Lucy, cosa que creía que aún podía hacer. Al fallarle esto, se dirigió directamente a su último recurso..., a su última trinchera, podríamos decir, si quisiéramos darle una *double entente*. Es listo, ¡muy listo! Sabe que su juego aquí ha terminado; por eso ha decidido regresar. Ha encontrado un barco que hace esa ruta, y ha embarcado. Ahora nosotros vamos a averiguar qué barco es y adónde se dirige; cuando lo sepamos, volveremos para comunicárselo. Esto le consolará a usted y dará a *madame* Mina nuevas esperanzas. Pues cuando reflexione verá que hay esperanzas; que no todo está perdido. El ser al que perseguimos ha tardado siglos en llegar a Londres; sin embargo, nosotros, en cuanto nos hemos enterado de sus intenciones, le hemos expulsado en un día. Tiene limitaciones; aunque puede hacer daño y no sufre del mismo modo que nosotros. No obstante, nosotros somos fuertes, cada uno a su manera; y juntos, más todavía. Anímese, querido esposo de *madame* Mina. Esta batalla no ha hecho más que empezar, y la ganaremos al final... Tan cierto como que Dios vela por Sus criaturas desde su trono. De modo que no permita que su ánimo decaiga.

VAN HELSING

DIARIO DE JONATHAN HARKER

4 de octubre

Cuando Mina escuchó el mensaje grabado de Van Helsing, la pobre se animó muchísimo. Sólo saber que el Conde está fuera de nuestro país la ha aliviado; y el alivio es una forma de recobrar fuerzas. En cuanto a mí, ahora que no tenemos este horrible peligro frente a nosotros, me parece casi imposible creer que sea verdad. Incluso mis terribles experiencias en el castillo de Drácula me parecen una pesadilla largo tiempo olvidada. Aquí, con el aire fresco del otoño, bajo el sol...

¡Ah!, pero ¡cómo voy a olvidarlo! En plena meditación, mis ojos acaban de ver la cicatriz roja que destaca en la blanca frente de mi pobre esposa. Mientras la tenga, no es posible dudar. Después, cuando haya desaparecido, su mismo recuerdo se disipará, dejando nuestra fe tan limpia como un puro cristal. A Mina y a mí nos pone nerviosos estar con los brazos cruzados, así que volvemos a los diarios una y otra vez. De alguna forma, aunque lo real parece cobrar mayor entidad, sin embargo, el dolor y el miedo disminuyen. Como si todo manifestase mi designio consolador. Mina dice que quizá seamos instrumentos del bien supremo. ¡Puede ser! Trataré de pensar como ella. Todavía no hemos hablado del futuro. Es mejor esperar, hasta ver adónde han llegado el profesor y los demás en sus investigaciones.

El tiempo transcurre más de prisa de lo que creía que transcurriría para mí, en lo sucesivo. Ya son las tres.

DIARIO DE MINA HARKER

5 de octubre, 5 de la tarde

Reunión para informar de las gestiones realizadas. Presentes: el profesor Van Helsing, lord Godalming, el doctor Seward, el señor Quincey Morris, Jonathan Harker y Mina Harker.

El doctor Van Helsing da cuenta de los pasos efectuados durante el día, tendentes a averiguar en qué barco y con qué destino lleva a efecto el conde Drácula su huida:

—Como yo sabía que su propósito era regresar a Transilvania, estaba seguro de que debía entrar por la desembocadura del Danubio, o por algún otro lugar del mar Negro, dado que había hecho ese recorrido para venir. Pero estábamos en la más completa ignorancia. *Omne ignotum pro magnifico*; de modo que, sumidos en el desaliento, fuimos a averiguar qué barcos habían zarpado ayer de tarde rumbo al mar Negro. El Conde se había puesto ya en camino, dado que *madame* Mina había dicho que navegaba. Pero eso no era tan importante como el encontrarlo en la lista de salidas que publica el *Times*; así que, a sugerencia de lord Godalming, fuimos a la Lloyd, donde se registran todos los barcos que zarpan, por pequeños que sean. Allí averiguamos que el único barco con destino al mar Negro había zarpado en el momento de la marea alta. Se trataba del *Czarina Catherine*, y había salido del muelle de Doolittle, con rumbo a Varna, y de allí a otros puntos del Danubio. «¡Bien! —me dije—, ése es el barco en el que va el Conde.» Nos dirigimos al muelle Doolittle, y encontramos allí a un hombre en una caseta de madera tan pequeña que él parecía más grande que su propia oficina. Por él averiguamos las idas y venidas del *Czarina Catherine*. El hombre en cuestión, de voz fuerte y cara colorada no paraba de blasfemar, aunque era buen tipo y cuando Quincey le dio una propina que crujía cuando él la enrolló y la metió en una bolsita diminuta que llevaba en las profundidades de su ropa, se convirtió en mejor persona aún, y en humilde servidor nuestro. Nos acompañó, e interrogó a muchos hombres rudos y mal encarados, aunque se amansaron también al aplacárseles la sed. Soltaban muchos sapos y culebras, y muchas cosas más que yo no comprendía, aunque imaginaba qué podían significar; de todos modos, nos dijeron todo lo que queríamos saber.

»Entre unos y otros, nos dijeron que ayer tarde, alrededor de las cinco, llegó un hombre con mucha prisa. Era un individuo alto, flaco y pálido, con una nariz ganchuda, unos dientes asombrosamente blancos y unos ojos como brasas. Iba todo de negro, salvo un sombrero de paja que desentonaba tanto con su indumentaria como con la época del año. Repartió bastante dinero, tratando de averiguar en seguida qué barco zarpaba para el mar Negro, y a qué puerto se dirigía. Alguien le llevó a las oficinas, y luego al barco, donde no subió a bordo, sino que se detuvo delante de la plancha y pidió al capitán que bajase a hablar con él. El capitán, tan pronto como supo que se le pagaría bien, bajó, y aunque blasfemó mucho al principio, después llegó a un acuerdo. A continuación, el individuo flaco preguntó a la gente que había por allí dónde podía alquilar un carro. Se marchó y poco después regresó conduciendo él mismo el carro, en el que llevaba un cajón, que bajó él personalmente, aunque hicieron falta varios hombres para ponerlo en la carretilla y subirlo a bordo. Dio muchas instrucciones al capitán sobre cómo y dónde debía ser colocado su cajón; pero el capitán se enfadó y juró en muchas lenguas, diciéndole que si quería podía ver él mismo dónde lo iban a estibar. Pero él contestó que "no"; que no podía entretenerse porque tenía mucho que hacer. A lo que dijo el capitán que sería mejor que se diese prisa (soltó un juramento), porque el barco zarparía (juramento) antes de que cambiase la marea (juramento). Entonces el individuo flaco sonrió y dijo que, por supuesto, estaría de vuelta en el momento oportuno, pero que le extrañaría que se hiciese a la mar tan pronto. El capitán juró otra vez en varias lenguas, y el individuo flaco hizo una cortés inclinación, le dio las gracias y le dijo que abusaría de su amabilidad embarcando poco antes de zarpar. Por último, el capitán, más congestionado que nunca, y en mayor número de lenguas, exclamó (en medio de una sarta de sapos y culebras) que no quería franceses en su barco (al que también colmó de maldiciones). En resumen, después de preguntar dónde había una tienda para comprar los impresos de embarque, el hombre flaco se marchó.

»Nadie sabía adónde fue o en "dónde cuernos se metió", como ellos dijeron, dado que tenían cosas que hacer... (con otra sarta de juramentos), pero no tardó en comprobarse que el *Czarina Catherine* no zarparía a la hora prevista. Una leve neblina empezó a descender del río, y fue gradualmente en aumento, hasta que se convirtió en espesa niebla. El individuo flaco debió de marcharse a pie, porque nadie supo decir qué dirección había tomado. Entretanto, el capitán se mostró políglota, muy políglota, en sus sapos y culebras, pero no pudo hacer nada. El agua subía cada vez más, y empezó a temer que perdería la marea. Estaba con un humor de mil demonios, cuando, exactamente en el momento de la pleamar, subió el individuo flaco por la plancha y preguntó dónde había sido estibado su cajón. El capitán le contestó, entre más sapos y culebras, que se podían ir al infierno su cajón y él. Pero el individuo flaco no se ofendió, y bajó con el piloto a comprobar dónde lo habían puesto; subió después y estuvo un rato en cubierta, envuelto en la niebla. Sin duda se retiró en seguida, porque un momento después no estaba. Y nadie volvió a pensar más en él, ya que la niebla no tardó en levantar, y al poco rato volvía a estar completamente despejado. Mis amigos de la sed y los sapos y culebras se reían a más no poder, contando cómo los juramentos del capitán superaron su poliglotía habitual y su lenguaje se llenó aún más de expresiones pintorescas, cuando, al preguntar a los marineros que iban y venían por el río a esas horas, averiguó que ninguno había notado niebla de ninguna clase, salvo alrededor del muelle. Finalmente, el barco levó anclas en el momento del reflujo; y por la mañana se encontraba evidentemente muy cerca de la desembocadura del río. Mientras hablábamos, debía de haber salido ya a alta mar.

»Conque, mi querida *madame* Mina, ahora podemos descansar un tiempo, ya que nuestro enemigo se encuentra en alta mar, con la niebla a sus órdenes, y rumbo a la desembocadura del Danubio. Los barcos navegan despacio, por rápidos que quieran ir; en cambio, nosotros, cuando emprendamos el viaje, iremos por tierra, más de prisa, y le esperaremos allí. Nuestra esperanza está en cogerle cuando se encuentre dentro de su cajón, entre el amanecer y el ocaso; porque entonces no podrá oponer resistencia, y estará a nuestra merced. Tenemos días por delante para preparar nuestro plan. Todos sabemos adónde va; hemos visitado al armador de ese barco, y nos ha enseñado las facturas y demás documentos. El cajón que buscamos va a desembarcar en Varna, donde será entregado a un agente llamado Ristics, quien presentará sus credenciales; con eso, nuestro amigo el armador habrá cumplido su parte del contrato. Nos preguntó si había algo anormal, porque de ser así, podía telegrafiar pidiendo que se efectuase un registro en Varna, pero le dijimos que no, ya que no debe intervenir en esto la policía ni la aduana. Tenemos que llevarlo a cabo nosotros solos, y a nuestra manera.

Cuando el doctor Van Helsing terminó de hablar, le pregunté si era cierto que el Conde iba a bordo del barco. Contestó:

—Tenemos la mejor prueba de que sí: el testimonio que aportó usted esa mañana, durante su trance hipnótico.

Le pregunté otra vez si era realmente necesario perseguir al Conde; porque tenía miedo de que Jonathan me abandonara; ya que si iban los demás, estaba segura de que iría él también. Al contestar, empezó hablando con serenidad. Sin embargo, se fue acalorando, y hablando cada vez con más energía, hasta que al final comprendimos claramente dónde residía esa autoridad personal que le convertía en un hombre superior:

—Sí, es necesario..., es necesario..., ¡es necesario! Por usted, en primer lugar, y luego por la humanidad. Este monstruo ha hecho mucho daño ya, en el reducido ámbito en el que se ha movido, y en el corto período de tiempo en que sólo ha sido un cuerpo que tanteaba a oscuras sus propias limitaciones. Ya he explicado esto a los demás, y usted, mi querida *madame* Mina, lo sabrá también cuando oiga la grabación de mi amigo John, o la que hemos hecho para su marido. Ya les he contado cómo el abandonar su desértico país (desértico en cuanto a población) y venir a una tierra nueva donde las vidas humanas se hacinan como granos de trigo en un granero, ha sido una empresa de siglos. Si se hubiese tratado de otro No muerto, quizá no hubiera conseguido, en todos los siglos pasados y venideros, lo que ha logrado él. En él han debido de coincidir, de alguna forma prodigiosa, todas las poderosas fuerzas de la Naturaleza que se mantienen profundamente ocultas. El mismo lugar donde ha per-

vivido como No muerto durante el transcurso de los siglos, es totalmente extraño al mundo geológico y químico. Hay grandes cavernas
y fisuras que nadie sabe adónde llegan. Hay volcanes cuyas chime-
neas aún vomitan aguas de extrañas propiedades y gases que matan
o vivifican. Sin duda existen propiedades magnéticas o eléctricas en
algunas de estas combinaciones de fuerzas ocultas que favorecen la
vida física de forma misteriosa, y su misma persona ha estado dotada, desde el principio, de cualidades excepcionales. En unos tiempos que fueron difíciles y belicosos, tuvo fama de poseer unos nervios de acero, un cerebro más sutil y un corazón más valiente que
ningún hombre. De alguna extraordinaria manera, los principios vitales han alcanzado en él el máximo grado de posibilidad; y del mismo modo que su cuerpo se mantiene fuerte, se perfecciona y prospera, así sucede con su cerebro, y todo ello sin el concurso de las
potencias diabólicas, lo que evidentemente ha conseguido también,
dado que no puede prevalecer ante los poderes que proceden del
bien, y vienen a ser su símbolo. Y ahora, veamos lo que representa
para nosotros. A usted, la ha contaminado... ¡Ah!, perdone que le
hable así, querida, pero lo hago por su bien. La ha contaminado de
tal forma, que en caso de que no le infligiera ningún otro daño, usted viviría..., seguiría viviendo tal como es, pero al llegar su última
hora, la muerte, que es común a todos los hombres por sanción de
Dios, la convertiría en un ser como él. ¡Pero no sucederá! Hemos jurado no consentir tal cosa. Seremos ministros de los deseos de Dios:
el mundo y los hombres por quienes murió Su Hijo, no deben ser en-
tregados a los monstruos, cuya misma existencia le deshonraría. Ya
nos ha concedido el redimir un alma; ahora saldremos como los antiguos caballeros de las cruzadas a redimir más. Marchemos como
ellos hacia oriente; y como ellos, si caemos, lo haremos por la santa
causa. —Guardó silencio.

—Pero —dije yo—, ¿no procederá el Conde con inteligencia, a
la vista de su fracaso? Puesto que ha sido expulsado de Inglaterra,
¿no procurará evitarla, como el tigre evita el poblado del que ha sido
expulsado?

—¡Ajá! —dijo—, su símil del tigre es muy acertado, a mi juicio,
y lo voy a adoptar. Su devorador de hombres, como llaman en la In-

dia al tigre que ha probado una vez el sabor de la sangre humana, ya no quiere otra clase de presa, sino que merodea sin cesar, hasta que consigue alguna. Nosotros también hemos expulsado de nuestro poblado a un tigre, a un devorador de hombres; y éste jamás dejará de merodear. Además, no es de los que se retiran y se mantienen alejados. Durante su vida, durante su vida auténtica, cruzó la frontera con Turquía y atacó a su enemigo en su propio terreno. Fue rechazado, pero ¿acaso renunció? ¡No! Volvió una y otra, y otra vez. Fíjese en su insistencia y en su resistencia. Su cerebro infantil había concebido hacía mucho tiempo la idea de instalarse en una gran ciudad. ¿Y qué es lo que hizo? Averiguó cuál era el lugar más prometedor del mundo para él. Luego empezó a preparar metódicamente dicha empresa. Averiguó con paciencia el alcance de sus fuerzas y la capacidad de sus poderes. Estudió nuevas lenguas. Aprendió nuevas formas sociales, nuevas normas de conducta, política, leyes, finanzas, ciencias y formas de vida de un pueblo que había surgido después de su existencia como hombre. La ojeada que echa a todo esto no hace más que estimularle el apetito e inflamarle el deseo. Además, contribuye a que madure su cerebro, pues todo ello demuestra lo acertadas que fueron al principio sus suposiciones. Y todo esto lo ha hecho él solo; ¡él solo, desde una tumba ruinosa, en un país olvidado! ¿Qué no podrá hacer cuando tenga ante sí el inmenso mundo del pensamiento? Él, que puede reírse de la muerte, como todos sabemos; que puede prosperar en medio de las plagas que aniquilan pueblos enteros. ¡Ah, si esa criatura procediese de Dios y no del Demonio, cuánto bien podría hacer en este mundo nuestro! Pero nos hemos comprometido solemnemente a librar al mundo de ese mal. Debemos llevar a cabo nuestra empresa en silencio, y nuestros esfuerzos han de ser secretos, pues en estos tiempos ilustrados, en que los hombres no creen siquiera en lo que ven, la duda de los sabios sería lo que mayor fuerza le daría. Sería una armadura para él y le prestaría armas capaces de destruirnos a nosotros, sus enemigos, que nos exponemos incluso a perder el alma por salvar a la que amamos; por el bien de la humanidad y por la honra y gloria de Dios.

Después de una discusión general, hemos acordado no tomar esta noche ninguna decisión definitiva; dejar las cosas de momento tal como están, y pensar cada uno qué es lo mejor. Mañana por la mañana, a la hora del desayuno, nos reuniremos otra vez, expondremos nuestras conclusiones y decidiremos qué plan seguir.

Siento una paz y un descanso maravilloso esta noche. Es como si hubiese apartado de mí una presencia amenazadora. Quizá...

No he podido terminar de formular mi suposición: me he mirado de reojo en el espejo, y me he visto la marca roja en la frente. Eso me ha hecho recordar que aún estoy impura.

DIARIO DEL DOCTOR SEWARD

5 de octubre

Hoy todos nos hemos levantado temprano; creo que ha sido un descanso reparador. Durante el desayuno, ha reinado más alegría de la que esperábamos.

Es verdaderamente asombrosa la resistencia de la naturaleza humana. En cuanto desaparece el obstáculo que la agobia, sea el que sea —incluso mediante la muerte—, volvemos rápidamente a los primeros principios de la esperanza y de la alegría. Más de una vez, mientras estábamos sentados a la mesa, he abierto los ojos con asombro, preguntándome si no eran un sueño todos estos días pasados. Sólo cuando veo esa mancha roja en la frente de la señora Harker vuelvo a la realidad. Incluso ahora, mientras trato de resolver esta grave cuestión, me resulta casi imposible darme cuenta plenamente de que aún existe la causa de todas nuestras preocupaciones. Hasta la propia señora Harker parece a veces olvidar por completo su angustiosa situación; sólo de cuando en cuando, si alguna circunstancia se lo recuerda, piensa en su terrible cicatriz. Dentro de media hora vamos a reunirnos aquí en mi despacho, para decidir nuestro plan de acción. Sin embargo, preveo una dificultad inmediata; la preveo por instinto, más que por deducción: tenemos que hablar con toda franqueza, pero temo que alguna fuerza misteriosa le ate la lengua a la señora Harker. *Sé* que es capaz de extraer sus propias conclusiones, y veo, por todo lo ocurrido, lo acertadas y brillantes que pueden ser, pero quizá no quiera o no pueda exponerlas. Se lo he mencionado a Van Helsing, y hemos quedado en hablarlo a solas. Mi opinión es que el Conde le ha inoculado un espantoso veneno en las venas, y que empieza ahora a hacerle efecto. El Conde tenía sus razones para administrarle lo que Van Helsing llama «el bautismo del vampiro». Tal vez sea un veneno que se destila de las cosas buenas; ¡en una época en que la existencia de las ptomaínas es un misterio, no hay por qué extrañarse de nada! Una cosa sí sé: que si mi instinto no me engaña respecto a los silencios de la señora Harker, entonces existe una terrible dificultad —un peligro desconocido— en la empresa que tenemos delante. El mismo poder que la obliga a guardar silencio puede obligarla a hablar. No me atrevo a seguir el razonamiento, ¡porque faltaría con el pensamiento a una noble mujer!

Van Helsing va a venir al despacho un poco antes que los demás. Trataré de abordar el tema con él.

Más tarde

Tan pronto como ha llegado el profesor, hemos hablado de la situación. He podido ver que había algo que quería comunicarme, pero que no se atrevía.

Después de varios rodeos, dijo de repente:

—Amigo John, hay algo sobre lo que debemos hablar usted y yo a solas, antes de exponerlo a los demás. Después, se lo comunicaremos a todos... —Se detuvo; yo me quedé esperando, y prosiguió—: *Madame* Mina, nuestra pobre y querida *madame* Mina, está cambiando.

Un escalofrío me recorrió el cuerpo al ver corroborados de este modo mis temores. Van Helsing siguió hablando:

—Después de la dolorosa experiencia de la señorita Lucy, debemos estar prevenidos, antes de que las cosas lleguen demasiado lejos. Nuestra empresa es ahora más difícil que nunca, y este nuevo problema confiere a cada hora que pasa una tremenda importancia. He ob-

servado que comienzan a aflorar a su cara los rasgos del vampiro. Todavía son muy, muy tenues, pero no dejan de ser perceptibles, si se
sabe mirar. Sus dientes se han afilado, y a veces su mirada adquiere
cierta dureza. Y no es eso todo: sus silencios son ahora más frecuentes; lo mismo que le ocurría a la señorita Lucy. Tampoco ella hablaba,
aunque escribía lo que quería que se supiese más tarde. Ahora mi temor es éste; si es verdad que durante el trance hipnótico nos puede
decir lo que el Conde ve y oye, ¿no es menos cierto que quien la ha
hipnotizado primero y ha bebido su sangre y le ha hecho beber la
suya, puede obligarle si quiere, a revelarle lo que ella sabe? —Hice un
gesto afirmativo, y prosiguió—: Entonces, lo que debemos hacer es
impedir que lo haga, debemos evitar que conozca nuestros propósitos, de este modo, ella no podrá decirle lo que no sabe. ¡Es un doloroso deber! ¡Ah! Tan doloroso, que me produce angustia pensarlo,
pero tiene que ser así. Cuando nos reunamos hoy, debemos decirle
que por razones que no vamos a discutir, no debe asistir a nuestras
deliberaciones, aunque estará bajo nuestra protección.

Se enjugó la frente, pues había empezado a sudar profusamente
al pensar en el dolor que podía infligir a esa pobre alma, tan torturada ya. Yo sabía que le consolaría en cierto modo si le decía que yo
también había llegado a la misma conclusión; en cualquier caso, le
evitaría el dolor de la duda. Se lo dije y el efecto fue el que yo esperaba.

Ya casi es la hora de la reunión. Van Helsing se ha ido a preparar los puntos que hay que abordar, y la dolorosa cuestión de la señora Harker. Estoy convencido de que lo que quiere es rezar un
poco a solas.

Más tarde

Nada más empezar la reunión, Van Helsing y yo hemos experimentado un inmenso alivio personal. La señora Harker envió recado por
medio de su marido, diciendo que había decidido no asistir, ya que le
parecía más conveniente que discutiéramos nuestros movimientos
con entera libertad, sin que nos turbase su presencia. El profesor y yo

nos miramos un instante, y nos sentimos liberados de un peso enorme. Por mi parte, pensé que si la señora Harker se había dado cuenta del riesgo, habíamos evitado a un tiempo el dolor y el peligro. Dadas las circunstancias, acordamos, con una mirada y llevándonos el dedo a los labios, silenciar nuestras sospechas hasta que pudiéramos conferenciar aparte otra vez. Seguidamente, pasamos a discutir nuestro plan de campaña. En primer lugar, Van Helsing expuso someramente los hechos:

—El *Czarina Catherine* salió del Támesis ayer por la mañana. Navegando a su máxima velocidad, tardará al menos tres semanas en llegar a Varna, pero nosotros podemos viajar por tierra y llegar a la misma ciudad en tres días. Ahora bien, si le concedemos dos días menos al viaje del barco debido a las condiciones del tiempo, que, como sabemos, el Conde puede propiciar, y un día y una noche más a nuestro viaje, por las demoras que podamos sufrir, nos queda todavía un margen de casi dos semanas. De modo que, a fin de ir con una seguridad total, debemos partir el 17, lo más tarde. De ese modo estaremos en Varna un día antes de que llegue el barco, y podremos hacer los preparativos necesarios. Naturalmente, iremos armados; armados contra los seres malvados, tanto espirituales como físicos.

Aquí, Quincey Morris añadió:

—Creo que en el país del Conde abundan los lobos, y puede que él llegue allí antes que nosotros. Propongo que añadamos a nuestras armas algún Winchester. Tengo cierta confianza en el Winchester, cuando surgen dificultades. ¿Recuerdas, Art, cuando llevábamos a una manada detrás, en Tobolsk? ¡Lo que habría dado yo en aquella ocasión para que cada uno hubiese tenido un rifle de repetición!

—¡Bien! —dijo Van Helsing—. Llevaremos Winchester. La cabeza de Quincey está siempre en todo, y más cuando hay cacería en perspectiva, aunque mi metáfora es más una deshonra para la ciencia, que un peligro los lobos para el hombre. Entretanto, nada podemos hacer aquí; y puesto que estoy convencido de que ninguno de nosotros conoce Varna, ¿por qué no nos vamos antes?

»Tanto aquí como allí, tenemos que esperar. Entre esta noche y mañana podemos hacer los preparativos, y si todo va bien, podemos emprender el viaje los cuatro.

—¿Los cuatro? —exclamó Harker inquisitivamente, mirándonos a cada uno de nosotros.

—¡Por supuesto! —contestó el profesor con presteza—. ¡Usted debe quedarse aquí para cuidar de su dulce esposa!

Harker se quedó callado un rato, y luego dijo con voz lúgubre:

—Hablaremos de eso mañana por la mañana. Quiero consultarlo con Mina.

Pensé que había llegado el momento de que Van Helsing le advirtiera que no le revelase los planes a ella, pero no lo hizo. Le miré significativamente y carraspeé. Por toda respuesta, Van Helsing se llevó el dedo a los labios, y se marchó.

DIARIO DE JONATHAN HARKER

5 de octubre, por la tarde

Después de la reunión de esta mañana, estuve un rato sin poder pensar. El nuevo sesgo que adoptan los acontecimientos me deja la mente en un estado de perplejidad que me impide reflexionar. La decisión de Mina de no tomar parte en las discusiones me ha dejado sorprendido, y como no he podido hablarlo con ella, me he quedado sumido en un mar de dudas. Ahora estoy tan lejos como antes de la solución. Y la forma en que han acogido los demás la decisión de Mina me ha dejado perplejo también, la última vez que hablamos de esto acordamos que no debía haber más ocultaciones entre nosotros. Mina está durmiendo ahora, sosegada y tranquila como una niña pequeña. Tiene los labios curvados y las mejillas encendidas de felicidad. Gracias a Dios, aún hay momentos de éstos para ella.

Más tarde

¡Qué extraño es todo! Me he sentado a contemplar el sueño de Mina, y he llegado a estar cerca de la felicidad como supongo que no lo estaré jamás. A medida que moría la tarde y la tierra se poblaba de sombras, el silencio de la habitación se me iba haciendo más y más solemne. De repente, Mina abrió los ojos y mirándome tiernamente, dijo:

—Jonathan, quiero que me prometas algo bajo palabra de honor. La promesa me la vas a hacer a mí, pero la va a oír Dios, y no deberás romperla aunque me veas caer de rodillas y suplicarte con lágrimas en los ojos. Vamos, prométemelo, ahora mismo.

—Mina —le dije—; una promesa así no te la puedo hacer de repente. Puede que no tenga derecho a hacerla.

—Pero cariño —dijo ella con tal intensidad espiritual, que sus ojos eran como dos estrellas polares—, soy yo quien te lo pide; y no es por mí. Pregúntale al doctor Van Helsing, y si no tengo razón, si él no está de acuerdo, te dejo que hagas lo que quieras. Es más; si después estáis todos de acuerdo, quedarás libre de tu promesa.

—¡Te doy mi palabra! —dije, y por un momento, ella pareció sumamente feliz; aunque para mí, esa cicatriz roja de su frente le ha quitado toda felicidad.

—Prométeme que no me dirás nada sobre los planes que tracéis en vuestra lucha contra el Conde. Ni me lo dirás de palabra, ni permitirás que yo lo deduzca o lo infiera; ¡en ningún momento, mientras tenga esta señal! —Y señaló solemnemente la cicatriz. Comprendí que hablaba en serio, y dije con solemnidad:

—¡Te lo prometo! —Y al decirlo, sentí que desde ese instante, se cerraba una puerta entre nosotros.

Más tarde, medianoche

Mina ha estado animada y alegre toda la velada. Tanto, que los demás parecían como contagiados de su alegría: incluso yo mismo me sentía como si se hubiese disipado esa atmósfera de tristeza que nos agobia. Todos nos hemos retirado temprano. Mina duerme ahora como una niña; es maravilloso que pueda dormir en medio de su terrible angustia. Gracias, Dios mío, porque así al menos puede olvidar sus preocupaciones. Quizás influya en mí su ejemplo como ha influido esta noche su alegría. Lo intentaré. ¡Ah!, lo que daría por dormir sin pesadillas.

6 de octubre, por la mañana

Otra sorpresa. Mina me ha despertado temprano, hacia la misma hora que ayer, para pedirme que llamara al doctor Van Helsing. Creí que era para que la hipnotizase otra vez, y fui corriendo sin hacer preguntas. Evidentemente él se esperaba algo así, porque le encontré vestido en su habitación. Tenía la puerta entornada, y me oyó salir de nuestra habitación. Acudió en seguida; al entrar, preguntó a Mina si podían venir los demás también.

—No —dijo ella con toda sencillez—; no será necesario. Ya les informará usted después. Debo ir con ustedes en ese viaje.

El doctor Van Helsing se sobresaltó, igual que yo. Tras un momento de silencio, dijo:

—¿Por qué?

—Necesito ir. Estaré más segura así, y ustedes estarán más seguros también.

—Pero ¿por qué, mi querida *madame* Mina? Usted sabe que su seguridad es nuestro más solemne deber. Vamos a meternos en un peligro en el que usted estará, o podría estar, más expuesta que ninguno de nosotros, debido... debido a las circunstancias..., a las cosas que han pasado. —Se calló, confundido.

Mina alzó el dedo y se señaló la frente al contestarle:

—Lo sé. Por eso es por lo que debo ir. Se lo puedo decir ahora, mientras está saliendo el sol; después, tal vez no sea capaz de hacerlo. Sé que cuando el Conde me llame, le obedeceré. Sé que si me ordena que vaya en secreto, utilizaré los recursos que sean necesarios para ir, engañaré a quien sea..., incluso a Jonathan.

Dios es testigo de la expresión con que me miró al hablar; y si es cierto que hay un Ángel que registra las acciones de los hombres, habrá tomado nota de esa mirada en la página de sus méritos. No pude hacer otra cosa que juntar las manos con fuerza; mi emoción era demasiado grande incluso para el alivio de las lágrimas.

—Ustedes, los hombres —prosiguió—, son valerosos y fuertes. Son fuertes en número, puesto que unidos pueden hacer frente a un ser capaz de doblegar la resistencia humana de quien tuviera que valerse por sí mismo. Pero además les seré de utilidad, ya que podrán hipnotizarme y averiguar cosas que ni siquiera yo misma sé.

Van Helsing dijo con gravedad:

—*Madame* Mina; como siempre, es usted de lo más sensata. Vendrá con nosotros; y juntos, haremos lo que nos hemos propuesto.

Al terminar de hablar el profesor, el largo silencio de Mina me hizo levantar los ojos hacia ella. Había vuelto a apoyar la cabeza en la almohada y se había dormido; ni siquiera se despertó cuando levantamos la persiana y el sol inundó la habitación. Van Helsing me hizo una seña para que saliese con él, en silencio. Fuimos a su habitación, y un minuto después lord Godalming, el doctor Seward y el señor Morris se reunían con nosotros. Les contó lo que Mina le había pedido, y prosiguió:

—Saldremos para Varna mañana por la mañana. Ahora habrá que tener en cuenta un nuevo factor: *madame* Mina. ¡Pero su alma sigue siéndonos fiel! Para ella, ha supuesto una agonía decirnos lo que nos ha dicho, pero tiene mucha razón, y nos ha avisado con tiempo. No debemos desperdiciar ninguna posibilidad, y una vez en Varna, habrá que actuar tan pronto llegue el barco.

—¿Qué haremos exactamente? —preguntó Morris.

El profesor guardó silencio, antes de contestar:

—Primero, subir a bordo de ese barco; luego, cuando hayamos identificado el cajón, colocarle encima una rama de rosal silvestre. La sujetaremos al cajón como sea, porque de esa forma no podrá salir; al menos, eso dice la superstición. Y en la superstición debemos confiar, en principio; en la antigüedad, ése era el credo del hombre, y en ella tiene todavía sus raíces la fe. Luego, cuando surja la ocasión que buscamos, cuando no haya nadie a nuestro alrededor que pueda vernos, abriremos el cajón y... y habremos terminado.

—Yo no esperaré —dijo Morris—. Cuando vea el cajón, lo abriré y destruiré a ese monstruo, aunque tenga a miles de personas mirándome, ¡aunque me maten a continuación!

Le cogí la mano instintivamente, y la encontré firme como el acero. Creo que comprendió mi expresión; espero que así sea.

—Buen muchacho —dijo el doctor Van Helsing—. Bueno y valiente. Quincey, es usted todo un hombre. Dios le bendiga. Y créame, hijo mío: ninguno de nosotros se demorará ni se detendrá por temor. Yo sólo me refería a lo que podemos hacer..., a lo que tendremos que hacer. Pero, efectivamente, no sabemos lo que haremos. Pueden suceder tantas cosas y son tan diversos los medios y las consecuencias, que mientras no llegue el momento, no podemos decidir. Estaremos armados en todos los sentidos; y cuando se presente el instante decisivo, nuestro impulso no deberá flaquear. Ahora, pongamos nuestros intereses en orden. Dejemos arreglados todos los asuntos que se relacionan con los seres que nos son queridos y que dependen de nosotros; porque nadie puede decir cuándo ni cómo puede terminar esto. En cuanto a mí, lo tengo todo en regla; y como no me queda nada por hacer, me ocuparé de las gestiones del viaje: sacar los billetes y demás.

No había nada más que decir, y nos separamos. Ordenaré todos mis asuntos de este mundo, y me prepararé para lo que ocurra...

Más tarde

Ya está; he redactado mi testamento, y todo está en regla. Si Mina me sobrevive, será mi única heredera. Si no fuese así, entonces los que han sido tan buenos con nosotros heredarán cuanto dejemos.

El sol está llegando a su ocaso; me lo recuerda ese desasosiego que se va apoderando de Mina. Estoy seguro de que tiene algo en el pensamiento que revelará en el momento exacto de la puesta del sol. Esos instantes son cada vez más angustiosos para todos nosotros, pues cada crepúsculo supone un nuevo peligro..., un nuevo dolor que, sin embargo, puede representar, si Dios quiere, un medio para que todo termine felizmente. Escribo estas cosas en el diario porque creo que mi pobre esposa no debe oírlas ahora, pero las tendré preparadas por si quiere leerlas cuando todo haya pasado.

Me está llamando.

25

DIARIO DEL DOCTOR SEWARD

11 de octubre, por la noche

Jonathan Harker me ha pedido que registre lo ocurrido en mi diario, porque dice que él no se siente con ánimos para hacerlo, y quiere conservar la relación exacta.

Creo que ninguno de nosotros se sorprendió cuando nos pidió que fuéramos a ver a la señora Harker, poco antes de ponerse el sol. Últimamente hemos llegado a comprender que la salida y la puesta del sol son momentos en los que ella goza de una especial libertad, cuando su yo se manifiesta sin que ninguna fuerza dominadora la coarte o la inhiba, o la obligue a actuar. Este humor o estado anímico empieza como una media hora antes de salir o de ponerse el sol, y dura hasta que, o bien el sol aparece enteramente, o las nubes se encienden con los rayos que rebasan el horizonte. Al principio se observa en ella una especie de estado neutro, como si se liberase de alguna atadura; luego le sobreviene rápidamente una total libertad; sin embargo, cuando esa libertad cesa, le llega en seguida la recaída o retroceso, precedido sólo por un silencio premonitorio.

Anoche, en la reunión, se le notaba algo forzada, y mostraba todos los signos de una lucha interior. Lo atribuí al violento esfuerzo que hizo en los primeros instantes. Unos minutos después, sin embargo, recobró el completo dominio de sí, y haciendo a su marido una seña para que se sentase a su lado en el sofá, donde estaba medio recostada, nos pidió a los demás que acercáramos nuestras sillas. Cogió la mano de su marido entre las suyas, y empezó:

—¡Quizás estemos aquí, juntos y en libertad, por última vez! Ya sé, cariño, sé que tú estarás conmigo hasta el final —le dijo a su marido, cuya mano tenía fuertemente apretada entre las suyas, como podíamos ver todos—. Mañana saldremos a cumplir nuestra misión, y sólo Dios sabe la suerte que nos está reservada. Son tan buenos conmigo que van a llevarme en ese viaje. Sé lo que están dispuestos a hacer por una débil mujer, cuya alma quizás está perdida (no, no, aún no, pero en todo caso, en peligro). Pero deben recordar que yo no soy como ustedes. Llevo inoculado un veneno en la sangre, en el alma, capaz de destruirme; que me destruirá, a menos que algo me redima. ¡Oh, amigos míos!, conocen tan bien como yo cuál es el peligro que corre mi alma; y aunque sé que existe una solución para mí, ni ustedes ni yo la debemos adoptar. —Nos miró a todos, uno tras otro, suplicante, empezando y terminando en su marido.

—¿Qué solución? —preguntó Van Helsing con voz ronca—. ¿Cuál es la solución que no debemos..., que no podemos adoptar?

—Que yo muera ahora, por mi mano o por la de otro, antes de que un mal mayor se desarrolle enteramente. Sé, igual que lo saben ustedes, que una vez haya muerto, podrán liberar mi espíritu inmortal, tal como liberaron al de la pobre Lucy. Si fuese la muerte, o el miedo a la muerte, el único obstáculo, no retrocedería ante la idea de morir aquí, ahora, en medio de mis amigos a los que quiero. Pero la muerte no es todo. No puedo creer que morir en este caso sea la voluntad de Dios, cuando tenemos por delante la esperanza, y una empresa mejor que cumplir. ¡Por tanto, por mi parte renuncio a la certidumbre del eterno descanso, y estoy dispuesta a salir a la oscuridad donde tal vez me tropiece con los seres más tenebrosos del mundo o del submundo!

Seguimos callados porque sabíamos instintivamente que esto era tan sólo un preámbulo. Las caras de los demás permanecían inmóviles; la de Harker estaba de color ceniza; quizás adivinaba más que ninguno lo que iba a seguir. Y la señora Harker prosiguió:

—Esto es lo que aporto al fondo de la mancomunidad.

No pude por menos de sorprenderme ante la extraña expresión legal, utilizada en semejante momento con toda seriedad.

—¿Qué aportan ustedes? Sus vidas, lo sé —prosiguió con rapidez—; eso es fácil para unos hombres valerosos. Sus vidas son de Dios, y pueden devolvérselas a Él; pero ¿qué me dan ustedes a mí?
—Nos volvió a mirar interrogativamente, pero esta vez evitó el rostro

de su marido. Quincey pareció comprender; asintió, y su rostro se iluminó—. Les diré entonces claramente lo que quiero; porque no debe haber ni una sombra de duda entre nosotros. Deben prometerme todos ustedes, incluso tú, mi esposo bienamado, que me darán muerte cuando llegue el momento.

—¿Qué momento? —La voz era de Quincey, aunque fue baja y forzada.

—El momento en que se convenzan de que he cambiado de tal modo que es preferible que muera a que siga viviendo. Cuando muera de este modo, dejando de ser la que era, quiero que me atraviesen con una estaca y me corten la cabeza, sin un instante de vacilación, ¡o que hagan lo que sea necesario para devolverme la paz!

Quincey fue el primero en levantarse, tras una pausa. Se arrodilló ante ella y, cogiéndole la mano, dijo solemnemente:

—Sólo soy un tipo rudo, que tal vez no ha vivido como debe vivir un hombre para ganarse tal distinción, pero le juro por todo lo que tengo por más sagrado y querido que si llega ese momento, no eludiré el deber que usted nos impone. ¡Y le prometo también, que estaré muy atento, porque si tengo la menor duda, consideraré que el momento ha llegado!

—¡Mi fiel amigo! —fue todo lo que ella consiguió decir en medio de sus lágrimas, mientras se inclinaba y le besaba la mano.

—¡Yo le juro lo mismo, mi querida *madame* Mina! —dijo Van Helsing.

—¡Y yo! —dijo lord Godalming.

Cada uno se fue arrodillando ante ella para prestar juramento. Yo también. Luego su marido se volvió, con la mirada perdida y una palidez grisácea que suavizaba la nívea blancura de sus cabellos, y preguntó:

—¿Debo prometerlo yo también, esposa mía?

—Tú también, cariño —dijo con un anhelo infinito de compasión en su voz y en sus ojos—. No debes retroceder. Eres el más querido para mí, a quien más cerca tengo en el mundo; nuestras almas están fundidas en una sola para toda la vida y para siempre. Piensa, cariño, que ha habido veces en que hombres valerosos han tenido que matar a sus esposas y mujeres de la familia para evitar que cayeran en poder de sus enemigos. Sus manos no vacilaron cuando aquellas a quienes amaban les imploraban que las matasen. ¡Es un deber del hombre para con la mujer a la que ama, en esos momentos de dolorosa prueba! ¡Y si es así, esposo mío, y me ha de dar la muerte alguna mano, quiero que sea la que más me quiere! Doctor Van Helsing, no he olvidado su compasión, en el caso de la pobre Lucy, con quien la amaba... —se calló, ruborizándose, y cambió la frase—, con el que más derecho tenía a devolverle la paz. Si se repitiese esa misma situación, espero contar con usted para que mi marido tenga durante el resto de su vida el feliz recuerdo de que fuese su amorosa mano la que me liberó de esta espantosa esclavitud.

—¡Lo juro también! —exclamó la voz de Van Helsing con firmeza.

La señora Harker sonrió ampliamente, se recostó otra vez hacia atrás, y dijo:

—Y ahora, permítanme hacerles una advertencia que no deben olvidar: esta vez, si sucede, ocurrirá de forma rápida e inesperada; en tal caso, no deben perder tiempo esperando mejor ocasión. En ese momento, yo podría estar... ¡No! Si llega ese momento, *estaré* unida a nuestro enemigo, y en contra de ustedes. Y una petición más —ahora se puso muy solemne—: no es vital ni necesaria como la anterior, pero quiero que hagan una cosa por mí, si puede ser.

Todos dijimos que sí, aunque ninguno de nosotros habló; no había necesidad.

—Quiero que me lean el oficio de difuntos. —La interrumpió un hondo gemido de su marido; ella le cogió una mano entre las suyas, se la llevó al corazón, y prosiguió—: Me lo tendrán que leer algún día. Sea cual fuere el desenlace de esta espantosa situación, será un dulce pensamiento para todos o para algunos de nosotros. Léelo tú, amor mío, así perdurará tu voz en mi memoria para siempre... ¡Pase lo que pase!

—Pero cariño —imploró él—, la muerte está aún muy lejos de ti.

—No —replicó ella alzando la mano—. ¡Estoy más cerca de la muerte, en este momento, que si la tierra de la sepultura pesara sobre mí!

—¡Oh, esposa mía!, ¿de veras quieres que lo lea? —dijo antes de empezar.

—¡Eso me consolará, amor mío! —fue todo lo que dijo.

Y tan pronto como ella le hubo preparado el libro, empezó a leer.

¿Cómo podría yo —ni nadie— describir la extraña escena, su solemnidad, su melancolía, su tristeza, su horror y, sin embargo, su dulzura? Incluso un escéptico que no ve en todo lo santo y lo emocional otra cosa que una parodia de la amarga verdad, se habría conmovido si hubiese visto al pequeño grupo de amigos afectuosos y fieles arrodillados en torno a esta dama herida y acongojada, o hubiese percibido la tierna pasión en la voz del esposo, tan quebrada por la emoción que a menudo tenía que hacer una pausa en la lectura del sencillo y hermoso Oficio de Difuntos.

—¡No... no puedo! ¡Me... me faltan las palabras!

El instinto de la señora Harker había acertado. Pese a lo extraño de la escena, y a lo grotesca que nos pueda parecer después, experimentamos todos una poderosa influencia en ese momento, que nos alivió mucho, y el enmudecimiento de la señora Harker, indicador de la inminente recaída en su pérdida de libertad, no nos pareció tan desesperado como habíamos temido.

DIARIO DE JONATHAN HARKER

15 de octubre. Varna

Salimos el 12 por la mañana de Charing Cross; llegamos a París esa misma noche y ocupamos nuestras plazas reservadas en el Orient Express. Pasamos la noche y el día siguiente viajando y llegamos aquí hacia las cinco. Lord Godalming fue al consulado a ver si había llegado algún telegrama para él, mientras el resto nos dirigimos al hotel Odessus. Puede que el viaje haya tenido sus incidencias; pero yo estaba demasiado nervioso para que me importase nada. Hasta que el *Czarina Catherine* entre en puerto, no hay en el mundo nada que me interese. Gracias a Dios, Mina está bien, y parece que va recuperando fuerzas; le está volviendo el color. Duerme bastante; durante el viaje ha venido durmiendo casi todo el tiempo. Antes de salir y de po-

nerse el sol, no obstante, se muestra muy despierta y alerta, y ha adoptado la costumbre de llamar a Van Helsing para que la hipnotice en
esos momentos. Al principio hacía falta cierto esfuerzo y había que
hacerle muchos pases, pero ahora parece que se rinde en seguida,
como por hábito, y apenas si necesita ningún gesto. Es entonces
cuando el profesor ejerce cierto poder sobre ella, y le obedecen sus
pensamientos. Siempre le pregunta qué ve, qué oye. A lo primero
contesta:

—Nada, todo está oscuro.

Y a lo segundo:

—Oigo golpear las olas suavemente contra el barco, y deslizarse
el agua en los costados. Las lonas y las jarcias se tensan, y crujen los
mástiles. El viento es fuerte: lo oigo gemir en los obenques; la proa
arroja espuma.

Es evidente que el *Czarina Catherine* se encuentra en plena navegación y se dirige a toda prisa a Varna. Lord Godalming acaba de regresar. Había cuatro telegramas para él; uno del día en que salimos, y
todos en el mismo sentido: que la Lloyd no había recibido noticias del
Czarina Catherine desde ningún sitio. Antes de salir de Londres, lord
Godalming había dejado instrucciones a su gente para que le manda-
ra todos los días un telegrama informándole si el barco había enviado
noticias. Debía telegrafiarle aun en caso negativo, a fin de asegurarse
de que se mantenía esta vigilancia al otro extremo del telégrafo.

Hemos cenado y nos hemos retirado temprano. Mañana iremos
a visitar al vicecónsul, y ver si podemos conseguir un permiso para subir a bordo del barco tan pronto como atraque. Van Helsing dice que
nuestra oportunidad está en subir a bordo entre la salida y la puesta
del sol. El Conde, aunque adopte forma de murciélago, no podrá cruzar el agua espontáneamente, por lo que le será imposible abandonar
el barco. Como no puede tomar forma humana sin despertar sospechas —cosa que evidentemente desea evitar—, permanecerá en el cajón. Por tanto, si podemos subir a bordo después de salir el sol, estará a nuestra merced: abriremos el cajón y caeremos sobre él, como en
el caso de la pobre Lucy, antes de que despierte. ¡Que no espere demasiada clemencia por nuestra parte! Parece que no vamos a tener
demasiadas dificultades con los oficiales de la aduana ni con los ma-

rineros. Gracias a Dios, en este país el soborno lo puede todo, y venimos bien provistos de dinero. Sólo tenemos que asegurarnos de que el barco no entre en puerto entre el crepúsculo y la aurora sin que nos adviertan, y estaremos salvados. ¡Don dinero lo arreglará, supongo!

16 de octubre

El informe de Mina sigue siendo el mismo: chocar de olas y correr de agua por los costados, oscuridad y viento favorable. Evidentemente hemos llegado a tiempo; cuando tengamos noticia del *Czarina Catherine*, estaremos prevenidos. Como no tiene más remedio que cruzar los Dardanelos, estamos seguros de recibir aviso.

17 de octubre

Ya está todo dispuesto, creo, para recibir al Conde cuando llegue. Godalming había dicho a la compañía que sospechaba que el cajón contenía ciertos objetos robados a un amigo suyo, y había conseguido autorización para abrirlo bajo su entera responsabilidad. El armador le había entregado un documento en el que pedía al capitán que le proporcionase todas las facilidades para efectuar cuanto deseara a bordo, y otro documento en términos parecidos a su agente de Varna. Hemos ido a ver a dicho agente; se ha quedado muy impresionado ante la afable actitud de Godalming, y nos ha dado garantías de que hará lo que sea por satisfacer nuestros deseos. Hemos acordado ya lo que vamos a hacer, si conseguimos abrir el cajón. Si el Conde está dentro, Van Helsing y Seward le cortarán la cabeza inmediatamente y le atravesarán el corazón con una estaca. Morris, Godalming y yo impediremos cualquier interrupción, aunque tengamos que hacer uso de las armas que hemos traído. El profesor dice que si logramos tratar de este modo el cuerpo del Conde, se desintegrará rápidamente y se reducirá a polvo. Si es así, no habrá prueba alguna contra nosotros, en caso de que surgiese alguna sospecha de homicidio. Pero si no fuese así, tanto si caemos como si no en nuestro intento, esperemos que este mismo manuscrito sirva de prueba entre alguno de nosotros y la soga. Por lo que a mí respecta, aprovecharé la ocasión con enorme agradecimiento, si se presenta. Nos proponemos no dejar piedra por remover, con tal de llevar a efecto nuestro propósito. Nos hemos puesto de acuerdo con algunos oficiales a fin de que tan pronto como el *Czarina Catherine* sea avistado, se nos mande aviso mediante un mensajero ex profeso.

24 de octubre

Ha transcurrido una semana de espera. A lord Godalming le llegan diariamente telegramas, aunque siempre con el mismo texto: «Sigo sin noticias». Las respuestas hipnóticas de Mina son también invariables: «Chocar de olas, correr de agua, crujidos de mástiles».

RUFUS SMITH, DE LA LLOYD, LONDRES, A LORD GODALMING, A LA ATENCIÓN DEL VICECÓNSUL DE S. M. B., VARNA

24 de octubre (telegrama)

Czarina Catherine envía comunicación esta mañana desde Dardanelos.

DIARIO DEL DOCTOR SEWARD

24 de octubre

¡Cuánto echo de menos mi fonógrafo! Escribir un diario a pluma me resulta de lo más enojoso. Estamos todos excitados hoy, desde que llegó el telegrama de la Lloyd para Godalming. Ahora sé lo que sienten los hombres en una batalla, cuando suena la llamada a la acción. La señora Harker es el único miembro del grupo que no manifiesta signo alguno de emoción. Pero no es extraño que sea así, porque hemos puesto especial cuidado en no decirle nada, ni manifestar nerviosismo de ninguna clase cuando ella está presente. Hace unos días no habría dejado de notarlo, por mucho que hubiésemos querido ocultarlo, pero en ese sentido ha cambiado mucho durante las tres últimas semanas. Le ha aumentado el estado de letargo, y aunque su aspecto es bueno y saludable, y va recobrando el color, Van Helsing no está contento. Hablamos de ella a menudo, aunque no hemos dicho una sola palabra a los demás. Le destrozaría el corazón al pobre Harker —y los nervios, por supuesto— si supiera que tenemos la menor sospecha en ese sentido. Van Helsing me pide que le examine los dientes muy minuciosamente cuando la tiene en estado hipnótico; dice que mientras no empiecen a afilársele, no hay peligro de que se opere ningún cambio grave en ella. Si ocurriera ese cambio... ¡Habría que tomar medidas...! Los dos sabemos qué medidas habría que tomar, aunque ninguno se atreve a expresar con palabras su pensamiento. Ninguno de los dos retrocedería ante esta tarea..., por horrible que nos parezca. ¡La palabra consoladora y excelente es «eutanasia»! Doy las gracias a quien la haya inventado.

Desde los Dardanelos hasta aquí, hay tan sólo unas veinticuatro horas de navegación, según la velocidad que el *Czarina Catherine* ha desarrollado desde Londres. Por tanto, deberá llegar por la mañana, y puesto que no hay posibilidad de que llegue antes de esa hora, nos retiraremos todos a descansar temprano. Nos levantaremos a la una, a fin de estar preparados.

25 de octubre, mediodía

Estamos sin noticias aún sobre la llegada del barco. El informe hipnótico que la señora Harker ha dado esta mañana sigue siendo el mismo, de modo que es posible que tengamos noticias en cualquier momento. Estamos con una excitación febril; salvo Harker, que se muestra sereno; tiene las manos frías como el acero, y hace una hora le encontré afilando la hoja de su gran machete *ghoorka*, que ahora lleva siempre consigo. ¡Mal asunto para el Conde, si llega a rozarle el cuello el filo de este *kukri* que maneja una mano tan firme y rigurosa!

Van Helsing y yo estamos hoy un poco alarmados en lo que respecta a la señora Harker. Hacia mediodía ha caído en una especie de letargo que nos ha preocupado bastante; aunque no hemos dicho nada a los demás, nos tiene intranquilos. Ha estado tan inquieta toda la mañana, que al principio nos alegró saber que dormía. Pero al mencionar su marido, por casualidad, que dormía tan profundamente que no había conseguido despertarla, hemos ido a su habitación a comprobarlo. Respiraba con naturalidad y tenía un aspecto tan saludable y beatífico, que hemos pensado que es mejor que siga durmiendo. Pobre muchacha, tiene tantas cosas que olvidar, que no es extraño que le beneficie el dormir, si eso le trae el olvido.

Más tarde

Hemos visto confirmada nuestra opinión, ya que después de un sueño reparador de varias horas, se ha despertado más animada y repuesta que estos días pasados. Al ocultarse el sol, nos ha dado el informe hipnótico acostumbrado. Si sigue en el mar Negro, corre hacia su destino. ¡Hacia su fin, confío!

26 de octubre

Otro día más, y continuamos sin noticias del *Czarina Catherine*. Ya debía estar aquí. Es evidente que sigue navegando en *alguna parte*, puesto que el informe hipnótico de la señora Harker, esta mañana, ha sido el de siempre. Quizás el barco se ha puesto al pairo alguna vez a causa de la niebla; algunos de los vapores que han llegado esta tarde han informado de la presencia de bancos de niebla al norte y al sur del puerto. Debemos mantener nuestra vigilancia, ya que el barco puede hacer su aparición en cualquier momento.

27 de octubre, mediodía

Es muy extraño; aún no hay noticias del barco que esperamos. El informe de la señora Harker, anoche y esta mañana, ha sido el mismo: «Chocar de olas y agua que se desliza», aunque añadió que «las olas son muy pequeñas». Los telegramas de Londres siguen diciendo invariablemente: «No hay más noticias». Van Helsing está terriblemente nervioso, y me acaba de confesar que teme que el Conde se nos escape. Y ha añadido significativamente:

—No me gusta ese letargo de *madame* Mina. Las almas y los recuerdos pueden hacer cosas extrañas durante el trance.

He estado a punto de preguntarle algo más, pero ha entrado Harker en ese preciso momento, y el profesor me ha hecho una seña. Esta tarde, a la puesta de sol, trataremos de hacerla hablar con más claridad durante su trance hipnótico.

RUFUS SMITH, LONDRES, A LORD GODALMING, A LA ATENCIÓN DEL VICECÓNSUL DE S. M. B., VARNA

28 de octubre (telegrama)

Czarina Catherine informa haber entrado en Galatz hoy trece horas.

DIARIO DEL DOCTOR SEWARD

28 de octubre

La llegada del telegrama anunciando que el barco ha entrado en Galatz no ha supuesto para ninguno de nosotros la conmoción que habría sido de esperar. Es cierto que no sabíamos cómo, cuándo ni por dónde nos vendría el rayo, pero creo que todos nos temíamos que sucedería algo extraño. La tardanza en llegar a Varna nos había confirmado que las cosas no iban a salir como habíamos previsto, y nos limitamos a esperar a ver dónde surgía lo imprevisto. De todos modos, fue una sorpresa. Supongo que la Naturaleza actúa con el fundamento esperanzador de que, a pesar de nosotros mismos, creemos que las cosas serán como deberían ser, y no como sabemos que serán. El trascendentalismo es un faro para los ángeles, pero una insignificancia para el hombre. Fue una singular experiencia, y cada uno la tomó de forma diferente. Van Helsing alzó las manos por encima de la cabeza un instante, como reconviniendo al Todopoderoso, pero no dijo nada, y unos segundos después, se levantó con la cara severamente rígida. Lord Godalming se puso muy pálido y permaneció sentado respirando con dificultad. Yo mismo me quedé medio aturdido, mirando a uno tras otro. Quincey Morris se apretó el cinturón con ese movimiento rápido que me es tan familiar: en nuestras antiguas correrías, significaba «acción». La señora Harker se puso horriblemente pálida, hasta el punto de que parecía arderle la cicatriz roja de la frente, pero cruzó las manos con mansedumbre y alzó los ojos en una plegaria. Harker sonrió —sonrió claramente—, con la sonrisa oscura y amarga del que ha perdido la esperanza, pero al mismo tiempo, su gesto desmintió la expresión de su rostro, pues sus manos buscaron instintivamente el puño de su enorme machete *kukri* y descansaron allí.

—¿A qué hora sale el primer tren para Galatz? —preguntó Van Helsing, dirigiéndose a todos en general.

—Mañana por la mañana a las 6.30.

Todos nos quedamos mirando; la respuesta procedía de la señora Harker.

—¿Cómo diablos lo sabe? —dijo Art.

—Olvida usted, o quizá no sabe, aunque Jonathan y el doctor Van Helsing sí, que soy una apasionada de los trenes. En Exeter solía ocuparme de los horarios de los trenes para ayudar a mi marido. Me ha sido a veces de tanta utilidad, que siempre que emprendemos un viaje los estudio. Sabía que si por cualquier causa teníamos que ir al castillo de Drácula, debíamos pasar por Galatz o por Bucarest; de modo que me fijé en el horario de salidas para esas ciudades. Desgraciadamente, no es muy complicado, ya que el único tren en esa dirección sale mañana, como ya he dicho.

—¡Maravillosa mujer! —murmuró el profesor.

—¿No podemos alquilar un tren especial?

Van Helsing negó con la cabeza.

—Me temo que no. Esta tierra es muy distinta a la suya y la mía; aun cuando tuviéramos un tren especial, probablemente no llegaría tan pronto como el tren regular. Además, tenemos que hacer algunos preparativos. Y debemos reflexionar. Ahora organicémonos. Usted, amigo Arthur, vaya a la estación, saque los billetes y dispóngalo todo para salir por la mañana. Usted, amigo Jonathan, vaya al agente del barco y pídale cartas de presentación para el de Galatz, con autorización para efectuar un registro en los mismos términos que aquí. Quincey Morris, usted irá a ver al vicecónsul para solicitarle ayuda ante su colega de Galatz, y cuanto pueda facilitarnos nuestra misión, de forma que una vez que estemos en el Danubio, no perdamos tiempo. Entretanto, John se quedará con *madame* Mina y conmigo para deliberar. Así, si se retrasan ustedes, no importa: cuando llegue el momento de ponerse el sol, yo estaré aquí para escuchar el informe de *madame*.

—Yo —dijo la señora Harker animadamente, con un talante parecido a como era antes, más que al de los últimos días— trataré de ser de alguna utilidad en todos los sentidos, y pensaré y escribiré para ustedes como solía hacer. ¡Siento que se va alejando de mí, extrañamente, esa fuerza que me dominaba, y me siento más libre de lo que era últimamente!

Los tres jóvenes, comprendiendo lo que significaban esas palabras, se alegraron visiblemente, pero Van Helsing y yo nos miramos con preocupación. Sin embargo, no dijimos nada en ese momento.

Cuando los tres hombres salieron a cumplir su misión, Van Helsing pidió a la señora Harker que consultase la copia de los diarios y le buscase la parte en que Harker hablaba del castillo. Salió a traerla, y cuando se cerró la puerta, me dijo:

—¡Hemos pensado lo mismo!, así que ¡hable!

—Ha habido un cambio en ella. Es una esperanza que me produce vértigo, porque puede engañarnos.

—Exactamente. ¿Sabe por qué le he pedido que traiga el manuscrito?

—No —dije—. Tal vez para tener ocasión de quedarnos a solas.

—En parte es así, amigo John, pero únicamente en parte. Quiero decirle algo. ¡Ah, amigo John! Me voy a exponer a un grave, a un terrible riesgo, pero creo que hago bien. En el momento en que *madame* Mina ha dicho esas palabras que nos han desconcertado, me ha venido una idea. En el trance de hace tres días, el Conde le envió su espíritu para leer su pensamiento; o más probablemente, la llamó al cajón de tierra que navega en el barco, entre aguas que se deslizan, del mismo modo que va sin que él se lo mande en la salida y la puesta del sol. Así se ha enterado de que estamos aquí; porque ella puede contar más cosas acerca de su vida diurna, en la que sus ojos ven y sus oídos oyen, que cuando va a donde está él, encerrado en su ataúd. Ahora hace todos los esfuerzos por huir de nosotros. En este momento no quiere saber nada de ella. Tiene la completa seguridad de que acudirá a su llamada, pero ahora la aparta..., retira de ella su influjo, a fin de que no vaya a él. ¡Ah!, tengo la esperanza de que el cerebro adulto de nuestro hombre, puesto que lo fue hace mucho tiempo y no está excluido de la gracia de Dios, se impondrá a ese cerebro infantil que yace en su tumba desde hace siglos, que aún no ha llegado a alcanzar la talla de los nuestros y se mueve sólo por egoísmo y por tanto de forma mezquina. Aquí viene *madame* Mina; ¡no hay que decirle una sola palabra sobre su trance! Ella no sabe nada, y la podría sumir en la desesperación, precisamente cuando más necesitamos toda su esperanza y todo su ánimo; cuando más necesitamos de su gran cerebro, tan hábil como el de un hombre, aunque dulce como el de toda mujer, y con ese poder especial que el Conde le confiere, y que no puede quitarle por completo..., aunque él crea que sí. ¡Atención! Deje que hable yo, y verá. ¡Ah, John, amigo, estamos atravesando momentos difíciles! Tengo un miedo como no lo he tenido jamás. Sólo nos cabe confiar en Dios. ¡Silencio! ¡Aquí viene!

Creí que el profesor iba a sufrir un acceso de histerismo, como le había ocurrido en el entierro de Lucy, pero tras un gran esfuerzo, consiguió dominarse y conservar un perfecto equilibrio nervioso cuando la señora Harker entró en la habitación, animada y risueña, inmersa en su trabajo, y olvidada, al parecer, de su desventurada situación. Le entregó a Van Helsing unas cuantas hojas mecanografiadas. El profesor las releyó gravemente, y su semblante se fue iluminando mientras leía. Luego cogió las hojas entre el pulgar y el índice, y dijo:

—Amigo John, usted que ya tiene experiencia; y usted, *madame* Mina, que aún es tan joven; aquí tienen una lección: no sientan nunca miedo a pensar. Me estaba dando vueltas en la cabeza el barrunto de una idea; no sabía si dejar que echase a volar. Y he aquí que, prudentemente, acabo de consultar el punto que me la había despertado, y descubro que no hay tal barrunto; que es una idea completa, aunque tan joven que aún no tiene fuerza suficiente para alzar el vuelo. Es más: al igual que «el patito feo» de mi amigo Hans Andersen, no se trata siquiera de un pensamiento-pato, sino de un pensamiento-cisne, que navegará noblemente con sus grandes alas, cuando llegue el momento de utilizarlas. Escuchen; voy a leerles lo que Jonathan ha escrito aquí:

»"... ¿Ese otro de su estirpe, que en una época posterior cruzó repetidamente el gran río con sus fuerzas para marchar sobre Turquía; y que, cuando era rechazado, volvía una y otra y otra vez, aunque regresara solo del ensangrentado campo donde habían sucumbido sus tropas, porque sabía que triunfaría al fin?"

»¿Qué nos dice todo esto? ¡No mucho! El pensamiento infantil del Conde no ve nada; por tanto, habla sin reservas. El pensamiento adulto de usted no ve nada tampoco, de momento. Pero ahí están las palabras de esta dama, que habla sin pensar en lo que dice, y no sabe lo que significan... o lo que *podrían* significar. Sabemos que hay elementos que permanecen inmóviles, pero que, arrastrados por el curso de la Naturaleza, echan a anclar y al rozarse..., ¡puf!, producen un inmenso relámpago que ciega y mata, pero es capaz de revelar la tierra que hay abajo, en un área de leguas y leguas. ¿No es así? Bien, pues me explicaré. Para empezar, ¿han estudiado ustedes la filosofía del crimen? "Sí" y "No". Usted, John, sí; porque forma parte del estudio de la locura. Usted no, *madame* Mina, porque el crimen no le ha afectado nunca... o sólo una vez. Sin embargo, su mente está sana, y no razona *a particulari ad universale*. Ésa es la característica de los criminales. Y es tan constante en todos los países y todos los tiempos, que incluso la policía, que no entiende gran cosa de filosofía, alcanza a conocer empíricamente la *existencia* de tal proceso. El criminal siempre maquina un solo crimen..., es decir, el auténtico criminal parece predestinado a cometer ese crimen y ningún otro. El criminal no tiene el cerebro de hombre adulto. Es inteligente y astuto, y posee muchos recursos, pero su cerebro es infantil en muchos aspectos. Ahora bien, nuestro criminal está predestinado al crimen, también, tiene también un cerebro infantil, y es propio de un niño hacer lo que él ha hecho. La avecilla, el pececillo, las pequeñas bestezuelas, no aprenden mediante principios, sino con la experiencia; así, cada cosa que aprenden, les sirve de apoyo para aprender más. "*Dos pou sto*", decía Arquímedes; "¡dadme un punto de apoyo y moveré el mundo!". Aquello que ha hecho una vez constituye el punto de apoyo mediante el cual su cerebro infantil se convierte en cerebro maduro; y hasta que conciba otra idea, seguirá haciendo lo mismo, ¡tal como lo hizo por primera vez! ¡Ah, querida, veo que abre los ojos, y que el relámpago le ha revelado leguas y leguas de tierra! —comentó, ya que la señora Harker había empezado a palmotear y tenía los ojos chispeantes. El profesor continuó—: Ahora hable. Diga a estos resecos hombres de ciencia lo que ve con sus relucientes ojos.

Le cogió una mano y se la retuvo mientras hablaba. El pulgar y el índice del profesor buscaron su pulso en la muñeca, cosa de la que me di cuenta de manera instintiva e inconsciente, mientras ella decía:

—El Conde es un criminal de tipo nato. Nordau y Lombroso lo clasificarían así; y *qua* criminal, posee una mente imperfecta. Por tanto, ante una dificultad tiene que recurrir a su hábito. Su pasado es una clave, y la única página que conocemos en lo que se refiere a ese hábito —tomada de sus propios labios—, dice que en otro tiempo, cuando se vio en lo que el señor Morris llamaría «un aprieto», abandonó la tierra que él había intentado invadir, y regresó a su país, pero no renunció a tal idea, y se dedicó a preparar un nuevo intento. Volvió, mejor equipado para este objetivo, y venció. De este modo, se dirigió a Londres con idea de invadir un nuevo país. Ha sido derrotado; y cuando ha visto malogradas sus esperanzas de éxito, y en peligro su existencia, ha huido a su tierra, exactamente como había hecho en otro tiempo, cuando abandonó Turquía y cruzó el Danubio.

—¡Bien, bien! ¡Ah, qué mujer más inteligente es usted! —dijo Van Helsing entusiasmado, mientras se inclinaba y le besaba la mano. Un momento después me dijo con la misma tranquilidad que si acabáramos de visitar la habitación de un enfermo—: Sólo tiene setenta y dos pulsaciones; a pesar de toda esta excitación. Pero tengo esperanzas. —Y volviéndose hacia ella otra vez, dijo con interés—: Pero ¡siga, siga! Aún hay más que decir, si quiere. No tema; John y yo lo sabemos ya. En todo caso, yo sí, y le puedo decir si está en lo cierto. Hable sin temor...

—Lo intentaré, pero perdóneme si soy egoísta.

—¡De ninguna manera! Debe ser egoísta, puesto que es en usted en quien debemos pensar.

—Pues bien; puesto que es criminal, es egoísta; y como su entendimiento es limitado y su acción se funda en el egoísmo, no piensa más que en un solo objetivo. En un objetivo despiadado. Igual que cruzó el Danubio dejando que sus fuerzas fuesen aniquiladas, así se propone ponerse a salvo sin importarle nada. Y de ese modo, en su egoísmo, libera mi alma del terrible influjo que había alcanzado sobre mí con la acción de aquella noche espantosa. Porque lo sentí, lo sentí. ¡Gracias, Dios mío, por Tu inmensa misericordia! Mi alma ahora está más libre de lo que ha estado desde esa hora fatal, y lo único que me atormenta es el temor de que en algún trance o sueño haya utilizado él lo que yo sé, para llevar a cabo sus fines.

El profesor se levantó.

—Sí, ha utilizado su mente; y *por* ello nos ha dejado aquí, en Varna, mientras el barco que le lleva corre envuelto en la niebla, hacia Galatz, donde sin duda lo tiene todo dispuesto para burlarnos. Pero su mentalidad infantil sólo ha visto hasta ahí; y puede que, como ocurre siempre en la providencia de Dios, aquello mismo que el malhechor consideraba más beneficioso para él resulte ser su mayor perjuicio. El cazador cae en su propia trampa, como dice el gran salmista. Porque ahora que cree que ha logrado burlarnos, y nos lleva tantas horas de ventaja, su cerebro infantil tiende a confiarse. Cree también que, *como* se ha librado de usted, no puede saber nada de él, ¡y en eso se equivoca! Ese terrible bautismo de sangre que le ha infligido le permite seguirle en espíritu, como ha hecho hasta ahora en sus momentos de libertad: en la salida y la puesta del sol. En esos momentos, va a él por voluntad mía; no porque él se lo ordene; y dicha capacidad que ejercita para su propio bien y el de los demás, la ha conseguido al haber sufrido en sus manos. Esto es ahora tanto más importante cuanto que él no lo sabe, dado que para protegerse ha renunciado incluso a saber dónde estamos. Sin embargo, nosotros no somos egoístas, y creemos que en medio de las actuales tinieblas y horas de oscuridad, Dios está con nosotros. Le seguiremos; y no retrocederemos, aunque corramos peligro de convertirnos en seres como él. Amigo John, han sido éstos unos momentos memorables y nos han hecho avanzar considerablemente en nuestro camino. Escriba, redacte nuestra deliberación de forma que cuando los demás regresen de sus respectivas misiones puedan informarse de lo tratado; así estarán al corriente como nosotros.

De modo que escribo todo lo que hemos hablado mientras esperamos a que vuelvan. La señora Harker lo ha pasado todo a máquina, desde que nos ha traído el manuscrito.

26

DIARIO DEL DOCTOR SEWARD

29 de octubre

Escribo esto en el tren de Varna a Galatz. Anoche tuvimos una reunión *poco* antes de la puesta del sol. Cada uno de nosotros había cumplido su cometido lo mejor que había podido; en lo que atañe a decisión, empeño y oportunidad, estamos preparados, tanto para el viaje como para dar cumplimiento a nuestros propósitos en cuanto lleguemos a Galatz. Cuando llegó la hora acostumbrada, la señora Harker se sometió a la prueba hipnótica; y después de un esfuerzo más intenso y prolongado, por parte de Van Helsing, del que hasta ahora había hecho falta, se sumió en el trance. Normalmente, se pone a hablar a la primera indicación, pero esta vez el profesor tuvo que interrogarla con gran energía, antes de que dijese nada; por último, llegó la respuesta:

—No veo nada; estamos detenidos; no oigo golpear de olas, sino sólo un constante remolino de agua que discurre suavemente, al pasar junto a la guindaleza. Oigo a unos hombres que se hablan a voces, lejos y cerca, la cadencia de unos remos y su crujido en los escalamos. Suena un cañonazo; el eco retumba a lo lejos. Arriba suenan pisadas, y restregar de cuerdas y cadenas. ¿Qué ocurre ahora? Hay un resplandor de luz; siento la brisa contra mí.

Al llegar aquí se calló. Se había incorporado del sofá, donde estaba echada, como movida por un impulso, y había alzado las dos manos con las palmas hacia arriba como si levantase un peso. Van Helsing y yo nos dirigimos una mirada de inteligencia. Quincey alzó las cejas levemente y la observó con atención, mientras la mano de Harker buscaba instintivamente el puño de su machete *kukri*. Hubo una larga pausa. Todos sabíamos que se estaba acabando el momento en que gozaba de libertad para hablar, pero nos dábamos cuenta de que era inútil decir nada. De repente, se incorporó, abrió los ojos, y dijo suavemente:

—¿No quiere ninguno de ustedes una taza de té? ¡Deben de estar muy cansados!

No pudimos hacer otra cosa que complacerla, así que dijimos que sí. Fue a preparar el té; cuando hubo salido, dijo Van Helsing:

—Ya han visto, amigos míos. Está a punto de desembarcar; ha abandonado su cajón de tierra. Pero todavía no ha puesto los pies en la costa. Durante la noche puede ocultarse en cualquier sitio, pero no puede irse si no le desembarcan o el barco no toca tierra. Si ocurre eso, y es de noche, puede cambiar de forma y volar o saltar a tierra como hizo en Whitby. Pero si amanece antes de que llegue a la costa, entonces no podrá escapar, a no ser que le transporten. Y de ser así, tal vez los hombres de la aduana descubran el contenido de la caja. En resumen, si no logra desembarcar esta noche, o antes del amanecer, habrá perdido un día entero, y quizá lleguemos a tiempo; porque si no ha huido por la noche, le cogeremos nosotros de día, en su cajón, y le tendremos a nuestra merced; ya que no se atreve a revelar su ser visible y auténtico por temor a ser desenmascarado.

No había más que hablar, de modo que esperamos pacientemente a que amaneciera para ver si la señora Harker podía decirnos algo más.

Por la mañana escuchamos con el aliento contenido sus respuestas en estado de trance. El sueño hipnótico tardó aún más en llegar que la vez anterior; y cuando se produjo, el tiempo que quedaba para que el sol saliese del todo era tan escaso que empezamos a desesperar. Van Helsing ponía toda el alma en el esfuerzo; por último, obedeciendo a su voluntad, contestó:

—Todo está oscuro. Oigo rumor de agua a mi altura, y crujidos de madera contra madera.

Calló, y surgió un sol rojo en toda su redondez. Nos tocaba esperar hasta la noche.

En este momento vamos camino de Galatz presos de una angustiada expectación. El tren tiene la llegada entre las dos y las tres de la madrugada, pero de Bucarest hemos salido ya con tres horas de retraso de modo que probablemente, cuando lleguemos el sol estará muy alto. Contamos con dos mensajes hipnóticos más de la señora Harker; puede que alguno —o quizá los dos— arroje algo más de luz sobre lo que está ocurriendo.

Más tarde

Ya se ha puesto el sol. Afortunadamente, ha sido un momento en que nada podía distraernos; porque de haber ocurrido en la estación, no habríamos contado con el suficiente aislamiento y tranquilidad. La señora Harker cedió al influjo hipnótico con más dificultad que esta mañana. Me temo que está perdiendo la facultad de percibir las sensaciones del Conde, precisamente cuando más falta nos hace. Creo que le empieza a funcionar la imaginación. Hasta ahora, mientras estaba en trance, se limitaba a señalar los hechos. Pero si sigue de esta manera, puede desorientarnos. Me alegraría inmensamente, si supiese que el poder del Conde sobre ella se está disipando del mismo modo que la facultad de ella para saber dónde se encuentra él, pero me temo que no es así. Cuando habló por fin, sus palabras fueron enigmáticas:

—Algo está saliendo; lo siento como un viento frío. Oigo ruidos confusos a lo lejos..., como de hombres hablando en lenguas extrañas, agua que corre furiosamente; y aullidos de lobos.

Calló, y le entró un súbito temblor que fue aumentando por momentos, hasta que, al final, se estremeció como en una parálisis. No dijo nada más, pese a las insistentes preguntas del profesor. Al despertar se sentía fría, agotada, lánguida, pero tenía la mente lúcida, alerta. No recordaba nada y preguntó qué había dicho; cuando se lo contamos, se quedó meditando durante un rato, en silencio.

30 de octubre, 7 de la mañana

Estamos llegando a Galatz, y puede que no tenga tiempo de escribir después. Todos esperábamos con ansia el momento de la salida del sol. Consciente de la dificultad de sumirla en trance hipnótico, Van Helsing empezó sus pases antes de lo acostumbrado. No tuvieron ningún efecto hasta que llegó el momento, en que se rindió, con más dificultad aún, tan sólo un minuto antes de que el sol saliese del todo. El profesor no perdió tiempo en interrogarla, y ella respondió con igual prontitud:

—Todo está oscuro. Oigo remolinos de agua a la altura de mis oídos, y crujir de madera contra madera. Un ganado a lo lejos. Hay otro ruido; un ruido extraño, como...

Calló, palideció, y siguió palideciendo aún más.

—¡Siga! ¡Siga! ¡Se lo ordeno! —gritó Van Helsing con voz angustiada. Al mismo tiempo, la desesperación asomó a sus ojos, porque el sol arrebolaba ya el pálido rostro de la señora Harker. Abrió ésta los ojos, y nos sobresaltó a todos al preguntar dulcemente, casi con la mayor preocupación:

—¡Oh, profesor!, ¿por qué me pide que haga lo que sabe que no puedo? No recuerdo nada.

Luego, viendo la expresión de asombro en nuestros semblantes, dijo, mirándonos uno por uno:

—¿Qué he dicho? ¿Qué he dicho? No sé nada; sólo que estaba echada ahí, medio dormida, y he oído que me decía: «¡Siga! ¡Siga, se lo ordeno!» ¡Me resulta tan extraño oírle ordenarme cosas a mí, como si fuese una niña mala!

—¡Ah, *madame* Mina! —dijo él con tristeza—, ¡es la prueba, si es que hacen falta pruebas, de todo lo que la quiero y la respeto, el que unas palabras dichas más en serio que nunca, por su propio bien, suenen extrañas porque parecen una orden a la persona a la que me siento orgulloso de obedecer!

El tren va ya emitiendo silbidos, estamos entrando en Galatz. Ardemos de ansiedad e impaciencia.

DIARIO DE MINA HARKER

30 de octubre

El señor Morris me ha traído al hotel en el que habíamos reservado habitaciones por telégrafo, dado que él no podía acompañarles porque no sabe lenguas. Han distribuido sus fuerzas, igual que hicieron en Varna, pero esta vez es lord Godalming quien ha ido a ver al vicecónsul, ya que su categoría social es garantía casi segura ante estas personalidades oficiales, y tenemos una extrema premura de tiempo. Jonathan y los dos doctores han ido a ver al agente del armador para averiguar los detalles de la llegada del *Czarina Catherine*.

Más tarde

Lord Godalming ha regresado. El cónsul no está, y el vicecónsul se encuentra enfermo; de modo que le ha atendido un funcionario. Se ha mostrado muy amable y le ha ofrecido toda su ayuda.

DIARIO DE JONATHAN HARKER

30 de octubre

A las nueve de la mañana hemos ido el doctor Van Helsing, el doctor Seward y yo a ver a los señores Makenzie & Steinkoff, agentes de la compañía londinense de Hapgood. Habían recibido un telegrama de Londres en respuesta a la petición hecha por lord Godalming, solicitando la información que deseábamos. Se mostraron enormemente amables y corteses, y nos llevaron inmediatamente a bordo del *Czarina Catherine*, que está fondeado en el puerto fluvial. Allí vimos al capitán, un tal Donelson, quien nos contó el viaje. Dijo que en toda su vida no había hecho un viaje en tan buenas condiciones.

—¡Bueno! —dijo—; hasta miedo nos dio, porque temíamos pagarlo de alguna forma, con alguna desgracia, como suele ocurrir normalmente. No es corriente hacer un viaje de Londres al mar Negro con viento de popa todo el tiempo, como si el propio Diablo hinchase las velas a propósito. Y sin avistar nada. Cuando nos aproximábamos a un barco, o a un puerto o cabo, la niebla nos envolvía y parecía viajar con nosotros, y cuando levantaba después, al mirar lo que fuese, había desaparecido. Cruzamos ante Gibraltar sin poder hacer señal alguna; y si no llegamos a tener que esperar en los Dardanelos a que nos diesen permiso de paso habríamos entrado aquí sin haber avistado ni saludado a nadie. Al principio, me sentía inclinado a disminuir vela y barloventear hasta que levantase la niebla, pero luego pensé que si el Diablo se proponía meternos rápidamente en el mar Negro, lo haría tanto si queríamos como si no. Si hacíamos un viaje rápido, no nos desacreditaría ante nuestros armadores, ni perjudicaría a nuestro tráfico; y Satanás, viendo servidos sus propósitos, nos estaría muy agradecido por no haberle puesto impedimentos.

Esta mezcla de simplicidad y de astucia, de superstición y razonamiento comercial, excitó a Van Helsing, que exclamó:

—Amigo mío, ese Diablo es más listo de lo que muchos piensan; ¡él sabe cuando encuentra a un colega!

El capitán no se ofendió por este cumplido, y prosiguió:

—Cuando cruzamos el Bósforo, los hombres empezaron a refunfuñar; algunos de ellos, los rumanos, vinieron a pedirme que tirase por la borda un cajón que había embarcado un viejo de pinta muy rara, poco antes de zarpar de Londres. Yo les había visto espiarle y cruzar dos dedos para protegerse del mal de ojo. ¡Ah, pero la superstición de los extranjeros es completamente ridícula! Les mandé inmediatamente a paseo; sin embargo, poco después se cerró la niebla sobre nosotros, y me sentí un poquillo nervioso, aunque no sabría decir si por culpa del cajón. Bueno, el caso es que seguimos. La niebla no despejó en cinco días, y entretanto dejé que el viento nos guiara; porque si el Diablo quería que fuésemos a alguna parte..., nos llevaría de cabeza. Y si no, bueno, iríamos muy atentos. Y efectivamente tuvimos rumbo despejado y agua profunda todo el tiempo; y hace dos días, cuando asomó el sol entre la niebla, descubrimos que estábamos en el río, delante de Galazt. Los rumanos se pusieron como locos, empeñados en que arrojara el cajón al río, con razón o sin ella. Tuve que liarme a palos con un espeque; y cuando el último despejó la cubierta con las manos en la cabeza, quedaron convencidos de que, con mal de ojo o sin él, la propiedad y la confianza de mis armadores están mejor guardadas en mis manos que en el río Danubio. Tengan en cuenta que ya habían subido el cajón a cubierta y estaban a punto de arrojarlo. Y dado que iba consignado a Galatz, vía Varna, se me ocurría desembarcarlo en ese puerto y librarme de él. No levantó la niebla ese día, y tuve que permanecer fondeado toda la noche, pero por la mañana temprano, una hora antes de que saliese el sol, subió a bordo un hombre con una orden escrita, enviada desde Inglaterra, para recoger el cajón que iba a nombre del conde Drácula. Por supuesto, lo teníamos preparado. Los papeles que traía estaban en regla; y me alegré de poderme librar del maldito envío, porque ya estaba empezando a ponerme nervioso el dichoso problema. ¡Si el Diablo llevaba equipaje a bordo del barco, sin duda debía de ser ése!

—¿Cómo se llamaba el hombre que vino a recogerlo? —preguntó el doctor Van Helsing, con contenida ansiedad.

—Ahora mismo se lo digo —contestó.

Bajó a su camarote y sacó un recibo firmado por un tal Immanuel Hildesheim. Su dirección era Burgenstrasse, 16. Es todo lo que sabía el capitán; así que le dimos las gracias y nos fuimos.

Encontramos a Hildesheim en su oficina; era más bien una caricatura de judío, con su fez y su nariz de oveja. Evaluó sus declaraciones en metálico —que nosotros procuramos ajustar—; y tras algún regateo, nos dijo lo que sabía. Resultó ser poca cosa, aunque importante. Había recibido una carta del señor De Ville, de Londres, en la que le rogaba que fuese a recoger, a ser posible antes de la salida del sol para evitar la aduana, una caja que llegaría a Galatz en el *Czarina Catherine*. Debía ponerla en manos de un tal Petrof Skinsky, el cual trataba con los eslovacos que bajaban a comerciar por el río, hasta el puerto. En pago por esta gestión había recibido un billete de banco inglés, que había canjeado por oro en el Banco Internacional del Danubio. Cuando Skinsky llegó, él ya había desembarcado el cajón, para ahorrarse el gasto de los portes. Y eso era cuanto sabía.

A continuación fuimos a buscar a Skinsky, pero no conseguimos encontrarle. Uno de sus vecinos, que no parecía sentir por él el menor afecto, dijo que se había marchado un par de días antes, nadie sabía adónde. Esto fue corroborado por el dueño de la casa, quien recibió por un mensajero la llave de la vivienda junto con el dinero del alquiler que le adeudaba, en moneda inglesa. Esto ocurrió anoche, entre las diez y las once. Nuevamente estábamos en punto muerto.

Mientras hablábamos, llegó corriendo un vecino y contó, casi sin aliento, que habían encontrado el cuerpo de Skinsky detrás de la tapia del cementerio de San Pedro, con la garganta destrozada, obra sin duda de algún animal salvaje. Las personas con las que acabábamos de hablar echaron a correr para ver ese horror, mientras las mujeres gritaban: «¡Es obra de un eslovaco!» Nos marchamos a toda prisa, por temor a vernos involucrados de alguna forma en el asunto, y a que nos detuviesen.

Durante el camino al hotel no pudimos llegar a ninguna conclusión. Estábamos convencidos de que la caja seguía su viaje de regreso, pero había que averiguar dónde estaba. Íbamos con el corazón apesadumbrado, pensando en Mina.

Una vez reunidos los hombres, lo primero que hemos hecho ha sido decidir contarle a Mina la situación. Las cosas están tomando un cariz desesperado, y al menos hay una posibilidad, aunque peligrosa. Como primera providencia, se me ha eximido de mi promesa respecto a ella.

DIARIO DE MINA HARKER

30 de octubre, por la tarde

Estaban todos tan rendidos, deshechos y desanimados, que no hay forma de que hagamos nada mientras no descansen un poco; así que les he pedido que se echen media hora, mientras paso a máquina lo ocurrido hasta el momento. Estoy inmensamente agradecida al hombre que inventó la máquina de escribir portátil, y al señor Morris por haberme proporcionado una. Me habría sentido perdida si hubiese tenido que redactarlo todo a pluma...

Ya he terminado; ¡pobrecito Jonathan, cómo debe de haber sufrido! ¡Cómo debe de sufrir todavía! Se ha echado en el sofá, parece que apenas respira, como si hubiese sufrido un colapso. Tiene el ceño arrugado y la cara contraída por el sufrimiento. ¡Pobrecillo!, quizás está pensando, y esas arrugas de la cara se deben a su concentración. ¡Ah, ojalá pudiese ayudarle en algo... haría lo que fuera...!

He hablado con el doctor Van Helsing, y me ha dado todos los papeles que hasta ahora no había leído... Mientras ellos descansan, los leeré atentamente; quizá llegue a alguna conclusión. Intentaré seguir el ejemplo del profesor y analizaré sin prejuicios los datos que tengo ante mí...

Creo que, con la ayuda de Dios, acabo de hacer un descubrimiento. Cogeré los mapas y les echaré una ojeada...

Estoy más convencida que nunca de que son ciertas mis suposiciones. He preparado una nueva conclusión; de modo que reuniré al grupo para leérsela. A ver qué piensan, hay que ser cuidadosos, y cada minuto es precioso.

NOTA DE MINA HARKER

(Incorporada a su diario)

Cuestión fundamental de la encuesta

El problema del conde Drácula para regresar a su propio castillo.

A) Debe ser *transportado por alguien.* Esto es evidente, ya que si tuviese poder para trasladarse él solo como quisiera, podría hacerlo bien como hombre, bien adoptando la forma de lobo, murciélago o cualquier otro animal. Naturalmente, teme que le descubran o le intercepten el camino en el estado de impotencia en que se encuentra, confinado en su cajón de madera, entre el amanecer y el ocaso.

B) Cómo deben transportarle. Aquí hay que proceder por exclusión: por carretera, por tren o por agua.

1. Por carretera: Hay infinidad de dificultades; sobre todo, a la salida de cada ciudad:

a) porque hay gente; la gente es curiosa y hace muchas preguntas. Una alusión, una sospecha, una duda sobre qué puede haber en la caja, podría significar su destrucción;

b) hay, o puede haber aduaneros y consumeros;

c) sus perseguidores pueden seguirle el rastro. Ésta es su mayor preocupación; y a fin de evitar que le delate, ha rechazado cuanto ha podido a su víctima: ¡yo!

2. Por tren: No hay nadie que se encargue del cajón. Podría haberse ocupado él de arreglarlo, pero eso hubiera supuesto una demora, quizá fatal, con los enemigos pisándole los talones. Es cierto que podía haber escapado por la noche, pero ¿adónde habría ido, en una ciudad extraña, sin un refugio donde esconderse? No es ése su propósito, y no quiere arriesgarse.

3. Por agua: Aunque es el medio más seguro por una parte, por otra es el más peligroso. Si embarca, está indefenso salvo por la noche; y aun entonces, sólo puede invocar la niebla, la tormenta, la nieve y los lobos. Pero si naufragase, el agua se lo tragaría irremediablemente, y estaría perdido. Puede hacer que el barco toque tierra, pero si fuese una tierra hostil, donde no tuviera libertad para moverse, su situación sería aún más desesperada.

Sabemos por mis informes que sigue navegando; por tanto, debemos averiguar por *qué* aguas.

Lo primero que hay que hacer es estudiar qué ha hecho exactamente hasta ahora, porque quizás esto arroje alguna luz sobre lo que hará. Para ello,

en primer lugar, debemos considerar lo que hizo en Londres, como parte de su plan general de acción, cuando se vio acosado y tuvo que salir del paso como pudo;

en segundo lugar, debemos ver, hasta donde nos es posible deducirlo con los datos que tenemos, lo que ha hecho aquí.

Respecto al primer punto, evidentemente, se proponía llegar a Galatz, y mandó un albarán a Varna para despistarnos, en caso de que descubriésemos por qué medio se había marchado de Inglaterra; su único e inmediato objetivo entonces era escapar. La prueba es la carta que envió a Immanuel Hildesheim dándole instrucciones para que se hiciese cargo del cajón y lo desembarcase *antes de la salida del sol*. También están las instrucciones que dio a Petrof Skinsky. Esto último es sólo una suposición, pero debió de mandarle alguna carta o mensaje, ya que Skinsky fue a recogerla de Hildesheim.

Hasta ahora, sabemos que los planes le han salido bien. El *Czarina Catherine* efectuó un viaje fenomenalmente rápido... Tanto, que llegó a despertar sospechas en el capitán Donelson, pero su superstición, unida a su avidez, favoreció los deseos del Conde, y navegó con viento favorable y envuelto en la niebla hasta el punto de entrar a ciegas en Galatz. Las medidas del Conde, como ha quedado demostrado, estaban bien calculadas. Hildesheim se hizo cargo del cajón, lo desembarcó y se lo pasó a Skinsky. Skinsky se lo llevó y..., aquí perdemos la pista. Lo único que sabemos de él es que está siendo transportado por agua, evitando aduanas y arbitrios, si es que los hay.

Y llegamos a lo que el Conde debió de hacer a su llegada *a tierra*... a Galatz.

El cajón fue entregado a Skinsky antes del amanecer. Al salir el sol, el Conde pudo aparecer en su propia forma. Aquí nos preguntamos, ¿por qué eligió a Skinsky para que le ayudase? El diario de mi marido dice que Skinsky trataba con los eslovacos que bajan por el río a comerciar hasta el puerto; por otro lado, el comentario del hombre de que el asesinato ha sido obra de un eslovaco revela el sentir general contra ellos. El Conde no quería entrometimientos.

Mi teoría es la siguiente: que el Conde decidió en Londres regresar por agua a su castillo, como la forma más segura y secreta. Había sido sacado del castillo por los cíngaros, quienes probablemente entregaron el cargamento a los eslovacos, los cuales llevaron los cajones a Varna, ya que fueron embarcados allí con destino a Inglaterra. Así, tuvo el Conde conocimiento de qué personas podían efectuar este servicio. Cuando el cajón estuvo en tierra, tanto si fue antes de amanecer como después de ponerse el sol, salió del mismo, fue a buscar a Skinsky y le dio instrucciones para que lo transportase remontando algún río. Hecho esto, y comprobado que todo marchaba, borró sus huellas, según creía él, asesinando a su agente.

He examinado el mapa, y encuentro que los ríos por los que más probablemente suben los eslovacos son el Pruth o el Sereth. He leído en el escrito mecanografiado que en uno de mis trances oí vacas, agua corriente al nivel de mis oídos y crujir de madera. El Conde va en el cajón; así, pues, va por un río, en una embarcación sin cubierta, impulsada probablemente por remos o pértigas, ya que las orillas están cerca, y avanza contra corriente. Si navegase a favor de la corriente, no se oirían esos ruidos.

Naturalmente, puede no ser el Sereth, tampoco el Pruth, pero habrá que comprobarlo. De estos dos, el más navegable es el Pruth; sin embargo, al Sereth se le une el Bistritza en Fundu, el cual llega hasta el desfiladero de Borgo. La curva que describe pasa lo bastante cerca del castillo de Drácula como para llegar hasta allí sin abandonar el río.

DIARIO DE MINA HARKER

(Continuación)

Cuando terminé de leer, Jonathan me cogió en sus brazos y me besó. Los demás me estrecharon ambas manos, y el doctor Van Helsing dijo:

—Nuestra querida *madame* Mina es una vez más nuestra maestra. Sus ojos veían mientras los nuestros estaban ciegos. Ahora estamos de nuevo sobre la pista; y esta vez podemos conseguir nuestro objetivo. Nuestro enemigo se encuentra en el momento de mayor impotencia; y si caemos sobre él de día, mientras está en el río, habremos concluido nuestra tarea. Nos lleva cierta delantera, pero le es imposible darse prisa, ya que no puede abandonar el cajón para que quienes le transportan no sospechen nada; porque si recelasen algo, lo arrojarían inmediatamente al agua, donde perecería. Él lo sabe, y por eso no saldrá. Ahora, señores, iniciemos nuestro consejo de guerra; porque hay que dilucidar ahora mismo lo que cada uno debe hacer.

—Yo trataré de conseguir una lancha de vapor —dijo lord Godalming.

—Y yo, caballos, para perseguirle por la orilla, no sea que desembarque —dijo el señor Morris.

—¡Bien! —dijo el profesor—. Las dos cosas me parecen acertadas. Debemos contar con fuerza, si queremos vencer a la fuerza; los eslovacos son robustos y violentos, y llevan armas brutales.

Los hombres sonrieron, pues entre todos ellos llevan un pequeño arsenal. El señor Morris comentó:

—He traído algunos Winchester, son bastante prácticos a la hora de enfrentarse a una multitud, y además puede que haya lobos. Recuerden que el Conde ha tomado algunas precauciones, impartió ciertas instrucciones a sus hombres que la señora Harker no llegó a entender. Debemos estar preparados en todos los sentidos.

El doctor Seward dijo:

—Creo que es mejor que yo vaya con Quincey. Estamos acostumbrados a cazar juntos, y bien armados podemos hacer frente a lo que sea. No debes ir solo, Art. Puede que tengas que enfrentarte con los eslovacos, y una cuchillada fortuita (porque no creo que esos individuos lleven armas de fuego) echaría a rodar todos nuestros planes. Esta vez no debemos dejar nada al azar, ni descansar hasta separarle la cabeza del cuerpo al Conde y asegurarnos de que no podrá reencarnarse.

Miró a Jonathan mientras hablaba, y Jonathan me miró a mí. Pude ver que mi pobre esposo sufría por dentro lo indecible. Naturalmente, quería estar conmigo, pero el grupo de la embarcación sería el que con más probabilidad destruiría al... al... al vampiro (no sé por qué he vacilado en escribir esta palabra). Permaneció en silencio un rato, y durante este silencio dijo el doctor Van Helsing:

—Amigo Jonathan, esta misión es suya por dos razones. Primero, porque es usted joven, valeroso, capaz de luchar, y cuenta con todas las energías necesarias para el momento final; y, además, porque tiene derecho a ser quien destruya al que le ha ocasionado tanto sufrimiento. No tema por *madame* Mina; ella estará bajo mi cuidado, si no tiene inconveniente. Soy viejo. Mis piernas no tienen la rapidez que tuvieron en otro tiempo, y no estoy acostumbrado a cabalgar, ni a perseguir, ni a manejar armas mortales. Pero puedo encargarme de otro cometido: puedo luchar de otro modo, y morir, si es preciso, como cualquier joven. Ahora, permítame que le diga que ése sería mi deseo; mientras ustedes, milord Godalming y amigo Jonathan, remontan el río en esa rápida embarcación de vapor, y mientras John y Quincey rastrean la orilla por si acaso desembarca, yo llevaré a *madame* Mina directamente al corazón del territorio enemigo. Mientras el viejo zorro esté atado a su cajón, navegando en aguas corrientes que le impiden huir a tierra (y sin atreverse a levantar la tapa de su ataúd por temor a que los eslovacos, aterrados, le abandonen y le dejen perecer), nosotros seguiremos el itinerario que hizo Jonathan: de Bistritz a Borgo; y, una vez allí, buscaremos el camino al castillo de Drácula. Para ello, quizá me ayude el poder hipnótico de *madame* Mina (por otra parte misterioso) en el primer amanecer que nos coja cerca de ese lugar fatal. Hay cosas que hacer y lugares que santificar, hasta conseguir que desaparezca ese nido de víboras.

Aquí Jonathan le interrumpió con calor:

—¿Acaso pretende, profesor Van Helsing, llevar a Mina, en la triste situación en que se encuentra, y contaminada por esa diabólica enfermedad, a la misma boca de la trampa mortal? ¡Por nada del mundo! ¡Ni por el cielo ni por el infierno! —Se quedó sin habla un minuto, y luego prosiguió—: ¿Sabe lo que es ese lugar? ¿Acaso ha visto esa horrible e infame madriguera... bullendo de formas espantosas que la luna ilumina, y en la que cada mota de polvo que gira en el aire es embrión de un monstruo devorador? ¿Ha sentido los labios del vampiro en su garganta? —Aquí se volvió hacia mí, clavó los ojos en mi frente, alzó los brazos y exclamó—. ¡Oh, Dios mío!, ¿qué hemos hecho para que haya caído este terror sobre nosotros?

Y se desplomó en el sofá en un acceso de dolor. La voz clara y afable del profesor, con un acento que parecía hacer vibrar el aire, nos tranquilizó:

—¡Ah, amigo mío!, precisamente quiero ser yo quien entre en ese lugar espantoso, para evitar que *madame* Mina vaya a parar allí. ¡No consienta Dios que yo la meta en tal lugar! Allí tengo que hacer un trabajo, un trabajo de locura, que los ojos de *madame* no deben ver. Todos los hombres que estamos aquí, excepto Jonathan, hemos visto con nuestros propios ojos qué es lo que hay que hacer para que quede purificado el lugar. Recuerde que estamos en una situación terriblemente difícil. Si el Conde se nos escapa esta vez (y es fuerte, ingenioso y astuto), quizá se le ocurra descansar durante un siglo; y entonces, nuestra querida amiga —el profesor me cogió una mano— irá a hacerle compañía al morir, y será como aquellas otras que usted vio, Jonathan. Usted nos ha descrito sus labios voluptuosos y sus risas obscenas, al abalanzarse sobre aquel saco que el Conde les arrojó. Veo que se estremece, y con razón. Perdone que le cause todo este dolor, pero es necesario. Amigo mío, ¿acaso no estoy dispuesto a dar mi vida por esta espantosa necesidad? Si alguien tiene que ir al castillo, y quedarse en él, he de ser yo, para hacerles compañía.

—Como usted quiera —dijo Jonathan con un sollozo que sacudió todo su ser—. ¡Estamos en manos de Dios!

Más tarde

¡Oh, cuánto me anima ver cómo trabajan estos hombres valerosos! ¡Cuánto les pueden ayudar las mujeres cuando son ellos tan honestos, sinceros y esforzados! ¡También me ha hecho reflexionar el maravilloso poder del dinero! ¡Cuánto puede hacer cuando se utiliza adecuadamente, y qué repercusiones tendría si se empleara de manera indigna! Me siento profundamente agradecida porque lord Godalming sea rico, y porque tanto él como el señor Morris, que también tiene bastante dinero, estén dispuestos a gastar sin reparos. Si no hubiese sido así, nuestra pequeña expedición no podría salir tan rápida, ni tan bien equipada como saldrá dentro de una hora. Aún no hace tres horas que han acordado qué misión debe llevar a cabo cada grupo, y ya han conseguido lord Godalming y Jonathan una preciosa lancha de vapor, con la caldera a toda presión, y presta para salir en cuestión de un momento. El doctor Seward y el señor Morris tienen media docena de hermosos caballos, bien aparejados. Todos estamos provistos de los mapas y pertrechos necesarios de diversas clases. El profesor Van Helsing y yo saldremos esta noche en el tren de las 11.40 con destino a Veresti, donde tendremos que conseguir un carruaje para continuar hasta el desfiladero de Borgo. Llevaremos bastante dinero, ya que tendremos que comprar el carruaje y los caballos. Lo conduciremos nosotros porque no podemos confiar en nadie, en este asunto. El profesor sabe un montón de lenguas, de manera que no tendremos dificultades. Vamos a llevar armas. Yo, un gran revólver; Jonathan no estaría tranquilo si no tuviera yo un arma, como los demás. ¡Ah!, pero hay una clase de arma que no puedo llevar; la cicatriz de la frente me lo impide. El querido doctor Van Helsing me consuela diciéndome que voy preparada por si aparecen lobos; cada hora que pasa, el tiempo se vuelve más frío, y las ráfagas de nieve van y vienen como presagios.

Más tarde

He necesitado apelar a todo mi valor para despedirme de mi querido esposo. Quizá no nos volvamos a ver. ¡Ánimo, Mina! El profesor te está mirando fijamente, su mirada es una advertencia. No es momento para las lágrimas...; a no ser que Dios las haga brotar de alegría.

DIARIO DE JONATHAN HARKER

30 de octubre, por la noche

Escribo a la luz del fogón de la lancha, lord Godalming está encendiéndolo. Es un hombre experto en este tipo de trabajo, ya que ha tenido durante muchos años una lancha propia en el Támesis, y otra en Norkfolk Broads. Respecto a nuestros planes, hemos llegado a la conclusión de que las suposiciones de Mina son correctas, y que si el Conde ha elegido un camino fluvial para regresar a su castillo, ése es el Sereth; y luego seguirá por el Bistritza desde el punto de su confluencia con el anterior. Suponemos que el lugar elegido para cruzar el territorio entre el río y los Cárpatos debe de ser alrededor de los 47 grados de latitud norte. No nos da miedo seguir navegando a toda marcha río arriba de noche; el agua es profunda y las riberas están bastante separadas, lo que hace la navegación cómoda, incluso en la oscuridad. Lord Godalming me pide que duerma un rato, ya que con uno que vigile es suficiente. Pero no puedo dormir... ¿Cómo podría hacerlo, con ese terrible peligro cerniéndose sobre mi amor, que ahora va camino de semejante lugar...? Mi único consuelo es pensar que estamos en manos de Dios. Con esta fe sería más fácil morir que vivir, y olvidar así toda preocupación. El señor Morris y el doctor Seward partieron a caballo antes de que nos pusiéramos nosotros en marcha; seguirán por la margen derecha, aunque lo bastante apartados de la orilla como para alcanzar las elevaciones y poder divisar desde ellas extensos trechos de río para evitar sus sinuosidades. En las primeras etapas les acompañarán dos hombres que se encargarán de los caballos de repuesto —cuatro en total—, a fin de no llamar la atención. Cuando los despidan, que será al poco tiempo, serán ellos quienes cuiden de los caballos. Quizás haga falta que unamos nuestras fuerzas; si es así, podrán proporcionar cabalgadura a todo nuestro grupo. Una de las sillas tiene un cuerno movible, y puede adaptarse fácilmente para Mina, si fuese necesario.

Estamos metidos en una aventura insensata. Aquí, mientras navegamos a oscuras, y el frío que sube del agua nos invade, y se oyen voces misteriosas alrededor de nosotros, todo resulta natural. Parece como si nos estuviéramos adentrando en regiones desconocidas y caminos ignorados, en un mundo de tinieblas y de seres espantosos. Godalming está cerrando la portezuela del fogón...

31 *de octubre*

Seguimos avanzando. Ha amanecido, y Godalming duerme. Yo estoy de guardia. La madrugada es tremendamente fría; se agradece el calor de la caldera, aunque llevamos gruesos abrigos de pieles. Hasta ahora hemos adelantado tan sólo a unas pocas embarcaciones pequeñas, pero ninguna de ellas llevaba a bordo ningún cajón o embalaje del tamaño de lo que buscamos. Sus tripulantes se han asustado al enfocarles nosotros la lámpara eléctrica; han caído de rodillas y se han puesto a rezar.

1 de noviembre, por la tarde

No ha habido novedad en todo el día; seguimos sin encontrar lo que buscamos. Ahora nos hemos desviado por el Bistritza; si nos equivocamos en nuestras suposiciones, habremos perdido. Vamos examinando todas las embarcaciones, grandes y pequeñas. Esta mañana, una tripulación nos ha tomado por una lancha del gobierno, y nos ha tratado de acuerdo con tal suposición. Dado que esto nos ha facilitado las cosas, al llegar a Fundu —donde el Bistritza confluye con el Sereth—, hemos comprado una bandera rumana y la hemos puesto en nuestra embarcación, donde ahora ondea ostentosamente. Desde que la llevamos, en cada embarcación que hemos registrado ha dado resultado el engaño: nos han tratado con toda deferencia, y ni una sola vez nos han puesto objeciones a cuanto hemos querido preguntar o hacer. Algunos eslovacos nos han dicho que les ha pasado una embarcación grande, que iba a una velocidad superior a la normal, y con doble tripulación a bordo. Esto ha sido antes de llegar a Fundu; de modo que no podían decir si dicha embarcación se había desviado por el Bistritza, o había seguido el curso del Sereth. En Fundu no hemos podido averiguar nada sobre dicha embarcación, de modo que debió de pasar por allí durante la noche. Tengo mucho sueño; el frío se está apoderando de mí, y mi cuerpo necesita descanso. Godalming insiste en hacer él la primera guardia. Que Dios le bendiga por todas sus bondades para con la pobre Mina y conmigo.

2 de noviembre, por la mañana

Es de día. Este buen camarada no ha querido despertarme. Dice que habría sido pecado hacerlo, al ver lo apaciblemente que dormía, olvidado de todas mis angustias. Me parece tremendamente egoísta por mi parte haber dormido tanto y dejarle a él vigilando toda la noche, pero tiene toda la razón. Esta mañana me siento un hombre nuevo, y me encuentro sentado aquí, velando su sueño. Me he encargado de todo lo necesario: el funcionamiento del motor, la conducción del timón y la vigilancia.

Siento que me vuelven las fuerzas y la energía. Me pregunto dónde estarán ahora Mina y Van Helsing. Deben de haber llegado a Veresti hacia el mediodía del miércoles. Tardarán en conseguir un carruaje y caballos, pero si han salido pronto y han ido de prisa, ahora estarán cerca del desfiladero de Borgo. ¡Que Dios les guíe y les ayude! Me da miedo pensar en lo que pueda pasarles. ¡Ojalá pudiéramos ir más de prisa!, pero es imposible; el motor palpita y da de sí todo lo que puede. No sé cómo les irá al doctor Seward y al señor Morris. Parece que hay un sinfín de riachuelos que descienden de las montañas y desembocan en el río, pero como no son excesivamente anchos —de momento al menos, aunque en invierno, o cuando la nieve se derrite, deben de ser peligrosos—, quizá los jinetes no hayan encontrado demasiados obstáculos. Confío en que les veamos antes de llegar a Strasba; porque si para entonces no hemos dado alcance al Conde, será preciso deliberar sobre qué haremos.

DIARIO DEL DOCTOR SEWARD

2 de noviembre

Llevamos tres días de marcha. Seguimos sin novedad, y sin tiempo para escribir en caso de que la haya; porque cada minuto es precioso. Sólo nos hemos tomado el descanso necesario para aliviar a los caballos; en cuanto a nosotros dos, vamos aguantando bastante bien. Nos están siendo muy útiles nuestras pasadas aventuras. Hay que seguir, no estaremos tranquilos hasta que volvamos a ver la lancha.

3 de noviembre

En Fundu nos han dicho que la lancha ha seguido por el Bistritza. Quisiera que no hiciese tanto frío. Se observan signos de una inminente nevada; si nieva mucho tendremos que detenernos. Y en ese caso tendríamos que procurarnos un trineo para seguir al estilo ruso.

4 de noviembre

Hoy hemos sabido que la lancha ha sufrido una avería al tratar de remontar un rápido. Los botes eslovacos son capaces de pasarlos sin dificultad con ayuda de cuerdas y con pericia. Algunos los habían remontado unas horas antes. Godalming es un entendido en mecánica, y ha sido él quien la ha reparado. Por último, han conseguido subir los rápidos sin percances, ayudados por las gentes de aquí, y han reanudado la persecución. Parece ser que la embarcación no ha quedado bien después del accidente; los campesinos nos han dicho que al llegar otra vez a aguas tranquilas se les iba parando de cuando en cuando, hasta que les perdieron de vista. Debemos marchar más de prisa que nunca; puede que no tarden en necesitar nuestra ayuda.

DIARIO DE MINA HARKER

31 de octubre

Llegamos a Veresti a mediodía. El profesor dice que esta mañana ha conseguido hipnotizarme a duras penas, y que todo lo que he dicho es: «Oscuridad y silencio». Ahora ha ido a comprar un carruaje y caballos. Dice que más adelante intentará comprar caballos de repuesto, a fin de cambiarlos por el camino. Nos quedan algo más de cien kilómetros. El paisaje es precioso y de lo más interesante; ¡cómo disfrutaría admirando todo esto si viniéramos en otras condiciones!

¡Qué maravilla, si lo estuviésemos recorriendo Jonathan y yo solos! ¡Detenernos a hablar con la gente, conocer algo de sus formas de vida, y llenar nuestro espíritu y nuestra memoria con todo el color y el pintoresquismo de este país maravilloso y agreste, y de esta extraña gente! ¡Pero ay...!

Más tarde

El doctor Van Helsing ha regresado. Por fin ha conseguido el carruaje y los caballos, comeremos algo y saldremos dentro de una hora. La dueña de la posada está preparando una cesta enorme de provisiones; hay comida para un regimiento de soldados. El profesor la alienta, y me dice en voz baja que quizá pase una semana antes de que volvamos a conseguir comida. Ha ido de compras, también, y ha enviado a la posada un maravilloso lote de abrigos de pieles, mantas y toda clase de prendas de abrigo. No habrá peligro de que pasemos frío.

Salimos dentro de unos momentos. Me da miedo pensar en lo que pueda ocurrirnos. Verdaderamente, estamos en manos de Dios. Sólo Él sabe qué sucederá, y le pido con todas las fuerzas de mi humilde y afligido corazón que vele por mi amado esposo; que, pase lo que pase, Jonathan llegue a saber que le he querido y honrado más de lo que soy capaz de expresar, y que mi último y más profundo pensamiento será siempre para él.

27

DIARIO DE MINA HARKER

1 de noviembre

Hemos viajado todo el día, y a buena marcha. Los caballos parecen darse cuenta de que se les trata con dulzura, porque no necesitamos fustigarlos. Los hemos cambiado tantas veces, y hemos encontrado tan buena disposición en todas partes, que eso nos anima a pensar que va a ser un viaje cómodo. El doctor Van Helsing da pocas explicaciones: dice a los campesinos que tiene prisa por llegar a Bistritz, y les paga bien el cambio de caballos. Tomamos sopa caliente, café o té; es una región maravillosa; está llena de bellezas de todas las clases imaginables, y la gente es generosa, fuerte y sencilla, y parece dotada de buenas cualidades. Todos son muy, muy supersticiosos. En la primera casa en que hemos parado, cuando la mujer que nos servía vio la cicatriz que tengo en la frente, se santiguó y cruzó dos dedos hacia mí, para librarse del mal de ojo. Creo que se tomó la molestia de ponernos doble cantidad de ajo en nuestra comida; y el caso es que no puedo soportar el ajo. Desde entonces, he tomado la precaución de no quitarme el sombrero o el velo, así evito levantar sospechas. Viajamos de prisa; y como no llevamos cochero que ande contando chismes, nos adelantamos al escándalo, pero quizás ese miedo al mal de ojo nos siga durante todo el camino. El profesor parece infatigable: no ha descansado en todo el día, aunque me ha dejado dormir bastante tiempo. Me ha hipnotizado a la hora del ocaso, y dice que he contestado lo de costumbre: «Oscuridad, chocar de agua, y crujidos de madera»; así que nuestro enemigo sigue aún río arriba. Me da miedo pensar en Jonathan, pero en cierto modo, ahora no temo por él ni por mí. Escribo esto mientras esperamos a que nos preparen los caballos en una granja. El doctor Van

Helsing duerme. Pobrecillo, parece gastado, envejecido, gris, pero tiene la boca firme y apretada como la de un conquistador; incluso en sueños posee instinto de resolución. Cuando reanudemos el viaje haré que descanse mientras conduzco yo. Le diré que aún nos quedan dos días, y que puede vencerle el cansancio cuando más falta le hagan las fuerzas... Ya está todo preparado, nos vamos dentro de un momento.

2 de noviembre, por la mañana

Conseguí convencerle, y nos turnamos toda la noche en las riendas; ahora tenemos el día por delante, luminoso, aunque frío. Noto una pesadez extraña en el aire...; digo pesadez a falta de otra palabra mejor; me refiero a que nos produce una especie de opresión. Hace mucho frío; menos mal que con nuestra ropa de pieles vamos abrigados. El doctor Van Helsing me ha hipnotizado a la salida del sol; dice que he contestado: «Oscuridad, crujidos de madera, fragor de agua»; lo que indica que el agua está cambiando a medida que suben. Espero que mi querido esposo no corra peligro... más de lo necesario, pero estamos en manos de Dios.

2 de noviembre, por la noche

Hemos viajado todo el día. El paisaje se ensancha cada vez más a medida que avanzamos, y los grandes espolones de los Cárpatos que en Veresti veíamos tan lejanos y tan bajos en el horizonte, ahora parecen rodearnos y elevarse ante nosotros como una barrera. Los dos nos sentimos animados; creo que nos esforzamos en darnos aliento mutuamente. El doctor Van Helsing dice que llegaremos al desfiladero de Borgo por la mañana. Las granjas escasean por aquí; el profesor dice que tendremos que seguir con los últimos caballos que hemos conseguido, ya que no hay posibilidad de cambiarlos. Además de los de refresco hemos enganchado otros dos, de modo que ahora llevamos un tiro de cuatro. Los pobres animales son pacientes y buenos,

y no nos causan ningún problema. Y dado que somos los únicos viajeros, puedo llevar las riendas incluso yo. Llegaremos al desfiladero
de Borgo al amanecer, no queremos llegar antes. Así que iremos sin
prisas y nos tomaremos los dos un buen descanso, primero uno y
luego el otro. ¡Ah!, ¿qué pasará mañana? Vamos en busca del lugar
donde sufrió mi pobre marido. Que Dios nos guíe derechamente
hasta allí, y que se digne velar por Jonathan y los que nos son queridos y se encuentran en tan grave peligro. En cuanto a mí, no soy digna de Su atención. ¡Ay! Estoy impura ante sus ojos, y lo seguiré estando mientras no me permita comparecer ante Su presencia como
un ser que no ha incurrido en Su ira.

NOTA DE ABRAHAM VAN HELSING

4 de noviembre

Anoto esto para mi fiel y viejo amigo el doctor John Seward de Purfleet, por si no nos vemos más. Quizá le sirva de explicación. Es por
la mañana, y escribo junto a una hoguera que he mantenido encendida toda la noche con ayuda de *madame* Mina. Hace frío, mucho
frío; tanto, que el cielo se nota pesado, gris, cargado de nieve; cuando ésta caiga, se asentará para todo el invierno, porque el suelo se
está endureciendo para recibirla. Me parece que esto ha afectado a
madame Mina; siente tal embotamiento de cabeza que no parece la
misma. ¡Duerme y duerme y duerme! Ella, que solía estar tan alerta,
no ha hecho literalmente nada en todo el día, incluso ha perdido el
apetito. No ha escrito en su pequeño diario, cuando antes tomaba
notas con tanta asiduidad cada vez que nos deteníamos. Algo me
dice que no marcha todo bien. Sin embargo, esta noche la encuentro
más *viva*. El largo sueño que ha dormido todo el día la ha descansado y animado, y ahora se muestra más dulce y animada que nunca.
He intentado hipnotizarla en el momento de la puesta del sol, pero
sin resultado; su receptividad ha ido disminuyendo cada vez más, y
esta noche me ha sido completamente imposible someterla al sueño

hipnótico. Bueno, ¡hágase la voluntad de Dios..., ocurra lo que ocurra y adondequiera que nos lleve!

Ahora abordemos lo meramente histórico, puesto que *madame* Mina no escribe ya con su máquina, debo ser yo quien lo haga a mi manera anticuada y trabajosa, a fin de que no quede sin consignar nada de lo que nos sucede cada día.

Ayer, poco después de que saliese el sol, llegamos al desfiladero de Borgo. Cuando estaba a punto de salir, me preparé para la sesión de hipnotismo. Detuvimos el carruaje y bajamos a fin de que nada nos turbase. Puse en el suelo unas mantas de pieles, y *madame* Mina se tendió y se sumió en su sueño hipnótico como de costumbre, aunque más lentamente y durante un período más breve que otras veces. Su respuesta fue la de siempre: «Oscuridad y aguas turbulentas». Luego se despertó, animosa y de buen humor; proseguimos el viaje, y no tardamos en llegar al desfiladero. En ese momento y lugar empieza a dar muestras de una ardorosa impaciencia. Y una nueva fuerza se manifiesta en ella; porque señala un camino, y dice:

—Por ahí.

—¿Cómo lo sabe? —pregunto yo.

—Lo sé —contesta, y tras una pausa, añade—: ¿Acaso no ha pasado por ahí mi marido, y no habla de ese camino en su diario?

Al principio me parece extraño, pero no tardo en observar que no hay otra carretera secundaria. Se la ve muy poco utilizada, y muy distinta de la que va de Bukovina a Bistritz, que es más ancha y firme y está más transitada.

Así que descendemos por ella; y cuando aparecen otros caminos —no siempre tenemos la seguridad de que lo sean, porque están descuidados y cubiertos por la ligera capa de nieve que ha caído—, sólo los caballos saben por dónde seguir. Les doy rienda, y siguen avanzando, pacientes. Poco después, vemos aparecer ante nosotros todos los detalles que Jonathan describe en su maravilloso diario. Seguimos durante horas por el camino. Al principio, le digo a *madame* Mina que duerma; se echa y consigue coger el sueño. Va durmiendo todo el camino; por último, empiezo a sentir cierto temor, y trato de despertarla. Pero sigue durmiendo, y no lo consigo por mucho que lo intento. No quiero insistir, no sea que eso le perjudique; ha sufrido mucho, y dormir a veces es vital para ella. Creo que yo también me adormilo un poco, porque de repente me siento culpable, como si hubiera hecho algo malo; descubro que estoy de pie, con las riendas en la mano, mientras los buenos caballos caminan, tras, tras, como de costumbre. Me vuelvo, y veo que *madame* Mina sigue durmiendo. Ya no falta mucho para el ocaso, y el sol derrama sobre la nieve un caudal de luz amarillenta, de suerte que proyectamos una sombra larga que llega hasta el pie de la enhiesta montaña. Porque vamos subiendo y subiendo, y todo es escarpado y rocoso, como si se tratara de los bordes del mundo.

A continuación despierto a *madame* Mina. Esta vez se despabila sin dificultad, y trato de sumirla en el sueño hipnótico. Pero no hay manera; no acusa en absoluto mi magnetismo. Insisto una y otra vez, hasta que nos damos cuenta de repente de que está oscuro; miro a mi alrededor, y observo que el sol se ha puesto. *Madame* Mina se echa a reír, y me vuelvo a mirarla. Ahora está completamente despierta; desde la noche de Carfax, en que entramos por primera vez en la casa del Conde, no la había visto con tan buen aspecto. Me quedo desconcertado y algo inquieto, pero la encuentro tan animada y tierna y preocupada por mí, que desecho todo temor. Enciendo una hoguera, ya que nos hemos traído una provisión de leña, y ella prepara algo de cenar mientras yo desaparejo los caballos, los pongo al resguardo, los ato y les doy de comer. Luego, cuando regreso junto a la hoguera, encuentro la cena dispuesta. Voy a servirle a ella, pero sonríe y me dice que ya ha cenado; que tenía tanta hambre que no me ha esperado. No me tranquiliza su explicación y me asaltan graves dudas, pero temo asustarla, no le digo nada. Me sirve ella y ceno solo; luego nos envolvemos en las mantas, nos tumbamos junto al fuego y le digo que duerma mientras yo velo. Poco después me olvido de mi guardia; y cuando de repente me acuerdo de que estoy de vigilancia, la descubro echada tranquilamente, pero despierta, y mirándome con sus ojos relucientes. Esto ocurre una o dos veces más, y por último me quedo completamente dormido, hasta poco antes del amanecer. Al despertarme, trato de hipnotizarla, pero ¡ay!, aunque ella cierra los ojos, obediente, no consigue dormirse. El sol se eleva más y más y más; y el sueño le llega demasiado tarde; aunque tan pesado, que no se despierta. Tengo que cogerla en brazos y subirla al carruaje dormida, una vez enganchados los caballos y recogido todo, para proseguir la marcha. *Madame* sigue durmiendo y durmiendo; dormida tiene un aspecto más saludable y sonrosado que despierta. Y eso no me gusta. ¡Tengo miedo, miedo, miedo...! Tengo miedo de todo..., hasta de pensar, pero debo seguir adelante; está en juego la vida y la muerte, y más aún; así que no debemos retroceder.

5 de noviembre, por la mañana

Lo anotaré todo con exactitud, porque aunque usted y yo hemos visto cosas extrañas, puede llegar a pensar que yo, Van Helsing, estoy loco; y que los múltiples horrores y la prolongada tensión de nervios me han trastornado finalmente el juicio.

Ayer viajamos todo el día, acercándonos cada vez más a las montañas, y adentrándonos en una región salvaje y desolada. Hay grandes y amenazadores precipicios, y muchas cascadas; y la Naturaleza parecía celebrar a veces un carnaval. Entretanto, *madame* Mina seguía durmiendo y durmiendo; y aunque yo sentí hambre y comí, no la pude despertar..., ni siquiera para que comiese. Empecé a temer que el fatal maleficio del lugar estuviese influyendo en ella, dado que estaba contaminada por el bautismo del vampiro. «Bien —me dije—, si ella duerme de día, será mejor que yo no lo haga de noche.» Como íbamos por un camino pedregoso, porque es una calzada antigua, defectuosa, incliné la cabeza y me dormí. Nuevamente me desperté con sensación de culpa, y de que había transcurrido mucho tiempo; encontré a *madame* Mina dormida todavía, y el sol muy bajo. Pero todo había cambiado; las amenazadoras montañas parecían lejanas, y nos acercábamos a lo alto de una empinada cuesta, en cuya cima se alzaba un castillo como el que Jonathan describe en su diario. Me alegré, y al mismo tiempo sentí miedo, porque ahora para bien o para mal, estábamos cerca del fin. Desperté a *madame* Mina, y nuevamente traté de hipnotizarla, aunque sin conseguirlo, hasta que fue demasiado tarde. Entonces, antes de que nos cayese la noche encima —porque aun después de ponerse el sol, el cielo reflejaba su luz sobre la nieve y durante un rato se demoró el inmenso crepúsculo—, desenganché los caballos, les di de comer, y los resguardé lo más posible. A continuación encendí una hoguera; hice que *madame* Mina ahora despierta y más encantadora que nunca, se sentara cómodamente entre las mantas. Preparé comida, pero ella no consintió en comer, diciendo simplemente que no tenía hambre. No le insistí, porque sabía que no serviría de nada. Pero yo sí comí, porque ahora debía reponer fuerzas. Luego, temiendo que pudiese ocurrir algo, tracé un círculo amplio alrededor de *madame* Mina, y pasé sobre él una hostia al tiempo que la iba deshaciendo en trocitos muy pequeños. Ella siguió sentada durante un rato, inmóvil..., tan inmóvil que parecía muerta; y se fue poniendo blanca, cada vez más blanca, hasta que se le quedó la cara como la nieve; aunque siguió callada. Pero cuando me acerqué, se agarró a mí y noté que la pobre criatura temblaba de pies a cabeza de una forma que daba lástima. Cuando la noté algo más calmada, le dije:

—¿No quiere acercarse al fuego?

Porque quería probar qué podía hacer. Se levantó obediente, pero cuando iba a dar un paso, se detuvo y se quedó como paralizada.

—¿Por qué no sigue? —pregunté. Ella meneó la cabeza, retrocedió y volvió a sentarse en su sitio. Luego me miró con los ojos muy abiertos, como el que acaba de despertarse, y dijo simplemente:

—¡No puedo! —Y se quedó callada.

Me alegré, porque sabía que lo que ella no podía hacer, no podría hacerlo tampoco ninguno de aquellos seres a los que tanto temíamos. ¡Aunque su cuerpo peligraba, su alma estaba a salvo!

Poco después, los caballos se pusieron a relinchar y a sacudir los ronzales, hasta que me acerqué y los tranquilicé. Cuando sintieron mis manos sobre ellos, resollaron mansamente, como de alegría, me lamieron las manos y se quedaron quietos durante un rato. Tuve que acariciarlos muchas veces a lo largo de la noche, hasta que llegó esa hora fría en que toda la Naturaleza se encuentra en su grado vital más bajo; y cada vez, mi presencia les tranquilizó. En esa hora fría el fuego empezó a apagarse, y me dispuse a echar leña; porque ahora la nieve caía a ráfagas, y con ella empezaba a extenderse una niebla fría. Incluso en la oscuridad había cierta luz, cosa que suele ocurrir cuando el suelo se cubre de nieve; y parecía como si los remolinos de nieve y los flecos de niebla adoptasen figuras de mujeres con largos vestidos. Todo estaba inmerso en un silencio siniestro y mortal; sólo los caballos relinchaban y retrocedían, presos de un indecible terror. Empecé a sentir miedo..., mucho miedo, pero a continuación me invadió una sensación de seguridad, dentro del círculo donde me encontraba. Empecé a pensar también que eran figuraciones debidas a la noche, a la oscuridad, a las tribulaciones sufridas y a toda esta terrible ansiedad. Era como si las imágenes que yo me había forjado de la espantosa experiencia de Jonathan me estuviesen seduciendo; porque la nieve y la niebla empezaban a girar en remolinos, hasta el punto de que me pareció percibir fugazmente las vagas siluetas de aquellas mujeres que le besaron. Y en ese momento, los caballos se acobardaron, y gimieron aterrados como gimen de dolor los hombres. Pero la locura del miedo no se apoderó de ellos hasta el extremo de escaparse. Temí por *madame* Mina cuando vi que estas figuras espectrales la rodeaban. La observé, pero seguía sentada tranquilamente, y me sonrió; quise acercarme a la hoguera para echar más leña, pero ella me cogió y me retuvo, susurrándome muy bajo, tan bajo que parecía esas voces que oímos en sueños:

—¡No! ¡No! No salga, ¡aquí está seguro!

Me volví hacia ella; y mirándola a los ojos, dije:

—Pero ¿y usted? ¡Por quien temo es por usted!

A lo cual se echó a reír, con una risa débil, irreal, y exclamó:

—¡Teme por mí! ¿Por qué por mí? No hay en el mundo nadie más a salvo de ellas que yo.

Y mientras me preguntaba perplejo, qué querrían decir sus palabras, una ráfaga de aire hizo saltar las llamas y vi la cicatriz roja de su frente. ¡Ah!, entonces comprendí. Pero si no me hubiese dado cuenta en ese instante, lo habría hecho poco después; porque las figuras a las que los remolinos de niebla y de nieve prestaban una vaga consistencia se fueron acercando más y más, aunque permanecieron fuera del círculo sagrado. Entonces empezaron a materializarse, hasta que —si Dios no me ha privado del juicio, porque lo vi con mis propios ojos— surgieron ante mí en carne y hueso, las mismas tres mujeres que Jonathan viera en la habitación, cuando se acercaron a besarle el cuello. Reconocí sus formas redondas y ondulantes, sus ojos relucientes y duros, sus dientes blancos, su color sonrosado, sus labios voluptuosos. Sonrieron a la pobre *madame* Mina; y haciendo sonar sus risas en el silencio de la noche, entrelazaron sus brazos y, señalándola, dijeron con esas voces dulces y estremecidas a las que Jonathan había atribuido la insoportable dulzura musical de los vasos de agua:

—Ven, hermana. Ven con nosotras. ¡Ven! ¡Ven!

Me volví hacia la pobre *madame* Mina con temor y mi corazón saltó de alegría como las llamas; porque el terror de sus dulces ojos, su repugnancia y horror transmitieron a mi corazón un mensaje de esperanza. Gracias a Dios, todavía no era una de ellas. Cogí un tizón que tenía cerca y, alzando un trozo de hostia, avancé con ambas cosas hacia el fuego. Retrocedieron ante mí, riendo de una forma baja y horrible. Eché un poco de leña al fuego sin miedo; porque sabía que estábamos a salvo dentro de nuestro círculo protector. No podían acercarse a mí mientras estuviese armado de este modo, ni a *madame* Mina mientras permaneciese dentro del círculo, que ella no podía abandonar ni las otras trasponer. Los caballos habían dejado de gemir y estaban inmóviles en el suelo; la nieve caía sobre ellos blandamente y los iba cubriendo de blanco. Comprendí que el terror había terminado para las pobres bestias.

Así estuvimos, hasta que el rojo del amanecer empezó a invadir el gris de la nieve. Yo me sentía triste, asustado, lleno de aflicción y de terror, pero cuando ese hermoso sol empezó a elevarse en el horizonte, me volvió la vida nuevamente. Con las primeras claridades, las horrendas figuras se habían disuelto en un remolino de niebla y de nieve; las hebras de oscura bruma se alejaron hacia el castillo y desaparecieron.

Instintivamente, al ver que amanecía, me volví hacia *madame* Mina dispuesto a hipnotizarla, pero la encontré sumida en un sueño profundo y repentino del que no me fue posible sacarla. Traté de hipnotizarla a través del sueño, pero no dio ninguna respuesta; absolutamente ninguna. Y entretanto salió el sol. No me atrevo a moverme. He reanimado el fuego y he ido a ver los caballos; están muertos. Hoy tengo mucho que hacer aquí. Esperaré a que el sol esté alto; porque quizá me toque visitar sitios en los que la luz del sol sea garantía de seguridad para mí, aunque estén oscurecidos por la nieve y la niebla.

Repondré fuerzas con un buen desayuno y luego acometeré mi terrible empresa. *Madame* Mina sigue durmiendo aún, gracias a Dios, su sueño es tranquilo...

DIARIO DE JONATHAN HARKER

4 de noviembre, por la tarde

El accidente de la lancha ha sido una desgracia terrible para nosotros. Si no llega a ser por eso, ya habríamos dado alcance a la embarcación del Conde hace tiempo, y a estas horas mi querida Mina estaría libre. Me da miedo pensar en ella, con tantos lobos merodeando por ese espantoso lugar. Hemos conseguido caballos, y seguimos tras él. Escribo esto mientras Godalming se prepara. Vamos armados. Que se preparen los cíngaros, si intentan oponer resistencia. ¡Ah, ojalá estuvieran Morris y Seward aquí, con nosotros! ¡Sólo nos queda esperar! ¡Adiós, Mina, si no vuelvo a escribir más! ¡Que Dios te bendiga y vele por ti!

DIARIO DEL DOCTOR SEWARD

5 de noviembre, por la tarde

Al amanecer divisamos a los cíngaros que se alejaban del río a toda prisa, con su carreta. Iban todos agrupados alrededor de ella, y corrían como si se supieran perseguidos. Está cayendo una ligera nevada y reina una extraña tensión en el aire. Puede que se deba a nuestro propio estado de ánimo, pero es una excitación muy extraña. Oigo a lo lejos el aullido de los lobos; la nieve los hace bajar de las montañas, y representan un peligro que puede caer sobre nosotros desde cualquier punto. Los caballos están casi listos. Nos pondremos en marcha en seguida. Cabalgaremos hacia la muerte. Pero sólo Dios sabe de quién; y dónde, cómo o cuándo sobrevendrá.

NOTA DEL DOCTOR VAN HELSING

5 de noviembre, por la tarde

Al menos estoy en mi sano juicio. Gracias, Dios mío, por esa merced; aunque la prueba ha sido espantosa. Dejé a *madame* Mina dormida dentro del círculo sagrado, y me dirigí al castillo. El martillo de herrero que he traído en el coche desde Veresti me ha sido útil; aunque estaban todas las puertas abiertas, he inutilizado sus goznes herrumbrosos, no fuera que por mala intención o por mala suerte, se cerraran estando yo dentro y no me fuera posible salir. No olvido la amarga experiencia de Jonathan. Gracias a lo que recordaba de su diario, encontré el camino de la vieja capilla, donde sabía que me esperaba trabajo. El ambiente era opresivo; parecía como si en ella hubiese emanaciones de vapores sulfurosos, y me producía mareo. De pronto no supe muy bien si me zumbaban los oídos o era el aullido de los lobos en la lejanía. Pensé en mi querida *madame* Mina y me sentí en una terrible situación. El dilema me había cogido entre la espada y la pared. No había querido llevarla al castillo, a fin de que permaneciese en el círculo sagrado, a salvo del vampiro, ¡pero ahora estaría a merced de los lobos! Sin embargo decidí que mi misión estaba aquí; caeríamos ante los lobos, si ésa era la voluntad de Dios. En todo caso, tan sólo se trataba de la muerte, y después la libertad. Tenía que decidir por ella. De haber tenido que decidir sólo por mí, me habría resultado todo más sencillo: ¡las fauces del lobo son mejor lugar de descanso que la tumba del vampiro! Y tras haber tomado esta determinación, proseguí mi tarea.

Sabía que tenía que haber al menos tres sepulturas...; sepulturas habitadas. Busqué y busqué, y encontré a una de las mujeres. Dormía su sueño de vampiro, tan llena de vida y de voluptuosa belleza, que me estremecí como si fuese a cometer un asesinato. ¡Ah!, no me cabe duda de que en los tiempos pasados, en que sucedían estas cosas, en una situación como la mía a muchos hombres les fallaría el valor en el último momento, y los nervios después. Se demoraban y se demoraban, hasta que la mera belleza y fascinación de la sensual No muerta les hipnotizaba; y se quedaban contemplándola tiempo y tiempo, hasta que llegaba el crepúsculo y despertaba el vampiro. Entonces los ojos de la hermosa se abrían llenos de amor y les ofrecía su boca voluptuosa para que se la besasen..., y el hombre es débil. Y se convertía en una víctima más para la grey del vampiro; ¡una más que iba a engrosar las filas tenebrosas y horrendas de los No muertos...!

Efectivamente, había en esa mujer cierta fascinación, ya que me sentí conmovido en presencia de ella, incluso tendida como estaba en esa tumba gastada por el tiempo y cubierta de polvo secular, pero reinaba un hedor espantoso, como el que notamos en los refugios del Conde. Sí, me sentí cautivado —yo, Van Helsing, con toda mi resolución y todos mis motivos para odiarla—, me sentí conmovido, y un deseo irresistible de demorar mi acción paralizaba mis facultades y me entorpecía el alma. Puede que fuera la natural necesidad de dormir y la extraña opresión del aire que empezaban a vencerme. Lo cierto es que me estaba invadiendo un sopor, una somnolencia como la del que se rinde a una dulce fascinación, cuando de pronto, en el aire acolchado por la nieve, me llegó un largo, apagado gemido, tan lastimero y lleno de aflicción, que me despertó como un toque de clarines. Porque era la voz de mi querida *madame* Mina.

Nuevamente hice acopio de valor, dispuesto a abordar mi horrible empresa; seguí derribando las losas que cubrían los sepulcros, y encontré a otra de las hermanas; la otra morena. No me atreví a detenerme a contemplarla como a la primera, por temor a sentir de nuevo el mismo hechizo; y seguí buscando hasta que, poco después, encontré en un sepulcro alto y suntuoso, como dedicado a una persona muy querida, a la hermana rubia a la cual, como Jonathan, había visto materializarse por medio de los átomos de niebla. Era una visión tan delicada, tan espléndidamente hermosa, tan exquisitamente sensual, que el mismo instinto de hombre que hay en mí, y que llama a los de mi sexo a amar y proteger a las del suyo, hizo que mi cabeza girase, transportada por esta nueva emoción. Pero gracias a Dios, el hondo gemido de mi querida *madame* Mina no había muerto aún en mis oídos; y antes de que el hechizo me dominara por completo, me obligué a emprender mi insensata labor. Había buscado en todos los sepulcros de la capilla; y como sólo habían acudido a nosotros, durante la noche, estos tres fantasmas No muertos, supuse que no existían más No muertos en el lugar. Había un sepulcro más grande y suntuoso que el resto; era enorme, de nobles proporciones. Sólo ostentaba un nombre:

DRÁCULA

Éste era, pues, el hogar del Vampiro Rey, a quien se debía que lo fuesen tantos otros. El hecho de que estuviera vacío proclamaba con toda elocuencia lo que ya sabíamos. Antes de devolverles a estas mujeres su identidad mortal con mi horrible trabajo, dejé en el lecho de Drácula fragmentos de hostia, desterrándole de él, como No muerto, para siempre.

A continuación empecé el pavoroso trabajo que tanto temía. Si se hubiese tratado de intervenir sólo un cuerpo, habría sido relativamente fácil. ¡Pero tres! ¡Repetir otras dos veces la horrenda acción que acababa de ejecutar!, porque si había sido terrible en el caso de la dulce señorita Lucy, ¿qué no sería en el de estas extrañas que sobrevivían desde hace siglos, se habían fortalecido con el paso de los años, y lucharían cuanto les fuera posible por defender sus sucias vidas...?

¡Ah, amigo John!, ha sido un trabajo de carnicero. Si no me hubiese empujado el pensar en otras muertes y en la vida sobre la que pendía esta espantosa amenaza, no habría tenido fuerzas para seguir. Aún estoy temblando; aunque, gracias a Dios, mis nervios se han mantenido firmes hasta el final. Si no hubiese visto en el descanso del primer semblante, en la alegría que cruzó fugazmente por él un momento antes de sobrevenirle la disolución final, un testimonio de que el alma había triunfado, no habría sido capaz de continuar semejante carnicería. No habría soportado el horrísono chillido, al penetrar la estaca; el hundimiento del cuerpo, que no paraba de retorcerse, los labios cubiertos de espuma sanguinolenta. Habría huido de terror y habría dejado esta empresa inacabada. Pero ¡ha terminado! Ahora ya puedo compadecer a esos pobres seres, llorarlos, al recordar su placidez al entrar en pleno sueño de la muerte momentos antes de desaparecer. Porque, amigo John, tan pronto como mi cuchillo les seccionó la cabeza, el cuerpo entero empezó a desintegrarse, reduciéndose a su polvo primordial, como si la muerte que debía haber acontecido hace siglos hubiese hecho valer finalmente sus derechos, exclamando al mismo tiempo, muy alto: «¡Soy suya!»

Antes de abandonar el castillo purifiqué sus entradas para que el Conde no pudiese volver a cruzarlas jamás como No muerto.

Luego entré en el círculo donde *madame* Mina dormía; despertó de su sueño y lloró sinceramente al saber todo lo que yo había soportado.

—¡Vámonos! —exclamó—; ¡vámonos de este horrible lugar! ¡Vayamos en busca de mi marido, que está viniendo hacia aquí!

Se la veía débil, pálida, muy delgada, pero sus ojos eran puros y resplandecían de fervor. Me alegraba ver su palidez y su debilidad; porque aún tenía demasiado reciente la imagen horrenda de esas sonrosadas mujeres que dormían el sueño del vampiro.

Y así, con confianza y esperanzados, y no obstante llenos de temor, emprendimos el camino hacia el este en busca de nuestros amigos... y de *él*, de quien dice *madame* Mina que *sabe* que viene hacia aquí.

DIARIO DE MINA HARKER

6 de noviembre

Ya estaba avanzada la tarde cuando el profesor y yo emprendimos el camino hacia el este, por donde sabía que Jonathan estaba viniendo. No íbamos de prisa, aunque el camino descendía pronunciadamente, porque marchábamos cargados con las gruesas mantas y ropas; no queríamos correr el riesgo de exponernos al frío y a la nieve. Cogimos algunas provisiones también, porque estábamos en una región completamente desolada, y, hasta donde alcanzábamos a ver a través de la nieve que caía, no había el menor vestigio de vida humana. Cuando llevábamos recorrido como un kilómetro, me sentí rendida por la pesada marcha, y nos detuvimos a descansar. Entonces miramos hacia atrás y vimos la clara silueta del castillo de Drácula recortada sobre el cielo: habíamos descendido tanto desde su enclave, que nuestro ángulo de perspectiva nos mostraba las montañas de los Cárpatos muy por debajo de él. Lo veíamos con toda su grandiosidad, encaramado a unos novecientos metros, en lo alto de un tremendo precipicio, con un abismo enorme entre él y la pronunciada ladera de las montañas adyacentes de uno y otro lado. Había algo extraño y misterioso en toda la región. Podíamos oír aullar a los lobos en la lejanía. Estaban muy distantes, pero sus aullidos, aunque nos llegaban amortiguados por la espesa nevada, eran aterradores. Por la forma en que inspeccionaba el terreno, me di cuenta de que el doctor Van Helsing buscaba un lugar estratégico donde estuviésemos menos expuestos, en caso de ataque. El accidentado camino seguía descendiendo, y se distinguía a través de la nieve acumulada.

Poco después, el profesor me hizo una seña; de modo que me levanté y me reuní con él. Había encontrado un sitio magnífico: era una especie de oquedad natural en una roca, con una entrada que formaba como una puerta entre dos peñas. Me cogió de la mano y me llevó adentro.

—¡Bien! —dijo—, aquí estará protegida; y si vienen los lobos, podré enfrentarme a ellos uno a uno.

Metió nuestras pieles, me preparó un lecho cómodo y me dio algunas provisiones, obligándome a tomarlas. Pero no pude comer; el mero intento me resultaba repugnante, y por mucho que quise complacerle, no lo conseguí. Esto le entristeció sobremanera, pero no me hizo ningún reproche. Sacó los gemelos de campaña del estuche, se subió a lo alto de la roca, y empezó a escrutar el horizonte. De repente, gritó:

—¡Mire, *madame* Mina! ¡Mire! ¡Mire!

Eché a correr y subí a donde estaba él; me tendió los gemelos y señaló en una dirección. La nieve caía ahora más espesa, y el viento que empezaba a levantarse la agitaba, formando furiosos remolinos. Sin embargo, a veces había pausas entre una ráfaga y otra, lo que me permitió inspeccionar una amplia zona. Desde la altura en que estábamos se dominaba una distancia considerable; y a lo lejos, más allá de la blanca extensión de nieve, distinguí el río como una cinta negra, con los quiebros y curvas de su cauce serpenteante. Justo enfrente de nosotros, no muy lejos —tan cerca, en realidad, que me sorprendió no haberlo visto antes—, venía a toda prisa un grupo de hombres a caballo. En medio de ellos avanzaba un carruaje, una larga carreta que oscilaba de un lado a otro, como la balanceante cola de un perro, a cada irregularidad del camino. Recortados contra la nieve, pude ver por sus ropas que eran campesinos o gitanos.

Sobre la carreta iba un gran cofre rectangular. Al verlo, el corazón me dio un vuelco, porque comprendí que se acercaba el final. Se estaba avecinando el crepúsculo, y sabía muy bien que a la puesta del sol, el ser que aún iba prisionero allí recobraría su libertad y podría eludir toda persecución bajo cualquiera de sus numerosas formas. Me volví asustada hacia el profesor; para mi consternación, había desaparecido de mi lado. Un instante después, le vi abajo. Estaba trazando un círculo en torno a la roca como el que nos había protegido durante la noche. Una vez completado, volvió junto a mí, diciendo:

—¡Al menos, así estará usted a salvo de él!

Me cogió los gemelos y, cuando la nieve volvió a amainar, barrió con ellos todo el espacio que teníamos debajo de nosotros.

—¡Vaya! —dijo—, tienen prisa; fustigan a los caballos y fuerzan el galope lo que pueden. —Guardó silencio, y luego añadió con voz lúgubre—: Corren hacia el ocaso. Tal vez se nos haya hecho tarde. ¡Que sea lo que Dios quiera!

La nieve empezó a caer de forma cegadora, impidiéndonos ver nada. Poco después perdió fuerza otra vez, y el profesor se puso a escrutar de nuevo el paisaje con los gemelos. Y de pronto dejó escapar un grito:

—¡Mire! ¡Mire! ¡Mire! Dos hombres a caballo les siguen de cerca, desde el sur. Deben de ser Quincey y John. Tome los gemelos. ¡Mire antes de que la nieve le impida ver!

Los cogí y miré. Efectivamente, los dos hombres podían ser el doctor Seward y el señor Morris. En todo caso, vi que ninguno de ellos era Jonathan. Pero en ese mismo instante, *supe* que Jonathan no estaba lejos; miré alrededor y descubrí, al norte del grupo de gitanos, a otros dos hombres que venían a galope tendido. Uno de ellos era Jonathan, y el otro supuse naturalmente que era lord Godalming. También iban en pos del grupo del carro. Cuando se lo dije al profesor, gritó de alegría como un colegial y, después de mirar intensamente hasta que la nieve que caía hizo imposible ver nada, preparó su Winchester para utilizarlo desde una roca junto a la abertura de nuestro refugio.

—Todos convergen —dijo—. Cuando llegue el momento, cogeremos a los gitanos desde todos los ángulos.

Coloqué el revólver junto a mí, porque mientras hablábamos, el aullido de los lobos se iba volviendo más cercano y más fuerte. Amainó la nieve y pudimos observar nuevamente. Era extraño ver cómo caían cerca de nosotros enormes copos de nieve y más allá brillaba el sol de forma cada vez más radiante, a medida que descendía hacia las cimas de los montes. Barriendo con los gemelos todo nuestro alrededor, pude distinguir de trecho en trecho unos puntos que se movían en grupos de dos, de tres o en número mayor: eran los lobos, que acudían en busca de presa.

Cada instante de espera nos parecía un siglo. El viento soplaba ahora a ráfagas violentas y agitaba la nieve con furia, envolviéndonos en sus remolinos. Había momentos en que no veíamos nada a la distancia de nuestro brazo; otros, en cambio, aunque el viento gemía a nuestro alrededor, el aire se despejaba de forma que podíamos distinguir hasta la lejanía. Últimamente nos habíamos acostumbrado tanto a vigilar las salidas y puestas del sol, que sabíamos casi con toda precisión cuándo iba a ocurrir; y nos dimos cuenta de que no iba a tardar.

Era difícil creer que llevábamos menos de una hora, por nuestros relojes, apostados en este refugio rocoso, cuando habían empezado a converger hacia nosotros los distintos grupos. El viento era ahora más crudo y soplaba constantemente del norte. Al parecer, alejaba las nubes cargadas de nieve; porque, salvo alguna ráfaga ocasional, la nieve cesó. Ahora distinguíamos claramente a los individuos de cada grupo, el perseguido y los perseguidores. Sorprendentemente, los perseguidos parecían no darse cuenta de que les seguían; o al menos no se preocupaban. Sin embargo, parecían esforzarse en doblar la marcha, a medida que el sol descendía hacia las cimas de los montes.

Los perseguidores se aproximaron a ellos. El profesor y yo nos ocultamos detrás de una roca y cogimos las armas; comprendí que estaba decidido a cortarles el paso. Unos y otros ignoraban nuestra presencia.

De repente dos voces gritaron: «¡Alto!» Una era de Jonathan, con acento de embargada emoción; la otra era la voz decidida y fuerte del señor Morris, que denotaba una serena autoridad. Quizá los gitanos ignoraban el significado de esa palabra, pero el tono era inequívoco, fuese la lengua que fuese. Instintivamente tiraron de las riendas, y en el instante en que lord Godalming y Jonathan corrían hacia un lado, el doctor Seward y el señor Morris aparecieron por el otro. El jefe de los gitanos, un individuo de aspecto espléndido que montaba como un centauro, les hizo señas de que retrocedieran y, con voz autoritaria, dio orden a sus compañeros de que continuasen. Fustigaron éstos a sus caballos, y arrancaron vigorosamente, pero los cuatro hombres alzaron sus rifles y les dijeron de forma elocuente que se detuviesen. En ese momento el doctor Van Helsing y yo nos levantamos detrás de la roca y les apuntamos con nuestras armas. Viéndose rodeados, tiraron de las riendas y se detuvieron. El jefe se volvió hacia los suyos, les gritó algo, y cada gitano sacó el arma que llevaba consigo, cuchillo o pistola, dispuesto a atacar. Estaba a punto de estallar la batalla.

El jefe, con un rápido movimiento de riendas, situó su caballo al frente; y señalando primero el sol —que ya casi rozaba la cima de los montes—, y luego el castillo, dijo algo que no entendimos. Por toda respuesta, los cuatro hombres de nuestro grupo saltaron de sus caballos y echaron a correr hacia la carreta. Yo debía haber sentido un miedo terrible al ver a Jonathan en semejante peligro, pero sin duda experimentaba el ardor de la batalla igual que todos los demás: no tenía miedo, sino sólo un deseo extraño, incontenible, de hacer algo.

Al observar la acción de nuestro grupo, el jefe de los gitanos dio una orden; sus hombres acudieron instantáneamente a ayudar a la carreta, en un esfuerzo desorganizado, empujando todos y estorbándose unos a otros en sus ansias por cumplir la orden.

A todo esto, pude observar que Jonathan por un lado del grupo de gitanos, y Quincey por el otro, pugnaban por abrirse paso hacia el carruaje; era evidente que estaban empeñados en terminar la empresa antes de que el sol acabara de ponerse. Nada parecía contenerles ni impedir su avance. Ni las armas apuntadas, ni los centelleantes cuchillos de los gitanos que tenían delante, ni el aullido de los lobos detrás, parecían distraerles la atención. La impetuosidad de Jonathan y la absoluta claridad de sus intenciones parecieron asustar a sus oponentes; instintivamente se hicieron a un lado y le dejaron pasar. Un segundo después, había saltado al carro y, con una fuerza que parecía increíble, había levantado el cajón y lo había arrojado al suelo por encima de una rueda. Entretanto, el señor Morris había tenido que abrirse paso a viva fuerza por su lado, entre el círculo de cíngaros. Mientras observaba a Jonathan con el aliento contenido, le vi por el rabillo del ojo luchar denodadamente, y relampaguear las armas de los gitanos mientras él avanzaba en medio de todos eludiendo las cuchilladas. Paraba los golpes con su enorme cuchillo de monte, y al principio pensé que también había logrado llegar indemne, pero al llegar junto a Jonathan, que ya había saltado del carro, observé que se apretaba el costado con la mano izquierda, y que le manaba sangre entre los dedos. No se detuvo por eso; porque cuando Jonathan, con desesperada energía, atacó un extremo del cajón tratando de abrir la tapa con su gran machete *kukri*, él atacó frenéticamente el otro con su cuchillo. La tapa empezó a ceder bajo el esfuerzo de ambos hombres; salieron los clavos con un chirrido, y la tapa cayó hacia atrás.

Entretanto, los gitanos, viéndose cubiertos por los Winchester y a merced de lord Godalming y el doctor Seward, se habían rendido, renunciando a toda resistencia. El sol casi rozaba las cimas de los montes, y las sombras de todo el grupo se proyectaban sobre la nieve. Vi al Conde tendido dentro de la caja, sobre la tierra, que con la brutal caída desde el carro se le había esparcido por encima. Estaba mortalmente pálido, igual que una máscara de cera; sus ojos rojos centelleaban con una mirada horrible y vindicativa que yo conocía muy bien.

Y mientras le observaba, sus ojos vieron el sol ocultándose, y la expresión de odio que había en ellos se transformó en triunfo.

Pero en ese instante relampagueó el gran machete de Jonathan. Dejé escapar un grito al ver cómo el golpe le cortaba el cuello; al mismo tiempo, el cuchillo del señor Morris le atravesó el corazón.

Fue un milagro: ante nuestros ojos, y casi en lo que se tarda en aspirar, el cuerpo entero se desintegró y desapareció por completo.

Mientras viva, me alegrará recordar que, en este momento de disolución final, asomó a su rostro una expresión de paz como nunca habría imaginado en él.

El castillo de Drácula se recortaba ahora sobre un cielo rojo, y cada piedra de sus derruidas almenas se articulaba contra la luz del sol poniente.

Los gitanos, considerándonos en cierto modo los causantes de la extraordinaria desaparición del hombre muerto, dieron media vuelta y huyeron a la desbandada. Los que iban a pie saltaron sobre la carreta, pidiendo a voces a los que tenían caballo que no les abandonasen. Los lobos, que habían retrocedido a prudente distancia, siguieron tras ellos y nos dejaron solos.

El señor Morris, que había caído al suelo, se incorporó apoyándose en un codo, sin dejar de apretarse el costado con la mano; la sangre aún manaba entre sus dedos.

Corrí hacia él —porque el círculo sagrado no podía retenerme ya—, igual que los dos doctores. Jonathan se arrodilló detrás de él, y el herido apoyó la cabeza sobre su hombro.

Con un suspiro, y haciendo un desmayado esfuerzo, me cogió la mano con la suya que no tenía manchada. Sin duda vio la angustia en mi semblante, porque me sonrió y dijo:

—¡Me siento muy feliz de haber sido de alguna ayuda! ¡Oh, Dios mío! —exclamó súbitamente, tratando de sentarse, y señalando hacia mí—. ¡Vale la pena morir por eso! ¡Miren! ¡Miren!

El sol rozaba ahora la cima de los montes, y sus rojos rayos me daban en la cara, bañándome con su resplandor dorado.

Movidos por un mismo impulso, los hombres cayeron de rodillas, y un profundo y grave «Amén» brotó de todos ellos cuando sus miradas siguieron el dedo del moribundo, que exclamó:

—¡Ahora, demos gracias a Dios de que no haya sido todo en vano! ¡Miren!, su frente está tan pura como la nieve. ¡La maldición ha sido conjurada!

Y, con hondo dolor nuestro, el valeroso caballero sonrió en silencio y expiró.

Nota

Hace siete años que atravesamos las llamas; y creo que la felicidad de algunos de nosotros merece la pena el dolor sufrido. Fue una doble alegría para Mina y para mí que nuestro hijo naciera en el aniversario de la muerte de Quincey Morris. Sé que su madre tiene la secreta creencia de que encarnó en él algo del espíritu de nuestro valeroso amigo. Le pusimos el nombre de todos los del grupo, pero le llamamos Quincey.

Este verano hemos hecho un viaje a Transilvania, y hemos visitado el viejo escenario que para nosotros estuvo, y está, tan lleno de terribles recuerdos. Era casi imposible creer que las cosas que habíamos visto con nuestros propios ojos, y oído con nuestros propios oídos, fuesen verdad. Ya han desaparecido todas las huellas de lo sucedido. El castillo sigue descollando como antes, por encima de una inmensa región desolada.

Al regresar, nos pusimos a hablar de los tiempos pasados..., que ahora podemos rememorar sin desesperación; porque Godalming y Seward se han casado, y son felices. Saqué los papeles de la caja fuerte, donde han estado desde nuestro regreso, hace ya tanto tiempo. ¡Nos sorprendió el hecho de que, en toda la enorme cantidad de material que compone esta relación, no haya un solo documento fehaciente! No hay sino un montón de hojas, todas mecanografiadas, salvo los últimos cuadernos de Mina, Seward y mío, y la nota de Van Helsing. Aunque quisiéramos, no podríamos pedir a nadie que aceptase como verídica tan descabellada historia. Van Helsing lo resumió todo al comentar, con nuestro hijo sobre las rodillas:

—No queremos pruebas, ¡no pedimos a nadie que nos crea! Algún día sabrá este niño lo valiente y animosa que es su madre. Ya conoce su dulzura y su cariño; más tarde comprenderá cómo la quisieron algunos hombres, y lo que éstos hicieron por ella.

JONATHAN HARKER

Visite nuestra web en:

www.umbrieleditores.com